AᵗV

JÓZEF IGNACY KRASZEWSKI (1812–1887) wurde in Warschau als ältester Sohn einer wenig begüterten polnischen Adelsfamilie geboren. Er studierte in Wilna Medizin, dann Philosophie und war ein Anhänger der polnischen Unabhängigkeitsbewegung. Nach dem Januaraufstand 1863 entging er nur durch Flucht der Verbannung nach Sibirien. Als Exil diente ihm für mehr als 20 Jahre Dresden.

Kraszewski hinterließ ca. 240 Romane und Erzählungen; aus ihnen ragt die zwischen 1873 und 1875 entstandene Sachsen-Trilogie hervor. »Gräfin Cosel«, »Graf Brühl« und »Aus dem Siebenjährigen Krieg« gehören zu seinen meistgelesenen Romanen.

Größer könnten die Unterschiede an zwei Königshöfen kaum sein, als sie es um die Mitte des 18. Jahrhunderts zwischen Berlin und Dresden sind. Am preußischen Hof Friedrichs II. herrscht strenge Zucht und Ordnung und äußerste Sparsamkeit, am sächsischen Hof dagegen, wo der allmächtige Minister August III., Graf Brühl, das Regiment führt, liebt man Vergnügungen wie Theater- und Opernaufführungen, rauschende Feste und luxuriöse Verschwendung. Der junge Schweizer Max de Simonis, aus verarmtem Adel stammend, will und muß sein Glück machen, egal ob in Berlin oder Dresden. Mit allerlei geschickten Schachzügen und der Hilfe des Zufalls gelingt es ihm, von Friedrich II. in geheimer Mission nach Dresden geschickt zu werden. Doch er ahnt nicht, wie kompliziert die Beziehungen zwischen Preußen und Sachsen sind und daß er bald zwischen die Fronten eines Krieges geraten wird.

Józef Ignacy Kraszewski

Aus dem
Siebenjährigen Krieg

Historischer Roman

Aus dem Polnischen
von Liselotte und Alois Hermann

Aufbau Taschenbuch Verlag

Titel der Originalausgabe
Z Siedmioletniej Wojny

Mit einem Nachwort von Walter Fellmann

ISBN 3-7466-1308-6

1. Auflage 2000
Aufbau Taschenbuch Verlag GmbH, Berlin 2000
© Copyright der deutschsprachigen Ausgabe by LeiV-Verlag, Leipzig
Umschlaggestaltung Preuße & Hülpüsch Grafik Design
unter Verwendung des Gemäldes »Friedrich«
Druck Elsnerdruck GmbH, Berlin
Printed in Germany

www.aufbau-taschenbuch.de

ERSTER BAND

Kronprinz Friedrich von Preußen

I

Um die Mitte des 18. Jahrhunderts galt Deutschland die Sehnsucht vieler Italiener und Schweizer, denen die Heimat zu eng wurde und die es vorzogen, dem Beispiel mancher ihrer Landsleute zu folgen und wie sie an Fürsten- und Königshöfen ihr Glück zu suchen und Karriere zu machen. Und wirklich, oft genug zogen solche Glücksritter, die keinen Dienst scheuten und gern Leib und Seele verkauften, nur mit einem kleinen Bündel großer Hoffnungen aus und kehrten im Glanze von Ordenssternen und Titeln zurück oder blieben; dann ließen sie ihre armen Verwandten nachkommen, damit auch diese sich an ihrem Feuer wärmen und ihr Schäfchen ins trockene bringen konnten. An den deutschen Höfen wimmelte es von Ausländern. Aus politischen Gründen umgaben sich die Herrscher lieber mit Fremden als mit den hochmütigen bodenständigen Adligen, die gewisse Rechte beanspruchten. Um sie zurechtzuweisen, holte August der Starke Italiener und Menschen aus den verschiedensten Ländern an seinen Hof. Beim preußischen Hof fand diese Methode Anerkennung und Nachahmung.

Mit den Fremden hatte man keinerlei Scherereien; niemand stand im Lande hinter ihnen. Sie kamen an und waren auf Gnade oder Ungnade ihren Herren ausgeliefert. Als Diener waren sie sehr bequem. Im schlimmsten Falle, wenn sie sich nicht bewährten, wanderten sie nach Königstein oder Spandau, und niemand wagte, für sie einzutreten. Dies widerfuhr ihnen jedoch weit seltener als den einheimischen Herrendienern; die meisten von ihnen stiegen rasch empor, und ganze Kolonien dieser freiwilligen Emigranten entstanden in den deutschen Residenzen.

So war auch 1755 ein anmutiger Jüngling nach Berlin gekommen. Fast ein ganzes Jahr weilte er schon in der Hauptstadt an der Spree, ohne bisher eine Anstellung gefunden zu haben. Seine ansprechende und gewinnende Erscheinung, sein höfisches und glänzendes Benehmen, die vollendete Beherrschung der Kunst des Tanzes, die musikalischen Talente, das Lächeln und die große Zuvorkommenheit, mit der er jedermann grüßte ohne Rücksicht auf dessen Stand – all das hatte ihm bisher wenig genützt. Max Heinrich de Simonis stammte aus Bern. In Berlin rechnete er auf die Hilfe seiner Verwandten, der Ammons, von denen einer in der preußischen Diplomatie eine ziemlich hohe Stellung bekleidete. Jener Vetter, der ihm als Protektor dienen sollte, hatte ihn äußerst kühl empfangen, die Hände in den Hosentaschen und mit gerümpfter Nase. Die Verwandtschaft stritt er zwar nicht ab, aber er setzte ihn von seinem Grundsatz in Kenntnis, wonach die Jugend sich selbst den Weg bahnen müsse; denn nur so, auf die eigene Tüchtigkeit angewiesen, sei sie in der Lage, ihre Kräfte für das Leben zu entwickeln.

Ein sonderbarer Mensch war dieser alte Ammon. Gleich bei der ersten Begegnung hatte er den jungen Mann derartig angefahren und entmutigt, daß dieser nicht wagte, ein zweites Mal bei ihm vorzusprechen.

Das Verhalten dieses Vetters rief in Herrn Max, der Fremden gegenüber zu allen Konzessionen bereit war – denn darauf hatte er sich beim Antritt seiner Reise gefaßt gemacht –, Stolz und Groll hervor. Er war gekränkt. Als er dessen ungastliches Haus verließ, nahm er sich vor, sich nie wieder an ihn zu wenden, selbst wenn er vor Hunger sterben sollte.

Der alte Ammon wollte den Jüngling an dem besagten Tage vielleicht nur auf die Probe stellen, ob er genügend Geschick und Energie besäße, und schien zu erwarten, daß er zurückkäme. Aber Herr Max hatte bereits seinen Hut auf die hübsche Perücke gesetzt (war er doch ein Stutzer wie kein zweiter) und eilte mit geröteten Wangen die Treppe hinunter. Er schwor, diese Schwelle nie wieder zu betreten.

Dem Alten fiel es auch nicht ein, ihn zurückzurufen. So ergab es sich, daß der Kavalier de Simonis sich wieder auf dem Berliner Pflaster befand (soweit ein solches damals vorhanden war), allein, ganz auf sich gestellt. Aber er hatte erst fünfundzwanzig Lenze erlebt, und das war ein gewaltiger Vorteil. Als letzten Einsatz nannte er noch hundertfünfzig Dukaten sein eigen, die er von zu Hause mitgebracht hatte; er besaß weiße Zähne, ein jugendfrisches Gesicht, blaue Augen, eine eiserne Gesundheit und den felsenfesten Entschluß hochzukommen, selbst mit Hilfe von Händen und Füßen und unter Aufbietung aller ihm von Gott verliehenen Kräfte.

Von den nächsten Angehörigen des Herrn de Simonis lebte nur noch eine Schwester. Die Eltern, einstmals wohlhabende Leute, waren schon lange tot. Sie sollten irgendeinem Adelsgeschlecht entstammen, angeblich einem italienischen. Doch unglückliche Ereignisse führten ihren vollkommenen Ruin herbei. Die kümmerlichen Reste ihres Vermögens verwendeten sie für die Erziehung ihres einzigen Sohnes, und nur eine unbedeutende Erbschaft, so gut wie nichts, blieb ihm nach ihrem Tode.

Ein verschuldetes Haus in Bern, in dem Max seine Schwester mit einer greisen Tante zurückgelassen hatte, und einige hundert Dukaten bildeten den ganzen Besitz des jungen Abenteurers. Aber wer würde mit ein paar-

undzwanzig Jahren Zweifel daran hegen, daß er sich mit seinen beiden gesunden Fäusten das erwerben könnte, was er begehrte? Herr Max strebte
nach allem, was das Leben angenehm macht, nach Ruhm, Beliebtheit,
Reichtum, Rang und Würden, nach vielen Liebesabenteuern, um die Erinnerung an sie in einem Winkel seines Herzens aufzubewahren, und
schließlich nach einer glänzenden Heirat, zumindest mit einer Fürstentochter. Wenn er sich im Spiegel betrachtete, kam er immer wieder zu der
Überzeugung, daß die schönste Prinzessin sich in ihn verlieben könnte, er
war wirklich außerordentlich hübsch, frisch und nett.

Außerdem mangelte es ihm nicht – dank seiner guten Erziehung – an
anderen Vorzügen. Er sprach und, was in der damaligen Zeit noch weitaus seltener war, schrieb orthographisch richtig mehrere Sprachen. Das
Französische war ihm so geläufig, wie es nur einem Schweizer möglich ist;
wie gestochen schrieb er das Deutsche, er las es fließend und unterhielt
sich gewandt in dieser Sprache; nicht schlecht kam er mit dem Lateini-
schen zurecht, ziemlich gut mit dem Italienischen, und wenn es not tat, so
war er bereit, sogar Indisch zu lernen, wenn es ihm nur irgendwie nützen
könnte. Für den Fall, das sich ihm eine militärische Karriere bieten sollte
– wozu er jedoch nicht sonderlich Lust verspürte, denn dabei konnte man
nicht auf die kunstvolle Form der Perücke achten –, hatte er etwas an der
Mathematik gerochen; er focht und schoß elegant und geschickt, tanzte
wie Vestris, besaß eine durchaus nicht schlechte Tenorstimme, spielte auf
dem Klavizimbel sogar das, was man damals »Kreuzstücke« nannte, und
auch die Geige war ihm nicht fremd. – Was konnte man von solch einem
Kandidaten noch mehr verlangen?

Darüber hinaus muß man noch zu seinem Lob erwähnen, daß er, den
ungeheuren Einfluß der Frauen auf den Verlauf der menschlichen Angelegenheiten richtig einschätzend, es sich angelegen sein ließ, sich sowohl
den jungen als auch den alten, den schönen genauso wie den häßlichen,
mit dem lieblichsten Lächeln auf das wärmste zu empfehlen. Selbst vor
fünfzigjährigen Matronen schrak er nicht zurück; er nahm neben ihnen
Platz, und wenn der Titel und Rang das Opfer wert waren, so zögerte er
nicht, ihnen ganze Abende zu widmen.

Mit einem ungewöhnlichen Scharfblick, oder besser, mit dem ihm an-
geborenen Instinkt, erriet er den Charakter der einzelnen Personen und
paßte sich ihnen mit unvergleichlicher Gewandtheit an. Da er von Haus
aus religiösen Angelegenheiten gegenüber vollkommen gleichgültig war,
hatte er sich die Entscheidung in der Frage des Glaubensbekenntnisses
für später vorbehalten. Für den Fall, daß er am Berliner Hof bleiben
würde, wollte er sich zum Protestantismus oder zum Atheismus bekennen;

sollte es so weit kommen, daß er sein Glück am sächsischen Hofe oder in Wien versuchen müßte, so würde er sich an den Katholizismus halten. Hierfür gab es mehrere Vorbilder; denn auch der berühmte Baron Pöllnitz war bei seiner Heirat zum Katholizismus übergetreten und hatte, um wieder bei Friedrich Kämmerer werden zu können, sich bereit erklärt, in den Schoß der reformierten Kirche zurückzukehren. Friedrich hatte ihm daraufhin antworten lassen, daß er ihn nur dann einstellen würde, wenn er den mohammedanischen Glauben annähme. – Max de Simonis ging sowohl in das katholische als auch in das evangelische Gotteshaus, aber da man damals in Berlin wenig darauf achtete, pflegte er meist beiden fernzubleiben. Auch mit seinen anderen Überzeugungen verfuhr er keineswegs pedantisch. Er ließ alle Meinungen gelten und wartete, bevor er sich mit einer »verheiratete«, daß sie sich mit einer Mitgift legitimierte. Die Hauptsache war für ihn, Karriere zu machen ... Hoc erat in votis.

Inzwischen neigte sich dieses Jahr seinem Ende zu, in dem er geputzt, wachsam, eifrig in der Hauptstadt umherstrich – und nichts hatte er erreicht. Die vorbereitenden Schritte waren sehr geschickt getan worden. Was nutzte es? Niemand biß an. Max verlor weder den Mut, noch gab er die Hoffnung auf, doch wurde er immer trauriger und erwog ernstlich, ob er nicht seinen Aufenthaltsort mit einem anderen vertauschen sollte. Dann wäre jedoch alles umsonst gewesen, was er hier schon vorgearbeitet hatte, und er müßte wieder von vorn anfangen.

Er besaß schon gewisse Beziehungen. Es fehlte ihm nicht an Bekanntschaften; manch einer hatte ihn kennengelernt und liebgewonnen. Aber sobald er nur andeutungsweise ein Wörtchen über Beschäftigung, Dienst und Karriere fallen ließ, schüttelte man den Kopf und speiste ihn mit Schweigen ab. Zur Armee wollte er nicht: Dem Rohrstock Friedrichs II., der auch die Rücken der Minister nicht verschonte, gesellten sich allzu oft die der Offiziere hinzu – und Herr de Simonis war doch über alle Maßen feinfühlig ... Es schien ihm immer, daß er über alle zur diplomatischen Laufbahn erforderlichen Fähigkeiten verfüge: über eine sehr zurückhaltende Zunge, ein scharfes Auge, ein so weites Gewissen, wie man es sich nur wünschen konnte, und besonders fiel ins Gewicht: Er war durch keinerlei Vorurteile belastet.

Sein Spiegelbild bestätigte ihm immer wieder, daß er mit seiner ganzen Erscheinung für einen Hofmann und Würdenträger wie geschaffen sei. Sein Bekanntenkreis umfaßte daher Personen, die zur Diplomatie in Beziehung standen. Vielleicht hatte ihm auch die glänzende Karriere seines Vetters Ammon diesen Gedanken eingegeben. Im allgemeinen war es nicht leicht, sich beim König Friedrich II. Zutritt zu verschaffen. Und selbst wenn einem dies gelang, war es schwierig, sich die Gunst des Herrschers zu erhalten. Oftmals diente hier ein geistreicher französischer Vers – scharf gewürzt und leicht zynisch – als eine ausgezeichnete Empfehlung. Max de Simonis versuchte sich in Epigrammen; einige von ihnen gelangten sogar in die Hände der Herren Maupertuis und Algarotti, prallten aber ohne Echo an den Wänden von Sanssouci ab.

Große Hoffnungen setzte der Jüngling in die Gräfin de Camas.

Sie zählte zu den wenigen Frauen, die Friedrich II. schätzte. Die anderen pflegte er als »Gänschen mit dem leeren Gehirn« zu bezeichnen. Die Gräfin war ungefähr fünfundzwanzig Jahre älter als der König und im Jahre 1741 verwitwet. Sie bewohnte im vierten Stockwerk des Berliner Schlosses ein bescheidenes Appartement, das Friedrich »das kleine Paradies« nannte und wo er seine alte Freundin manchmal besuchte.

Das Leben am Hofe, die Gewohnheit an ein ununterbrochenes Tätigsein, ihr lebhaftes Temperament, dem selbst die Jahre nichts von seiner Frische genommen hatten, ließen die siebzigjährige Dame weit jünger erscheinen. Sie nahm im Hofstaat der Königin eine hohe Stellung ein; sie war Oberhofmeisterin, doch übte sie die Pflichten dieses Amtes nur bei großen und seltenen Festlichkeiten aus.

So lebte sie in ihrem »kleinen Paradies« im vierten Stockwerk im Kreise alter Freunde, oft von vielen Personen aufgesucht, die sich um ihre Gunst bewarben – bequem, ruhig und heiter.

Die ihr vom König bezeugte und bisher durch nichts erschütterte Wertschätzung sicherte ihr allgemeine Achtung. Die Greisin liebte die Geselligkeit. Sie brauchte sie, da sie kinderlos war. Gern sah sie junge Menschen bei sich, um sich an ihrem Anblick zu erfreuen. Herr de Simonis bemühte sich lange Zeit hindurch um die Bekanntschaft der Oberhofmeisterin. Schließlich machte er sich einen Zufall, auf den er schon lange gelauert hatte, zunutze und drängte sich der Greisin auf; er geleitete sie nach Hause, führte sie am Arm in das vierte Stockwerk hoch, wurde für einen Augenblick eingelassen und erhielt, nachdem er ihr sein ganzes Schicksal offenbart hatte, die Erlaubnis, ab und zu am Abend vorzusprechen.

Ein so geschickter Jüngling wie Herr Max konnte nun die kühnsten Hoffnungen hegen.

Mit großer Artigkeit versuchte er, sich die Zuneigung der alten Gräfin allmählich zu erobern, ohne dabei seine weiteren Pläne zu verraten. Die Gräfin de Camas schien ihn genauestens zu beobachten und ihn prüfen zu wollen. Sie war eine außerordentlich kluge, gebildete und scharfsinnige Person. An das Leben der höchsten Kreise gewöhnt, mit diplomatischen

Angelegenheiten und Hofintrigen vertraut, hatte sie sich gefühlsmäßige und moralische Bedenken Bemühungen gegenüber, deren Notwendigkeit sie anerkannte, abgewöhnt. Ein gewisser fraulicher, edler Zug ihres Wesens ließ ihr manche Maßnahmen weniger sympathisch erscheinen, doch im allgemeinen billigte sie alles, was die höhere Politik erforderte.

Friedrich II., der noch vor seiner Thronbesteigung den »Antimacchiavell« geschrieben und veröffentlicht hatte, verlieh in der Tat seiner Politik einen ganz anderen Charakter. Macchiavelli empfahl die Falschheit und Gerissenheit, Friedrich II. handelte fast immer mit zynischer Offenheit und dachte selten daran, seine Handlungen hinter einer Maske und äußerem Glanz zu verbergen. Sein ganzes Leben war ein Hohn auf das, was man unter Anstand versteht. Weder im privaten noch im öffentlichen Leben legte er Wert darauf. War er aber einmal aus irgendeinem Grunde gezwungen, seine Gefühle zu verheimlichen, so machte er sich gleich danach mit Sarkasmen, dem Stock und Flüchen Luft.

Max de Simonis kannte den Geist des Hofes und seines Herrn zur Genüge, um zu wissen, daß er mit seinem zuckersüßen Äußeren, wenn er sich Friedrich vorstellte und ihn bei schlechter Laune anträfe, das Wort »Canaillenbagage« einstecken müßte ...

Vielleicht wäre er in Anbetracht der Schwierigkeit seiner Lage schon längst an andere Höfe abgewandert, nach Dresden oder nach München ..., wenn nicht das Wohlwollen der Gräfin de Camas gewesen wäre. Sie machte ihm, wenn auch undeutlich, gewisse Hoffnungen; bot sich eine Gelegenheit, so prüfte die Greisin diesen Kandidaten auf seine Fähigkeiten für allerlei Dienste.

Diese Examina mußten sehr günstig ausgefallen sein, denn beim letzten Besuch gab die alte Oberhofmeisterin dem seufzenden Jüngling deutlich zu verstehen, daß er sich keine Sorgen zu machen brauchte.

Herr de Simonis hatte seit seiner Ankunft in Berlin bei einer Schweizer Familie, die hier die Zuckerbäckerei betrieb und ihm in Bern schon empfohlen worden war, ein Unterkommen gefunden und bewohnte in ihrem Hause Unter den Linden ein Stübchen im zweiten Stockwerk. Freilich war diese äußerst bescheidene Behausung für einen Kavalier mit so großen Ambitionen nicht sehr passend, doch da er nicht wußte, wie lange sein Noviziat dauern würde, mußte er sehr vorsichtig sein. Sein Landsmann Ceroni gewährte ihm eine zwar einfache, aber saubere Unterkunft, eine zwar nicht feine, aber reichliche Kost und herzliche Gastfreundschaft für ein verhältnismäßig niedriges Entgelt.

Er blieb daher in seinem Stübchen und verschob seinen Umzug bis auf den Tag, wo ihm eine hellere Sonne leuchten würde.

Und diese Sonne wollte und wollte nicht aufgehen!

An einem heißen Julitage, gegen Abend, kehrte er gerade von einem Spaziergang in dem hinter der Stadt gelegenen Wald nach Hause zurück und befand sich in einer melancholischen Stimmung. Er stieg die Treppen zu seiner Kammer empor und setzte in Gedanken schon einen verzweifelten Brief an seine Schwester auf, als ihm die zwölfjährige Carlotta, die Tochter des Zuckerbäckers, in den Weg lief. Dieses für ihr Alter sehr reife Mädchen war offensichtlich verliebt, und zwar, um sich beizeiten in dieser Kunst zu üben, in den schönen Max.

»Kommt doch, Herr! Schnell!« rief sie ihm entgegen, stampfte ungeduldig mit dem Fuße, stemmte die Arme in die Hüften, zwinkerte mit den Augen und kniff schelmisch die Lippen zusammen. »Ich hab' etwas für Euch.« Max lächelte traurig, die Verliebtheit des zwölfjährigen Mädchens war eine deutliche Ironie des Schicksals ... Beim Antritt seiner Reise hatte er auf ganz andere Erfolge gerechnet.

»Was gibt es denn so Wichtiges, schwarzäugiges Fräulein Carlotta?«

»Etwas sehr Wichtiges! Etwas sehr Eiliges«, plapperte die Kleine, hin- und hertrippelnd, »ja, ja! Und wenn Ihr bei Eurem Schneckentempo bleibt, werdet Ihr zu spät kommen ... Ich bin dann nicht schuld daran ...«

Und sie breitete mit theatralischer Gebärde die Arme aus. Max blieb nach einigen Schritten stehen. Das Mädchen stampfte mit dem Fuß auf und schlug mit der Hand auf das Treppengeländer.

»Die Gräfin de Camas hat jemanden geschickt und ausrichten lassen, Ihr sollt heute zu ihr kommen!« sprudelte Carlotta hervor, die ihr Geheimnis nicht länger für sich behalten konnte, und sah ihn triumphierend an. Und wirklich, ihr Triumph war berechtigt, denn Max sprang wie von der Tarantel gestochen auf sie zu, umarmte sie und küßte sie auf die Stirn. Die Kleine wurde rot und tat so, als ob sie sich ihm entwinden wollte, aber de Simonis stürzte schon in sein Zimmer und war ihrem Blick entschwunden.

Carlotta klopfte das Herz bis zum Halse. Auf den Zehenspitzen schlich sie zu seiner Tür und lauschte. Max begann sich offenbar rasch umzukleiden, denn man hörte, wie drinnen Türen und Schübe geöffnet und geschlossen und Kleidungsstücke hingeworfen wurden.

Noch nie war der schöne Jüngling mehr in Eile gewesen als heute. Obwohl der Weg zum Schloß nicht weit war, blieb ihm nicht viel Zeit bis zu der Stunde, wo man ihn erwartete, und er mußte sich doch noch entsprechend anziehen.

Glücklicherweise lag noch eine frische Perücke bereit, die aussah, als wäre sie eben von der Holzpuppe des Friseurs heruntergenommen worden. Max brauchte sich nur noch zu waschen und umzuziehen. Doch wie verhext entglitt alles seinen Händen. Er konnte sich nicht entscheiden, welchen Frack er nehmen sollte. Beide waren gleich schön, und einer stand ihm so gut wie der andere zu Gesicht. Er konnte nicht mehr lange überlegen, das Los mußte entscheiden … Ein Paar Seidenstrümpfe fielen seiner Hast zum Opfer.

Eine Viertelstunde später jedoch war Herr de Simonis fertig. Er setzte sich vor dem Spiegel die Perücke auf, griff nach dem Hut, musterte sich und machte seinem Spiegelbild zufrieden lächelnd eine Verbeugung.

Als er das Zimmer verließ, begegnete ihm auf dem Korridor wieder Carlotta (denn sie hatte durch das Schlüsselloch geschaut), aber er nickte ihr nur von weitem zu, um die Perücke und seinen Anzug nicht zu verderben. Ein Liedchen trällernd, tänzelte er die Treppen hinunter, und unten angekommen, schoß er wie ein Pfeil nach dem Schloß davon. Eine innere Stimme sagte ihm, daß das ein entscheidender Augenblick seines Lebens sei! …

Das Herz klopfte ihm …

Noch nie hatte er eine ähnliche Botschaft von der Gräfin erhalten; sie mußte ihn also aus irgendeinem Grunde benötigen. Seine Gedanken weiterspinnend und ganz in Träumereien versunken, stieß er mit einigen Leuten zusammen und hätte sogar einmal beinahe seinen Hut dabei verloren. Erst am Schloß verlangsamte er seinen Schritt. Er war am Ziel. Das Schloß sah heute genauso wie sonst im Sommer aus. Während dieser Jahreszeit hielt sich Friedrich II. in Sanssouci auf, die Königin dagegen saß in Schönhausen. Er stieg zum vierten Stockwerk hoch; auf den Treppen begegnete ihm keine Menschenseele außer einigen gelangweilt dreinblickenden Dienern, die man hier zur Aufsicht zurückgelassen hatte.

Im Vorzimmer der Gräfin befand sich nur ihr alter Kammerdiener. Auch aus dem danebenliegenden Empfangszimmer waren keine Stimmen zu vernehmen, die Gäste angezeigt hätten.

Max de Simonis betrat vorsichtig den Salon und fand auch hier niemanden vor. Erst seine leicht knarrenden Schuhe hatten das Rascheln eines Seidenkleides zur Folge. Dann trat die alte Gräfin ein, die mit großer Sorgfalt gekleidet war, obwohl sie seit dem Tode ihres Mannes nur Schwarz trug. Die Greisin nickte ihm freundlich zu.

»Gut, daß Ihr gekommen seid, mein lieber Simonis«, begrüßte sie ihn in französischer Sprache, denn diese war unter Friedrich II. am Hof, in seiner näheren Umgebung und im Heer allgemein gebräuchlich. »Aber«, fügte sie hinzu und legte den Finger an die Lippen, »verratet Euch nachher nicht im Gespräch damit, daß ich Euch hierher bestellt habe ... Habt Ihr mich verstanden?«

Max verstand, verneigte sich ehrerbietig und legte die Hand aufs Herz.

Die Greisin nahm auf dem Sofa Platz und sah zu der Uhr auf dem Kamin hinüber; es war kurz vor acht.

Max ließ sich in einiger Entfernung von ihr nieder. Gleich darauf vernahm man eine gedämpfte Stimme, die Tür öffnete sich, und herein trat Fredersdorf, der Max schon vom Sehen bekannt war.

Max sprang auf, als er ihn erblickte, und konnte seine Freude nur schlecht verbergen; sein ganzes Gesicht überzog sich mit Röte. Glücklicherweise gestattete das im Zimmer herrschende Dunkel dem anderen nicht, diese Veränderung des Herrn Max zu bemerken, die eine große Empfindlichkeit verraten hätte, wie sie ein Mensch, der am Hof unterkommen will, keineswegs besitzen darf. Fredersdorf (der gleiche, den Voltaire Friedrichs Faktotum nennt) war eine überaus einflußreiche Persönlichkeit, obwohl er nach außen hin ein sehr bescheidener Mensch war und der Stellung, die er am Hofe einnahm, nicht allzu große Bedeutung zukam. Gut unterrichtete Leute munkelten, er stamme aus Franken und sei der Sohn eines armen Krämers; niemals hätte er sich träumen lassen, daß er zum Militär kommen und am Leben des Hofes teilhaben würde. Doch es gibt so etwas wie Vorbestimmungen ... Fredersdorf schoß in seinem vierzehnten Lebensjahr dermaßen in die Höhe, daß sein Vater kaum noch den Stoff für seine Kleidung bezahlen konnte. Bis zu seinem achtzehnten, ja sogar bis zu seinem zwanzigsten Lebensjahr wuchs er, aber etwas langsamer, und als das Wachsen endlich aufhörte, besaß er die Länge von Grenadieren der ersten Reihe. Damals bedeutete dies ein wirkliches Unglück für einen Jüngling, ohne von den Kosten des Stoffes zu reden. Der Preußenkönig Friedrich hatte die fixe Idee, ein Heer von Riesen besitzen zu müssen, und träumte sogar davon, eine Soldatenrasse von übergroßem Wuchs zu schaffen. Seine Werber fuhren in ganz Europa umher, überredeten und kauften große Menschen für den Heeresdienst, die sich durch schöne Körperformen und einen riesigen Wuchs auszeichneten. Gelang die Anwerbung nicht, so knebelte man sie, entführte sie wie Jungfrauen und zwang sie, nachdem sie kahlgeschoren und in eine Uniform gepreßt worden waren, zum Dienst in der Armee. Man suchte ihnen dann ebenfalls hochgewachsene Frauen. Leider entsprossen diesen auserwählten Ehen auf Grund der Vererbungsgesetze, die dem preußischen König nicht bekannt waren, meistens kleine Menschen. Diese Leidenschaft für übernatürlich große Grenadiere verursachte Seiner Majestät viele Kosten. König August II. erhielt damals im Tausch für ein paar Dutzend riesiger

Sachsen die schönen japanischen Porzellangefäße, die die größten in Europa sind. Die sächsischen Grenadiere liegen schon längst unter der Erde, das japanische Porzellan aber steht immer noch im Museum zu Dresden.

Fredersdorf hatte den Beruf eines Krämers in einem kleinen fränkischen Städtchen ausgeübt und war in seinem Lederschurz einhergegangen, als eines schönen Tages die preußischen Werber auftauchten. Er fiel ihrem Hauptmann auf. Dies war der berüchtigte Schmels, dem noch nie ein stattlicher Bursche, den er einmal ins Auge gefaßt, entgangen war. Schmels schwor, er werde Fredersdorf schon kriegen. Fredersdorf, der von Natur aus ruhig und schweigsam war und nichts Kämpferisches an sich hatte, verspürte nicht die geringste Lust zu einer militärischen Karriere. Man lud ihn am Abend in den ›Goldenen Apfel‹ ein. Dort machte man den armen Teufel betrunken, und als er wieder zu sich kam, lag seine Heimatstadt schon in weiter Ferne, er selbst steckte in einem Fetzen von Uniform, und die drei Gefährten des Hauptmanns Schmels waren bereit, unter Eid auszusagen, daß er gesund und bei vollem Bewußtsein sich zum Dienst verpflichtet habe. Weder der Jüngling selbst, noch seine Eltern – keine Macht der Welt war imstande, ihn den Händen der Werber zu entreißen. Es blieb ihm nichts weiter übrig, als sich in sein Schicksal zu fügen! Aber als man ihm in Berlin das militärische Reglement mit Hilfe des Stockes beizubringen begann – damals war diese pädagogische Methode allgemein im Gebrauch –, zeigte es sich, daß sogar der allmächtige Stock nicht in der Lage war, ihn den Geist und die Fertigkeiten zu lehren, über die ein Grenadier der ersten Reihe verfügen mußte. Hauptmann Schmels, der nur auf die Körpermaße Wert gelegt hatte, wurde eine Rüge erteilt. Den nun einmal angeworbenen Fredersdorf ließ man jedoch nicht laufen. Man wollte ihn irgendwie nutzbringend verwenden und befahl ihm, das Oboe- und Flötenspiel zu lernen, denn er hatte einen starken Hang zur Musik.

Das Schweriner Regiment, in dessen Kapelle man ihn eingereiht hatte, lag gerade als Besatzung in der Festung Küstrin, als der Kronprinz Friedrich, dessen Fluchtplänen man auf die Spur gekommen war, dort ins Gefängnis eingeliefert wurde. Nach den ersten schrecklichen Tagen und ihren blutigen Ereignissen begann der junge Thronfolger sich mit dem geliebten Flötenspiel und mit der Lektüre von Büchern zu zerstreuen. Das führte ihn mit Fredersdorf zusammen: Der Prinz gewann ihn sehr lieb.

Und wirklich, er war ein Mensch, den man gern haben mußte, eine phlegmatische Natur, ruhig, bedächtig, vernünftig, nicht leicht beeinflußbar; hatte aber einmal eine Neigung von ihm Besitz ergriffen, so blieb er ihr unerschütterlich treu. Als Flötenspieler zeichnete er sich durch ein sehr ausdrucksvolles Spiel aus, als Mensch besaß er ein großes Herz, das den Ausmaßen seiner Brust angepaßt war. Der in Einzelhaft und unter strenger Bewachung gehaltene Friedrich erbat sich beim Kommandanten der Festung Küstrin diesen sanften und gutmütigen Fredersdorf zur Bedienung. Gemeinsam musizierten sie auf der Flöte. Später schrieb der treue Diener – dabei nicht nur seine Freiheit, sondern auch das Leben aufs Spiel setzend – für den Kronprinzen Briefe an dessen Schwester, die Markgräfin von Bayreuth, mit denen er Mitgefühl erwecken und die fremden Höfe um Hilfe anrufen wollte.

In jenen bitteren Tagen der Gefangenschaft war der schweigsame Krämerssohn Friedrichs rechte Hand. Eine Hilfe im Unglück, in einem Augenblick, wo sie ein Spiel auf Leben und Tod bedeutete, wird niemals vergessen. Als diese schwere Zeit vorüber war, der Kronprinz sich auf freiem Fuße befand und allmählich wieder von seinem Vater in Gnaden aufgenommen wurde – nachdem er sich mit seiner Heirat losgekauft –, verwendete er das erste Geld, das er erhielt, als Lösegeld, um Fredersdorf aus der Knechtschaft des Militärs zu befreien.

Der Flötenkünstler, der sich in Küstrin die Zuneigung seines Herrn erworben hatte, begann seinen Dienst bei ihm mit der bescheidenen Stellung eines Lakaien; aber als Lakai war er ihm gleichzeitig Freund und Vertrauter. Der sonst mit Stockschlägen durchaus nicht sparsame Friedrich drohte Fredersdorf nicht einmal damit; selbst im größten Zorn gebot das ewig heitere, ruhige und gelassene Gesicht, das niemals vor Ungeduld oder Schmerz zuckte, seinem Arm Einhalt. Fredersdorf entwaffnete mit seiner Gelassenheit und Fügsamkeit sogar Friedrich II., der manchmal richtige Wutanfälle bekam. Lange Zeit hindurch blieb er fast der einzige Mensch, der trotz seiner untergeordneten Stellung das volle Vertrauen seines Herrn besaß. In seinen Händen befanden sich die Papiere, die Gelder und Schlüssel: Alles verwaltete Fredersdorf und veruntreute nicht die geringste Kleinigkeit. Noch etwas zeichnete ihn aus: Niemals äußerte er eine Bitte, immer war er mit allem zufrieden, und darüber hinaus besaß er die unschätzbare Eigenschaft, daß er wie das Grab schweigen konnte und die Befehle ausführte, ohne sie zu entstellen oder an ihnen herumzudeuteln.

Rasch stieg er dann vom Lakaien zum Kammerdiener und zum ersten Bediensteten des Kronprinzen empor. Als Friedrich II. den Thron bestieg, ernannte er ihn zum geheimen Kammerherrn und zu seinem Oberschatzmeister. Dies hinderte den König nicht daran, den armen Fredersdorf, indem er ihn an seine Person band und mit vielen Ämtern betraute, so zu plagen, daß dieser schließlich beinahe sein Opfer wurde.

Durch irgendeinen Zufall hatte Fredersdorf in Potsdam die reiche und schöne Tochter des Bankiers Daum kennengelernt und es verstanden, ihr zu gefallen. Eine große Liebe entspann sich im geheimen zwischen den beiden füreinander bestimmten Menschen. Friedrich erfuhr davon. Ihm etwas von der Liebe zu einer Frau zu erzählen, hieß, einem Blinden die Verschiedenheit der Farben klarzumachen. Für ihn besaßen alle Frauen – wie er selbst sagte –, sogar die nach Knoblauch riechenden schlesischen Mädchen, die gleiche Anmut; unbarmherzig spottete er über Liebesleidenschaften! Man kann sich schwerlich einen Menschen vorstellen, der eine prosaischere Natur und zynischere Anlagen besessen hätte. Die Liebe Fredersdorfs entrüstete und erboste ihn. Zum ersten Male im Leben fiel er über seinen Liebling her, schimpfte ihn aus und verhöhnte ihn grausam. Er befürchtete, die Liebe zu einer Frau könnte ihm das Herz seines unersetzlichen Dieners entfremden.

Nachdem er ihm die unflätigsten Ausdrücke an den Kopf geworfen und ihn ohne Erbarmen ausgelacht hatte, glaubte der König, er könne ihn von seiner Krankheit heilen, doch bald mußte er feststellen, daß dies alles nicht half. Wutentbrannt schickte er seinen Favoriten, um die zarten Bande zwischen den beiden zu zerreißen, auf die Reise nach Frankreich. Erst als dieser dort vor Herzeleid und Sehnsucht gefährlich erkrankte, gab der ungeduldig gewordene König seine Einwilligung zu der Heirat ..., und wäre es mit dem Teufel.

Der Schatzmeister genas wie durch ein Wunder. Er heiratete und kehrte zu treuem Dienst zurück. – Er wäre auch schwerlich zu ersetzen gewesen.

Der König verlieh ihm einen bedeutenden Landsitz, und die ganze Geschichte ward vergessen.

Fredersdorf war damals ein noch sehr schöner Mann. Seine hohe Gestalt tat der Anmut seiner Erscheinung und seinen gewandten Bewegungen keinerlei Abbruch. Unmöglich war es, sich in ihm den früheren Krämer und Regimentsmusiker vorzustellen. Die erlesene Kleidung ließ ihn weit jünger erscheinen. Friedrich lachte über seine Eitelkeit, verzieh sie ihm aber. – Er selbst war, seiner Natur und seinen Anschauungen getreu, über alle Maßen schmutzig.

Mit einem Lächeln auf den Lippen, bescheiden und still, betrat Fredersdorf an diesem Abend den Salon, ging auf die Hofmeisterin zu, aber sein Auge glitt rasch und unauffällig über de Simonis, der fühlte, wie dieser Blick ihn durchbohrte und vom Kopf bis zu den Füßen hinunterglitt. Die Hofmeisterin stellte ihm den Jüngling vor und nannte ihn lachend ihren Protegé.

»Aber, mein lieber Schatzmeister«, fügte sie gleich hinzu, »ich habe mit meinen Protektionen wahrlich wenig Glück. Herr de Simonis ist schon seit langem hier und kann und kann keine Anstellung finden.«

Fredersdorf hob nur leicht die Schultern und brummte etwas Unverständliches. Das Gespräch über dieses Thema wurde abgebrochen und dann über gleichgültige Dinge fortgesetzt. Das letzte prächtige Fest beim Prinzen Heinrich bot den Stoff dazu.

Zu seinem Glück hatte de Simonis Gelegenheit gehabt, diesem Fest, wenn auch nur aus der Ferne, zuzusehen; also – warf er jetzt manch geschickten Satz in die Unterhaltung und glänzte durch seinen Witz und mehr noch durch seine ausgezeichnete Beobachtungsgabe. Der Schatzmeister hörte ihm mit gespannter Aufmerksamkeit zu, ohne ihn zu unterbrechen. Er und die Hofmeisterin schienen dem Kavalier die Möglichkeit geben zu wollen, sich zu produzieren. Nur ab und zu warfen die beiden ein Wort ein, de Simonis auf immer andere Einzelheiten bringend.

Max befand sich heute in einer glänzenden Verfassung, die Konversation regte ihn immer mehr an, und der Auftritt gelang ihm ausgezeichnet. Als er schwieg, tauschten die Oberhofmeisterin und Fredersdorf einen verständnisvollen Blick aus.

Der Schatzmeister war, wie immer, auch heute wenig gesprächig. Er hörte mehr zu, als er sprach. Doch als die Gräfin wiederholte, sie könne für ihren Schützling trotz seiner Fähigkeiten keine geeignete Stellung finden, antwortete er leise und ruhig:

»Seine Majestät stellt nur ungern neue Menschen ein, die Stellen am Hofe sind alle besetzt. Und ich bezweifle sehr, ob Herr de Simonis sein Talent im Heeresdienst versauern lassen will. Das Heer braucht eher kräftige Fäuste denn kluge Köpfe, und ich schätze, daß der Kopf des Herrn de Simonis stärker ist als sein Arm.«

Man lachte, ohne ihm zu widersprechen. Der Schatzmeister stellte noch verschiedene Fragen, mit denen er Max zu prüfen schien. Nach diesem Examen von fast einer Stunde Dauer wandte er sich leise an seinen Prüfling:

»Ich wünsche Euch ehrlich eine glänzende Zukunft … und hoffe, prophezeie Euch, daß sie vor Euch liegen kann … Aber empfangt von mir, als dem älteren von uns beiden, einen Rat …«

Hier zögerte der Schatzmeister und fuhr dann fort, indem er die Stimme noch mehr senkte:

»Wer das Glück hat, sich den Höfen und hochgestellten Personen zu nähern, muß es sich zum Grundsatz machen, das Schweigen und Diskretion mehr vermögen als Witz und Gewandtheit … Es gibt viele Dinge, die man nicht einmal sich selbst erklären, geschweige denn an Freunde weitergeben darf.«

Nach diesen Worten stand er rasch vom Stuhle auf, sah auf die Uhr, und obwohl ein Diener gerade die Kerzen und den Abendimbiß – Obst, Wein und Kuchen – hereinbrachte, entschuldigte er sich und ging. Die Hofmeisterin geleitete ihn, mit ihm im Flüstertone ein Gespräch führend, in das Vorzimmer hinaus. Erst nach einer kleinen Weile kam sie wieder.

Unterdessen hatte Herr de Simonis, sich selbst überlassen, Gelegenheit, sich darüber zu ärgern, daß er auch dieses Mal keinen Erfolg gehabt hatte. Er ließ sich seine ganze Lage durch den Kopf gehen, starrte die Weinflasche an, als die Gräfin mit raschen Schritten zurückkam, ihn ansah, ihm ein Glas füllte und ihn näher an den Tisch heranrücken ließ. Sie stieß einen Seufzer aus und begann zu sprechen.

Der zerstreute Jüngling schenkte ihren Worten anfangs nur sehr wenig Beachtung, aber bald lauschte er ihnen mit immer größerer Aufmerksamkeit.

»Ihr habt unseren Hof nun schon soweit kennengelernt«, sagte sie leise und ließ dabei kein Auge von ihm, »um zu wissen, daß man nicht leicht Zugang zu ihm findet. Aber warum soll man nicht einmal sein Glück woanders versuchen?«

Hier zögerte sie. Herr de Simonis fühlte den Boden unter seinen Füßen wanken. Man riet ihm wegzugehen! Solch ein ›consilium abeundi‹ war also das Ergebnis seiner Hoffnungen! Deshalb hatte man ihn herkommen lassen, um ihm diesen freundschaftlichen Rat zu erteilen! Die Hofmeisterin bemerkte offensichtlich den Eindruck ihrer Worte und bemühte sich, ihn sofort zu verwischen … »Hm«, begann sie wieder, »wenn Ihr etwas mehr Diskretion besäßet, als man eigentlich von Leuten Eures Alters erwarten kann, warum solltet Ihr uns, vielleicht sogar dem König, an einem anderen Hof nicht bessere Dienste erweisen können als hier?«

Max wurde knallrot und wäre fast vom Stuhl aufgesprungen. Der Hut rutschte von seinen Knien, so eilig hatte er es, zu versichern, er sei zu jedem gewünschten Dienst bereit und würde schweigen wie das Grab. Aber die Hofmeisterin ließ ihn nicht zu Wort kommen und fuhr fort: »Hört zu, Herr de Simonis, sehr gern möchte ich Euch helfen, an Eurer Lage nehme ich Anteil. Vielleicht kann ich etwas auf eigene Faust für Euch unternehmen …, ja, auf eigene Faust …, von niemandem dazu aufgefordert, nur aus Freundschaft zu Euch. Ihr müßt nur darauf achten, Herr Kavalier …«

Sie rückte etwas näher heran, nahm mit ihrer weißen, mageren und verrunzelten kleinen Hand eine Birne vom Teller und spielte damit. Immer leiser werdend, sagte sie: »Doch mir fällt gerade ein, warum solltet Ihr eigentlich nicht nach Dresden? Dort, das wissen wir ganz genau, spinnen dieser nichtswürdige Brühl und seine Helfershelfer Verrat gegen uns. Der König schießt nach Hunden und raucht Pfeife, direkt vor seiner Nase können sie treiben, was ihnen gefällt. Die Königin Josepha haßt uns. Ihr seid frei, Ihr könnt nach Dresden reisen, dort Bekanntschaften schließen, Frau Brühl gefallen – sie liebt junge Menschen, obwohl sie selbst schon längst nicht mehr jung ist. Ihr könntet vieles erfahren und mir davon Mitteilung machen. Ich würde dann dem König manchmal Eure Briefe vorlesen. Wer weiß? Auf diesem Wege kann man es zu etwas bringen.«

Nachdem die Gräfin dies rasch hervorgesprudelt hatte, heftete sie ihre schwarzen, durchdringenden Augen auf den Jüngling, um den Eindruck ihrer Worte festzustellen. De Simonis brannten die Wangen, die Lippen zuckten, die Augen leuchteten, und als es ihm endlich gestattet war, zu Wort zu kommen, rief er voll Eifer aus, die Hände wie zum Gebet faltend:

»Ach, Gräfin! Ich bitte Euch, befehlt, fordert, verlangt von mir, was Ihr wollt, ohne zu überlegen, werde ich alles ausführen!«

Nach diesem Ausruf fuhr der gewandte Kavalier mit gerührter Stimme fort:

»Ich bin eine Waise, allein auf der Welt, ohne Beschützer, ohne Ratgeber, ich habe keinen Menschen. Euch, Gräfin, vertraue ich mich voll und ganz an. Mein Glück muß ich mir selbst erarbeiten, denn ich kann mich auf keinen anderen berufen, nur auf mich selbst bin ich angewiesen. Reicht Eure barmherzige Hand einer Waise …!«

Er senkte den Kopf. Die Hofmeisterin lächelte: In ihrem Lächeln lag etwas Eigentümliches: Mitleid und Verachtung zugleich. Sie seufzte. Nach einer kurzen Pause fragte sie: »Wie steht's, Herr de Simonis? Nehmt Ihr meinen Rat an? Werdet Ihr nach Dresden reisen?«

»An das Ende der Welt!« beteuerte Max; doch kaum waren ihm diese Worte entschlüpft, als in ihm eine geheime Sorge wach wurde; er erblaßte und versank in bedeutsames Schweigen.

Wie ein Blitz durchzuckte sein Hirn der Gedanke an seine schlechte finanzielle Lage, an den geringen Geldvorrat, der ihm geblieben war, und zugleich an den großen Luxus, der am sächsischen Hof herrschte. Ohne ein prunkvolles Auftreten konnte man dort keine Rolle spielen. Die Gräfin ließ ihn nicht aus den Augen, sie schien seine Bedenken erraten zu haben:

»Da Ihr Euch in meine Obhut begeben habt, seid bitte ehrlich, Herr de Simonis. Ihr seid nun schon ziemlich lange in Berlin und lebt, wie ich gehört habe, sehr bescheiden, doch die Jugend hat Rechte und Forderungen. Von zu Hause habt Ihr sicherlich nicht allzu viel Geld mitgebracht.

Solange es Euch nicht besser geht, werde ich Euch, wenn es notwendig ist, Mittel zur Verfügung stellen.«

Max beeilte sich, ihre Hand zu küssen; denn es war ihm peinlich, sofort auf diese heikle Angelegenheit einzugehen. »Was den sächsischen Hof betrifft«, erläuterte die Gräfin, »so werde ich Euch, lieber Freund, wenn Ihr in die Reise einwilligt, mit den notwendigen Einzelheiten vertraut machen. Ihr erhaltet dann von mir Instruktionen. Habt Ihr dort Bekannte?«

»Leider nicht!«

»Um so besser«, entgegnete die Hofmeisterin, »um so besser. Ich könnte Euch entweder an den alten Beguelin, übrigens ein Landsmann von Euch, oder an den Residenten Ammon einen Brief mitgeben.«

Sie sah ihn fragend an. Als der Name ›Ammon‹ fiel, erbebte de Simonis, errötete und wurde offensichtlich verwirrt.

»Ach, nur nicht an Ammon!« stieß er hervor. »Ich will meiner Beschützerin nichts verheimlichen: Ammon ist ein naher Verwandter von mir. Als ich hier ankam, habe ich mich zuerst an ihn gewendet; unbarmherzig versagte er mir jeglichen Schutz. Ich bin nicht übermäßig stolz, doch nachdem ich einmal eine solche Abfuhr erlitten habe, möchte ich ihn nicht mehr sehen.«

Frau de Camas lächelte:

»Ein Zusammentreffen mit ihm ist durchaus zu vermeiden.« – Sie zuckte mit den Achseln. – »Beguelin ist Schweizer. Er wird Euch, wenn er meinen Brief gelesen hat, mit offenen Armen aufnehmen. Niemand wird sich darüber wundern, wenn Ihr beiden Schweizer miteinander verkehren werdet. Beguelin ist schwerfällig, alt, aber er kennt dort Land und Leute und kann Euch helfen.« Noch eine Weile unterhielt man sich über Sachsen. Die Gräfin schien sich eifrigst des Schicksals ihres Mündels anzunehmen und geizte nicht mit Ratschlägen und Hinweisen. Zu guter Letzt, als die Zeit schon ziemlich fortgeschritten war, schlug sie mit der Hand auf das Tischchen und rief plötzlich aus, als ob ihr erst jetzt dieser Gedanke gekommen wäre:

»Ihr habt hier zufällig Fredersdorf kennengelernt. Es gehört sich, daß Ihr ihm in Sanssouci einen Besuch macht. Dieser Herr, obwohl er wenig in Erscheinung tritt, vermag viel, und seine Bekanntschaft kann Euch noch, glaubt mir, sehr gut zustatten kommen.«

»Doch wie kann ich mir dort Zutritt verschaffen?« fragte de Simonis leise.

»Oh, das ist sehr leicht! Macht Euch darum keine Sorgen! An gewissen Stunden ist der Park geöffnet. Ihr werdet dort einen Spaziergang machen, schöne Statuen zu sehen bekommen, und Ihr müßtet schon großes Pech haben, wenn Ihr nicht Fredersdorf träft oder nicht in Erfahrung brächtet, wo er wohnt. Falls er nicht beim König ist, wird er Euch sicherlich empfangen. Morgen also, mein lieber Herr de Simonis, auf nach Sanssouci! Dies duldet keinen Aufschub. Danach erwarte ich Euch mit einem Bericht, um Euch anschließend die Instruktionen für Dresden zu erteilen!«

Die Gräfin erhob sich. Der Jüngling sprang auf, küßte ihr mit einer tiefen Verbeugung die Hand und verließ ganz benommen auf Zehenspitzen das Zimmer.

Er traute seinem Glück noch nicht recht. Der heutige Besuch, der anfänglich so ungünstig zu verlaufen drohte, hatte doch überraschend ein vielversprechendes Ende genommen ... Er trat auf die Straße hinaus.

Schwül war es, die Nacht war schon hereingebrochen, die Wolken zogen am schwarzen Himmel dahin. Dann und wann erhellte ein bleicher Schimmer die leere Straße, und große, schwere Regentropfen fielen auf die Erde. Auf einmal bemerkte de Simonis mit Schrecken, was seiner schönen Perücke und seinem besten Frack drohte, und eilte im Laufschritt nach Hause. Kaum hatte er die Schwelle überschritten, als es in Strömen zu regnen begann.

II

Herr de Simonis kannte sicherlich nicht den von Friedrich II. so oft ausgesprochenen Grundsatz: ›Fallacem fallere non est fallacia‹ (Einen Betrüger zu betrügen ist kein Betrug). Sonst hätte er sich wohl denken können, daß ihn die Oberhofmeisterin nicht zu seinem Vergnügen nach Dresden schickte ...

Ohne sich auch nur mit Betrügereien der anderen zu rechtfertigen, war der fridericianischen Politik jedes Mittel recht, wenn sie ein bestimmtes Ziel erreichen wollte. Herr de Simonis war übrigens vollkommen neutral und augenblicklich bereit, mit jedem ein Bündnis zu schließen, der ihm eine Zukunft bot, und entschlossen, sogar gegen seine eigenen Brüder vorzugehen. Gottlob besaß er keine. Der gestrige Abend hatte sein Blut dermaßen in Wallung gebracht, daß er – trotz mehrerer Glas Wasser, die er leerte, um seine erhitzte Phantasie abzukühlen – die ganze Nacht über kein Auge schloß. In Sanssouci begann der Tag sehr früh; Friedrich pflegte im Sommer gegen vier Uhr aufzustehen, der Hof und die Dienerschaft mußten seinem Beispiel folgen. Max war also genötigt, sich sehr zeitig nach Sanssouci zu begeben, um Fredersdorf seine Aufwartung machen zu können.

Unser Kavalier hatte Glück: Nach dem sehr heftigen, aber kurzen Gewitter in der Nacht klärte es sich gegen Morgen auf, und ein wundervoller Tag kündigte sich an. Obwohl Max noch ziemlich müde war, stand er flink auf und wusch sich. Im Hause herrschte tiefe Stille. Alle schliefen noch, und da sie nicht gewohnt waren, daß de Simonis beim Morgengrauen aufstand, mußten sie sich wohl sehr darüber wundern. Sie folgten seinem Beispiel und begannen auch, langsam aus den Betten zu kriechen. Auf der Straße war es noch still und ruhig, nur ein einzelner mit Marktgütern beladener Bauernwagen rollte quietschend vorüber.

Max öffnete das Fenster und zog sich rasch an. Ein gütiges Schicksal hatte ihm gestern seinen Frack gerettet. Hätte er nur zehn Minuten später das Schloß verlassen, so wären dieser schöne Frack, die Perücke und sein Hut dem Regengusse zum Opfer gefallen.

Es stand außer Zweifel: Das Glück begann ihm zuzulächeln! Die Krise war überwunden, und Fortuna, diese holde Göttin, die ihm bisher schnöde den Rücken gekehrt hatte, wandte ihm nun ihr strahlendes Antlitz zu.

Die Sonne ging auf, als er zu seiner Reise, die er zu Fuß machen mußte, fertig war. Der hübsche Jüngling musterte sich im Spiegel, und mit sich selbst zufrieden, drehte er sich mit einer eleganten Bewegung der Tür zu.

Wie durch ein Wunder lief ihm die kleine Carlotta in den Weg. Die rabenschwarzen Haare fielen ihr aufgelöst auf die Schultern herab, ihre Wangen waren noch vom Schlaf gerötet; frisch und schön sah sie aus, wie ein Apfel. Seit der gestrigen Umarmung glaubte sie, gewisse Rechte auf Max zu besitzen, sie war dreister, blickte ihm in die Augen und fragte:

»Ho, ho! Wohin so zeitig und in solch einem feinen Aufzug? Was soll denn das bedeuten?«

Der Kavalier lachte gutmütig, behandelte sie aber wie ein Schulmeister von oben herab.

»Ich habe Geschäfte, Carlotta. Ich bitte, der verehrten Mama mitzuteilen, daß ich heute nicht zum Mittagessen hier sein werde. Jawohl, ich habe Geschäfte!«

Die Kleine schüttelte nur verwundert ihr Köpfchen: »Was seid Ihr doch für eine wichtige, hohe Person geworden seit der Stunde, wo Euch die Gräfin de Camas zu sich bat!«

Max hatte es eilig, aber sie vertrat ihm ungeduldig den Weg:

»He, wohin denn? Wohin, wohin?«

Max erinnerte sich zur rechten Zeit der Warnung des Schatzmeisters und überlegte, daß er das Kind nichts wissen lassen dürfe.

»Man hat mich zu einem Morgenspaziergang eingeladen«, erklärte er ihr, »adieu …«

Carlotta war sicher, daß er sie, und sei es auch nur, um sich den Weg freizumachen, wie gestern umfassen und küssen würde, aber Herr de Simonis war heute viel zu beschäftigt. Er verbeugte sich nur lächelnd und huschte an ihr vorbei.

Traurig blieb das Mädchen oben stehen. Wenige Sekunden später befand sich Max schon draußen auf der Straße und eilte davon, nach trockenen Stellen suchend – denn vom gestrigen Regen war der Boden noch weich und mit Pfützen bedeckt.

Nach Sanssouci zu gelangen war für einen, der gesunde und junge Beine besaß, weitaus leichter, als sich dort weiterzuhelfen. Max bedachte deshalb schon beizeiten, wie er wohl in den Park gelangen, wie er sich dem Schloß nähern könnte und wie lange er im Schatten der Bäume, in den leeren Alleen lustwandeln müßte, bis ein glücklicher Zufall ihn mit Fredersdorf zusammenführen oder den Zutritt bei ihm ermöglichen würde.

Im Laufe dieses Jahres hatte Herr de Simonis beinahe vergeblich versucht, am Hofe Bekanntschaften zu machen. Es wollte ihm durchaus nicht glücken. Friedrich II., der nicht duldete, daß seine Beamten und Militärs in Verbindung zu ausländischen Diplomaten traten, verbot genauso allen Angehörigen seiner Umgebung, sich überhaupt mit Ausländern einzulassen. Jeder Fremde erweckte sein Mißtrauen. Alle verdächtigte er der Spionage. Der Hof des Königs mied die Ankömmlinge. Jeden Morgen brachte man aus Berlin eine vollständige Liste der in die Stadt neu Zugereisten, wo die Gründe für den Aufenthalt verzeichnet und diejenigen genannt waren, die sich am Hofe vorstellen wollten. Die einen wurden empfangen, die anderen mit einer Absage abgefertigt. Bisweilen bereitete die Erlaubnis, vor das königliche Antlitz treten zu dürfen, dem Ausgezeichneten keine Freude; befand sich Friedrich in schlechter Laune, so war er unhöflich, sogar grob.

Nur eine mutige, geistreiche Antwort konnte den König versöhnlich stimmen. Als sich ihm zum ersten Male, vom Fürsten Fontana eingeführt, der berühmte Marquis Lucchesini vorstellte, sah ihn der König scharf an und fragte:

»Gibt es viele solcher italienischer Marquis, die in der Welt herumziehen und an den Höfen Spionage treiben?«

Worauf der Marquis schlagfertig entgegnete:

»Durchlaucht, es gibt derer so viele, wie es Herrscher gibt, die so dumm sind, ihnen einen derartigen niederträchtigen Auftrag zu erteilen.«

Der Witz entwaffnete Friedrich.

Herr de Simonis war gerade eifrig bemüht, sich alle flüchtigen Bekanntschaften ins Gedächtnis zurückzurufen, die ihm von Nutzen sein konnten. Ein Page des Königs, ein Schlesier, Christian Ernst Malszycki, kam ihm in den Sinn. Vor einigen Wochen hatte er in Berlin diesen lieben Jungen kennengelernt. Da hörte er hinter sich das Gepolter eines Wagens, er drehte sich um und entdeckte zu seiner Überraschung ein ihm wohlbekanntes Gesicht.

Der königliche Fourier, ein Freund des Zuckerbäckers und dessen häufiger Gast, auch ein Schweizer, fuhr mit allerlei Backwerk und Küchenvorräten die Straße entlang. Er hieß Jurli. Seine puterrote Nase ließ auf ein humorvolles Wesen und auf gute Freundschaft mit dem Gläschen schließen. Jurli war trotz der frühen Morgenstunde schon ausgezeichnet aufgelegt. Er saß auf einem Kasten, rauchte seine Pfeife, stemmte die Arme in die Hüften und summte ab und zu ein Liedchen, dazu mit den Beinen an der Kastenwand den Takt schlagend.

»Eh, Herr Baron!« rief er, die Hand an die Mütze hebend, »wohin des Wegs, wohin?«

Der Kavalier schämte sich seiner Reise, die er zu Fuß unternommen hatte. Er wollte sich mit einem Morgenspaziergang an der frischen Luft ausreden, doch verriet ihn seine Aufmachung. Er zog es also vor, zu gestehen, daß er zu einem Freund nach Sanssouci unterwegs sei.

Als Jurli das hörte, klopfte er dem Kutscher auf die Schulter und ließ ihn halten.

»Zu Fuß nach Sanssouci! Ho, ho! Und in diesem Aufzug!« rief er kopfschüttelnd. »Wenn es Euch nichts ausmacht – und um diese Tageszeit begegnen wir unterwegs keiner Menschenseele –, so wäre hier auf dem Wagen für den Herrn Baron ein Platz frei. Immerhin könnte man die Füße etwas schonen? Hm?«

Das Angebot war wirklich äußerst verführerisch. Jurli versprach außerdem, ihn direkt am Tore unauffällig abzusetzen. In der Hoffnung, sie würden unterwegs keinem begegnen, nahm schließlich de Simonis auf dem Kasten Platz, und die Pferde zogen an. Das Schicksal meinte es offensichtlich gut mit ihm. Jurli erklärte ihm außerdem, durch welches Tor er in den Park gelangen könnte und in welchem Teil des Parkes er spazieren müsse, um den Schatzmeister zu treffen.

»Auf alle Fälle«, flüsterte er ihm ins Ohr, »rate ich, eine Begegnung mit dem Allergnädigsten Herrn zu vermeiden. Er ist manchmal in schlechter Stimmung und hat immer einen Stock bei sich. Aber zu dieser Stunde« – tröstete er Max – »dürfte er kaum im Park sein; Ihr werdet nur das Glück haben, seine Hunde zu sehen.«

Jurli war heute zum Schwatzen aufgelegt.

»Hm, wirklich«, brummte er, »wäre ich nicht Jurli, so wollte ich, ich wäre eines dieser Windspiele des Königs! Das sind glückliche Viecher! Die haben ihren eigenen Hof, erhalten zwei Taler täglich an Kostgeld und ruhen auf Atlas. Alkmene freilich liegt meistens auf dem Schoße ihres Herrn, der sie nie mit dem Stock berührt. Am Morgen führen die Pagen die Hunde im Park aus, vielleicht bekommt Ihr sie zu Gesicht, verbeugt Euch von weitem. Es kann nicht schaden, sich ihrer Gunst zu empfehlen, im Ernst! Wen Alkmene anknurrt, dem schenkt auch der König kein Vertrauen, aber ein freundliches Wedeln ihres Schwanzes ist mehr wert als das beste Empfehlungsschreiben.«

So weiter plaudernd, erreichten sie Sanssouci. Der Kavalier stieg vom Wagen, dankte dem rechtschaffenen Jurli höflich und entfernte sich. Noch lange sah ihm sein Landsmann nach.

Max gelangte an ein geöffnetes Tor. Er schlug einen Seitenweg ein; aus der Ferne sah er zum Schloß hinüber und ... harrte mit klopfendem Herzen der Dinge, die da kommen sollten.

Er glaubte kaum, daß sich bald etwas ereignen würde, was für den Erfolg seines Besuches von Belang wäre. Er nahm also auf einer Steinbank Platz und mußte, da er nachts kaum ein Auge geschlossen und kein Frühstück gegessen hatte, mit der ihn überkommenden Müdigkeit kämpfen. Vielleicht wäre er unterlegen und eingeschlummert, wenn er nicht wie durch ein Wunder eine Pagenuniform entdeckt und als ihren Träger Malszycki erkannt hätte.

Der Page war über dieses Zusammentreffen zumindest ebenso erstaunt wie Max. Er blieb vor ihm stehen und fragte munter:

»Was treibt Ihr denn hier?«

De Simonis war auf diese Frage nicht vorbereitet; er wußte nicht recht, was er antworten sollte. Doch hielt er in diesem Falle Lügen für unangebracht, denn Malszycki konnte ihm vielleicht behilflich sein.

»Herr Ernst«, begann er, »ich bin dabei, Berlin und Preußen Lebewohl zu sagen. Nur wenige Bekannte hatte ich hier, doch von ihnen möchte ich gern Abschied nehmen: das heißt also vom Herrn Schatzmeister Fredersdorf, mit dem ich leider nur einmal zusammen war und dem ich mich ergebenst empfehlen will, und von Euch, Herr Ernst.« Er lächelte anmutig und berührte den Rand seines Hutes. »Ich wäre Euch sehr zu Dank verpflichtet«, fuhr er fort, »wolltet Ihr mir mitteilen, wo ich den Schatzmeister treffen könnte?«

»Jetzt am Morgen?« entgegnete Malszycki. »Ich glaube, er dürfte beim Allergnädigsten Herrn sein. Doch später ist er in seiner Wohnung, im Schloß.«

»Und Ihr, seid Ihr heute im Dienst?« fragte de Simonis.

»Bis Mittag habe ich frei ...«, erwiderte Malszycki.

»Ich muß Euch gestehen«, fiel ihm Max ins Wort, »daß ich Berlin verließ, ohne gefrühstückt zu haben. Wenn hier irgendwo Gelegenheit wäre, dies nachzuholen, erlaubte ich mir, Euch dazu einzuladen.«

Malszycki überlegte einen Augenblick, reichte ihm, nachdem er sich umgesehen, den Arm und führte ihn hinter den Bäumen entlang aus dem Park. Unweit des Schlosses befand sich eine Gastwirtschaft und Zuckerbäckerei.

»Hier bekommen wir eine ausgezeichnete Schokolade«, bemerkte Malszycki, »nur werden wir schweigen müssen, falls wir jemanden antreffen; ich werde den Mund nicht aufmachen ... Wir suchen einen Tisch draußen unter den Bäumen.«

Bald fanden sie ein ruhiges Eckchen. Simonis bestellte Schokolade. Der Wirt stammte – wie damals fast alle Zuckerbäcker in Europa – aus der Schweiz. Max war ihm schon in Berlin begegnet. Nach einer kurzen Begrüßung, wobei man sich der alten Bekanntschaft erinnerte, machten es sich die beiden Gäste im Garten bequem.

»Der König ist gewiß noch nicht aufgestanden?« erkundigte sich de Simonis.

Ernst sah ihn mit großen Augen an.

»Man merkt sofort, daß Ihr zum ersten Male hier weilt und die Gepflogenheiten des Königs nicht kennt«, entgegnete er. »Der Allergnädigste Herr war schon um halb vier auf den Beinen. Man brauchte ihm heute nicht einmal wie sonst ein nasses Tuch auf das Gesicht zu legen. Seit einigen Tagen erfüllt ihn irgendeine Unruhe, und er wacht zur gewohnten Stunde von selbst auf. Ich sah ihn schon in seinem blauen Rock. Längst hat er die Briefe aus Berlin in Empfang genommen, die der Lakai ihm auf einem silbernen Tablett zu bringen pflegt. Man hat ihm schon den Zopf geflochten, er hat den Kaffee eingenommen, und wenn ich mich nicht irre, spielt er jetzt Flöte.«

Malszycki verstummte und schien zu lauschen, aber die Entfernung zum Schloß war zu groß, als daß die Töne bis hierher hätten dringen können.

»Jetzt waren die Herren Ministerräte im Vorzimmer«, fuhr der Page fort, »die Audienz findet zwar erst etwas später statt und dann ..., ich weiß es nicht genau, vielleicht die Besichtigung eines Regimentes.«

Dann flüsterte er Max vertraulich ins Ohr:

»Oh, wenn er heute Audienz erteilt, so beneide ich nicht diejenigen, die vorsprechen werden. Der Allergnädigste Herr ist seit einigen Tagen finster und verärgert.«

»Wißt Ihr nicht warum?« fragte Max.

Malszycki hob abwehrend die Hände:

»Ich? Ich weiß gar nichts, überhaupt nichts! Wer könnte das wohl wissen! Ich sehe nur, daß unser Herr zornig ist und daß manchmal seine Augen aufblitzen, wie ... nun, die Leute sagen, wie vor dem Schlesischen Krieg.«

Diese Unterhaltung bei der Schokolade dauerte nicht lange. Malszycki hatte zwar keinen Dienst, aber er wollte einen Brief an seine Mutter schreiben und sich nicht allzu lange außerhalb des Schlosses aufhalten. Sie gingen daher zusammen in den Park zurück. Der Page zeigte Max eine Bank im Schatten, eilte ins Schloß und versprach, später, wenn nichts dazwischenkäme, nach ihm zu sehen.

Nachdenklich setzte sich Max und hielt im Park Umschau. Zwischen den Bäumen hindurch konnte man bis zur Schloßterrasse blicken. Einige Minuten später wurden dort die Glastüren aufgestoßen; ein Page erschien, und hinter ihm sprang die ganze Meute der Windspiele heraus, diese Lieblinge des Königs oder besser, die Gefährten seiner geliebten Alkmene und Biche. Die Hunde, denen alles erlaubt war, tobten jaulend, bellend, sich gegenseitig umwerfend über die Rasenflächen und freuten sich ihrer Freiheit. Der Page schritt als Erzieher und Wärter gewichtig einher, manchmal zur Ordnung rufend. Laut schallten die Namen der ausgelassenen Übeltäter, die wiederholt zurückgerufen werden mußten, da sie in zu weiter Entfernung in den Sträuchern und Büschen umherstrolchten ...

Phylis, Thisbe, Diana, Pax, Amoretta und Superbe bildeten die Familie und den Hof der Alkmene, die nur selten die Knie des Königs verließ. Jetzt, hier draußen im Garten, stolzierte sie ernst und gelangweilt einher, ohne sich um das übermütige Treiben ihrer Gefährten zu kümmern, die sie allzu gern mit in das Spiel einbezogen hätten.

Aber Alkmene lief müde und verträumt dahin, als ob sie nur gezwungenermaßen an dem Spaziergang teilnähme; ihre reizenden Pfötchen zog sie bei der Berührung mit der feuchten Erde hoch, ab und zu blieb sie nachdenklich stehen, als wollte sie umkehren, blieb wieder stehen und wandte den Kopf dem Schlosse zu.

Da die Sonne vom Himmel herunter brannte, bog der Page in eine schattige Seitenallee ein. Die Hunde mußten ihm, ob sie dazu Lust hatten oder nicht, folgen. So näherten sie sich dem Platz, wo sich Max niedergelassen hatte. Alkmene trottete immer noch langsam hinterher; erst als sie den auf der Bank Sitzenden entdeckte, spitzte sie neugierig die Ohren, betrachtete ihn aufmerksam, lief etwas schneller, und wie ein verwöhntes

Kind, dem jeder Wunsch erfüllt und nie etwas versagt wird, sprang sie auf die Bank. Mit ihren schwarzen Augen sah sie Max de Simonis an, der in einen leichten Umhang gehüllt war. Vertrauensvoll versuchte sie mit der Pfote den Umhang beiseite zu schieben, und als ihr das gelang, kletterte sie auf seinen Schoß, rollte sich bequem zusammen und legte sich nieder. Die übrigen Hunde umstanden die beiden im Kreis. Verwundert, lächelnd und fast ein wenig ärgerlich kam der Page heran und rief Alkmene zurück, doch sie dachte nicht daran, ihren Platz zu verlassen, und zeigte ihm die Zähne. Phyllis und Thisbe fanden ihr Verhalten überaus ungehörig und begannen wütend zu bellen. Ihrem Beispiel folgten bald Pax, Amoretta, Diana und Superbe und machten einen derartigen Lärm, daß er auch im Schloß gehört werden konnte. Max war viel zu sehr Hofmann, viel zu glücklich über die ihm von der Lieblingshündin des Königs bewiesene Zuneigung, um ihr durch ein ungeduldiges Zucken zu verstehen zu geben, sie solle seine Knie verlassen. Der Page wartete ungeduldig und verärgert, blickte unruhig zum Schloß hinüber und bemühte sich vergeblich, die erbittert kläffenden Hunde zu beruhigen.

»Verdammte Biester«, stieß er zwischen den Zähnen hervor, mit einem Tuche leicht nach ihnen schlagend, was jedoch nur noch stärkeres Gebell hervorrief, »verfluchte Meute! Der König wird's noch hören! Das ist eine schöne Bescherung!«

Er sprang gerade noch scheltend umher, stampfte mit dem Fuße, als plötzlich blitzschnell aus dem Gebüsch ein Mann mittleren Wuchses hervorschnellte.

Der Page stand wie vom Donner gerührt da, die Hunde blickten wohl auf ihn, fuhren aber fort, Alkmene anzubellen.

Im Gesicht des Mannes blitzte ein blaues Augenpaar, scharf und durchdringend, das gewohnt war, zu drohen und zu befehlen: Der ganze Ausdruck des Gesichtes konzentrierte sich auf sie. Die schmalen, schon von Runzeln und Falten umgebenen Lippen verrieten Energie und Sarkasmus. Die ziemlich spitze Nase und die mageren Wangen verliehen dem Gesicht einen scharfen und unangenehmen Ausdruck, ließen aber zugleich den starken Willen erkennen, der sich keinem anderen beugt. Die Falten auf der Stirn machten diese etwas gelbliche und müde Maske noch strenger ... Auf dem Kopfe, auf der vernachlässigten Perücke, trug er einen von Sonne und Regen verwitterten Dreispitz; er hatte einen blauen, verschossenen und abgeschabten Uniformrock an. Darunter war eine gelbe Weste zu sehen, auf der Tabak seine Spuren in Form von Krümeln und Flecken hinterlassen hatte, und ein schmutziges, zerknittertes Hemd. Auch die übrigen Kleidungsstücke zeichneten sich nicht durch übermäßige Eleganz aus; die Plüschhosen hatte er nachlässig übergezogen, aus den Hosentaschen an den Seiten ragten zwei große Tabakdosen heraus, die rötlichen Stiefel reichten bis zu den Knien, waren ungeputzt, zerkratzt, beschmutzt und machten den Eindruck, als wäre ihr Träger eben vom Pferd gestiegen. Das einzige Wertvolle an dieser ganzen Ausstattung waren der Rohrstock mit dem brillantenbesetzten Knauf und die zwei Solitäre auf den Ringen, die an der schmutzigen, tintenbeklecksten Hand glänzten.

Wahrscheinlich war er von dem Lärm seiner Lieblinge angelockt worden. Er runzelte die Stirn und hob den Stock. Galt seine Drohung dem Pagen, den Hunden oder de Simonis?

Es war Friedrich II.

Max hatte ihn schon von weitem kommen sehen, er wäre aufgesprungen, aber Alkmene ließ dies nicht zu, und sie von den Knien herunterwerfen konnte er nicht. Als das Tier seinen Herrn erblickte, hob es den Kopf, wedelte mit dem Schwanz, machte aber keine Anstalten, seinen Platz zu verlassen.

»Was soll das heißen?« schrie Friedrich, gegen den Pagen den Stock erhebend, »was soll das heißen? Antworte Er! Wer ist dieser da?«

Der Page rechtfertigte sich eiligst.

»Wie konnte Er es zulassen, daß jemand Alkmene auf den Schoß nahm ...«

»Allergnädigster Herr! Sie selbst tat es, trotz meines Dazwischentretens. Es war unmöglich, sie zurückzuhalten.«

Der König maß mit einem strengen Blick de Simonis, der sich endlich erhob, indem er die Hündin auf den Arm nahm und den Hut, da er keine Hand freihatte, auf den Boden warf. Im ersten Augenblick wichen die Hunde ängstlich davor zurück, aber gleich danach stürzten sie sich auf seine Kopfbedeckung, als wäre es ein Spielzeug, und begannen sie unbarmherzig zu zerfetzen.

Friedrich lachte. Der König war einem Fremden sofort gewogen, wenn sich diesem seine Hunde zutraulich näherten. Er schritt nicht gegen ihr Spiel mit dem Hute ein, der unrettbar verloren war und in Stücke gerissen wurde, entließ den Pagen mit einem Wink, und mit beiden Händen auf den Stock gestützt, sah er sich de Simonis näher an und fragte:

»Sage Er, was Er um diese Stunde in Sanssouci treibt? Wer ist Er, welcher Profession?«

Max war sich bewußt, daß dieser Augenblick über seine ganze Zukunft entscheiden konnte; er wußte, daß der König mutige und schlagfertige Antworten liebte. Er bot also seinen ganzen Verstand auf und, immer noch die Hündin auf dem Arm haltend, die sich reckte und gähnte, entgegnete kühn:

»Allergnädigster Herr, ich bin von Geburt Schweizer und suche eine Anstellung und Beschäftigung. Seit einem Jahr versuche ich es vergeblich in Berlin. Da hier alle Plätze besetzt sind und auf jeden besetzten Platz zehn Kandidaten kommen, bin ich im Begriff abzureisen. Hierher kam ich, um von meinen Bekannten Abschied zu nehmen.«

»Wie heißt Er?« wollte der König wissen.

»Max de Simonis.«

»Ah, Er ist ein ›de‹, Er ist also Edelmann?«

»Meine Vorfahren sind Edelleute.«

»Was kann Er?«

Max überlegte kurz, bevor er antwortete:

»Ich kann so viel, Allergnädigster Herr, daß ich weiß, daß ich nichts kann, aber ich weiß, daß alles zu lernen ist!«

Friedrich blickte ihn prüfend an.

»Hat Er Alkmene herangelockt?«

»Allergnädigster Herr, das hätte ich nicht gewagt.«

Alkmene fühlte sich an ihrem Platz so wohl, daß sie nicht die Absicht zeigte, ihn zu verlassen, obwohl sie ihren Herrn schwanzwedelnd beobachtete. Friedrich betrachtete inzwischen aufmerksam das Gesicht des jungen Mannes.

»Wer sind denn hier Seine Bekannten?«

»Ich hatte das Glück, bei der Gräfin de Camas einmal dem Herrn Schatzmeister zu begegnen ...«

»Woher kennt Er denn die Gräfin?« forschte der König weiter.

»Vor einem Jahr war es mir vergönnt, ihr behilflich sein zu können ..., als die Pferde ...«

»Ich weiß, ich weiß«, unterbrach ihn der König und wandte sich ab.

Es sah so aus, als wollte er gehen. Doch da erblickte er den Hut, mit dessen Überresten die Hunde herumspielten. Er stieß ihn mit dem Stock weg, was für die Windspiele ein neuer Anreiz war, das Spiel fortzusetzen. Er warf dem Kavalier einen spöttischen Blick zu und meinte:

»Das soll Ihm eine Lehre sein: Wenn es jemanden danach gelüstet, an den Hof zu kommen, so heimst er das ein.«

»Allergnädigster Herr«, erwiderte de Simonis, »ich habe mit einem Hut das Glück erkauft, Eure Königliche Hoheit sehen zu dürfen, und ich beklage mich nicht über meinen Verlust.«

Bei dieser Schmeichelei verzog Friedrich das Gesicht und entgegnete:

»Setz Er Alkmene langsam zu Boden und gehe Er mit mir ... Ich werde ihm einen neuen Hut geben lassen.« De Simonis kam bereitwillig diesem Befehl nach, obwohl sich die Hündin sträubte. Sie reckte sich, sah zum König auf, der ihr drohte, bellte Max einige Male freundschaftlich und doch vorwurfsvoll an und ging dann vor ihm her.

De Simonis las die Reste seines Hutes auf und folgte gehorsam dem schweigenden König. Nach einer Weile hielt Friedrich inne und drehte sich zu ihm um:

»Wohin gedenkt Er denn zu reisen?«

De Simonis antwortete nicht sofort.

»Die Gräfin de Camas ist so gütig, daß sie mir rät, mich nach Sachsen zu begeben, wohin sie mir Empfehlungsschreiben mitgeben will.«

Die blauen Augen des Königs blickten de Simonis scharf an.

»Hat Er Lust, es im Leben zu etwas zu bringen?«

»Nicht nur Lust, Allergnädigster Herr, ich bin dazu gezwungen ... als Waise ...«

»Dann mag Er sich merken: Man bringt es nur dann zu etwas, wenn man einem Herrn treue Dienste leistet. Übt man aber Verrat und sitzt auf zwei Stühlen, so winken einem Strick und Galgen!«

Der König machte schweigend einige Schritte, wandte sich dann wieder um und fuhr fort:

»Auch das muß Er wissen, daß eine kluge Rede eine gute Sache ist, aber ein dummes Schweigen ist noch besser ...«

Max verneigte sich.

Der König ging auf die Schloßterrasse zu. Schon konnte man dort die an der Tür in Uniform Stehenden erkennen, einige Generäle, Kämmerer und auf Audienz wartende Ausländer.

Noch einmal sprach Friedrich de Simonis an:

»Geh Er ins Schloß und warte Er im Vorzimmer bei meinen Pagen auf meine Befehle!«

De Simonis machte eine tiefe Verbeugung und schritt mit klopfendem Herzen, den Weg erratend, zum rechten Flügel des Schlosses, wo sich die königlichen Gemächer befanden.

Das Erscheinen eines Fremden inmitten der Pagen hätte diesem vielleicht manche Unannehmlichkeit bereiten können. Aber Max fand hier glücklicherweise den ihm bekannten Malszycki vor, der eher, als er erwartet hatte, den Dienst seines Vorgängers übernehmen mußte, da dieser wegen ungenügender Beaufsichtigung Alkmenes in den Arrest befördert worden war.

Max wartete, den zerrissenen Hut in der Hand.

»Was wollt Ihr denn hier?« fragte ihn erstaunt der Page.

»Ich bin auf Befehl des Königs hier. Er hat mir befohlen, hier zu warten.«

Man lachte und spottete noch über den zerfetzten Hut, als die Tür aufging und der König eintrat. Er beachtete die strammstehenden Diener kaum und behielt seinen Dreispitz auf dem Kopf, den er nur selten abzunehmen pflegte. Hinter ihm drängte sich die Hundemeute herein, dann kamen die Generäle Lentulus, Warnery, der Adjutant Winterfeldt, der Oberstallmeister, General Schwerin, Kanzler Coccei, Kämmerer Pöllnitz und viele andere mehr.

Kurz darauf hörte man, wie drinnen im Audienzsaal Fragen gestellt und kurze Antworten erteilt wurden. Offenbar hielt der König eine Beratung ab. De Simonis saß in einer Ecke mit Malszycki und hoffte, hier etwas verschnaufen zu können, aber an diesem Tage erlebte er eine Überraschung nach der anderen.

Eine Viertelstunde war noch nicht vergangen, als sich die Tür des Saales öffnete und ein Mann in prachtvoller Kämmereruniform herauskam, der im Vorzimmer jemanden zu suchen schien. Er war durchaus keine sympathische Erscheinung, obwohl seine Züge noch Spuren einer einstigen Schönheit zeigten und er überaus erlesene Kleidung trug.

Selbst wenn ihn nicht das Kleid des Königs und der Schlüssel am Frack gekennzeichnet hätten, wäre es doch ein leichtes gewesen, zu erraten, daß dieser Mensch an Höfen aufgewachsen, erzogen, gealtert und frühzeitig verbraucht war, in dieser stickigen Atmosphäre eines scheinbaren Überflusses, die aber in Wirklichkeit erfüllt war von Geldsorgen, Schulden, Intrigen, aufreibendem Ehrgeiz, fieberhaften Hoffnungen und von Erniedrigungen, die man täglich zu erdulden hatte. Unruhe flackerte in seinen Augen, sein tief eingefallener Mund, dem man nicht ansehen konnte, ob er im nächsten Augenblick lächeln oder sich verdrießlich verziehen würde, zuckte ungeduldig. Sein Körper machte einen so geschmeidigen Eindruck wie der eines Gauklers, der sich zu einer Kugel zusammenrollen kann, sich aber auch wie eine Darmsaite zu dehnen vermag.

Blitzschnell überflogen seine Augen die Anwesenden, dann drehte er sich rasch um, sprang auf de Simonis zu, packte einen Knopf seines Rokkes; nur auf einem Bein stehend, beugte er sich zu seinem Ohr und flüsterte:

»De Simonis, auf Befehl des Königs habe ich mit Euch zu sprechen. Folgt mir in den Garten. Ich bin der Kämmerer Seiner Majestät, Baron Pöllnitz, zu Diensten.«

Er neigte leicht sein Haupt.

De Simonis, der nun schon ein ganzes Jahr in Berlin weilte und mit

Leuten Umgang pflegte, die den Hof kannten, hatte selbstverständlich schon von Baron Pöllnitz gehört.

Pöllnitz war berühmt. Über ihn machte sich der König lustig und verspottete ihn erbarmungslos. Oft wurde er der Lächerlichkeit preisgegeben, alle erlaubten sich, mit ihm ihren Scherz zu treiben. Trotzdem duldete ihn der König neben sich.

Dieser Pöllnitz war eine sehr interessante Erscheinung, und ebenso interessant war das Leben dieses Menschen, den man als Typus einer gewissen Art von Abenteurern ansehen kann. Schwerlich findet man einen größeren Spötter, schwerlich einen Menschen, den mehr Egoismus und eine gleiche unverschämte Aufdringlichkeit kennzeichnen. Pöllnitz, viele Jahre älter als der König, war der Enkel des seinerzeit bedeutenden Ministers Pöllnitz, des Generals und Kommandanten von Berlin, Kommandeurs eines Garderegiments, und der Gräfin von Nassau, einer außerehelichen Tochter des Fürsten Moritz, des Statthalters der Niederlande. Sein Vater hatte den Rang eines Obersten erreicht. Er selbst begann seine Laufbahn am Hofe als Kammerjunker. Später, als die Stelle aufgehoben wurde, ging er auf Reisen. Über seine Erlebnisse an deutschen Höfen gab er dann seine Briefe und Memoiren heraus und als letztes das berühmteste seiner Werke: ›La Saxe galante‹ (›Das galante Sachsen‹ – 1737). Unter Friedrich II. wurde Pöllnitz Kämmerer, aber der König behandelte ihn wie einen Narren.

Nach einem Ausspruch Friedrichs war er ein ›infame‹, ein nichtswürdiger Kerl, dem man keinen Glauben schenken durfte, der wohl bei Tisch sehr gut zu unterhalten verstand, aber dann am besten aus dem Zimmer verwiesen wurde. Tausende von Anekdoten waren über ihn im Umlauf.

Einmal befahl ihm Friedrich, irgendwelche indischen Hühner zu beschaffen. Pöllnitz beeilte sich, diesem Befehl Folge zu leisten, übersandte sie ihm, und da er sich einen Spaß erlauben wollte – der Scherz war nun einmal seine schwache Seite –, fügte er ein Begleitschreiben bei, das aus vier Worten bestand:

»Die Hühner, Allergnädigster Herr.«

Am anderen Tage ließ der König für ihn den magersten Ochsen kaufen, den man auftreiben konnte, dann befahl er, ihm die Hörner zu vergolden und ihn vor das Haus Pöllnitz' zu führen, wo man ihn am Zaune anband. Ein beigefügtes Billet enthielt nur: »Der Ochse Pöllnitz.«

Vor einigen Jahren hatte der Baron, der ewig in Schulden steckte und davon träumte, auf eine leichte Art und Weise reich zu werden, sein Auge auf eine Witwe, eine Katholikin aus Nürnberg, geworfen und wollte sie heiraten. Er begab sich daher zum König und bat ihn um Abschied und ein Zeugnis. Friedrich hieß ihn sich setzen und diktierte ihm die nachstehenden Zeilen. Sie charakterisierten ausgezeichnet den König und seinen Kämmerer und sind wert, erwähnt zu werden: »Wir Friedrich von Gottes Gnaden König von Preußen etc. tun kund und zu wissen, daß der Baron von Pöllnitz, aus Berlin gebürtig und, soviel uns bekannt ist, von ehrlichen Eltern geboren, Kammerjunker bei Unserm seligen Großvater, wie auch im Dienste der Herzogin von Orleans in derselben Würde, Oberst in spanischen Diensten, Rittmeister der Kavallerie bei der Armee des verstorbenen Kaisers, Kämmerer des Papstes, Kammerherr des Herzogs von Braunschweig, Fähnrich im Dienst des Herzogs von Weimar, Kammerherr in Diensten Unsers Vaters und zuletzt Oberzeremonienmeister in den Unsrigen; indem er sich von dem Strom der ehrenvollsten Militärwürden und der erhabensten Hofbedienungen, die nach und nach über seine Person ausgeschüttet worden, ganz wie überschwemmt sieht; nun weltüberdrüssig und durch das schlechte Beispiel von drei Kammerherren fortgerissen, die kurz vor ihm von Unserm Hofe desertiert sind; so hat Uns besagter Baron von Pöllnitz angesucht und untertänigst gebeten, ihm, zur Aufrechterhaltung seines guten Rufes und Namens, in Gnaden einen ehrlichen Abschied zu erteilen.

Da Wir also Rücksicht auf sein Begehren nehmen und nicht für gut befinden, seiner guten Aufführung das Zeugnis zu versagen, um das er angesucht hat, in Hinsicht der wichtigsten Dienste, die er Unserm Königlichen Hofe durch den Zeitvertreib geleistet hat, den er neun Jahre hindurch Unserm Königlichen Vater verschafft und den Glanz Unsers Hofes während Unsrer Regierung ausgemacht hat, so erklären Wir zum Ruhme des Barons, daß er während der ganzen Zeit, die er in Unserm Dienst zugebracht hat, weder Straßenräuber, noch Beutelschneider, noch Giftmischer gewesen ist, daß er kein Mädchen geraubt und verführt, noch die Ehre irgend jemandes von Unserm Hofe verletzt, sondern sich stets wie ein ehrlicher Mann, seiner Geburt gemäß, betragen und beständig einen guten Gebrauch von den Gaben, die ihm der Himmel verlieh, gemacht hat, um den Zweck des Theaters zu erreichen, der darin besteht, das Lächerliche der Menschen angenehm und gefällig darzustellen, um sie dadurch zu bessern.

Desgleichen hat er Boerhaaves Rat in Betracht der Mäßigkeit und Enthaltsamkeit sehr aufrichtig befolgt und die christliche Liebe so weit getrieben, daß er selbst die Bauern von dem Gebot des Evangeliums: Geben ist besser denn nehmen zu überzeugen vermochte. Auch hatte er die Anekdoten von Unsern Schlössern und Gärten vollkommen inne, besonders aber bewahrte er in treuem Gedächtnis das gesamte Inventar und den ganzen alten Hausrat und verstand im übrigen sich nützlich und gefällig bei denen zu machen, die die Bosheit seines Verstandes und die große Güte seines Herzens kannten.

Ferner geben Wir auch dem benannten Baron das Zeugnis, daß er uns nie zum Zorn gereizt hat, es sei denn einmal, als seine schmutzige Gemeinheit alle Grenzen der Ehrfurcht überschritt und er auf eine unwürdige und unerträgliche Art die Asche Unsrer Vorfahren zu entehren und zu verunglimpfen suchte.

Da man aber in den schönsten Gegenden auf unangebaute und unfruchtbare Stellen stößt, da die schönsten Körper ihre Unförmlichkeiten und die Gemälde der berühmtesten Maler ihre Fehler haben; so wollen Wir besagtem Baron seine Fehler und Gebrechen zugute halten und erteilen ihm durch Gegenwärtiges, obschon ungern, den Abschied, um den er ansucht, wollen überdies noch das Amt, das ihm anvertraut war, gänzlich aufheben und abschaffen, damit das Andenken davon unter den Menschen gänzlich vertilgt werde, weil Wir dafür halten, daß nach besagtem Baron kein Mensch würdig sei, es zu bekleiden. Potsdam, den 1. April 1744«.

Der Baron, der ein so ehrenvolles Zeugnis erhalten hatte, fuhr nach Nürnberg und bekehrte sich zum Katholizismus. Die Witwe aber überlegte es sich anders und gab ihm einen Korb. Alles war also umsonst gewesen. Er kehrte nach Berlin zurück, bat den König, ihn wieder aufzunehmen, und erbot sich, wieder Protestant zu werden. Friedrich ließ ihm antworten, dieses Anerbieten genüge nicht, um ihm wieder seinen alten Rang zu verschaffen, aber wenn er bereit wäre, den mohammedanischen Glauben anzunehmen, und sich dem dort gebräuchlichen Ritus unterzöge, dann würde er ihn wieder in sein Amt einsetzen.

Schließlich kehrte Pöllnitz doch an den Hof zurück, freilich mußte er sich mit folgenden Bedingungen einverstanden erklären:

In den Straßen Berlins sollte unter Hörnerklang und Trommelwirbeln bekanntgemacht werden, daß es bei Strafe von hundert Golddukaten jedermann verboten sei, dem Baron Pöllnitz weiterhin Kredit zu gewähren, weder in Form von Geld noch von Waren. Es wurde ihm untersagt, seinen Fuß über die Schwelle einer fremden Gesandtschaft zu setzen oder sich mit den ausländischen Gesandten in anderen Häusern zu treffen und ihnen auch nur das Geringste aus seinen Gesprächen mit dem König mitzuteilen. Endlich sollte er bei Tisch bemüht sein, ein fröhliches Gesicht zu zeigen und nicht dreinzuschauen wie ein betrogener Ehrenmann.

Dem König war bekannt, daß Pöllnitz einmal irgendwo geäußert hatte, es sei vorteilhafter, Schweine zu hüten, als ... Friedrich gab ihm also den

Rat, sich in Westfalen einen solchen Dienst zu suchen. Zu guter Letzt bezahlte er dessen Schulden, stellte ihn wieder ein und vertrieb sich die Zeit mit ihm. Einst bat ihn Pöllnitz um die Gewährung einer Unterstützung. Friedrich ließ einen Scheffel Weizen in seine Wohnung bringen und ihn dort ausschütten ... Pöllnitz war damals am Hofe eine allen wohlbekannte Figur, und da er sich jeden Streich gefallen ließ, war er sehr bequem. Er besaß zwar mancherlei Fähigkeiten, aber kein bißchen Charakter. Man ging mit ihm wie mit einem Putzlappen um.

Mit zusammengekniffenen Augen betrachtete er de Simonis und führte ihn auf die Terrasse hinaus. Hier befand sich jetzt niemand.

»Der König befahl mir, Euch, Herr de – das stimmt doch? – Simonis«, begann Pöllnitz lebhaft, »der König befahl mir, Euch einige Informationen, den sächsischen Hof betreffend, zu geben. Der Allergnädigste Herr weiß, daß niemand die Geheimnisse dieses Hofes und der anderen Höfe – ich möchte sagen, aller europäischen – besser kennt als ich. Aber verratet mir doch zuerst einmal, was Ihr an diesem Hofe machen sollt!«

Max begriff, daß er ihm nicht die Wahrheit anvertrauen dürfe, zumal Pöllnitz eine sehr lockere Zunge besaß und ein so loses Mundwerk, daß er nichts für sich behalten konnte.

»Das könnt Ihr Euch doch wohl denken, Herr Kämmerer, wenn Ihr mich nur anseht. Ich suche das Glück, eine Anstellung!«

Pöllnitz maß ihn mit einem Blick vom Kopf bis zum Fuß:

»Ich verstehe, Ihr seid ein hübscher, eleganter und junger Bursche. Hm, zu Augusts II. Zeiten hättet Ihr dort Karriere machen können. Jetzt werdet Ihr vielleicht nur noch Frau Brühl auffallen, aber das ist ein weiblicher Minotaurus! Er verschlingt mit Haut und Haaren jeden, der ihm in den Rachen fällt ...«

Simonis lächelte.

»Die Königin«, erzählte der Baron weiter, »ist häßlich wie die Sünde und so fromm wie ein Weihwasserwedel ... Die Frauen sind dort nicht mehr an der Macht, nur noch der alte Guarini und Brühl ... Um bei der Wahrheit zu bleiben, Brühl ist der Herrscher. Hättet Ihr Lust, Euch als Sekretär bei Brühl zu bewerben? Ein solcher Posten müßte frei sein, denn einer seiner Sekretäre soll kürzlich, nachdem man ihn an den Pranger gestellt und dann begnadigt hatte, zu lebenslänglicher Haft auf dem Königstein verurteilt worden sein ... Wißt Ihr weshalb?«

Die Antwort auf die Frage flüsterte er ihm selbst ins Ohr: »Alle Sekretäre des Ministers sind gleichzeitig die ... ›Favoriten‹ der Frau Gräfin. Dieser hat das Verbrechen begangen, sich in eine Kammerjungfer zu verlieben. Mit gutem Recht stellte man ihn also an den Pranger ...«

Max wurde blaß, doch zwang er sich zu einem Lächeln.

»Herr Baron«, entgegnete er, »ich habe weder die Hoffnung noch den Wunsch, so hohe und schwierige Pflichten zu übernehmen. Ich bin mit einer bescheidenen Stellung zufrieden.«

»Herr de Simonis, tut, was Ihr für richtig haltet!« erklärte Pöllnitz. »Ich will Euch nur den Schlüssel zum Erfolg geben: Bemüht Euch, Brühl zu gewinnen. Dazu gibt es verschiedene Mittel ...« Er räusperte sich bedeutsam. »Auch er liebt junge Menschen ..., er liebt sie sehr, wie man sagt. Wenn er Eure Treue erprobt hat, wird er Euch vielleicht beim König unterbringen. Der König weiß nicht, seit ihn seine innigstgeliebte Tochter verlassen und einen Bayern geheiratet hat, mit wem er die Nachmittagsstunden verbringen soll. Wer weiß, vielleicht gefallt Ihr ihm.«

Nach diesen Worten verschränkte er seine Hände auf dem Rücken unter den Frackschößen und ging einige Male auf der Terrasse hin und her. Dann blieb er wieder bei Simonis stehen.

»Wie ich bemerkt habe«, sagte Pöllnitz, senkte die Stimme und sah sich um, »hattet Ihr das Glück, unserem Herrn zu gefallen. Ich hörte, Alkmene soll Euch, indem sie Euch auf den Schoß sprang, ein gutes Zeugnis ausgestellt haben; warum bringt man Euch eigentlich nicht hier am Hofe unter? Hm, das ist doch eigentümlich! Seine Königliche Hoheit jagt Euch von hier weg nach Sachsen? Hm? Das verstehe ich nicht ...«

De Simonis erschrak über seine Vermutungen und fiel ihm schnell ins Wort:

»Verzeiht, Herr Baron, mein Beschluß, nach Sachsen zu reisen, steht seit langem fest. Ich habe dort einen nahen Verwandten, den Rat Ammon. Niemand jagt mich hier weg, sondern ich fahre aus freien Stücken.«

Pöllnitz blickte ihn lachend an, nickte ihm zu und führte ihn langsam die Terrasse hinab, wo die Gefahr geringer war, belauscht zu werden. Er trat dicht an Simonis heran:

»Euch fliegt das Glück direkt zu. Der König beklagt sich, daß er weder von Beguelin noch von Ammon genaue Nachrichten aus Dresden erhält ... Und auf Sachsen muß man achtgeben, denn Brühl ist ein gefährlicher Bursche. Indem Ihr geschickte Briefchen schreibt, könnt Ihr Karriere machen ...«

Er blickte ihm scharf in die Augen. Simonis dachte, daß er jetzt den Entrüsteten spielen müsse, um sein Geheimnis nicht preiszugeben, und entgegnete mit gut geheuchelter Empörung:

»Verzeiht, Herr Baron, ich würde mich nie zum Spion machen lassen, außerdem würde ich mich dazu gar nicht eignen.«

Pöllnitz brach in ein lautes Gelächter aus.

In diesem Augenblick verkündete der Lärm im Vorzimmer, daß etwas Außergewöhnliches vorgefallen sein mußte; und da der Baron ungemein neugierig war, eilte er mit Simonis zum Schloß zurück.

Sie sahen, wie sich in der zum Schlosse führenden Allee eine sechsspännige Galakutsche näherte. Sie wurde von den besten Pferden gezogen, deren Geschirr vor Gold glänzte. Sie brachten irgendwelche Gäste zum König.

Offensichtlich hatte das der König auch schon gesehen. Aus dem Audienzsaal drang durch die offene Tür seine wütende Stimme:

»Wer hat die sechsspännige Equipage für die beiden römischen Prälaten ausgeschickt?«

Alle schwiegen, nur der alte General Lentulus, der sich etwas abseits hielt, meldete sich:

»Ich war es, Allergnädigster Herr!«

Friedrich stürzte sich mit hocherhobenem Stock auf Lentulus, der kerzengerade dastand.

»Er ist ein Esel!« schrie der König, »versteht Er mich? Ein alter Esel!«

Aber er stieß bloß mit dem Stock auf das Parkett auf, worauf alle Hunde zu bellen begannen.

»Wenn die Prälaten hier sind, soll Er selbst in den Stall gehen«, fuhr Friedrich fort, »die Pferde ausspannen, die Kutsche einstellen. Zwei lahme, schlechte Mähren und eine alte Droschke soll man ihnen geben ... Das ist für sie gut genug. Versteht Er mich?«

Lentulus verneigte sich. In diesem Augenblick traten die beiden Prälaten in ihren violetten Gewändern ein. Auf der Brust leuchteten Kreuze, ihre Umhänge trugen sie über dem Arm. Sie verschwanden im Audienzzimmer, dann schlossen sich die Türen hinter ihnen.

Was das für eine Audienz war, wußte niemand. Aber als sie eine Stunde später herauskamen, blieben sie erstaunt vor dem elenden Gefährt stehen, in das sie einsteigen sollten. Lentulus geleitete sie bis auf den Gang hinaus ... Monsignore fragte schüchtern nach dem Grund dieses Wechsels.

Der General setzte eine sehr gewichtige Miene auf:

»Die traditionelle Etikette unseres Hofes schreibt es so vor. Mit großem Prunk werden unsere Gäste eingeholt und mit einem Fiaker zurückgebracht ... Die Etikette umzustoßen ist unmöglich.«

Während dies geschah, war Baron Pöllnitz verschwunden. Max hatte seinen Platz neben Malszycki in der Ecke des Vorzimmers wieder eingenommen. Er wußte nicht genau, ob er noch länger warten sollte, oder ob das Gespräch mit Pöllnitz schon alles gewesen war. Er zog jedoch vor, sich lieber zu irren, länger hier zu bleiben und so die einzige Möglichkeit auszunutzen, um diesen Hof kennenzulernen. Und er hatte recht daran getan. Eine halbe Stunde später erschien Fredersdorf und sah sich suchend um. Er nickte Max zu und gab ihm ein Zeichen zu folgen.

Nachdem sie schweigend die Treppe emporgestiegen waren, betraten sie ein einfaches Zimmer. Es war nicht die Wohnung, sondern die Kanzlei des Schatzmeisters. Fredersdorf führte ihn von hier aus in ein kleines, noch bescheidener eingerichtetes Kabinett.

»Der Allergnädigste Herr«, hub Fredersdorf schließlich an, nachdem er die Tür hinter sich geschlossen, »erzählte mir von der Begebenheit im Park. Ihr habt wirklich Glück gehabt, und ich darf Euch sagen, Ihr gefallt dem König ... Die Hunde sollen Euren Hut zerrissen haben. Der König will Euch den Schaden ersetzen und Euch zugleich etwas unter die Arme greifen. Er befahl mir, Euch dies als Reisezuschuß auszuhändigen.«

Bei diesen Worten zog Fredersdorf eine Schublade des Schreibtisches auf, entnahm ihr eine in Papier eingewickelte Geldrolle und drückte sie Simonis in die Hand.

»Der Allergnädigste Herr wünscht jedoch«, bemerkte er, »daß Ihr niemandem etwas davon erzählt. Wir sind sehr sparsam – das könnte sonst andere auf den Gedanken bringen, Alkmene alte Hüte vorzuwerfen ...«

Der Schatzmeister lachte.

»Und jetzt«, schloß er, »könnt Ihr Euch, verehrter Kavalier, nach unten begeben, mit den Pagen das Mittagessen einnehmen und dann nach Berlin zurückkehren. Ich bitte Euch sehr, mich dort der Frau Gräfin zu empfehlen, denn ich hoffe doch, Ihr macht Euch nicht auf den Weg, ohne die Gräfin noch einmal gesehen und den erfahrenen Rat, den sie Euch geben kann, gehört zu haben.«

Simonis verneigte sich sehr tief. Er wurde entlassen und ging sofort zu Malszycki hinunter. Schon war die Stunde gekommen, wo der König das Mittagessen einzunehmen pflegte.

Für die Pagen wurde später in einem Nebenraum der Tisch gedeckt. Max konnte nur eine bescheidene Stärkung zu sich nehmen, denn am Hofe wurde in jeder Beziehung äußerste Sparsamkeit geübt. Als sich der König zur nachmittäglichen Lesestunde niedersetzte, verließ Max das Schloß und überlegte, wie er wohl am besten nach Berlin gelangen könnte.

III

Zu Hause angekommen, schüttelte er den Staub von seinen Füßen, machte die Perücke frisch zurecht und eilte noch am selben Abend zu dem ›kleinen Paradies‹ der Gräfin de Camas, hoch droben im vierten Stockwerk des Berliner Schlosses. Die Greisin schien ihn erwartet zu haben. Als er eintrat, flüsterte sie einer gerade anwesenden Hofdame einige Worte ins Ohr, worauf sich diese verabschiedete.

Kaum hatte sich die Tür hinter Ihr geschlossen, ging die Gräfin ungeduldig auf ihn zu und fragte:

»Na und? Wart Ihr in Sanssouci? Sprecht ... Erzählt mir alles!«

Ohne ihr etwas zu verheimlichen – sollte doch von ihr sein ganzes Glück abhängen –, begann der Kavalier fröhlich seinen Bericht. Er vergaß dabei auch nicht die geringste Kleinigkeit und unterhielt, da er seine Erzählung auszuschmücken verstand, die alte Dame auf das beste. Die größte Freude bereitete aber der Gräfin sein Erlebnis mit Alkmene.

»Ihr habt wirklich Glück gehabt«, meinte sie lachend, »einen günstigen Moment habt Ihr Euch ausgesucht! Der König ist nicht immer so gut aufgelegt ... Es hätte Euch leicht anders ergehen können. Ich gratuliere Euch, daß Ihr einen solchen Erfolg errungen und außerdem noch Bekanntschaft mit Pöllnitz geschlossen habt, der ein sehr amüsanter und geistreicher Mensch ist, aber zu nichts taugt ... Und jetzt reden wir einmal ehrlich miteinander«, fuhr sie fort, rückte näher und machte ein ernstes Gesicht. »Da junge Leute gewöhnlich nicht sparsam zu sein pflegen und manche Ausgabe nötig ist, um neue Bekanntschaften zu schließen, so kann es nicht schaden, wenn auch ich Euch einen kleinen Vorschuß gebe. Ihr braucht ihn nicht zurückzuzahlen. Ihr macht das durch die Briefe wett, die Ihr mir jede Woche schreiben werdet. Ihr braucht sie nur Beguelin zu geben, der wird für die Zustellung sorgen. Ich, eine alte Frau, die nichts zu tun hat, bin sehr neugierig: Alles interessiert mich ... Schreibt also, was Ihr hört, was Ihr seht und was Ihr so in der Luft wittert ... Viele junge Leute sind um Brühl und dessen Frau. Wenn es Euch gelänge, Euch da Zutritt zu verschaffen, mit der Moszynska bekannt zu werden, Verbindung mit den Favoriten aufzunehmen ... Das wäre gut. Bis Euch das gelingt, versucht, als neugieriger Ausländer, als ein Jüngling, der sich amüsieren will, Euch der Brühlschen Kanzlei zu nähern. In Euren Briefen berichtet Ihr mir alles ... Versteht Ihr mich?«

Das Gesicht des jungen Mannes verriet der Alten, daß er seine Aufgabe ausgezeichnet begriffen hatte, seine Augen blitzten schlau. Er hielt es jedoch für nötig, es der Gräfin zu beteuern:

»Oh, Frau Gräfin«, rief er aus, »ich verstehe zu gut, die geringfügigste Angelegenheit, das unbedeutendste Wörtchen können von Wichtigkeit sein. Meine Pflicht wird es sein, so viel wie möglich herumzuhorchen, selbst wenn es sich nur um Klatschgeschichten handelt, genauestens zu berichten, was ich in Erfahrung bringen kann ...«

»Und vergeßt nicht«, unterbrach ihn leise die Gräfin, »von den Männern ist am leichtesten etwas beim Gläschen herauszukriegen und von den Frauen – wenn sich eine in Euch verliebt!«

Herr de Simonis senkte überaus bescheiden den Blick. »Na, na, geniert Euch nicht!« fügte die Gräfin lachend hinzu, »Ihr seid jung, hübsch, geistreich und versteht Euch in der Gesellschaft zu bewegen. Wäre es denn da so verwunderlich, wenn jemand Euch sein Herzchen schenken würde ... In den sächsischen Frauen lebt noch die Erinnerung an die Zeiten Augusts des Starken. Man darf sie jedoch nicht ernst nehmen, sie nehmen die Liebe auch nicht tragisch. Für Euch und für sie muß das ein Spiel bleiben, das ein kluger Mensch auszunützen versteht ...«

Simonis verstand sehr gut und versprach, sich an diese Regeln zu halten.

Die Gräfin zog unter dem auf dem Tisch stehenden Briefbeschwerer zwei Briefe hervor und schob sie Max hin.

»Der eine ist an Euren Landsmann Beguelin gerichtet«, erläuterte sie, »der andere an meine alte Freundin, die Baronin Nostitz, die, obwohl sie einen sächsischen Namen trägt, eine gebürtige Berlinerin und mit Leib und Seele unserer brandenburgischen Sache ergeben ist. Sie ist eine schon bejahrte Dame, bei der Ihr Rat, Hilfe, Schutz und herzliche Aufnahme finden werdet. Beide Briefe werden Euch nützlich sein ...«

Jetzt hielt die Greisin einen Augenblick inne und schien zu überlegen, ob sie noch etwas hinzuzufügen hätte. Mit erhobener Stimme schloß sie:

»Bleibt gesund, Herr de Simonis, und macht Eure Sache gut! Ich wünsche und hoffe, daß Euch am sächsischen Hofe alles glückt ... Sollte sich Euch mit Hilfe der Baronin Nostitz eine Möglichkeit eröffnen, an den Hof Brühls zu gelangen, so packt diese Gelegenheit beim Schopfe! Reist schnellstens ab, morgen, wenn Ihr könnt! Seltsame Gerüchte sind im Umlauf«, hier senkte sie die Stimme, »man erzählt, daß Brühl im Begriff ist, sich mit Österreich gegen uns zu verbünden. Es wäre viel wert, wenn man sich Gewißheit darüber verschaffen könnte. Seid offen in Euren Briefen, aber vertraut sie nicht der Post an! Beguelin wird schon einen Weg finden ... Also nochmals, alles Gute!«

Und die Greisin reichte ihm die Hand, über die sich der Kavalier tief beugte und die er einige Male küßte, damit seine ganze Dankbarkeit zum Ausdruck bringend.

Als er sich auf der Straße befand und berechnete, wieviel Geld ihm von seinem eigenen geblieben, wieviel er als Geschenk vom König und der Gräfin erhalten habe, kam er sich so reich vor, daß ihm schwindelte. Selbst wenn er seinen Wirt fürstlich bezahlte und Carlotta ein schönes Andenken kaufte, verblieben ihm immer noch dreihundert und einige Dutzend Dukaten – und sein Talent, mit wenig Geld viel anzufangen. Mit einer für junge Männer außerordentlichen Schlauheit verstand Max, wenn es notwendig war, den Großmütigen zu spielen, die Dukaten laut und auffällig rollen zu lassen, aber im Alltag lebte er mehr aus der fremden als aus der eigenen Tasche.

Er hatte also nichts weiter zu tun, als sein Bündel zu schnüren, seinen Wirtsleuten ade zu sagen und sich ein Fuhrwerk zu suchen, das ihn gut in die sächsische Hauptstadt bringen würde.

Als er zurückkehrte, herrschte im Hause Unter den Linden tiefste Stille. Alles schlief schon. Er stieg leise die Treppen zu seinem Stübchen empor und machte sich daran, eine Kerze anzuzünden, was damals nicht ganz einfach war. Wie jeder Mensch, der wußte, was sich gehört, und der die Nachbarn nicht um Feuer angehen wollte, besaß auch Max auf dem Kamin Feuersteine, Zunder und mit Schwefel getränkte Hölzchen, die man daran anzündete. Auf diese Art und Weise gelang es auch unserem Kavalier, nachdem er sich im Dunkeln die Finger zerschlagen hatte, ein solches Hölzchen anzuzünden und dann auch eine Kerze. Es blieb ihm noch so viel zu tun, daß er kein Bedürfnis nach Schlaf verspürte.

Vor allem quälte ihn ein Gedanke … Vor ihm lagen auf dem Tisch die beiden Empfehlungsschreiben an Beguelin und die Baronin Nostitz. Eine sündhafte Neugier ergriff von ihm Besitz, zu erfahren, was wohl darin über ihn geschrieben stünde. Er selbst begriff noch nicht ganz Sinn und Zweck seiner Aufgabe … Allzu gern hätte er sich darüber Klarheit verschafft. Er war sich bewußt, daß er, wenn er dieser Versuchung erlag, mehr als eine Indiskretion beging – ein sträfliches Vergehen war es, das Siegel anzutasten … Aber Max nahm es mit seinem Gewissen nicht so genau, und die Neugier, was die Briefe wohl enthalten mochten, brannte förmlich in ihm …

Einige Male nahm er sie in die Hand, betrachtete sie von allen Seiten, hielt sie gegen das Licht, schrak zurück und legte sie wieder auf den Tisch. Aber die Versuchung ließ ihm keine Ruhe, wieder griff er danach und befühlte sie. Die auf den Briefen von der Gräfin de Camas eilig und mit zittriger Hand angebrachten Siegel waren nicht allzu deutlich. Die

Umrisse irgendeines Wappens waren zu erkennen. Die Form ähnelte dem Zeichen seines väterlichen Siegelringes. Er legte ihn auf die Eindrücke im Siegellack und stellte fest, daß er den Brief, wenn er den Lack erhitzte und vorsichtig vom Papier abhob, dann sehr gut, mit seinem eigenen Wappen versehen, wieder schließen könnte. Die Ungenauigkeit mochte später mit der langen Reise, der Hitze und der Notwendigkeit, so kostbare Empfehlungsschreiben ständig bei sich zu tragen, erklärt werden.

Nachdem Simonis alle moralischen Bedenken überwunden und die Ausführung dieses verwegenen Vorhabens bedacht hatte, schob er an der Tür den Riegel vor und ging mit zitternden Händen daran, seinen frevelhaften Plan in die Tat umzusetzen.

Zuerst erhitzte er leicht das Siegel des Briefes an Beguelin, in dem er die Empfehlung der Gräfin zu finden hoffte. Aber wie groß war sein Erstaunen, als er ein Stück gelbes, unordentlich abgerissenes Papier entdeckte, das in einen unbeschriebenen Bogen eingeschlagen war und die für ihn unverständlichen und durch Punkte voneinander getrennten Zahlen enthielt: 64 .... 871 .... 55 .... 2 .... usw.

Eine chiffrierte Depesche war es also, natürlich aus dem königlichen Kabinett! Simonis erbleichte. Mit fliegenden Händen legte er sie wieder in ihre Hülle und drückte ungeschickt sein Siegel darauf. Nur einen Nutzen hatte ihm also seine ganze Mühe gebracht: Er wußte nun, daß er tatsächlich ein Bote des Königs war. Er zögerte, das Schreiben an die Baronin Nostitz zu erbrechen. Traurig verzichtete er darauf, seine Neugier weiter zu befriedigen. Er legte die Briefe mit den Seiten, wo die Siegel angebracht waren, sorgfältig aufeinander, damit sie zusammenklebten und dadurch die Spuren seiner Neugier auf dem einen von ihnen verwischt würden.

Schließlich löschte er die Kerze und legte sich nieder, um wenigstens noch etwas zu ruhen.

Das erste Geräusch im Haus weckte ihn am Morgen. Eilig kleidete er sich an, denn er wollte noch den Hausherrn sprechen.

Der Vater Carlottas, der Zuckerbäcker Ceroni, befand sich in guten wirtschaftlichen Verhältnissen. Er übte seine Kunst mit großem Geschick aus und war sehr geschäftstüchtig. Den Protesten und Beschwerden der Bäcker zum Trotz betrieb er nicht nur die Zuckerbäckerei, sondern buk auch verschiedenerlei Semmeln und mehrere Brotarten, die er auf eigenartige Weise formte. Er war ein Mann von ungefähr fünfzig Jahren, wohlbeleibt, mit einem rotwangigen, glänzenden Gesicht und stets freundlich lächelnden Mund, geschäftig, redselig, mit keinem allzu starken Verstand, aber mit einem praktischen Sinn begabt. Er war Simonis sehr zugetan; genauso gern hatte die Hausfrau den Gast, am meisten aber liebte ihn ihre einzige Tochter, deren erste Liebe er war. Dem Liebling des ganzen Hauses, dem von allen verwöhnten Simonis – denn auch die Bediensteten des Hauses mochten ihn gut leiden – ging es hier nicht schlecht.

Meister Carl, nach dem auch die einzige Tochter Carlotta benannt worden war, beaufsichtigte gerade das Aufräumen seines Ladens, womit man soeben begonnen hatte. Es überraschte ihn etwas, als zu dieser ungewohnten Zeit Max bei ihm eintrat. Carl reichte ihm lachend die Hand: »Was soll denn das bedeuten, daß Ihr schon den zweiten Tag so zeitig auf den Beinen seid? Ich sehe, Ihr habt Euch etwas Wichtiges vorgenommen, Herr Max? Gestern seid Ihr noch vor Tag zu einem Spaziergang aufgebrochen, zu Mittag wart Ihr nicht da, und das Essen war ausgezeichnet.« Er klopfte sich auf das volle Bäuchlein.

Da die Lehrlinge mit Bürsten und Besen hier unten herumhantierten, zog Simonis ihn beiseite, zum Fenster hin.

»Mein lieber Herr Carl«, sagte er, »es tut mir ungemein leid, aber ich komme, um Euch mitzuteilen, daß ich Euch verlassen muß.«

Der Hausherr wich fast vor ihm zurück:

»Aber was heißt denn das? Fühlt Ihr Euch bei uns nicht wohl?«

»Im Gegenteil, ich glaube hier im Paradies zu sein, aber ich kann nicht länger untätig mit in den Schoß gelegten Händen dasitzen. Die Jahre verstreichen, ich muß an meine Zukunft denken. Hier kann ich nichts werden.«

Meister Carl sah ihn erstaunt an:

»Wohin soll's denn gehen?«

»Ich habe Empfehlungsschreiben für Sachsen.«

Der Hausherr schüttelte verwundert den Kopf:

»Es wird schwerhalten, Euch daran zu hindern, aber ich habe auch keine Lust, Euch zu etwas anderem zu raten. Ich kenne Sachsen, man kann's dort leicht zu etwas bringen, das stimmt, aber noch leichter ist es dort, auf Grund der ersten besten Verdächtigung ins Loch zu wandern oder wegen eines dummen Wortes an den Pranger gestellt zu werden.«

Nach einer kurzen Pause fügte er hinzu:

»Es sei denn, Ihr habt Briefe an Brühl, denn er ist dort allmächtig, und es gibt keinen, der über ihm steht.«

»Ach, ich werde schon zurechtkommen«, entgegnete Simonis, der ihm nichts verraten wollte.

Carl seufzte.

»Na, das ist ein gefährliches Spiel. Viele sind dort schon umgekommen«, warnte er leise, »seltsame Dinge ereignen sich dort, und wenn ich noch

hinzufügen darf: eine preußische Empfehlung an den sächsischen Hof …
he, he, he!« Dabei zog er eine Grimasse, beendete seinen Satz nicht,
wandte sich seinen Burschen zu und begann mit ihnen herumzuschelten.
Es war ihm offensichtlich nicht recht, daß er nun den Kavalier verlieren
sollte. Unter anderem hatte ihm dieser auch einigen Nutzen gebracht: Simonis schrieb für ihn Briefe und sorgte an regnerischen Tagen für die
Unterhaltung der Hausfrau und seiner Tochter.

Simonis machte ein trauriges Gesicht.

»Könntet Ihr mir vielleicht raten, wie ich am billigsten und am sicher-
sten nach Dresden gelangen kann?« fragte er.

»Kaufleute fahren oft dorthin. Ihr erkundigt Euch am besten im Gasthaus in der Judengasse«, antwortete der Meister. »Habt Ihr es sehr eilig?«

»Ja, sehr«, bestätigte Max.

Carl nickte, er wollte anscheinend über diese Anlegenheit nicht mehr
sprechen und fuhr fort, mit den Lehrjungen zu schimpfen und in den Stuben herumzulaufen.

Nachdem der Kavalier dem nachgekommen war, wozu er sich verpflichtet glaubte, verließ er das Haus und machte sich auf die Suche nach
einer Reisegelegenheit. Der Hinweis des Meisters Ceroni kam ihm gut zustatten. Eine Stunde später hatte er schon ein Fuhrwerk ausfindig gemacht, das eine ziemlich bunte Gesellschaft nach Dresden brachte. Er gab
ein Angeld und versprach, sich am Nachmittag in dem Gasthaus einzufinden.

Das Packen nahm nicht viel Zeit in Anspruch; eine Stunde später war
er reisefertig. Auch ein Geschenk für die kleine Carlotta, Ohrringe mit
Vergißmeinnicht aus Türkisen, hatte er schon unterwegs gekauft.

Gerade machte er den letzten Handgriff an seinem Bündel, als es
klopfte und das Mädchen mit gerunzelten Brauen grollend hereintrat und
ihn zum Mittagessen bat. Anstatt sich rasch nach Erledigung ihres Auftrages zurückzuziehen, sah sie sich in dem jetzt kahlen Zimmer traurig um.

Auf ihrem Gesicht waren bittere Vorwürfe deutlich zu lesen.

»Schöne Carlotta«, rief er aus, »ich kann nicht abreisen, ohne Euch ein
kleines Andenken übergeben zu haben. Ich bitte Euch, nehmt dies von
mir an!«

Und er überreichte ihr mit einer anmutigen Verbeugung das Schächtel-
chen mit den Ohrringen. Die Kleine errötete und hätte beinahe wütend
das Geschenk zurückgewiesen, doch dann sah sie dem Kavalier tief in die
Augen. Unter ihren Lidern hervor blinkten zwei Tränen. Sie floh bis zur
Schwelle.

Dort drehte sie sich um, als ob sie sich eines anderen besonnen hätte.

»Ich, oh! Ich werde Euch nicht vergessen«, rief sie mit tränenerstickter Stimme, »aber Ihr?« –

Max rührte diese kindliche Zuneigung. Er trat auf sie zu. Carlotta schlang die Arme um seinen Hals und weinte. Dieser Auftritt war für Max sehr unangenehm, denn er betrachtete das Mädchen noch als ein Kind und schämte sich des in ihr geweckten Gefühls. Es hätte ihm vielleicht noch viel zu schaffen gemacht, doch da erschallte draußen die Stimme der Mutter, die laut nach Carlotta rief.

Die Kleine trocknete die Tränen und eilte zur Tür. Als unten die Mutter hinter sich wieder die Tür schloß, warf sie Simonis zum Abschied noch einen Blick zu und verschwand.

Zum Essen ließ der Hausherr eine Flasche Wein bringen; man trank auf das Wohl des lieben Landsmannes. Max mußte versprechen, hierher zurückzukehren, wenn er in Sachsen kein Glück hätte, und zu schreiben, wie es ihm ging. Die Stunde der Abreise rückte heran. Carl band die Schürze ab, zog seinen Rock an, nahm Hut und Stock, befahl dem Lehrjungen, das Gepäck des Herrn Max voranzutragen, und begleitete seinen Gast bis zur Schenke, um ihn der Obhut des Kutschers zu empfehlen.

Von der Tür des Hauses aus winkten ihnen noch lange die Meisterin und Carlotta mit ihren Tüchern nach.

Im Hofe des Gasthauses wartete schon jenes für vornehme Reisende angepriesene Gefährt. Man war gerade dabei, magere Gäule, die ziemlich dämpfig aussahen, anzuspannen. Ein altertümlicher, riesiger Kasten war es, mit Ledervorhängen, der auf zwei Kutschbäumen ruhte und hinten und vorn je zwei Sitzplätze aufwies. Außerdem konnten auf dem hohen Bock neben dem Kutscher ein Mann und zwei weniger anspruchsvolle Reisende hinten auf einem Brett Platz nehmen, auf das ein Sack mit Heu als Polster gebunden war. Auf den zwei breiten Fußtritten ließen sich noch zwei weitere Reisende von geringerer Körperfülle bequem unterbringen. Die hohen, starken Räder und der ganze Bau dieses Gefährts, das einen außerordentlich festen, zuverlässigen und dauerhaften Eindruck machte, versprachen, diese Last durchaus befördern zu können. Gerade als der Kavalier herankam, verstaute man die Bündel und Gepäckstücke. Vier Personen wollten außer unserem Schweizer die Reise nach Dresden mitmachen.

Drei Männer und eine Frau waren seine Weggenossen. Die stark geschminkte und gepuderte Dame, deren Kleidung eine gewisse Eleganz nicht vermissen ließ, gehörte trotz ihres jugendlichen Gebarens zu jenen Geschöpfen, die zumindest schon die zweite Jugend erlebten, denn von der ersten war keine Spur mehr zu entdecken.

Ihre Gesichtszüge, soweit man sie unter der aufgetragenen Schicht zu erkennen vermochte, verrieten, daß sie auf viele Jahre und auf manche Lebenserfahrung zurückblicken konnte. Nur ihre Augen leuchteten noch mit ungewöhnlichem Glanz, und die leicht zusammengepreßten Lippen erinnerten noch an den kleinen Mund von einst. Heute vertraten zwei Falten die früheren Grübchen. Diese Person hatte beizeiten den bequemsten und besten Platz auf dem Fuhrwerk eingenommen und ihn mit Säcken und Bündeln umstellt. Auf den Knien hielt sie Tücher und Taschen. Nachdenklich saß sie da und gönnte ihrer Umgebung kaum einen Blick.

Neben ihr hatte sich ein älterer Herr mit einem zahnlosen, eingefallenen Nußknackergesicht niedergelassen. Er trug einen grauen Mantel und einen Dreispitz. Schweigend und ernst wartete er auf die Abfahrt. Beide Hände hatte er auf den Bambusstock mit einem vergoldeten Knauf gelegt. Der dritte Reisende, der gegen ein entsprechend geringeres Entgelt mit dem Platz auf dem Bock vorliebnahm, sah mit seinem gewichsten Schnurrbart, dem kleinen Zopf und dem grauen Leinenmantel, der die Kleidung verdeckte, wie ein ehemaliger Soldat aus. Es war ein richtiger Riese, breitschultrig und wortkarg. Vorn in der Kutsche neben Herrn de Simonis sollte ein kleiner Mann reisen, der ungeheuer dick war und den der Bauch stark behinderte; unaufhörlich wischte er sich den Schweiß von der Stirn, schnaufte und bewegte sich auf seinen kurzen und dicken Beinen nur mit Mühe vorwärts. Ungeduldig darüber, daß nicht abgefahren wurde, fluchte er leise in deutscher Sprache vor sich hin. Sein Gepäck war bereits untergebracht. Als er sah, daß man mit dem Anspannen der Pferde in wenigen Minuten fertig sei, versuchte er ungeschickt, diese Arche Noah zu besteigen. Niemand half ihm dabei. Max, von Mitleid gerührt, streckte die Hand aus, um ihn hochzuziehen, wofür er einen dankbaren Blick erntete. Als sich der Dickwanst setzte, neigte sich der Wagen auf die Seite. Man blickte einander an, aber was war da schon zu machen?

Max umarmte den rechtschaffenen Carl, der sich verstohlen die Augen wischte und sofort ging, um seine Rührung zu verbergen. Der Kavalier wickelte sich in seinen Mantel, lehnte sich in seine Ecke zurück und streckte die Beine so aus, daß sie die ihm gegenübersitzende Dame nicht störten. Dann setzte sich das Vehikel, von großem Lärm und lauten Rufen begleitet, in Bewegung, polterte über die hohe Torschwelle, daß die uralten Eisenteile laut klirrten, und erreichte glücklich die Straße.

Nun befand sich Herr de Simonis auf dem Wege nach der sächsischen Hauptstadt.

Diese Art zu reisen, die übrigens durchaus nicht billig war, hatte auch noch den Nachteil, daß sie sehr viel Zeit in Anspruch nahm. Zweimal täglich wurden in aller Ruhe die Pferde gefüttert, viermal hielt man an, um auszuruhen und Atem zu schöpfen, frühzeitig wurde an den Abenden gerastet; – so brauchte man von Berlin bis Dresden einige Tage. Noch dazu führte der Weg durch Sand, stille Wälder, durch ein ödes, wildes und kaum besiedeltes Land, das dem Auge keinen anderen Ruhepunkt bot als dürre, sonnenverbrannte Kiefern. Es war eine Qual, bei der Julihitze zu reisen. Doch jedes Ding hat zwei Seiten (so sagt das Sprichwort): Die Reisenden, die für einige Tage in dem kleinen Gefährt zusammengepfercht waren, sahen sich genötigt, wohl oder übel nähere Bekanntschaft miteinander zu schließen. Herr de Simonis, der immer größte Vorsicht walten ließ – aus Angst um sein eigenes Fell, um das er stets höchst besorgt war –, hatte es nicht sehr eilig damit, neue Menschen kennenzulernen und seiner Zunge freien Lauf zu lassen, die man ihm im Zaume zu halten empfohlen hatte. Er sah sich die anderen an, machte verschiedene Beobachtungen, aber er selbst zog sich wie eine Schnecke in ihr Gehäuse zurück und wich dem forschenden Blick seiner Reisegefährten aus.

Sein schönes, junges Gesicht mußte bei der leicht verwelkten Nachbarin, die ihm gegenübersaß, Sympathie erweckt haben; denn einige Male begegnete er ihrem auf ihn gerichteten Blick, der dann – auf frischer Tat ertappt – ihn sofort ängstlich floh. Sicherlich war es die Hitze, die der gefühlvollen Brust der einstigen Schönen einige Seufzer entriß. Der Kavalier wurde mit ihr bekannt, als er ihr am zweiten Tage der Reise ein Glas Wasser brachte. Von nun an beehrte sie ihn mit immer dreisteren Blicken, und allem Anscheine nach trugen nur die überflüssigen Zeugen Schuld daran, daß ein vertrauliches Gespräch erst verhältnismäßig spät zustande kam.

Das andere Gegenüber des Herrn Max, der zahnlose, auf den Stock gestützt dasitzende Alte, den außer den schmutzigen Manschetten ein wunderbarer Ring mit einem protzigen Stein an einem seiner mageren Finger auszeichnete, schwieg beharrlich. Er hing seinen Gedanken nach, ächzte, warf hin und wieder einen Blick auf seine eiförmige Uhr, die er auf der Brust trug. Sonst hätte man meinen können, er starre in den Himmel, wenn dieser nicht durch die lederne Wagendecke, wo deutliche Spuren verrieten, daß es schon oft durchgeregnet hatte, ersetzt worden wäre.

Der fette Nachbar des Kavaliers aß und trank ununterbrochen fast während der ganzen Fahrt. Zu diesem Zweck stand zwischen seinen kurzen Beinen ein mit allem wohlversehener Korb, dem er die für die Erhaltung seines Lebens notwendigen Stärkungsmittel entnahm. Konnte er nichts mehr essen oder trinken, so schlief er ein und kippte dann entweder gegen die eisernen Stäbe der Vorhänge, bei deren Berührung er unsanft aus dem Schlaf hochfuhr, oder auf die Schulter des Herrn Max, der geduldig dieses Übermaß an Wärme und Feuchtigkeit ertrug. Aus Langeweile erzählte der Dicke seine ganze Lebensgeschichte, ohne dabei etwas zu verbergen. Er übte den Beruf eines Riemers aus, oder besser, er besaß eine Riemerwerkstatt in Berlin. Seine Tochter war mit einem sächsischen Unteroffizier in Dresden verheiratet. Noch am gleichen Tage erfuhren alle, daß er es eilig hatte, um rechtzeitig zur Taufe seines Enkels dort zu sein, daß sein sächsischer Schwiegersohn der beste Mensch wäre, wenn er nicht tränke und dauernd Streit vom Zaune bräche, daß sein Dorettchen ein wunderschönes Frauchen sei und daß er mehrere tausend Taler Einkommen im Jahre, ein Haus an der Spree und manch zinsbringendes Darlehen zu vererben habe.

Dafür erzählte der zahnlose Alte überhaupt nichts; kein Wort konnte man ihm entlocken. Offenbar ignorierte er absichtlich diese schlechte Gesellschaft, in die er da hineingeraten war. Manchmal verzog er nur das Gesicht bedeutsam, als wollte er sagen:

»Ach, was für Gauner seid ihr doch! Wie komme ich bloß möglichst schnell wieder aus dieser Hölle heraus.«

Am zweiten Tage hielt die Kutsche zu einer längeren Rast vor einer engen und schmutzigen Schenke an. Ein lauschiges Kiefernwäldchen umgab das Haus. Hier ließ sich Max im Schatten nieder, um auszuruhen. Bald fand sich auch sein geschminktes Gegenüber ein. Langsam kam ein Gespräch in Gang. Max erfuhr, daß die Reisende, Mademoiselle Doris, bis vor einiger Zeit dem Französischen Theater in Dresden angehört hatte. Viel Unglück, ›des grands malheurs‹, war ihr schon im Leben widerfahren. Vergeblich hatte sie versucht, in Berlin unterzukommen, und kehrte nun zu ihren einflußreichen und vermögenden Freunden und Gönnern in die sächsische Hauptstadt zurück.

Auch sie war bemüht, den jungen Mann auszuhorchen, der sie jedoch mit allgemeinen Redensarten abspeiste. Sie gab ihm sogar zu verstehen, daß die Protektion, auf die sie rechnete, auch für zwei reichen würde, falls Max einer solchen bedürfe. Max bedankte sich für ihr Anerbieten mit den höflichsten Worten. Zu seinen Grundsätzen gehörte, nichts gering zu achten und jeden Vorteil wahrzunehmen.

Fräulein Doris, die ihren jungfräulichen Stand nachdrücklich zu betonen pflegte (niemand wäre sonst auf diesen Gedanken gekommen), sprach wirklich über die sächsische Hauptstadt wie von einem ihr sehr vertrauten Ort.

Bald überwand sie ihre anfängliche Zurückhaltung und geriet ins Plaudern. Groß und breit bewies sie, Dresden sei der einzige Ort in ganz

Deutschland, wo man zu leben verstünde und es anständige Menschen aushalten könnten.

»In Berlin geht es nur den Soldaten gut«, klagte sie. »Das ist mir ein schönes Theater, wo sich die Zuschauer immer aus zwei Bataillonen Fußtruppen, die einander abwechseln, rekrutieren. Die Hälfte dieser Lümmel versteht kein Wort Französisch. Der sächsische Hof, der König, das sind doch zivilisierte Menschen und wissen, was schön ist …«

Augenscheinlich hatte Berlin bei Fräulein Doris einen unangenehmen Nachgeschmack hinterlassen. Max hörte ihr nur zu: Aber er tat dies mit einer solchen Hingabe, daß die zu immer vertraulicheren Mitteilungen geneigte Künstlerin ihn bat, er möchte sie in Dresden besuchen, und ihm felsenfest versprach, sich seines weiteren Schicksals anzunehmen.

»Als Brühl noch Kavalier war, hat er sich in mich verliebt«, bekannte sie flüsternd. »Er wollte mich einem schönen Sachsen zur Frau geben, um so eine Trennung zu vermeiden. Aber mir stand damals der Sinn nach etwas anderem … Ebensogut hätte ich doch wenigstens eine solche Karriere wie die Barberina machen können …, aber …«

Ein Seufzer sagte das übrige.

Der Mann, der droben beim Kutscher auf dem Bock saß und während der ganzen Fahrt die Pfeife nicht aus dem Mund nahm und bis zur Bewußtlosigkeit qualmte, entpuppte sich am zweiten Tage als ein entlassener preußischer Soldat, der seinen Schwager besuchen wollte. Im schlesischen Feldzug hatte er eine Quetschung am Bein erlitten und mußte deshalb aus dem aktiven Dienst ausscheiden. Er war verheiratet, erhielt eine bescheidene Rente, arbeitete und hatte so sein Auskommen. Er unterhielt sich mit dem Kutscher, und manchmal fingen die Reisenden im Wageninnern interessante Gesprächsfetzen auf, die verrieten, daß er ein großer Verehrer Friedrichs II. war, obwohl ihm dieser einige Male recht kräftig den Buckel blau geschlagen hatte.

Der berühmte Pfund, ohne den der König nicht auskommen konnte und der ihn so geschickt zu fahren verstand – er soll in seinem ganzen Leben angeblich nur einmal mit dem Wagen des Königs umgeworfen haben –, war der leibliche Bruder dieses ehemaligen Grenadiers. Er war nicht wenig stolz darauf, denn mit Pfunds Fürsprache konnte man manchmal mehr erreichen als durch die Protektion der Kämmerer und Minister.

Niemandem in dieser Gesellschaft wäre die Zeit lang geworden, nur etwas störte, nämlich der verächtlich schweigende alte Stoffel, der mit zusammengepreßten Lippen auf seinen Stock gestützt dasaß. Bei allen erregte er Widerwillen.

Der ihm gegenübersitzende dicke Riemer führte einen ständigen geheimen Krieg mit den Füßen seines Nachbarn, die in sein Territorium eindrangen. Die beiden wechselten kein Wort miteinander, aber der Riemer, der den ›Stummen‹ für einen Aristokraten hielt, ließ seine Rachegefühle an dessen Hühneraugen aus ...

Gegen Abend, als gerade ein Gewitter im Anzuge war und Fräulein Doris voll banger Sorge zu der Wagendecke über ihrem Kopf aufblickte, wo es unweigerlich durchregnen würde, tauchte endlich am Horizont Dresden auf. Alle begrüßten es mit einem frohen Schrei, nur der griesgrämige Alte sah nicht hinaus und gab kein Lebenszeichen von sich. Der Riemer warf vor Freude seinen leeren Korb auf die Landstraße hinaus und rief laut: »Hopsa!«

Max verspürte eine eigenartige Erregung. Fräulein Doris flüsterte ihm zu, hier habe sie die schönsten Stunden ihres Lebens genossen. Auf dem Bock und im Inneren des Wagens wurde es lebendig.

Kurz darauf holperte der schwere Wagen über das Pflaster jenes Stadtteils, der früher die ›Altstadt‹ geheißen, den man aber seit August dem Starken in ›Neustadt‹ umbenannt hatte.

Von hier aus, vom vergoldeten Standbild des seligen Königs – die Sachsen behaupteten, sie hätten es absichtlich so aufgestellt, nämlich mit dem Rücken zur Stadt, damit er sich nach Warschau davonmachte und sie ihn loswürden – erblickte man die Stadtmauer und die Tore jenseits der Elbe und die prachtvolle Brücke, die zum Schloß führte. Die Stadt bot einen wunderbaren Anblick, denn damals gab es noch inmitten der Häuser und der Mauern viele Gärten, und die grünen Inseln der Bäume belebten die grauen Reihen der Wände.

Links, an der schönsten Stelle, über den schweren Kurtinen und Bastionen des Schlosses, erhoben sich das Palais und die Gartenanlagen Brühls, des allmächtigen Ministers des Königs, seine Bildergalerien, Altane, die ganze Brühlsche Terrasse, die damals als eine der schönsten Residenzen, eines Königs würdig, in Europa galt. August III. schmeichelte es auch, daß sich sein Minister mit Monarchen messen und gekrönte Häupter bei sich empfangen konnte.

Auf der anderen Seite ragte die katholische Kapelle des Königs empor, die zwar die Ausmaße einer Kirche besaß, aber keine Glocke hatte. In einem protestantischen Land ging die Toleranz zu jener Zeit nicht so weit, daß man einem fremden Glauben gestattet hätte, laut seine Anhänger zum Gebet zu rufen. Von dem eben fertiggestellten Turm entfernte man gerade die Gerüste.

Bereits in der Nähe der Altstadt bemerkten die Reisenden ein städtisches Leben und Treiben. Eine Unmenge von Herren und Damen, Kavalieren hoch zu Roß, Bediensteten in herrlichen Livreen und vornehmen Kutschen wogten zwischen den Stadtteilen hin und her. Den einen eilten bunt gekleidete Läufer voraus, andere wurden durch Berittene angekündigt, die die Menge auseinandertrieben. Das alles machte einen lebendigen Eindruck, stimmte aber nicht fröhlich. Das Volk ging niedergeschlagen, schweigend, finster und traurig dreinblickend einher ... Die beim Hof Beschäftigten erlaubten sich zu viel.

An der Brücke wurde der Wagen zur Paß- und Zollkontrolle angehalten, was viel Zeit in Anspruch nahm. Alle mußten sich auf der Hauptwache melden. Nachdem der schweigsame Alte diese Formalität erledigt hatte, nahm er sich einen Mann zum Gepäcktragen und verschwand, ohne sich von den anderen zu verabschieden.

Der Kutscher versprach, Herrn de Simonis zu einer seltsamen Herberge, dem ›Trompeterschlößchen‹, zu fahren, und die einst so schöne Mademoiselle Doris wollte sich dort ebenfalls unter dem Schutze des Kavaliers vorläufig einmieten. Max hatte ihr zwar erklärt, daß er sich sofort ein Unterkommen in einem Privathaus suchen müsse, aber auch sie beabsichtigte das gleiche und fürchtete sich, allein zu bleiben.

Das ›Trompeterschlößchen‹ lag damals fast außerhalb der Stadt und machte keinesfalls einen einladenden Eindruck. Das Zimmerchen, das man Simonis gegeben hatte, ging auf den Hof hinaus, war finster und roch übel. Doch der Kavalier nahm sich vor, am nächsten Tage die Flucht zu ergreifen – vor dem Zimmer und vor Doris. Da es noch nicht sehr spät am Abend war, das dumpfige Zimmer nicht zum Ausruhen reizte und die Nachbarschaft des Fräuleins dem Kavalier nicht schmeckte, säuberte er sich rasch vom Reisestaub und eilte in die Stadt. Er besaß einen ausgezeichneten Orientierungssinn, und diesem ist es sicherlich zuzuschreiben, daß er, ohne viel herumzuirren, sich zum Altmarkt durchfand. Im Vergleich zu dem neuen und breit angelegten Berlin kam ihm Dresden eng vor, doch es erinnerte ihn an die alten Städte in der Schweiz und beeindruckte ihn durch seinen Ernst.

Er sah sich gerade auf dem Markt um, ohne darauf zu achten, was die Leute von ihm denken würden, als an ihm eine Sänfte, die er nicht beachtete, vorbeigetragen wurde. In ihrem Fenster tauchte ein Kopf mit einer grauen Perücke auf. Schwarze Augen sahen forschend heraus. Ein kurzer Ruck an der Schnur – und die Träger setzten ihre Last direkt neben de Simonis ab.

Erst jetzt blickte er sich unwillkürlich um und erkannte seinen alten Vetter Ammon, dem vor Verwunderung der Mund offen blieb. Nur ein einziges Mal war er ihm begegnet, aber dieses Gesicht hatte sich ihm für ewig eingeprägt. Oft vergißt man liebe Menschen, doch selten diejenigen, gegen die man in seinem Inneren einen Groll hegt.

Er blickte in dieses unangenehme, strenge Gesicht, das einen bösen und wilden Eindruck machte, er sah die aufgedunsenen Wangen, die hervorquellenden Augen, deren Weißes blutunterlaufen war. Er fuhr zurück, drehte sich um und wollte weitergehen, doch eine dröhnende Stimme rief ihn an:

»Max, Max!«

Simonis wollte nicht vollkommen mit ihm brechen. Vielleicht war er auch froh, dem Herrn Rat wiederholen zu dürfen, daß er ihn überhaupt nicht brauche. Er legte die Hand an den Hut, wandte sich widerwillig um und trat langsam an die Sänfte heran.

»Was machst du hier?« fuhr ihn der Rat an. »Weshalb bist du hierher gekommen?«

Max schwieg einen Augenblick, bevor er langsam antwortete:

»Verzeiht Herr, mit welchem Recht fragt Ihr mich danach?«

»Mit welchem Recht!« brüllte Ammon mit Donnerstimme, »mit welchem Recht! Du Grünschnabel verlangst eine Begründung von mir! Eine Begründung ... Das ist ja wundervoll! ...«

»Herr Rat«, entgegnete der Kavalier gelassen, absichtlich den Nachdruck auf den Titel legend, um so jedes verwandtschaftliche Gefühl auszuschließen, »Herr Rat, seit unserem ersten und letzten Gespräch haben wir nichts mehr miteinander zu tun, ich bitte Euch um nichts, nicht einmal um einen Rat, und Ihr habt nicht das Recht, von mir Rechenschaft zu fordern.«

Nach diesen Worten verneigte er sich und wollte sich entfernen, aber der Rat gab seinen Trägern ein Zeichen, den Deckel der Sänfte emporzuheben, und lief, den Stock in der Hand und den Hut unterm Arm, dem Davoneilenden schnell nach.

»Hör mal, Max ...« rief er ihn an, »sei doch nicht ... töricht. Das, was ich getan habe, als ich dich zum ersten Male bei mir empfing, geschah zu deinem Wohle. Aber was treibst du hier? Zum Teufel, sprich! Bist du denn schon lange hier?«

»Seit einer Stunde«, entgegnete Simonis, »aber ich merke schon, in der sächsischen Hauptstadt werde ich wenig Glück haben, wenn ich schon beim ersten Schritt dem Herrn Rat begegne.«

Ammon stützte sich auf den Stock:

»Du Milchbart! Ha, in Berlin hast du also Pech gehabt. Weder dein glattes Gesicht noch deine schönen Reden haben dir etwas genützt. Hier willst du nun dein Glück versuchen ... Wo, wo denn? Am Hofe? Bei Brühl? Bei den alten Weibern! Und du glaubst, hier mehr Erfolg zu haben?«

Simonis lachte spöttisch.

Er wollte nicht sein Geheimnis preisgeben, aber er hatte doch zu große Lust, sich an seinem Vetter zu rächen.

Max tat so, als berührten ihn diese Schmähungen nicht im geringsten; mitleidig sah er Ammon an, steckte eine Hand in die Tasche und erwiderte, jedes Wort langsam und deutlich aussprechend:

»Ich habe hier nichts Besonderes vor, ich habe Geschäfte zu erledigen.«

»Sapperment! Ihr habt Geschäfte? Was können denn das schon für Geschäfte sein? Mit Langfingern, mit Schürzen? Oder ...«

»Meine Geschäfte gehen nur mich etwas an«, antwortete Simonis schnell, »aber Ihr, Herr Rat, der Ihr mich angehalten habt, um mich zu beschimpfen − von Euren Verwandtschaftspflichten, scheint mir, kennt Ihr nur die eine, nämlich die Jugend zu tadeln −, Ihr, Herr Rat, könntet mir einen Dienst erweisen, der Euch keinen Heller kostet.«

Ammon wurde leicht verlegen.

»Ich benötige die Anschrift des Herrn Beguelin. Ich habe den Auftrag, ihn aufzusuchen«, fügte Simonis hinzu.

Zwischen dem alten Ammon und Beguelin spielte sich seit langem, obwohl beide Schweizer waren, ein geheimer Kampf wie zwischen zwei Rivalen ab. Ammon hielt sich für den Vorgesetzten, Beguelin mied ihn und stand direkt mit Berlin in Verbindung. Als der Name seines Widersachers fiel, geriet der Alte in Wut. Er sprang auf Max zu: »Wozu brauchst du diesen Beguelin? Wozu?«

»Das ist meine Sache, ich bat Euch doch nur um seine Anschrift.«

Ammon sah ihn lange an, spuckte aus, runzelte die Stirn, zuckte mit den Achseln und kehrte, ohne ein Wort zu sagen, zu seiner Sänfte zurück und befahl, zum Schloß getragen zu werden.

Die gleiche Richtung schlug auch unser Kavalier ein. Er empfand eine gewisse Befriedigung, daß er dem Alten mit gleicher Münze gezahlt hatte.

Die enge Straße, die zum Schloß führte, war von regem Leben erfüllt. Man war auf dem Wege zum Konzert und zur Theatervorstellung, die der König veranstaltete. Alle Sänften und Equipagen eilten dorthin. Max hatte Gelegenheit, die prachtvollen Livreen, die Pferde, Perücken, die Diener in Galauniform und sogar schöne Frauenköpfe, die hie und da aus den Kutschen und Sänften herausschauten, zu bestaunen.

Mitten in diesem Gedränge erblickte Max zum ersten Mal in seinem

Leben auch Trachten aus dem Osten. Noch nie hatte er sie zu Gesicht bekommen und hielt anfänglich die polnischen Edelleute, die Pans, für Gesandte aus fernen Ländern. Es gab hier ihrer viele. Sie zogen aller Augen auf sich durch ihre prunkvolle Kleidung, ihre kostbaren Säbel und die Würde ihrer heiteren Gesichter.

Max blieb an einer Hauswand stehen und war so in den Anblick dieser bunten Menge versunken, daß er nicht bemerkte, wie ihm gegenüber ein junger Mann stehenblieb, der jedoch einige Jahre mehr als er zählen mochte. Mit der gleichen Aufmerksamkeit, mit der Max das Treiben beobachtete, betrachtete ihn der Fremde. Er schlich um ihn herum, musterte Maxens Gesicht, schien unsicher zu sein und trat schließlich mit einer Verbeugung an ihn heran.

Der Fremde mochte wohl dreißig Jahre alt sein, war überaus vornehm gekleidet, verbreitete den Duft von Veilchenpuder, trug eine wundervoll gelockte Perücke und einen lila Samtrock mit weißem Atlasfutter. Straff umspannten die Strümpfe seine Waden, die Füße steckten in Schuhen mit silbernen Schnallen und roten Absätzen, und die weißen Handschuhe, von denen er einen in der Hand hielt, verliehen ihm das typische Aussehen eines Hofmannes und Modegecken.

Auf seinem mit Spitzen verzierten Hemd blitzte auf der Brust ein mit Brillanten besetzter Smaragd wie das Blatt einer Wunderblume aus unbekannten Ländern.

Er stieß den in Gedanken versunkenen Simonis an:

»Pardon, irre ich mich? Kavalier de Simonis?«

Als Max seinen Namen hörte, fuhr er leicht zusammen und blickte den Sprecher an.

»Bei Gott, das ist doch Robert Blumli!« rief er aus.

Sie fielen sich in die Arme.

»Woher kommst du? Was machst du hier?« kamen überstürzt die Fragen.

Blumli stammte so wie Max de Simonis aus der Nähe von Bern und war ebenfalls von dort ausgewandert, nur mit dem Unterschied, daß er dies zu Fuß getan hatte, nicht viel konnte und kaum wußte, welchen Beruf er sich zuwenden sollte. Er war in die weite Welt gezogen, ein junger, frischer Bursche aus den Bergen, den der Duft der Alpenkräuter und die Milch der Schweizer Kühe genährt hatten, kräftig, gesund, fröhlich und munter. Die Schönheit war ihm zwar bis jetzt geblieben, die Eleganz hinzugekommen, aber diese Naturpflanze hatte hier an der Elbe manches von ihrer Frische eingebüßt.

Blumli war Simonis um einige Jahre voraus.

Sie hakten einander unter.

»Man merkt gleich, daß es dir sehr gut geht, mein lieber Robert«, stellte Max erfreut fest. »Du siehst wie ein vornehmer Herr aus!«

Blumli lächelte traurig.

»Ich kann mich nicht beklagen«, entgegnete er leise.

»Welch glücklicher Zufall, daß wir uns getroffen haben«, fuhr Simonis fort. »Du warst immer mein Freund, und ich hoffe, du wirst auch jetzt einem Wanderer deinen Schutz nicht versagen. Ich will nichts anderes von dir, als daß du mir hilfst, mich mit den örtlichen Gegebenheiten vertraut zu machen. Doch deine Kleidung verrät mir, daß du heute abend etwas vorhast. Ich bitte dich, bringe mir nur keine Opfer ... Wir sehen uns morgen wieder.«

»Von Opfern kann gar keine Rede sein. Ich habe soeben das Konzert verlassen, um ein bißchen frische Luft zu atmen. Bis elf Uhr bin ich frei. Du kommst mit zu mir, und dort können wir uns das Herz ausschütten.«

In der Nähe wartete die Sänfte des Herrn Blumli. Er ließ eine zweite für Simonis holen, denn er wohnte draußen in der Pirnaischen Vorstadt. Zum ersten Mal befand sich Max in einem solchen Kasten. Er war dem Schicksal sehr dankbar, daß es ihm einen solchen Landsmann beschert hatte. Er nahm sich jedoch zusammen und beschloß, unter keinen Umständen etwas auszuplaudern.

Hinter der Stadtmauer konnten die Sänften nebeneinander getragen werden. Die Träger waren an einen gleichmäßigen Gang gewöhnt, und so setzten die beiden Freunde ihre Unterhaltung in französischer Sprache fort, ohne dabei eine Belauschung fürchten zu müssen. Sie gedachten ihres Heimatlandes und sprachen mehr von Bern, von ihrer Jugendzeit, über die am Fuße der schneebedeckten Alpengipfel verlebten Jahre als über Sachsen und ihr augenblickliches Ergehen.

Die Sänften machten am Tor eines schönen Hauses halt. Man läutete, die Tore wurden geöffnet, und die Träger brachten die beiden Schweizer bis an den Treppenaufgang, wo zwei Lakaien warteten. Blumli ergriff den Arm seines Freundes und führte den ziemlich erstaunten Max nach oben in seine Wohnung.

»Du bist doch nicht verheiratet?« fragte Simonis und sah an seinen Reisekleidern herab.

»Aber nein, keineswegs!« – Er seufzte, schlug die Augen nieder. Sie betraten einen sehr schön eingerichteten Salon. Ein Sprichwort, das in fast allen Sprachen bekannt ist, sagt sehr richtig: »Wie der Herr, so's Gescherr.« Die den Herrn umgeben, folgen seinem Beispiel; sie sehen ihm alles ab, und sogar ihre Gesichtszüge gleichen sich den seinen an. Schon zu

Lebzeiten Augusts II. hatten Glanz, Prunk und Luxus ihren Einzug in Sachsen gehalten; der Hof vertrieb sich die Zeit mit oberflächlichen Liebschaften, genauso, wie es der König tat, wie er warf man mit Geld um sich und war bemüht, es ihm nach Möglichkeit gleichzutun. Die Leidenschaft für den Luxus, für Feste, Gelage und das Weidwerk übernahm dann sein Sohn von ihm. Brühl war der größte Verschwender und Prasser seiner Zeit. Obwohl er Millionen bei seinem Tode hinterließ, hatte er in seinem Leben genauso riesige Summen durchgebracht. Hunderte von Menschen gehörten zu seinem Hofstaat. Hennicke, der ehemalige Lakai, fuhr nicht anders aus als mit vier Dienern in Livree auf seiner Kutsche. Selbst die niedrigsten Beamten litten an Verschwendungssucht, soweit es ihre Mittel erlaubten. Die Voliebe für schöne Kleidung, Schmuck, Porzellan, kostbare Nippsachen war allgemein verbreitet.

Der Hof und die Lebensweise des preußischen Königs bildeten einen krassen Gegensatz zu diesen Verhältnissen. Friedrich II. besaß nicht einmal anderthalb Dutzend Hemden, trug selbst sehr schmutzige und geflickte Stiefel. Bei großen Hoffestlichkeiten zündete man aus Sparsamkeitsgründen die Kerzen in einem Saal erst dann an, wenn die Gäste schon dabei waren, den anderen zu verlassen. So traf es sich einmal, daß bei der Hochzeit einer Fürstentochter der ganze Hof lange Zeit im Dunkeln stand und auf Licht wartete. In den Nebensälen brannte immer nur je eine Kerze. So sah dort das Leben aus, aber Friedrich hatte für den Kriegsfall siebzig Millionen Taler bereitliegen. Während des Siebenjährigen Krieges mußte er zwar einen Teil seines Silbers dem Münzamt überlassen und ließ auch schlechte Taler prägen, aber er brauchte nirgends eine Anleihe aufzunehmen. An allem wurde gespart, am Essen, an der Kleidung, an den Kosten für den Unterhalt des Hofes. Die Rechnungen überprüfte Friedrich höchst persönlich und schrieb an den Rand, die Canaillen sollten nicht stehlen! Der durch sein Beispiel belehrte Hof gewöhnte sich die Sparsamkeit an. Die Gehälter waren äußerst bescheiden. In Sachsen dagegen, wo Brühl das Leben eines Königs führte, wo eine einzige Opernaufführung manchmal hunderttausend Taler kostete, eiferten alle dem König und seinem Minister nach ... Jedem war der Luxus unentbehrlich geworden. In der Zeit, mit der unsere Erzählung beginnt, besaß Sachsen eine ausgezeichnete Oper und ein Heer von fünfzehntausend Mann, Preußen dagegen ein miserables Theater, das die Soldaten besuchten, aber hundertfünfzigtausend Mann unter Waffen. Sachsen steckte bis über beide Ohren in Schulden, Preußens Staatskasse war gefüllt. Simonis, die bescheidenen Wohnungen in Berlin vor Augen, war schon baß erstaunt über das herrliche Appartement, das hier ein so unbedeutender Mensch wie Blumli bewohnte. Zwei Lakaien bedienten in den Zimmern, die nicht sehr groß waren, dafür aber weich und warm wie ein kleines Nest, behaglich und mit kostbaren Tapeten bespannt. Die Spiegel, das Porzellan, die Teppiche und Bilder ließen auf einen gewissen Reichtum schließen.

Herr de Simonis sah sich um, als befände er sich in einem verwunschenen Schloß.

»Hier bist du zu Hause?« fragte er seinen Landsmann.

Blumli lächelte traurig, sein Gesicht drückte alles andere als Glück aus: »So ist es, das ist meine Wohnung, und alles, was du darin siehst, ist mein ...«

»Dazu muß man dir gratulieren ...«

»Ach! ...« winkte Blumli ab und senkte den Blick. »Ich danke dir.«

Beide nahmen Platz. Man reichte Wein, Obst, Zuckerwerk und Gebäck.

»Du bist also in Amt und Würden, und ich nehme an, du bekleidest eine sehr wichtige Stellung?« erkundigte sich Simonis.

»Ich? Ich bin einer der überzähligen Sekretäre des Ministers«, antwortete Blumli leise, als ob er sich dessen schämte. »Aber von dieser Stellung aus kann man bei uns zu jeder anderen emporsteigen.«

»Du hast sicherlich viel zu tun?«

»Ach, nur am Morgen einige Stunden in der Kanzlei«, entgegnete Blumli und fuhr dann stockend fort. »Am Abend aber ... am Abend aber muß ich ... in den Zimmern sein ...«

»Für einen glücklichen Menschen, der es so rasch zu etwas gebracht hat«, bemerkte lachend Simonis, »scheinst du mir doch ein wenig zu bitter zu sein.«

Blumli verbarg seine offensichtlich schlechte Stimmung hinter einem gezwungenen Lächeln. Er wollte nicht weiter auf die Bemerkung seines Freundes eingehen und wandte das Gespräch einem anderen Gegenstand zu.

»Was gedenkst du denn zu unternehmen?« wollte er wissen.

»Ich? Ich will mich umschauen, lernen, etwas Neues sehen und habe es gar nicht eilig ... Für meine Reise nach Dresden«, erklärte er und schwindelte für einen angehenden Diplomaten sehr geschickt, »lag ein wichtiger Grund vor. Urteile selbst! Du weißt doch, die Ammons gehören zu meiner näheren Verwandtschaft. Als ich nach Berlin kam, habe ich den alten Rat besucht, der mir ein wenig herzliches Willkommen bot und mich fast zur Tür hinauswarf. Damals habe ich mir geschworen, auch ohne seine Hilfe durchzukommen. Ich habe mir Empfehlungsschreiben besorgt und bin

dann hierhergefahren, um ihn mit meinem Anblick ständig zu ärgern ...
Diese Rache ist mir sehr gut geglückt, denn bereits heute, kaum angekommen, habe ich mit ihm auf der Straße abgerechnet.«

Blumli hörte mit gespannter Aufmerksamkeit zu.

»Du erwähnst Empfehlungsschreiben, du gestattest, darf ich fragen, an wen sie gerichtet sind?«

Max zögerte etwas mit der Antwort, denn er fürchtete sich sogar, dem Freund sein Geheimnis zu offenbaren.

»Habe ich solche Schreiben erwähnt?« bemerkte er. »Wenn ich es tat, so war es nur eine leichte Übertreibung, denn in Wirklichkeit besitze ich nur eins, und zwar an Beguelin.«

»An Beguelin!« wiederholte Blumli geringschätzig. »Mein lieber Simonis, ich habe hier keinerlei Einfluß, wäre aber der Brief an mich gerichtet, so würdest du genausoviel damit erreichen ... An Beguelin! Was kann denn schon dieser Mann, der so eine Art preußischer Geschäftsträger ist, für dich tun! Er kann dir höchstens dazu verhelfen, daß du als preußischer Emissär bloßgestellt wirst, denn wir haben die Preußen nämlich durchaus nicht gern ... Wir, das heißt ... Brühl, denn Brühl bestimmt hier alles.«

»Aber man kann mich doch nicht für einen Preußen halten, wo ich dieses Land aus Angst vor dem Hungertode verlassen habe!« empört sich Simonis.

Blumli schien etwas zu überlegen.

»Ich meine es nur gut mit dir«, beruhigte er ihn. »Willst du es zu etwas bringen? Da gibt's keinen anderen Weg, als Brühl kennenzulernen, ihm zu dienen und ihn zu umschmeicheln.«

Dann schlug er die Augen nieder, seufzte und verfiel wieder in Nachdenken.

»Bist auch du diesen Weg gegangen?« fragte Max.

»Ja, genau den gleichen«, antwortete Robert leise, sah auf und musterte seinen Freund Simonis mit großer Aufmerksamkeit.

Dann erhob er sich, ging einige Male zerstreut auf und ab, sah zur Tür hinaus, vergewisserte sich, daß sie nicht belauscht wurden, und nahm schließlich dicht neben Simonis Platz, um ihm ins Ohr zu flüstern:

»Mein Lieber, die Frauen vermögen hier viel auszurichten. Mit Ausnahme der Königin, die betet und vom Klatsch lebt, haben doch alle anderen die männliche Jugend sehr gern und suchen in ihrer Gesellschaft Amüsements ... Wenn dein Herz frei ist und dir leicht verblühte und verblaßte Reize keinen Abscheu einflößen ..., so versuche dein Glück!«

Simonis lächelte und schwieg lange.

»Hm«, meinte er endlich, »ein Mensch, der vorwärtskommen will, darf nicht allzu wählerisch sein. Ich ziehe sogar ältere Frauen vor, denn sie schleppen einen nicht zum Altar, und es lockt mich durchaus nicht, mich für ewig in Ketten schlagen zu lassen.«

Er lachte auf, gezwungen und unnatürlich klang es. Blumli seufzte.

»Dort am preußischen Hofe haben die Frauen nichts zu sagen. Die Königin ist so gut wie verbannt. Friedrich verliebt sich nie und geht mit dem schönen Geschlecht wie mit den Soldaten beim Exerzieren um. Hier bei uns – angefangen bei der alten Faustina und der nicht mehr jungen Moszynska bis zur ältlichen Gräfin Brühl – spielen insgeheim die Weiber die erste Geige, na, und die Geistlichen ...« fügte er leise hinzu. »Eine andere Welt ...«

»Sie ist nicht besser«, fiel Simonis ein, »gewiß kann man hier leichter Fuß fassen und in größerer Sicherheit leben ...«

»Ha! In größerer Sicherheit?« unterbrach ihn Blumli und verzog den Mund. »Sicherer? In Preußen gibt es ein Küstrin und ein Spandau und hier ein Königstein und Pleißenburg ... bah! Dir als hoffnungsvollem Kandidaten müßte man das Schicksal Seyfferts erzählen ...«

»Was ist das für ein Seyffert?«

»Ich könnte ihn dir morgen irgendwo in der Vorstadt zeigen, denn heute befindet er sich wieder auf freiem Fuße, nur kann er sich nicht in der Stadt sehen lassen. Vor sechs Jahren besaß Seyffert ein Appartement, viel schöner noch als meines. Er war Sekretär für Heeresangelegenheiten bei Brühl, und die Gräfin liebte ihn sehr, denn er war ein hübscher Junge wie du ... Wenn du ihn heute sehen würdest – er ist nur noch Haut und Knochen, gelb, gebückt und hustet. Er wohnt in einem ärmlichen Häuschen in der Vorstadt und fristet ein elendes Leben.«

»Was hat er sich denn zuschulden kommen lassen?« fragte Simonis erstaunt.

»Wie soll man dir das erklären! Er hat sich in die Kammerjungfer der Gräfin Brühl, ein sehr hübsches Mädchen, verliebt. Ein neidischer Nebenbuhler hat es verraten ... Er fiel in Ungnade, wurde seines Postens enthoben. Es stimmt, er war unvorsichtig: Um sich an Brühl zu rächen, schrieb er Briefe nach Holland, damit sie ihm keinen Kredit mehr gewähren ... Die Briefe wurden abgefangen und Seyffert zum Tode verurteilt. Die Gräfin setzte sich für ihn ein, der alten Beziehungen eingedenk. Man stellte ihn nur an den Pranger, der Henker ohrfeigte ihn ...« Blumlis Gesicht war blaß geworden, er konnte nicht weitersprechen; rasch nahm er einen Schluck Wein und schloß seinen Bericht:

»Sechs Jahre nur saß er in der Feste Königstein, aber sechs Jahre in einer feuchten Zelle, ohne Sonne, ohne Luft, ohne Hoffnung, ohne ein Wort des Trostes – sechs solcher Jahre, Max, sind das nicht sechs Jahrhunderte Todeskampf? Begreifst du, was das heißt – in voller Jugendkraft, mit einem heißen Herzen und ganz von Lebenshunger erfüllt –, sich sechs Jahre hindurch mit den Fingernägeln verzweifelt in die kalten Mauern des Kerkers einzukrallen?«

Simonis schauderte.

»Laß mich mit solchen Gnaden und mit diesem Weg zum Glück in Frieden!« sagte er mit gebrochener Stimme. »Das ist nichts für mich. Reden wir von etwas anderem.«

Blumli sprach nicht mehr über diese Ereignisse. Er begann die Schönheit der Gegend zu rühmen, die Annehmlichkeiten des Lebens. Es schien, als ob auch er selbst das Bedürfnis verspürte, den Eindruck dieser unangenehmen Erzählung zu verwischen.

»Wie dem auch sei«, fügte er hinzu, »wenn du hierbleibst, wirst du dich Brühl vorstellen und ihn und seine Umgebung kennenlernen müssen. Ein interessanter Mensch und interessante Dinge ... Der Kavalier Max de Simonis, der sich der Wissenschaft und der Zerstreuung halber auf Reisen befindet, wird immer gut aufgenommen werden. Meine Fürsprache wird dir zwar nicht viel helfen, aber schaden kann sie auch nicht.«

So unterhielten sie sich noch eine Weile. Manches hatte unser Abenteurer erfahren, das ihm viel zu denken gab. Die Stunde nahte, wo sich Blumli in den Gemächern des Ministers einzufinden hatte. Sie verließen zusammen das Haus, Simonis ließ sich den Weg weisen und begab sich zu Fuß wieder in sein Gasthaus.

Am nächsten Morgen wollte er die Empfehlungsschreiben abgeben, Beguelin und die Baronin Nostitz aufsuchen.

Sehr geschickt und ohne Aufsehen zu erregen, erfuhr er beide Anschriften in einer Apotheke am Altmarkt. Beguelin bewohnte ein kleines, von einem Garten umgebenes Häuschen in der Wilsdruffer Vorstadt. Ein barfüßiges Mädchen ließ Max ein. In dem windschiefen Holzhaus war links die Kanzlei und rechts die Wohnung des preußischen Geschäftsträgers untergebracht. Beguelin selbst, der seine diplomatische Tätigkeit ausübte und nebenbei mit Erlaubnis Friedrichs II. Handel mit Käse trieb, war ein alter, unansehnlicher, pockennarbiger Kahlkopf, hatte ein lebhaftes und bissiges Temperament, war geizig und habgierig. Man wollte Max in der Kanzlei abfertigen, doch als er erklärte, er überbringe einen Brief, den er zu treuen Händen übergeben müsse, führte man ihn in das unsaubere Kabinett des Herrn Rat. Dieser saß in schmutziger Kleidung am Schreibtisch, die nackten Füße in Pantoffeln, eine Brille auf der Nase, und schrieb Rechnungen aus. Als Simonis eintrat, schrie er ihm gleich entgegen:

»Aus welchem Grunde? Was gibt's? Was ist das für ein Brief? Zum Teufel, was sind das für Geschäfte?«

Simonis antwortete nichts darauf, sondern reichte ihm nur das Schreiben hin. Als Beguelin das Siegel erbrochen und einen Blick auf das Schriftstück geworfen hatte, geschah ein Wunder: Sein wütendes Gesicht wurde sanft, die Stirn glättete sich, der Mund verzog sich freundlich, als wollte er lachen, und mit großer Grazie, einen Pantoffel unterwegs verlierend, wies der Rat dem Kavalier einen Platz auf dem mit einer schwarzen Roßhaardecke versehenen Sofa an und setzte sich selbst höflich neben ihn.

»Verzeiht mir, mein verehrter Kavalier«, entschuldigte er sich und legte ihm seine schmutzige, tintenbekleckste und vom fetten Käse schmierige Hand auf das Knie, »unsere Pflichten tragen die Schuld daran, daß wir uns dauernd aufdringlicher Besucher erwehren müssen. Na, was gibt's denn? Ich habe keine Zeit, die Zahlen zu lesen, ich werde das später erledigen. Wie sieht es in Berlin aus?«

Max entgegnete, er habe keinerlei Neuigkeiten von dort zu berichten.

»Zwar war ich«, sagte er, um sich ins rechte Licht zu stellen, »am Abend vor meiner Abreise in Sanssouci und hatte das Glück, den Allergnädigsten Herrn zu sehen, ja sogar zu sprechen …, aber wie mir deucht, erwartet man dort von hier, aus Dresden, Nachrichten.«

Beguelin winkte ab, stand auf und machte sich daran, die chiffrierte Botschaft mit Hilfe eines Schlüssels zu lesen, den er einer sorgfältig verschlossenen Schublade entnahm. Dann riegelte er die Tür ab, nahm seinen Platz neben Simonis wieder ein, formte die Hände zu einem Sprachrohr und flüsterte Simonis ins Ohr:

»Hier ballt sich ein Gewitter zusammen!! Ja, machen wir uns nichts vor. Österreich verbündet sich mit Rußland gegen uns und, wie mir scheinen will, auch mit anderen Höfen … Sachsen hat vielleicht den Vertrag noch nicht unterzeichnet, aber das kann jeden Tag erfolgen. Brühl feilscht noch um den Preis, denn auch für ihn persönlich muß etwas dabei abfallen.«

Simonis hörte aufmerksam zu, enthielt sich aber jeder Äußerung.

»Man hat mich beauftragt, Euch meine Briefe an die Gräfin de Camas zu übergeben«, sagte er schließlich. Beguelin nickte kurz.

»Aber«, fuhr Simonis fort, sich in seine Rolle hineinfindend, »verzeiht mir, Herr Rat, wenn ich mich nur äußerst selten bei Euch sehen lasse, denn …«

»Suffit! Genug!« unterbrach ihn Beguelin.

»Ich könnte zwar als Ausrede gebrauchen, daß wir beide Landsleute sind, denn auch ich bin Schweizer ...«

»Und ich war's, ich war's!« berichtigte ihn Beguelin und winkte mit der Hand ab.

»Da ich Euch nichts verheimlichen will, muß ich Euch auch gleich sagen, daß der Rat Ammon ein naher Verwandter von mir ist.«

Beguelin fuhr vom Sofa hoch, blieb auf einem Bein stehen, als wollte er mit dem anderen aufstampfen, verlor einen Pantoffel dabei und faßte sich an den kahlen Schädel.

»Dann geht sofort zu ihm«, schrie er und zeigte auf die Tür, »bei mir habt Ihr nichts mehr zu suchen!«

Simonis rührte sich nicht vom Fleck.

»Verzeiht«, entgegnete er ruhig, »der alte Ammon ist ein widerlicher Egoist. Ich habe einen Abscheu, mich ihm zu nähern, ich will nicht mit ihm verkehren und nichts mit ihm zu tun haben. Er ist ein nichtswürdiger Mensch.«

Beguelin hob erstaunt den Kopf, schnaubte, ging plötzlich auf Max zu und reichte ihm beide Hände.

»Suffit, das genügt!« rief er, »Ihr seid ein edler Jüngling! So geht nun, und mögen Euch die Götter auf dem steinigen Pfade, den Ihr Euch gewählt habt, beschützen!«

Beim Abschied flüsterte Beguelin seinem Gast zu:

»Die Spitzelei blüht hier, man muß die Zunge im Zaume und die Hände auf den Taschen halten, sich nicht mit Blicken verraten, und auf Schreibereien laßt Euch ja nicht ein! Abgeschlossene Schubladen nutzen nichts ... Adieu!«

Von hier aus begab sich Simonis direkt zum Neumarkt, wo im zweiten Stockwerk eines Hauses mit einer dreifenstrigen Vorderfront die Baronin Nostitz wohnte. Nach der Schilderung der Gräfin de Camas erwartete er, eine ebenso alte Dame wie seine Beschützerin vorzufinden. Das Haus gehörte der Baronin. Schon von weitem sah er die weit geöffneten Fenster und in ihnen viele Käfige voller zwitschernder Vögel. In dem hellen Vorzimmer saß am Fenster eine alte Dienerin, den Pentateuch auf den Knien und einen Strickstrumpf in der Hand. Da sie schwerhörig war, wie es sich herausstellte, mußte ihr Simonis sehr laut ins Ohr schreien, er komme mit einem Brief der Gräfin de Camas. Augenscheinlich hatte das die Hausherrin eher gehört als die alte Gertrud, denn die Tür ging auf, und ein kleines, verhutzeltes Persönchen mit einer hohen weißen Haube auf dem Kopf, die halb mit roten Bändern, deren Enden auf die Schultern herabfielen, durchzogen war, trat lächelnd heraus und bat den Gast einzutreten.

Das Zimmer der Baronin war sehr schön, alles blitzte vor Sauberkeit und erweckte einen fröhlichen Eindruck.

Die Vögel in den Käfigen wetteiferten im Gesang, die Sonne vergoldete die alten Möbel, die vielen alten Bilder, die Personen mit Perücken zeigten, und all die aus schwarzem Papier geschnittenen Silhouetten, die unter Glas und Rahmen an der Wand hingen. In der Ecke stand ein Großvaterstuhl auf dünnen Beinen. Darauf lag eine Gitarre mit einem verblichenen blauen Band. Ein Bologneserhündchen, das so fett war, daß es sich kaum auf seinen kurzen Beinen schaukelnd fortbewegen konnte, kam dem Gast entgegen, beschnupperte ihn und gähnte. Die Greisin in der weißen Haube wies Max freundlich einen Sessel an. Simonis hatte ihr schon den Brief ausgehändigt, mit dem sie zum Fenster trat. Das Lesen nahm nicht viel Zeit in Anspruch, die muntere Baronin überflog es nur und trat mit einem höflichen Lächeln auf den Kavalier zu.

»Wie geht es denn meiner lieben Sophie?« fragte sie. »Ist sie gesund? Setzt ihr der Rheumatismus zu?«

Simonis versicherte ihr, die Gräfin de Camas sei wohlauf.

»Ja, das ist so, in unserem Alter können wir uns nicht mehr besuchen, und wir haben uns doch so gern …« Dabei musterte sie eingehend nicht nur das Gesicht, sondern auch die Kleidung und die ganze Gestalt ihres Gastes. Sie schien ihn prüfen und durchschauen zu wollen.

Leise fragte sie ihn:

»Was führt Euch hierher?« Sie hob einen Finger in die Höhe und legte ihn bedeutsam auf den Mund. Ohne seine Antwort abzuwarten, flüsterte sie: »Na, ich weiß, ich weiß. Aber seid vorsichtig, sehr vorsichtig!«

Sie trat noch näher an Simonis heran, der sich zu ihr hinabbeugte, und fuhr fort, indem sie ihre leicht zitternden Hände schützend um den Mund legte:

»Es besteht kein Zweifel darüber, eine Verschwörung gegen Berlin ist im Gange. Ja, ja, sie haben sogar schon den ganzen Besitz Friedrichs unter sich aufgeteilt. So soll Rußland als Entschädigung für die Kriegskosten Preußen bekommen, Schlesien soll an Österreich fallen, Magdeburg und Halberstadt werden sie dem sächsischen König überlassen, die Schweden werden Pommern nehmen, Frankreich erhält Neuenburg, und für den Rest werden sich schon noch Liebhaber finden.«

Sie schlug die Hände zusammen, sah Max fragend an und nickte mit dem Kopf.

»Soll das alles so werden?« fügte sie, lebendiger werdend, hinzu. »Ich traue meinem Brandenburger nicht zu, daß er das gestattet. Wir werden es schon sehen.«

Sie rückte ganz dicht an Simonis heran:

»Noch hat Brühl nicht unterschrieben. Das weiß ich«, fügte sie geheimnisvoll hinzu, »aber nicht etwa aus dem Grunde, weil er dazu keine Lust hat, nein, er will nur etwas für sich dabei herausschlagen! Dieser arme Mensch, wieviel Geld er doch für seinen Luxus braucht, und ohne Luxus, wie sollte er da leben?«

Der Alten fielen unablässig neue Einzelheiten ein, und immer beugte sie sich dann zum Ohr ihres Zuhörers.

»Sie besitzen hier keine Truppen«, teilte sie ihm mit, »sie haben keine. So an die fünfzehntausend Mann sind für Paradezwecke vorhanden, aber es sind mehr Offiziere als Soldaten. Unsere preußischen Grenadiere werden Hackfleisch aus ihnen machen, aber pst, pst!«

Und als wäre es ihr erst jetzt eingefallen, fragte sie:

»Hört mal, Herr de Simonis, was gedenkt Ihr denn zu unternehmen? Mit wem wollt Ihr verkehren, mit wem Verbindungen aufnehmen? Wo wollt Ihr Euch eigentlich einquartieren?«

»Eine Wohnung habe ich noch nicht.«

»Das ist fein«, rief die Baronin, »hier in meinem Hause sind zwei Zimmer frei, die wie für Euch geschaffen sind. Allerdings befinden sie sich im dritten Stockwerk, aber Ihr habt ja noch junge Beine! Bälle werdet Ihr doch wohl nicht veranstalten wollen?«

Simonis verneinte mit einem Achselzucken. Die Greisin nahm aus einem Schubfach einen Schlüsselbund, ging ins Vorzimmer hinaus, wo sie der alten Gertrud die Schlüssel zeigte, die sofort erriet, worum es sich handelte, und klopfte dem jungen Mann vertraulich auf die Schulter, der der vorangehenden Dienerin folgte.

»Geht, schaut Euch alles an! Wenn es Euch hier gefällt, könnt Ihr billig bei mir wohnen.«

Er wollte schon hinausgehen, doch sie hielt ihn am Arm zurück: »Spielt Ihr irgendein Instrument?«

»Ein bißchen Geige und Klavizimbel, aber ich habe das Musizieren aufgegeben.«

»Ihr würdet mich auch sonst beim Schlafen stören, und das habe ich nicht gern«, entgegnete die Baronin. »Tagsüber könnt Ihr meinetwegen spielen, soviel Ihr wollt, aber Ihr jungen Leute musiziert am liebsten bei Mondenschein. Dafür habe ich allerdings kein Verständnis.«

Simonis eilte der vorangegangenen Gertrud in das dritte Stockwerk nach. Die beiden Zimmerchen mit dem kleinen dazugehörigen Flur machten einen freundlichen und anheimelnden Eindruck. Nun blieb noch die Frage, was das Ganze kosten sollte. Außerdem war auch aus anderen Gründen die Gunst der Greisin durchaus nicht von der Hand zu weisen.

Die alte Dienerin erklärte ihm, ohne seine Frage abzuwarten, der Schreiber, der frühere Bewohner dieser Räume, habe drei Taler einschließlich Bedienung monatlich bezahlt. Die Miete war also annehmbar. Alles ging nach Wunsch. Die Baronin bestätigte Simonis dann diesen Preis; er küßte ihr die Hand, und damit war der Vertrag abgeschlossen. Dann gab die Greisin dem zukünftigen Hausgenossen noch einige vertrauliche Hinweise. Wasser dürfe nicht auf das Parkett gegossen werden, auch die Wände sollten nicht beschädigt werden, überhaupt das ganze Mobiliar sei zu schonen, und zerschlüge man Glassachen, so müsse man sie selbstverständlich ersetzen. Simonis eilte davon, um den Umzug zu bewerkstelligen.

Noch am gleichen Abend befand er sich in seiner eigenen Wohnung und ging, ohne die Sache aufzuschieben, daran, für die Gräfin de Camas alle in Erfahrung gebrachten Neuigkeiten sehr gewissenhaft aufzuzeichnen. Bereits am nächsten Morgen nahm der höchst erstaunte Beguelin einen Brief zur Weiterbeförderung in Empfang. Die Eile des Jünglings mißfiel ihm offensichtlich.

»Mein verehrter Kavalier«, versuchte er ihn zu belehren, »ich muß Euch auf etwas aufmerksam machen ... Ihr seid zu eifrig, Ihr bringt sie noch so weit, daß sie immer mehr verlangen, und die Kühe geben nicht immer Milch ... Außerdem treibt der Wind manchmal so viel Dreck zusammen, daß es sich nicht lohnt, es abzuschicken.« Simonis schwieg, und der Brief ging auf die Reise.

IV

Minister Brühl stand zu dieser Zeit auf dem Höhepunkt seiner Macht, und niemand dachte daran, daß es nicht weit vom Kapitol zum Tarpejischen Felsen ist. Man wußte, daß in Sachsen nach August dem Starken sein Sohn August III. regierte, ein ruhiger, frommer Mensch, der die Oper und die Jagd liebte, den Schlafrock und die Pfeife. Doch bekam man ihn nur dann zu Gesicht, wenn er sich nach Hubertusburg zur Jagd begab, in die Kapelle oder in seine Theaterloge. Aber in Sachsen herrschte – wenn auch nicht von Gottes Gnaden, so doch von Königs Gnaden – Brühl. Nach einigen vergeblichen Versuchen, den Allgewaltigen vom Thron zu stürzen, kamen schließlich alle zu der Einsicht, solange der König lebte, würde auch Brühls Herrschaft dauern.

Der König, der ausgezeichnet aß, trank und schlief, sich oft mit Schießen vergnügte, sich mit der Oper, der Gemäldegalerie und seinen Narren die Zeit vertrieb und sich nur selten um die höchst langweilige Politik kümmerte, mischte sich in nichts ein. Manchmal fragte er, wie es mit dem Gelde stünde. Er gab sich mit der Versicherung zufrieden, es sei davon mehr als genug vorhanden, und schlief ruhig ein.

Und in der Tat, man verstand mit unvergleichlichem Geschick, aus allem Geld herauszuschlagen. Alles bis ins kleinste wurde besteuert, so daß angeblich die Bettler von ihren Almosen Steuern zu entrichten hatten. Niemand wagte aufzumucken. Wenn alle Stricke rissen, nahm man bei den Holländern Anleihen auf. Der letzte Groschen wurde herausgepreßt, und wenn auch das Heer monatelang auf den Sold wartete, so war doch Dresdens Oper wirklich einzigartig.

Der letzte Sieg, den Brühl über den Grafen Lynar davongetragen hatte, bewies allen, wie sinnlos es war, gegen ihn ankämpfen zu wollen.

Graf Karl Moritz von Lynar, zur Regierungszeit der Kaiserin Anna Gesandter in Petersburg, wohnte, nachdem er von seinem Posten zurückgetreten war, als Geheimer Rat in Dresden, ohne einer Beschäftigung nachzugehen. Dem Minister war bekannt, daß der Graf Belastungsmaterial gegen ihn sammelte, um es bei passender Gelegenheit dem König vorzulegen. Der König wurde jedoch so gut bewacht, daß niemand ohne Erlaubnis des Ministers zu ihm vordringen konnte, und »aus Höflichkeit« leistete Brühl immer persönlich Lynar Gesellschaft. Er führte ihn zum König, blieb und geleitete ihn wieder hinaus.

Seit achtundzwanzig Monaten war damals dem Heer kein Sold mehr ausgezahlt worden. Lynar machte einen mutigen Obersten ausfindig, der den Zustand der Armee in einer Bittschrift an den König genauestens schilderte und ihn um Erbarmen anflehte. Man ging geschickt zu Werke; trotz der vielen Spione, die den König beaufsichtigten, lag die Bittschrift gerade in einem Augenblick auf seinem Tisch, wo ihn niemand daran hindern konnte, sie durchzulesen.

Man kann sich den Schreck Augusts vorstellen, als er, von der Oper träumend und die Pfeife rauchend, plötzlich ein solches Schreiben unter die Augen bekam … Ein entsetzlicher Brief, der aber in so überzeugender Weise Tatsachen, Zahlen und Beweise aufführte, daß sie unwiderlegbar waren. Der König wurde leichenblaß und befahl, sofort Brühl zu holen, der vollkommen ahnungslos war. Dies geschah während der Nachmittagsruhe. Der Minister, im Kreise der Seinen, unterhielt sich gerade fröhlich und befand sich in bester Stimmung, als ein Page hereinstürzte und ihm den Befehl des Königs übermittelte. Brühl dachte, es sei wieder Krieg zwischen den Italienern des Paters Guarini und denen der Faustina ausgebrochen. Er kleidete sich rasch an und ließ sich ins Schloß tragen. Ein Blick in das wütende Gesicht des Königs genügte, um ihn zu überzeugen, daß etwas weitaus Schwerwiegenderes vorgefallen sein mußte. Der König reichte ihm, ohne ein Wort zu sagen, die Bittschrift des Obersten. Ein anderer an Brühls Stelle hätte sicher wie versteinert dagestanden, wäre verwirrt und zutiefst erschrocken gewesen. Doch Brühl war stets darauf vorbereitet, eine solche Maske aufzusetzen, die jeweils der in dem Schauspiel seines Lebens zu spielenden Szene entsprach. Er zuckte mit keiner Wimper. Ruhig las er alles bis zur letzten Zeile durch, faltete den Bogen zusammen und steckte ihn in die Tasche.

»Allergnädigster Herr«, begann er, »ich habe treu Eurer Königlichen Hoheit gedient, Euch mit meiner Brust beschützt, Tag und Nacht gearbeitet, um auch das kleinste Wölkchen von dem strahlenden Himmel Eurer Majestät fernzuhalten. Damit habe ich mir die Gunst Eurer Majestät erworben, aber zugleich auch den Haß der neidischen, frevelhaften und nichtswürdigen Menschen zugezogen. Diese schrecken nicht davor zurück, mich mit Verleumdungen zu beschmutzen, nur um mich zu stürzen, mich in den Augen Eurer Majestät herabzusetzen, damit sich Euer Herz von mir abwende. Dies hier ist eine niederträchtige Lüge. Ich erbiete mich, Euch bis morgen die authentischsten Beweise zu erbringen, daß das Heer den Sold bis zum letzten Monat auf Heller und Pfennig erhalten hat.«

Der König sah ihn erstaunt an und atmete auf.

»Brühl, ist das wirklich wahr?«

»Allergnädigster Herr, ich bürge mit meinem Kopf dafür.«

»Eine elende Verleumdung also?« fragte der König.

»Oder ein Hirngespinst eines Wahnsinnigen! Ich begreife das nicht«, fügte Brühl hinzu. »Ich flehe Eure Königliche Hoheit an, laßt Euch weder das Schießen am heutigen Abend noch die gute Laune dadurch verderben; morgen wird sich alles aufklären.«

Er verneigte sich, küßte die ihm dargebotene Hand und ging hinaus. In den Vorzimmern wurden die Wachen verdoppelt, damit ja keine Menschenseele zum König gelangen konnte. Brühl ließ sich in das Kriegsministerium bringen. Man arbeitete dort die ganze Nacht. Wie sie dort vorgingen? Das weiß keiner. Kurz, alle Regimentszahlmeister bescheinigten, daß sie für die letzten Monate ihren Sold erhalten hätten. In der Nacht begab sich Hennicke zu dem Obersten, der voller Unruhe dem Ergebnis seiner Bittschrift entgegensah. Seine Familie wachte mit ihm, seine Frau, seine Kinder, seine Schwester – alle in einer tödlichen Angst.

Hennicke verlangte ihn allein zu sprechen.

»Herr Oberst«, sagte er, »hier sind die Quittungen über den Empfang des Soldes bis zum letzten Monat. Ich habe den Befehl, Euch zu verhaften und nach Königstein zu bringen, bis sich die Angelegenheit mit der von Euch eingereichten Bittschrift und Anklage aufgeklärt hat.«

Der Oberst erbleichte, entgegnete jedoch:

»Ich bin bereit ...«

»Herr Oberst, Euch ist doch bekannt«, fuhr Hennicke fort, »wie weit sich auch die Tore vor einem, der in Königstein eingeliefert wird, auftun mögen, so fest schließen sie sich dann hinter ihm, und es ist sehr schwer, dort wieder herauszukommen. Wenn man das vermeiden kann ... Das kostet nur eine Kleinigkeit: Ihr unterschreibt nur diese Aussage hier, daß Euch manchmal Anfälle von Melancholie und Schwarzseherei überkommen. Das tut doch keinem weh.«

»Um keinen Preis!« rief der Oberst aus.

»Dann fahren wir also nach Königstein ...«, sagte Hennicke.

Die Familie des Unglücklichen, die an der Tür horchte, stürzte, als nur der Name ›Königstein‹ fiel, weinend und händeringend ins Zimmer.

Hennicke trat auf die Frau des Obersten zu:

»Gute Frau, Ihr dauert mich, der Oberst soll nicht für nichts und wieder nichts umkommen. Bittet ihn, daß er die Papiere unterschreibt, und er wird frei sein!«

Die Kinder, die Frau, die Verwandten umringten den Obersten, der ihrem Flehen nachgab und die Erklärung unterschrieb, die besagte, daß er geistesgestört sei. Am anderen Tage händigte Brühl triumphierend alle Papiere dem König aus und setzte sich sehr für den unglücklichen Obersten ein, um ihn vor Strafe zu bewahren. Er erreichte auch beim König, daß man diesen entließ, ihm eine lebenslängliche Pension bewilligte und als Aufenthaltsort eine entlegene kleine Stadt in den Bergen zuwies.

Graf Lynar lachte den ganzen Abend über dieses Bubenstück und unternahm nie wieder einen Versuch, Brühl zu Fall zu bringen.

Dies berichtete dem Kavalier de Simonis einige Tage nach seiner Ankunft sein Landsmann Blumli. Da der Minister an diesem Tage in die Nähe von Schandau zur Jagd gefahren war, versprach Blumli seinem Freund, ihm alle Herrlichkeiten des Palais und der Residenz seines Herrn zu zeigen.

Und wirklich – viel gab es da zu sehen und zu bewundern. Allein die Riesenfläche, die von den Gebäuden, dem Palais, den Gärten, der Galerie und dem Belvedere eingenommen wurde, mußte ungeheure Summen gekostet haben. Der Ausblick von hier auf die Elbe, die hohen, waldbedeckten Ufer waren bezaubernd.

Dreizehn Häuser einschließlich der Gärten mußten aufgekauft werden, damit dort diese königliche Residenz aufgebaut werden konnte, die der ›Balkon Dresdens‹ genannt wurde. Einer der fähigsten Baumeister, Knöfel, lieferte die Pläne für die Gebäude, für die in der Auswahl des Materials weder Kosten noch Mühe gescheut wurden. Brühl besaß hier ein eigenes Theater, eine Bildergalerie, eine Bibliothek, Pavillons, Statuen und Springbrunnen wie der König im Zwinger.

Simonis durchschritt staunend die Säle, die mit chinesischer Seide ausgeschlagen und voller Gobelins und vergoldeter Häute waren, inmitten derer, riesigen Medaillons gleich, von Marmor eingefaßte Spiegel und über ihnen bemalte Decken im Feuer lebendiger Farben strahlten. Hier gab es verschwenderisch mit Verzierungen versehene Prozellankamine. Sämtliche Öfen glichen antiken Denkmälern. Überall glänzte Porzellan: vom Fußboden angefangen, über die schwebenden Leuchter bis zu den Figuren auf den runden Tischen.

In einem besonderen Raum konnte der verzückte Schweizer das berühmte Service bewundern, dessen Wert man auf eine Million Taler schätzte. Wie viele Hände mußten wohl an diesem Wunderwerk gearbeitet haben, wieviel Zeit hatte diese Spielerei gekostet, wieviel menschliche Kunst war so sinnlos für diese kostbaren Kleinigkeiten vergeudet worden!

In jedem Saal, in jedem Zimmer zogen Uhren, eine wundervoller als die andere, die Blicke des Besuchers auf sich. Überall glitzerte Gold; die Türen, die Schlösser und die Fenster waren mit diesem edlen Metall beschlagen.

Für wertvolle Ziergegenstände und niedliche Nippsachen hatte man eine Unmenge von Geld ausgegeben.

Blumli, der hier genau Bescheid wußte, zeigte seinem Landsmann das Theater, führte ihn in die Ställe, wo dreihundert Pferde untergebracht waren, und flüsterte Max leise zu, daß auch die Unzahl von Dienern alle zum Hof des Ministers gehörten. Zwölf Kammerdiener, zwölf Pagen, der Hofmarschall, Stallmeister, Bereiter, Köche, Schreiber, rund hundert Lakaien eilten in den Vorzimmern und auf den Höfen hin und her. Der größte Teil der Hofleute des Ministers waren deutsche und polnische Adlige. Man diente damals lieber bei Brühl als beim König. In den Kredenzen prangten ganze Stöße von Gold- und Silbertellern, Pokale, Krüge, riesige Kelche, ganz wie in der Schatzkammer des Königs.

Schließlich erreichten sie die Garderobe.

Brühl war einer der größten, wenn nicht der anspruchsvollste Modeherr seiner Zeit. Sämtliche Kleider bezog er aus Paris. Zu jedem Anzug besaß er, der Farbe und der Art entsprechend, die dazugehörige Uhr, eine passende Tabaksdose, Stock und Degen. Zwei riesige Säle reichten kaum aus, um all die Kleider des Ministers zu fassen. Auf dem Tisch lag ein in Saffian gebundenes Buch, worin jedes Gewand in Miniatur abgebildet war. Brühl zeigte nur auf ein Bild, und schon wurde ihm das Gewünschte gebracht. Man maß dem Inhalt der beiden Säle einen Wert von fünfzigtausend Talern bei. Eine Aufstellung, in die Simonis Einblick nehmen konnte, zählte fünfhundert Gewänder auf, darunter waren ungefähr dreihundert nur genähte, hundertfünfzig mit Tressen besetzte, über sechzig besonders kostbare, vierzig seidene und so an die fünfunddreißig samtene Kleider. Dazu kamen verschieden geformte Hüte, Stöße von dazugehörenden Federn, Pelze, Muffs, eine Unmenge von Spitzen, über hundert Uhren, achthundert Tabaksdosen, Degen, Stöcke, Fläschchen und dreihundert Flakons mit ungarischem Riechwasser, ohne das der Minister nicht leben konnte.

Von diesem ungeheuren Luxus wurde man förmlich geblendet. Der erste Diener Augusts III. lebte weitaus prächtiger als der Preußenkönig Friedrich II., der in zerrissenen Stiefeln einherging. Blumli führte Max noch in die in einem besonderen Bau im Garten untergebrachte Bibliothek, die aus siebzigtausend Bänden bestand und deren Katalog allein einundsechzig Folianten umfaßte. Dieser unbenutzte Schatz trug ein rotes, goldverbrämtes Saffiangewand, das der Kleidung des Ministers ähnelte. Alles mußte Brühl haben, und was er besaß, mußte von allem das Herrlichste sein. Da der in der Nähe Dresdens in Nöthnitz wohnende Graf Heinrich von Bünau-Dahlen wegen seiner überaus wertvollen Bibliothek gerühmt wurde, deren Verwalter und Sekretär Winckelmann war, wollte sich der Minister nicht in den Schatten stellen lassen, ließ Bücher zusammentragen und nahm den gelehrten Heyne in seinen Dienst. Da der König Bilder liebte und sammelte, mußte auch sein Minister eine Galerie guter Gemälde sein eigen nennen, von denen er genau wie der König Kupferstiche anfertigen ließ.

Auch diese Galerie befand sich in einem besonderen Gebäude. Hier wurde manchmal ein großes Festmahl abgehalten. Der Saal war über hundertfünfzig Ellen lang und, was man damals mit besonderer Bewunderung hervorzuheben pflegte, somit achtzehn Ellen länger als der berühmte Spiegelsaal in Versailles. Gegenüber riesigen Fenstern, die auf die Elbe hinausgingen, hingen Bilder in Goldrahmen mit den Wappenzeichen des Herrn. Zwischen den Fenstern waren an den Wänden große Spiegel angebracht, die bis zur Decke reichten. Davor standen auf Marmorpostamenten Statuen und antike Büsten.

Manchmal kam der König hierher, um sich am Anblick der schönen

Bilder zu erfreuen, die ihm Brühl in seinem Testament vermacht hatte. Doch das Schicksal wollte es anders … August starb eher als Brühl.

Der Kavalier de Simonis durchschritt den Garten, das Palais, die anderen Baulichkeiten und kam nicht aus dem Staunen heraus. Allmählich gewann er einen so überwältigenden Eindruck von der Macht Brühls und Sachsens, daß er als eine Tollkühnheit erachtete, wenn Preußen sich an diesen Reichtum heranwagen sollte. Seine Besitzer mußten doch sicherlich auch auf die Erhaltung und den Schutz von all diesem bedacht sein. Unverständlich blieb ihm auch, daß hier, während man in Sanssouci und in den höheren Kreisen an der Spree mit Krieg rechnete und sich darauf vorbereitete, keinerlei Anzeichen einer solchen bevorstehenden Auseinandersetzung zu bemerken waren. Feste, Steuerangelegenheiten, das heißt, das Herauspressen von Geldern, die Aufrechterhaltung von Disziplin und Gehorsam waren die einzige Beschäftigung der höchsten Beamten in Sachsen. Blumli ließ durchblicken, daß in Sachsen im Gegensatz zu Berlin ganz andere Grundsätze herrschten. Dort erlaubte man eine gewisse Freiheit der Rede; der König lachte selbst über die Satiren und Pamphlete und gestattete jedem, seine Meinung zu äußern, wenn er nur parierte und seine Steuern entrichtete. Hier war es strengstens verboten, über Staatsangelegenheiten zu sprechen und überhaupt – wie es in der Amtssprache hieß – zu ›räsonieren‹! Diejenigen, die zu räsonieren wagten, vor allem über die Steuern und die politischen Angelegenheiten, wurden ohne jedes gerichtliche Urteil nach Königstein gebracht. Nicht räsonieren! Das war die Losung und das oberste Gesetz. Friedrich bestrafte ein dreistes Wort mit dem Stock, aber meistens lachte er nur darüber, denn er legte Worten kein großes Gewicht bei. Er selbst beherrschte die Kunst des Redens und wußte, wie wenig ein Wort auszurichten vermag, welch geringen Wert es hat und wie schnell es verhallt. Ungehorsam strafte er mit dem Tode; für Geschwätz aber hatte er nur Verachtung übrig. Hier fürchtete sich eine ganze Welt, die sich auf Lug und Trug aufbaute, vor der Wahrheit wie vor einer explodierenden Bombe, die dieses schwache Gebäude in Schutt und Asche verwandeln konnte. Auf der einen Seite stand der Zynismus, bis zur äußersten Schamlosigkeit und zum vor nichts haltmachenden Spott gesteigert; auf der anderen Seite herrschte die Falschheit, als anmutige Göttin verkleidet, geschminkt, mit bunten Fetzen behängt, die die Lumpen verdecken sollten, mit einem süßen Lächeln auf den Lippen, das Tod und Gift verströmte …

Zwei solche Welten mußten miteinander in Konflikt geraten, auch ohne ein Schlesien, das es zu erobern und zu besitzen galt, ohne Böhmen, das besetzt werden sollte, und ein Sachsen, das ausgesaugt werden konnte.

Die beiden Formen des Bösen mußten sich zum Kampfe stellen und einander bekriegen. Brühl war der glänzende Vertreter der Lüge und Friedrich der des Zynismus; kein Wunder, daß sie sich haßten ... Brühl aber verbarg seinen Haß hinter geheuchelter Hochachtung. Friedrich dagegen wollte den Namen des ersten Ministers nicht einmal in den Mund nehmen, nur eines seiner Reitpferde nannte er ›Brühl‹. Brühl zettelte in aller Stille, vorsichtig, durchtrieben, eine Verschwörung gegen Friedrich an und zögerte den entscheidenden Schritt bis zum letzten Augenblick hinaus. Der wütende Friedrich schenkte ihm keinerlei Beachtung und beschloß bei sich, dafür an ganz Sachsen Rache zu nehmen.

Brühl, der Österreich, Frankreich, Rußland und Schweden hinter sich hatte, war überzeugt, er würde mit dem Brandenburger ein leichtes Spiel haben. Es machte ihm durchaus keine Sorgen, daß er nur ein Heer von fünfzehntausend Mann besaß; auf ein gegebenes Zeichen sollten Friedrich einige hunderttausend Soldaten umzingeln. Der Minister konnte also in seinem goldenen Nest auf der Brühlschen Terrasse ruhig schlafen. Er glaubte es wenigstens ...

In Dresden machte man nicht einmal besondere Anstrengungen, um sich über das zu informieren, was in Berlin vorging. Das Geheimnis der Verschwörung und der Bündnisse schien ausgezeichnet bewahrt zu sein. Keiner dachte daran, daß Friedrich überall Leute hatte, die ihn selbst über die kleinsten Ereignisse unterrichteten. Niemand ahnte, daß selbst in Brühls Kanzlei Kopien von allen Akten und Briefen angefertigt und nach Berlin geschickt wurden, daß die geringste Bewegung, jeder Gedanke, kaum geboren, schon verraten wurde. In Berlin war man unruhig, aber man setzte sich darüber voller Selbstvertrauen und scheinbarem Gleichmut hinweg. In Sachsen herrschte eine seltsame Blindheit und unerhörte Überheblichkeit.

Aber an der Spree wurden schon seit langem in aller Heimlichkeit Vorbereitungen getroffen. Bataillone und Regimenter zogen unmerklich den Grenzen entgegen, in kleinen Abteilungen, verstreut, bei Nacht und Nebel, damit im Lande kein Aufsehen erregt wurde. Die Hauptarmee sammelte sich unter dem direkten Befehl des Königs und seiner Generäle. Die Pagen in den Vorzimmern munkelten schon von Schlesien ..., doch über die Terrasse von Sanssouci drang nichts hinaus. In Dresden wurden inzwischen weiter Bilder gekauft, eine neue Oper war in Vorbereitung, der König jagte, und Brühl verschwendete das Geld, an dem die Tränen und der Schweiß der vielen armen Menschen klebten.

Simonis, der ein heller Kopf war, hatte ein seltsames Gefühl, wenn er sah, was hier in Dresden geschah. Diese Sicherheit, diese Gleichgültigkeit mußte doch einen Grund haben – so glaubte er wenigstens; das Ganze kam ihm unheimlich vor. Er bangte mehr um Berlin als um Dresden.

Dieser sardanapalische Luxus verblüffte ihn.

Angesichts all dieser Pracht konnte er sich den ungeheuren Leichtsinn nicht vorstellen und die unfaßbare Verblendung nicht für möglich halten, die in Wirklichkeit hinter dieser glänzenden Fassade standen. Blumli zeigte ihm die Beamten des Brühlschen Hauses – stolze, aufgeputzte, parfümierte, mit Gold und Edelsteinen behängte Herren waren es, dem Minister und seiner Frau also sehr ähnlich ... Geld schien hier keine Rolle zu spielen; seine Beschaffung hing nur von dem ›starken Willen‹ des einzelnen ab. Den Gesprächen entnahm Max, daß ein Beamter der Akzise oder ein Steuereinnehmer, wenn plötzlich Geld gebraucht wurde, einfach mit einer Abteilung Soldaten in die Provinz fuhr und dann mit der benötigten Summe zurückkehrte ...

Wiederholt flüsterte Blumli seinem Freunde zu:

»Schau dir den da an, vor zwei Jahren hatte er noch kein ganzes Hemd am Leibe, heute verfügt er über zwei Kammerdiener und fährt in einer Kutsche.«

So verbrachte Simonis den ganzen Vormittag in der Gesellschaft seines Landsmannes. Viele neue Eindrücke hatte er gewonnen und manchen Klatsch gehört. Einen ausführlichen Bericht wollte er darüber nach Berlin senden – das nahm sich Max gleich auf dem Heimweg vor. Er hatte schon das dritte Stockwerk erreicht und wollte gerade die letzten Stufen zu seinem Zimmer emporsteigen, als unten eine Tür aufging und ihm die taube Gertrud mit einem Zeichen zu verstehen gab, ihre Herrin wünsche ihn zu sprechen.

Diesmal trug die Greisin nicht die weiße Haube mit den bunten Bändern, sondern eine hohe Perücke. Sie war sorgfältig gekleidet und hielt einen Fächer in der Hand. An ihren Fingern glitzerten viele Ringe. Sie erwartete ihn an der Schwelle und nickte ihm zu. Hinter ihrer Schulter lugte das junge, rotwangige Gesicht eines hübschen Mädchens von ungefähr achtzehn Jahren hervor, ihre Frische und ihre natürlichen Farben wurden noch durch den Puder unterstrichen. Außerdem war ein junger Offizier, der die Uniform der sächsischen Garde trug, anwesend. Sein unschönes Gesicht mit den streng soldatischen Zügen war bleich, gelb und machte einen müden Eindruck, die konvulsivischen Zuckungen trugen auch nicht gerade dazu bei, seinen Liebreiz zu erhöhen. Sein wilder Blick, die aufgeworfenen Lippen, das Zucken im Gesicht stießen unwillkürlich ab. Simonis sah ihn nur flüchtig an und empfand sogleich Widerwillen und Furcht. Um so mehr Entzücken rief aber in ihm der Anblick des allerliebsten Persönchens hervor, ihr Rosenmund, die blauen Augen und die niedliche Figur. Er konnte sich an ihr nicht satt sehen. In der Mitte des Salons stand ein für drei Personen gedeckter Tisch. Gertrud brachte noch ein viertes Gedeck herein.

»Tretet näher, Herr de Simonis!« lud ihn die Baronin ein.

»Na, kommt doch! Ich habe sehr auf Euch gewartet. Ich habe Gäste, und ein Tischherr fehlt uns noch. So seid Ihr gezwungen, mit uns eine bescheidene Mahlzeit einzunehmen.« Sie stellte ihn vor, und auf das Fräulein zeigend, fuhr sie fort: »Meine Nichte, Fräulein Pepita Nostitz (italienische Vornamen waren damals Mode), eine fanatische Sächsin, die sich genauso für Sachsen begeistert, wie ich es für Preußen tue. Und das«, schloß sie, »ist ein guter Freund von mir: Herr Hauptmann Baron Feulner.«

Simonis machte beiden eine Verbeugung, aber die schöne Pepita sah er an, als ob sie ein himmlisches Wesen wäre. Da er jung und nicht ohne Anmut war, beschenkte ihn die Baronesse mit einem sehr artigen Blick. Auf alle Fälle sah sie lieber ihn an als Baron Feulner, der unablässig Grimassen schnitt und währenddessen aus lauter Verlegenheit seinen dünnen Schnurrbart zwirbelte. Die Greisin bat sofort zu Tisch und richtete es so ein, daß zu ihrer Rechten ihre Nichte, zu ihrer Linken Simonis und ihr gegenüber der Baron zu sitzen kam.

Max war also dem Feuer der blauen Augen ausgesetzt; mild schienen sie auf ihm zu ruhen und ihn anzuziehen, doch Simonis wurde unruhig und fast ängstlich.

Das Fräulein blickte trotz ihrer Jugend – vielleicht auch gerade deshalb, weil sie unerfahren war – so selbstsicher drein, lachte so frei, als ob sie die Anwesenheit des Fremden nicht im geringsten störte.

»Erzählt doch«, wandte sich die Alte an Max, »wo seid Ihr heute gewesen, wen habt Ihr gesehen, wen kennengelernt?«

»Ich kann noch keinen Gedanken fassen«, entgegnete Max, »ich bin noch ganz benommen von all den Herrlichkeiten, die ich heute morgen am Brühlschen Hof zu sehen bekam.«

Die Greisin und Feulner sahen einander vielsagend an.

»Ja«, bestätigte Feulner, »soviel ich weiß, habt Ihr einige Zeit in Berlin gelebt. Wenn man die preußische Hauptstadt vor Augen hat, so muß einen hier alles ganz sonderbar anmuten. Ich muß gestehen, daß ich lieber hier in Sachsen statt des Theaters Kasernen und statt der Gemäldegalerie ein Feldlager sähe.«

Die Alte drohte mit dem Finger:

»Hauptmann, nicht räsonieren! Vorsicht! Freilich, Gertrud ist taub, ich schweige, Kavalier de Simonis ist ein Fremder, aber Pepita ist eine Plaudertasche und kann die Preußen nicht ausstehen. Ich glaube sogar, daß sie mich nicht so lieben kann, wie sie es eigentlich müßte, nur weil ich als Preußin geboren worden bin.«

»Aber liebe Tante«, fiel ihr das schöne Fräulein leidenschaftlich ins Wort, »ich kenne die Welt zu wenig, um jemanden hassen zu können. Daß ich mein Land liebe und daß mir hier alles besser und schöner erscheint als anderswo, ist denn das eine Sünde?«

Die Greisin warf ihr eine Kußhand zu:

»Dir verzeihe ich alles.«

Gertrud trug die Suppe auf, und das Gespräch wurde für eine Weile unterbrochen. Aber der Kavalier de Simonis fuhr fort, das Fräulein anzustarren, das dadurch gar nicht verwirrt wurde und die Augen vor den zudringlichen Blicken keineswegs senkte. Ob dies auch dem Hauptmann Feulner gefiel, ist unbekannt, jedenfalls schnitt er gräßliche Grimassen. Man kam auf den Hof zu sprechen.

Pepita war Hoffräulein bei der Königin.

»Was treibt ihr denn dort?« fragte die Baronin.

»Wir beten und sammeln Klatschgeschichten, denn was sollten wir sonst auch anfangen?« antwortete die Baronesse. »Bei uns geht es nicht lustig zu. Die Fröhlichkeit sucht Zuflucht auf der Terrasse des Ministers ...«

»Du hast recht. Oh! Das stimmt«, rief die Greisin, »der Frohsinn, das Leben und der Reichtum des armen Sachsenlandes werden wirklich verschlungen ...«

Das Mädchen unterbrach sie lachend:

»Aber! Nicht räsonieren!«

Die Baronin stimmte in ihr Lachen ein:

»Du hast ganz recht, davon darf man nicht sprechen. Trotz meines Alters könnte man mich verbannen.«

Hauptmann Feulner aß seine Suppe und beobachtete verstohlen Simonis. Bald fand er eine Möglichkeit, ein Gespräch mit ihm anzuknüpfen. Er beugte sich freundlich zu ihm und fragte höflich: »Seid Ihr schon sehr lange hier?«

»Seit einigen Tagen.«

»Was gibt es Neues in Berlin?«

»Ach«, sagte Simonis, »in Berlin hört man nichts ... außer dem Marschtritt der Soldaten ...«

»Und in Sanssouci?«

»Noch viel weniger, da bellen bloß die Windspiele des Königs ...«

»Gibt es keinerlei politische Neuigkeiten?«

»Es ist vollkommen ruhig ...«

Feulner wurde nachdenklich:

»Eigentümlich! Niemals war man bei uns so rege wie gerade jetzt, und dazu liegt doch eigentlich überhaupt kein Grund vor.«

Er blickte zu der Baronin hinüber und meinte:

»Es würde mich nicht wundern, wenn hinter der Ruhe in Berlin irgendein Vorhaben steckte, und hinter unserer Betriebsamkeit nur Müßiggang und Faulheit ...«

Ein Blick der Gastgeberin ließ ihn verstummen. Pepita erkundigte sich, ob man an der Spree Feste feierte.

»Von Bällen und Festlichkeiten ist dort nichts zu bemerken«, verneinte Max. »Die Königin gibt manchmal ein Mittagessen ... Prinz Heinrich feiert glänzende Feste, aber am Hofe selbst? Wer sollte da wohl Feste feiern?«

»Lebt der alte Pöllnitz noch?« wollte die neugierige Baronin wissen.

»Er erfreut sich der allerbesten Gesundheit. Vielleicht wirken die bitteren Pillen so gut, die ihm der König zu schlucken gibt«, erklärte ihr Max.

Hauptmann Feulner fragte noch nach den Generälen Lentulus und Warnery, die Baronin nach Lord Marichal, dann fielen die Namen Winterfeldt, von Anhalt und Cocceji. Der Hof Friedrichs war ihnen also durchaus nicht unbekannt.

»Habt Ihr die Frau des Kanzlers Cocceji gesehen?« wandte sich die Baronin wieder an Simonis.

»Einmal hatte ich das Glück.«

»Und wißt Ihr, wer sie eigentlich ist?« flüsterte die Alte.

»Ja, es ist die einst so berühmte Barberini.«

»Ja, ja, man muß diese Geschichte kennen«, fuhr die Baronin mit der ihrem Alter eigenen Redseligkeit fort. »Ich lebte damals in Berlin und weiß genau darüber Bescheid. Pepita, hör mal nicht so genau hin, dann will ich sie erzählen.« – Über das Gesicht der Baronin glitt ein Lächeln. – »Man behauptet, Friedrich kenne nicht den Zustand der Verliebtheit. Na, er ist aber auch wie alle anderen Männer ein Schürzenjäger ... Wem wäre es nicht bekannt, daß er sich die Former aus Dresden geholt hat und in die Orzelska rasend verliebt war ... Und Frau Wrecht? ... Das einzige ist, daß bei ihm diese Gefühle nicht von langer Dauer sind. Ich weiß schon nicht mehr, wer eigentlich dem König die Tänzerin so angepriesen hat, die damals in Venedig auftrat – diese Signora Barbara de Campanini, die bei uns Barberini genannt wurde. Es stimmt, der Campanini hatte man nicht nur in Venedig, sondern auch in Paris und London, im Covent-Garden-Theater, zugejubelt. Ich glaube, Bielefeld setzte dem König diesen Floh ins Ohr. Der preußische Geschäftsträger in Venedig war schon mit ihr übereingekommen, und der Vertrag – die Barberini sollte jährlich siebentausend Taler bekommen – war unterzeichnet. Da fiel es ihr plötzlich ein, daß sie eigentlich den Schotten Mackenzie heiraten wollte. In Berlin wartete man auf sie, aber inzwischen war das Fräulein, husch, husch, weg. Der König duldete keinen Ungehorsam, auch von Ballettänzerinnen nicht. Gerade hielt sich auf preußischem Territorium Cavaliere Campello auf, der als Gesandter der Republik Venedig nach London gehen sollte. Friedrich ließ sein Gepäck beschlagnahmen, bis ihm die Barberini ausgeliefert würde. Viel Staub wurde aufgewirbelt. Die Campanini wurde unter Bewachung von Venedig bis zur österreichischen Grenze gebracht, wo sie die höflichen Österreicher in Empfang nahmen und sie bis an die sächsische Grenze geleiteten, die Sachsen händigten sie dann wohlbehalten unseren Preußen aus. Mackenzie fuhr ihr voller Sehnsucht nach. Inzwischen war sie mit ihrer Mutter in Berlin eingetroffen. Man befahl ihr aufzutreten, und sie gefiel dem König. Statt der siebentausend Taler gab man ihr zwölftausend. Den schottischen Kavalier schickte man weg. Die Barberini war nicht nur hübsch und gelenkig, sondern auch klug, geistreich und fröhlich. Der König besuchte ihre Abendgesellschaften. Sie hatte das Glück, mit Frau Brand und der Witwe des Grafen Truchseß zur ›Confidenztafel‹ eingeladen zu werden. Während der Maskenbälle am Hofe suchte der König sie in ihrer Loge auf. Friedrich gestand es zwar niemals ein, aber die ›charmante Barberini‹ hatte sein Herz erobert. Oft empfing sie von ihm Briefe. Unzählige Verehrer seufzten nach ihr. Sie konnte also wählen. Rottenburg, Graf Algarotti, Cavaliere Chazot, viele Italiener, Franzosen, Russen, Engländer lagen vor ihr auf den Knien. Ja, ja, sie war auch bezaubernd! Na, und wie Cocceji sich erst um sie bemühte! Einmal tanzte die Signora im Hoftheater. Cocceji pflegte immer einen Platz in der ersten Reihe einzunehmen, damit ihm ja keine Bewegung ihrer schönen Füßchen entginge. Da entdeckte er doch neben sich einen zweiten von der Liebe Besessenen, der die Augen verdrehte und allem Irdischen entrückt zu sein schien ... Die Barberini sah einige Male zu ihm hin. Das wurde Cocceji doch zuviel. Mit seinen Pranken packte er den Rivalen und schleuderte ihn wie einen Ball auf die Bühne, vor die Füße der Tänzerin. Friedrich beugte sich aus seiner Loge hervor, alle erstarrten. Man hielt Cocceji für verloren! Sein Vater stürzte zum König, um ihn auf den Knien um Vergebung zu bitten ... Man schickte Cocceji nur zur Abkühlung nach Glogau in die Festung. Cocceji ist heute mit ihr verheiratet, aber ob er glücklich und sie zufrieden ist, weiß ich nicht.«

Die Greisin hielt erschöpft inne. Ob ihr Simonis aufmerksam zugehört hatte, wissen wir nicht. Während ihrer Erzählung suchten seine Augen unablässig die schöne Pepita. Nur wenige Worte waren zwischen den beiden bisher gewechselt worden, und doch hatten sie schon Bekanntschaft miteinander geschlossen, wenn auch keine nahe, so war es doch der erste, vielversprechende Schritt dazu ...

Die Baronin liebte es, mit Erzählungen die Vergangenheit wieder aufleben zu lassen. Schon wollte sie ein zweites ähnliches Histörchen beginnen, als Hauptmann Feulner das Gespräch auf sächsische Angelegenheiten lenkte.

»Baronesse«, begann er, »Ihr müßt es doch am besten wissen: Wenn ich mich nicht irre, so war doch in den letzten Tagen jemand aus Wien bei der Königin?«

»Ich weiß nichts davon«, entgegnete Pepita. »Übrigens wäre das durchaus nicht verwunderlich, denn zwischen der Königin und ihrer Familie müssen natürlich Beziehungen bestehen.«

»Man erzählt«, fuhr Feulner fort, »diese seien nie reger und enger als gerade jetzt gewesen.«

Er sandte der Baronin einen vielsagenden Blick zu.

»Ich kann mir darüber kein eigenes Urteil erlauben«, sagte Pepita leise.

Inzwischen ging das bescheidene Mittagessen seinem Ende zu. Der Baron stieß mit Simonis auf das Wohl der Hausherrin an, dann wurde Obst gereicht.

»König Friedrich hat in ganz Deutschland die schönsten Birnen, Pfirsiche und Weintrauben«, erklärte die Baronin, »und sicherlich ißt er mehr Obst als irgendeiner seiner Untertanen.«

Damit war das Tischgespräch beendet. Gertrud hatte sich anmerken lassen, sie könne nicht mehr länger warten. Alle erhoben sich.

Der Hauptmann zog sich mit der Baronin zum Fenster zurück, um dort mit ihr eine Weile leise zu plaudern. Simonis benutzte die Gelegenheit, um sich der Baronesse zu nähern und einige Worte mit ihr zu wechseln.

Mit fast kindlicher Naivität gaben sie sich gegenseitig zu verstehen, daß einer dem anderen gefiel. Pepita erkundigte sich, ob er in Dresden bleiben würde. Max hatte den Mut, zu bekennen, er möchte sie gern wiedersehen, wisse aber nicht, wo er sie treffen könne.

»Oh, überall!« antwortete das Mädchen. »Am einfachsten hier bei der Tante ...«

Max, der sonst immer klaren Kopf behielt, spürte diesmal, wie sein Herz pochte und sich das heiße Blut der Jugend in ihm regte. Das Mädchen war auch so schön, so freundlich und lieb ...

In ihre angeregte Unterhaltung mischte sich plötzlich lachend die Hausherrin ein und rief:

»Oh, oh, verdreht ja meiner Nichte nicht den Kopf! Ich muß doch sehr bitten!«

Hauptmann Feulner hakte sich vertraulich bei Max ein und flüsterte: »Gehen wir, ich muß noch etwas mit Euch besprechen.«

Simonis verabschiedete sich von den Damen – wenn auch nur sehr ungern. Die Baronin trat an ihn heran und wisperte ihm ins Ohr: »Ich empfehle Euch den Hauptmann Feulner! Er ist ein Freund von uns.«

Die beiden gingen. Max begriff nicht recht, was die Baronin mit ihren letzten Worten sagen wollte. Der Baron schlug vor, nach oben zu gehen. Simonis erklärte sich gern dazu bereit. Schweigend stiegen sie die Treppen empor, und als sie es sich im Zimmer am Fenster bequem gemacht hatten, sah sich der Hauptmann vorsichtig um, rückte dicht an Max heran und sagte leise:

»Die Baronin hat mir von Euch erzählt ... Ich weiß, daß ich Euch vertrauen darf. Ihr braucht mir nichts zu erklären, aber ich selbst kann Euch vielleicht mit mancher wichtigen Information dienen ...«

Simonis war leicht verwundert.

»Habt keine Angst und wundert Euch auch nicht darüber!« fuhr der Baron ruhig fort. »In allen Schichten, oben und unten, werdet Ihr Menschen finden, die die Verhältnisse hier im Lande bedrücken und deren Sympathien woanders sind. Es sind ihrer mehr, als Ihr vielleicht annehmt, die daran arbeiten, daß der unerträglichen Unterdrückung und der Ausbeutung Sachsens durch dieses nichtswürdige Gesindel ein Ende gemacht wird ... Wir sind Protestanten, der Hof ist katholisch, aber das ist nicht von Belang ..., wenn sie nur Gott im Herzen hätten. Wäret Ihr nur in Sachsen herumgekommen und hättet das Elend gesehen! Wenn Ihr die Not mit dem Luxus und der Verschwendungssucht, die hier herrschen, vergleicht, dann werdet Ihr begreifen, wie es in unseren Herzen aussieht. Wenn Musik erklingt, hören wir das Stöhnen, die Jagdhörner klingen in unseren Ohren wie das Glöckchen der Sterbenden; an den goldenen Tressen rinnen die Tränen der unglücklichen Menschen hinab ... So kann es nicht weitergehen. Den König trifft keine Schuld, er ist nur ein großes Kind, das man wiegt, damit es nicht weint, und wenn es dennoch weinen sollte, so gibt man ihm einen Bären ..., wie man einem kleinen Kinde eine Puppe zum Spielen gibt ...«

Der Baron stand auf, holte tief Luft und wischte sich die Stirn ab.

»Ich bin Offizier«, sprach er weiter; »das Heer bekommt keinen Sold, es geht vor Hunger zugrunde ... Aus Hunger quälen die Soldaten die Dörfer und Städte ... Ihnen ist alles erlaubt, wenn sie nur nicht den rückständigen Sold verlangen. Dieses Heer ist nichts wert. Ihre Paradeuniformen mögen wohl dem Feind von weitem entgegenleuchten, aber es übersteht den Feldzug keine vierzehn Tage ...«

Simonis lauschte seinen Worten und wagte nicht, ihn zu unterbrechen.

»Ihr könnt mir glauben, daß ich die Wahrheit sage, und das von mir Gesagte getrost berichten ...«

Damit gab er Max zu verstehen, daß er eingeweiht sei. Der Kavalier wollte widersprechen, aber Feulner lachte: »Eure Vorsicht ist sehr lobenswert, aber mir gegenüber durchaus nicht am Platze. Weshalb würde ich mich Euch nähern, wenn ich nicht genau wüßte, daß ich offen mit Euch reden darf. Auf mich und auf viele andere könnt Ihr rechnen. In Berlin müssen sie über alles unterrichtet sein. Wir werden hier beobachtet. Ihr seid fremd, und Ihr müßt die Informationen weiterleiten ... Vorsicht kann dabei nicht schaden. Der liebe Brühl scheut sich nicht, einen Menschen beiseite zu schaffen, der ihm im Wege ist; er läßt dann in der katholischen oder evangelischen Kirche ein Vaterunser für sein Seelenheil beten. Schreibt in Eurem nächsten Brief all das, was Ihr gesehen und gehört habt. Versichert, daß der Vertrag von sächsischer Seite aus noch nicht unterschrieben ist, doch diese Formalität ist nicht von Bedeutung ... Brühl steht mit Österreich und Frankreich im Bunde. Daran ist kein Zweifel zu hegen. Läßt ihm Friedrich Zeit, ein Heer zusammenzuziehen und ihn zu umzingeln, so ist der König verloren und mit ihm die preußische Monarchie!«

So redete Hauptmann Feulner noch lange auf Simonis ein, immer mehr ins einzelne gehend. Schließlich ergriff er seinen Hut und verabschiedete sich.

Diese Unterhaltung mochte wohl eine Stunde gedauert haben. Draußen war es noch hell. Da es ein schöner Tag war, verspürte der Kavalier wenig Lust zum Briefeschreiben. Er wollte es lieber in den späten Abendstunden erledigen. Unschlüssig blickte er zum Fenster hinaus; der Hauptmann war schon nicht mehr zu sehen. Max beschloß, einen kleinen Spaziergang zu machen und sich die Gegend anzusehen. Viel war ihm von der Fasanerie erzählt worden. August der Starke hatte sie in ihrer ganzen Pracht entstehen lassen, es war sein ›parc aux cerfs‹. Jetzt bewohnten zwei Jesuiten und ein Italiener die leeren Häuschen.

Max ging langsam die Treppen hinab und befand sich gerade im zweiten Stockwerk, als hinter ihm eine Tür geöffnet wurde und er das Rascheln eines Seidenkleides vernahm. Er brauchte sich nicht umzusehen, die Stimme seines Herzens verriet ihm sofort, daß es die schöne Pepita war.

Die alte Gertrud, ein Tuch über den Schultern, begleitete sie. Simonis blieb stehen, lüftete den Hut und wollte sie vorbeilassen, um das Vergnügen zu haben, ihr noch einmal in die schönen Augen zu sehen. Die Baronesse kam schnell heran, blickte ihn an, und nachdem sie ihn eingeholt hatte, blieb sie einen Augenblick zögernd stehen und ging dann langsam weiter, für Simonis an ihrer Seite Platz lassend.

Simonis wagte nicht, sie anzusprechen, doch das Mädchen war mutiger: »Ich freue mich, Euch zu begegnen, Herr de Simonis. Ich will Euch gestehen – nehmt es mir nicht übel, rechnet es aber auch Euch nicht zu hoch an –, Ihr habt meine Sympathie gewonnen.«

Simonis wurde über und über rot. Pepita bemerkte es und brach in ein kindliches Gelächter aus.

»Diese Sympathie veranlaßt mich, Euch zu warnen. Ja, zu warnen ... Wenn Ihr mich so seht, haltet Ihr mich sicher für ein junges, unerfahrenes Persönchen, aber am Hofe werden die Menschen früh alt ... Ja, wie soll ich es Euch nur sagen! Meine Tante liebt die Preußen über alle Maßen ... Ihr ist es auch gestattet ... Ich fürchte, auch der Hauptmann liebt sie nicht minder. Es ist für mich nicht schwer zu erraten, weshalb Ihr gerade jetzt hierher gekommen seid und was Ihr hier treibt.«

»Baronesse, ich befinde mich auf Reisen. Ich habe kein anderes Ziel, als die Zeit angenehm zu verbringen und mich den Wissenschaften zu widmen ...«

»Ach, ach!« lachte das Fräulein. »Und dazu habt Ihr einen Brief an die Tante mitgebracht? Reden wir nicht davon ... Meine Augen, obwohl sie noch sehr jung sind, sehen so manches. Man behauptet, hier seien alle blind und wir wären so auf Feste versessen, daß wir nicht bemerken, wie unter unseren Füßen beim Tanzen das Parkett kracht. Das mag aber nur zum Teil zutreffen. Es gibt Menschen, die Augen im Kopfe haben und auf der Hut sind. Meiner Tante wird nichts passieren. Hauptmann Feulner wird beobachtet. Ich weiß es, aber ich kann ihn nicht warnen ... Was geht mich das an! Um Euch würde es mir leid tun ..., wenn man Euch dorthin brächte«, – sie senkte die Stimme – »wo man nur schwer wieder herauskommen kann.«

Sie blickte ihm in die Augen.

»Heute seid Ihr vielleicht noch nicht in Gefahr, aber für das Morgen kann ich nicht bürgen. Ihr würdet mir bestimmt sehr leid tun.«

Bei diesen Worten hielt sie erschrocken inne und legte beide Hände auf den Mund. Dann ergriff sie die Hand des Kavaliers und sagte bewegt: »Euer Ehrenwort, daß Ihr mich nicht verratet!«

»Baronesse, traut Ihr mir so viel Niedertracht zu? Ich schwöre es Euch.«

»Seid vorsichtig ...!«

Rasch sprang sie, ohne sich umzudrehen, die Treppe hinunter, bevor der erstarrte Simonis ihr nacheilen konnte. Gertrud folgte ihr brummend und die flatterhafte Jugend verwünschend, sich am Geländer entlang tastend. Max konnte sich kaum fassen, langsam ging er hinunter. Auf der Straße war von der schönen Pepita und ihrer alten Begleiterin keine Spur mehr zu entdecken.

Diese unerwartete Warnung sowie das Gespräch mit dem Hauptmann stimmten ihn sehr nachdenklich, so daß er noch eine ganze Weile verharrte, bevor er seinen Weg fortsetzte. Max war von Natur aus nicht sehr mutig, eher konnte man ihn schlau nennen. Jede Handlung pflegte er vorher genauestens zu überlegen. Dem schönen Mädchen gegenüber empfand er Dankbarkeit, doch ihre Warnung brachte ihm seine ganzen Pläne durcheinander. Er mußte erwägen, was er nun zu tun hätte. Der Gedanke an Blumli beruhigte ihn. Der geheime Zweck seiner Reise wurde durch seine Bekanntschaft mit ihm und durch die von ihm in Aussicht gestellten Beziehungen zum Hofe Brühls gedeckt. Die Vorsicht riet ihm, die Wohnung im Hause der Baronin aufzugeben, aber damit hätte er ja die Gelegenheit verloren, die schöne Pepita zu treffen und zu sehen. Ihre blauen Augen hatten sein junges Herz viel zu sehr entflammt... Sogar ihre Worte, diese mutige Warnung, hatten ihn noch fester mit ihr verbunden. Was sollte er beginnen? Die Gefahr verlachen oder vor ihr fliehen?

Schließlich ging es hier ja nicht allein um die Person des Herrn de Simonis, obwohl ihm seine Haut am teuersten war, sondern auch um die Sache, die er verraten müßte, und die Enttäuschung, die er bereitet hätte. Wenn er auch entschlossen war, um jeden Preis in der Welt vorwärtszukommen und es zu etwas zu bringen, fühlte sich Max immer noch zur Treue der Sache gegenüber verpflichtet, in deren Dienst er nun einmal getreten war.

In der schönen Sonne und in der ihn umschmeichelnden frischen Luft, beim Anblick des fröhlichen Lebens auf der Straße wurde ihm wohler zumute. Die drohenden Worte, die ihm das Mädchen in dem finsteren Treppenhaus ins Ohr geflüstert hatte, kamen ihm nun wie ein Hirngespinst vor. Die schöne Pepita sah doch wohl zu schwarz. Alles, was er hier bisher gesehen hatte, zeugte von einer solchen Gleichgültigkeit, einer Apathie, daß er eine Überwachung der Fremden nicht für möglich hielt.

Er wußte keinen Menschen, bei dem er sich hätte Rat holen können. Beguelin war nicht der Mann dazu, außerdem flößte er kein Vertrauen ein. An den Hauptmann, den er erst heute kennengelernt hatte, konnte er sich unmöglich wenden. Simonis war ganz mit seinen Gedanken beschäftigt. Langsam überquerte er den Markt; da erblickte er an einer Biegung jenen schweigsamen Reisegefährten, mit dem er zusammen nach Dresden gekommen war, jenen Alten, der nie den Mund aufgetan hatte. Jetzt trug er sehr vornehme Kleidung und machte den Eindruck eines gewichtigen, ehrwürdigen Beamten, zumindest eines Kabinettsrates. Das Gesicht und die Miene, mit der er auf die Menschen herabblickte, drückten aus, daß er sich über alle erhaben dünkte. Gemessenen Schrittes, ohne jede Eile ging er daher, sich auf seinen Stock mit dem goldenen Knauf stützend, ganz wie ein Mensch, der nichts zu tun und viel Zeit hat. Sein Blick glitt über die Häuser, die Vorübergehenden, manchmal griff er mechanisch in die Tasche, um eine Tabaksdose hervorzuziehen und eine Prise zu nehmen, deren Spuren er sorgfältig von seiner Weste entfernte.

Dieser geheimnisvolle Mensch mußte offensichtlich den einstigen Reisegefährten gesehen und erkannt haben. Er sah aufmerksam zu ihm hinüber und schien sich ihm nähern zu wollen. Simonis, dem der Alte während der Reise nicht im geringsten entgegengekommen war, dachte nicht daran, die Bekanntschaft zu erneuern. Doch da er immer allen gegenüber höflich zu sein pflegte und den Grundsatz beherzigte, den man ihn gelehrt hatte – wonach nie vorauszusehen ist, wer einem noch einmal von Nutzen sein kann –, zog er, als er an dem alten ›Nußknacker‹ vorüberging, den Hut und grüßte ihn.

Der Alte erwiderte den Gruß weitaus höflicher, als man seinem Verhalten während der Reise nach hätte erwarten können. Er schritt schneller aus und holte den Kavalier ein. »Wie ist Euch die Reise bekommen?« fragte er mit einer seltsam dünnen Stimme. »Wie gefällt Euch unser Dresden?« Simonis war leicht erstaunt und entgegnete, er fühle sich wohl, und Sachsens Hauptstadt, die er nur wenig kenne, erscheine ihm als sehr reizvoll.

»Ach, ja, ja, wir Dresdener können auf unsere Stadt stolz sein«, bestätigte der Alte. »Seit Generationen ist meine Familie hier ansässig, nur selten verreise ich, und auch neulich« – hier wurde er leiser – »war ich nur in Berlin, um einen kranken Freund zu besuchen. Doch das schlimmste ist«, sagte er bekümmert, »ich bin Beamter und unternahm die Reise ohne Wissen, ohne die Erlaubnis meiner Vorgesetzten und möchte nicht, daß sie etwas davon erfahren. Deshalb habe ich mir erlaubt, Euch anzusprechen. Sollten wir uns einmal irgendwo in der Öffentlichkeit begegnen, so bitte ich Euch sehr, mich nicht zu verraten.«

»Seid unbesorgt«, lachte Simonis, »ich habe nicht das Vergnügen, Euch zu kennen! Ich komme nicht viel herum und bezweifle stark, ob wir uns jemals wieder treffen. Eher könnten die anderen Reisegefährten ...«

»Oh, was denn!« – jetzt lachte der Alte – »das sind alles Menschen aus anderen Kreisen, ein Handwerker, eine Komödiantin, die laufen mir sicher nie wieder in den Weg, und um die geht es mir auch nicht.«

»Was meine Person anbelangt, so könnt Ihr beruhigt sein«, versicherte ihm Max.

»Wollt Ihr Euch hier lange aufhalten?« erkundigte sich der Alte. »Und darf man nach dem Zweck Eurer Reise fragen?«

»Eure erste Frage zu beantworten, ist nicht leicht für mich, aber auf die zweite könnt Ihr selbst die Antwort finden. Ich bin jung, ich suche eine Beschäftigung. In Berlin ist es mir nicht geglückt, vielleicht gelingt es mir hier besser.«

»Habt Ihr hier Bekannte?«

»Ja, Landsleute. Ich bin Schweizer, wir sind überall zu finden. Unser schönes Land gibt wenig Brot, die republikanischen Einrichtungen berauben uns der Höfe. Unsere Jugend muß in die Welt hinausziehen, um eine Anstellung zu finden.«

Der Alte hörte ihm aufmerksam zu.

»Ja, ja«, sagte er mit brüchiger Stimme, »wir haben einen großen Hof, und Seine Exzellenz, der erste Minister, lebt auch wie ein König. Warum sollte man Euch nicht irgendwo unterbringen können? Ihr habt doch sicherlich Talente ...«

»Jugend! Kraft! Guten Willen!« fiel Simonis ein.

So unterhielten sie sich weiter und schlugen die Richtung zur Fasanerie ein. Sie waren schon bei den Feldern angelangt, die zwischen dem Stadtrand und dem Wald lagen, als in einem Seitenweg plötzlich Hauptmann Feulner auftauchte, der vor Erstaunen darüber, Simonis in Begleitung des Alten zu sehen, beide Arme in die Luft warf.

»Nanu, Herr Rat! Ihr kennt den Kavalier auch schon, das ist ja wundervoll!«

Der Alte wurde bleich. Mit einer Hand gab er dem Hauptmann einen Wink, mit der anderen griff er mechanisch nach seiner Tabaksdose und entgegnete kein Wort. Simonis stand verwundert da.

»Eine ganz zufällige Begegnung«, begann langsam der Rat, »ein reiner Zufall! Zum ersten Male im Leben kamen wir zusammen. Weder ich noch dieser verehrte Herr wissen, mit wem jeder die Ehre hatte zu sprechen.«

»Dann hat Euch ganz gewiß die Vorsehung zusammengeführt!« rief Feulner aus und stellte die beiden einander vor: »Herr Rat Mentzel senior, Herr Max de Simonis. Ich empfehle Euch, Herr Rat, den jungen Kavalier – er ist ein Hausgenosse der Baronin Nostitz, das soll genügen.«

Die Züge des Rats hellten sich etwas auf, sein Mund blieb jedoch verschlossen. Feulner ging sofort auf ein anderes Gesprächsthema über.

»Apropos«, fuhr er fort, »diese Haubenlerche, die uns daran hinderte, bei Tisch offen miteinander zu sprechen, ich warne Euch, Herr de Simonis, laßt Euch nicht von ihr umgarnen. Man muß vorsichtig sein. Das Mädchen hat, obwohl sie die Nichte der Baronin oder besser die ihres Mannes ist, ganz andere Ansichten. Mit Leib und Seele ist sie dem Hof ergeben. Wirklich, ein scharfsinniges und begeistertes Kind mit einem ausgezeichneten Verstand! Seid also auf der Hut!«

Der Rat trat nahe an den Hauptmann heran, sie flüsterten miteinander, dann wandte sich der Alte noch einmal an Simonis:

»Was meint Ihr, meine Herren, ist es klug, wenn wir drei so am hellichten Tag miteinander spazierengehen? Wie denkt Ihr darüber?«

»Das werden die Herren besser als ich beantworten können, ich schließe mich dann ihrer Meinung an«, entgegnete Simonis.

Um bei der Wahrheit zu bleiben, wollte auch er keinen Verdacht auf sich lenken, seit er gewarnt worden war. Nach kurzem Nachdenken fuhr er fort:

»Wenn schon solche Bedenken bestehen, so wäre es besser, sich zu trennen.«

Feulner zuckte mit den Achseln.

»Gewiß, obwohl ... mir ist alles gleichgültig.«

»Mir dagegen durchaus nicht«, brummte Mentzel.

Simonis zog schon sein Hütchen und begann sich mit gekünsteltem Lächeln zu verabschieden; in Wirklichkeit war er gar nicht so ruhig und fröhlich, wie er sich gab.

Um das Maß voll zu machen, wies der alte Mentzel – mit oder ohne Absicht – auf die Landschaft der Sächsischen Schweiz, die vom Platz aus, wo sie standen, besonders gut zu überblicken war, und bemerkte scheinbar vollkommen gleichgültig:

»Seht mal her, meine Herren, dort, im Nebel, ganz da hinten, das ist doch der Königstein.«

»Ja, das ist Königstein«, murmelte der Hauptmann und hob die Schultern. Simonis blieb unwillkürlich stehen.

»Gar mancher gute Bekannte saß dort, und wie viele sitzen heute noch hinter jenen Mauern!« sagte Mentzel, als ob er Simonis eine Lehre erteilen wollte. »Graf von Beneda-Netzky, der Neffe der Gräfin de Bellegarde, de domo Rutowska ... Den müßt Ihr doch auch kennen, Hauptmann.«

»Er war mein Waffenbruder!« bestätigte lakonisch Feulner.

»Johann August Heerwagen, der Sohn der Rätin Hausius, schon zum zweiten Male dort eingekerkert, auch ein guter Bekannter von Euch ...«

»Ich kenne ihn von Kindesbeinen an.«

»... der Kammerherr und Obristleutnant der Gräfin Kolovrath, der Neffe der Gräfin Brühl. Hm« – der Alte räusperte sich.

»Ist denn das möglich?« entfuhr es Simonis.

»So wahr ich hier vor Euch stehe«, entgegnete Mentzel ruhig, »aber in dem Register meines Gedächtnisses stehen noch viele Namen: Graf Christian«, zählte er weiter auf, als läse er von einer Liste ab – »Traugott Holzendorf, der Sohn des Grafen und Oberkonsistorialrates, der Schwager des Sohnes der Gräfin Cosel, Fähnrich bei den Dragonern, Euch gewiß bekannt, Hauptmann?«

»Auch ein Waffenbruder von mir«, bejahte mit einem kalten Lächeln Feulner.

»Fahren wir fort, meine Herren, ich weiß noch manchen, gleich«, sagte der Alte und schlug mit dem Stock auf den Boden, »Oberst Heinrich Levin von der Osten. Man redet ihm nach, er solle Regimentsgelder veruntreut haben, aber, Hauptmann, ist denn das überhaupt möglich?«

»Kaum, denn seit dreizehn Jahren haben unsere Regimenter kein Geld mehr gesehen.«

Mentzel lachte bitter auf:

»Das weiß ich nicht, aber bei meiner Ehre, mir fallen noch einige Namen ein: Hauptmann Peter Ernst L'Hermet, Baron du Cailau, wegen irgendeiner Geschichte verurteilt, adulterii et blasphemiarum – Ehebruch und Gotteslästerung. Er hat noch Glück gehabt, denn in puncto adulterii hätte ein einfacher Untertan nach dem Gesetz mit dem Kopf büßen müssen, aber Baronen ...«

Feulner unterbrach ihn heftig:

»Man hat ihn verleumdet, er ist mein Freund!«

»Ich gratuliere« – sagte der andere spöttisch und beendete seine Aufzählung: »Ich bin noch nicht am Ende, die Herren von Roebel und von Zedtwitz will ich nicht anführen, denn die müssen sich schon wieder auf freiem Fuße befinden, aber ich darf nicht den Hauptmann d'Elbée und Junker Abels vergessen, den Sohn meines lieben Freundes, des Herrn Kriegsrats.«

Er zeigte noch einmal auf Königstein, zog den Hut und sagte mit Nachdruck:

»Das ... ist Königstein! Ich empfehle mich, meine Herren.«

Der Hauptmann schlug einen schmalen Seitenweg ein, Simonis blieb allein zurück.

Es war sechs Uhr morgens. Das Fenster vom Kabinett des ersten Ministers, das auf den Garten und die Terrasse, auf die Elbe und die grünen

Wiesen an ihren Ufern hinausging, stand weit offen. Die frische Morgenluft strömte herein. Hier bot sich einem ein wunderbarer Ausblick auf die Neustadt und die Berge in der Ferne.

Brühl, der eben aufgestanden war und seinen kostbaren Schlafrock aus chinesischer Seide angezogen hatte, auf dem Kopfe die makellose Morgenperücke – eine von den anderthalbtausend, die er zur Verfügung hatte –, blickte gedankenlos auf die weite Landschaft; sein Gesicht hatte einen düsteren und nachdenklichen Ausdruck.

Ein geöffneter Brief lag auf dem Tisch, Brühl trat mehrere Male heran, nahm das Schreiben in die Hand, las es und warf es wieder wütend hin, als könnte er es nicht verstehen.

Die verflossenen Jahre hatten in dem Gesicht des Ministers kaum Spuren hinterlassen. Immer noch strahlte es einen falschen jugendlichen Glanz aus, obwohl sich schon Falten zeigten und die Haut das Aussehen eines weichen Pilzes annahm, was Abgelebtheit und Müdigkeit verrät.

Die Turmuhr unten in der Neustadt schlug die sechste Stunde.

Das Kabinett war augenscheinlich für die Arbeit und die Geschäfte bestimmt. Der große, bauchige Sekretär stand gerade offen; in ihm waren viele unordentlich hineingeworfene Papiere zu sehen; auf den Tischen lagen ganze Stöße davon. Brühl schien auf jemanden zu warten. Man klopfte, und als sich die Tür öffnete, schlich eher, als daß er ging, an seinem Stock, die Beine hinter sich nachziehend, der sehr gealterte Pater Guarini herein. Ein gutmütiges Lächeln umspielte seine Lippen. Er trug einen langen, grauen Rock.

Brühl ging ihm rasch entgegen, ergriff seine Hand und küßte sie; der Jesuit berührte mit den Lippen die Schulter des Ministers und hob langsam den Blick zu ihm.

Brühl schob ihm einen Stuhl hin, der Greis ließ sich sofort darauf nieder.

»Ein schöner Tag«, sagte er leise, »bellissima giornata.«

»Ja«, entgegnete der vor ihm stehende Minister zerstreut, »aber auch am blauen Himmel können Wolken stehen. Bis die Leute eintreffen, die ich rufen ließ, mein lieber Vater, kann ich zu Euch offen sein: Lest selbst, was Flemming mir nun schon zum zweiten Male aus Wien berichtet!«

Pater Guarini holte seine Brille hervor, setzte sie auf und begann mit gespannter Aufmerksamkeit den Brief zu lesen. In seinem Gesicht spiegelte sich die seltsame Wirkung wider, die das Schreiben auf ihn ausübte; es verzog sich, wurde lang und legte sich in Falten. Der Pater zuckte scheinbar gleichgültig mit den Achseln, gab Brühl den Brief zurück und sagte:

»Ich verstehe das nicht.«

»Ich auch nicht«, rief der Minister mit weit ausgebreiteten Armen, »eine Verleumdung, Intrige, der Wunsch, durch große Geschicklichkeit zu glänzen, eine Lüge vielleicht!«

»Nein, Flemming lügt nicht«, wies ihn der Pater zurecht. »Ich habe schon von der Königin gehört, daß man ihr auch etwas Ähnliches aus Wien mitgeteilt hat.«

Brühl fuhr auf:

»Was hat die Königin damit zu tun?«

»Sie mischt sich ja keineswegs in diese Angelegenheiten«, beschwichtigte ihn der Pater, »aber wenn man es ihr berichtet? ... Mein lieber Brühl, überall lauern die Verräter, sie können auch in Eurem Hause stecken.«

Er schwieg eine Weile, um dann fortzufahren:

»Dio mi guardi da quella gatta, che davanti me lecca e di dietro mi sgraffia!« (Gott behüte mich vor solchen Katzen, die vorne schnurren und hinten kratzen – ital. Sprichwort.)

Es klopfte, und das heitere, kluge, verschmitzte, aber sehr unsympathische Gesicht des Rates Globig, des sogenannten ›Vizekönigs‹, tauchte auf. Mit ihm betrat der andere Vertraute des Ministers, Hennicke, das Zimmer.

Brühl drehte sich zu ihm um:

»Herr Rat, habt die Güte, zu veranlassen, daß wir ungestört bleiben! Staatsgeheimnis ... Ich habe die Herren zu einer vertraulichen Beratung hierhergebeten.«

Hennicke schlüpfte einen Augenblick hinaus und kam ebenso schnell wieder zurück.

»Bevor wir beginnen«, fuhr der Minister fort und zwang sich, ruhig zu bleiben, »bitte ich euch, die beiden Briefe des Grafen Flemming zur Kenntnis zu nehmen. Von dem ersten habe ich niemandem etwas gesagt, da ich ihn nicht ernst nahm, aber der zweite zwingt mich, eine Beratung mit euch abzuhalten.«

Globig überflog mit der Fertigkeit eines Menschen, der einen langen Brief nicht ganz zu lesen braucht, um seinen Inhalt zu erraten, rasch die ihm gereichten Papiere. Der hinter ihm stehende Hennicke kniff die Augen zusammen, leckte sich die Lippen, schielte über seine Schulter, um ebenfalls möglichst schnell den Inhalt zu erfahren. Er runzelte die Brauen. Pater Guarini beobachtete schweigend die beiden.

»Mit einem Wort«, erklärte Brühl, »die Sache ist folgende: Flemming berichtet uns aus Wien als unumstößliche, feste und erwiesene Tatsache, daß von all unseren geheimen Depeschen, die wir von unseren Gesandten aus Wien, Petersburg, Paris, London, kurz – von überall empfangen, in unserer Kanzlei Kopien angefertigt werden und nach Berlin abgehen.«

Globig schrie auf:

»Das ist erlogen! Das kann nicht sein!«

»Das ist ausgeschlossen!« pflichtete ihm düster Hennicke bei. »Und vor allem, wie sollte man gerade in Wien so etwas wissen?«

Brühl zog die Stirn kraus und sprach unbekümmert weiter: »Die Kanzlei Ihrer Kaiserlichen Hoheit hat so weitreichende Beziehungen – oder rühmt sich zumindest, solche zu besitzen –, daß sie in Berlin das Gras wachsen hört und unterricht ist, was König Friedrich II. in Sanssouci am Abend dem General Lentulus ins Ohr flüstert!«

Er zuckte mit den Achseln.

»Die Kaiserin hat, wie Flemming schreibt, in der Befürchtung, die Wiener Depeschen könnten unterwegs abgefangen werden, allerstrengste Untersuchungen angeordnet. Man hat solche in Wien und Prag durchgeführt, aber nichts Verdächtiges entdeckt.«

»Auch bei uns wird man nichts Verdächtiges entdecken!« beteuerte Globig eifrig. »Meine eigene Ehre und die meiner Beamten steht auf dem Spiel. So etwas ist gänzlich unmöglich! Den Schlüssel zum Schrank, der die geheimen diplomatischen Papiere birgt, verwahre ich persönlich, und keinen Augenblick gebe ich ihn aus den Händen.«

Bei diesen Worten zog Globig einen Schlüsselbund aus der Tasche und zeigte einen kunstvoll geschmiedeten, ziemlich großen Schlüssel vor, den er sofort wieder versteckte. »Die Depeschen«, fuhr er lebhaft fort, »können an einem anderen Ort abgefangen werden, das weiß ich nicht. Aber aus diesem Schrank kann man mir nichts entwenden, um so weniger, als er in einem Raum steht, wo einige Schreiber ständig arbeiten. Der Geheimschreiber Mentzel läßt ihn nur selten aus dem Auge.«

»Und trotzdem ...«, beharrte Brühl.

»Und trotzdem«, wiederholte Guarini, »man muß der Sache auf den Grund gehen.«

Hennicke breitete verzweifelt die Arme aus.

»Die Angelegenheit ist für uns von allergrößter Wichtigkeit«, betonte Brühl, »von unübersehbarer Tragweite ... Wenn man in Berlin um unsere Abmachungen, Verträge und Übereinkünfte weiß, kann unser ganzes Vorhaben zunichte werden.«

»Bah«, unterbrach ihn Hennicke, »was man in Berlin nicht weiß, wird dort erraten. Sie verfügen über einen Spionagedienst, wie ihn weder eine der alten noch eine der jungen Monarchien aufzuweisen hat.«

»Verzeiht, Herr Rat«, wandte Brühl ein, »die Kaiserin ist weitaus geschickter als Fritz, denn Fritz stiehlt die Depeschen bei uns, aber die Kaiserin versteht es, sich das Gestohlene von den Dieben zu beschaffen. Und das ist doch eine noch größere Kunst. Sollten solche Dinge wirklich bei uns passieren, so gehört nicht viel dazu, unsere Großzügigkeit, Gutgläubigkeit und Vertrauensseligkeit auszunützen. Aber dem Fritz Depeschen zu entwenden! Ha, ha, ha!«

Guarini stimmte in das Gelächter des Ministers ein, Globig und Hennicke verzogen keine Miene und schwiegen.

»Trotz allem«, riet Pater Guarini, »ihr müßt euch eure Leute genau ansehen. Flemming und Kaunitz lügen nicht. Man muß die Wölfe im Schafpelz unschädlich machen ...«

»Die Sache ist gänzlich undenkbar«, beharrte Globig, »ich lasse alle in Gedanken an mir vorüberziehen, aber auf keinen fällt auch nur der Schatten eines Verdachtes.«

»Auch ich wüßte keinen«, pflichtete ihm Brühl bei. »Diese Verleumdung ist alten Datums. Schon seit langem liegt man mir damit in den Ohren. Ich bat Kaunitz, er möchte mir zum Beweis wenigstens eine solche Depesche aus dieser Quelle senden ... Er hat es abgelehnt.«

»Das beweist, daß sie auf dummen Klatsch hereingefallen sind!« rief Globig. »Bei uns gibt es keine Verräter!«

Der Jesuit lächelte.

»O heilige Einfalt!« gab er leise zu bedenken. »Christus hatte zwölf Jünger, und unter ihnen war ein Verräter. Ihr habt mehrere hundert Beamte und schwört darauf, daß sich unter ihnen kein Judas befindet!«

Ein betretenes Schweigen trat ein.

»Meine sehr geehrten Herren«, begann Brühl von neuem, »wenn unsere Staatsgeheimnisse verraten werden, wenn Friedrich zu früh, bevor die kaiserlichen Truppen an die Grenzen heranrücken und die französischen in Marsch gesetzt werden, von dem großen Vorhaben Wind bekommt, wenn er errät, welchen Anteil ich daran habe – kann es für Sachsen schlimme Folgen haben ...«

Er ging ein paarmal unruhig auf und ab.

»Nicht, daß ich vor diesem Zaunkönig Angst hätte, dessen vergoldete Krone noch nicht ganz trocken geworden ist. Preußen ... kann es mit uns nicht aufnehmen. Diese Monarchie muß aus der Reihe der europäischen Mächte ausradiert werden. So ist es. Fritz ist nicht so stark, um sich gegen uns behaupten zu können. Zählen wir einmal auf: Österreich stellt hundertachtzigtausend Soldaten unter Piccolomini und Bour, hundertvierzigtausend Russen ziehen schon den Grenzen entgegen, ebensoviel Franzosen kommen hinzu. Selbst wenn wir Sachsen nur über zwanzig- bis dreißigtausend Mann verfügen ... Achtzehntausend Schweden, zwanzigtausend Mann der verbündeten kaiserlichen Armee, zwölftausend Württemberger ... Bitte, rechnen wir zusammen! Nehmen wir an, Friedrich wird auch dem letzten Knecht den Soldatenrock anziehen und hundertfünfzigtausend Mann auf die Beine bringen. Wie wird er sich eines Überfalls von drei, von vier Seiten aus erwehren? Er ist verloren«, fuhr Brühl hastig fort, »das liegt auf der Hand, das steht fest! Er hat kein Geld, keine Menschen, keine Lebensmittel. Ich wiederhole: Er ist verloren! Wir brauchen nur Zeit, damit unsere Pläne reifen und wir diesem Fuchs eine Falle stellen können.«

Guarini sah den Minister aufmerksam an. Brühl ereiferte sich immer mehr, geriet in Glut und sah sich schon mit dem Glorienschein des Sieges umgeben. Globig und Hennicke hörten ihn kopfschüttelnd an.

»Auf alle Fälle«, bemerkte zaghaft Globig, »müßte man auch an unser Heer denken.«

»Dazu ist es noch zu früh«, sagte Brühl überlegen, »zu früh. Flemming hat mich unterrichtet, daß im Laufe dieses Jahres nichts unternommen wird. Die Alliierten haben noch keinen Plan entworfen, und mit dem Überfall auf Preußen ist in der nächsten Zeit noch nicht zu rechnen. Warum sollen wir uns eilen? Unser Heer befindet sich in einem glänzenden Zustand, das hat mir General Rutowski versichert. Ich selbst sehe mit eigenen Augen ...«

Die Berater schwiegen.

»Bis zum Frühjahr liegt kein Grund zu Befürchtungen vor. Wir haben noch für alles Zeit.«

Mitten in seiner Rede klopfte es an die Tür.

Brühl wurde wütend.

»Ich habe doch befohlen, man solle uns ungestört lassen!«

Hennicke lief zur Tür und kam mit einem Umschlag, der mit einem großen Siegel verschlossen war, zurück.

»Eine Depesche aus Wien.«

Brühl erbrach sie ungeduldig und stellte sich ans Fenster. Mit der ihm eigenen Schnelligkeit überflog er sie mit den Augen. Pater Guarini, der ihn genau beobachtete, bemerkte, wie sich seine Brauen plötzlich finster zusammenzogen.

»In Wien müssen sie wohl vom Fieber befallen sein!« bemerkte Brühl. »Flemming teilt mir mit, der Preußenkönig habe bei ihnen angefragt, was der Grund zu ihren Kriegsvorbereitungen sei! Er hat also etwas gerochen. Sie können ihm doch ruhig antworten, es würden keinerlei außergewöhnliche Maßnahmen getroffen. Für Truppenbewegungen kann man doch immer die Ausrede gebrauchen, es handele sich um Verschiebungen von Verbänden an andere Standorte.«

»Für alles läßt sich eine Erklärung finden«, flüsterte Guarini, »doch dieser Teufel schenkt ja keinem Glauben!«

Der Minister schritt versonnen im Zimmer auf und ab und schien schon an etwas anderes zu denken. Globig und Hennicke unterhielten sich leise.

»Rat Globig«, sagte Brühl, »ich bitte, die Sache mit den Depeschen streng geheimzuhalten, aber alle müssen beobachtet werden, alle ... Es ist an der Zeit, daß auch wir lernen, jedem zu mißtrauen – wie Fritz es hält.«

Hennicke trat an ihn heran und flüsterte ihm einige Worte ins Ohr.

Guarini sann schweigend, auf seinen Stock gestützt, über etwas nach. Globig spazierte, die Hände auf dem Rücken unter den Frackschößen verschränkt, im Kabinett umher. Eine ganze Weile sagte niemand ein Wort. Schließlich verabschiedeten sich der ›Vizekönig‹ und Hennicke und entfernten sich.

Brühl ließ sich gähnend auf das Sofa fallen, sein müdes Haupt in die weißen Hände bettend.

Pater Guarini beobachtete ihn mit einer eigenartigen Miene; man konnte ihm nicht ansehen, was er dachte.

»Ach«, stöhnte Brühl, »der Dienst ist doch ein wahres Kreuz! Die Leute beneiden einen, aber niemand weiß, wie schwer er ist und was er verlangt. Er sieht nach außen hin so glänzend aus, doch der Mensch kommt keinen Augenblick zur Ruhe!«

»Eine Strafe für die Sünden!« lachte der Jesuit. »Laßt das! Das habe ich schon oft von Euch gehört ... Was gibt's heute? Oper, Konzert, Jagd, Scheibenschießen?« Brühl blickte auf einen auf dem Tisch liegenden Zettel hin.

»Oper«, sagte er.

»Ah, das geht auch mich etwas an«, meinte Guarini, »aber auch das wird mir schon zuviel. Wir brauchen frische Kräfte, neue Sänger und Sängerinnen.«

»Der König hängt aber sehr an den alten.«

»Doch denen geht es wie mir, ihre Stimmen werden immer kratzender«, fügte Guarini hinzu und stand schwerfällig vom Sessel auf.

»Wann begebt Ihr Euch zum König?«

»Wie immer, kurz vor neun.«

Guarini brach auf, Brühl begleitete ihn bis zur Tür des Salons. Er war kaum in sein Kabinett zurückgekehrt, als durch die Seitentür ein Mann mit einem düsteren Gesicht eintrat. Die Hoflivree, die er trug, verriet, daß er ein kleiner Lakai aus dem Vorzimmer war. Doch Lakaien spielten damals eine außergewöhnlich große Rolle.

Brühl trat auf den herausgeputzten Diener zu und legte dabei weitaus mehr Höflichkeit an den Tag, als man hätte erwarten können.

Dieser Mann gehörte zu denen, die unter dem Vorwand, beim König Dienst zu tun, ihn bewachten, damit kein Unberufener sich bei ihm Zutritt und eine Audienz verschaffte oder ihm etwa ein Billett zukommen ließ. Er flüsterte mit dem Minister und ging wieder.

Dann kamen der Reihe nach: der Bruder des Ministers, der Geheime Rat Friedrich Wilhelm, ihm folgten der Oberstallmeister des Hofes, Johann Adolf Brühl, der General Brühl, ihr Schwager Berlepsch, Graf Kolovrath und manch andere Kreatur des allmächtigen Mannes. Jeder von ihnen brachte etwas Neues, einen Rapport, einen Wunsch, einen Rat oder eine Klatschgeschichte.

Auf silbernen Tabletts wurden Briefe hereingetragen, einer von der Gräfin Moszynska, ein anderer von der Gräfin Sternberg, der Frau des österreichischen Gesandten. Auf einen Augenblick kam auch der junge Sohn des Ministers, Alois, herein. Ein Lächeln lag auf seinen Lippen, sein schönes Gesicht sprühte vor Lebendigkeit. Das Ganze zog sich ziemlich lange hin. Die Uhr schlug dreiviertel acht, und Brühl mußte an seine Morgentoilette denken, die gewöhnlich eine volle Stunde in Anspruch nahm. Kurz vor neun hatte sich Brühl beim König einzufinden.

Wenn diese Stunde nahte, befiel den König Unruhe. Er blickte oft zur Tür, der Favorit fehlte ihm, auch wollte er möglichst schnell seinen Frondienst hinter sich bringen, das heißt, unter alles seine Unterschrift setzen, was man ihm vorlegte.

Tag für Tag wurde diese Zeremonie in der gleichen Art und Weise vollzogen: Beim Anblick des Papierstoßes stieß August einen tiefen Seufzer aus, nahm am Tisch Platz, probierte die Feder aus und begann die Akten, ohne einen Blick darauf zu werfen oder nach ihrem Inhalt zu fragen, eifrig und munter mit seinem Namenszug zu versehen. Dem Gesicht sah man an, daß sich Seine Königliche Majestät bewußt war, welch ungeheure Arbeit er leistete. Sehr oft ächzte er nach dem zwanzigsten ›August‹ und blickte wehleidig zu Brühl auf. Brühl antwortete darauf mit einem teilnahmsvollen Lächeln.

»Die Bürde des Herrschers, Allergnädigster Herr«, flüsterte er tröstend.

Der König ließ dann noch einen tiefen Seufzer hören und unterzog sich wieder seiner schweren Aufgabe, getragen vom Gedanken an die Größe der Pflicht, die er erfüllte. Auch an diesem Tage wickelte sich alles wie sonst ab. Pater Guarini saß in einem Sessel und wohnte der Handlung bei.

Nach der fünfzehnten Unterschrift fiel August plötzlich etwas ein. Er hob sein gutmütiges Gesicht und fragte:

»Brühl, habe ich Geld?«

»Aber selbstverständlich, ja, Allergnädigster Herr!«

Und wieder ging alles in der gewohnten Weise weiter. Von Österreich, den Bündnissen, von Fritz und anderen Belanglosigkeiten wurde hier kein Wort erwähnt.

Als das letzte Schriftstück unterzeichnet war, klärten sich die königlichen Züge merklich auf, seine Augen strahlten, er warf die Feder weg und stand triumphierend wie nach der Vollbringung einer großen Tat auf.

»Brühl«, sagte er, »jetzt kommen wir zu den wichtigsten Angelegenheiten ... Ich brauche Geld. Giovanni hat mir wahre Wunderwerke aus Bologna versprochen. Das Bild des Bagnacavallo kenne ich und muß es unbedingt erwerben. Algarotti bietet auch sehr schöne Sachen an.«

»Algarotti verlangt einen zu hohen Preis für seine Bilder«, wehrte der Minister ab.

»Für solche Meisterwerke, solche Wunder ist kein Preis zu hoch«, widersprach August schnell. »Crespi hat für mich Guido Renis ›Ninus und Semiramis‹ gekauft. Man muß dem Kanonikus Unseren Dank bezeugen. Es ist ein Meisterwerk!«

Bei diesen Worten faltete der König andächtig die Hände wie zum Gebet.

»Alle Befehle Eurer Königlichen Hoheit werden ausgeführt«, versicherte der Minister darauf mit einer tiefen Verbeugung.

»Die anderen Ausgaben ... ach, lächerlich, mein lieber Brühl. Du mußt doch verstehen, das sind einmalige Gelegenheiten, die sich kein zweites Mal bieten werden ... Ich muß die Bilder haben!«

»Eure Königliche Hoheit werden sie haben ...«

»Zehntausend Skudi, das ist ein Spottpreis für dieses Meisterwerk, eine Bagatelle ...«

»Allergnädigster Herr«, unterbrach ihn Guarini und kam näher, „heute wird die ›Cleofida‹ gegeben.«

»Ah, ah!« rief August, »ich liebe diese Oper sehr, aber den ›Soliman‹ noch mehr. Hasse hat sich damit selbst übertroffen. Wie herrlich kommen doch die Stimmen von Amorevoli, Monticelli, Puttini und der göttlichen Faustina darin zur Geltung!«

Das Antlitz des Königs nahm einen solchen Ausdruck von Glückseligkeit, Begeisterung und Verzückung an, daß nur Guarini und Brühl in dies volle, runde, gerötete und so eigenartig strahlende Gesicht blicken konnten, ohne mitleidig und spöttisch zu lächeln.

Das Gespräch und die Ekstase ermüdeten schließlich den König, er ließ sich eine Pfeife reichen. Er nahm in seinem Lehnstuhl Platz und begann, ganz in seine neuen Träumereien versunken, gierig den Rauch in die Luft zu blasen. Es ziemte sich nicht, den König in seiner geliebten und unschuldigen Beschäftigung mit den so langweiligen politischen Erörterungen zu belästigen. Brühl küßte die Hand seines Herrn und ging.

Im Vorzimmer gab er strenge Anweisungen, daß niemand es wagte, den Frieden Seiner Majestät zu stören, und niemand bei ihm eingelassen wurde. Dann fuhr er zur Gräfin Moszynska.

Die unerbittliche Zeit, die den Minister so glimpflich behandelt hatte, war mit den schönen Damen, die einst die Zierde des sächsischen Hofes bildeten, viel strenger verfahren. Die Gräfin Moszynska aber konnte man trotz ihres reifen Alters immer noch schön nennen. Sie glich ihrer noch lebenden Mutter, die jetzt freiwillig im Schloß zu Stolpen ihren Lebensabend verbrachte.

Die Moszynska war die ›Egeria‹ dieses mit einer Perücke geschmückten ›Numa‹. Und hätten nicht diese Verhältnisse und Laster geherrscht, deren Einfluß auch sie sich nicht entziehen konnte, so wäre vielleicht von ihr das sächsische Schiff mit größerer Sorgfalt und mehr Glück gelenkt worden, als es der Mann tat, der an seinem Steuer stand und nur nach der Beschaffung der Mittel für seinen Luxus trachtete und eifrigst darauf bedacht war, dem König all das zu verheimlichen, was im Lande geschah. Um die Mittagsstunde verließ Brühl schon ihr Palais und kehrte nach Hause zurück.

Hier wurde bereits mit königlicher Pracht von der Dienerschaft, die kostbare Livreen trug, das Mittagessen aufgetragen, das gewöhnlich mehrere Stunden dauerte. An diesem Tage erwarteten den Feinschmecker Pasteten aus Paris und Straßburg. Aus aller Welt wurden für ihn seltene Leckerbissen bezogen, und die Schokolade mußte aus Rom sein ...

Die Tafel, an der neben der schönen, majestätischen Gräfin Brühl die Gräfin Sternberg das Zepter führte und einige ausländische Gäste die Damen mit Scherzen unterhielten, wurde aufgehoben. Die Hausherrin gab ihrem Mann ein Zeichen, sie hätte mit ihm etwas unter vier Augen zu besprechen.

Das Verhältnis der beiden Eheleute zueinander hatte im Laufe der Jahre eine Veränderung erfahren, ganz so wie ihre Gesichter. Die Gräfin trat ihrem Mann nicht mehr mit jener Verachtung und Geringschätzung entgegen, mit der sie ihn früher abgewiesen hatte. Eine Art Waffenstillstand war zwischen den beiden geschlossen worden. Und wenn sie auch nicht wie zärtliche Eheleute zusammenlebten, so verhielten sie sich doch zueinander wie gute Freunde, die über die Schwächen des anderen hinwegsehen. Die Gräfin brauchte Brühl und der Minister nicht minder seine Frau; es gab Perioden der gegenseitigen Annäherung und des Fremdseins, es gab Zeiten, wo sie sich öfter sahen, und solche, wo sie einander nur selten begegneten, aber das Zusammenleben der beiden Ehegatten war nur sehr oberflächlich und entsprach den Ehen der großen Welt, wie man sie damals zu Tausenden finden konnte.

Den Charakter und das Benehmen des Ministers zeichnete eine außergewöhnliche Höflichkeit aus, die er sogar jenen bezeugte, an deren Untergang er arbeitete. Reichlich bedachte er mit ihr einen jeden, und sie war ihm so zur Gewohnheit geworden, daß er, wenn er es auch gewollt hätte, nie ausfallend und grob zu sein vermochte. Der Gräfin gegenüber verhielt er sich immer besonders entgegenkommend.

Auch diesmal leistete er ihrem Wink gehorsam Folge. Die schöne Frau, anmutig auf den Marmorkamin gestützt, erwartete ihn im Kabinett. Brühl stellte sich in einer ausgesuchten Pose vor sie hin, bereit, ihre Befehle entgegenzunehmen.

»Welche Befehle hat mir heute meine Franziska zu erteilen?« fragte er.

»Ich habe eine Bitte, keinen Befehl.«

»Deine Wünsche sind mir Befehle ...«

Die Gräfin zuckte mit den Achseln.

»Der Platz eines Sekretärs ist doch sicher bei dir frei?«

Brühl sah sie erstaunt an und sagte betont: »Acht Sekretäre habe ich, und zehn andere warten auf eine freie Stelle.«

»Dann laß sie warten«, entgegnete die Gräfin gebieterisch. »Du umgibst dich mit Sachsen, die dich doch alle verraten ... Ich habe da einen sehr fähigen jungen Mann, der mir von Blumli empfohlen wurde. Ich habe ihn gesehen, er hat mir gefallen. Ich glaube, du kannst ihn brauchen.«

Brühl schwieg einen Augenblick und hob dann langsam den Kopf.

»Aber warum muß er denn unbedingt Sekretär werden?« wandte er ein.

»Diese Herren machen zu viel von sich reden. Ich will dir nicht den Verdruß bereiten, dich an Seyffert zu erinnern.«

Die Gräfin biß sich auf die Lippe und errötete.

»Laß mich damit in Frieden!« fuhr sie ihn an. »Willst du ihn nehmen oder nicht?«

»Aber zuerst muß ich ihn einmal sehen und kennenlernen«, gab Brühl verdrossen zur Antwort.

Nach einer Weile fügte er leise hinzu: »Wenn du ein bißchen, wenigstens etwas vorsichtiger sein wolltest!«

Die Gräfin hob die Schultern und verließ schweigend ihren Platz am Kamin. Ihr schönes Gesicht verriet deutlich ihren Unwillen.

»Was ist denn schon dabei? Es wird sich für ihn eine Stellung finden lassen«, begann sie wieder. »Glaub mir, hier geht es nicht um irgendwelche Launen, obwohl ich ein Recht auf solche habe und sie gar nicht leugne, sondern du brauchst treuere Diener, als du sie hast. Die Sachsen treiben alle Verrat. Es ist in Wien bekannt, daß man hier Depeschen an Berlin verkauft ...«

Brühl brachte sie mit einer heftigen Handbewegung zum Schweigen.

»Kein Wort davon«, stieß er hervor, »ich bitte darum! Woher weißt du das?«

Die Gräfin blieb ihm die Antwort schuldig, machte ein paar Schritte, nahm den Fächer vom Tisch, betrachtete sich prüfend im Spiegel und schickte sich an, das Zimmer zu verlassen, um so das Gespräch rasch zu beenden. Doch Brühl wollte seine Gattin nicht in schlechter Laune gehen lassen.

»Blumli soll ihn mir morgen früh vorstellen!«

Seine Frau nickte ihm nur zum Zeichen ihres Einverständnisses zu und begab sich, ein Liedchen summend, zurück in den Salon.

Wenige Minuten später plauderte Brühl, von seinem Hof umgeben, über gleichgültige Dinge, als beschwerten ihn keinerlei Sorgen.

Man führte die Ausländer in den Garten, um ihnen die Galerie zu zeigen.

V

Herr de Simonis dachte noch über sein unverhofftes Zusammentreffen mit der Gräfin Brühl nach, das Blumli an diesem Morgen, ohne ihn davon vorher unterrichtet zu haben, inszeniert hatte, als gleich nach dem Mittagessen ein Billett eintraf, mit der Aufforderung, sich morgen früh dem Minister vorzustellen.

Dies alles vollzog sich so schnell, so überraschend für unseren Kavalier, daß er selbst nicht wuße, wie er sich zu verhalten hätte. Er konnte sich unmöglich widersetzen, ohne Verdacht zu erregen. Der überaus freundliche Blumli hatte ihn heute morgen ohne jede Erklärung einfach in den Brühlschen Garten mitgenommen ... Man konnte meinen, es handele sich um einen harmlosen Spaziergang. Unversehens befanden sie sich in einer Laube, in der gerade die Gräfin Brühl im Morgenkleide auf- und abschritt. Blumli stellte ihr sogleich seinen Freund und Landsmann vor.

Simonis erriet aber an gewissen Anzeichen, daß diese Begegnung nicht zufällig, sondern eine verabredete war. Die Worte der Gräfin verrieten, daß sie über ihn schon Bescheid wußte.

Obwohl der Stolz und der herrische Ton jene einstmals so liebliche und heute immer noch reizvolle Franziska niemals verließen, zeigte sie sich dem Kavalier gegenüber durchaus von der liebenswürdigsten Seite. Die Gräfin hatte offensichtlich an dem hübschen, jungen Burschen mit dem lieben Gesicht Gefallen gefunden. Sie fragte ihn über seine Vergangenheit aus; der Kavalier unterschlug ihr das in Berlin verlebte Jahr und erwähnte nur nebenbei etwas von einer Reise durch Deutschland. Dann erkundigte sie sich nach seinen Fähigkeiten, seinen Neigungen und zu welcher Tätigkeit er Lust verspüre. Max war im Umgang mit Frauen immer äußerst zuvorkommend, aber heute, der Frau des Ministers gegenüber, befleißigte er sich einer besonderen Artigkeit. Er bemühte sich, ihr zu gefallen – vielleicht schon nicht mehr aus Berechnung und wegen seiner Zukunftspläne, sondern aus Eitelkeit. Er hatte Erfolg. Die Gräfin wurde immer angeregter, unterhielt sich mit ihm eine halbe Stunde, strahlte ihn mit ihren schwarzen Augen an, die immer noch ihren alten Glanz besaßen, und bezauberte ihn mit ihrem Witz. Bald war sie boshaft, dann wieder gefühlvoll, einmal geistreich, gleich darauf traurig und sofort wieder fröhlich. Da de Simonis noch nie in seinem Leben einer Frau dieser Art begegnet war, betrachtete er diese Erscheinung wie ein Wunder.

Als schließlich die Gräfin, mit sich selbst zufrieden, nachdem sie ihn so bezaubert hatte, ging, blieb Simonis noch lange wie angewurzelt stehen. Er konnte sich nicht vom Fleck rühren und kein Wort herausbringen, erst ein energischer Schlag Blumlis auf seine Schulter brachte ihn wieder zur Besinnung. Sie sahen sich an: Blumli lachte mitleidig wie ein alter Jäger, der einen zum erstenmal auf die Pirsch gehenden Menschen vor sich hat.

»Mein lieber Max«, sagte er, »ach, wie jung bist du doch!«

»Wieso? Warum?« stammelte Simonis.

»Du bist bezaubert ...«

»Warum sollte ich's nicht sein! Wen würde wohl dieser Glanz nicht blenden?«

Blumli zuckte mit den Achseln, nahm seinen Arm und ging mit ihm in den Garten hinaus.

»Mein lieber Max, ich bin sehr glücklich, daß ich dir eine Freude bereiten konnte, obwohl ich mit etwas Hinterlist vorgehen mußte. Ich würde gewissenlos handeln, wenn ich dich jetzt nicht vor der Gefahr warnte. Die Gräfin Brühl – das ist allgemein bekannt – hat ein einziges Mal im Leben einen Menschen geliebt. Er ist in Königstein zugrunde gegangen. Mit dieser Liebe ist ihr Herz gestorben. Seitdem pflegt sie nur noch Launen zu haben. Du kannst der Held einer dieser kleinen Romanzen werden ...

Ich war auch ein solcher, und du siehst, wie glücklich ich nun bin ... Das Leben ist mir zuwider, und die Welt ekelt mich an ... Seyffert, von dem ich dir schon erzählt habe, ist aus dem Zimmer der Gräfin, in dem er süße Stunden verbrachte, an den Pranger auf den Neumarkt gewandert ... Von den anderen will ich gar nicht reden.«

Er schwieg. Simonis ging mit gesenktem Kopf nachdenklich neben ihm her.

»Ich bitte dich, nimm mir doch nicht die Illusion«, bat er, »wenn es schon nur eine Illusion sein soll ...«

»Es ist schlimmer als eine Illusion, denn so sieht diese traurige Wirklichkeit aus, die sich mit ein bißchen Flitter behängt. Doch der Jugend steht der Sinn nach unbekannten Ländern ... Warum solltest nicht auch du, wie Förster, auf Entdeckungsfahrten gehen? Du darfst nur keine Angst haben, daß dein Schiff zerschellen könnte und du vielleicht von den Wilden gefressen würdest.«

Sie setzten ihren Spaziergang noch ziemlich lange fort, dann verabschiedete sich Max von seinem Freund und kehrte nach Hause zurück. Hier hatte er kaum Zeit, seine Gedanken zu sammeln, als man ihm wieder ein Billett brachte, worin ihm die genaue Zeit mitgeteilt wurde, wann er sich morgen beim Minister vorstellen sollte.

Voller Unruhe und Furcht überlegte er, wie er vorgehen müßte. Der Boden unter seinen Füßen wurde ihm immer heißer. Von der einen Seite drohte die Aufdeckung seiner Mission, von der anderen die Gefahr, jemand könnte Berlin insgeheim von seinen Beziehungen unterrichten, die dort Mißtrauen erregen mußten. Die Gräfin hatte im Gespräch schon andeutungsweise erwähnt, daß er auf ihre Fürsprache hin sehr leicht den so begehrten Posten eines Sekretärs erhalten könnte. Diese Tätigkeit sicherte einem zumindest für später eine Beamtenstelle, Wohlstand und Ansehen. Max zerbrach sich den Kopf, ob er – gesetzt den Fall, man würde ihm ein solches Angebot machen – zusagen dürfe, oder ob er es wagen könnte, abzulehnen. In seiner Not – wer hätte ihm sonst helfen können – eilte er in das zweite Stockwerk zur Baronin hinunter, um ihr alles zu bekennen und sich Rat zu holen.

Um diese Stunde, nach dem Mittagessen, pflegte die würdige Matrone, ihr Hündchen auf dem Schoß, im bequemen Sorgenstuhl ihr Mittagsschläfchen abzuhalten. Es gehörte sich nicht, ihre Ruhe zu stören.

Dieser Sorgenstuhl stand im Schlafzimmer neben dem Salon. Die Tür war nur angelehnt. Simonis wußte um diese Gewohnheit nicht Bescheid und mußte, da die alte Gertrud ebenfalls schlummerte, lange klopfen, bevor sich leise die Tür auftat und die Baronesse Pepita, die ebenfalls auf das Aufwachen der Tante wartete, sich den erstaunten Augen des Herrn Max in voller Schönheit zeigte.

Auf der ganzen Welt konnte es kein wirksameres Mittel gegen den Zauber der Gräfin Brühl geben als dieses wie ein Frühlingshauch so frische Gesichtchen, in dem sich Edelmut und Schalkhaftigkeit vereinten.

»Die Tante schläft«, flüsterte ihm die Baronesse zu, »aber in fünf Minuten wird Fidel munter, und länger schläft die Tante sonst auch nicht. Wenn Ihr sie sprechen wollt, so tretet leise ein und setzt Euch mit mir in den Salon.«

Simonis kam das wie das höchste Glück vor.

Ihm war jene jugendliche, lebendige Aufnahmefähigkeit für alle Eindrücke eigen, die es möglich macht, jede halbe Stunde eine andere Schönheit anzubeten, in der festen Überzeugung, daß Gleichgültigkeit Sünde wäre ... Die blauen Augen Pepitas verdrängten vollkommen die Erinnerung an jene schwarzen, die leider schon ein Spinngewebe von kleinen Runzeln umgab. Leise betraten die beiden den Salon.

Die Baronesse fühlte sich in Vertretung der Hausherrin dazu berufen, den Gast zu unterhalten.

»Wo wart Ihr? Wen habt Ihr kennengelernt?« fragte sie neugierig.

Simonis erzählte ihr fast alles: von seinem Freund Blumli und sogar von dem Gespräch mit der Gräfin und von seinem morgigen Besuch bei Brühl.

»Wie wollt Ihr denn das mit Euren anderen Pflichten in Einklang bringen?« wollte die dreiste Pepita wissen und blickte ihm mit kindlicher Keckheit in die Augen.

»Welche meint Ihr denn?«

»Die, von denen Ihr nicht reden dürft, die ich aber erraten kann.«

Simonis geriet in Verwirrung und tat so, als verstünde er ihre Frage nicht. Pepita heftete kühn ihren Blick auf ihn. Sie war durchaus nicht flatterhaft, trotz ihrer jugendlichen Unbefangenheit. Die Mutter hatte ihrer einzigen Tochter eine sehr strenge Erziehung zuteil werden lassen und in sie ihre ganze Seele hineingegossen. Pepita war reifer als ihre Altersgenossinnen. Ihr kluger Verstand versetzte alle in Erstaunen. Simonis, der bisher noch keine Gelegenheit gehabt hatte, diesen genauer kennenzulernen, erlag jetzt schon seiner Kraft und kam sich neben diesem Mädchen seltsam klein und unbeholfen vor.

Diese Frage war die Fortsetzung jener Warnung, die sie ihm im Treppenhaus zugeflüstert hatte. Ihre Augen sahen ihn mitleidig an und schienen ihn ergründen zu wollen. »Ich verlange von Euch keineswegs die Preisgabe Eurer Geheimnisse«, betonte das Mädchen, »aber ich bedaure

Euch aufrichtig. Ihr könnt der Gefahr, von der ich sprach, entgehen. Wollt Ihr Euch wirklich freiwillig in diesen Abgrund stürzen? Was zwingt Euch dazu?«

Das war eine kühne Frage, es war kaum zu glauben, daß sie ein so junges Mädchen stellen konnte.

»Ich werde offen mit Euch reden, denn ich möchte Euch gern retten«, fuhr Pepita fort, »es gehört nicht allzuviel Scharfsinn dazu, um zu erraten, zu welchem Zweck Ihr hierher nach Dresden gekommen seid. Meine Tante ist aus Preußen gebürtig, sie ist den Preußen gewogen und Friedrich sehr zugetan. Alle, die aus Berlin bei ihr eintreffen, sind Boten Friedrichs. Auch Ihr seid einer ...«

»Baronesse«, unterbrach sie Simonis, »Ihr irrt, der König hat mich nicht hierher geschickt ...«

»Der König oder die Gräfin de Camas, die Euch einen Brief mitgegeben hat, das ist dasselbe«, belehrte ihn Pepita. »Ihr seid hier, um uns zu beobachten und entsprechende Berichte anzufertigen ...«

Simonis errötete.

»Oh! Ich werde Euch doch nicht verraten!« rief das Mädchen. »Ich würde doch sonst die Tante verlieren ... Und Ihr tut mir auch sehr leid.«

»Baronesse!« protestierte Simonis.

»Erzählt mir nichts, ich glaube Euch doch nichts« – Pepita sprach unbeirrt weiter –, »alles liegt doch klar auf der Hand. Ihr seid nun einmal in dieser Lage und bemüht Euch um eine Anstellung beim Minister, wollt dort irgendwie Fuß fassen, unsere Geheimnisse erfahren, um sie dem Feind auszuliefern.«

Simonis war starr vor Furcht. Er brachte kein Wort heraus, sein Gesicht wurde leichenblaß.

»Was geht es mich an«, meinte Pepita achselzuckend, »was kümmert mich das Ganze? Ich sollte den Mund halten und mich nicht in fremde Angelegenheiten mischen. Aber ich wiederhole: Ihr seid so jung und dauert mich. Ihr setzt Euren Kopf nicht für Euer Land aufs Spiel, denn Preußen ist nicht Eure Heimat. Ihr tut es nicht um des Glaubens willen, nicht um Ruhm und Ehre – weshalb eigentlich? Weshalb?«

Sie verschränkte die Arme und sah ihm ernst in die Augen. Noch nie hatte sich Simonis in einer derartig unangenehmen Lage befunden – selbst damals nicht, als ihm Ammon grob die Tür gewiesen hatte. Er stand betreten da und schwieg.

Die schöne Pepita, die Arme auf der Brust gekreuzt, ließ ihn wie ein strenger Richter nicht aus den Augen. Nur manchmal blickte sie ängstlich zur Tür, hinter der die alte Baronin schlief. Sie schien zu fürchten, sie könnte aufwachen und sie daran hindern, dieses peinliche Gespräch zu beenden.

Simonis zerknitterte die Krempe seines Hutes.

»Ich habe«, begann Pepita von neuem, »für jeden Dienst Verständnis, wenn man gezwungen ist, ihn zu verrichten. Aber zwei Feinden dienen, heißt, sich der Gefahr aussetzen, daß einer von ihnen sich bitter an Euch rächt. Ach, wie leid tut Ihr mir doch!« schloß sie kopfschüttelnd.

»Ich gebe Euch mein Wort« – Simonis raffte sich zu einer Antwort auf –, »daß ich in niemandes Dienst stehe, und beim Grafen Brühl hoffe ich weder eine Anstellung zu erhalten, noch ist es wahrscheinlich, daß man mir vorschlägt, eine solche anzunehmen.«

»O doch, alles spricht für Euch. Ihr seid Ausländer!« meinte das schöne Fräulein mit einem schmerzlichen Lächeln. »Wir Sachsen haben uns schon daran gewöhnt, daß man uns überall die Marcolinis, Cerrinis, Piattis, Chiaveris, Guarinis und Gott weiß wen vorzieht. Es ist eine Ehre für Euch, daß Ihr kein Einheimischer seid. Wenn Euch morgen Brühl eine Stellung anbietet – und es mangelt hier nie an freien Plätzen –, was dann, Kavalier de Simonis? Wem wollt Ihr untreu werden?«

Das unbarmherzige Mädchen redete mit immer größerem Eifer und mit einer Ironie, die fast schon an Verachtung grenzte.

Der Unglückliche stand vor ihren Augen wie am Pranger und wand sich gequält.

»Verehrtes Fräulein«, rief er, »noch ist nichts geschehen: Ich werde mich morgen früh dem Minister vorstellen und am Abend Dresden verlassen!«

Das Mädchen warf ihm einen Blick zu.

»Oh, soviel Kraft werdet Ihr nicht aufbringen. Was geht's mich an! Ich kann Euch nur den Rat geben, nur einen, und zwar den geraden Weg zu wählen, denn auf zwei Wegen werdet Ihr zu keinem Ziel kommen.«

Sie wandte sich rasch um und ging zur anderen Seite des Salons hinüber. Simonis versank, nachdem ihm diese Lehre erteilt worden war, in düsteres Schweigen. Einige Male suchte er Pepitas Blick, doch sie wich ihm aus, starrte die Wände an und beobachtete mit außerordentlicher Aufmerksamkeit die dort hängenden Silhouetten. Der Kavalier überlegte, was er tun sollte; schon wollte er das Zimmer verlassen, ohne die Baronin gesprochen zu haben, als sich die Tür des Schlafzimmers langsam auftat und zuerst der dicke Fidel hereinwatschelte, ihm folgte die Greisin, die über die im Salon wartenden Gäste leicht verwundert zu sein schien. Der Anblick der beiden, die Nichte in einer Ecke des Zimmers, der Kavalier in der anderen am Fenster, ließ sie laut auflachen und vor Erstaunen die Hände zusammenschlagen.

»Was ist das doch für eine bescheidene und artige Jugend, die es nicht einmal wagt, sich ohne Erlaubnis der Erwachsenen einander zu nähern«, spottete die Baronin. »Fürwahr, ich traue meinen Augen nicht! Oder sollte ich etwa folgern, daß sich die Herrschaften vorher zu sehr genähert haben und jetzt nur den alten, brummigen Argus hinters Licht führen wollen?«

Pepita ging der Alten fröhlich entgegen, um ihr die Hand zu küssen, und bedachte dabei den Kavalier mit einem spöttischen Seitenblick.

»Wir hatten Angst, mit einem Gespräch Euren Schlaf zu stören«, erklärte sie.

»Wie lange hat denn diese stumme Unterhaltung gedauert?«

»Ich bin vor einer Viertelstunde gekommen.«

»Und ich vor einer halben«, schloß sich Pepita an.

»Was gibt es Neues bei der Königin?« fragte neugierig die Baronin. »Du weißt, daß ich gern Klatschgeschichten höre, und nirgends werden mehr erzählt als bei der Allergnädigsten Herrin.«

»Es gibt nichts Neues, außer, daß in Kürze wieder einmal eine Jüdin aus Leipzig getauft werden soll.«

»Wie viele waren es denn im vergangenen Jahr?« wollte die Baronin wissen.

»Einen Augenblick, gleich, im März des vorigen Jahres haben wir eine Mutter mit ihren Töchtern getauft. Erinnert Ihr Euch noch daran, liebe Tante? Gleich nach dem Tode der Fürstin Lubomirska, im Juni wieder ein paar, im September ein Mädchen und im Dezember nach dem Geburtstag des Prinzen Anton noch eins.«

»Und die Königin stattete sie alle aus?«

»Ich glaube nicht, daß man ihr daraus einen Vorwurf machen kann«, entgegnete Pepita.

»Ja, ja«, murmelte die Greisin leise, »die Bekehrten überschütten sie mit Gold, und aus den armen Christen pressen sie den letzten Groschen heraus.«

»Aber doch nicht die Königin!« warf Pepita ein.

Die Baronin verstummte. Simonis sah zum Fenster hinaus und wollte so einer Beteiligung am Gespräch aus dem Wege gehen.

»Na, und Ihr, Kavalier, wie geht es Euch?« sprach ihn die Hausherrin an.

»Darauf kann ich der Tante antworten«, fiel Pepita ein.

»Du? Wieso denn?«

»In der Umgebung der Königin ist man über alles unterrichtet. Herr de Simonis hatte heute das Glück, sich der Gräfin Brühl vorzustellen, und

morgen soll er beim Minister vorsprechen. Wenn ich mich nicht sehr täusche, erwartet ihn am Hofe Seiner Exzellenz eine glänzende Karriere.«

Die Baronin sah Simonis an und schien eine Bestätigung von ihm zu
fordern. Max schlug die Augen nieder.

»Aber, meine liebe Tante«, fuhr Pepita laut fort und warf dem Delin-
quenten einen Seitenblick zu, »das kommt mir komisch vor. Herr de Simonis weilte doch in Preußen, wie kann er da sofort, wo er die Berliner
Luft gewöhnt ist, wagen, auf unsere sächsische Kost überzugehen, die
doch eine ganz andere ist? Was meint Ihr dazu, Tante?«

Die Baronin nickte und entgegnete verwirrt: »Du bist vorlaut und boshaft, du kleine Schlange. Wärst du nicht meine Nichte, so würde ich dich
hassen, aber da ich nun einmal verpflichtet bin, dich zu lieben, verzeihe
ich dir dein Geschwätz.«

»Ich bin ja hierhergekommen«, mischte sich Simonis ein, »um den Rat
der Frau Baronin zu erbitten. Ich erhielt wirklich die Aufforderung, mich
morgen dem Minister vorzustellen.«

»Er hat also schon von Euch gewußt? Was soll denn das bedeuten?« –
Die Greisin war sichtlich beunruhigt.

»Ach, das ist leicht zu erklären. Ganz zufällig traf ich hier neben ande-
ren Landsleuten auch meinen Jugendfreund, einen gewissen Blumli, der
Sekretär beim Minister ist. Manchmal können solche Freunde mit ihrem
Übereifer einen in Verlegenheit bringen. Er führte mich gestern in den
Gartentempel und stellte mich der Frau des Ministers vor und hat, ohne
mich zu fragen, für mich morgen beim Minister eine Audienz erwirkt.«

»Und was Ihr noch nicht wißt und was man schon beim Mittagessen bei
der Königin erzählte, ist, daß die Gräfin sich bei ihrem Mann für Euch
verwendete, damit er Euch bei sich unterbringe.«

Und Pepita lachte höhnisch. Die alte Baronin wiegte verwundert den
Kopf hin und her.

»Gestattet mir, Tante, daß ich meiner Phantasie jetzt die Zügel locker
lasse«, fuhr Pepita fort. »Herr de Simonis hat doch nicht umsonst ein Jahr
in Berlin zugebracht. Er muß doch dort gute Bekannte haben, liebe
Freunde, Landsleute … Er muß auch an sie schreiben, das ist selbstverständlich! Wenn er hier beim Minister untergebracht wird, wo es viel zu
sehen gibt, wird er ganz gewiß in einen Brief nach Berlin auch eine interessante Nachricht mit hineinschreiben … Da in Wien alles bekannt ist,
was man in Berlin liest, so wird eine Kopie seines Briefes zu Kaunitz gelangen. Dieser wird sie an Flemming weiterleiten, der sie dann Brühl zukommen läßt. Und Kavalier de Simonis wird ein längerer kostenloser Aufenthalt in Königstein bewilligt werden.«

Sie machte einen Knicks und lachte hellauf. Max blickte zu Boden, die Alte kniff die Lippen zusammen, entgegnete nichts und wurde sehr nachdenklich.

Pepita hingegen, nachdem sie ausgeplaudert, was sie auf dem Herzen hatte, widmete sich wieder der Betrachtung der Silhouetten an den Wänden.

Eine ganze Weile herrschte Schweigen. Das Mädchen, das fühlte, welchen Eindruck ihre Worte gemacht hatten, tat so, als messe sie ihnen wenig Gewicht bei, und wandte sich wieder an ihre Tante:

»Dieses Jahr ist mit dem vergangenen nicht zu vergleichen. Wenn Herr de Simonis nur im vorigen Jahr hier gewesen wäre, als man Hasses ›Artemis‹ spielte, wo dreihundert Tänzer im Ballett auftraten! ... Oder als im Januar zur Fastnacht die prächtige Aufführung des ›Aëtius‹ stattfand ... Sogar die Tante ließ sich in die Loge führen! Außer den italienischen Künstlern waren auf der Bühne sechzehn Pferde, acht Kamele, Maulesel, Wagen, ein ganzer Stall und die Menagerie zu sehen. Wunderbar war es und kostete nur hunderttausend ... – Nun, ja«, plapperte sie lustig weiter, »ich bin nun einmal so kindisch, daß ich mich hinausstahl und ins Gewandhaus hinunterging, wo man fürs Volk den ›Herrn von Habenichts‹ gab, und der hat mir mehr Freude bereitet als der Besieger Attilas. Aber ich ...«

»Oh, du, du«, unterbrach sie drohend die Alte, »wer könnte dich verstehen, wer könnte dich verstehen, wer brächte es fertig, deiner spitzen Zunge Einhalt zu gebieten und dich zu bändigen!«

Pepita lief auf sie zu, küßte ihr die Hand, und die Strafpredigt endete mit einer Umarmung.

»Ihr müßt wissen, lieber Herr de Simonis«, meinte die Alte schließlich, »daß das Geschwätz dieser Plaudertasche manchmal ein Körnchen Wahrheit enthält, wenn sie auch allen Unsinn herausplappert, der ihr gerade in den Sinn kommt. So auch heute ...«

Sie blickte ihn an und gab ihm ein Zeichen.

»Was meint Ihr dazu?«

»Gerade für den Fall, daß – was ich jedoch nicht erwarte – mein eifriger Freund mir wirklich einen so unerwünschten Platz beschafft, wollte ich hören, was Ihr mir zu tun vorschlagt.«

Pepita stand mit verschränkten Armen da und beobachtete ihn und die Tante. Sie wartete auf die Antwort der Baronin. Diese hätte Simonis vielleicht einen ganz anderen Rat erteilt, wenn nicht die Anwesenheit ihrer Nichte und das vorangegangene Gespräch sie daran gehindert hätten.

»Das muß gut überlegt werden«, sagte sie leise.

Noch während sie sprach, wurde im Vorzimmer Lärm laut, so, als ob jemand mit aller Gewalt Einlaß begehrte und man ihm diesen verwehrte. Pepita eilte hilfsbereit zu Gertrud hinaus; sie blieb lange draußen. Im Vorzimmer erklang die rauhe Stimme eines Mannes, der sich mit Gertrud herumstritt.

Schon wollte die Baronin beunruhigt selbst hinausgehen, um nach dem Rechten zu sehen, als ein Soldat in einer abgetragenen Uniform mit schmutzigen Stiefeln in den Salon eindrang, unsicher umhersah, die Hausherrin erblickte, ihr hastig ein Schreiben in die Hand drückte und sich ebenso schnell wieder entfernte. Die Baronin hatte das Billett noch nicht geöffnet, als schon der Bote mit schweren Tritten die Treppe hinunterpolterte.

Das alles mutete so unheimlich und beängstigend an, daß sogar die mutige Pepita vor Schreck ganz blaß war, als sie wieder hereinkam.

Die Baronin ließ sich in den Sessel fallen und bemühte sich, mit zitternden Händen den schmutzigen Brief, den ihr der Soldat übergeben hatte, aufzureißen. Aber vor Aufregung gelang es ihr nicht sofort, das Schreiben zu öffnen und die undeutliche Schrift zu entziffern. Sie vermutete, daß darin etwas stehen konnte, was nicht für Pepitas Augen bestimmt war. Das neugierige Mädchen stand nämlich hinter ihr und versuchte zu erkennen, was dort wohl mitgeteilt würde.

»Meine Brille!« befahl die Baronin.

Pepita wollte schon davonspringen, um sie zu holen, aber die Alte hielt sie zurück, schob sie beiseite, ging mit unsicheren Schritten ins Nebenzimmer und schloß die Tür hinter sich.

Pepita und Simonis waren wieder allein, Fidel war seiner Herrin gefolgt. Plötzlich hörte man einen leichten Schrei aus dem Kabinett der Baronin und das Geräusch, wie jemand auf einen Stuhl fiel. Pepita eilte der Tante zu Hilfe. Durch die geöffnete Tür konnte Simonis die Tante im Lehnstuhl sehen, mit der Hand hielt sie krampfhaft das Papier umklammert, sicherlich aus Furcht, Pepita könnte es ihr wegnehmen.

»Was ist Euch, Tante? Was ist geschehen?«

Die Baronin hatte sich schon gefaßt.

»Nichts, nichts, beunruhige dich nicht! Meine alte Freundin und ehemalige Dienerin, die Barbara Tuchlaubin, ist plötzlich erkrankt.«

Pepita blickte der Tante schweigend in die Augen. Ob sie ihren Worten Glauben schenkte, war schwer zu sagen. Sie machte ein Gesicht, als ob sie leicht beleidigt wäre. Simonis kam sich überflüssig vor und wollte gehen. Als dies die Baronin sah, gab sie ihm verstohlen ein Zeichen, daß er bleiben solle. Er gehorchte ihrem Wink. Die Baronin hatte sich wieder erholt und kam in den Salon zurück. Pepita blickte auf die Uhr, dann auf Simonis, nahm ihr Tuch vom Tisch und warf es über das Haar.

»Ich muß jetzt gehen«, sagte sie. »Tante, macht Euch wegen der Tuchlaubin keine Sorgen! Ich schicke ihr einen Arzt.« Sie verabschiedete sich von Simonis, indem sie ihm nur flüchtig zunickte, und eilte schnell hinaus.

Die Baronin schien warten zu wollen, bis ihre Nichte das Haus verlassen hätte. Erst als unten die Tür zuschlug, wandte sie sich händeringend an Simonis:

»Ihr wißt noch nichts! Heute nacht hat man Feulner verhaftet und nach Königstein gebracht. Wer weiß, was sie bei ihm gefunden haben! Er war so unvorsichtig!«

»Aber gestern noch ...« rief der vor Schreck bleiche Simonis, »noch gestern ...«

»Man teilt es mir mit, es besteht kein Zweifel ... Kavalier de Simonis, seid mir behilflich. Ich muß Papiere verbrennen. Sie können auch zu mir kommen. Jemand hat uns verraten.«

Simonis bot der zitternden Greisin den Arm und führte sie ins Kabinett. Die Baronin entnahm einer besonderen Schatulle verschiedene Schriftstücke, die sie im Kamin verbrannte. Max mußte aufpassen, daß sie nicht etwa von Gertrud bei dieser Tätigkeit überrascht wurden, denn auch vor ihr fürchtete sich die Baronin. Als das letzte Stück dem Feuer zum Opfer gefallen und die Asche zusammengefegt war, atmete die Alte auf. Doch die soeben erlebte Aufregung hatte sie so mitgenommen, daß sie das begonnene Gespräch nicht fortsetzen, geschweige denn jemandem einen Rat geben konnte. Mit einer Handbewegung entließ sie ihren Gast, der auf Zehenspitzen hinausschlich.

Was hatte ihm sein Besuch bei der Baronin eingebracht? Er war nicht klüger geworden, im Gegenteil, er war noch verwirrter und in noch größerer Angst als zuvor. Da er nicht wußte, was er jetzt zu Hause tun sollte, machte er sich mit dem fertigen Brief an die Gräfin de Camas in der Tasche auf den Weg zu Beguelin. Er wollte sich des Schreibens schnellstens entledigen.

Die Verhaftung Feulners, mit dem er erst vor wenigen Stunden eine sehr vertrauliche Bekanntschaft geschlossen, hatte ihm einen derartigen Schreck eingejagt, daß er jetzt jeden und alles fürchtete. Jedes unbekannte Gesicht, das ihm begegnete, jeder Mensch, der hinter ihm ging, schien ihm verdächtig. Ängstlich blickte er um sich. Die seltsam prophetischen Worte des alten Mentzel, der am Schluß ihres Gespräches dem Hauptmann die Namen der in Königstein Eingekerkerten in Erinnerung gebracht hatte, kamen ihm in den Sinn. Es war wie eine Voraussage gewesen!

Simonis ging mit eiligen Schritten und benutzte, soweit es seine Ortskenntnis zuließ, stillere Seitengassen. Er fürchtete, Beguelin nicht anzutreffen, aber schon von weitem sah er das Gesicht des Rates in einem Fenster an der rechten Seite des Hauses. Dieser öffnete ihm selbst die Tür.

Auch er war bleich und schien sehr aufgeregt zu sein. Schweigend führte er ihn in sein Kabinett. Nach der Begrüßung ließ er eine ganze Weile verstreichen, ehe er sich zum Sprechen aufraffte. Simonis machte sicherlich auch keinen besonders fröhlichen Eindruck.

Sie sahen sich in die Augen.

»Was gibt's?« fragte ihn schließlich Beguelin.

»Nichts ... Nur, einen gewissen Hauptmann Feulner hat man nach Königstein geschafft«, entgegnete Simonis, »und ich muß Euch gestehen, daß mich das um so mehr getroffen hat, da ich gerade mit ihm Freundschaft geschlossen hatte.«

»Ach, ach«, seufzte Beguelin und sah sich vorsichtig um, »das ist schlecht, die haben Wind bekommen ... Ich, Ihr, wir alle werden beobachtet. Ich kann zu niemandem gehen, niemanden mehr sprechen. Wir Preußen werden wie Aussätzige behandelt! Zum Teufel, was soll das heißen! Es ist doch kein Krieg ausgebrochen! Die diplomatischen Beziehungen werden doch noch unterhalten!«

Er hatte noch nicht ganz geendet, als an das Fenster, das auf den Hof hinausging, geklopft wurde. Beguelin packte, ohne ein Wort zu sagen, Simonis an der Schulter, stieß ihn in die angrenzende Kammer hinein und schloß hinter ihm die Tür ab. Kavalier de Simonis sah sich unerwartet in einem ziemlich großen Raum mit Holzwänden, der so aussah, als hätte man ihn in großer Eile eingerichtet. Auf der einen Seite des Zimmers lag Käse aufgestapelt, womit der Herr Beguelin aus Neufchâtel Handel trieb, auf der anderen Seite die Geschäftsbücher. Der Geruch des fetten Käses und des muffigen Papiers war alles andere als angenehm. Dieses Gefängnis, mit dem Max für eine kurze Weile vorliebnehmen mußte, wurde durch zwei kleine, vergitterte, hochgelegene Fenster erhellt. Es war trostlos und schmutzig. Leere Schachteln, zerrissene Schnüre lagen am Boden herum; nicht einmal setzen konnte man sich hier.

Man hörte, wie in der Kanzlei Beguelins ein lebhaftes Gespräch geführt wurde. Simonis hatte keinerlei Skrupel, das Ohr an das Schlüsselloch zu legen und zu horchen.

Die Stimme kam ihm bekannt vor, aber es gelang ihm erst etwas später, durch die kleine Öffnung den alten Mentzel zu erblicken, der dem

Hauptmann alles so eigenartig prophezeit hatte. Jetzt stand er hier bleich, verängstigt, händeringend da und schaute sich furchtsam um.

»Ich bin verloren, Herr Rat! Zugrunde gerichtet durch Euch! Jawohl, durch Euch, dem ich für einen Hundelohn gedient habe. In Eurer Kanzlei sitzen die Spione der Kaiserin. Alle Depeschen, die ich Euch gab, sind zu ihr gelangt. Flemming hat auf ihr Geheiß hin Brühl gewarnt. Man hat heute schon die Schlösser gesichert, mich ausgefragt, den Schrank geprüft ... Versteht Ihr, was das heißt, Herr? ...«

»Aber ja, ich verstehe doch«, sagte Beguelin.

»Sie kriegen es noch fertig, mich aufzuhängen«, fuhr Mentzel fort und schlug die Hände über dem Kopf zusammen, »und das alles für Euer lumpiges Geld ...«

Der Schweizer wiederholte zerstreut:

»Ja, das kriegen sie fertig!«

»Und ich kann nicht einmal fliehen! Ich habe Frau und Kinder, ein Haus, eine Familie zu versorgen ...« Er schlug die Hände vors Gesicht. »Wie der Teufel habt Ihr mich in Versuchung geführt!« brüllte Mentzel, alle Vorsicht vergessend. »Ich wollte nicht! Und da ich die Schlösser des Schrankes nicht mit den Fingern öffnen konnte, habt Ihr mir zweimal einen Bund Schlüssel, der aus Berlin stammte, geschickt, bis einer davon, der Teufel hat's so gewollt, paßte. Ich habe doch nur viermal in diesen verfluchten Schrank gegriffen, sonntags oder donnerstags mußte ich es tun und die Mittagsstunde benutzen, wo niemand außer mir anwesend war. Ihr habt mir Euer Wort gegeben, daß die Depeschen beim König in der Tasche bleiben, daß keine Menschenseele etwas davon erfährt, dabei hat sie Sekretär Plaßmann an Herrn Benoit geschickt! Und schon kannte man die Petersburger Depeschen Funks in Wien. Und was habt Ihr mir dafür bezahlt? Was?«

»Ach, das weiß ich nicht«, entgegnete Beguelin, »Ihr habt Euch doch mit Baron Maltzan geeinigt. Ich habe damit nichts zu tun ...«

»Aber ich werde keinen Schritt von hier weichen, bevor Ihr mir tausend Taler gebt!« rief Mentzel. »Anders nicht! Ich bin bereit, Frau und Kinder zu verlassen, um mein Leben zu retten! Brühl wird mir den Kopf abschlagen, mich hängen, vierteilen oder rädern lassen. Mich, mich! ...«

Er rang nach Luft.

»Tausend Taler! Ich habe aber doch kein Geld! Was geht mich das an? Geht doch zum Grafen Bees, zu Ammon, zu ..., zum Teufel!« tobte Beguelin. »Von mir bekommt Ihr nichts! ... Keinen roten Heller!«

Mentzel bebte vor Wut, sein Mund verzerrte sich, er ballte die Fäuste, hielt sie dem Rat unter die Nase und verharrte eine Weile in dieser Stellung vor ihm. Schließlich spuckte er aus, ging und schlug die Tür laut hinter sich zu.

Beguelin versank in Nachdenken. Erst als Max energisch an die Tür klopfte, erinnerte er sich, daß er seinen Gefangenen herauslassen müsse. Er wartete jedoch damit, bis er sicher sein konnte, daß Mentzel, der durch die Gärten gekommen war, nicht noch einmal zurückkehrte.

Dann erst befreite er den Kavalier und entschuldigte sich bei ihm:

»Ich hoffe, Ihr nehmt mir das alles nicht übel. Mit diesem verdammten Mentzel kann man nicht fertig werden. Ich wollte vermeiden, daß er Euch hier sieht. Wenn sie ihn fassen und auf die Folter spannen, wird er alles verraten, was er weiß und was sich ihm gerade auf die Zunge drängt.«

Simonis wollte antworten, als auf der Brücke, die das Haus mit der Straße verband, laute Schritte erdröhnten und, bevor Beguelin den Kavalier zum zweiten Male in die Kammer zu den Käsen sperren konnte, Ammon hereintrat.

Als er seinen Verwandten erblickte, war er baß erstaunt. Zwischen ihm und Beguelin bestand ein sehr gespanntes Verhältnis. Wie Kampfhähne standen sie sich gegenüber. Simonis, der seinen Brief immer noch nicht losgeworden war, hielt sich abseits. Anstatt sich an den Rat zu wenden, fuhr Ammon seinen Vetter an: »Was habt Ihr hier zu suchen?«

»Ich halte mich nicht für verpflichtet, Euch darüber eine Erklärung abgeben zu müssen«, erwiderte Max kalt.

Ammon dreht sich zu Beguelin um:

»Ich muß Euch in einer dienstlichen Angelegenheit sprechen. Es handelt sich um etwas sehr Wichtiges. Ich kann es jedoch nicht im Beisein jenes Herrn da tun. Auch habe ich nicht die Zeit, um zu warten, bis er zu gehen geruht.«

»Ich habe ebenfalls ein dienstliches Anliegen an Herrn Beguelin und kann unmöglich gehen«, erklärte Simonis.

»So ein Großmaul! Schaut Euch das mal an!« tobte Ammon. »Er hat ein dienstliches Anliegen! Wer würde schon diesen windigen Patron mit einem Auftrag betrauen!«

Beguelin warf sich in Positur:

»Ich bitte um Verzeihung, Herr Rat, Kavalier de Simonis ist mir in der Tat von Berlin empfohlen worden.«

»Was für ein Kavalier ist denn das? Woher hat er sein ›de‹, zum Donnerwetter? Er leidet wohl an Einbildungen! Ein ganz gewöhnlicher Simonis ...«

»Herr Rat!« unterbrach ihn Max heftig.

»Herr Max!« höhnte Ammon.

Eine peinliche Auseinandersetzung schien bevorzustehen. Beguelin schloß schnell sein Schreibpult ab und schlug vor:

»Kavalier de Simonis wartet hier auf mich, den Herrn Rat bitte ich, mir ins Geschäftszimmer zu folgen.«

Ammon warf seinem Vetter nur einen verächtlichen Blick zu und ging, ohne ein Wort zu verlieren, mit Beguelin hinaus.

Müde und wütend ließ sich Max in einen Sessel fallen. Alles, was er seit seiner Abreise von Berlin erlebt hatte, versetzte ihn in einen Fieberzustand. Er fühlte, daß dieser Schritt ins tätige Leben fast über seine Kräfte ging. Mit Wehmut gedachte er der stillen Kammer beim Zuckerbäcker und der Tage, die er dort mit Träumereien zugebracht hatte. Eine Viertelstunde wohl hing er seinen Gedanken nach. Endlich sah er, wie sich Ammon entfernte. Beguelin kehrte mit düsterem Gesicht zurück. Simonis übergab ihm sofort seinen Brief.

Der Rat wog ihn in der Hand.

»Ich habe Euch einen Auftrag der Gräfin de Camas zu übermitteln«, sagte er. »Gerade jetzt ist alles, was sich hier abspielt, für uns von größter Bedeutung. Man müßte sich an die Offiziere heranmachen, sich am Hofe, bei Brühl einschleichen. Jedes Wort, das wir aufschnappen, ist kostbar. Wir wissen, daß sie auf dem Papier dreißigtausend Mann besitzen. Hm? Aber man versichert uns, daß es in Wirklichkeit nur halb so viel sind und die hundertfünfzig Generäle außer Rutowski recht wenig taugen. Ihr müßt die Warheit herausbekommen, das ist Eure Sache.«

»Aber eine gefährliche!«

»Hm«, fragte Beguelin, »als Ihr Euch auf den Weg nach Dresden machtet, habt Ihr da noch nicht gewußt, wonach es hier riecht? Übrigens, so groß ist die Gefahr gar nicht, wenn Ihr Euch nur noch einige Wochen zu halten versteht.«

»Wieso denn einige Wochen?« wunderte sich Simonis.

»So«, entgegnete Beguelin und steckte die Hände in die Taschen, »in einigen Wochen« – er näherte seinen Mund dem Ohr seines Besuchers – »werden wir hier die Herren sein.«

Simonis schwieg erstaunt, Beguelin lachte.

»So wahr ich hier vor Euch stehe ...«, sagte er. »Deshalb möchte ich meinen Käse, noch bevor die Unseren kommen, zu Geld machen, denn die kriegen es fertig, auch mir eine Kontribution aufzuerlegen. Ich möchte lieber, daß sie ihn sich gegen ihre Quittungen bei den Kaufleuten holen als bei mir. Ich wäre Euch sehr verbunden, mein lieber Kavalier, wenn Ihr mir einen Kaufmann ausfindig machtet, der mir Käse abnimmt. Lacht nicht darüber, daß die preußische Diplomatie mit Käse handelt. Der Kö-

nig bezahlt uns sehr schlecht – nicht so wie August seinen Minister Brühl. Was wollt Ihr, bei Herzberg verkauft ein altes Weib im Flur Milch auf seine Rechnung, dem Grafen Lusi in London hat man erlaubt, mit Öl zu handeln. Warum sollte ich da nicht Käse verkaufen?«
Beguelin hielt sich die Seiten vor Lachen, verneigte sich und öffnete, Simonis verabschiedend, die Tür.

VI

Es dämmerte bereits, als Max das Haus des Rats und Käsehändlers verließ. Erst nachdem er eine ganze Strecke Wegs zurückgelegt hatte, atmete er freier, in dem Bewußtsein, all die Abenteuer des heutigen Tages glücklich bestanden zu haben. Mentzel jedoch, dessen Klagen und dessen entdecktes Geheimnis, der verhaftete Hauptmann Feulner, Pepita, die ihn durchschaut und beschämt hatte, die Gräfin Brühl mit ihren schwarzen Augen, die morgige Audienz beim Minister kamen ihm immer wieder in den Sinn. Mit gesenktem Blick schritt er dahin, instinktiv die Richtung nach dem Hause am Markt einschlagend. Plötzlich stieß ihn jemand an.

Gerade schleppten zwei Träger in gelben Livreen eine Sänfte vorbei. Aus dem Fenster beugte sich ein Kopf mit einer hohen Perücke heraus, und ein Ruf erschallte: »Halt! Halt!«

Die Träger hielten an. Simonis blieb unwillkürlich neugierig stehen, obwohl er nicht im entferntesten daran dachte, er könne der Grund für das plötzliche Halten der Sänfte sein. Erst als er das Gesicht genauer betrachtete, welches viel zu auffällig mit seinem Weiß und Rosa leuchtete, um nicht den Verdacht zu wecken, daß es diese Farben nicht Mutter Natur, sondern der Schminkdose verdankte – erkannte er das gefühlvolle Fräulein Doris wieder, jene Reisegefährtin, die mit ihm zusammen in dem alten Kasten nach Dresden gekommen war und es hier bereits zu einer Sänfte gebracht hatte ... Sie war auch vornehm gekleidet, und ihr Gesicht drückte, soweit man es unter dem Puder und der Schminke überhaupt erkennen konnte, Freude und Glück aus.

Fräulein Doris beugte sich weit aus der Sänfte heraus und forderte ihren ehemaligen Begleiter mit heftigen Zeichen auf näherzukommen.

»Ah, wie glücklich bin ich, Euch wiederzusehen! Tretet doch näher ... Nur auf ein Wort! Ich muß Euch unbedingt erzählen, was ich erlebt habe. Alles ist bei mir nach Wunsch gegangen. Ich habe eine alte Freundin, eine Herzensfreundin, wiedergetroffen, die mir eine Anstellung am Theater verschafft hat. Das ist eine Frau, die alles erreicht, was sie will. Durch sie kann ich Euch sogar eine Protektion verschaffen.« Sie lächelte ihn freundlich an. »Ja, ja, die gute Mina hat sich meiner angenommen. Wißt Ihr, wer das ist, meine Mina? …«

»Nein, mein Fräulein«, entgegnete Simonis, durch den Redeschwall leicht erschrocken und eingeschüchtert, »ich kenne sie nicht.«

»Aber nur, weil Ihr hier fremd seid! Denn alle Welt weiß, daß der Minister außer seiner Frau, die er nicht zu lieben braucht – denn das erledigen andere für ihn –, die Gräfin Moszynska in sein Herz geschlossen hat, die Gräfin Sternberg anbetet, sich in trüben Stunden von der Teresa Albuzzi aufheitern läßt und allen anderen meine Mina vorzieht, Mina Tennert. Wenn Ihr wüßtet, wie schön das Haus ist, das er für Mina bauen ließ!« Sie neigte sich zu seinem Ohr: »Sie ist ihm nicht sonderlich treu, aber darauf kommt es ihm auch gar nicht an. Er will ganz einfach, wenn er müde ist, ein frohes Gesicht sehen und freut sich, eine liebe Stimme zu hören. Mina versteht es ganz ausgezeichnet zu unterhalten. Und diese Mina ist meine Herzensfreundin. Wir lieben uns wie zwei Lesbierinnen.«

Der Kavalier verstand diesen Ausdruck nicht und hätte ganz gern auf ihren weiteren Bericht verzichtet. Er versuchte, das Fräulein Doris durch Schweigen loszuwerden, aber sie, aus Angst, er könne sich entfernen, hielt ihn am Arm fest:

»Ich bin gerade auf dem Weg zu ihr, und Ihr müßt mich begleiten, da gibt es keinen Widerspruch!«

»Ein andermal gern, nur heute nicht!« lehnte Simonis ab.

»Nein, gerade heute, unbedingt heute. Heute abend wird sie allein sein. Der Minister hat irgendwelche Sorgen, die ihn zwingen, zu Hause zu bleiben. Ich will Euch etwas anvertrauen: Mina ist in den Sekretär Brühls verliebt, den Schweizer Blumli. Er hat großen Einfluß, ich werde Euch mit ihm bekanntmachen«, plapperte sie munter weiter.

Simonis war freudig überrascht, denn gerade mit Blumli wollte er ja sprechen.

»Ah, wenn Blumli dort sein wird, stehe ich Euch zu Diensten!« rief er.

»Seht euch das an, so unhöflich seid Ihr also! Meinetwegen wäret Ihr nicht mitgekommen, aber weil dieser …« »Er ist mein Freund, ein Landsmann.«

Doris gab den Trägern ein Zeichen.

»Geht neben mir her«, forderte sie ihn auf. »Wie findet Ihr mich heute? Nicht wahr, diese Haartracht steht mir doch sehr zu Gesicht? Der Hoffriseur hat mir geschworen, er würde mich nicht auf zwanzig schätzen!«

Sie seufzte.

»Ich verdanke Mina, daß ich wieder fröhlich und jung geworden bin.«

Unablässig schwatzte die Französin und achtete darauf, daß Max nicht von ihrer Seite wich. So erreichten sie das Haus, das von der bekannten Sängerin Wilhelmine Tennert bewohnt wurde.

Der Albuzzi hatte Brühl die berühmte Rotunde erbauen lassen. Wenn auch Fräulein Tennert nicht gerade einen Palast ihr eigen nannte, so besaß sie immerhin ein recht ansehnliches Haus mit einem Garten in der Wilsdruffer Vorstadt. Wo der Minister ab und zu den Abend zubrachte, durfte es ja nicht bescheiden oder gar ärmlich sein. Für normale Begriffe war es ein Palais, wie es eine große Dame oder eine angesehene Künstlerin beanspruchen konnte. Unten, zu beiden Seiten des Treppenaufganges, standen zwei Marmorfiguren, zwei halbnackte Frauengestalten, um deren Körper sich Blätter und Blumenranken wanden. In den hocherhobenen Armen hielten sie Lampen. Zwei Lakaien in hellgrünen Livreen empfingen die Gäste am Eingang. Doris stieg aus der Sänfte und ging ihrem Gefangenen in das erste Stockwerk voran. Im Vorzimmer wartete ein Lakai, der ebenfalls hellgrüne Kleidung trug und auf dessen Kopf eine wunderbare Perücke saß. Er öffnete ihnen die Tür zu dem kleinen Salon. Ein wirkliches Schmuckkästchen bot sich ihren Blicken dar ... Die Wände waren mit Atlas ausgeschlagen, dessen Muster zierliche Blumensträuße zeigte; weiße Leisten mit goldenen Strahlenbündeln rahmten das Ganze ein. Den Farbtönen und dem Blumenmuster der Wandbekleidung war die Ausstattung des Zimmers angepaßt: die Möbel, die mit der gleichen Seide bezogen waren, die Porzellanrahmen der Spiegel, der Kamin, der Lüster, den Blüten, Vögel und Schmetterlinge schmückten.

In riesigen Porzellanvasen leuchteten vor den Fenstern in verschwenderischer Fülle natürliche Blumen. Dort stand gerade die schöne Mina und unterhielt sich mit Blumli.

Mina, obwohl sie sich schon bedenklich der Dreißig näherte, sah immer noch wie eine Zwanzigjährige aus. Sie war eine typisch deutsche Schönheit: die Haare goldblond, blaue Augen, eine weiße, durchsichtige Haut, riesiger Wuchs; sie erinnerte in ihrer Art etwas an die wilde Thusnelda, deren Hand den Bogen zu spannen und im Notfall die Keule zu schwingen wußte. Eine majestätische Erscheinung, doch die echt weibliche Anmut fehlte ihr, und Kälte ging von ihr aus. Man mußte sie dennoch als schön bezeichnen, und Max hielt es durchaus für möglich, daß der Minister, der anderen Frauen müde, auch einmal zur Abwechslung an dieser Schönheit Gefallen finden konnte. Man sagte, ihre Stimme sei schön und gewaltig ...

Als sie Doris erblickte, stürzte sie mit stürmischen Freundschaftsbezeugungen auf sie zu, so, als hätten sie einander einige Jahre nicht mehr gesehen. Blumli wunderte sich nicht wenig über den hinter Doris auftauchenden Simonis. »Ich habe diesen Herrn mitgebracht, meine liebe Mina. Er ist ein sehr lieber Mensch, auf meiner Reise habe ich ihn kennengelernt. Ich hoffe, du nimmst es mir nicht übel, um so mehr, als es sich um einen Freund deines Freundes handelt.«

Die schöne Mina musterte den Schweizer und begrüßte ihn dann ziemlich kalt. Im allgemeinen sah sie nicht gern Gäste bei sich, wenn Blumli bei ihr weilte. Auch Blumli empfing Simonis ziemlich kühl, aber Doris achtete nicht darauf, war in bester Stimmung und fühlte sich hier im Salon wie zu Hause.

Der Kavalier stellte sich mit einigen Worten der Hausherrin vor und trat dann mit Blumli zur Seite.

»Ich konnte dieses Weibsbild nicht loswerden«, flüsterte er ihm ins Ohr. »Ich weiß, daß weder sie noch ich hier willkommen sind, doch ich muß dich ganz kurz sprechen und werde sofort verschwinden.«

»Wenn du doch auch diese alte Krähe mitnehmen würdest«, seufzte Blumli, »aber soviel Heroismus kann ich unmöglich von dir verlangen!«

»Wie kommt es denn, daß ich schon morgen dem Minister vorgestellt werden soll?« fragte Simonis.

»Das ist ganz einfach: Du hast der Gräfin gefallen, und sie wünscht, daß er dich kennenlernt und dir an seinem Hofe eine Anstellung gibt.«

»Aber ich, ich kann dieses Angebot nicht annehmen … Ich kann nicht!« stotterte Simonis ganz verwirrt.

»Aber warum denn nicht?« entgegnete Blumli verwundert. »Du trittst das Glück, das sich dir bietet, mit Füßen. Die Gräfin gefiel dir doch, du bist frei, und die Sekretärpflichten wirst du, meiner Meinung nach, mehr in ihrer Kanzlei als in unserer ausüben. Was willst du noch mehr?«

»Ich will offen sein«, gestand Simonis, »ich habe es mir überlegt. Mich gelüstet nicht nach Seyfferts Schicksal, nach Pranger und Königstein. Ich bin jung, ich kann mich nicht für mein Herz verbürgen.«

Blumli blickte ihn forschend an:

»Ich verstehe dich nicht. Da muß doch etwas dahinterstecken. Ich kenne dich doch von Kindesbeinen an, und bei unserem ersten Zusammentreffen hast du anders gesprochen. Was ist los? Hat man dir bange gemacht?«

»Denke darüber, wie du willst!«

»Dir hat doch nicht etwa die Doris, dieses klapprige Gestell, den Kopf verdreht!« lachte Blumli. »Ha! Tue, was du für richtig hältst. Ich kann dich doch nicht zu etwas zwingen, auch zureden will ich dir nicht. Die Vorstellung beim Minister verpflichtet zu nichts.«

Simonis schwieg bedrückt. Das Gespräch kam für einen Augenblick ins

Stocken. Sehr geschickt gelang es dann Max, auf ein anderes Thema überzugehen.

»Was bedeutet denn das, was ich in der Stadt gehört habe?« flüsterte er ihm zu. »Man soll einen gewissen Feulner verhaftet haben.«

Blumli zuckte mit den Achseln. »Das ist nichts Besonderes«, sagte er gleichgültig. »Jeden Tag wandern Hauptleute in die Festung, denn sie sind zu aufsässig. Über diesen wird gemunkelt, er habe mit den Preußen geliebäugelt, und gegen so etwas sind wir heute sehr empfindlich. Stell dir das einmal vor«, fuhr Blumli fort, »die Preußen schnappen uns die Depeschen direkt vor der Nase weg! Brühl ist im allgemeinen sehr höflich, aber wer ihm einmal in seine weißen Fingerchen gerät, na, von dem kann man für immer Abschied nehmen.«

Die schöne Mina machte ihre Rechte auf Blumli geltend und zog ihn von Simonis weg. Als Ersatz schob sie ihm die an diesem Tage beängstigend lebhafte Doris zu, in der die Gegenwart des Kavaliers lächerliche Anklänge an jugendliche Gefühle erweckte. Simonis verspürte durchaus keine Lust, in ihnen eine Rolle zu spielen, hielt sich nicht mehr lange auf und verschwand, sobald sich ihm dazu eine Gelegenheit bot.

Der Mond leuchtete ihm auf seinem Wege zum Hause der Baronin. Um diese Stunde waren schon alle Häuser der Stadt, außer den Gastwirtschaften, verschlossen, aber unser Kavalier trug, der Dresdener Sitte gemäß, einen Schlüssel bei sich, mit dem er die Tür öffnete.

Den größten Teil der Nacht verbrachte er mit sorgenvollen Gedanken, erst gegen Morgen schloß ihm der Schlaf die müden Lider.

Die Audienz sollte am Vormittag stattfinden. Simonis wählte bescheidene, aber geschmackvolle schwarze Kleidung und begab sich in die Kanzlei zu Blumli. Hier befand sich der Brennpunkt, von wo alle Befehle für ganz Sachsen ausgingen.

Brühl traf nur die wichtigsten Anordnungen, ihre Ausführung seinen Untergebenen überlassend. Diese acht Sekretäre besaßen wirklich fast unbegrenzte Machtbefugnisse. Das Bewußtsein dieser Macht stand jedem dieser jungen Herren im Gesicht geschrieben, vollkommene Verachtung für das menschliche Geschlecht war in jedem einzelnen zu lesen.

Als Simonis eintrat, richteten sich aller Augen neugierig auf ihn. Sie bedachten ihn mit nicht allzu freundlichen Blicken, vermuteten sie doch einen Rivalen in ihm, wenn nicht gar einen gefährlichen Favoriten. Diese Herren liefen hier umher, die Hände unter den Frackschößen oder hinter dem Jabot, sahen zwar manchmal flüchtig auf die Arbeiten der jüngeren Schreiber, aber im großen und ganzen schienen sie die geschäftlichen Dinge wenig zu interessieren. Man sprach von Faustina, Teresa, Mina und vielen anderen Frauen, unterhielt sich über Theater und Jagd; nur über die so langweiligen Verwaltungsangelegenheiten verlor man kein Wort.

Simonis kam gerade hinzu, als auf Befehl des Ministers einer der Räte ausgeschickt wurde, dem man zur Unterstützung eine Schwadron Reiterei mitgab, um rückständige Steuern in den Gebirgsdörfern einzutreiben. Das Volk hatte sich dort geweigert, die dem Herrn zukommenden Abgaben zu entrichten, und sein Verhalten mit Hunger und Mißernten begründet. Die Befehle waren klar und deutlich. Schon allein um ein Exempel zu statuieren und dem Volk den gesunden Grundsatz Brühls ›Nicht räsonieren!‹ beizubringen, mußten auf jeden Fall die Gelder eingezogen werden. ›Räsonieren‹ nannte man damals jede ›Ausrede‹, die man gebrauchte, wenn man die ›heiligen Pflichten‹ des Untertans nicht erfüllen konnte.

Durch das Fenster konnte Simonis etwas später beobachten, wie der Rat, von Reiterei umgeben, abfuhr und ihm ein Heer von Protokollschreibern, Knechten, die die Räsonierenden festhalten sollten, und Gerichtsbütteln folgte, das die gerichtliche Macht repräsentierte, denn die legale Form sollte bei Verhängen der entsprechenden Strafen gewahrt werden. Blumli, der wie die anderen untätig, die Hände in den Hosentaschen, umherstand, geleitete zur festgesetzten Zeit seinen Landsmann in das Kabinett des Ministers.

Brühl legte großen Wert auf den ersten Eindruck, den er auf einen fremden Menschen machte. Alles wurde vorher genauestens überlegt, der Hintergrund, auf dem sich seine Gestalt abzeichnen sollte, die schmückenden Beigaben zum Gesamtbild, sein Gesichtsausdruck, die Kleidung, die Pose. Diesmal saß er bequem in einem Sessel mit weit von sich gestreckten, übereinandergelegten Beinen. Er war von oben bis unten in mit silbernen Fäden verzierte Seidenkleider gehüllt, die reich mit Spitzen versehen waren, und trug eine Perücke, die wohl Engelshände gelockt haben mußten und deren Anmut seiner Ministerwürde keinen Abbruch tat. Die Bürde der Geschicke des Landes und der europäischen Politik stand auf seiner leicht umwölkten Stirn geschrieben.

Seine weiße, weiche, kleine Hand, die auf den Knien ruhte, hielt eine Tabaksdose aus Emaille umschlossen. Vor ihm auf dem Tisch lag ein Stoß von Briefen. Mit nicht mehr Sorgfalt wäre er auf seine Haltung bedacht gewesen, wenn man ein Porträt von ihm für die Nachwelt hätte anfertigen wollen. Als Blumli die Tür öffnete und Simonis hereinführte, schien sie der Minister nicht sogleich zu bemerken, vollkommen nahmen ihn tiefe Überlegungen über die Politik in Europa in Anspruch, deren Fäden –

daran hegte er nicht den geringsten Zweifel – er hier in Sachsen im verborgenen in der Hand hielt. Erst als sie nähertraten, richtete er sich äußerst höflich auf und empfing mit geschmeidigen Bewegungen voller Eleganz, die den Mann der großen Welt erkennen ließen, der würdig wäre, einen Platz am Hofe von Versailles an der Seite des Sonnenkönigs oder dessen Sohnes einzunehmen, Simonis mit einem gönnerhaften Lächeln. Mit geübtem Griff öffnete er, zum Himmel aufblickend, seine Tabaksdose und nahm mit zierlich gespreizten Fingern, damit die Solitäre, die er heute gewählt hatte, recht gut zur Geltung kämen, eine Prise und führte den Tabak zerstreut, ohne sich dadurch beim Sprechen stören zu lassen, an seine schöne Nase. Sein Mund formte währenddessen die gesprochenen Worte, die ihm mit unvergleichlicher Anmut entströmten. »Ich freue mich sehr, Euch kennenzulernen«, begann er langsam, Wort für Wort betonend. »Ich freue mich sehr!«

Seine Augen musterten mit einem Blick die Gestalt des jungen Schelmes, der mit geringer Übung schon wie ein hoffnungsvoller Virtuose seine erste Rolle am Hofe spielte. Brühl kam er bescheiden, schüchtern und naiv vor.

»Ich freue mich sehr!« wiederholte der Minister. »Aus Helvetien kommen unsere fähigsten Leute auf allen Gebieten, Beamte, Künstler, Gelehrte. Und welchem Beruf wollt Ihr Euch widmen?« erkundigte er sich lächelnd.

Simonis überlegte einen Augenblick.

»Ich möchte erst einmal meine Kräfte versuchen und mich selbst erproben«, antwortete er zurückhaltend, »ich bin jung und unerfahren.«

»Diese so bescheidenen Worte«, entgegnete der Minister, keinen Blick von ihm lassend, »sprechen sehr für Euch. Ich würde mich freuen, Euch in meinen Diensten zu sehen.«

»Es wäre für mich das allerhöchste Glück, im Dienste eines solch ausgezeichneten Staatsmannes, wie es Eure Exzellenz ist, die ersten Schritte zu machen, aber ich fühle mich dazu nicht befähigt.«

Bei diesen Worten verbeugte er sich dankbar. Brühl lächelte. Die Bescheidenheit des jungen Mannes gefiel ihm.

»Gern möchte ich einen so begabten und vielversprechenden Jüngling in meiner Nähe wissen«, erwiderte er und kam näher. »Aber sagt doch, Kavalier, ganz ehrlich, womit habt Ihr Euch beschäftigt?«

»Ich? Eure Exzellenz, Ihr stellt mir wirklich eine schwer zu beantwortende Frage«, versetzte Simonis lebhaft. »Ich habe von allem ein wenig gelernt und kann nicht viel. Ich beherrsche gar nicht so schlecht mehrere Sprachen, liebe die Musik, zeichne etwas, die Mathematik ist mir nicht fremd, aber ich muß mich zweifellos noch weiterbilden und in dem bereits Gelernten üben.«

»Ah!« rief Brühl. »Und wie steht's mit der Kalligraphie? Habt Ihr eine deutliche Schrift?«

»Ich habe mich immer darum bemüht«, entgegnete Simonis.

Der Minister, gewohnt, daß sich die Kandidaten sonst immer in den Himmel lobten, war leicht erstaunt. »Ein Platz in meiner Kanzlei, bei der Auslandskorrespondenz, wird frei«, schlug er vor, »vielleicht habt Ihr Lust, ihn einzunehmen?«

Simonis machte eine tiefe Verbeugung.

»Ein großes und unerwartetes Glück wird es für mich sein, unter der Leitung eines so berühmten Ministers, den ganz Europa verehrt und bewundert, zu arbeiten. Aber, Exzellenz, billigt mir wenigstens einen Monat Zeit zu, damit ich mich mit den örtlichen Gegebenheiten bekannt mache.«

»Wirklich, Ihr gefallt mir mit Eurem Takt, mit Eurem außergewöhnlichen Verstand. Bitte sehr, vom heutigen Tage an habt Ihr freien Zutritt zu meiner Kanzlei, um Euch Einblick zu verschaffen. Mit der Arbeit könnt Ihr beginnen, wann Ihr wollt.«

Der Minister schnupfte, staubte behutsam seine Spitzenmanschetten ab und warf dann einen Blick zur Seite in den Spiegel, der ihm bestätigte, daß seine Haltung und sein Gesichtsausdruck dem eines Richelieu gleichkamen. »Habt Ihr Familie?« fragte Brühl.

»Niemanden außer einer Schwester, die ich in Bern zurückließ.«

»Beziehungen, Bekannte?« forschte er weiter.

»Sehr wenig, hauptsächlich ist und war Herr Blumli mein gütiger Beschützer. Ich möchte Eurer Exzellenz auch nicht verheimlichen, daß Herr Rat Ammon mit mir verwandt ist, doch er kann mich nicht ausstehen und ich ihn ebensowenig.«

»Ah, ah«, wunderte sich Brühl, »wie kommt denn das? Rat Ammon ist doch ein sehr achtbarer Mensch.«

»Das wohl, aber er hat mich, als ich zu ihm kam, um mir Rat zu holen, wie einen Landstreicher empfangen, und mein Ehrgefühl verbietet mir, mit ihm weiterhin in Verbindung zu bleiben.«

Brühl dachte nach und griff mechanisch nach der Tabaksdose.

»Sehr schade«, bedauerte er, »schade, diesmal wäre mir das sehr gelegen gekommen, aber ich hoffe, daß ich die Herren einander näherbringe.« Er blickte auf die Uhr. »Alsdann, verehrter Kavalier«, schloß er, »wir sind doch einig? Vous êtes des nôtres, Ihr gehört nun zu uns. Ich gebe Euch nur einen Monat Urlaub.«

Simonis wollte ihm danken, aber Brühl hatte ihm schon den Rücken zugekehrt und winkte mit der Hand ab. Der Minister schritt schnell zu seinem Schreibtisch, so, als hätte er sich plötzlich auf die überwältigende Fülle der Arbeit, die seiner wartete, besonnen. Simonis entfernte sich.

Kaum hatte sich die Tür hinter ihm geschlossen, warf auch schon der Minister das Schriftstück, das er in der Hand hielt, hin und versank in tiefes Nachdenken. Wer kann erraten, worum seine Gedanken kreisten? Ab und zu stieß er einen Seufzer aus. Die Zeit rückte heran, wo er heute ausnahmsweise zum König bestellt war. Der Allergnädigste Herr hatte ihm mitteilen lassen, es handele sich um eine Angelegenheit, die keinen Aufschub dulde.

Schon wollte er läuten, damit man eine Sänfte bereitstelle, als, ohne anzuklopfen, ein hochgewachsener, schöner Mann in Uniform ins Zimmer stürzte, dessen Gesicht und Gestalt an August den Starken erinnerten. General Rutowski war es, der Sohn des verstorbenen Königs, ein geborener Soldat, ein vollendeter Kavalier und Ritter, den sogar Brühl außerordentlich schätzte, denn er befürchtete von seiner Seite keinerlei Intrigen und wußte, daß er sich im Kriegsfalle auf ihn verlassen konnte.

In dem Gesicht dieses Menschen, der sich nicht verstellen konnte und von Natur aus offen und temperamentvoll war, spiegelte sich jede geringste Gemütsbewegung wider. Brühl sah ihn nur an und bemerkte sofort, daß ihn etwas Besonderes aufgeregt und beunruhigt haben mußte. Ohne ein Wort zu verlieren, ergriff Rutowski den Arm des Ministers und ging mit ihm zum Fenster.

»Mein lieber Minister«, begann er, »wißt Ihr genau, was sie in Berlin im Schilde führen?«

»Wieso denn? Was können sie schon vorhaben? Wir sind es doch – im Vertrauen gesagt –, die etwas im Schilde führen. Was kann denn schon dieser arme Fritz unternehmen, der von uns bereits wie ein Bär umstellt ist?«

»Seid Ihr dessen sicher?«

»Lieber Graf, bedenkt doch, wir brauchen die Schlinge nur zuzuziehen ... Wer hat Euch denn so in Unruhe versetzt?«

»Ich will es Euch sagen, ich habe eine Nachricht aus Berlin bekommen«, gestand Rutowski. »Sie stammt aus zuverlässiger Quelle. Fritz ist dabei, vierzigtausend Mann zu konzentrieren, die, ehe wir Verteidigungsmaßnahmen getroffen haben, in Sachsen einfallen werden.«

Brühl lachte herzlich auf:

»Mein lieber Graf, Ihr seid zwar ein ausgezeichneter Heerführer, daran zweifle ich nicht, ein würdiger Schüler von Viktor Amadeus, aber in der Politik seid Ihr noch ein Anfänger. Kann man denn in ein Land einfallen, ohne vorher den Krieg zu erklären? Das würde gegen alle Gesetze über Krieg und Frieden verstoßen. Mit unserem lieben Nachbarn haben wir nicht die kleinste Streitigkeit, seine Geschäftsträger und Agenten sitzen bei uns, freundschaftlich lächeln wir uns über die Grenzen hinweg zu. Wie könnte er denn so etwas wagen?«

Rutowski schwieg nachdenklich.

»Ja, das stimmt«, sagte er schließlich, »aber kennt Ihr auch Friedrich II. so genau?«

»Ich schmeichle mir, Seine Ungeschliffene Majestät einigermaßen zu kennen«, spottete der Minister. »In dem Augenblick, wo halb Europa sich zum Kampfe gegen diesen Freund von Herrn Voltaire rüstet, halte ich es nicht für möglich, daß er sich selbst freiwillig für vogelfrei erklärt. Er würde seine Lage nur verschlimmern«, fuhr Brühl lächelnd fort, »und wir können ihm sogar Brandenburg wegnehmen, nachdem wir über ihn die Reichsacht verhängt haben. Mein lieber Graf, das Ganze ist ein eitler Kinderschreck. Österreich wird ihn in diesem Jahr nicht angreifen, und ich selbst verbürge mich dafür, daß er uns nicht den Krieg erklärt. König Fritz ist viel zu schlau, als daß er sich zu solch einer Handlung hinreißen ließe. Also, was gibt es weiter?«

Rutowski dachte einen Augenblick nach.

»Ihr habt recht«, sagte er, ihm die Hand reichend, »ich war nie Diplomat, bin keiner und will auch keiner sein. Ich bin Soldat! Ich verstehe nichts von diesen Dingen und habe mich unnötig beunruhigt, aber, versteht mich recht, man hat mir selbst Einzelheiten berichtet ...«

»Zum Beispiel?« fragte Brühl mit einem leicht spöttischen Unterton.

»Man hat mir mitgeteilt, daß ein Teil der Truppen unter dem Befehl des Feldmarschalls Lehwaldt zur Verteidigung des Landes und der Hauptstadt zurückbleiben soll, falls die Russen eingreifen. Die Hauptarmee ist in drei Korps aufgeteilt, das eine führt der Prinz von Braunschweig, das andere der König persönlich und das dritte der Herzog von Bevern.«

Brühl lächelte.

»Und diese drei Korps sollen gegen Sachsen marschieren?«

Er begann aus vollem Halse zu lachen und höhnte:

»Vielleicht nächstes Jahr!«

Rutowski stand verwirrt vor ihm.

»Ihr könnt das natürlich weitaus besser als ich beurteilen«, entgegnete er, »ich bin also beruhigt und bitte, mir zu verzeihen, daß ich Euch vergeblich gelangweilt habe.«

Brühl trat auf ihn zu, ergriff ihn am Arm und rief:

»General, um Gottes willen kein Wort darüber zum König. Er soll sich nicht unnütze Sorgen machen. Das Ganze ist ja vollkommen unmöglich.«

»Ach, Ihr wißt doch, daß ich kein Klatschmaul bin!« Er reichte ihm die Hand und ging mit schnellen Schritten hinaus. Brühl zuckte mit den Achseln, sah auf die Uhr: Es war schon spät. Es blieb ihm kaum noch so viel Zeit, um pünktlich beim König zu sein.

»Schnell, im Trab!« rief er den Trägern zu, und die beiden starken Burschen eilten mit der Sänfte, als wäre es eine Feder, dem Schlosse zu.

Im Vorzimmer erschrak der Minister fast, als er hier unverhofft eine große Anzahl von Personen sah. Aber seine Besorgnis schwand rasch, als er bemerkte, daß es sich zum größten Teil um Musensöhne, um Künstler und Kunstsachverständige handelte. Mitten unter ihnen stand mit auf die Schultern herabfallenden Haaren und lebendigen Augen Raphael Mengs, neben ihm der bescheidene, etwas spöttisch lächelnde Dietrich, etwas abseits der Verehrer der Antike, Professor Lippert, und – der große Kunstkenner, Gelehrte und Intrigant, Spekulant und Kritiker Heinecken, heute Direktor der Akademie und Sekretär bei Brühl. Außer ihnen waren noch einige Italiener, der Engländer Hamilton, der Maler von Jagdszenen, und viele andere anwesend.

Brühl betrachtete diese ohne sein Wissen einberufene Versammlung und wandte sich an Heinecken:

»Was soll das bedeuten?«

»Der König hat uns hierher befohlen, warum, wissen wir nicht«, entgegnete der Direktor.

Ohne länger zu warten, eilte der Minister, die Herren im Vorzimmer zurücklassend, in das Zimmer des Königs. August saß nachdenklich in einem Lehnstuhl vor einem auf einem riesigen Dreifuß stehenden Bild; es war das berühmte Werk Guido Renis, das vom Kanonikus Luigi Crespi aus Bologna von der Familie des Markgrafen de Tanara erworben worden war.

Beim Eintritt Brühls erhob sich der König, als wäre er aus seinen Träumen aufgeschreckt worden.

»Brühl! Du hast dich verspätet!« rief er. »Es handelt sich um eine Angelegenheit von allergrößter Bedeutung. Sind die Sachverständigen alle da?«

»Sie harren der Befehle Eurer Königlichen Majestät.«

»Laß sie hereinrufen! Ich will endlich einmal ein zuverlässiges Urteil in dieser Frage hören.«

Der an der Tür stehende Kämmerer öffnete weit die Flügel und forderte die Wartenden mit einem Kopfnicken zum Eintreten auf. Einzeln spazierten sie herein, jeder machte dem König eine tiefe Verbeugung, und dann stellten sie sich in einer Reihe auf.

August setzte eine feierliche Miene auf.

»Meine Herren«, sagte er, »würdet Ihr einmal dieses Kunstwerk, das der Hand des ehrwürdigen Guido Reni entstammt, genauestens in Augenschein nehmen. Über die Echtheit besteht kein Zweifel. Die Eingebung Gottes ist an dem Meisterwerk deutlich zu erkennen, aber ein schrecklicher, ungeheurer, beängstigender Zweifel ist aufgekommen. Direktor von Heinecken, Professor Lippert, schaut einmal her! In der Familie der de Tanara ist es nicht anders bekannt, als daß dieses Bild Salomo und die Königin von Saba darstellt. Andere haben mir inzwischen hoch und heilig versichert, daß es sich hier um Ninus und Semiramis handelt.«

Alle Augen richteten sich auf das Bild. Ein tiefes, feierliches Schweigen trat ein, kaum waren die Atemzüge der Versammelten zu hören. In dem großen Raum herrschte völlige Stille. Der König blickte forschend in die Gesichter, doch diesen war nichts zu entnehmen. Jeder wollte das Urteil des Herrn abwarten, um sich seiner Meinung anzuschließen, und niemand dachte daran, die eigene Ansicht zu äußern. Keiner war daran interessiert, ob es sich in diesem Falle um Salomo und die Königin von Saba oder um Ninus und Semiramis handelte, sondern ein jeder war vielmehr darauf bedacht, um keinen Preis mit dem König in Widerspruch zu geraten.

Brühl blies nachdenklich die Backen auf und war scheinbar in die Betrachtung des Bildes ganz versunken, obwohl ihm in Wirklichkeit ganz andere Dinge durch den Kopf gingen. August III. ließ langsam seinen Blick über die Gelehrten gleiten, die so ernst und gewichtig taten, als hätten sie jetzt über das Schicksal der Welt zu entscheiden. Ihre Gesichter, mit Ausnahme der leicht ironischen Miene Dietrichs, waren aufgeblasen, sehr nachdenklich und die Stirnen von der Anstrengung des Gehirns von tiefen Falten durchfurcht. Der König wartete lächelnd. Schließlich sprach er seinen Minister an:

»Brühl, du kennst dich aus! Hm? Was meinst du?«

»Ich schließe mich der Meinung Eurer Königlichen Majestät an«, entgegnete rasch der Minister.

»Aber ich habe ja darüber keine Meinung«, erwiderte der König lächelnd.

»Ich gestehe«, gab Brühl zu, »meine Meinung steht noch nicht fest. Wie könnte ich es wagen, mich zu einer solchen zu entschließen, wenn Eure Königliche Majestät, der Ihr doch der größte Kunstkenner seid, nicht geruht, uns die Eurige kundzutun.«

»Hm, das ist es ja ... Aber was glaubt Ihr?«

Brühl fürchtete, sich zu kompromittieren, und hob die Schultern.

»Herr Direktor Heinecken könnte im vorliegenden Falle der zuverlässigste Richter sein«, bemerkte er und sah zu diesem hinüber.

Heinecken war ein sehr gewandter Hofmann. Als man ihn ansprach, duckte er sich, machte einen Katzenbuckel, legte den Kopf auf die Seite, breitete die Arme aus und sagte endlich:

»Das ist ein Problem!«

»Ja, das ist ein Problem! Das ist ein Problem«, pflichtete ihm der König heiter bei, »ein großes und wichtiges Problem, aber wer wird es lösen?«

Man sah Professor Lippert an. Jeder der Anwesenden wollte die heikle Antwort auf einen anderen abschieben. Lippert, der dies für eine Hinterlist und Tücke hielt, zuckte mit den Achseln, trat zur Seite und sagte kurz:

»Ich weiß es nicht!«

August rieb sich die Hände und lachte.

Dem königlichen Beispiel folgend, begannen die anderen leise zu kichern, Dietrich konnte nicht mehr an sich halten und brach in schallendes Gelächter aus. Entsetzt wandten sich alle zu ihm um. Er hielt sich mit der Hand den Mund zu.

»Dietrich, du Spötter, du Heide, komm mal sofort hierher!« rief der König. »Was denkst du denn, hm? Über wen lachst du?«

»Allergnädigster Herr«, entschuldigte sich der Maler mit einer tiefen Verbeugung, »ich bitte, mir verzeihen zu wollen. Ich habe über alle hier Anwesenden gelacht, nur nicht über Eure Majestät und Seine Exzellenz.«

»Aber was meinst du denn zu dem Bild?« drängte ihn der König.

»Ich?« fragte Dietrich verwundert.

»Ja, du!«

»Ich ...«, er überlegte finster und seufzte. »Allergnädigster Herr, ich denke, ob das Ninus und Semiramis oder Salomo und die Königin von Saba ist ... Das Bild ist ein Meisterwerk, und alles andere ist mir egal.«

Der König klatschte in die Hände:

»Bravo, Dietrich, bravo, das ist richtig! Das hast du sehr schön gesagt, aber hier geht es um den Katalog, um das Verstehen des Inhaltes, um die Entdeckung der Wahrheit.«

»Allergnädigster Herr«, entgegnete Dietrich, »die Alten haben die Wahrheit gemalt, wie sie nackt aus dem Brunnen steigt, mir aber will scheinen, daß sie sich immer so in Schlafröcke wickelt, so verhüllt und umhüllt ist, daß sie niemand bisher mit seinen Augen erblickt hat.«

August hielt sich die Seiten vor Lachen:

»Oh, wie köstlich ist doch dieser Dietrich, wie köstlich!« Schon war der Maler bescheiden zurückgetreten und versteckte sich hinter den Rücken der anderen.

Vorn kam jetzt irgendwie der Engländer Hamilton zu stehen, ein hervorragender Maler, der aber weit besser den Pinsel als seine Zunge zu führen verstand, außerdem war er sehr zerstreut.

»Herr Hamilton, was haltet Ihr davon?« wandte sich der König nun an ihn. »Hm?«

Der Engländer nickte mit dem Kopf, legte eine Hand unter den Ellbogen des anderen Armes und stützte in die freie Hand sein Kinn: Er sann nach.

»Ich weiß nicht, Allergnädigster Herr«, äußerte er schließlich, »es könnte Salomo und Semiramis sein oder auch Ninus und die Königin von Saba! Beides wäre möglich.«

Der König brach über diesen Irrtum in ein homerisches Gelächter aus. Die anderen bogen sich ebenfalls vor Lachen, daß die Fenster klirrten. Der Engländer wurde sich bewußt, daß er sich fürchterlich geirrt hatte, und verbesserte sich mit großem Ernst:

»Ich bitte um Verzeihung, es könnte Ninus und Salomo oder Semiramis und die Königin von Saba sein, wollte ich sagen.«

Das Lachen wurde noch stärker. Hamilton erboste sich und trat beleidigt zurück. Langsam trat Stille ein.

August ließ fast bekümmert seinen Blick über die Versammelten schweifen.

»Ich sehe hier so viele gelehrte Männer. Meine Herren, es kann doch nicht sein, daß keiner von Euch eine Meinung von dem Bild hat. Ich bitte darum, ich bitte sehr darum, meine Herren. Ich wäre dafür sehr dankbar.«

Professor Lippert nickte mit dem Kopf.

»Allergnädigster Herr«, warf er ein, »dieses Gemälde ist von der Familie Tanara gekauft worden ...«

»Ja«, bestätigte der König, »und es hat uns manchen Verdruß bereitet. Wenn nicht der vortreffliche Kanonikus Crespi gewesen wäre, dem man für seine Bemühungen eine Porzellanvase schicken muß, so besäße ich es nicht. So ist es, man verlangte einen ungeheuren Preis, zehntausend Skudi wollte man dafür haben, dann hat man sich mit dreitausend Golddukaten zufriedengegeben. Aber der junge Marquis widersetzte sich dem Verkauf dieses Familienandenkens, dieses kostbaren Kleinods, und wollte es nicht herausgeben. Der Kanonikus Crespi mußte bei seiner Heiligkeit dem Heiligen Vater ein Breve erwirken, und die Mitglieder der Clementinischen

Akademie zu Bologna bescheinigten übereinstimmend, daß es ein Werk des Guido Reni ist. Aber, was wolltet Ihr sagen, Professor?«

»Die Familie de Tanara muß eine sehr große Tradition haben, denn für sie war das Bild gemalt worden. Die Mitglieder der Akademie zu Bologna konnten doch nicht umgehen, in ihrem Gutachten den Gegenstand des Bildes zu bezeichnen.«

»Das ist richtig«, pflichtete ihm der König bei, »die Überlieferung spricht von Salomo, das Gutachten ebenfalls, aber es bleibt doch ein Problem, ein Problem.«

Alle widmeten sich wieder der Betrachtung des Bildes und schwiegen. Brühl machte eine Verbeugung und begann:

»Königliche Hoheit, es gibt hier unter uns keinen größeren Kunstkenner als Euch, Majestät, und Euer Urteil wird das maßgebliche und entscheidende sein.«

Der König schüttelte den Kopf, lächelte listig und flüsterte leise: »Ich sag's nicht!«

Die Lage der Höflinge wurde allmählich unsagbar peinlich. Mit der für ihn charakteristischen Schläue durchschaute der Minister seinen Herrn, dessen Schweigen nach seinem Dafürhalten nichts anderes bedeuten konnte als: Ninus und Semiramis.

»Allergnädigster Herr«, fuhr er nach kurzer Überlegung fort, »wenn ich es wagen darf, meiner Ansicht Ausdruck zu ...«

»Wage es, bitte!« fiel ihm der König ins Wort.

»Ich glaube, daß es die Familie der de Tanara nicht mehr weiß und die Akademiker sich geirrt haben. Das sind Ninus und Semiramis.«

Alle sahen den Minister an und bewunderten seinen Mut. Der König errötete vor Freude und klatschte in die Hände. »Auch ich bin dieser Meinung!« platzte er endlich heraus. Ein beifälliges Gemurmel ertönte unter den Anwesenden. »So ist es ... Ninus ... Zweifellos Ninus und Semiramis ...«, wiederholte man.

Mit einem Blick umfaßte der König die Versammlung. Es gab nicht den geringsten Widerspruch. Alle behaupteten jetzt, unmöglich könne es Salomo sein, sondern es sei unleugbar Ninus, es wäre vollkommen ausgeschlossen, daß der Maler die Königin von Saba darstellen wollte und nicht Semiramis. Nur Dietrich, dieser Spötter, der alle Meister zu malen verstand und niemals er selbst war, lächelte eigenartig und verbarg sich in einem Winkel.

Professor Lippert erhärtete das Gesagte mit wissenschaftlichen Begründungen, Heinecken erging sich über die Wahrscheinlichkeit dieser Annahme, Mengs stützte sich auf charakteristische Merkmale.

Der König nahm wieder in seinem Sessel Platz, vollkommen beruhigt und mit sich selbst sehr zufrieden.

»Herr Direktor Heinecken, ich bitte, die Eintragung im Katalog zu berichtigen. Daß mir dort nicht mehr Salomo und die Königin von Saba geschrieben steht! Versteht Ihr mich? Gottlob ist diese wichtige Frage endgültig entschieden worden. Ich danke, meine Herren.«

Und August reichte ihnen allen gnädig zum Abschied die Hand. Der Reihe nach, die Ältesten zuerst, machten sie vor Seiner Majestät ihre Verbeugung und verließen rückwärtsgehend in gebückter Haltung das Zimmer, um erst draußen wieder freier zu atmen.

Dietrich bedachte seine Leidensgefährten mit ziemlich höhnischen Blicken, verneigte sich und lief als erster die Treppen hinunter.

VII

Kavalier de Simonis gelang an diesem Tage nicht, das Brühlsche Palais schnell zu verlassen. Man lud ihn ein, gemeinsam mit den Hofleuten und Sekretären der Mittagstafel beizuwohnen, die von dem Hofmarschall geleitet wurde. Die Speisen waren erlesen, der Wein ausgezeichnet und die Stimmung bei Tisch gelänzend. Dann vergnügte sich die Jugend im Garten. Max hätten die hier verbrachten Stunden sehr befriedigt, nur ein Umstand erregte sein Mißfallen. Er nahm an der Tafel neben Blumli Platz, an seine andere Seite zwängte sich ungestüm ein junger Mann, der ihm in die Augen starrte und sich in einer aufdringlichen Art und Weise bemühte, seine Bekanntschaft zu machen. Simonis kam sein Benehmen irgendwie verdächtig vor. Er konnte sich nicht denken, weshalb wohl dieser wildfremde Jüngling sich ihm so aufdrängte. Von Blumli erfuhr er, daß der Fremde ein Pole, der Sohn eines sehr wohlhabenden Schlachtschitzen sei. Nur ungern war dieser an den Hof Brühls gekommen; erst ein Machtwort seines Vaters hatte ihn dazu bewogen. Der Minister, der der Familie noch aus jener Zeit verpflichtet war, wo er sich um die Aufnahme in den polnischen Adel, die Schlachta, bemüht hatte und seine Ocieszyner Abstammung beweisen wollte, nahm den Jungen mit nach Dresden.

Allen war dieser Herr Xaver Maslowski wohlbekannt, der, obwohl viele seiner Landsleute hier am Hofe weilten, nur ›der Pole‹ genannt wurde. Als er ankam, hatte er einen halbrasierten Kopf, trug polnische Tracht, den Kontusch und Shupan, und an seiner Seite baumelte der Säbel. Da aber am Hofe Brühls westeuropäische Kleidung Sitte war, mußte er schließlich seine Tracht ablegen. So hatte es der Herr Truchseß, der Vater des jungen Maslowski, befohlen. Am Hofe spielte Xaver eine seltsame Rolle, keinem bezeugte er allzu große Achtung, schaute auf alle herab, bedachte jeden mit seinem Spott, und obwohl er nur ein jämmerliches Französisch und ein sehr gebrochenes Deutsch sprach, ließ er an keinem einen guten Faden. Das Land kam ihm sonderbar vor, die Leute lächerlich, die Verhältnisse wunderlich. Von seinem Schlachtschitzenstandpunkt aus betrachtete er das alles, zuckte die Achseln und machte sich darüber lustig.

Blumli, der ihn fürchtete und nicht leiden konnte – Xaver war ein unbändiger Raufbold und Taugenichts –, warnte sofort Simonis und klärte ihn auf, mit wem er es zu tun habe, daß Vorsicht geboten sei, denn Maslowski würde sich nie an jemanden heranmachen, ohne eine bestimmte Absicht zu verfolgen.

Während des Mittagessens versuchte daher Max, diesen unwillkommenen Nachbarn höflich und kalt abzuschieben. Das war jedoch nicht einfach. Maslowski wich nicht von seiner Seite; als man in den Garten hinausging und sich Blumli etwas entfernte, nahm er Simonis vollends in Beschlag.

Diesmal glaubte der Schweizer, ihn mit Höflichkeit und Güte entwaffnen zu können, und beschloß, ihn geduldig zu ertragen.

Maslowski war von stattlichem Wuchs, hatte einen blonden Schopf, eine kleine Hakennase, aufgeworfene Lippen und hervorstehende Augen. Sein Gesichtsausdruck verriet einen ungeheuren Übermut. Er trug stets den spitz zulaufenden Kopf mit den seltsam nach oben gekämmten Haaren erhoben. Ein kleiner, blonder Schnurrbart, den er zu zwirbeln liebte und der französischen Kleidung nicht opferte, zierte seine Oberlippe.

»Nun, verehrter Kavalier«, sprach er Max im Garten an, »wie gefällt Euch Deutschland?«

»Oh, sehr gut«, entgegnete Simonis.

»Sehr gut? Ich muß Euch bekennen, daß das bei mir nicht der Fall ist. Wir sind beide Republikaner, und hier ist alles anders. Edelleute gibt es hier nicht, nur Lakaien und Beamte.«

Der Kavalier schwieg.

»Na, und fast alle sind Lutheraner«, fuhr Maslowski fort, »und in der katholischen Kirche dürfen sie nicht einmal eine Glocke aufhängen, ganz wie bei uns in der Synagoge.«

Er hob die Schultern, lachte, die weißen Zähne entblößend, und fügte hinzu:

»Aber die Mädchen sind hübsch!«

Simonis atmete auf, daß sie bei solch einem Gesprächsstoff gelandet waren, der ungefährlich war und nicht gegen das Gebot ›nicht räsonieren‹ verstieß.

»Ich kann das noch nicht beurteilen«, wandte Simonis ein.

»Aber, aber«, fiel Maslowski ein, »Ihr habt keine Zeit zu verlieren, denn Ihr kennt schon die Schönste von allen und seht sie fast jeden Tag!«

»Ich? Wen?« fragte Simonis erstaunt.

»Na, die Baronesse Nostitz, die bei der Königin Hoffräulein ist. Außerdem habt Ihr doch auch mit unserer Gräfin Bekanntschaft geschlossen.«

Das eigenartige Lächeln, mit dem sich Maslowski den Schnurrbart drehte, gefiel Simonis nicht.

»Die Gräfin ist noch ein recht munteres Frauenzimmer, gar nicht so übel, wenn sie sich so herausputzt. Und Pepita wäre schön wie ein Engel, auch wenn sie nicht einmal das Blatt ihrer Urahne Eva trüge ... Ich beneide Euch darum, daß Ihr sie so oft bei der Tante sehen könnt!«

»Aber woher wißt Ihr denn das?« fragte Simonis.

»Ich? Seht Ihr«, erklärte ihm der ›Pole‹, »mein Vater hat mich hierher geschickt, damit ich mich bilde, und ich bilde mich ... Ich beobachte, schnüffle herum und halte alle zum besten. Neugierig bin ich. Was soll ich auch machen? Wozu doch der Müßiggang führt! Alle schönen Mädchen kenne ich, und was die Pepita betrifft, so muß ich gestehen: Ich bete sie an, wenn sie auch eine Deutsche ist. Wenn sie nicht so wild wäre, würde ich ihr das Polnische beibringen.«

Simonis mußte lächeln:

»Ihr sagtet, daß Ihr mich beneidet. Dazu habt Ihr aber wirklich keinen Grund. Ich bin nur ein paarmal bisher mit ihr zusammengetroffen.«

»Nur ein paarmal! Aber zwanglos, ich kann sie nur mit den Augen verschlingen, an ein Gespräch ist gar nicht zu denken! Ein wundervolles Geschöpf!« – Maslowski seufzte. »Ihr seid in sie verliebt?« spottete Simonis.

»Ich weiß es nicht recht«, erwiderte Maslowski, »aber es könnte sehr gut sein, daß ... Man müßte sich doch verlieben! Es stimmt zwar, sie ist eine Deutsche, aber eine Adlige, nicht dumm und eine so schöne Bestie ...«

»... und dreist!« fiel Simonis ein.

»Ah, das schadet nichts, mir gefallen die Dreisten. Ich werde Euch verraten«, gestand Maslowski, »Ihr verdankt es diesem Fräulein, daß ich mich an Eure Fersen geheftet habe. Ich möchte Euch warnen: Falls Euch die Lust überkommen sollte, ihr Komplimente zu machen, dann werden wir uns in die Haare geraten.«

Simonis blieb stehen, sah ihm in die Augen und entgegnete lachend: »Was soll das heißen?«

»Habt Ihr schon einmal einen polnischen Schlachtschitzen kennengelernt?« antwortete ihm Maslowski mit einer Gegenfrage.

»Nein.«

»Na, seht Ihr, wie das Land, so seine Sitten. Wir, die Schlachta unserer Republik, haben seit undenklichen Zeiten das Privileg, unser Land selbst zu verteidigen. Bei uns gibt es keine Bauern im Heere, die haben ihre Felder zu bestellen. Da wir von Kindesbeinen an den Säbel und das Soldatsein gewohnt sind, haben wir uns auch die üble Eigenschaft zugelegt, uns wegen jeder Kleinigkeit zu schlagen. Was ist da zu machen, wenn es einem in den Fingern prickelt!«

»Ah«, sagte Simonis, »ich kann auch nicht schlecht fechten und schießen.«

»Na, na, kommt mir nicht mit Eurer Fechtkunst!« höhnte Maslowski. »Ich will mit Euren Bratspießen nichts zu tun haben, obwohl ich auch damit umzugehen gelernt habe. Bei uns schlägt man sich mit dem Säbel. Das ist ein Spiel! Der Degen ist lächerlich, aber beim Säbel hört der Scherz auf ...«

Er ließ die Hand durch die Luft sausen, um einen Säbelhieb nachzuahmen.

»Ach, laßt mich in Ruhe, mein lieber Säbelritter«, bat ihn lachend der Schweizer, »ich werde Euch nicht in die Quere kommen.«

Maslowski hielt ihm seine starke, breite Hand hin und sagte entschuldigend: »Mein lieber Kavalier, ich bilde mir immer ein, daß sich alle, alt und jung, in die Baronesse einfach verlieben müssen.«

Er zuckte mit den Achseln und begann vor sich hinzupfeifen.

»Ich suche keinen Streit, das möge Gott verhüten, sondern ich suche Eure Freundschaft. Wißt Ihr auch weshalb?

»Weshalb denn wohl?«

»Deshalb, weil mir diese Freundschaft ermöglichen wird, das dritte Stockwerk eines gewissen Hauses aufzusuchen, wo im zweiten ab und zu das Mädchen anzutreffen ist. Ich kann, wenn ich es schlau anstelle, ihr vielleicht manchmal auf der Treppe begegnen.«

Beide lachten.

»Wenn das mein Vater wüßte! Der würde sich aber aufspielen! Als er mich der Bildung halber in die weite Welt schickte – obwohl das gar nicht nach meinem Geschmack war –, hat er mir feierlichst geschworen, ich bekäme hundert Hiebe mit der Peitsche, wenn ich mich in Sachsen in Liebesgeschichten einließe.«

Simonis fuhr zurück.

»Lieber Schweizer«, sagte der Pole ernst, »bei uns sind hundert Peitschenhiebe eine sehr mäßige Portion. Ich kann Euch versichern, daß man auch zweihundert austeilt. Dagegen mit weniger als fünfundzwanzig fängt man gar nicht erst an, es würde sich nicht lohnen, sich dafür die Ärmel hochzukrempeln und die Pluderhosen herunterzuziehen. Aber auf der anderen Seite, Bruder Republikaner, müßt Ihr wissen, daß die großen Herren bei uns, wenn sie die Laune überkommt, jemandem das Fell zu gerben, hinterher oft einen Dukaten für jeden Schlag bezahlen.«

Simonis hörte ihm zu, ohne ihn ganz zu verstehen.

»Was wollt Ihr«, fuhr der andere fort, »es ist eine andere Welt bei uns. Wie könnt Ihr da verlangen, daß ich mich hier wohlfühle? Ganz andere Sitten herrschen hier. Hier spielt sich alles im verborgenen ab.«

Er beugte sich dicht an sein Ohr:

»Habt Ihr schon etwas von Königstein vernommen, von Pleißenburg, von Stolpen? Auch von unseren Schlachtschitzen hat dort schon manch einer stille Einkehr gehalten. August der Starke hat seine alte Geliebte, er sie satt hatte, nach Stolpen schaffen lassen. Und nach Königstein werden jeden Tag neue Opfer gebracht. Bei uns gibt es so etwas nicht. Es ist wahr, die Menschen benehmen sich hier sehr gesittet, aber vor dem Mund haben sie alle ein Schloß. Bei uns darf man sagen, was man denkt. Bei uns – ach, das versteht Ihr ja nicht, Kavalier de Simonis –, wir sind noch etwas ungehobelt, das stimmt, aber bei uns preist jeder Gott nach seiner Art und sagt das, was er auf dem Herzen hat. Na, und erst unser polnischer Reichstag, der Sejm … Da kann man brüllen, soviel man Lust hat.«

»Ja, von eurem Sejm habe ich schon gehört«, versetzte Simonis, »bei euch kann ein einziger Schlachtschitz den Sejm sprengen, wenn er will.«

»So ist es, und wenn man ihn nicht an Ort und Stelle mit dem Säbel zerhackt, so geschieht ihm nichts. Kavalier de Simonis« – fiel es Maslowski plötzlich ein –, »wollt Ihr nicht nach Hause gehen? Ich möchte Euch gern begleiten.«

Der Schweizer lachte und versuchte diese Ehre abzulehnen, und da Blumli gerade vorbeikam, machte er dem Polen eine Verbeugung und entschlüpfte ihm.

Blumli machte ein sehr finsteres Gesicht.

»Komm mit mir!« forderte er ihn auf. »Es ist gefährlich, hier zu reden, und wir beide haben miteinander zu reden.«

Sie gingen durch den Garten, durch das Palais, überquerten den Neumarkt und schlugen dann die Richtung zu Blumlis Haus ein.

Jetzt, als sie allein waren, beugte sich Blumli zum Ohre seines Freundes, so daß sie niemand belauschen konnte, und begann:

»Es liegt etwas in der Luft. Unverständliche Gerüchte sind im Umlauf. Brühl mimt den Fröhlichen, aber er verbirgt irgend etwas, er ist unruhig. Die Leute, die von der Grenze kommen, schwatzen unablässig von preußischen Truppen, drei Korps sollen sich angeblich unseren Grenzen nähern. Als das Leben so in ruhigen Bahnen verlief, war man manchmal seiner überdrüssig. Falls es jetzt, was Gott verhüten möge, zu einem Krieg kommen sollte – was wird dann aus uns? Das ist das eine, und zum anderen bedrückt mich nicht weniger die Tatsache, daß es bei uns von Verrätern und von preußischen Spionen wimmelt. Der geringste Verdacht genügt, und schon ist man verloren.«

Simonis spielte den Gleichgültigen.

»Feulner hat etwas nach Berlin gemeldet und ist nach Königstein geschafft worden. Und heute – behalte das für dich, du kennst die Menschen nicht – ist man hinter den beiden Mentzels her. Einer von ihnen soll angeblich Depeschen an die Preußen ausgeliefert haben. Beide sind verschwunden. Brühl tobt, denn er hat lange Zeit nicht an diesen Verrat geglaubt und Flemming geantwortet, daß das gänzlich unmöglich sei. Wenn Friedrich im Besitz unserer Depeschen ist und weiß, was wir mit ihm vorhaben, so kann es uns sehr übel ergehen.« Blumli seufzte. »Außer ein paar Mann Garde ist in Dresden kein Soldat, keine Besatzung vorhanden. Was können uns die Befestigungen und Mauern nützen, wenn darauf keine Geschütze stehen? Auf ein Ballett sind wir eingerichtet, und wenn es schon morgen aufgeführt werden sollte, aber auf einen Krieg noch nicht, auch nicht in einem Jahr.«

»Aber so schnell kann doch der Krieg nicht ausbrechen!«

Blumli zuckte mit den Achseln.

Da hörten sie hinter sich Pferdegetrappel. Blumli sah sich um, erkannte, daß es der Hof war, der mit großem Pomp zum Zielschießen in der Fasanerie ausrückte. Er trat zur Seite und zog Simonis mit sich.

Auf herrlichen Pferden ritt der Zug vorbei: die Hofjäger, die Jagdmeister, dann der König, seine ältesten Söhne, die Königin, einige Damen, Brühl und seine Frau, Generale und Würdenträger. Auf allen Gesichtern lag feierlicher Ernst. Die Gesellschaft schien durchdrungen zu sein von der Erhabenheit des Augenblicks, ganz so, als gälte es, ein ungeheuer wichtiges Werk zu vollbringen. Das Haupt des Königs, sein heiteres, nachdenkliches Gesicht umspielte ein Lächeln, er kam sich sicherlich wie ein Hohepriester der Weidmannskunst vor.

Gnade Gott dem Verwegenen, der es gewagt hätte, diese Kavalkade mit einem ironischen Lächeln zu begrüßen: Dieser Frevler wäre von Brühl streng bestraft worden. Die Menge machte eilends Platz, die Mützen und

Hüte flogen nur so von den Köpfen. Die voranreitende Dienerschaft des Hofes sorgte dafür, daß die Straßen geräumt wurden.

Wie eine Prozession ritten sie so langsam vorbei. Die beiden Schweizer standen am Straßenrande mit entblößten Häuptern und betrachteten diesen schweigenden Zug. Unwillkürlich verglich Simonis Dresden mit Sanssouci – er kam zu keinem Schluß, wem er den Vorzug geben sollte. Hier war Herrlichkeit und Pracht, dort nur eine höhnische und von sich selbst überzeugte Kraft, hier ein kindischer Ernst, dort Zynismus, der den Stock in der Hand hielt und sich über die ganze Welt lustig machte. Man konnte leicht voraussehen, daß ein Mensch, der sich von diesem Zauber nicht blenden ließ, den aufgeblasenen Popanz besiegen würde. Doch man mußte zugeben, daß das ganze Bild ein Genuß für das Auge war und die Etikette des großen Hofes noch seinen Glanz vermehrte.

Als der König und sein Gefolge vorbei waren, schlugen die beiden Jünglinge die gleiche Richtung ein und setzten ihren Weg zum Hause Blumlis fort. Bald darauf plauderten sie dort hinter verschlossenen Türen gemütlich bei einer Flasche Wein.

VIII

Müde kehrte Simonis am späten Abend in das Haus am Markt zurück, dessen Bewohner bereits alle schliefen, und dachte über seine Lage nach, an der er nun nichts Besonderes mehr entdecken konnte. Er war im zweiten Stockwerk angelangt, wo auch alles still zu sein schien; da öffnete die alte Gertrud die Tür, steckte den Kopf vorsichtig durch den Spalt und leuchtete mit einem Kerzenstummel hinaus. Sie erkannte den Kavalier und winkte ihn herein. Simonis war über diese Einladung zu so später Stunde nicht wenig erstaunt, doch er folgte ihr. Die Baronin saß im bequemen Hauskleid, eine riesige Haube mit vielen Bändern auf dem Kopf, in ihrem Lehnstuhl und schlummerte. Ein abgeschirmtes Licht brannte auf dem Tisch. Bei seinem Eintreten wurde sie wach; sie bedeutete dem Kavalier, er möge ihr gegenüber Platz nehmen.

»Was gibt es Neues?« fragte sie so leise, als ob Gertrud nicht taub wäre. »Was wird in der Stadt erzählt? Ich bin in großer Unruhe, Feulner ist verhaftet worden. Obwohl er sicherlich nicht schwatzen wird, könnten sie doch bei ihm zu Hause etwas Verfängliches finden. Mentzel ist geflohen. Doch wird man ihn nicht fangen? Wird ihn auch niemand verraten? Nicht zuletzt mache ich mir auch um Euch Sorgen« – sie senkte noch mehr die Stimme –, »ja, um Euch ...«

»Um mich sorgt Ihr Euch?« wunderte sich Simonis.

»Habt Ihr die Briefe an die Gräfin de Camas mit Eurem Namen unterschrieben?«

Max erbleichte.

»Weshalb fragt Ihr danach?«

»Weil ich glaube, daß man die Briefe abgefangen hat.«

Simonis überlief es eiskalt.

»Woher wißt Ihr das?« brachte er schließlich hervor.

»Ich weiß es«, entgegnete die Baronin ruhig, »ich weiß es eben … Das soll genügen.«

»Aber heute morgen war ich doch noch beim Minister, und er hat mich sehr freundlich empfangen.«

»Und heute abend haben Eure Briefe schon auf seinem Schreibtisch gelegen.«

»Beguelin hat sie doch befördert«, wandte Simonis ein und sprang von seinem Stuhl auf.

»Beguelin hat mehr seinen Käse als die Briefe im Kopf. Wenn es so ist, habt Ihr keine Stunde zu verlieren. Geht nach oben, nehmt das Notwendigste an Euch, den Rest übergebt Gertrud. Ich werde es auf den Boden tragen lassen. Wenn unten am Tor geklopft wird, ist es schon zu spät.«

»Doch wo soll ich mich denn verstecken?«

Die Greisin bewahrte trotz ihres hohen Alters kaltes Blut und Geistesgegenwart.

»Geht nach oben, verbrennt alles Verdächtige, nehmt Euer Geld, vergeßt den Mantel nicht, setzt einen anderen Hut auf. Ich gebe Euch ein paar Zeilen an einen Sorben, meinen alten Diener, mit, der in einer Hütte an der Elbe bei den Fischern wohnt. Fragt, Ihr werdet ihn schon finden! Schnell …«

Max zögerte, doch die Alte wies zur Tür.

»Beeilt Euch«, drängte sie, »und denkt daran: wenn man Euch fängt, kein Wort von mir! Das wäre ein schlechter Dank. Meine alten Knochen können weder Gefängnis noch Folterungen aushalten.«

Max kam zu sich und lief schnell nach oben. Einen begonnenen Brief verbrannte er über dem Kerzenstumpf, den ihm Gertrud überlassen hatte. Sein Geld steckte er in die Tasche und warf sich den Mantel über die Schulter. Er seufzte, eine ganz und gar nicht männliche Träne stieg ihm ins Auge, und … schon eilte er zur Baronin hinab. Die Alte reichte ihm die zitternde Hand zum Kuß.

»Geht nun, geht …!«

Simonis sprang, so schnell er konnte, die Treppe hinunter und öffnete vorsichtig die Haustür. Auf dem Markt war niemand zu sehen. Der Mond beleuchtete den menschenleeren Platz.

Ohne lange zu überlegen, eilte er auf die Frauenkirche zu. Um Atem zu schöpfen und sich zu orientieren, duckte er sich hinter einen ihrer Mauervorsprünge.

Plötzlich sah er, wie aus dem Nebengebäude, das früher zur Kirche gehört hatte und wo jetzt die Hauptwache untergebracht war, sechs Soldaten und ein Offizier heraustraten. Ein Beamter führte die Abteilung an. Ihr folgte auf dem Fuße ein in einen Leinenkittel gekleideter Mann, der Ketten in den Händen trug. Simonis wurde es übel, ihm schwindelte; er wollte fliehen, aber er konnte sich nicht vom Fleck rühren. Er beobachtete, wie die Soldaten auf das Haus der Baronin zugingen und wie der Beamte am Tor klopfte.

Es stand außer Zweifel, dieser nächtliche Besuch galt ihm. Jetzt kam es darauf an, so schnell wie möglich von hier zu verschwinden, hinter dem Pirnaer Tor eine Möglichkeit ausfindig zu machen, um über die Elbe zu kommen und dann dort unterzuschlüpfen. Für einen, der mit den Örtlichkeiten nur schlecht vertraut war, bedeutete das ein äußerst schwieriges und gewagtes Unternehmen.

Aber ein Ertrinkender klammert sich an einen Strohhalm. Simonis, der selbst nicht wußte, welche Richtung er nun einschlug, rannte über den Markt und bog in die erste beste Straße ein. Ohne darauf zu achten, wohin er sich wandte, durcheilte er die nächste Querstraße. So lief er weiter, benutzte nur dunkle und enge Gassen, deren es damals in den Städten ein ganzes Gewirr gab, und verirrte sich vollkommen. Ihm schien jedoch, er sei in Sicherheit. Alle Tore und Fensterläden waren geschlossen, selten fiel ein Lichtschein heraus. Keine Menschenseele zeigte sich in diesen Winkeln, nur ein paar Hunde strichen umher. Max schlich auf der Seite, die im Schatten lag, entlang und brauchte so nicht zu befürchten, daß ihn der Vollmond verraten könnte.

Ab und zu spitzte er die Ohren, um den Geräuschen in der Ferne zu lauschen, aber diese, die nur für einen Augenblick zu vernehmen waren, wurden gleich wieder von der nächtlichen Stille verschluckt. Manchmal hörte er, wie weit von ihm eine Tür beim Öffnen in den Angeln knarrte und dann krachend wieder ins Schloß fiel. Hie und da war es ihm, als ob vorsichtige Schritte über das Pflaster huschten. Ziellos ging er weiter, hielt inne, horchte. – Schließlich beschloß er, immer geradeaus zu gehen, ohne nach links oder rechts abzuweichen, denn sonst würde er bis zum Morgengrauen hier herumirren und vielleicht sogar einer Patrouille in die Hände fallen. Höchstwahrscheinlich suchte man ihn, da man ihn nicht zu

Hause gefunden hatte, jetzt in der Stadt. Allergrößte Vorsicht war also geboten.

Oh, welche Vorwürfe machte er sich jetzt, daß er sich in diesem Netz verstrickt hatte! Nun wußte er nicht, ob er sich noch daraus mit heiler Haut retten könnte. Das alte Haus in Bern, seine Schwester, die Jugendzeit, Berlin, sein Stübchen bei den Zuckerbäckersleuten, Carlotta – an alles dachte er jetzt mit Tränen in den Augen zurück. Ängstlich kroch er an den Zäunen und Mauern entlang und versuchte festzustellen, wo er sich befand. Endlich gelangte er wieder in eine breitere Gasse; da ihm aber fröhliches Singen engegenschlug, trat er rasch in den Schatten zurück und wartete. Er erblickte einen jungen Mann, der, die eine Hand in die Hüfte gestemmt, sich mit der anderen auf einen Stock stützend, den Hut verwegen auf das linke Ohr geschoben, mit gerötetem Gesicht und in einer Stimmung, die zweifellos vom ungarischen Wein herrührte, mitten auf der Straße einhertorkelte. Simonis kam diese Gestalt bekannt vor. Und wirklich, er hatte sich nicht geirrt, es war Herr Xaver Maslowski. Er und einige junge Adlige vom königlichen und Brühlschen Hofe hatten nach der Theatervorstellung im Gewandhaus in der Weinstube des Tschechen Hrečko in der Kreuzkirchgasse ein kleines Gelage abgehalten. Die anderen hatten sich unauffällig nach Hause begeben, nur Maslowski war übriggeblieben und sang aus voller Kehle, damit ihm der Heimweg nicht lang wurde, ein polnisches Lied.

Beim Anblick eines Menschen, der zum Brühlschen Hofe gehörte, überlief es den Schweizer trotz der schwülen Sommernacht kalt. Er drückte sich an die Mauer in der Hoffnung, von dem Vorübergehenden unbemerkt zu bleiben. Doch Maslowski wußte nicht, was er in der leeren Straße mit seinen Augen anfangen sollte, und musterte jeden Winkel. Als er eine unbeweglich dastehende Gestalt entdeckte, stürzte er, ohne zu überlegen, auf ein Abenteuer rechnend, auf sie zu und schrie: »Wer da?« Simonis wollte fliehen, aber zu diesem Entschluß fehlte ihm die Kraft. Er griff nach seinem Degen. Da erkannte ihn Maslowski und lachte aus vollem Halse.

»Was treibst du denn hier, Schweizer? Man hat mir vertraulich mitgeteilt, daß du heute abend aus irgendeinem Grunde auf die Hauptwache gebracht werden sollst. Ich hatte mir schon vorgenommen, dir dort einen Besuch abzustatten.«

»Um Gottes willen! Verratet mich nicht!« rief Simonis. »Ihr Polen besitzt ein edles Herz. Wollt Ihr Euch denn am Unglück eines Menschen weiden?«

»Da sei Gott davor«, beruhigte ihn Maslowski, »diesen Schweinehunden zum Trotz werde ich dich unter meinen Schutz nehmen. Aber zuerst sagst du mir einmal offen und ehrlich, Hand aufs Herz, was du angestellt hast!«

Simonis befand sich in einer derartigen Lage, daß er nichts mehr verlieren konnte; eine Art von Fieber hatte sich seiner bemächtigt.

»Hochherziger Jüngling«, beteuerte er, »ich bin aus Berlin hierhergekommen, das hat genügt, um verdächtig zu erscheinen.«

»Wie es jetzt steht, genügt eine solche Verdächtigung, um jemanden an den Galgen zu bringen«, schimpfte Maslowski, »aber gestehe doch: Du gehörst doch zu den Preußen, hm?«

Der Schweizer war unschlüssig, was er antworten sollte. »Hör' mal zu, Gott ist mein Zeuge, mir ist das alles gleichgültig. Bei den Deutschen kann ich die verschiedenen Arten doch nicht auseinanderhalten. Und wie mich das amüsiert, daß sie sich miteinander schlagen werden! Wie mich das freut! Wenn ich könnte, würde ich beide Parteien gegeneinander aufhetzen! Meinetwegen kannst du Preuße, Sachse, Österreicher sein, was geht mich das an? Wenn du nur dazu beiträgst, daß sie sich gegenseitig auffressen, bist du mir lieb und wert! Doch, mein lieber Schweizer Kavalier« – er wurde leiser –, »was willst du denn jetzt tun? Man sucht dich, und wenn man dich findet, da hört der Scherz auf. Brühl ist ein, ach, so liebenswürdiger Herr, aber einen Menschen verschwinden zu lassen, ist für ihn genauso leicht wie für mich, ein Gläschen zu leeren. Du mußt dich verstecken und den Preußen helfen, damit sie die Sachsen versohlen. Und dann, wenn dir das gelungen ist, hilf den Sachsen, damit sie den Preußen das Fell gerben! Wenn es ein paar weniger geworden sind, wird die Welt nicht untergehen. Hast du denn schon einen Schlupfwinkel?«

Simonis schwieg immer noch.

»Na, sprich doch schon endlich, du Feigling«, fuhr ihn Maslowski an, »die Polen sind doch keine Verräter!«

»Ja, ich habe schon einen«, antwortete schließlich Simonis, »aber ich kann ihn nicht allein finden, denn ich kenne hier kaum jemanden und weiß auch in der Stadt nicht Bescheid.«

Herr Xaver blickte sich um, auf der Straße war niemand zu sehen.

»Ist es weit von hier?« wollte er wissen.

»An der Elbe bei den Fischern«, entgegnete Simonis.

»Hm«, brummte der Schlachtschitz, »ich denke da an etwas anderes. Diese Zuflucht wollen wir uns auf alle Fälle für später vorbehalten. Wie wirst du es dort in der stinkigen Hütte bei Zwiebeln und Schrotbrot aushalten? Ich will dir einen anderen Vorschlag machen. Ich fürchte niemanden auf der ganzen Welt. Ich wohne allein bei einer gar nicht allzu alten Witwe, Frau Fuchs. Es ist nicht weit, nur ein paar Dutzend Schritte. Frau

Fuchs zankt zwar dauernd mit mir herum, aber sie wird nichts verraten, sie geht für mich durchs Feuer. Es ist nicht das erste Mal, daß jemand bei mir für einige Tage unterkriecht. Ich werde ihr nur sagen: Verstehen? Zunge hinter den Zähnen halten! Und sie wird schweigen, selbst wenn man sie bei lebendigem Leibe verbrennen sollte.«

»Habt Ihr auch keine Furcht?«

Maslowski riß die Augen weit auf und trat einige Schritte zurück.

»Ich sollte vor diesen Schweinehunden Angst haben? Ach, das werden sie niemals erleben! Einen Schweizer können sie, wenn sie wollen, übel zurichten und am Halse kitzeln, aber einen polnischen Schlachtschitzen? Ha, ha, ha! Was können sie mir schon tun? Etwa in Königstein einsperren? Nu, das wär' schon etwas ... Der Vater würde mich befreien. Kommt mit!«

Bei diesen Worten packte er ihn und zog ihn mit sich. Um ganz sicher zu gehen, hielt er seinen Arm fest umklammert und brachte ihn so bis zum Hause der Frau Fuchs. Der Vater Maslowskis, der Herr Truchseß, war ein reicher Mann. Schon wiederholt hatte er die Schulden seines Sohnes beglichen. Also war Frau Fuchs sehr freundlich zu ihrem Mieter, und Xaver fühlte sich bei ihr sehr wohl.

Als er an der Haustür das Schlüsselloch zu suchen begann, kam sofort eine Dienstmagd in Pantoffeln herunter, die ihm leuchtete. Im ersten Stock erwartete sie die Hausherrin, ein recht ansehnliches Frauenzimmer in mittleren Jahren, eine redselige, energische Dame, der man ansah, daß sie mit dem Hofleben vertraut war. Maslowski begrüßte sie sofort in seinem gebrochenen Deutsch und teilte ihr mit, er bringe einen Freund, der einige Tage bei ihm weilen würde. Darüber dürfe man aber kein Wort verlauten lassen.

Frau Fuchs maß den jungen Gast nur neugierig mit den Augen und versicherte sogleich feierlichst mit einem großen Aufwand an Worten und Gesten, sie würde dem Wunsch des ›Grafen‹ nachkommen. Maslowski hatte, wie alle reichen Polen, diesen Titel von Frau Fuchs verliehen bekommen. Später bestätigten ihn noch die Sänftenträger, die Xaver immer gut entlohnte, und die Kaufleute, bei denen er die Waren auf Kredit nahm.

Die Behausung des Herrn Xaver war kein Prachtstück. Wenn man sie mit den gepflegten sächsischen Wohnungen verglich, so machte sie den Eindruck dessen, was die Sachsen mit ›polnischer Wirtschaft‹ zu bezeichnen pflegten. Das hier herrschende Durcheinander kostete bestimmt doppelt so viel wie die sorgfältigste Ordnung bei anderen Leuten. Frau Fuchs wagte nicht irgendwelche Reformversuche durchzuführen, denn sie fürchtete den Zorn Maslowskis.

Das Zimmer war mit verhältnismäßig schönen Möbeln ausgestattet, aber unter dem einen Stuhl standen die Stiefel, auf dem anderen hingen Kleidungsstücke und auf dem dritten das Handtuch, auf einem kleinen Tisch stand inmitten von Schriftstücken die Waschschüssel, eine Kerze neben Tellern mit Obst. Mit Heftzwecken waren an der Wand mehr oder minder schöne Bildchen angebracht. Auf dem Sofa lag ein weißbezogenes Kissen. Das Bett im Zimmer nebenan zierte eine große Schachtel.

»Ich bitte Euch um Verzeihung, lieber Kavalier de Simonis ...«, entschuldigte sich Maslowski, als sie eintraten. »Um Himmels willen! Nennt meinen Namen nicht!« unterbrach ihn erschrocken der Schweizer.

»Ach, richtig. Aber wie soll ich Euch anreden? Hm? Mit dem Vornamen?«

»Auch nicht mit dem Vornamen«, erwiderte Max.

»Dann tauft Euch doch selbst, wie Ihr heißen wollt.«

»Gebt mir einen italienischen Namen.«

»Vielleicht Terrini? Ich kannte jemanden, der so hieß, diesen Namen werde ich am besten behalten«, schlug Maslowski vor. »Also, mein lieber Signor Terrini, ich bitte Euch wegen der Unordnung hier um Entschuldigung. Die Deutschen lachen darüber. Aber diese Dummköpfe verstehen nicht, daß ich, ein freier Schlachtschitz, nicht der Sklave meiner Klamotten sein will und nicht die geringste Absicht habe, mich mit ihnen herumzuplagen. Der Teufel soll sie holen! Ich lege meine Sachen dorthin, wo ich Lust habe, und kümmere mich nicht um irgendeine verrückte Ordnung. Trotzdem werdet Ihr Euch hier wohlfühlen. Ihr könnt getrost die Füße auf den Tisch legen. Bei mir ist alles erlaubt ... Mein Losungswort heißt ›Freiheit‹.«

Maslowski wies Max das zweite Zimmer an, wo sich das Bett befand.

»So, du bist mein Gast, ich nehme die Schachtel herunter und trete dir das Bett ab. Ich selbst werde auf dem Sofa schlafen. Wenn du müde bist, zieh dich aus und leg dich nieder! Ich richte mich schon ein, sei unbesorgt.«

Simonis war jedoch alles andere als unbesorgt. Er drückte Xaver dankbar die Hand.

»Und morgen? Was wird morgen sein?«

»Morgen gehe ich zum Dienst. Ich muß das tun, schon allein deshalb, damit keiner etwas merkt. Frau Fuchs werde ich klarmachen, niemand sei in meiner Wohnung. Sie muß es glauben, denn sonst ziehe ich ihr die Ohren lang. Du schließt dich ganz einfach ein und bist hier so geborgen wie in Mutters Schoß«, beruhigte ihn Maslowski.

»Doch wenn es herauskommt?«

»Wie wäre denn das möglich?«

»Wer kann's wissen?«

»Das gibt's ja gar nicht.«

»Doch wenn …« Simonis konnte sich nicht beruhigen.

»Hm, wenn … Mein Lieber, siehst du das Fenster dort im Schlafzimmer? Hm? Es geht auf den Garten hinaus. Ich stelle dir zwei Bettlaken zur Verfügung, die drehst du dann und bindest sie zusammen, läßt dich an ihnen hinunter und machst dich in Richtung Elbe davon. Man hat mir erzählt, daß dein Landsmann Blumli sich dieses ausgezeichneten Verfahrens bedient, wenn Brühl ihn bei Mina überrascht. Er soll darin schon eine solche Übung haben, daß es ihn kaum noch Mühe kostet, auf diese, ungewöhnliche Art das Haus zu verlassen.«

Maslowksi begann sich lachend auszukleiden.

»Geh schlafen, Kavalier Simonis! Hier bist du in Sicherheit. Ich würde dich schon aus dem Grunde beschützen, weil du dazu beiträgst, daß sie sich in die Haare geraten. Ach, könnte ich doch noch den Krieg erleben, das wäre eine Genugtuung. Gute Nacht, Kavalier! Leg dich nieder! Ich stehe hier auf der Wacht. Gute Nacht!«

IX

Wer in den letzten Augusttagen nach einer längeren Abwesenheit in das sonst so ruhige Dresden zurückgekehrt wäre, hätte es vielleicht nicht wiedererkannt. Ein unruhiges, hastendes Treiben herrschte nicht nur in den Straßen der Stadt, sondern auch in den entlegensten Winkeln. Auf den Gesichtern der Menschen, denen man begegnete, lag Angst, manchmal Verwunderung; einige lachten spöttisch, andere ließen den Kopf traurig hängen. An den Ecken standen die Bürger in kleinen Gruppen beisammen und flüsterten aufgeregt miteinander, doch sobald sich Soldaten oder Beamte zeigten, stoben sie rasch davon. Beim geringsten Lärm tauchten in den Fenstern neugierige Köpfe mit Perücken, Hauben und Schlafmützen auf. Vom Schloß her kam bisweilen ein berittener Gardist vorbei, jagte in scharfem Trab der Prinaischen Vorstadt zu und verschwand. In der Nähe des Brühlschen Palais war der Verkehr noch viel reger als anderswo. Sänften und Kutschen warteten hier, eilten davon, kehrten zurück, Boten trafen ein, um kurz darauf wieder davonzustürzen. Besonders die Frauen waren von einer fieberhaften Unruhe erfaßt.

Die Gräfin Brühl saß bei der Königin, der Minister beim König. Im Vorzimmer des Brühlschen Kabinetts wartete eine Menge von Personen ungeduldig auf die Rückkehr des Grafen. Die Stirnen der Besucher waren gerunzelt. Ihre Gesichter drückten Besorgnis aus. Mit hängendem Kopf schlich Hennicke umher. Globig und Stammer stritten miteinander, ganze Aktenstöße wurden hin- und hergetragen. Generale meldeten sich, zogen Erkundigungen ein und fuhren sofort wieder ab. Ab und zu kam über die Brücke von der Neustadt her ein Kurier geritten, machte am Brühlschen Palais halt, zog aus seiner Ledertasche hastig Briefe hervor und lieferte sie unten ab. Man gab sie weiter, und mit Windeseile gelangten sie in den Saal, wo Globig, ohne Umstände zu machen, die Siegel erbrach. Die verängstigten Diener liefen wie gehetzt umher, sie wußten nicht, auf welchen Ruf sie zuerst hören sollten. Alles ging an diesem Tag drunter und drüber; jeder erteilte Befehle. Die Anordnungen der einen wurden ausgeführt, die der anderen vergessen. Auch des letzten Stallburschen hatte sich die Sorge bemächtigt.

Inmitten dieses Hofes, dieser Menschen, die aus irgendeinem rätselhaften Grunde vollkommen den Kopf verloren hatten, ging Maslowski umher, die Hände in den Hosentaschen, und bemühte sich, eine ernste Miene zu zeigen und sein spöttisches Lächeln zu unterdrücken. Er sah und hörte sich das alles an, diese Verwirrung schien ihm großen Spaß zu machen.

Er verheimlichte jedoch seine wahren Gefühle und erging sich seinen Gefährten gegenüber in lauten Klagen.

Zu den auf Brühl wartenden Personen gesellte sich jetzt noch Rutowski. Mit umwölkter Stirn kam er an, schob die Menge auseinander, fast ohne sie eines Blickes zu würdigen. Er fragte nach dem Minister, und als er hörte, daß dieser nicht anwesend sei, biß er sich vor Zorn auf die Lippen, trat in das Kabinett ein, ließ sich auf einen Stuhl, der vor dem Tisch stand, fallen und stützte den Kopf in die Hände.

»Hör mal«, sagte er zu einem der Kammerdiener, »melde dem Minister sofort, wenn er zurückkommt, daß ich hier bin!«

Aber der Minister kam nicht. Der Tagesplan wurde nicht eingehalten, niemand wußte, ob etwas stattfand oder nicht. Die weniger gewissenhaften Diener nützten die Gelegenheit aus, leerten in den Winkeln Flaschen und stahlen die umherstehenden Süßigkeiten. Niemand achtete auf sie.

Plötzlich verstummte das Gemurmel, und Stille trat inmitten von diesem Wirrwarr ein; dann erhoben sich aber der Lärm, die Unruhe und das Durcheinander mit neuer Kraft. Die einen riefen:

»Seine Exzellenz!«

Die anderen bloß:

»Brühl!«

Und wirklich, unten war Brühl angekommen. Er stieg aus der Sänfte, schien für nichts Augen und Ohren zu haben, achtete auf nichts, was um ihn herum geschah, und lief die Treppen empor. Sein von Wut verzerrtes Gesicht war bleich und plötzlich um Jahre gealtert. Eine abgerissene Spitzenmanschette baumelte an seinem Ärmel, die Perücke war in Unordnung geraten.

Im Vorzimmer ließ er seinen Blick über die Gesichter der Anwesenden gleiten und ging, als hätte er niemanden erkannt, in das Kabinett, wo Rutowski wartete.

Hinter ihm drängten sich Graf Loss, Kanzler und Präsident des Konsistoriums, Stammer, Globig, alle, die man die ›Vizekönige‹ nannte, herein. Auf ihren entstellten Gesichtern stand deutlich der Schreck geschrieben. Loss hielt Papiere in den Händen, die vor Aufregung so zitterten, daß die Schriftstücke wie ein Fächer auf- und abflatterten.

Nach ihnen trat der vom Schloß herübergeeilte Generaladjutant Baron von Spörken ein. Je nach Temperament waren die Gesichter der Herren entweder weiß wie Marmor, gelb wie Wachs oder rot wie eine Pfingstrose. Baron von Spörken hatte blutunterlaufene Augen. Der ernste und traurige Rutowski legte die majestätische Ruhe seines Vaters, dessen Ebenbild er war, an den Tag. Brühl stand in der Mitte des Zimmers und holte tief Atem. »Herr General«, wandte er sich an Spörken, »erbarmt Euch, ordnet an, befehlt! Sorgt dafür, daß niemand zum König gelassen wird! Was heißt hier niemand – das heißt, keiner von den Offizieren.«

»Selbstverständlich, seid unbesorgt!« versicherte Spörken. Brühls Augen glitten wie die eines Irren die Wände entlang. Schließlich gelang es ihm unter Aufbietung seiner ganzen Willensstärke, wenigstens nach außen hin seine Geistesgegenwart und Kaltblütigkeit wiederzugewinnen. »Das ist ein unerhörtes, in der Geschichte noch nie dagewesenes, unfaßbares Bubenstück. Es zeiht alle Überlegungen der Lüge, denn diese Tat spricht allen Gesetzen hohn. Habt Ihr schon gehört, meine Herren?«

Rutowski hob den Kopf.

»So ist es, jeden Augenblick bestätigen es die Kuriere«, fuhr Brühl fort und bemühte sich, immer ruhiger zu wirken. »So ist es. König Friedrich marschiert, unter Mißachtung jedes Völkerrechts, ohne uns den Krieg erklärt und ohne den geringsten Anlaß zu einem Überfall zu haben, in drei Kolonnen in Sachsen ein. Wir haben aus Berlin ganz genaue Nachricht. Er verfügt über vierzigtausend Mann; Prinz Ferdinand von Braunschweig hat bereits die Grenzen des Herzogtums Magdeburg überschritten, der Quartiermeister und die Vorhuten sind schon in Halle, Leipzig, Borna, Chemnitz, Freiberg und Dippoldiswalde eingerückt und nähern sich

Dresden. Der König selbst zieht mit einer Elitetruppe am linken Elbufer über Wittenberg, Torgau, Meißen entlang, wahrscheinlich in Richtung Kesselsdorf. Herzog von Bevern dringt von Frankfurt an der Oder aus über Elsterwerda, Bautzen, Stolpen und Lohmen in die Gegend von Pirna vor.«

Rutowski sprang händeringend auf und rief:

»Und wir können diesen drei Gruppen kaum ...«

»... dreißigtausend Mann entgegenstellen! Ausgezeichnete Truppen!« unterbrach ihn Brühl und nahm ein Blatt vom Tisch zur Hand. »Hier ist die Aufstellung. Dreißigtausend Mann!«

Rutowski zog aus seiner Brusttasche rasch ein anderes Papier hervor und schrie:

»Graf, Ihr seid im Irrtum und gebt Euch Täuschungen hin! Nicht die Hälfte besitzen wir! Fünfzehntausend sind es, alle Troßknechte mitgezählt, und kein Mann mehr.«

»Das kann nicht stimmen«, beharrte Brühl.

»Und doch ist es so! Auf dem Papier hattet Ihr dreißigtausend, aber ich weiß, daß nicht einmal die Hälfte unter Waffen steht!«

»Österreich ...«, warf Brühl ein.

»Das ist die zweite Illusion!« unterbrach ihn Rutowski mutig. »Uns wird das gleiche Schicksal ereilen wie den Herzog Karl von Lothringen bei Kesselsdorf. Die Österreicher werden uns genauso opfern, wie sie es mit ihm getan haben.«

»Das kann nicht sein! Das ist ausgeschlossen! Der Kaiserliche Hof – das weiß ich aus sicherer Quelle – hat starke Verbände nach Böhmen entsandt. Broun steht an der Spitze des einen Korps; er wird bei Kolin Stellung beziehen, das andere führt Piccolomini, der bei Königgrätz haltmachen wird. General Wied wird den Befehl erhalten, nach Peterswalde zu ziehen, um sich mit uns zu vereinigen. Wir müssen unsere Truppen auch in dieser Gegend sammeln.«

»Und Dresden?« fragte Rutowski. »Der König? Die Königin?«

»Dresden«, wiederholte Brühl lächelnd, »Herr Graf, Ihr bangt um Dresden! Niemand wird sich unterstehen, Dresden anzutasten, sich ihm zu nähern, selbst wenn in der Stadt kein einziger Soldat wäre! Um Dresden mache ich mir keine Sorgen.«

»Aber ich!« widersprach Rutowski.

»Herr Graf«, entgegnete ihm der Minister, »erinnert Euch bitte der Zeit, als Euer seliger Vater noch lebte und Karl XII. das Land besetzte und Sachsen plagte. Auch als er sich sehr leicht der Hauptstadt bemächtigen konnte, wagte er doch nicht, ihren Boden zu betreten. Und als er es endlich tat, benahm er sich ehrerbietig und kam als Gast. Kühner als Karl XII. kann doch Friedrich nicht sein!«

»Eure Exzellenz, Ihr kennt den Preußenkönig nicht! Ich habe in seinem Heere gedient und weiß, was dort für ein Geist herrscht!« hielt ihm Rutowski entgegen. »Karl XII. blieb, wenn er auch von etwas rauhen Sitten war, immer ritterlich, erkannte gewisse Gesetze und den Anstand an. Friedrich, der über Gott lacht, die Religion öffentlich verhöhnt, weder an den Himmel noch an die Hölle glaubt und jetzt nicht einmal dem Herrn de Voltaire, seinem Freund, wird nichts verschonen und überall dort eindringen, wo es ihm die Gewalt straflos ermöglicht.«

»Das glaube ich nicht«, erwiderte Brühl unsicher.

»Aber der erste Beweis liegt doch schon dafür vor: sein Einfall in Sachsen!« betonte Rutowski.

»Der König hat schon einen Brief unterzeichnet, den wir sofort abschikken werden.«

»Einen Brief!« murmelte achselzuckend von Spörken. »Schickt Kanonen! Aber einen Brief ... Ein Brief wird wohl wenig ausrichten.«

»Das werden wir sehen«, verteidigte sich Brühl. »Das Ganze sind nur leere Drohungen eines Menschen, der selbst Angst hat. Friedrich ist sich im klaren darüber, daß er nicht allein Sachsen gegen sich hat, sondern auch Österreich, Frankreich und Rußland. Er weiß, daß er verloren ist. Ich kenne seine Pläne: Er will durch diese Drohungen erzwingen, daß wir uns mit ihm gegen Österreich verbünden.«

Rutowski schüttelte nur den Kopf.

»Um keinen Preis werden wir mit Friedrich gemeinsame Sache machen«, fuhr Brühl rasch fort, »Um keinen Preis! Der König wird dazu nicht seine Einwilligung geben!«

»Inzwischen fällt ihm Sachsen zum Opfer«, warf der Graf ein.

»Das ist nur eine vorübergehende Krise«, behauptete der Minister, »Friedrich ist verloren, er ist verzweifelt und tobt wie eine Hyäne im Käfig, aber es wird ihm nichts helfen. Preußen wird aus der Reihe der europäischen Großmächte ausgelöscht werden.«

Rutowski zuckte wieder mit den Achseln und schwieg.

»Kommt, wir wollen uns beraten, Herr General!« schlug ihm Brühl nach einer kleinen Pause vor. »Meiner Meinung nach, die auch General Nostitz teilt, müssen wir alle unsere Kräfte im Feldlager bei Pirna konzentrieren. Dort werden wir, Königstein im Rücken, den weiteren Verlauf der Dinge abwarten. Friedrich wird nicht wagen ... General Wied wird uns unterstützen, und durch ihn werden wir Verbindung mit Bour und Piccolomini bekommen.«

Brühl sah sich um: Niemand im Raum sprach. Rutowski stand nachdenklich da.

»Welcher Ansicht seid Ihr, Herr Graf?« wandte sich der Minister wieder an ihn.

»Ich möchte sie nicht äußern, da ich keine Verantwortung tragen will«, lehnte Rutowski ab. »Seiner Königlichen Hoheit will ich und werde ich dienen. Aber in der Lage, in der wir stecken – fünfzehntausend Mann gegen vierzigtausend, der Feind hat uns völlig unvorbereitet überrascht –, können wir nur unsere Ehre verteidigen, aber nicht Sachsen.«

»Herr Graf, Ihr seht alles viel zu schwarz. Hinter unseren fünfzehntausend Mann stehen mehrere hunderttausend Mann Verbündeter.«

»Mit Verlaub«, unterbrach ihn Rutowski, »ist der Vertrag unterschrieben?«

Brühl zögerte etwas, bevor er antwortete:

»Darauf beruht ja die ganze Klugheit meiner Politik, daß ich ihn nicht unterschrieben habe, um ihm keinen Vorwand zum Kriege zu liefern. Der Vertrag ist so gut wie abgeschlossen. Wenn ich ihn unterschrieben hätte, wäre Friedrich schon tags darauf im Besitze einer Kopie gewesen, und so …«

»… ist ihm nur das bekannt, was Ihr nach Wien geschrieben habt, und das genügt ihm«, schloß der Graf. »Aber reden wir nicht davon. Für Worte ist es heute zu spät, wir müssen etwas unternehmen, handeln, handeln! Befehle, Befehle müssen erteilt werden!«

»So ist es«, bestätigte Baron Spörken.

»Das Lager bei Pirna …«, bemerkte Brühl, »die Lage ist sehr günstig, eine Verteidigungsstellung, wie wir uns keine bessere wünschen können. Alle unsere Truppen werden in Pirna zusammengezogen. Herr General, wollt Ihr überlegen, wie …«

Rutowski ergriff ohne ein Wort des Widerspruchs seinen auf dem Tisch liegenden Hut.

»Ich gehe, ich werde die notwendigen Befehle erteilen.«

Mit einer gewissen Unsicherheit begleitete ihn Brühl bis zur Tür.

Spörken begann im Kabinett auf- und abzugehen. Graf Loss, Stammer und Globig unterhielten sich leise. Brühl kehrte zu ihnen zurück, wischte sich die Stirn ab und ließ sich auf einen Stuhl fallen.

»Ja«, sagte er, »ich bestreite es nicht, wir befinden uns momentan in einer Verlegenheit, aber um diesen Preis können wir uns eines Feindes entledigen, der uns sonst noch ewig im Nacken gesessen hätte. Damit muß ein für allemal Schluß gemacht werden. Noch nie sind bessere Vorbereitungen getroffen worden, nie war uns der Sieg sicherer. Mag er ruhig in Sachsen einmarschieren! Sehr gut, wir werden ihn hier umzingeln und vernichten. Und Preußen ist verloren!«

Bei diesen Worten wurden seine Züge allmählich immer heller.

Nachdenklich stand vor ihm Graf Loss.

»Hieltet Ihr es nicht für richtig, wenn die Geheimarchive nach Königstein geschafft würden?« fragte er.

»Warum?« entgegnete Brühl verwundert.

»Und wenn die Preußen einmarschieren?«

»Wo?«

»In Dresden ...«

Brühl lachte höhnisch auf und zischte: »Ihr könnt sagen, was Ihr wollt, meine Herren. Aber das ist gänzlich ausgeschlossen, unmöglich ...«

Alle schwiegen.

»Der König will sich persönlich ins Lager bei Pirna begeben« – Brühl sprach nun Spörken an –, »vergeblich versuchte ich ihn von diesem Plane abzubringen. Mein Gott! Wieviel Gesundheit wird ihn das kosten, wieviel Ruhe! Er hat mir erklärt, falls die Preußen angriffen, selbst das Gewehr in die Hand zu nehmen und auf sie zu schießen. Aber wir bekommen ganz gewiß keine Preußen zu sehen.« Und wieder lachte Brühl. In diesem Augenblick trat der Hofmarschall ein und meldete, es sei schon längst angerichtet, und die Speisen würden kalt.

»Ja, essen muß man in jeder Lebenslage. Bitte, meine Herren, zu Tisch!« sagte Brühl und erhob sich.

Er reichte Graf Loss seinen Arm und ging mit ihm, unterwegs wieder eine fröhliche Miene aufsetzend, in den Salon hinüber, wo ihn Gräfin Moszynska, Gräfin Sternberg und sein ganzer Hof erwarteten.

Während sich all dies im Brühlschen Palais abspielte, wurde das Schloß strenger als je bewacht, die Wachtposten waren sorgfältig ausgesucht. In den Gängen, auf den Treppen und in den Vorzimmern wimmelte es von Gestalten, die jeden, der sich in die königlichen Gemächer begab, ja sogar jeden, der sich unten auf dem Hofe zeigte, mit schiefen Blicken maßen.

Der König saß etwas versonnen in seinem Lehnstuhl, aber er war bereits wieder vollkommen beruhigt. Brühl hatte ihm in so überzeugender Weise von den in Aussicht stehenden Hilfstruppen gesprochen, so hervorragende Pläne gegen die Preußen entwickelt und von dem ausgezeichneten Stand des sächsischen Heeres berichtet, das für den König immer noch dreißigtausend Mann stark war, daß er ohne die geringste Sorge den kommenden Ereignissen entgegenblickte. Seine Gedanken nahmen mehr der Kanonikus Crespi, die ersehnten Käufe bei Algarotti, die Galerie, die Jagd und all die vielen kleinen Annehmlichkeiten des Lebens in Anspruch, für die ihm Pater Guarini – unter der Bedingung der Geheimhaltung – Absolution erteilte, als Friedrich II. und die Preußen. In seinem Innern war August überzeugt, daß dieser Friedrich ihm gar nicht so feindlich gesonnen sein konnte. Es mußte doch möglich sein, ihn für sich zu gewinnen, ihn zu besänftigen, um ihn dann nach Brandenburg zurückzuschicken, damit es ihm nicht noch einfiel, hier an etwas Gefallen zu finden. August III. fühlte sich so stark, daß er dieser augenblicklichen Verlegenheit seines Hauses keine allzu große Wichtigkeit beimaß. Nun, im schlimmsten Falle waren ja noch Krakau und Warschau da, die polnischen Urwälder mit den Bären, den Wölfen, sogar Wisente gab es dort, wenn er Lust verspüren sollte, auf sie zu jagen. Zwar entsprach die polnische Schlachta eigentlich nicht ganz seinem Geschmack, ein aufbrausendes und leidenschaftliches, tollkühnes und unhöfliches Volk waren sie, und trotzdem gab es auch da einige Menschen, die Balsam für sein wundes Herz wären. Im Sächsischen Palais ließ es sich ja auch recht bequem leben, und ... direkt hinter Wilanow und Praga begannen die Wälder. Viel Wild wartete da auf den Jäger ...

Und der König träumte weiter, seine Pfeife rauchend und manchmal über den so unhöflichen Friedrich einen Seufzer ausstoßend.

In der Schloßgasse, im Schutze der Torbögen, standen unauffällig kleine Menschengruppen umher. Man wisperte miteinander und blickte ab und zu verstohlen zu den Fenstern des Schlosses hinüber.

Nicht weit von hier befand sich, dem ›Weißen Adler‹ gegenüber, der Laden des Herrn Weiß. Der dicke, glatzköpfige Mann unterhielt sich gerade, die Hände auf dem Bauch gefaltet, mit seiner Nachbarin, der Frau Krause.

»Ich sage Euch, Herr Weiß, ich habe es selbst im Schlosse gehört, die Preußen kommen. König Friedrich gehört zu uns, ist ein Protestant ...«

»Was redet Ihr da?« lachte Herr Weiß. »Er – und ein Protestant? ... Ein Heide ist er. Das weiß ich ganz genau. Sie haben da eine besondere Kirche in Berlin, wo sie nachts zusammenkommen, um ihre Feiern zu begehen. Auf ihrem Altar steht ein Ziegenbock mit vergoldeten Hörnern, den sie anbeten.«

»Aber pfui!« entrüstete sich Frau Krause, »das kann ja gar nicht sein.«

»Ich weiß das ganz sicher. Geistliche haben es mir erzählt. Aus Frankreich kommt ihr Erzkaplan zu ihnen.«

»Deshalb ist also Gott erzürnt, deshalb ...«, entgegnete Frau Krause. »Schon in diesem Jahre gab es Zeichen ... Denkt Ihr noch an die Nacht vom 13. zum 14. Januar? Das Jüngste Gericht schien angebrochen zu sein! Ziegel flogen wie Blätter von den Dächern, Schornsteine schwankten,

Fenster wurden herausgerissen, in der Wilsdruffer Vorstadt stürzte eine Mauer ein. Und im Februar erst das Gewitter! Wann hat die Menschheit schon einmal so etwas erlebt!«

»An das Gewitter kann ich mich gut erinnern, denn einige Tage später sind in Kaitz elf Häuser verbrannt«, seufzte Weiß. »Aber in Dresden werden die Preußen nicht eindringen, das gibt es nicht«, fuhr er fort. »Die Mauern sind stark.«

»Wer weiß? Wenn sie den Ziegenbock anbeten und über Zaubermittel verfügen ...« – Frau Krause seufzte, knickste und ging.

Am Rathaus hatten sich einige Bürger versammelt und blickten die Straßen entlang.

»Die Kuriere reiten wie gehetzt hin und her«, bemerkte einer.

»Drei hat man in Richtung Pirnaer Tor geschickt. Ich habe es mit eigenen Augen gesehen«, berichtete ein zweiter.

»Wo sollen die Preußen jetzt sein?« erkundigte sich ein dritter.

»Woher sollen wir das wissen? Die Leute reden so viel, daß einem ganz wirr wird. Die einen sagen, sie seien schon in Leipzig, andere, sie wären in Meißen, und wieder andere behaupten, sie hätten Stolpen erreicht ...«

»Das kann gar nicht stimmen. Soviel ich weiß, haben sie nicht den Krieg erklärt«, widersprach ein Politiker.

»Und was meint ihr«, fragte ein etwas abseits Stehender, »wenn sie Sachsen besetzen, würde es uns da schlechter ergehen?«

Jemand zischte: »Schlechter kann es uns gar nicht ergehen.« – Die anderen gaben ihm jedoch ein Zeichen, er möge schweigen. Da tauchte Beguelin auf, der mit einigen von ihnen gut bekannt war.

»Herr Braun«, sagte er schnell, »holt Euren Käse, ich flehe Euch an!«

»Wer wird ihn denn essen, wenn es Krieg gibt?«

»Ach, das wird sich schon finden«, warf ein anderer ein, »fragt lieber, wer ihn bezahlen wird! Gegessen wird er schon.«

»Herr Rat«, fragte Braun leise, »stimmt es, daß die Euren Sachsen besetzen?«

Beguelin stellte sich sehr verwundert.

»Wer? Was? Ihr seid wohl nicht bei Troste! Ich weiß nichts davon!« – Er ging rasch davon.

Bis in die tiefe Nacht hinein hielt das unruhige Treiben in den Straßen an. Am Abend veranstaltete der König – wie hätte man auch die Zerstreuung entbehren können – im Jägerhof ein Zielschießen. Im Gewandhaus spielten die Komödianten ein außerordentlich lustiges Stück.

Doch an diesem Tage hatte es Herr Xaver Maslowski nicht nötig, ins Theater zu gehen, um sich zu unterhalten. Ihm genügte es, im Brühlschen

Palais und in den Straßen die Wirkung des Schrecks, die allgemeine Bestürzung zu beobachten. Wer gesehen hätte, wie er losprustete, wenn er
vor Lachen nicht mehr an sich halten konnte, mußte wirklich denken, diesem Menschen sei ein großes Glück widerfahren.

Er verließ gerade das Palais und wollte heute etwas eher nach Hause gehen, um dem unglücklichen Simonis Gesellschaft zu leisten, als sich
Blumli zu ihm gesellte.

Der Schweizer war ganz verändert und traurig. Am Morgen waren ihm
– wegen Simonis – große Schwierigkeiten gemacht worden. Man hatte
ihn verdächtigt, mit seinem Landsmann unter einer Decke zu stecken,
sein Haus und seine Schriftstücke durchwühlt, und nur der Fürsprache
der Gräfin, die sich für ihn verbürgte, verdankte er es, daß er mit heiler
Haut davongekommen war und sich auf freiem Fuß befand.

»Überlegt einmal, Herr Xaver«, begann er, »was ich wegen dieses Menschen aushalten mußte! Wer hätte ihm so etwas zugetraut?«

»Wirklich, er sah immer so aus, als ob er nicht bis drei zählen könnte«,
pflichtete ihm Maslowski bei.

»Und ungeschickt war er außerdem!« rief Blumli. »Sich gleich beim ersten Mal erwischen zu lassen ...«

»Wieso denn erwischen?« unterbrach ihn Maslowski.

»Ihn hat man noch nicht erwischt, aber seine Briefe«, fuhr Blumli fort.
»Was wohl aus ihm geworden ist?«

»Nun, was glaubt Ihr? Was kann wohl aus ihm geworden sein?« fragte
Maslowski.

»Wer kann's wissen, er ist sicherlich geflohen, die Baronin oder die Baronesse haben ihm sicherlich zur Flucht verholfen.«

»Die Baronesse kann das bestimmt nicht getan haben«, widersprach
Maslowski. »Sie ist eine viel zu gute Sächsin.« Blumli wich nicht von der
Seite Maslowskis. Es schien, als hätte er die Absicht, diesem einen Besuch
abzustatten. Herr Xaver wurde allmählich unruhig.

»Geht Ihr nach Hause?« erkundigte sich der Schweizer.

»Ich? Eigentlich nicht. Ich möchte noch ein bißchen spazierengehen-
hen ...«

»Und ich möchte Euch bitten, mir einige Stunden Gastfreundschaft zu
gewähren«, unterbrach ihn Blumli. »Es zieht mich nicht nach Hause. Wer
weiß, ob sie nicht auf den Gedanken kommen, mich abzuholen und auf
die Hauptwache zu bringen. Ich will nicht nach Hause gehen.«

Maslowski war sichtlich verlegen.

»Es ist so unordentlich bei mir«, wich er aus, »Frau Fuchs wollte scheu-
ern und aufräumen.«

»Damit ist sie sicher schon fertig«, entgegnete Blumli. »Ein Pole ist doch gastfreundlich. Wäre es möglich, daß Ihr mich nicht aufnehmen wollt? Oder habt Ihr Angst?«

Der Schweizer hatte an zwei empfindliche Seiten gerührt: Gastfreundschaft und Mut. Maslowski wurde fast wütend. »Sagt nicht so etwas!« rief er. »Ich werde ein paar Schritte vorauseilen und dafür sorgen, daß sich Frau Fuchs mit ihrer Arbeit beeilt. Bitte, komm mir nach!« Herr Xaver eilte davon, sprang die Treppen zu seiner Behausung hinauf und begann die verschlossene Tür mit seinen Fäusten zu bearbeiten. Endlich öffnete ihm Simonis.

»Verschwinde im Schlafzimmer!« rief er, ihn zur Eile antreibend. »Ich konnte diesen Blumli nicht loswerden. Er kommt hierher. Beeil' dich und verhalte dich ruhig.«

Kaum hatte sich die Tür hinter dem Kavalier geschlossen, als auch schon Blumli ins Zimmer trat.

»Frau Fuchs hat hier heute nicht aufgeräumt, Gott sei Dank«, begann Maslowski. »Die Preußen beschäftigen sie zu sehr, die ganze Stadt spricht von ihnen. Nur Kannen und Eimer hat sie ins Schlafzimmer gestellt. Setzt Euch!« Maslowski ließ Wein und Obst holen. Die beiden unterhielten sich, während sich der Gastgeber unruhig in der Nähe der verschlossenen Tür aufhielt, da er befürchtete, Blumli könnte es einfallen, einmal dort einen Blick hineinzuwerfen, ›wo die Kannen und Eimer standen‹. Wie absichtlich ließ sich der Schweizer über den nichtswürdigen Vertrauensbruch seines Landsmannes aus, über die doppelte Rolle, die er gespielt hatte, und über die Unannehmlichkeiten, die aus seinem Verhalten der alten Baronin entstanden waren. Kurz, er machte ihm die bittersten Vorwürfe, und jener, der im Zimmer nebenan saß, mußte das alles mit anhören.

»Ah«, rief schließlich Blumli, »wenn er mir doch unter die Finger käme! Ich weiß nicht, was ich mit ihm machen würde … Schon allein deshalb, um mich zu rechtfertigen, lieferte ich ihn Brühl aus. Sie würden ihn ja nicht gleich aufhängen. Wenn er genug Furcht ausgestanden hat, wird er das nächste Mal vorsichtiger sein. Die Gräfin sagte mir heute morgen, sie würde, sollten sie seiner habhaft werden, ihren Mann um Strenge bitten; sie ist empört.«

Während Blumli sprach, kam es Maslowski so vor, als ob im Nebenzimmer ein Fenster geklirrt habe und von dort irgendein Geräusch zu hören gewesen wäre. Er sprach laut auf den Schweizer ein, um ihn zu übertönen, doch sie saßen viel zu nahe bei der Tür, als daß dem Unglücklichen ihr Gespräch erspart geblieben wäre.

Zwei lange Stunden verstrichen.

»Jetzt, wo die Nacht hereinbricht, werde ich zu Mina gehen. Sie wird mich aufnehmen«, erklärte Blumli schließlich. »Ich glaube nicht, daß ich Brühl heute dort antreffe; er hat zuviel im Kopf.«

Sie verabschiedeten sich. Maslowski geleitete ihn bis zum Treppenabsatz und kehrte schnell wieder in sein Zimmer zurück, um Simonis zu erlösen. Er öffnete die Schlafzimmertür und sah hinein: Das Fenster stand weit offen ... Er suchte überall, von Simonis war keine Spur mehr vorhanden. Nur am Fensterkreuz leuchtete es weiß; dort war das eine Ende der zusammengedrehten Bettlaken angebunden. Herr Xaver sah in den Garten hinunter und erblickte dort das andere Ende des improvisierten Seiles in den Zweigen eines alten Birnbaumes.

»Er hat ausgezeichnet verstanden, meine Instruktionen anzuwenden«, sagte er zu sich selbst, während er die Bettlaken hochzog. »Wenn sie ihn jetzt schnappen, bin ich nicht schuld daran! ...«

Und er lachte aus vollem Halse.

ZWEITER BAND

König August III.

I

Der 9. September des Jahres 1756 war noch ein schöner und warmer Tag. In Dresden, in dieser glänzenden und gewöhnlich so belebten Stadt, herrschte jedoch eine merkwürdige und unheilverkündende Ruhe. Es war schwer zu sagen, was sie verursachte, aber man konnte auf den ersten Blick erkennen, daß sich hier außergewöhnliche Ereignisse abspielten oder ankündigten.

Nur selten begegnete man Menschen auf den Straßen; doch konnte man, wenn man genauer hinsah, manch Neugierigen erblicken, der vorsichtig, hinter Mauervorsprüngen und Gesimsen verborgen, von den Türmen der Heiligen-Kreuz- und der Marienkirche und von der soeben fertiggestellten Hofkirche herablugte und gespannt in das weite Land hinausblickte.

Die Tore des Brühlschen Palais waren geschlossen und die Menschen verschwunden, die sonst hier immer umherstanden. Aus dem Garten und Arsenal fuhren mit Kisten beladene Wagen heraus und polterten in Richtung Pirnaische Vorstadt davon. An den Fenstern hatte man die Läden zugemacht und die Vorhänge zugezogen. Vor dem Schloß stand noch die königliche Garde auf Posten, auch die Hauptwache und die übrigen Standorte hielt sie besetzt, aber die Gesichter der Soldaten hatten einen seltsamen Ausdruck, Angst malte sich auf ihnen ab. Beim geringsten Geräusch tauchten in den Fenstern Köpfe auf.

Die Türen der katholischen Schloßkirche, dieses prächtigen neuen Bauwerkes, wo hoch droben die Heiligen Wacht hielten, standen weit offen. Feierlich und ernst klang die Orgel auf, sie sang getragen ein banges Gebet voll tiefen Gefühls, das sich nach dem Himmel und jenem Frieden zu sehnen schien, den die Welt nicht zu geben vermag.

Gesang begleitete die Orgel. Vor dem Hochaltar, wo das Meisterwerk des Raphael Mengs prangte, vollzog der Priester die heilige Opferhandlung. Die Loge rechts war geöffnet, die auseinandergeschobenen Vorhänge gestatteten, einen Blick in ihr Inneres zu werfen; dort saßen die verschleierte Josepha, hinter ihr ihre jüngsten Kinder, ihre Verwandten und ihr Hofstaat. Weinend betete sie mit gesenktem Haupte, ab und zu hob sie die gefalteten Hände zum Himmel empor und ließ sie dann wieder auf den prachtvollen Einband des Gebetbuches fallen. Die Orgel fuhr fort, ihr flehendes und feierliches Lied zu singen.

In dem gewaltigen Kirchenschiff wohnten nur wenige Menschen, dicht an die Pfeiler geschmiegt, dem Gottesdienst bei. Einige knieten, ins Gebet vertieft, andere standen, in Gedanken versunken, da. Durch die Fenster flutete bis in die Mitte der Kirche ein breiter Lichtstrahl herein, als wollte die Sonne mit ihrem goldenen Schein die Bedrängten wieder mit neuer Hoffnung beseelen.

Als die Orgel gerade für einen Augenblick verstummte, durchdrang die Stille ein dumpfer Lärm und ein ferner Schrei. An Baron Spörken, der in der zweiten Hofloge stand, schob sich ganz außer Atem ein Page des Königs heran.

»Die Preußen kommen! Die Preußen rücken ein! Die Preußen! ...« rief er.

Dann eilte er wieder davon.

Die Königin erbebte. Diese Botschaft hatte sie vorausgeahnt. Der Priester beendete eben, mit dem Rücken zum Altar gewendet, das Meßopfer und erteilte, zur Loge aufblickend, mit dem heiligen Kreuz den Segen. Josepha erhob sich. Trotz der unangenehmen und scharfen Züge ihres unschönen Gesichtes ließen doch ihre Haltung und ihre Bewegungen die Kaisertochter erkennen. Sie kniete noch einmal nieder und ging langsam in den Gang hinaus. Hier begegnete ihr Baron Spörken.

Sie sah ihn fragend an; er neigte schweigend das Haupt. Ein paar Schritte weiter wartete Pater Guarini in seiner Soutane, den Kopf gesenkt, die Hände vor der Brust gefaltet, mit traurigem, aber ruhigem Gesicht.

Die Königin, von ihren Kindern begleitet, ging stumm an allen vorbei; sie wollte nichts fragen, um nichts allzu früh zu erfahren ... Durch die Korridore und Gänge begab sie sich ins Schloß zurück. Ihr folgten die Angehörigen des Hofes in düsterem Schweigen. Bis hierher drangen von draußen her Rufe. Die noch bis vor kurzem leeren Straßen hatten sich mit Volk gefüllt; die protestantische Bevölkerung der Stadt begrüßte die Preußen als Glaubensbrüder. Man erinnerte sich daran, daß während der ersten Besetzung Dresdens im zweiten Schlesischen Kriege (1745) Friedrich manchmal dem protestantischen Gottesdienst beigewohnt hatte, man vergaß aber oder wußte es nicht, daß er die protestantische Kirche genauso wie die katholische verhöhnte und verlachte.

Nach den vielen Aufführungen in der Oper, zu der die Menschen von der Straße keinen Zutritt hatten, nach dem ›Re pastore‹ und ›Aëtius‹, die für den Hof gespielt worden waren, kam nun der Tag, da das Volk ein Schauspiel erlebte. Und es kostete die von Gott gesandte Demütigung derer aus, vor denen es noch gestern in den Staub sinken mußte. Fünfhundert Personen traten in der Oper für den König auf, hier spielten einige zehntausend Preußen für das Volk ein blutiges Drama.

Überall wurden Rufe laut: »Die Preußen! Die Preußen kommen!« Aber noch war von diesem Heer nichts zu sehen. Nur von den Türmen konnte man beobachten, wie sie sich der wehrlosen Stadt näherten, deren Besatzung sich mit dem Rest der Truppen ins Pirnaer Lager abgesetzt hatte. Niemand war da, um die Verteidigung der Stadt zu übernehmen, es wäre auch sinnlos gewesen. Ohne vorherige Kriegserklärung besetzte Friedrich Sachsen und erklärte es spöttisch als Maßnahme zu seiner eigenen und Sachsens Sicherheit. Vergeblich hatte sich der König schriftlich an ihn gewendet. Friedrich antwortete ihm, er sei jetzt und in Zukunft sein allerbester Freund, aber währenddessen setzten die Truppen ununterbrochen ihren Marsch fort, überfluteten das Land, beschlagnahmten die Kassen, trieben Proviant ein, griffen Leute auf und benahmen sich ganz so, als befänden sie sich in einem eroberten Land.

Friedrich machte sich in zynischer Weise über August III. lustig, dem er doch seine Hochachtung versichert hatte. Von Brühl redete er nicht, er nahm dessen Namen nicht in den Mund und sprach von ihm nicht anders als ›der‹ … Nur eines seiner Pferde nannte er ›Brühl‹, es war das schlechteste seiner Reitpferde. Die sächsischen Truppen versuchten dem Plan gemäß sich mit den österreichischen zu vereinigen und zogen in das Lager bei Pirna. Am 3. September hatte Brühl den König und den Kronprinzen überredet, sich für einige Tage mit ihm – wie er sagte, um sich mit einer Besichtigung der Armee zu zerstreuen – in das Feldlager zu begeben. Bei dieser Spazierfahrt führte August III. fünfzehn Pferde mit sich und der erste Minister, der sicherlich genau wußte, daß sie Dresden so bald nicht wiedersähen, nicht weniger als hundertzwanzig.

Der König war bisher vollkommen überzeugt gewesen, Friedrich würde ihm vielleicht in seiner Hauptstadt einen Besuch abstatten, aber es nicht wagen, sie zu besetzen. Sogar Brühl gegenüber behauptete der König lächelnd, Fritz sei gar kein so böser Mensch, nur unglücklicherweise etwas ungläubig und gottlos.

Noch am letzten Tage vor ihrer Abreise bot der englische Gesandte Stormont im Auftrage des Preußenkönigs Brühl den Frieden an, unter der Bedingung, daß Sachsen sein Heer auflösen und sich neutral erklären würde. Aber der gereizte Brühl lehnte ab; er war durch das Österreich und Frankreich gegebene Wort gebunden, empfing von diesen für seine Dienste Gehalt und glaubte fest an das Gelingen der gegen Preußen gerichteten Pläne dieser Großmächte. Das Pirnaer Feldlager stand unter dem Befehl von General Rutowski. General Wied lagerte bei Nollendorf, und seine vorgeschobenen Posten reichten bis nach Peterswalde. Auf der breiten, von Brühl erbauten Straße, die Dresden mit Böhmen verband und auf deren Meilensteinen drohend wie zum Hohn das Wort ›Heerstraße‹ geschrieben stand, verließen nun er und die sächsischen Regimenter die Hauptstadt, um in das Feldlager zu ziehen ...

Auf den Straßen sammelten sich immer größere Menschenmengen an. Alle, die sich noch gestern aus Furcht vor Verfolgung versteckt gehalten hatten, krochen aus ihren Schlupfwinkeln heraus, in der Gewißheit, jetzt nicht nur der Sühne zu entgehen, sondern sogar auf einen gewissen Schutz rechnen zu können. Diese Elemente, die sich sonst in dunklen Ekken verbargen und das Tageslicht scheuten, kamen jetzt hervor, um im trüben zu fischen, niedrige Rache zu üben, zu stehlen und schmutzige Dienste zu verrichten – so, wie der Satz nach oben steigt, wenn man eine trübe Flüssigkeit quirlt. Gestalten und Gesichter konnte man da beieinander sehen! Der ganze Auswurf der Gesellschaft harrte gierig seiner Stunde oder besser des Augenblicks seines nur kurz währenden Sieges. Man hätte vor diesen glühenden Augen, diesem heißen Atem, diesen zitternden Händen, die sich nach der Beute ausstreckten, erschrecken können.

»Sie kommen, sie kommen!« ging ein Raunen durch die Reihen.

Und jeder Taugenichts, der Jahre hindurch die Wut verhalten und sich die Rache bis heute aufgehoben hatte, lächelte den Preußen zu, deren er sich bedienen wollte.

»Sie kommen, sie kommen!« – fieberhaft brach es aus der Menge hervor. »Sie kommen, sie kommen!«

Aus der Ferne dröhnte Hufschlag und das Geklirr von Waffen herüber, aber man sah noch immer nichts von den Preußen.

Im Schloß erwarteten der Hof und die Königin, vor dem Muttergottesbilde betend, die kommenden Ereignisse. Kerzen brannten ... Alle knieten ... Stille herrschte ... Manchmal hörte man gedämpft einen hundertstimmigen Ruf: »Sie kommen, sie kommen!«

Aus dem Taschenbergschen Palais kam einer der katholischen Hofgeistlichen und ging an der evangelischen Sophienkirche vorüber zum Schloß. An der Schwelle des Gotteshauses hatte sich die evangelische Geistlichkeit versammelt. Ein Priester nahm mit einem spöttischen Lächeln sein Wirbelkäppchen vom Kopf, verbeugte sich und rief ihm zu:

»Adieu, gehabt Euch wohl! Eure Herrschaft ist zu Ende!«

Viele ähnliche Szenen spielten sich überall ab. Fast die ganze katholische Priesterschaft hatte sich deshalb an diesem Tage auf das Schloß zurückgezogen, und diejenigen, die die Rache von Feinden fürchten mußten, versteckten sich …

Vom Hofstaat Brühls, von den mehreren hundert Personen waren nur eine Handvoll Leute im Schloß zurückgeblieben. Ein Teil hatte Brühl nach Pirna begleitet, die anderen waren vor dem heraufziehenden Sturm in alle Winde zerstoben.

Bis zur letzten Minute wollte der Minister nicht an eine Besetzung Dresdens glauben. Er berief sich immer wieder auf das Verhalten Karls XII. Schließlich, angesichts der lauten Drohungen Friedrichs, mußte er seinen Irrtum einsehen. Aber er besann sich viel zu spät und konnte nur einen unbedeutenden Teil seiner Schätze in Sicherheit bringen. Fast alles fiel dem rachsüchtigen Feind in die Hände.

Der König war mit seinem ältesten Sohn davongefahren. Die Königin hatte erklärt, sie bliebe und würde sich keinen Schritt von der Stelle rühren, sie wolle alles auf sich nehmen, was ihr das Schicksal brächte, aber sie würde nicht weichen. Wenn sie von Friedrich sprach, geriet sie in Erregung, ihre Augen brannten dann, die Hände zitterten, sie fieberte; – sogar das Gebet konnte ihr nicht die innere Ruhe wiedergeben.

Dieses ermüdende, gräßliche Warten dauerte sehr lange. Die Preußen, die Dresden bereits umzingelt hatten, rückten nur sehr langsam vor, als wollten sie absichtlich diese Qual verlängern.

Schließlich hallten die Straßen von Geschrei und Pferdegetrappel wider. Im Schlosse beendete die Königin ihr Gebet, erhob sich, schlug das Kreuz und stand bleich, stumm und wie versteinert da.

Pater Guarini trat auf sie zu.

»Allergnädigste Herrin«, sagte er, »rufen wir den Heiligen Geist an, damit er uns Mut und Standhaftigkeit einflößt! Das sind seine Gaben. Die Tage der Prüfung werden nicht lange währen …«

Da betrat Baron Spörken mit bleichem Gesicht den Saal. Die Königin blickte ihn an.

»Sprecht!« befahl sie.

»Zwölf Bataillone Fußvolk und drei Schwadronen Reiterei besetzen die Stadt«, meldete er mit gedämpfter Stimme. »Sie sind gerade dabei, die ersten Wachtposten unserer Garde zu entwaffnen. Widerstand war unmöglich.«

»Gottes Wille geschehe!«

»Schweizer nehmen das Schloß in Besitz …«

Die Königin entgegnete kein Wort.

»Und Friedrich?« fragte sie nach einer Weile.

»Er ist noch nicht hier, er wird morgen eintreffen. Er zieht vor, erst dann zu kommen, wenn alles vorüber ist. Er schämt sich seiner Taten.«

In diesem Augenblick griff die Erregung von der Straße auf das Schloß über.

Die weiten Höfe füllten sich mit denjenigen, die unter den Fittichen der Königin Schutz suchen wollten. Auf dem ungeheuren Platz, der wie ein Salon mit Steinfliesen ausgelegt war, wo zu Zeiten Augusts des Starken glänzende Maskeraden und Ringstechen stattgefunden hatten, wo einst Brillanten ihre Funken versprüht hatten und Musik erklungen war, drängte sich jetzt eine Menge verängstigter Menschen, die nur Bündel ihrer Habe bei sich trugen, um dies letzte Gut bangten und im Schatten der Bogengänge Unterschlupf suchten.

Die Königin blickte zum Fenster hinaus, Tränen rannen über ihre Wangen. Aber ihre Züge schienen unbeweglich und vom Schmerz erstarrt zu sein.

Jeden Augenblick stürzte jemand mit neuen Nachrichten herein.

»Sie besetzen die Armeemagazine!« rief der eine.

»Sie räumen das Arsenal aus ..., nehmen die Waffen ...«

»Sie rauben die Kassen ...«

»Sie versiegeln die Amtsstuben und Archive!«

Die Königin drehte sich lebhaft um.

Das Geheimarchiv, das Archiv, auf das es Friedrich hauptsächlich abgesehen hatte, da er mit den dort vorhandenen Dokumenten seinen Krieg rechtfertigen wollte, befand sich im Schloß. Den Schlüssel dazu trug die Königin bei sich.

Baron Spörken kam wieder herein, blieb stehen und wagte nicht, etwas zu sasgen.

»Das Archiv?« fragte die Königin.

»Sie versiegeln es«, entgegnete der General.

Im ersten Moment stürzte Josepha einen Schritt vor, als ob sie hineilen wollte, um es zu schützen. Doch dann hielt sie inne.

»Baron«, sagte sie, »wenn man Gewalt anwenden sollte, so muß ich unbedingt davon benachrichtigt werden. Ich werde selbst hingehen, werde mich davorstellen ... Sie sollen es nur wagen, die Hand gegen mich zu erheben! Mögen sie mich töten!«

Die Gräfin Brühl, die der Königin Gesellschaft leistete, wurde zornig und rief: »Das werden sie nicht wagen!«

»Allergnädigste Herrin«, erwiderte Spörken, »man muß sich auf alles gefaßt machen. Dem Preußenkönig ist nichts heilig. Er schreckt vor nichts zurück ...«

»Er wird es nicht wagen!« wiederholte die Gräfin. »Denn wenn die Stunde der Rache schlägt – er weiß, daß sie ihm bevorsteht –, dann wird man auch mit ihm ohne Mitleid und rücksichtslos verfahren.«

Alle schwiegen. Die Baronesse Nostitz, die schöne Pepita, stand mit glühendem Gesicht und wogender Brust am Fenster. Sie sah aus wie eine Heldin, der nur die Waffe in der Hand fehlt, um sich auf den Feind zu stürzen. Etwas Ritterliches brannte in ihren Augen.

Sie wagte nicht, das zu sagen, was sie dachte.

In ihrem Köpfchen wirbelten die Gedanken: Der Fasching hat lange gedauert, nun kommt die Zeit des Fastens und der Buße. Wir haben auf einem Vulkan getanzt, und er hat seinen Schlund geöffnet. Wer wird uns retten, wenn wir es nicht verstehen, uns selbst zu verteidigen? Wir haben freiwillig unsere Hände den Ketten hingehalten. Ach, wäre ich doch ein Mann! Wenn ich doch ein Mann wäre! – Sie stützte sich auf das Fensterbrett und warf gedankenlos einen Blick auf den Hof hinaus. Plötzlich überzog Blässe ihr glühendes Gesicht, sie beugte sich etwas vor, ihre Augenbrauen zogen sich zusammen, sie fuhr zusammen, sah genauer hin …

Unten zogen gerade Schweizer und Preußen in den Hof ein. Mitten unter ihnen befanden sich einige Personen in Zivilkleidung. Pepita traute ihren Augen nicht: Einer von diesen war doch Kavalier de Simonis. Er ging neben dem dicken Beguelin einher, der sich mit seinen Landsleuten unterhielt.

Irgendein sonderbarer Gedanke kam ihr blitzartig in den Sinn. Sie überlegte eine Weile, schickte sich zum Gehen an, kehrte wieder auf ihren Platz am Fenster zurück und ging schließlich doch. Niemand achtete auf sie.

Es war nicht weit bis zur Tür. Die schöne Pepita konnte dem einmal aufgetauchten Gedanken nicht widerstehen und eilte hinaus. Auf den Treppen begegnete sie keinem Menschen. Niemand vom Hofstaat der Königin wagte, das Zimmer zu verlassen. Nur sie besaß den Mut dazu. Sie blieb auf dem Treppenabsatz stehen und blickte hinunter. Die Schweizer besetzten die Wachen … Simonis stand ganz in der Nähe. Pepita beugte sich über das Geländer; ihre Augen funkelten.

»Kavalier de Simonis!« rief sie mit zitternder Stimme. Max hob den Kopf; als er das schöne Mädchen erblickte, erbebte er und legte die Hand an den Hut.

»Hierher, auf ein Wort nur!« forderte sie ihn auf.

Der Schweizer zögerte etwas; aber in dem Gesicht und der Stimme dieses Mädchens lag etwas so Gebieterisches, sie schlug ihn so in ihren Bann, daß er ihr willfahren mußte. Er lief die Treppen zu ihr hoch, eine halb verwunderte und halb traurige Miene aufsetzend. Als er vor Pepita stand, verzog er nur den Mund, konnte aber kein Wort hervorbringen.

Das Mädchen, im vollen Glanz ihrer Schönheit – in ihrem Zorn sah sie noch wundervoller, vielleicht majestätischer aus –, trat auf ihn zu.

»Herr de Simonis«, sagte sie erregt, »meine Tante hat Euch geholfen, als Ihr in Gefahr schwebtet, Ihr verdankt ihr Euer Leben. Ich versichere Euch der Dankbarkeit der Königin und auch meiner, ich verspreche Euch Schätze, Gold, in Zukunft hohe Würden, alles, was Ihr verlangt, aber Ihr müßt in meinen Dienst treten!«

Simonis schwieg verwirrt.

»So ist es, in meine Dienste, ja!« – Sie umschloß mit beiden Händen seine Hand und sah sich vorsichtig um, obwohl die Treppen und Gänge leer waren. – »In Euren Augen las ich, daß Ihr ein gutes Herz habt, trotz Eurer verworrenen Gedanken und Eurer Unentschlossenheit. Ich will Euch vor Euch selbst retten. Ich werde Euch einen ehrenvollen Weg weisen, den Dienst am Unglück, kein Sich-Beugen vor der Macht. Ihr seid frei, Kavalier de Simonis. Könntet Ihr von Eurer Freiheit besser Gebrauch machen, als wenn Ihr Euch der gerechten Sache weiht und sie gegen die nichtswürdige Unterdrückung verteidigt?«

Während das mutige Mädchen so auf ihn einsprach, preßte sie seine Hände, blitzte ihn mit ihren blauen Augen an und drängte auf eine Antwort.

»Diese Hände, die die Euren umfassen«, fügte sie hinzu, »haben niemals die Hand eines Mannes, nicht einmal die eines Bruders berührt, dieser Mund, der Euch bittet, hat noch nie jemanden außer Gott angefleht. Es geht mir um mein Land, um die Königin; ihretwegen will und muß ich Euch für unsere Sache gewinnen. Meine Familie ist wohlhabend. Meinen Besitz werde ich Euch übergeben und selbst ins Kloster gehen, ich mache Euch reich. Etwas anderes wolltet Ihr ja auch nicht erlangen, als Ihr in preußische Dienste tratet. Herr de Simonis, antwortet, bei Gott, gebt Antwort …!«

Max schwieg. Das alles überraschte ihn so wie die dauernden Gefahren und Versuchungen, vor die er sich seit seiner Abreise aus Berlin gestellt sah. Die Schönheit Pepitas, ihr Mut, ihre Leidenschaft beeindruckten ihn derartig, daß er nicht widerstehen konnte. Er hätte fliehen mögen vor diesen neuen Verwicklungen, vor diesen Gefahren, die ihm in Zukunft drohten. Die Baronesse ließ nicht locker.

»Baronesse«, bat er schließlich, »gebt mir Zeit zum Nachdenken! Ich weiß nicht, ich kann nicht …«

»Da gibt es nichts zu überlegen«, widersprach Pepita, »Ihr müßt mir dienen, und ich gebe Euch feierlichst mein Wort − wenn Ihr wollt, bekräftige ich es durch einen Schwur (hier schlug ihr die Röte ins Gesicht) −, Eure Dienste bezahle ich mit rückhaltloser Aufopferung!«

Ihre Worte waren noch nicht verklungen, als der ihrem Einfluß vollkommen erlegene Simonis sich über ihre Hände neigte, sie heiß küßte und rief:

»Befehlt, Baronesse!«

Pepita atmete auf, trat einige Schritte zurück, überlegte, der Mut verließ sie, und sie sagte nur leise:

»Augenblicklich bitte ich Euch nur um eines: Haltet Eure alten Verbindungen aufrecht, brecht sie zu niemandem ab! Alles soll so bleiben, wie es war. Und heute abend − bei der Tante, versteht Ihr mich …«

Simonis nickte nur kurz. Die Baronesse verschwand. Eine Weile blieb Max noch fassungslos stehen. Er versuchte, seine Gedanken zu sammeln, glaubte zu träumen und fragte sich selbst, ob denn ein solches Glück Wirklichkeit sein könnte. Außerdem wurde er sich der ganzen Gefährlichkeit seiner Lage bewußt. Er war noch ganz mit diesen Erwägungen beschäftigt, als er unten Beguelin erblickte, der ihn zu suchen schien. Er eilte die Treppen zu ihm hinunter.

»Was habt Ihr dort getrieben?«

»Ich sah ein mir bekanntes Fräulein …«

Beguelin zuckte verächtlich mit den Achseln.

»Um zu solcher Stunde Mädchen im Kopf zu haben, dazu muß man solch ein Junge wie Ihr sein. Gehen wir. Was haben wir hier zu suchen? Ich glaubte, Seine Majestät würde heute eintreffen, deshalb kam ich hierher. Wie es auch sei, es ist doch sehr unangenehm, das alles mit anzusehen, was sich hier abspielt.«

Durch ein in der Nähe gelegenes Seitentor führte er Simonis auf die Straße hinaus. Auch hier wimmelte es von Neugierigen. Über die Brücke zogen Truppen. Ungeheurer Lärm und großes Gedränge herrschten an der Brückenauffahrt. Manchmal klang ein höhnisches Lachen auf und verhallte.

Man sah schon von hier aus die am Brühlschen Palais aufgestellten Posten.

»Na, morgen können wir hier allerhand erleben«, meinte Beguelin, »denn ich verbürge mich dafür, daß Seine Majestät Brühl alles heimzahlt und seine Perücken lüften wird.«

Er brach in ein fröhliches Lachen aus, aber plötzlich fielen ihm seine eigenen Sorgen ein und riefen einen tiefen Seufzer hervor. Dann fügte er leise hinzu:

»Die Hälfte von meinem Käse habe ich verkauft, und was mir davon blieb ..., ist hin.«

Er winkte mit der Hand ab.

»Wer konnte auch ahnen, daß es so schnell gehen würde!« Dann verabschiedeten sie sich. Simonis besann sich auf seine Pflicht, der alten Baronin seinen Dank abzustatten, und machte sich auf den Weg zum Neumarkt. Er mußte am Brühlschen Palais vorübergehen.

Hier drängten sich nicht so viele Menschen, nur Grüppchen zogen vorbei, blickten in die Fenster und schienen in Gedanken eine kleine Plünderung zu genießen, denn das Palais war wegen seiner Schätze berühmt. Aber an den Eingängen und auf dem Hofe standen preußische Wachtposten. Da vernahm Simonis, wie jemand in einiger Entfernung von ihm ein fröhliches Liedchen pfiff. Diese Fröhlichkeit mutete ihn inmitten der allgemeinen Bestürzung und Angst seltsam an, so daß Max nach dem Übeltäter Ausschau hielt. Das Pfeifen kam immer näher, und plötzlich schlug ihm jemand kräftig auf die Schulter. Er drehte sich um: Herr Xaver Maslowski saß auf der Barriere vor dem Palais.

»Ah, daß dich doch, verdammter Schweizer ...«, rief er. »Ich hatte schon Angst, du hättest dir das Genick gebrochen, oder man könnte dich eingesperrt haben. Bleib einmal hier, erzähle, wie es dir ergangen ist!«

Max begrüßte ihn und bedankte sich.

»Ich sehe, du bist mit heiler Haut davongekommen und genießt jetzt in vollen Zügen die frische Luft«, fuhr Maslowski fort. »Das freut mich sehr, aber für die zerrissenen Laken schuldest du mir, daß du mir deine Erlebnisse berichtest, sprich!«

Simonis setzte sich neben ihn auf die Barriere.

»Ich wollte weder Euch noch mich einer Gefahr aussetzen«, erklärte er. »Blumli drohte, deshalb zog ich es vor zu verschwinden.«

»Wohin seid Ihr denn verschwunden?« wollte Maslowski wissen.

»Als ich mich vom Fenster herabließ und mir die Hände zerschunden hatte – schaut her, man sieht es noch –, wußte ich nicht, wohin ich mich wenden sollte. Ich hatte die Anschrift eines Sorben, der an der Elbe wohnt, bei mir, aber es war wohl Schicksal, daß ich nicht zu ihm gelangen konnte.«

»Ah, wo habt Ihr dann aber die ganze Nacht gesteckt?«

Simonis errötete bis über beide Ohren.

»Als ich unten angekommen war und durch den Garten ging ...«

»... und über die Mauer«, ergänzte Maslowski.

»... befand ich mich auf dem Hof eines Hauses. Man mußte durch das offene Tor gehen, um die Straße zu erreichen. Ich glaubte, ich dürfte mich nicht lange besinnen, sonst könnte man mich für einen Dieb halten. Ich lief also im Trab durch das Tor, als von der anderen Seite gerade eine Frau eintreten wollte, mit der ich zusammenprallte, da ich nicht so rasch ausweichen konnte. Sie stieß einen lauten Angstschrei aus. Ich erkannte Fräulein Doris, die mit mir von Berlin hierhergereist ist ...«

»Ihr habt offensichtlich Glück bei alten Weibern«, unterbrach ihn Maslowski, »denn das ist schon das zweite Mal, die Brühl wollte Euch ja auch als Sekretär anstellen. Anscheinend will Euch die Vorsehung einen Fingerzeig geben, daß Ihr Euch vor den Alten in acht nehmen sollt. Aber, was einem bestimmt ist, dem kann man schlecht entgehen. Ah, jetzt kann ich mir schon denken, daß diese Doris, der Euch das Schicksal in die Arme trieb, Euch auch gerettet haben muß ...«

»So ähnlich war es«, bestätigte Simonis. »Sie ließ mich nicht los und wollte durchaus den Grund wissen, weshalb ich davonlief. Recht und schlecht log ich mich heraus, denn Mina hatte ihr schon etwas von meiner Flucht erzählt. Sie versteifte sich darauf, mein Retter zu werden. Während der ganzen Zeit gab sie mich als ihren Bruder aus.«

»Na, das ist noch gar nichts«, entgegnete Maslowski, »weit schlimmer wäre es gewesen, wenn Ihr als ihr Mann hättet gelten müssen. Und was gedenkt Ihr jetzt zu tun?«

»Ich weiß es noch nicht, und Ihr?« erkundigte sich Simonis.

»Ich? Graf Brühl wünschte nicht, mich in das Feldlager bei Pirna mitzunehmen. So blieb ich eben hier. Ich ärgere mich durchaus nicht darüber, denn mir ist alles gleichgültig, und ich habe ja die Genugtuung, zu sehen, wie sich hier diese Lumpen gegenseitig auffressen werden. Unsere Exzellenz, fürchte ich, wird nicht so rasch die Erlaubnis bekommen, wieder in sein Palais zurückzukehren. Die Preußen machen Anstalten, als ob sie sich ziemlich lange aufhalten wollten. Das ist lustig ...«

Er sah Simonis gleichgültig an, pfiff sein Liedchen weiter und bemerkte dann:

»Habt Ihr schon eine Wohnung? Ich nehme doch an, Ihr werdet nun nicht länger bei Doris bleiben?«

»Heute abend werde ich eine bekommen.«

»Wenn Ihr in Verlegenheit seid, meine steht Euch immer zur Verfügung. Frau Fuchs ist eine gute Seele und wird für ein zweites Bettzeug sorgen.«

Sie verabschiedeten sich, und Simonis setzte seinen Weg fort. Schon von weitem sah er, daß die Fenster des zweiten Stockwerkes im Hause der Baronin offenstanden und die Alte in ihrer Haube beobachtete, wie unten auf dem Markt die preußischen Soldaten aus der Hauptwache die Reste der unglücklichen sächsischen Garde heraustrieben. Wie überall standen auch hier die Leute herum und sahen dem Ganzen schweigend zu.

Er hatte noch nicht das zweite Stockwerk erreicht, als die alte Gertrud ihm schon – sicherlich auf Befehl ihrer Herrin – die Tür öffnete, ihm die Hand reichte und ihn lächelnd begrüßte:

»Euer Bündel auf dem Dachboden ist unversehrt, nichts ist verlorengegangen.«

An der Schwelle empfing ihn mit strahlendem Gesicht die Baronin. Simonis küßte ihr die Hand.

»Ich freue mich, Euch munter und gesund wiederzusehen. Mein Sorbe ließ mir auf meine Anfrage hin ausrichten, daß Ihr nicht bei ihm wart. Ich war sehr in Sorge …«

Max erzählte ihr, ein Freund habe ihm Zuflucht gewährt, erwähnte aber nichts von der Freundin … Die Alte hieß ihn, an ihrer Seite Platz zu nehmen.

»Morgen trifft unser König hier ein. Obwohl er der Favorit meiner verehrten Gräfin de Camas ist, ich ihm sehr gewogen bin und ihn diesen Sachsen vorziehe, die nur schwelgen und prassen können und aus dem Volk das Letzte herauspreßten – obwohl ich mich darüber freue, daß er ihnen eine Lehre erteilen wird, tut mir doch die Königin etwas leid und dieser Schwachkopf von König, der vielleicht heute noch nicht einmal weiß, welches Spiel sie mit ihm treiben. Und was Brühl betrifft, da bedaure ich nur, daß Friedrich ihn nicht gefangen hat, ha, ha, ha!« Die Greisin schüttelte den Kopf.

»Die Preußen haben die Stadt besetzt, niemand war da, um sie zu verteidigen. Aber zum Ballett gab es immer genügend Leute.«

So brummte sie noch eine Weile, dann fiel ihr ein, daß Simonis sicherlich noch keine Bleibe hatte.

»Zieht wieder in Euer Zimmer im dritten Stockwerk ein, laßt Euch von Gertrud die Schlüssel geben! Kommt am Abend zu mir.«

Dieses Angebot kam ihm sehr gelegen. Er hatte sich schon Gedanken gemacht, wie er den Befehl der schönen Pepita, deren Bild ihn keinen Augenblick verließ, ausführen könnte.

Bis zum Abend war es allerdings noch weit. Simonis war jedoch müde und brauchte Zeit, um zu überlegen, was er nun beginnen sollte, daß ihm der ganze Nachmittag beim Einräumen und Ausruhen wie im Fluge verging. Schon klopfte Gertrud an die Tür.

Nachdenklich machte sich Max zurecht und ging zur Baronin hinunter. An der Schwelle leuchteten ihm Pepitas Augen entgegen. Sie trug schwarze Kleidung. Mit einem Blick gab sie ihm zu verstehen, er solle sich vor der Tante nicht verplappern, und begrüßte ihn so, als hätten sie sich noch nicht gesehen. Die Baronin nahm auf die Gefühle ihrer Nichte Rücksicht und vermied, sie zu reizen. Sie erkundigte sich nach der Königin.

»Ich weiß«, begann Pepita, »daß unsere Herrin keine Freunde besitzt, daß ihr Charakter es niemals zuließ, sich den Menschen anzupassen und ihre Gunst zu suchen; aber heute, wer bedauert sie heute wohl nicht? Sie trägt an dem Ganzen nicht die geringste Schuld, aber sie muß dafür büßen. Sie betet und weint.«

»Und ärgert sich«, fügte die Baronin hinzu.

»Wer wollte ihr das übelnehmen?« verteidigte sie Pepita. »Die Tochter des Kaisers als Gefangene eines brandenburgischen Kurfürsten, die Königin von zwei Ländern – diesem Soldaten auf Gnade oder Ungnade ausgeliefert ...«

Die alte Baronin seufzte.

»Ja«, sagte sie traurig, »wenn sich das große Werk der Gerechtigkeit vollzieht, werden auch die Unschuldigen vom Sturm mitgerissen – wenn die Eichen stürzen, zerdrücken sie die Blumen, die in ihrem Schatten blühten.«

»Ist das ein Werk der Gerechtigkeit?« empörte sie sich.

»Ja«, erwiderte die Greisin, »meine Augen haben noch gesehen, wie August der Starke in Raserei geriet, ohne die Familie zu schonen, ohne auf die Scham oder Tränen zu achten, wenn er von einer Venus und göttlichen Liebesfreuden träumte. Er hat einen unfähigen Sohn hinterlassen und den Vormund für ihn in den Brühls herangezogen. Am Sohn wird sich nun das erfüllen, was eigentlich der Vater verdient hat.«

»Aber liebe Tante«, widersprach Pepita leidenschaftlich, »das alles ist nur eine Prüfung, eine vorübergehende Krise. Unser Herr besitzt ja noch ein anderes Königreich, in dem er Zuflucht finden wird. Unser König hat mächtige Verbündete und wird diese freche Tat sühnen. Das alles ist nicht eine Strafe Gottes, sondern eine von ihm geschickte Prüfung. Wir werden sie siegreich bestehen!«

Sie sah Simonis an, der schwieg und sie mit den Augen verschlang. Er wartete ungeduldig auf das verabredete Gespräch mit ihr; es war nicht seine Sache, darüber nachzudenken, wo und wie es zustande käme. Pepita besaß genügend Mut und Schlauheit, um eine Gelegenheit dazu zu finden. Er bemerkte an ihr auch nicht die geringste Spur von Furcht oder Unentschlossenheit.

Als die Baronin ins andere Zimmer hinüberging, um Fidel in sein Körbchen schlafen zu legen, trat Pepita rasch an Simonis heran.

»Verabschiedet Euch kurz vor neun von meiner Tante, geht hinunter und wartet auf mich an meiner Sänfte.«

Simonis nickte, und die Baronesse ging rasch wieder von ihm weg.

Obwohl ihn die Alte zurückhalten wollte, verabschiedete sich Max pünktlich. Die Sänfte wartete schon vor dem Hause.

Kurz darauf kam Pepita heruntergelaufen, nahm in der Sänfte Platz und befahl den Leuten, sie langsam zum Schloß zu tragen. Max begleitete sie, immer neben dem heruntergelassenen Fenster gehend.

»Herr de Simonis«, begann Pepita, »ich verlangte keinen Eid von Euch, obwohl ich selbst einen Schwur geleistet habe. Mir ist kein Opfer zu schwer, wenn ich nur meine Königin und mein Land befreie. Der Feind, der uns Wehrlose, jedem Recht hohnsprechend, überwältigte, verdient, mit allen Mitteln bekämpft zu werden. Wir haben keine Soldaten, wir Frauen werden uns mit der Waffe, die uns Gott verliehen hat, Schlauheit und List, zur Wehr setzen und kämpfen. Ihr seid mit uns, nicht wahr? Ihr seid auf meiner Seite? Ich kann doch auf Euch rechnen?«

»Baronesse«, beteuerte Simonis, »Eure Worte würden genügen, um einen Saulus zu einem Paulus zu bekehren. Ihr kennt Eure Macht. Wer könnte Euch widerstehen?«

Pepita lächelte traurig.

»Leider, wie schrecklich ist das! Ihr kennt mich nicht, sondern nur das bißchen Glanz, den mir meine Jugend verleiht, und Ihr wißt nicht, ob Ihr Eure Seele einem Engel anvertraut oder dem Satan verkauft habt. Mein Gott, warum kann ich nicht in Euch statt der Leidenschaft für meine Person das edelste Gefühl wecken: das Mitleid mit den armen Unterdrückten, das Erbarmen für jenes große Unglück, für das königliche Leid!«

»Ihr könnt mich für alles begeistern, denn Eure Worte haben Macht über mich ...«

»Genug, genug«, unterbrach ihn Pepita, »ich muß mich dieser Macht bedienen, ich besitze kein anderes Mittel, aber ich werde sie anwenden, um Euch zu erheben, emporzuziehen! Herr de Simonis, Euch trifft keine Schuld, das weiß ich. Man hat Euch gelehrt, daß Ihr Euch dem ersten besten um des Brotes und Eurer Zukunft willen verkaufen dürft und müßt. Leider ist es so, Eure Landsleute dienen in der ganzen Welt! Das lag bei Euch im Blut, aber Gott gab Euch, das hoffe ich, eine edle Seele, die nur geweckt werden muß, um zu empfinden, daß der Mensch nicht allein vom Brot lebt, sondern daß er auch das Gewissen und die Tugend braucht.«

Sie streckte ihm durch das Fenster die Hand entgegen, Simonis drückte einen Kuß darauf. Er war beschämt und schwieg.

»Ich möchte Euch auf einen geraden, ehrlichen und hellen Weg geleiten.

Aber die Zeit ist nicht danach. Der Feind hat uns in finstere Schluchten getrieben, wo wir uns nun verteidigen müssen. Ihr seid und bleibt im Lager des Feindes, aber um unseretwillen, um uns zu warnen und zu helfen. Ihr müßt Euch mir zuliebe unserer Sache weihen!«

»Verfügt über mich und seid gewiß, daß ich Euch die Treue halten werde!«

»Nun muß ich eine schmachvolle Sprache reden«, fuhr Pepita fort, »aber einmal muß das gesagt werden. Euer Opfer wird Euch nicht zum Schaden gereichen. Friedrich läßt seine Diener Hunger leiden, wir überschütten unsere Freunde mit Gold, wenn wir auch selbst Not leiden sollten. Dort würde sich Euer Dienst nicht lohnen, aber hier stehen Euch alle Türen offen.«

»Es wird mir genügen, wenn Ihr ...«, entgegnete Simonis.

Pepita gebot ihm zu schweigen.

»Für diese Erklärung ist es noch viel zu früh. Wartet, bis Ihr mich richtig kennt! Ich bin ein Tyrann ...«

Sie hielt ganz plötzlich inne und bemerkte dann:

»Morgen trifft der König ein! Morgen, das weiß ich bestimmt, wird es einen gewaltigen Auftritt mit unserer Königin geben. Ich weiß schon heute, wie er endet und was sich daraus für uns ergibt. Schließt mit General von Spörken Bekanntschaft, er ist uns treu ergeben.«

»Ich kann ihn nicht aufsuchen«, wandte Simonis ein, »und mich ihm auch nicht in der Öffentlichkeit nähern.«

»Ja, aber Ihr könnt doch in mich verliebt sein, kompromittiert mich, wenn Ihr wollt. Meinetwegen könnt Ihr ins Schloß kommen und – werdet mit dem Baron zusammenkommen. Davon wird niemand etwas erfahren.«

Sie berieten sich noch eine Weile. Plötzlich kam Simonis Maslowski in den Sinn, seine Eifersucht und seine Verehrung für die schöne Pepita, er mußte lachen. Auf die verwunderte Frage der Baronesse antwortete er mit einer Schilderung des Polen, seines Charakters und seiner Grillen.

»Wenn man sich auf diesen Rappelkopf verlassen könnte«, meinte Pepita, »müßtet Ihr ihn für unsere Sache gewinnen.«

»Ich halte das nicht für möglich«, erwiderte Simonis, »für ihn ist diese Tragödie nur eine Komödie, der er von weitem gleichgültig zuschaut und an der er seinen Spaß hat.«

»Man muß jede Möglichkeit ausnützen! Wer weiß?«

Die Sänfte gelangte am Schloß an.

»Bevor wir einen anderen Treffpunkt verabreden ..., abends bei der Tante. Sollte ich Euch brauchen, hinterlasse ich bei Gertrud ein Buch.

Dort werdet Ihr zwischen den Seiten ein eingeklebtes Blättchen finden. Wachsamkeit und Treue ...« Noch einmal beugte sie sich zu ihm hinaus. »Habt Ihr Geld?« erkundigte sie sich.

Simonis war die Frage peinlich.

»Ach, mein Fräulein, ich habe genug, ich komme noch lange damit aus.« Die Sänfte verschwand in dem Dunkel der Schloßhöfe.

II

Nur der glücklichen Jugend und dem gleichgültig gewordenen Alter ist es gegeben, bei Niederlagen und Unglück inmitten der allgemeinen Aufregung ihre Eigenheiten zu bewahren – die Jugend ihren Leichtsinn und das Alter seine Gelassenheit. In ganz Dresden gab es sicherlich keinen zweiten Menschen, den der gewaltsame Umsturz und die plötzlichen Veränderungen so wenig kümmerten wie Herrn Xaver Maslowski. Er lachte nur und wiederholte immer: »Mögen sich doch die Deutschen schlagen, was geht mich das an!« Er lachte der lamentierenden Frau Fuchs ins Gesicht und zuckte gleichgültig mit den Achseln, was ihre Verwunderung und beinahe ihren Zorn hervorrief. Nach seiner Begegnung mit Simonis sann er noch eine Weile über ihn nach, doch dann kam ihm die schöne Baronesse in den Sinn. Das war das einzige, was Maslowski in diesem ganzen Lande interessierte.

Wenn sie, du lieber Himmel, eine Polin wäre, würde ich mich unsterblich in sie verlieben, doch der Vater pflegt sein Wort zu halten. Ich habe keine Lust, auf dem Teppich zu liegen und ...

Es wurmte ihn aber, daß der Schweizer sicherlich wieder bei der alten Baronin einziehen und dort Gelegenheit haben würde, seine Komplimente anzubringen.

Man müßte kein Gewissen haben, um so etwas zu erlauben, dachte er bei sich, als er auf der Barriere vor dem Brühlschen Palais saß und dem preußischen Fußvolk zusah, das von dem weiten Marsch ziemlich mitgenommen aussah. Könnte ich ihn doch nur ein bißchen daran hindern!

Wenn sich Herr Xaver einmal etwas vornahm, so zögerte er nicht, es sogleich in die Tat umzusetzen.

Dieser Gauner! Er verfährt mit seinem Gewissen wie ein Schausteller mit seinen Affen. Das kommt gar nicht in Frage, daß er einem so schönen Fräulein den Kopf verdreht. Man muß der Sache auf den Grund gehen! Gesagt, getan, machte er sich sogleich auf den Weg, lief Simonis nach, immer dicht an den Häusern entlangschleichend. Er sah, wie Max in das

Haus der Baronin eintrat, eine Hofsänfte Pepita brachte und sich dann wieder entfernte. Er eilte den Trägern nach, um sie auszufragen. Maslowski, der fast täglich am Brühlschen Hofe und oft im Schlosse weilte, kannte alle Diener. Mit allen verstand er sich ausgezeichnet. Man liebte ihn wegen seiner Fröhlichkeit und vielleicht auch wegen seines Geldes, mit dem er freigebig um sich warf. So bedeutete es für ihn keine Schwierigkeit, mit den ihm gut bekannten Trägern ein Gespräch anzuknüpfen.

»Hör mal, Hans«, sagte er zu einem von ihnen, »wen habt ihr denn da zu der alten Baronin getragen? Ich wette, es war Fräulein Pepita.«

»Ihr habt es erraten«, entgegnete Hans, »freilich, freilich, das Fräulein zu tragen ist uns lieber, als morgen vielleicht den König schleppen zu müssen, der uns diese Suppe eingebrockt hat.«

»Das werdet ihr nicht brauchen«, widersprach Maslowski, »der reitet oder geht zu Fuß, und nie ohne Stock. Er schlägt damit sogar sein Pferd zwischen die Ohren, um es anzutreiben. Auch auf seine Generale läßt er ihn niedersausen. Ihr bekämt ihn sicherlich ebenfalls zu kosten.«

Die Träger schwiegen. Es war gefährlich, so zu reden, wo man die Preußen schon mitten in der Stadt hatte …

»He, Hans, ich wollte dich noch etwas fragen«, fuhr Maslowski fort.

»Was denn?« meinte der Träger und drehte sich zu ihm um. »Sprecht mir bloß nicht von diesem König …«

»Habt keine Angst! Hat eigentlich die Baronesse gewünscht, wieder von euch abgeholt zu werden?«

»Na klar«, antworteten beide wie aus einem Munde, »und zwar um neun.«

»Hans, du könntest dich ausruhen und dabei noch einen Dukaten verdienen.«

»Wie soll ich denn das machen?« fragte der Träger.

»Ganz einfach«, erwiderte Maslowski und bemühte sich, seine Aufregung nicht zu verraten, »ihr wißt doch, daß wir Polen große Spaßvögel sind. Manchmal haben wir die verrücktesten Einfälle. Ihr habt doch sicherlich schon gehört, daß einer meiner Freunde sich einen Deutschen gemietet hat und auf ihm über den Markt geritten ist! Wäre es da vielleicht verwunderlich, wenn ich nun einmal Lust hätte, eure Sänfte zu tragen? Ich werde deine Kleider anziehen, Hans, und am Abend an deiner Stelle das Fräulein abholen.«

Hans starrte ihn mit großen Augen an.

»Oho, oho«, rief er kopfschüttelnd, »was Euch alles in den Kopf kommt! Sicherlich wollt Ihr hinten gehen und dem Fräulein etwas ins Ohr flüstern. Die Baronesse wird sich bei der Königin beschweren, diese sagt es dem Marschall, der Marschall wiederum teilt es unserem Aufseher mit, und der wird uns das Fell gerben.«

»Ich gebe Euch mein Wort, daß dir nichts geschehen wird«, versprach ihm Maslowski.

»Und das für einen Dukaten?« gab Hans zu bedenken.

»Ich gebe dir zwei.«

Hans feilschte nicht weiter, denn der andere Träger wendete schon seinen Kopf, um sich mit dem Geschäft einverstanden zu erklären.

»Nun gut, abgemacht!« willigte er schnell ein.

»Und du bekommst auch einen Dukaten, damit du deinen Mund hältst.«

Unter diesen Bedingungen war man also leicht handelseinig geworden. Xaver freute sich unbändig.

So kam es, daß, als Simonis abends den Befehl erhielt, neben der Sänfte herzugehen, und sich mit der schönen Pepita auf Französisch unterhielt – recht laut unterhielt, da sie nicht zu befürchten brauchten, von den Trägern verstanden zu werden –, Herr Maslowski Zeuge ihres Gesprächs wurde.

Wiederholt erbebte die Sänfte, da Xaver der Zorn packte und er große Lust bekam, den glücklichen Rivalen wegzustoßen, ihn zu erwürgen. Schade! Das konnte er sich nicht erlauben. Er mußte sogar mit anhören, wie Simonis über ihn sprach, wie Pepita ihm einen ›Rappelkopf‹ nannte und anderes mehr. Er wäre vielleicht in seinem ersten Zorn dem Schweizer nachgeeilt und hätte irgendeine Dummheit begangen, doch die Kleidung des Trägers und das Hans gegebene Versprechen zwangen ihn, sich zu mäßigen und sich ruhig vom Eingang des Schlosses in die Kammer zu begeben, wo er seine Kleider gelassen hatte. Er konnte sich also fassen und erst einmal in Ruhe alles überlegen.

Das edle Mädchen tat ihm leid, das sich in seiner Verzweiflung, um das Land und die königliche Familie zu retten, in ein gefährliches Spiel einließ. Das soeben Gehörte rührte ihn, obwohl er ein leichtsinniger Bursche war. Dieser Mietling wird das nicht verstehen, sagte er zu sich selbst, aber daß er Glück hat, steht unzweifelhaft fest. So ein schönes Fräulein!

Als er die Träger entlohnte und sich umgekleidet hatte, verließ er die Kammer und ging, anstatt den Heimweg anzutreten, in den Schloßhof. Am Tor standen Schweizer auf Wache, die sich wenig darum kümmerten, wer ein- und ausging, und nur Anweisung hatten, Kutschen, Kisten oder Bündel aus dem Schloß hinauszulassen. In den weiten, jetzt dunklen Höfen hielten sich viele Menschen auf, die sich vor den Preußen, vor Plünderungen und nächtlichen Exzessen der Feinde fürchteten.

Von preußischer Seite befehligte General Wylich die Stadt. Er fuhr zwar durch die Straßen und redete von der Aufrechterhaltung der Ordnung, doch darauf war kein allzu großer Verlaß. Was die sächsische Seite anbetrifft, so hatte Brühl vor seiner Abreise drei Minister mit der Wahrnehmung der Verwaltung und der Interessen des Landes und der Hauptstadt betraut, Graf Loss, Stammer und Globig. Doch sie hatten so gut wie gar nichts zu sagen. Wer wollte, befolgte ihre Anordnungen, wer es nicht wollte, ließ es eben sein. Es war also eine Art von Interregnum angebrochen, das jeder fürchtete. Im Schloß hatten sich die treuesten Diener des sächsischen Hauses, wegen ihrer Abneigung gegen die Preußen bekannt, eingefunden. Ein richtiges Lager befand sich im Hofe. Viele Arme waren mit Wissen und Erlaubnis der Königin hierher übergesiedelt und hatten ihre Kinder und ihre geringe Habe, soviel sie davon tragen konnten, mitgebracht. Wolldecken wurden auf dem Steinboden ausgebreitet, in den Laternen brannten Kerzen, Frauen nährten die Säuglinge, Hungrige nahmen die karge Mahlzeit aus trockenem Brot zu sich. Die Alten schliefen schon, gleichgültig dem gegenüber, was ihnen das Morgen bringen sollte; andere unterhielten sich leise. Der große Hof bot wirklich einen besonderen Anblick, wie zu Zeiten der Belagerung oder des Krieges. Diese dort im Dunkel lagernde Menschenmenge bewegte sich leise und wagte nicht, laut zu sprechen, aus Furcht, hier weggejagt zu werden. Hie und da glitt ein Lichtschein über welke, verängstigte Gesichter, einen Haufen Lumpen, Stapel von Säcken. Und der schwache Schimmer, der von den Schloßfenstern herabfiel, ließ nur eine große, bewegliche Masse erkennen und hob ab und zu gespenstisch etwas aus ihrer Tiefe hervor. Unter den Familien, die hier Zuflucht suchten, befanden sich auch einige, die unlängst unter dem Patronat der Königin den christlich-katholischen Glauben angenommen und der jüdischen Religion entsagt hatten ... Diese Neubekehrten fürchteten sich vor ihren ehemaligen Glaubensbrüdern und deren Rache.

Man unterrichtete abends die Königin davon, und da sie immer um das Ergehen der Bekehrten sehr besorgt war, befahl sie, als gerade Fräulein Nostitz von ihrem Besuch bei der Baronin zurückgekehrt war, ihrer Dienerschaft, Essen und Kleidung für ihre Schützlinge hinabzubringen. Gewöhnlich wurde Pepita wegen ihres Mutes und ihrer Sprachkenntnisse mit solchen Aufgaben betraut. Auch dieses Mal wurde sie gerufen, bevor sie noch ihren Umhang abgelegt hatte. Man gab ihr zur Begleitung die Komtesse Frohnsdorf und einen Krämerer mit, und als Maslowski diesen Hof betrat, sah er von weitem, wie diese drei Boten der Königin die Treppen herabkamen. Zwei Fackelträger gingen ihnen voraus.

Aus der Menschenmenge erhoben sich gleich bei ihrem Erscheinen die Ärmsten und eilten auf sie zu. Man verteilte das in Körben mitgebrachte Brot und andere Lebensmittel. Maslowski nutzte die Gelegenheit und trat heran. Alle kannten ihn gut; er mischte sich unauffällig unter die Hofleute. Mit der ihm eigenen Dreistigkeit gelang es ihm, bis zu Pepita vorzudringen.

Die Baronesse wunderte sich sehr, als sie ihn plötzlich neben sich sah.

»Was wollt Ihr denn hier?« fragte sie ihn.

»Ich habe gerade nichts zu tun, und das ist schrecklich«, erwiderte Maslowski. »Ich bin nur ein ganz einfacher Zuschauer. Graf Brühl wollte mich nicht mitnehmen. Im Palais ist es leer. Was bleibt mir weiter übrig, als mich in der Stadt herumzutreiben?«

Pepita sah ihn prüfend an. Maslowski blickte ihr forsch in die schönen Augen.

»Dieser Müßiggang«, fügte er leise hinzu, »hat mich verleitet, probeweise den Sänftenträger zu spielen, und ich hatte das Glück, einer von jenen Trägern zu sein, die Euch vor wenigen Augenblicken von dem Haus Eurer Tante ins Schloß zurückbrachten.«

Pepita errötete und richtete sich steif und stolz auf.

»Und Ihr habt Euch nicht gescheut, das Gespräch zu belauschen?«

»Ich konnte es nicht vermeiden«, beteuerte Maslowski, »aber ich freue mich sehr, daß es so gekommen ist, denn ich kann Euch nun warnen, daß ein Spiel mit solch einem Herrn wie Simonis sehr gefährlich ist, und außerdem bezweifle ich sehr, daß es überhaupt einen Zweck hat.«

Maslowski ließ sich von dem wütenden Blick Pepitas nicht einschüchtern und fuhr unbeirrt fort: »Ich verstehe das sehr gut, ein Ertrinkender klammert sich in solch außergewöhnlichen Situationen an einen Strohhalm, aber ein Strohhalm hat noch nie jemandem das Leben gerettet. Menschen, die zwei Herren dienen, verraten beide.«

»Ihr habt mich belauscht, das ist nicht schön von Euch«, erwiderte das Mädchen verwirrt, »doch ich hoffe, Ihr werdet mich nicht verraten. Das wäre gemein!«

»Noch nie ist ein Pole zum Verräter geworden!« entgegnete Maslowski. »Wir machen viele Dummheiten, aber auf Verrat lassen wir uns nicht ein. Das tun andere, – solche Abenteurer wie Simonis!«

Auf einmal fiel der Baronesse ein, daß sie auch von Maslowski gesprochen hatten. Sie errötete wieder und fragte dann lebhaft:

»So habt Ihr also gehört, was von Euch gesagt wurde?«

»Kein Wörtchen ist mir entgangen«, gestand Herr Xaver und verbeugte sich. »Ihr habt mich einen ›Rappelkopf‹ genannt, wenn ich mich nicht sehr irre.«

Unwillkürlich mußte die Baronesse lachen.

»Vielleicht habe ich das verdient«, gab Maslowski zu, »aber wenn mich solch ein Glück ereilte wie Simonis, ah! Mein Fräulein, ich wäre dann bemüht, mir einen anderen Kopf anzuschaffen, um dieses Glückes würdig zu sein.«

Ein Blick Pepitas belohnte den kühnen Burschen.

»Ihr haltet es bestimmt nicht für richtig, daß ich den Schweizer zum Dienst für die Königin verpflichtete?«

»Ich traue ihm nicht«, sagte Maslowski kurz. »Ihr könntet vielleicht einen anderen Menschen aus ihm machen.«

»Da ist jede Mühe vergeblich«, flüsterte Pepita.

Maslowski sah sie an und seufzte.

»Ich beneide ihn«, meinte er, »ich beneide ihn glühend. Ihr tut mir leid. Doch da mich nun einmal das Schicksal zu Eurem Vertrauten werden ließ, gestattet mir, daß auch ich mich nützlich mache. Ich verpflichte mich, Simonis zu beobachten, und wenn ich ihn auch nur bei dem kleinsten verdächtigen Schritt ertappe, na, dann bringe ich ihn um!«

Die Baronesse schien ihm die Hand reichen zu wollen und schwieg nachdenklich.

»Ich werde schon auf ihn aufpassen!« – Maslowski lachte. – »Ihr könnt Euch auf mich verlassen. Ich verlange dafür nur ein Lächeln und einen lieben Blick, denn wenn Ihr mich anseht«, er schlug sich auf die Brust – »wird mir's ganz warm ums Herz!«

Er lüftete den Hut, verneigte sich und war schon, bevor ihm die Baronesse etwas erwidern konnte, im Gedränge verschwunden. Sie blieb noch lange stehen, blickte umher, sann nach, ärgerte sich über sich selbst und erwog verschiedene Pläne. Als die Lebensmittel ausgeteilt waren und die Menschen sich wieder zerstreuten, kehrte sie ins Schloß zurück.

In dieser Nacht hatte in Dresden kaum jemand ein Auge geschlossen. Im Schlosse wachte man bis zum Morgengrauen. Die Diener wechselten einander ab. In der Stadt trieben sich trotz der preußischen Patrouille Neugierige umher, und manch Fenster war seit Tagesanbruch geöffnet. In vielen Häusern brannte Licht, denn die Menschen fühlten sich so sicherer. Mit dem neuen Tag kam wieder das Leben in Gang, aber es war matt und ungesund. Im Rathaus hatten die Ratsherren, die Perücken auf dem Kopf, in ihren Amtsroben auf Stühlen schlafend, die Nacht verbracht und nicht gewagt, nach Hause zu gehen. Immer wieder stellten die Preußen neue Forderungen. Gleich am ersten Tage hatten sie verkündet, der

Stadt würde die Pflicht auferlegt, die Versorgung der Truppen mit Kommißbrot zu übernehmen, oder richtiger, sie müßte Mehl, Geld und Leute bereitstellen, denn die Preußen wollten selbst das Backen überwachen, damit man ihnen nichts in den Teig mischte. Auf der Wiese an der Elbe ließ man fünfundzwanzig Backöfen bauen. Als es zu tagen begann, ordneten die Ratsherren und diejenigen Beamten, die damit rechneten, zum König gerufen zu werden, ihre Kleidung, denn es war allgemein bekannt, daß Fritz zeitig aufzustehen pflegte. Er konnte sie daher, da er in der Nähe übernachtet hatte, jeden Augenblick überraschen. Das leiseste Geräusch von Hufen ließ alle ans Fenster stürzen.

Das Palais der Gräfin Moszynska, das bereits gestern geräumt worden war, hatte man als Quartier für den König vorgesehen. Man wollte es, um Friedrich zu gefallen, ausschmücken, aber der Generalquartiermeister lachte, zuckte mit den Achseln und ließ noch manchen der vorhandenen Gegenstände hinauswerfen.

»Wir haben das nicht nötig«, rief er, »wir sind Soldaten und keine Weiber, und Seine Königliche Hoheit ist auch ein Soldat!«

Noch vor dem Eintreffen des Königs wurde die Landstraße, die nach Pirna und dem sächsischen Feldlager führte, stark besetzt und jeder Verkehr nach dort unterbunden. Von nun an konnten Brühl, der König und der Hof nicht einmal einen Brief aus Dresden erhalten. Nur noch Königstein war ihnen als Zuflucht geblieben.

Als gegen zehn Uhr die Rufe »Der König, der König!« erschallten, eilte ihm ganz Dresden entgegen, um ihn zu sehen. Die Dresdner, seit Jahren an den Prunk des sächsischen Hofes gewöhnt, waren starr vor Staunen:

Es war ein kühler Morgen.

Friedrich ritt in sich zusammengesunken, den Kopf auf die Seite geneigt, auf seinem ›Brühl‹. Er trug eine alte Uniform, schmutzige Stiefel, war in einen zerrissenen Umhang gehüllt und hielt den unvermeidlichen Stock in der Hand. Unter dem ausgeblichenen Dreispitz, dessen Federn nicht gerade in einem guten Zustand waren, erblickte man das mürrische Gesicht mit dem scharfen Augenpaar und dem spöttischen Mund, der sich zu einem freudlosen, kalten Lächeln verzog. Obwohl er hier als Sieger einzog und niemand Widerstand zu leisten wagte, schien er eher ärgerlich und ungehalten zu sein, als sich seines Triumphes zu freuen. Auf seiner Stirn stand die Sorge geschrieben, sein Blick verriet Ungeduld, beinahe Zorn. Er ließ die Augen umherschweifen, als ob er einen Grund suchte, um seine Wut an jemandem auszulassen. Ihm folgten, etwas sorgfältiger gekleidet, zwei Adjutanten, einige Generale und Beamte. Der zum Stadtkommandanten ernannte General Wylich war Friedrich bis in die

Vorstadt entgegengeeilt. Er ritt im geziemenden Abstand hinter dem König und schien auf Befehle zu warten. Nach den Örtlichkeiten und dem Wege brauchte Fritz nicht erst zu fragen, denn er kannte die Stadt bereits. Nicht zum ersten Male drang er hier als ungebetener Gast ein. Schon vor Jahren war er mit seinem Vater in Dresden gewesen und nahm von hier die Erinnerung an die Former mit. In der sächsischen Hauptstadt hatte er für die Orzelska Gefühle empfunden, die man wohl als ›erste Liebe‹ bezeichnen kann.

Friedrich ließ sein Pferd im Schritt gehen. Manchmal hob er den Kopf und blickte verächtlich auf; dann ließ er ihn wieder sinken. In seinem gelben Gesicht zuckte kein Muskel, die Einnahme der Hauptstadt eines Herrscherhauses, das weit älter war als die Dynastie, die er repräsentierte, schien auf ihn keinen Eindruck zu machen. Er zog hier öffentlich als Soldat und nicht als König ein, und wie zum Hohn trug er auf dem Uniformrock das kornblumenblaue Band des Weißen Adlers, so, als wolle er dem polnischen König eine Ehre erweisen, der ihm diese Auszeichnung verliehen hatte. Ab und zu blitzte der Ordensstern unter seinem alten Umhang auf. Niemand wußte, wohin sich der König begeben würde. Am Markt machte er einen Augenblick halt, wo eine ganze Schar von Stadträten in Perücken zu seiner Begrüßung herausgestürzt war. Er würdigte diese ehrwürdigen Herren kaum eines Blickes und lenkte sein Pferd dem Schloß zu.

Hofleute, die aufpaßten, liefen sofort voraus, um die Königin zu benachrichtigen. Josepha stand in schwarzer Kleidung, leichenblaß und mit bebenden Lippen, inmitten ihrer Hofdamen. Unter ihnen befand sich auch die Gräfin Brühl.

Dumpfes Schweigen herrschte im Schloß. Das Nahen des Königs kündigte schon der Lärm der Menge an, die neben oder hinter seinem Zug herlief. Die auf Posten stehenden Schweizer schrien Kommandos, die ganze Hauptwache trat an, um unter Trommelwirbeln dem König die militärischen Ehren zu erweisen. Die Rufe der Wachen drangen bis in die Zimmer Josephas. Friedrich ritt nachdenklich durch das Tor und hielt erst im zweiten Hofe. Er erblickte die Menschen, die seit gestern hier Zuflucht gefunden hatten, flüsterte seinem Adjutanten etwas zu und stieg vom Pferd.

»Wylich«, rief der König, »wo ist das Geheimarchiv?«

»Im Schloß, Eure Majestät! Es nimmt drei Räume ein. Gestern wurde es versiegelt. Posten stehen an der Tür und unter den Fenstern.«

»Wer hat die Schlüssel?«

»Ihre Majestät die Königin.«

»Geh Er, in meinem Namen grüße Er die Königin und bitte Er sie um die Schlüssel! Sag Er ihr, ich verlange sie!«

General Wylich lief rasch die Treppen empor. Friedrich stieg langsam, sich auf den Stock stützend, nach oben. Er hielt es für angebracht, sich dabei phlegmatisch und gleichgültig zu geben. Der gesamte Hofstaat der Königin war bei ihr versammelt. Josepha legte immer großen Wert auf die Einhaltung der Etikette, doch heute wurde sie noch strenger als sonst beachtet. General Wylich mußte sich zuerst durch den Kämmerer bei der Oberhofmeisterin melden lassen und – warten ... Man ließ absichtlich eine Weile verstreichen; endlich kam der Kämmerer und teilte ihm mit, Ihre Königliche Hoheit lasse bitten.

Der Soldat mußte drei Säle passieren, wo alle Damen der Königin und ihr Hofstaat Aufstellung genommen hatten.

All der Glanz schien ihn durchaus nicht zu beeindrucken. Die Königin saß im Kabinett in einem Sessel.

Der General machte eine tiefe Verbeugung.

»Seine Majestät, mein Allergnädigster Herr, Friedrich II., befahl mir, Eure Königliche Majestät seiner Hochachtung zu versichern und Euch um die Schlüssel zum Geheimarchiv zu bitten.«

Einen Augenblick herrschte Schweigen: Die Königin sprang auf, doch die Stimme versagte ihr ...

»Sagt Eurem König, daß ich hier zu Hause bin, hier in meiner Hauptstadt, in meinem Schloß! Niemand hat ein Recht, mir zu befehlen. Die Schlüssel werde ich nicht herausgeben. Er ist mit Gewalt hier eingedrungen, mag er mit Gewalt auch das vollenden, was er begonnen hat ...«

Wylich wurde leicht verlegen und neigte den Kopf.

»Ich erfülle den Befehl des Königs«, sagte er. »Ich werde ihm Eure Antwort überbringen. Doch ich befürchte, wir werden gezwungen sein, tatsächlich ...«

»Ihr könnt gezwungen sein«, rief die Königin und streckte den Arm aus, der ebenso stark zitterte wie ihre Stimme, »Ihr könnt gezwungen sein, nicht nur die Tür aufzubrechen und mich von dort wegzuziehen, sondern auch mich, die Königin, mich, die Tochter des Kaisers, mich ... (hier ging ihr für einen Augenblick der Atem aus) ... mich zu packen, mich totzuschlagen!! Richtet ihm das aus!« Und die Königin fiel in den Sessel.

Wylich verneigte sich und ging langsam hinaus.

Auf seinen Stock gestützt, erwartete ihn Friedrich an der eisernen Tür des Archivs und blickte wild umher. Als er den General zurückkommen sah, schrie er:

»Hat Er den Schlüssel?«

»Die Königin verweigert die Herausgabe. Nicht genug damit, sie läßt ausrichten, daß sie bereit ist, mit ihrer eigenen Person ihr Eigentum zu schützen.«

Friedrich entgegnete kein Wort, drehte sich nur verächtlich zur Tür um und schlug mit voller Kraft an das Eisenblech mit seinem Stock, den er in der Hand hielt.

»Die Tür aufbrechen!« befahl er, »Schlosser ... Wylich, sofort. Ich habe hier noch genug zu tun und liebe es nicht, warten zu müssen. Mag Er daran denken ...«

Während das Gefolge des Königs sich sogleich daran machte, Handwerker und das zum Erbrechen der Tür notwendige Werkzeug heranzuschaffen, liefen die im Gang stehenden Diener der Königin sofort zu Josepha, um sie davon in Kenntnis zu setzen.

Friedrich war sichtlich ungeduldig. Es bereitete große Schwierigkeiten, die Handwerker zu beschaffen, denn kein Dresdner Schlosser hätte sich, selbst unter den schrecklichsten Drohungen, zu dieser Arbeit bereit erklärt: Sie rissen alle aus und versteckten sich in irgendeinem Winkel. Man mußte also gewaltsam vorgehen und Handwerkszeug, Zangen, Hämmer und Brecheisen beschlagnahmen und die Tür von preußischen Soldaten aufbrechen lassen. Beim ersten Schlag erschien schon am Ende des Korridors die Königin mit wehenden Kleidern, flammendem Blick, schrecklich anzusehen in ihrem Zorn, rasend vor Wut. Bei ihrem Anblick, wie sie sich so durch die Soldaten drängte, fielen den Leuten die Hämmer aus den Händen, sie erstarrten. Josepha stürzte auf die eiserne Tür zu, stellte sich mit weitausgebreiteten Armen schützend davor und lehnte sich weinend dagegen.

Friedrich, der in einiger Entfernung stand, sah sich das eine Weile an. Das Blut stieg ihm ins Gesicht und wich wieder zurück, dann gab er Wylich mit dem Stock ein Zeichen und befahl:

»Hör Er, zwei Grenadiere sollen die Königin packen. Er wird sie in ihre Zimmer geleiten und dort eine Wache aufstellen.«

Der General fuhr zusammen und zögerte.

»Hör Er!« schrie der König und hob den Stock. »Der Befehl wird sofort ausgeführt!«

Als sich der entsetzte und bebende Wylich mit zwei Soldaten und Major Wangenheim der Königin näherte, stieß sie einen schrecklichen Schmerzensschrei aus, und ihr Hof seufzte erschüttert. Ein fürchterlicher Lärm erhob sich: Weinen, Rufe, Flüche. Josepha brach zusammen, wurde ohnmächtig, und zwei Soldaten trugen die Halbtote in ihre Zimmer. Händeringend und schluchzend folgten ihr die Frauen.

Friedrich war bleich. Das Schauspiel hatte ihn ganz und gar nicht gerührt. Sein Gesicht durchzuckte ein beißender, kalter Spott, der sogar denjenigen auffiel, die daran gewohnt waren. Er hob den Stock: »Die Tür aufbrechen!« Die Soldaten begannen die Schlösser und Angeln herauszubrechen. Sie trieben einander zur Eile an und versuchten sich gegenseitig an Eifer zu überbieten. Je weiter die Arbeit voranschritt, desto näher trat Friedrich an die Tür heran. Als der letzte Riegel krachte und klirrend zu Boden fiel, ein Soldat sich grinsend gegen die Tür stemmte und sie heraushob, betrat der König rasch als erster das Archiv.

In der Mitte des ersten Gewölbes standen die zum Abtransport vorbereiteten Kisten, die die diplomatischen Depeschen enthielten. Ein Teil davon war bereits von Mentzel in Kopien an Berlin ausgeliefert worden. Der König hatte deshalb so hartnäckig auf der gewaltsamen Öffnung des Archives bestanden, da er hier all das zu finden hoffte, was den Krieg und seinen Einfall in Sachsen gerechtfertigt hätte. Von dem Verräter wußte er, daß diese Kisten nach Polen geschafft werden sollten. Am letzten Tage reichte die Zeit nicht mehr dazu aus, und am nächsten Morgen war das Lager in Pirna, der König und Brühl bereits von Dresden abgeschnitten.

Friedrich hielt sich nicht lange im Archiv auf und befahl, die Kisten sofort in das Palais der Gräfin Moszynska zu bringen. Zwei Schreiber unter der Aufsicht eines Rates wurden zurückgelassen, um die restlichen Dokumente zu sichten. Ein Posten bewachte die Tür.

Eine halbe Stunde später verließ Friedrich mit vor unverhehlter Freude funkelnden Augen lachend das Archiv. Er durcheilte mit schnellen Schritten den Gang und verlangte, auf der Treppe stehend, sein Pferd.

»Ein Bataillon Soldaten soll mich begleiten!« rief er Wylich zu.

Der König ritt durch das andere Schloßtor hinaus, das zur katholischen Kirche führte. Von hier aus sah man schon das Brühlsche Palais. Alle errieten, daß sich Friedrich jetzt dorthin begeben würde. Das von der Hauptwache herbeigeholte Bataillon erwartete ihn am Georgentor. Der König befahl mit einem Nicken, daß es ihm folgen solle. Eine schweigende Menschenmenge trottete hinter den Soldaten her. Die Tore des Palais waren geschlossen. Als der dort auf Posten stehende Schweizer, der eine Paradeuniform, Degen und einen verzierten Stab trug, den König kommen sah, riß er die Flügel weit auf. Friedrich flüsterte etwas, winkte, und sofort warfen sich einige Soldaten auf den unglücklichen Wächter und rissen ihm die Sachen herunter, bis er nur noch das Hemd am Leibe hatte. Er rettete sich in den Hof, beim Laufen seine Perücke verlierend.

Auf der Treppe wartete eine kleine Gruppe von Dienern. Als sie sahen, wie übel dem Schweizer mitgespielt worden war, machten sie sich schnellstens aus dem Staube. Der König saß ab und ging, von seinem Gefolge und den Soldaten begleitet, in das erste Stockwerk hinauf. Sie begegneten keiner Menschenseele. Er durchschritt das leere Vorzimmer und betrat lachend den riesigen Salon, den große Spiegel, Atlas und Porzellan schmückten. Hier in diesem Raum hatte der erste Minister oft regierende Fürsten, Gesandte der Großmächte Europas empfangen und auch Richelieu gastfreundlich aufgenommen. Sogar die Franzosen, die an den Luxus des Versailler Hofes gewöhnt waren, hatte die Pracht dieses Salons in Erstaunen versetzt. Alle Schlösser und Palais Friedrichs zusammen konnten nicht halb so viel Reichtum und Luxus aufweisen, und was den Geschmack anbetraf, sich nicht mit diesem Saal messen. Wo der Blick auch hinfiel, überall entdeckte er wundervolle Kunstwerke, deren Schöpfer auf Befehl des Herrn so wie Handwerker arbeiten mußten, um all die Launen dieses kleinen Königs zu befriedigen. Mancher begabte Künstler, dem es gegeben gewesen wäre, der Menschheit Meisterwerke zu schenken, verzettelte sein Talent bei der Herstellung der unzähligen kleinen, feinen Schmuckgegenstände und Verzierungen, die sich so zu einem Ganzen fügten, als wären sie aus einem Guß, als hätte sie ein Mensch, ein Wille, in einem einzigen Atemzug geschaffen.

Friedrich ließ seinen Blick verächtlich über all diese Schönheiten gleiten, lachte auf und schlug mit seinem Stock mitten in einen großen Spiegel, der in viele Stücke zersprang. Das war das Zeichen ...

»Ausräumen«, rief der König seinen Soldaten zu, »ausräumen!«

Die Folgen dieses Befehls, der augenblicklich in die Tat umgesetzt wurde, sind kaum zu beschreiben. Mit ungeheurem Geschrei und wilder Freude stürzten die Soldaten in den Salon und in die Zimmer.

Das Geklirr von zerschlagenen Spiegeln, von zerbrochenen Gegenständen, das Quietschen von Schubladen, das Geklapper von Uhren, Lachen und Toben erfüllten jetzt das Brühlsche Haus. Die Dienerschaft des Ministers hatte das Weite gesucht, niemanden gab es hier, der im Namen der Kunst, im Namen der riesigen Arbeit, die in jeder zertrümmerten Statue und in jedem auf der Erde zertrampelten Bild steckte, dem sinnlosen Treiben Einhalt geboten hätte.

Der König nahm für einige Minuten in einem Lehnstuhl Platz, um dem Zerstörungswerk zuzusehen. Man merkte ihm an, daß er seine Rache in vollen Zügen genoß, daß ihm das alles noch nicht genügte. Er blickte befriedigt auf die Scherben und Trümmer und ... lachte.

Das eine Bataillon Infanterie, dem das alles als Beute zugedacht war, reichte nicht aus, um die hier angehäuften Kostbarkeiten wegzuschaffen. Ein zweites mußte ihm zu Hilfe kommen. Man warf hastig, befürchtend, der Befehl könnte bald widerrufen werden, durch die Fenster Gegenstände auf die Straße hinaus und riß die Tapeten und die Vorhänge herunter. Je weiter die Vernichtung voranschritt, um so größer wurde die Zerstörungswut der Soldaten. Ein Teil von ihnen hatte sich an den im Keller in Tausenden von Flaschen lagernden Wein gemacht. Sie schwelgten nun im Hofe und tranken auf das Wohl Friedrichs. Die Rufe drangen bis zu den Ohren des Königs ... Schweigend und mißgestimmt standen die Generale herum, sie schienen unzufrieden zu sein: Eigentlich gebührten all die schönen Kleinigkeiten doch ihnen und nicht diesem Gesindel ...

Nur der Garten, die Bibliothek und die Galerie mit ihren kostbaren Sammlungen waren bisher unangetastet geblieben. Man durfte doch diese Schätze nicht der blinden Rache zum Opfer fallen lassen! Jeden Augenblick konnten sich die Soldaten darauf stürzen. Die Gefahr war groß, aber glücklicherweise schützte der köstliche Inhalt des Kellers die Bibliothek; niemand wollte sich von ihm trennen, bevor er leer war und solange sich auch nur ein Tropfen in der Flasche fand.

Währenddessen saß Friedrich in dem verwüsteten Saal und bohrte mit der Eisenspitze seines Stockes Löcher in das kunstvolle Parkett. Da trat ein schwarzgekleideter Mann ein und blieb verängstigt an der Tür stehen. Sein Gesicht war kreideweiß, er zitterte am ganzen Leibe.

Der König blickte ihn an.

»Wer ist Er?« schrie er.

»Bosza, ein Italiener, Allergnädigster Herr, Aufseher der Bibliothek, der Galerie, des Gartens, Eure Majestät!« stammelte er und verneigte sich.

»Was will Er denn, Aufseher?«

»Allergnädigster Herr«, entgegnete er, die Hände verzweifelt nach ihm ausstreckend, »ich komme, um Euch anzuflehen, den Garten, die Bibliothek, die Galerie zu retten. Königliche Hoheit ...«

»Das ist den Soldaten geschenkt worden, sie gehören nicht mir. Was wird Er mir dafür geben? Was will Er ihnen dafür bieten? ...«

Bosza stotterte:

»Majestät, ich bin bereit, alles zu geben, was ich besitze, mein ganzes Vermögen ...«

»Wie hoch ist denn Sein Vermögen?«

»Ich habe nicht mehr als zehntausend Taler ...«

»Das ist wenig.«

Der Italiener sank in die Knie. Friedrich begann zu lachen.

»Ach, Canaillenbagage! Gebe Er diese zehntausend Taler her, und zwar mir, sofort ... Und dann soll Ihn meinetwegen der Teufel holen!«

Der König nickte dem Adjutanten zu:

»Daß mir der Garten nicht angerührt wird!«

Bosza lief davon, um das Geld zu holen.

Noch schwelgten die Soldaten im Palais, als der König mit seinem Gefolge aufbrach, um das Zerstörungswerk zu besichtigen. Oft blieb er stehen und betrachtete wütend die vernichteten Gegenstände, lachte, stieß die Bruchstücke mit dem Fuße weg und schlug sie dann mit seinem Stock klein.

Eine ganze Reihe von Räumen hatte er schon durchschritten und kam schließlich zu den Sälen, die die prachtvollen Schränke mit der gesamten Garderobe Brühls beherbergten. Aber jetzt standen die Türen der Schränke weit offen, zerrissene Kleidungsstücke lagen überall auf dem Fußboden umher, und man hatte sich den Spaß gemacht, die anderthalbtausend Perücken des Ministers in der Mitte der Garderobe zu einem ungeheuren Haufen aufzubauen. Das Soldatenvolk war mit den Perücken so unanständig umgegangen, daß sie ein für allemal nicht mehr ihren Zweck erfüllen konnten.

Friedrich hielt nachdenklich vor diesem Haufen inne.

»Es ist doch sonderbar«, rief er, »daß ein Mensch, der keinen Kopf hatte, so viele Perücken brauchen konnte.«

Der Witz des Königs löste ein homerisches Gelächter aus. Jeder Winkel wurde kontrolliert, und als sich der König überzeugt hatte, daß alles ordentlich ›ausgeräumt‹ war, schritt er langsam zum Haupteingang und befahl mit lauter Stimme:

»Brühl vorführen!«

Er bestieg sein Pferd und ritt gemächlich zum Palais der Gräfin Moszynska.

Die Straßen boten noch lange danach einen Anblick, wie man ihn nur selten zu sehen bekommt. Die ausgelassenen Soldaten trugen auf den Armen, schleppten auf dem Rücken, zogen in Wägelchen mit sich, was sie im Brühlschen Palais ergattert hatten. Manche stritten sich um die Beute, es endete damit, daß die betreffenden Gegenstände vernichtet wurden, damit sie weder dem einen noch dem anderen zufielen. In den Torbögen, auf den Höfen, in den Straßen spielten sich Szenen ab, die die Einwohner in Schrecken versetzten. Sogar die Umgebung des Königs fühlte es: Die Behandlung der Königin und danach das ›Ausräumen‹ des Brühlschen Palais waren nicht geeignet, ihnen Sympathien im Lande und Freunde in Europa zu erwerben. Aber Friedrich hatte ja schon ganz Europa gegen sich und lachte über die Gefühle, die die anderen ihm entgegenbrachten: »Mir sind hunderttausend gute Soldaten lieber als die besten Freunde und Verehrer.« Bei der Kunde von den Vorfällen im Schloß und im

Brühlschen Palais hatte sich die Begeisterung der Anhänger der Preußen merklich abgekühlt. Dazu trugen auch die Kontributionen, das Aufkommen für die Verpflegung des Militärs und mancherlei Übergriffe bei. Am selben Tage wurden auch die Kassen ›ausgeräumt‹.

Die Königin entsandte sofort heimlich einen Vertrauten mit diesen traurigen Nachrichten in das Pirnaer Feldlager, der als Augenzeuge dieser Vorfälle dort mündlich Bericht erstatten sollte. Die in Dresden verbliebenen Beamten gingen ihren Pflichten nach, aber in Wirklichkeit bebten und zitterten sie nur vor dem Schicksal, das sie erwartete.

Graf Loss, Stammer und Globig hielten sich um ihrer persönlichen Sicherheit willen im Schloß auf. Sie glaubten, der König würde sie rufen lassen. Daher saßen sie den ganzen Tag über in ihren Uniformen, den Degen umgehängt, mit der Perücke auf dem Kopf, den Hut unterm Arm, schweigend da und schauten einander an. Jedesmal, wenn eine Tür knarrte, meinten sie, ein Bote käme.

Und er erschien tatsächlich in Gestalt eines Offiziers, der sie zu General Wylich einlud, oder besser: befahl.

Graf Loss ging würdevoll voran, die beiden anderen folgten ihm.

Wylich empfing sie, die Pfeife zwischen den Zähnen, über Papiere gebeugt, die drei Schreiber anfertigten.

Er warf einen Blick auf die Eintretenden und sagte:

»Seine Majestät hat mir befohlen, euch mitzuteilen, daß das Ministerium aufgelöst ist. Solange wir hier sind, brauchen wir keins. Die niedrigen Beamten mögen weiter ihre Pflicht erfüllen, aber die Aufsicht, damit alles in Ordnung geht, das ist unsere Sache.«

»Allerdings ...«, wandte Graf Loss schüchtern ein.

»Bei uns gibt es kein ›allerdings‹ und kein ›aber‹«, wies ihn Wylich grob zurecht, »sondern nur Befehl und Gehorsam wie bei den Soldaten. In Sachsen herrschte keine Ordnung, nur Leuteschinderei und Verschwendung im höchsten Maße. Wir werden uns bemühen, das abzustellen. Solange wir hier sind und solange Seine Majestät wegen seiner eigenen Sicherheit gezwungen ist, Sachsen zu besetzen, hat hier niemand außer uns ein Recht, Befehle zu erteilen. Weitere Anordnungen folgen später. Ich danke Ihnen, meine Herren!«

Die drei Vizekönige blieben stumm, wie erstarrt stehen. »Ich danke Ihnen!« wiederholte der General.

Die drei blickten einander an und wollten schon gehen, als Wylich ihnen zurief:

»Graf Loss und auch die anderen Herren! Ich werde euch noch zu einer Beratung benötigen, aber vielleicht ist es heute noch zu früh dazu. Der

Sejm tritt in Polen in Kürze zusammen. König August III. wird sicherlich dort anwesend sein wollen, damit wenigstens einer zustandekommt. Laßt ihn, meine Herren, wissen, daß die Pässe nach Polen bereitliegen und die Pferde an den Stationen zu seiner Verfügung stehen. Ich empfehle mich!«

Wieder schickten sie sich zum Gehen an, doch Wylich zog an seiner Pfeife, blies den Rauch von sich und bemerkte: »Aber ..., aber dies Gesindel, das für nichts und wieder nichts sein Brot ißt, die Sänger, Musiker, die Oper, das Ballett müssen zum Teufel gejagt werden. Für sie haben wir kein Geld, denn das hier vorhandene brauchen wir selbst. Es ist ja auch niemand da, der ihnen zuhören und sich durch sie unterhalten lassen könnte. Die Königin wird sich nicht zerstreuen wollen, unser König hat keine Zeit, und August III. fährt nach Polen.«

Und wieder schloß er:

»Ich danke Ihnen!«

Graf Loss ging jetzt schnell zur Tür hinaus, um nicht noch ein drittes Mal zurückgerufen zu werden.

Wylich sah ihnen nach und wandte sich dann sofort wieder an den Schreiber:

»Schreibt: Die kurfürstliche Stadtverwaltung wird das Holz für die Bäkker liefern. Klafter ...«

Das Weitere hörten die ›Vizekönige‹ nicht mehr, denn die Tür schloß sich hinter ihnen.

Sie begaben sich, leise miteinander flüsternd, eiligst zum Schloß.

In den Straßen der Stadt drängten sich an diesem Tage noch die Menschen, laut ging es zu, aber trotzdem lag auf allem eine gewisse Traurigkeit ...

Das Palais und den Garten der Gräfin Moszynska umstanden in Scharen die Neugierigen. Am Nachmittag erklärte Wylich dem Magistrat und den höchsten Bürgern, daß sie den König begrüßen müßten.

Jeder versuchte mit Ausreden dieser hohen Ehre zu entgehen, aber schließlich mußten die Stadtoberhäupter und die benannten Persönlichkeiten, ob sie nun wollten oder nicht, Amtskleidung anlegen, den Degen umhängen und demütig zu dem Palais ziehen, das der König jetzt vorübergehend bewohnte.

Über zwanzig dieser würdigen Honoratioren, die durchaus nicht mit einem begeisterten Empfang rechneten, erschienen in einer langen Reihe an der Tür, wo der Adjutant stand. Sie wurden sogleich vorgelassen.

Der König saß in seiner abgewetzten Uniform und denselben Stiefeln, die er schon am Morgen getragen hatte, mit einem seiner Generale am Tisch, auf dem die Karten Sachsens und Böhmens ausgebreitet waren.

Ganz in der Nähe standen die aufgebrochenen Kisten aus dem Archiv, und die aus diesem herausgenommenen riesigen Bände lagen verstreut umher. Auf seinen Knien hielt der König seine Lieblingshündin, die er auch auf seinen Feldzügen mit sich nahm. Den unvermeidlichen Dreispitz hatte er auf dem Kopf. So empfing er die Abordnung der Bürger. Aber bald stand er auf und ergriff seinen Stock.

»Was haben Sie mir zu sagen?« fragte er.

Eine ganze Weile herrschte betretenes Schweigen. Bürgermeister Führich räusperte sich, räusperte sich ein zweites Mal, murmelte etwas Unverständliches, verhaspelte sich und verstummte.

»Hm?« fragte Friedrich und begann dann selbst zu reden: »Ich sah mich durch die Handlungsweise dieses Menschen, den ich viel zu sehr verachte, um seinen Namen in den Mund zu nehmen, gezwungen, Sachsen und seine Hauptstadt zu besetzen. Ich mußte es um meiner eigenen Sicherheit willen tun. Es ging nicht anders ... Ich habe Beweise in den Händen, daß man gegen mich eine Verschwörung angezettelt hat. Ich achte Seine Majestät den König, ihn trifft keine Schuld ... Mag er einstweilen nach Polen reisen, wir werden hier ohne ihn auskommen.«

Die Abordnung schwieg.

Der König wies mit dem Stock auf die einzelnen Personen und ließ sich die Namen, Zunamen und Titel nennen.

»Ich hoffe«, sagte er schließlich, »daß Sie vernünftig sein werden und sich ehrlich und ruhig verhalten. Wenn es aber jemandem einfallen sollte, mit mir Krieg führen zu wollen, so werden wir uns schon Rat wissen. Schelme und Canaillen schicke ich nach Spandau und Küstrin. Gehe ein jeder jetzt an seine Arbeit! Ich muß noch mancherlei überlegen ...«

Man verneigte sich. Der König blickte mit dem Ausdruck tiefster Verachtung auf die gekrümmten Rücken, auf die Perücken, deren Locken auf die Schultern herabfielen. Als sich die Tür hinter ihnen geschlossen hatte, meinte er zu General Quintus Jeilius:

»Canaillenbagage! Dieses niederträchtige und elende Pack! Ein jeder von ihnen möchte mich am liebsten vergiften, doch kein einziger wagt zu mucksen ...«

Er spie aus und stieß mit dem Stock auf den Fußboden. »General, lasse Er den Spion hereinführen, der Auskunft über das Lager in Pirna geben sollte! Wir müssen es unbedingt nehmen, denn wir werden Menschen brauchen.«

III

Sogar in der traurigen Herbstzeit, wenn die Bäume kahl sind, das Gras dürr, der Himmel grau ist und die ganze Natur abgestorben und tot zu sein scheint, bewahrt die Landschaft bei Pirna, an den Ufern der Elbe, ihren erhabenen Reiz. Man glaubt, die Ruinen einer längst vergangenen Welt zu erblicken. Auf der linken Seite des Flusses breitet sich das Städtchen aus. Ihm gegenüber ragt das rechte Ufer mit seinen zerklüfteten, hohen, grauen Sandsteinwänden empor, die mit Wald und Gestrüpp bewachsen sind und auf deren Gipfeln Tannen und Fichten Wacht halten. All das spiegelt sich in den Fluten und erweckt den Eindruck von Überresten eines Bauwerkes aus alten Zeiten. Von Böhmen herkommend, schlängelt sich die Elbe durch das Land, so, als wolle sie immer neue Winkel aufsuchen, als wolle sie sich irgendwo verkriechen; das gelingt ihr aber nicht, denn schließlich erreicht sie die breiten Ebenen, fließt gleichgültig und ruhig durch die Wiesen und schleppt sich bis an die Mauern der Hauptstadt. Pirna mit seinen kleinen Häusern, die an den unebenen Ufern kleben, beschützt den Strom. Die Schluchten, die nahen Berge, die Engpässe, der hohe Felsen, auf dem die unbezwungene Feste Königstein thront, der Lilienstein, der sich in die Höhe reckt, die ganze Elbgegend, bilden eine für den Feind unzugängliche Bastion. Man könnte wirklich keine bessere Stellung für die sächsischen Truppen finden. Hier in der Nähe der böhmischen Grenze hindert sie nichts daran, sich mit den österreichischen Truppen unter General Wied zu vereinigen, um den Preußen die Stirn zu bieten. Am Ufer des Flusses sah man das Lager, die Zelte, die Laubhütten, Wagen, Pferdekoppeln und alles, was zum Lager gehörte. Die Landstraße nach Dresden sicherten die Vorhut und die vordersten Posten.

Das schönste Haus der Stadt hatte Brühl als Quartier des Königs einrichten lassen und es mit Wachen umgeben. August III. weilte nun schon seit einigen Tagen hier. Er war in sehr gereizter Stimmung wegen der Lage, in die er so plötzlich geraten war. Die Prinzen Karl und Xaver befanden sich bei ihm. Brühl wich nicht von seiner Seite. Der lebhafte und ungeduldige Prinz Karl hatte ein heißblütiges Temperament; sein Bruder war etwas sanfter, obwohl sich auch in seinen Adern das ritterliche Blut regte. Sie wurden von den Eltern abgöttisch geliebt. August III. erkannte in Karl das Wesen seines Vaters wieder, Josepha verhätschelte Xaver, der weniger mutig, dafür aber gehorsam war.

Beide Prinzen litten wie der König unter der Demütigung, aus der Hauptstadt vertrieben zu sein, unter diesem Zwang, den Brühl nur als eine vorübergehende Episode bezeichnete, die unbedingt bald mit seinem Triumph enden würde.

Der König verbrachte hier die Tage. All seiner ihm so lieben Zerstreuungen beraubt, langweilte er sich maßlos. Die Oper, das Schießen, die Jagd, die Bildergalerie, die Gesellschaft des Paters Guarini und das Leben nach der Uhr, an das er gewöhnt war, fehlten ihm. Trotz der Briefe, die man ihm zur Unterschrift vorlegte, trotz der Verbannung nach Pirna wußte August immer noch nicht, was eigentlich geschehen war. Der Minister malte ihm alles in den leuchtendsten Farben aus und stellte die augenblickliche Lage nur als eine vorübergehende Unannehmlichkeit hin, die nicht lange währen konnte. Am 12. September saß der König nach dem Mittagessen im Schlafrock, seine Pfeife rauchend, in der Stube. Im Kamin brannte ein helles Feuer. Einer seiner Narren – der andere war krank in Dresden zurückgeblieben – kauerte in der Ecke und gab auf das Feuer acht. Durch die von der Portiere, die man in aller Eile angebracht hatte, nur halbverdeckte Tür erblickte man eine Gruppe von Hofleuten und Offizieren. Stille umgab das Haus, vor dem Posten auf- und abschritten. Beide Prinzen hatten sich mit Rutowski ins Lager begeben.

Bleich, mit einem zerquälten und düsteren Gesicht, trat der Minister ein und versuchte vergeblich, den Eindruck des soeben Erlebten zu verbergen. Durch einen Spion hatte er gerade von Globig einen genauen Bericht von der Besetzung Dresdens, der gewaltsamen Öffnung des Archivs und der Plünderung seines eigenen Palais erhalten. Brühl hatte seit langem keine starke Erschütterung erlebt; die Beschwerden und kleinen Kümmernisse des Alltags ertrug er, ohne mit einer Wimper zu zucken. Doch heute verriet sein Gesicht, daß ein Sturm darüber hinweggebraust war und auch hier Spuren der Vernichtung hinterlassen hatte. Die Augen lagen tief in den Höhlen, die Lippen waren aufeinandergepreßt, die Stirn durchfurchten Falten. Wenn er, die Selbstbeherrschung zurückgewinnend, sein Antlitz zwang, die gewohnte Ruhe zur Schau zu stellen, so bewirkten doch gleich wieder seine innere Aufgewühltheit und ein kurzes Sichgehenlassen, daß es sich vor Wut und Kummer verzog.

Als er jedoch die Schwelle zum Zimmer des Königs überschritt, fuhr er sich mit der Hand über die Stirn, als wollte er die Sorgen verscheuchen. Der König wandte ihm den Kopf zu; Brühl verneigte sich und lächelte.

»Brühl«, begann August III., als sei er aus tiefem Nachdenken aufgeschreckt worden, »Brühl, sage mir doch, wie lange soll denn das noch dauern?«

»Königliche Hoheit«, entgegnete der Minister nach kurzem Überlegen,

»man kann nie die Dauer einer solchen Krise ganau bestimmen. Wir befinden uns an einem Wendepunkt, wo man die Umgestaltung Europas entscheidet; Sachsen wird wieder zu seiner einstigen Macht und Größe aufsteigen. Das kann nicht ohne Opfer vollbracht werden.«

»Ja, ja«, erwiderte der König, »das ist wahr, aber dieser Friedrich, dieser Friedrich, der sich sogar solche Dinge erlaubt! …«

»Die Verzweiflung hat ihn gepackt, Allergnädigster Herr«, versicherte der Minister, »deshalb muß man ihm den Wahnsinn verzeihen, es sind die letzten Zuckungen seiner Ohnmacht!«

»Das hast du gut gesagt«, warf der König ein. »Hast du schon einmal beobachtet, wie sich ein Keiler wirft, wenn ihm die Lanze in die Seite gestoßen und er getötet wird, wie er die Zähne aufeinanderschlägt? Aber das hilft ihm alles nichts.«

»Genauso wenig wie Friedrich seine Tollkühnheit, die ihn teuer zu stehen kommen wird … Die Kaiserin wird dafür sorgen, daß man über ihn die Reichsacht verhängt! Alle deutschen Lande werden gegen ihn zu Felde ziehen, Frankreich, Rußland, Österreich, wir, Schweden! Was wird er da noch ausrichten können?«

»Ja, das stimmt, Brühl«, pflichtete ihm August bei, »aber warum muß ich in Pirna sitzen? Sieh doch einmal, wie scheußlich es hier ist, pfui, und wie langweilig! Ich bin ein solches Loch nicht gewöhnt!«

»Ach, Allergnädigster Herr, niemanden schmerzt das mehr als mich«, rief der Minister, »mich, den treuesten Diener Eurer Königlichen Majestät, der jederzeit bereit wäre, sein Blut zu vergießen, wenn er damit seinem geliebten Herrn eine Minute Verdruß ersparen könnte. Aber leider ist es nun einmal so.«

»Hör mal, in diesem Walde aber«, fiel es dem König ein, »dort auf dem anderen Ufer gibt es Wildschweine, mein Wort darauf! Ach, wenn man sie doch jagen könnte!«

Brühl wurde nachdenklich:

»Wir werden uns bemühen, eine Jagd zu arrangieren.«

»Und was hört man aus Dresden? Sind irgendwelche Nachrichten eingetroffen? Hat man meine Jagdausrüstung gebracht?«

Der Minister seufzte und senkte den Kopf.

»Majestät, mir scheint, die Preußen haben vorübergehend Dresden besetzt.«

August III. warf seine Pfeife auf den Boden, wonach sich sofort der Page bückte, und schrie:

»Er wagt es! …«

»Die große Verzweiflung hat ihn dahin gebracht, Allergnädigster Herr!«

»Sieh einer an! Daß er mir nur nicht meine Bilder konfisziert! In seiner Verzweiflung ist ein Mensch wie er zu allem fähig!«

»Um die Bilder mache ich mir keine Sorgen. Das schlimmste ist«, flüsterte Brühl, »daß wir keine Zeit hatten, das Archiv wegzuschaffen.«

Der König winkte mit der Hand ab.

Die Bilder schienen ihn weit mehr zu interessieren.

»Ein Glück«, sagte er, »daß ich die ›Magdalena‹ des Correggio mitgenommen habe. Sie ist doch hier bei uns?«

»Gewiß, Allergnädigster Herr, und ausgezeichnet verpackt: Heinecke ließ für sie eine Kiste bauen.«

August dachte angestrengt nach und fügte leise hinzu:

»Er liebt dich nicht, er ist sehr böse auf dich. Wenn sie schon in Dresden eingezogen sind, na, da werden sie dir ja mehr Schaden zufügen als mir, armer Brühl!«

Der Minister seufzte:

»Allergnädigster Herr, von meinem Palais ist nur noch eine Ruine übriggeblieben.«

Der König schlug die Hände zusammen.

»Dieser Barbar! Ihm ist nichts heilig! Dieser Heide! Ach, welch ein Glück, daß ich die ›Magdalena‹ des Correggio mitgenommen habe, denn die Majestät Raffaels, diese königliche Majestät, wird er nicht anzutasten wagen. Du sagtest, dein Palais sei geplündert worden. Und die Galerie?«

»Bosza hat sie freigekauft und zehntausend Taler dafür bezahlt.«

»Ich werde dir das ersetzen, Brühl!« versprach August. »Ich weiß, du mußt für mich leiden. Wenn ich nur erst diesen Übermütigen zertreten hätte …«

Die Tränen stiegen dem König in die Augen. Er griff nach dem Lehnstuhl hinter sich, nahm Platz, stützte sich mit dem Arm auf und meinte traurig:

»Du hast ganz recht. Solange wir die Preußen nicht losgeworden sind, schickt es sich nicht, auf Wildschweinjagd zu gehen.«

Eine Weile schwiegen beide.

»Daß man hier in diesem dummen Pirna auch auf alles verzichten muß!« stöhnte der König.

»Königliche Hoheit, meiner Meinung nach«, gab der Minister zu bedenken, »sind die Gesundheit und die Ruhe Eurer Majestät teurer als alles andere. Das Land wird sich von diesen Schlägen erholen, wenn nur unser Herr wohlauf und gesund an Körper und Seele bleibt. In Kürze soll der Sejm in Warschau zusammentreten. Selbst wenn die Preußen nicht bei uns in Sachsen einmarschiert wären, hätten wir uns sowieso bald nach Polen begeben müssen.«

»Ja, ja«, bestätigte der König, »wir sollten auf Bären und Elche jagen.«

»Weshalb reisen wir eigentlich nicht jetzt, sofort nach dort ab? Die Krise«, fuhr Brühl fort, »kann nicht lange dauern. Eure persönliche Anwesenheit ist hier nicht erforderlich. Man könnte nach Warschau fahren und dort die baldige Klärung der Lage abwarten.«

»Auf welchem Wege?« fragte der König. »Wo kriege ich die hundertdreißig Pferde zum Auswechseln her?«

»Ich glaube, König Friedrich wird durch Schlesien und Breslau freie Durchfahrt gestatten. Er wird nicht wagen, den König von Polen anzuhalten!«

»Du hast recht«, entgegnete August, »aber, hm, wenn uns die Österreicher gleich zu Hilfe kämen, sich unsere dreißigtausend Soldaten mit ihnen vereinigen und wir den Angreifer zusammenschlagen und in die Elbe werfen würden, so könnten wir doch nächste Woche nach Dresden zurückkehren? Die Königin ist doch sicher in großer Unruhe, hm?«

Brühl stieß einen Seufzer aus und vermochte nicht auf diese schwierige Frage eine Antwort zu geben. Er wagte es nicht, dem König die volle Wahrheit zu enthüllen, denn er war gewohnt, seinem Herrn immer alles Unangenehme zu verheimlichen und damit auch gleichzeitig seine eigene Schuld zu verringern.

August ließ sich eine Pfeife reichen, rauchte und ächzte. Manchmal brummte er etwas Unverständliches.

Da hörte man aus dem Vorzimmer laute Schritte. Brühl eilte erschrocken zur Tür, wo bereits das finstere Gesicht Rutowskis auftauchte.

»General«, flüsterte er ihm zu, »um Gottes willen, sagt dem König nichts!«

»Verschont mich damit!« zischte Rutowski mit gedämpfter Stimme. »Es ist nicht an der Zeit ...«

Bei diesen Worten schob er den Minister leicht zur Seite und ging lebhaft auf August zu, der ihn lächelnd begrüßte. Rutowski verkehrte trotz der Hochachtung, die er dem König bezeugte, sehr vertraut mit seinem Bruder.

»Allergnädigster Herr«, begann er, »Graf Brühl hat Euch gewiß schon wenigstens zum Teil die ungünstigen Neuigkeiten aus Dresden übermittelt. Die Nachrichten sind schlecht, abscheulich. Die Preußen haben Dresden besetzt. Friedrich hat das Archiv aufbrechen lassen ...«

»Ich weiß«, fiel der König ein, »ich weiß, und dem unglücklichen Brühl haben sie all die herrlichen Kostbarkeiten geraubt, auf die ich so stolz gewesen bin.«

»Aber dieser Frevel, Hand an die Königin zu legen!« empörte sich Rutowski.

Brühl hatte zu spät die Hand des Generals berührt, um ihm ein Zeichen zum Schweigen zu geben, vielleicht wäre es auch vergeblich gewesen. August griff sich an den Kopf, oder besser − an die Perücke −, sah sich um und stürzte auf Rutowski zu.

»An die Königin?« schrie er. »Wie konnte das geschehen?«

»Die Königin wollte mit ihrer eigenen Person das Eindringen der Preußen ins Archiv verhindern. Auf Befehl Friedrichs packten sie die Soldaten und führten sie weg ... Sie haben gewagt, die Königin anzutasten ...«

August schloß die Augen und begann zu weinen. Brühl kniete vor ihm nieder.

»Majestät, wir werden diese Schmach rächen. Grämt Euch nicht, Königliche Hoheit, sondern achtet lieber auf Eure Gesundheit ...«

Rutowski ging mit soldatischen Schritten im Zimmer auf und ab.

»Das Heer ist ohne Verpflegung«, rief er, »unsere Kräfte reichen nicht aus, um alle Übergänge zu besetzen ... Wer weiß, was noch kommen wird ...«

Brühl sprang auf den General zu:

»Um Gottes willen, malt unsere Lage doch nicht in so schwarzen Farben! In einigen Tagen werden wir uns mit General Bour verbinden ... Das geht schnell.«

Rutowski zuckte mit den Achseln.

August schwieg, vollkommen mit sich selbst beschäftigt. »Dieser Barbar«, wiederholte er leise, »ein roher Mensch! Brühl, schreib ihm einen Brief ..., einen energischen ... Ich werde ihn sofort unterschreiben! Bellegarde oder irgendein anderer soll ihn hinbringen!«

»Einen Brief? Eine Kugel müßte man ihm schicken und keinen Brief!« brummte Rutowski. »Das wäre das einzige, was Zweck hätte.«

Glücklicherweise war es Zeit zum Vespern. Der König erhob sich stillschweigend, um sich dieser Pflicht zu unterziehen, und das Gespräch wurde abgebrochen. Rutowski erlaubte sich, noch ab und zu ein Wort zu sagen, aber August antwortete nicht und tat so, als hörte er nichts.

Lange blieb noch der Minister beim König. Er tröstete ihn geschickt, so daß August, als es Zeit war, schlafen zu gehen, nachdem er den Wein, ›Schlaftrunk‹ genannt, zu sich genommen hatte, fast vollkommen beruhigt hinter dem Bettvorhang verschwand.

Brühl stellte Wachen auf und schlich in das Nachbarhaus hinüber. An der Schwelle meldete man ihm, ein Bote seiner Frau sei aus Dresden angekommen. Es war Rotti, ein Italiener, der sich verkleidet hatte, ein gewandter, schlauer, mutiger Mann, der zu den verschiedensten Diensten verwendet wurde und für die Gräfin, deren Lieblingsdiener er war, durchs Feuer ging. Um aus Dresden herauszukommen, mußte er die ärmliche Kleidung eines Fischers anziehen. Man konnte ihn nur schwer wiedererkennen: Der schöne, in vollem Mannesalter stehende Mensch sah fast wie ein Greis aus.

Brühl mußte mit der Kerze sehr nahe an ihn herantreten, um sich zu überzeugen, daß es wirklich Rotti war.

Der Bote hatte sich ein Pflaster auf den Rücken kleben lassen, unter dem sich das Schreiben der Gräfin befand. Es war kein Brief, man konnte es eine Art Tagebuch nennen. Stunde für Stunde berichtete sie in knappen, nüchternen Worten, was sich in der Stadt abspielte. Beim Lesen dieses Tagebuches, dieser kurzen Notizen, obwohl sie kein Wort der Klage enthielten und so kaltblütig wie von einem Protokollanten abgefaßt waren, schauderte einem. Brühl wurde abwechselnd rot und blaß, schüttelte sich, biß sich auf die Lippen; schließlich warf er es auf den Tisch und wandte sich an den hinter ihm stehenden Rotti: »Sprich!«

Rotti breitete die Arme aus, ließ den Kopf sinken, hob die Schultern.

»Es ist alles verloren«, sagte er, »jene üben dort ihre Herrschaft aus! Das Palais haben sie vollständig geplündert und ausgeraubt. Sie nahmen mit, was nur mitzunehmen war, alles andere wurde zerstört. Der König wohnte selbst der Plünderung bei.«

»Das ist nichts«, unterbrach ihn Brühl kalt, »ha, Spiegel und Porzellan kann man für Geld kaufen. Was gibt es sonst noch?«

»Das Archiv ...«, fuhr Rotti mit gedämpfter Stimme fort. »Ich weiß es schon«, fiel ihm der Minister ins Wort.

»Man hat alle Kassen beschlagnahmt, den Ministern ihre Entlassung angekündigt.«

Brühl lächelte.

»Aber man hat sie doch nicht des Landes verwiesen?«

»Nein, Exzellenz, Ihr werdet sicherlich von Graf Loss einen Bericht erhalten.«

»Das Theater hat man geschlossen und die Schauspieler entlassen«, fügte Rotti hinzu. »Ich habe selbst mit Hasse gesprochen, der im Begriff ist, nach Italien zurückzukehren. Die anderen wissen noch nicht, was sie jetzt anfangen sollen.«

»Sag ihnen, sie möchten sich etwas gedulden«, entgegnete Brühl. »Diese

Wirtschaft wird nicht von langer Dauer sein. Mit den Österreichern werden wir nach Dresden kommen und die Eindringlinge hinausjagen!«

Rotti seufzte.

»Sie setzen sich ernstlich fest«, fuhr er fort, »ich habe gehört, sie sollen nach Magdeburg geschickt haben und auf der Elbe – man weiß nichts Genaues, man redet von zweihundertfünfzig eisernen Geschützen – zur Bestückung der Mauern und Wälle heranschaffen. Wahrscheinlich haben sie die Absicht, sich zu verteidigen.«

Brühl lachte verächtlich.

»Das sind Gerüchte«, bemerkte er, »Ihr nehmt alles für bare Münze ...«

Rotti verstummte.

»Wann kehrst du nach Dresden zurück?« erkundigte sich der Minister nach einer Weile.

»Wenn es mir Eure Exzellenz befehlen, und wenn sich eine Möglichkeit bietet, dorthin zu gelangen, denn es ist sehr schwierig, heraus- und hineinzukommen.«

Er stöhnte leise und schloß:

»O Gott, wer hätte das erwartet!«

»Wir und auch unser Geschick liegen in Gottes Hand. Wir müssen beten, damit uns die Vorsehung Hilfe sendet.« Durch diese Worte sehr erbaut, seufzte der fromme Italiener aus voller Brust. Aber schon war diese Anwandlung des Ministers verflogen. Ihm fiel etwas anderes ein. Er trat auf den Italiener zu, legte ihm die Hand auf die Schulter und flüsterte:

»Mein lieber Rotti, du mußt für die Gräfin und für Globig Billetts mitnehmen; aber vergiß nicht, falls man dich fassen sollte, daß sie ihnen nicht in die Hände fallen! Verschlucke sie. Es geht um dein Leben, um den König, um mich ...«

»Seid unbesorgt«, versicherte der Italiener, »die Schreiben werden durchgebracht, selbst wenn ich es mit meinem Leben bezahlen sollte!«

IV

Im Erdgeschoß des königlichen Schlosses zu Dresden, in dem gewölbten Raum, dessen vergittertes Fenster mit den undurchsichtigen Scheiben, das schon lange keine Menschenhand berührt hatte, auf den Hof hinausging, hielten zur Abendstunde einige Personen eine geheime Versammlung ab. Eine Kerze brannte auf dem Mauervorsprung, man sprach mit gedämpfter Stimme, an der Tür standen Posten ... Beim geringsten Geräusch blickten sich alle ängstlich um. Das trübe Licht, das die Wachs-

kerze in dem schweren Silberleuchter verbreitete – man hatte ihn nur für
diesen Abend hierhergebracht –, ließ nur undeutlich die Gesichter der
Anwesenden erkennen. Das Gewölbe diente offensichtlich als Abstell-
raum für überflüssige Gegestände. Es war vernachlässigt, schmutzig, die
Decke rauchgeschwärzt, alles machte einen traurigen und trostlosen Eindruck wie ein Gefängnis. Ein Tisch an der Wand, einige einfache Sche-
mel, in den Ecken die Reste von halbabgebrannten Fackeln und irgendwelche schwarze Stangen, auf dem steinernen Fußboden dunkle Ballen
von alten Vorhängen und rötlichem Tuch, alles mit Stricken verschnürt –
bildeten die ganze Ausstattung dieses Schlupfwinkels, der nur wenigen im
Schloß bekannt war. Unter den Kurfürsten hatte er einst den verschiedensten Zwecken gedient, und man erzählte sich, dort hätten blutige und
schreckliche Begebenheiten stattgefunden. Zu Zeiten Augusts des Starken
und besonders während der Regierung seines Sohnes benutzten die
Schloßwächter diesen Ort als Lager für schadhaftes Zeug, das man nicht
wegwerfen wollte, das aber auch eine sorgfältigere Aufbewahrung nicht
mehr wert war. Die beiden Türen, eine zum Hof, die immer verrammelt
war, die andere zum Hausflur, zu der man ein paar Stufen hinabsteigen
mußte, ermöglichten es, hier unbeobachtet ein- und auszugehen. Vielleicht hatten sich gerade deshalb an diesem Abend hier einige Personen
zusammengefunden, die weder gesehen noch belauscht werden wollten ...

In einer von ihnen war leicht die Gräfin Brühl zu erkennen, die stolz
aufgerichtet und mit erhobenem Kopf hier zu leiten und zu befehlen
schien. Auch Baron Spörken war anwesend ... In diesem Augenblick
schien er offenbar unruhig und gereizt zu sein und blickte mit gerunzelter
Stirn und zusammengezogenen Brauen fortwährend zur Tür.

Neben ihm stand zitternd und bleich Kavalier de Simonis. Er mußte
wohl gezwungenermaßen Zeuge dieser Zusammenkunft sein, die ihn in
Angst und Schrecken versetzte. Er rieb sich manchmal die Hände und
strich sich über die Perücke, trat von einem Fuß auf den anderen, legte
die Hände auf den Rücken, steckte sie in die Taschen und wußte nicht
recht, was er mit ihnen und mit sich selbst anfangen sollte.

Etwas abseits hielt sich ein Unbekannter. Sein nicht alt zu nennendes
Gesicht war zerknittert und faltig, die Augen glitten unruhig umher, sein
Mund, sein ganzer Gesichtsausdruck war verbissen. Er schien auf Befehle
zu warten. Seine Aufmachung verriet nicht seinen Stand; er trug Kleider,
die er offensichtlich deshalb angelegt hatte, um nicht erkannt zu werden,
und die nicht zu ihm paßten. Ein schwerer Reisemantel hing über seinen
Schultern.

Gräfin Brühl, General Spörken und der ihnen nur passiv dienende Simonis berieten sich leise. Sie flüsterten eine ganze Weile miteinander, dann trat die Gräfin an den Fremden heran.

»Herr Glasau! ...« begann sie leise.

»Weshalb sprecht Ihr meinen Namen aus?« begehrte der Angesprochene auf. »Weshalb? Das ist doch nicht nötig!«

»Ihr seid doch Sachse, Ihr wart es zumindest. Ihr habt es nicht vergessen. Wollt Ihr dem König dienen?«

Glasau nickte nur zum Zeichen des Einverständnisses.

Gräfin Brühl ging mit ihm einige Schritte weiter und führte ihn in eine dunkle Ecke, wo weder Spörken noch Simonis ihr Gespräch hören konnten.

»Du bist beim König?«

»Ja, ich bin einer der Kammerdiener.«

»Bist du ständig um ihn?«

»Auch hier, im Lager, überall«, entgegnete Glasau. »Meine Ohren und mein Rücken sind ein Beweis dafür ...« Hier seufzte er.

»Bist du zu allem bereit?«

»Sprechen wir zuerst einmal von den Bedingungen«, schlug Glasau vor. »Ich will mein Seelenheil nicht umsonst verlieren. Der König lacht zwar und sagt, der Mensch habe keine Seele, aber auch meinen Körper möchte ich nicht verlieren oder ihn der Folter aussetzen.«

»Es besteht doch keine Gefahr!«

Glasau lächelte.

»Bei dem? Bei dem? Das ist ein Mensch, der das Böse riecht, weil er selbst zu allem, zum Schlimmsten fähig ist. Was bietet Ihr mir? Was gebt Ihr mir?«

»Was forderst du?«

»Viel, viel! Und was verlangt Ihr von mir?«

»Wir müssen erfahren, wann man sich seiner bemächtigen könnte. Er entfernt sich öfter nur mit wenigen Leuten und streift nachts umher. Der Führer könnte ihn in eine Falle locken ...«

»Ja, mutig ist er, das ist schon wahr«, bemerkte Glasau und senkte nachdenklich den Kopf.

»Das wäre am besten«, betonte die Gräfin noch einmal.

»Und was wäre weniger gut?« brummte Glasau, ohne ihr in die Augen zu schauen.

»Wenn, wenn ...«, flüsterte die Gräfin leise, »Ihr versteht doch ..., ein weißes Pulver ... in der Schokolade ...«

Die letzten Worte hatte sie mit kaum vernehmbarer Stimme hervorgebracht. Glasau schüttelte den Kopf, war aber ganz und gar nicht erschrocken.

»Es stimmt, ich bringe ihm morgens die Schokolade, aber manchmal trinkt sie der Hund aus, bevor er dazu kommt, und so würde alles herauskommen«, wandte er ein.

Sie flüsterten noch einige Minuten miteinander. Glasau schien zu feilschen.

»Nein, nein«, sagte er schließlich, »ich spiele ihn Euch lieber lebend in die Hände.«

Die Gräfin fuhr fort, mit ihm zu verhandeln, schließlich hieß sie Simonis nähertreten.

»Seht Euch diesen Herrn genau an«, forderte sie Glasau auf, »merkt Euch seine Gesichtszüge. Weder ich noch der Baron haben eine andere Möglichkeit, mit Euch in Verbindung zu bleiben, als durch diesen Herrn hier.«

Der Kammerdiener sah auf.

»Das nützt nicht viel«, widersprach er, »ich kann mich irren oder auch er. Es ist gefährlich, den Augen zu trauen. Man muß Zeichen ausmachen.«

Bei diesen Worten begann er Simonis rasch mit der Hand zu zeigen, wie er ihn grüßen müßte, wie er die Finger dabei spreizen sollte.

»Ein Zeichen ist zu wenig«, meinte er, »es könnte Zufall sein. Drei reichen kaum aus.«

Kavalier de Simonis verhielt sich zurückhaltend und nahm kaum Anteil an den Instruktionen. Die Gräfin ließ von den beiden keinen Blick.

»So«, schloß Glasau »wir sind uns schon einig!«

Die Gräfin nahm eine Geldrolle aus dem Beutel, den sie bei sich trug, drückte sie Glasau in die Hand und sagte ihm noch leise ein paar Worte. Dieser verbeugte sich und ging rasch zur Tür.

»Ihr werdet dort den vorfinden, der Euch hierhergebracht hat«, sagte der Baron, ihm nacheilend. »Er wird Euch sicher an Ort und Stelle bringen.«

Glasau öffnete die Tür. Der General geleitete ihn in den Flur hinaus und kam dann zurück. Die Brühl wandte sich an Simonis:

»Für Euch hat sich die Baronesse verbürgt, obwohl, wie mir scheint, man Euch verdächtigt hat, daß Ihr mit Berlin briefliche Verbindungen unterhalten habt. Man hat Briefe gefunden.«

»Ich streite es nicht ab«, gab Simonis zu, »das war früher, bevor Fräulein Nostitz sich meiner angenommen und meine Bekehrung vollbracht hat.«

»Und wer garantiert uns für Eure Aufrichtigkeit?«

»Frau Gräfin«, entgegnete Simonis und ließ die Augen sinken, »die Garantie dafür ist die Baronesse, und wenn ich es offen bekennen soll, es liegt in meinem eigenen Interesse. Wo könnte ich ein größeres Glück finden?«

Die Gräfin lächelte spöttisch und zuckte unmerklich mit den Achseln.

»Hat Euch Fräulein Nostitz ihre Hand versprochen?« fragte sie.

Simonis verneigte sich schweigend.

»Ja, dann muß man Euch beglückwünschen«, meinte sie, »Ihr werdet viele Freunde haben, denn der Baronesse mangelt es nicht an Verehrern.«

Indem sie diese beleidigende Stichelei anbrachte, verstärkte sie diese noch durch einen Blick aus ihren schwarzen Augen, die trotz der vielen erlebten Katastrophen noch nicht verlernt hatten, kokett und herausfordernd zu blicken.

»Baron Spörken, was haltet Ihr von diesem Menschen, von jenem Glasau?«

»Ich habe ihn selbst vorgeschlagen«, entgegnete der Baron, »und so kann ich nur Gutes über ihn sagen. Welchen Eindruck hat er auf Eure Exzellenz gemacht?«

»Den eines Menschen, der zu allem bereit ist, aber für gute Bezahlung. Ich bürge nicht dafür, daß er bei der Ausführung der Tat nicht zurückschrickt und sie doch noch unterläßt.«

»Das glaube ich nicht«, widersprach Spörken, »es würde ihm auch nicht viel nützen ... Wer A sagt, muß auch B sagen ... Nachdem wir ihn einmal in den Händen haben, kann er uns nicht mehr entgehen ... Sofort, als er Geld angenommen hatte, kam er hierher.«

Die Brühl nickte zustimmend, legte einen Finger auf den Mund und schien auf die Schritte draußen im Flur zu horchen. Spörken schlich rasch zur Tür, alle verstummten und lauschten. Die Schritte und das Geräusch verhallten, bald war es wieder still.

Die Gräfin warf einen Schleier über den Kopf, bat mit einer Handbewegung, man möchte ihr die Tür öffnen, und ging als erste hinaus. Spörken blieb noch eine Weile mit Simonis zurück und unterhielt sich leise mit ihm. Dann ließ er ihn hinaus und zeigte ihm die Treppen. Er selbst nahm den Leuchter vom Mauervorsprung und verließ als letzter langsam die Kammer.

Nicht ohne offensichtliche Angst eilte Simonis nach dieser geheimen Konferenz davon. Ohne das Schloß zu betreten, huschte er gewandt durch eines der Tore auf die Straße, hier atmete er erst freier auf. Er wagte jedoch nicht sogleich, den Mantelkragen von seinem Gesicht zurückzuschlagen.

Nach wenigen Schritten grüßte ihn jemand. Verwundert, daß man ihn im Dunkeln erkannt hatte, blieb er stehen. Maslowski tauchte plötzlich, wie aus dem Boden gestampft, vor ihm auf. Simonis fuhr unangenehm überrascht zusammen.

»Es ist mir unbegreiflich, wie Ihr mich bei Nacht erkennen konntet«, sagte er, im höchsten Grade erstaunt.

»Ah!« entgegnete Maslowski und lachte fröhlich, »erstens haben wir Katzenaugen, das ist eine bekannte Tatsache, und sehen bei Nacht ausgezeichnet, besonders das, was wir sehen wollen. Dafür sehen wir bei Tage oft nicht, wenn uns jemand in den Weg kommt. Zweitens – Ihr wißt doch, Kavalier de Simonis, wir sind herzliche Freunde – die Sympathie!«

»Aha«, rief Simonis, »aber ich wäre an Euch vorbeigegangen, ohne Euch zu erkennen.«

»Ihr empfindet eben keine Sympathie für mich!« erwiderte Maslowski und hakte sich, ohne Umstände zu machen, bei ihm ein. »Nun, Ihr gestattet doch: Woher des Wegs? Vom Schloß?«

»Wieso vom Schloß?«

»Ach nichts, das ist mir so eingefallen.«

»Was sollte ich denn dort?«

»Nun, ich habe Euch immer wegen Eurer Liebe in Verdacht ... Sie ist doch bei der Königin.«

»Sie ist für mich unerreichbar.«

»Für mich ebenfalls«, pflichtete ihm Maslowski bei und stöhnte übertrieben. »Wir teilen das gleiche Schicksal, das gleiche Leiden, die gleichen Gefühle. Wir müssen gut Freund sein. Der Unterschied zwischen uns besteht nur darin, daß Ihr den Preußen gern habt ... Ich dagegen ...«

»Die Sachsen?« fiel Simonis ein.

»Ach woher denn, wie könnte man nur irgendeinen Deutschen lieben! Eine Deutsche ..., das ist etwas anderes«, plauderte Maslowski fröhlich weiter. »Aber sagt mir doch einmal offen, unter Freunden – ich verrate Euch nicht – wie steht's? Haltet Ihr es nun mit den Preußen oder mit Österreich und Sachsen?«

Simonis lachte nur hellauf.

»Ich glaube, Ihr habt eine Schwäche für die Preußen«, fuhr Maslowski fort, »na, na, über den Geschmack läßt sich streiten. Wenn ich auf der Straße von weitem diesen Korporal erblicke, so kommt es mir vor, als müßte er stinken. Und ich habe doch eine überaus empfindliche Nase.«

Simonis verriet nichts, Maslowski quälte ihn unbarmherzig weiter:

»Mein lieber Freund, ich verstehe nicht, wie Ihr Eure Liebe zu der Baronesse in Einklang mit der zu König Friedrich bringt. Logischerweise müßtet Ihr Euch in die alte Nostitz verlieben, aber das dürfte wohl schwierig sein.«

Der Kavalier schwieg beharrlich. Die beiden schritten die finstere Straße entlang. Um seinen Begleiter loszuwerden, schlug Max die Richtung zu seinem Haus ein. Maslowski verabschiedete sich erst an der Schwelle. Simonis betrat rasch das Haus und schloß die Tür hinter sich. Er stieg nachdenklich die Treppen empor, als ihn, wie schon einmal, Gertrud am Ärmel packte und auf die Tür zur Wohnung der Baronin wies. Da er nicht hoffte, dort heute noch Pepita anzutreffen, leistete er der Alten weniger willig Folge und trat nur zögernd ein.

Die Baronin ging mit in die Hüften gestemmten Armen, was bei ihr immer auf gute Laune schließen ließ, vor sich hinlächelnd, im Salon auf und ab. Dem eintretenden Simonis machte sie vergnügt einen Knicks.

»Gut, daß Ihr kommt, ich habe etwas für Euch«, begrüßte sie ihn.

Sie trat auf ihn zu und flüsterte ihm vertraulich ins Ohr: »Major Wangenheim erwartet Euch unten im Palais der Moszynska. Er hat einen Auftrag für Euch.«

Simonis fuhr zusammen und wurde bleich.

»Ja, ja, eine vertrauliche Mission. Ich selbst habe Euch ihm empfohlen. Ihr könnt Euch jetzt Verdienste erwerben und es zu etwas bringen. Ich bitte Euch, geht gleich zu ihm, damit Euch kein anderer zuvorkommt.«

Max blieb wie angenagelt stehen und vermochte sich nicht zu rühren. Er geriet in eine immer heiklere Lage; doch was auch kommen sollte, er mußte jetzt wie ein Verräter handeln und nicht wie ein Diener. Ein Schauder überlief ihn. Erst nach einer Weile konnte er antworten. »Frau Baronin«, stotterte er zaghaft, »ich bin Euch unendlich dankbar, aber wirklich, ich habe Angst. Ich bin unsicher, mir fehlt die Erfahrung, ich weiß nicht, ob ich mir Rat wissen werde.«

Die Greisin sah ihn fast beleidigt an.

»Man wird Euch doch keine andere Arbeit geben als eine ähnliche, wie Ihr sie schon für die ehrwürdige de Camas verrichtet habt ... Vielleicht werdet Ihr Euch ins Lager nach Pirna begeben müssen ... Aber was ist denn Besonderes dabei: Ihr sagt ganz einfach, die Gräfin Brühl schicke Euch. Allein die Tatsache, daß Ihr Euch dorthin durchschlagt, wird Vertrauen erwecken. Ihr erstattet nur Bericht, was Ihr gesehen und gehört habt. Major Wangenheim wartet auf Euch. Geht, und zwar sofort!«

Sie blickte dem unglücklichen Schweizer ins Gesicht, der einen so verängstigten Eindruck machte, daß sie unsicher wurde und Mitleid für ihn empfand. Doch gleich darauf lachte sie wieder.

»Ich wußte nicht, daß Ihr ein solches Kind seid!« rief sie. »Aber gerade durch solch schwierige und verwickelte Aufgaben wachsen die Menschen. Ihr solltet dem Herrgott danken und nicht den Kopf verlieren.«

Simonis wischte sich über die Stirn, auf der der Schweiß in Tropfen hervortrat.

»Ob Ihr das nun übernehmen wollt oder nicht – es ist sinnlos, darüber zu sprechen«, fügte sie hinzu, nachdem sie vergeblich auf eine Antwort gewartet hatte. »Ihr müßt Euch zum Major begeben. Regelt mit ihm die Angelegenheit!«

Max faßte sich endlich. Es gab keinen Ausweg ... Er mußte gehorchen.

Als sich Maslowski auf der Straße von dem Schweizer verabschiedet und sich die Tür hinter diesem geschlossen hatte, ging er zwar langsam etwas weiter, doch – als hätte ihn eine Ahnung oder die Lust, Simonis zu beobachten, erfaßt – hielt er sich ein Weilchen zwischen der Kirche und der Hauptwache auf. Er hatte ja auch Zeit. Kaum war er ein paar Dutzend Schritte gegangen, als er in der nächtlichen Stille hörte, wie eine Tür knarrend geöffnet wurde. Er blickte sich um und sah, daß jemand das Haus verließ: Die alte Gertrud leuchtete Simonis beim Hinausgehen. Maslowski konnte bei dem schwachen Schein des Kerzenstummels nicht genau erkennen, ob es wirklich der Schweizer war. Er verbarg sich hinter einem Mauervorsprung an der Frauenkirche und wartete, bis die Gestalt näherkam.

Bald erkannte er an Haltung und Gang seinen Freund. Er verließ jedoch nicht sein Versteck und trat erst dann hervor, als dieser an ihm vorübergegangen war; dann ließ er ihn noch ein ganzes Stück Vorsprung gewinnen und schlich vorsichtig hinter ihm her.

Das kann man wirklich Glück nennen, sagte er zu sich, wart nur, mein Vögelchen, dieser nächtliche Spaziergang kommt mir sehr verdächtig vor. Ich muß herauskriegen, wohin du dich zu so später Stunde begibst.

Er folgte ihm, ohne ihn aus den Augen zu lassen, stets darauf bedacht, selbst nicht gesehen zu werden. Das Palais der Moszynska umgab damals ein großer Garten. Es lag außerhalb der Stadt. Hier bot sich einem ein durch nichts gestörter Anblick auf die weiten Berge. Schon allein die Richtung, die der Kavalier einschlug, verriet das Ziel seines Weges. Das hatte Maslowski nicht erwartet, in ihm kochte es.

»Übt er Verrat, so erschieße ich ihn morgen wie einen Hund!« schwor er sich. »Wenn von dieser Sorte einer weniger auf der Welt ist, hat die Menschheit nichts Besonderes verloren!«

Simonis blickte sich nach allen Seiten um, bevor er an den Eisenzaun und an das Tor herantrat, das in den Garten und das Palais führte. Hier stand ein Posten, der ihn fragte, wohin er wolle. Simonis flüsterte, er hätte den Auftrag, sich bei Major Wangenheim einzufinden. Der Soldat wies ihm den Weg. Maslowski hielt sich in einiger Entfernung und blieb auf der Lauer.

Major Wangenheim, ein junger, stattlicher Mann, saß trotz der vorgeschrittenen Zeit noch in Uniform und mit umgehängtem Degen da, als man ihm den Besucher meldete. Er musterte ihn und überlegte.

»Die Gräfin Nostitz schickt mich«, erklärte Simonis.

»Ja, ich weiß«, sagte der Major trocken, »Ihr wart doch mit Brühl und seinem Hof etwas bekannt.«

»Sehr wenig ...«

»Vielleicht wäre es für Euch interessant, was sich da draußen im Feldlager abspielt?«

Der Kavalier schwieg.

»Ihr könntet der Gräfin das Anerbieten machen, einen Brief an ihren Mann dorthin zu bringen, aber diesen müßtet Ihr mir zuerst vorlegen.«

»Ich bezweifle, ob mir die Gräfin trauen wird«, warf Simonis zaghaft ein.

Wangenheim sah zu ihm auf und entgegnete:

»Mit einem Wort, mein Herr, hättet Ihr Lust, uns Nachrichten aus dem Lager zu bringen und an unsere dortigen Bekannten einige Befehle zu übermitteln?«

Simonis schwieg.

»Ich werde gehorchen, wenn mir das befohlen wird«, erwiderte er schließlich, »doch ich möchte Euch nicht verheimlichen, daß ich wenig Übung und Erfahrung habe und daß ich mich nicht auf meine Geschicklichkeit verlassen kann.«

Der Major lachte leicht verächtlich.

»Eine zu große Bescheidenheit«, meinte er und sah dem Schweizer prüfend in die Augen. »In solchen Dingen kann man sich kaum Übung erwerben, dazu muß man geboren sein. Kurz gesagt, es fehlt uns an Leuten, es ist notwendig, daß Ihr Euch morgen auf den Weg macht und so schnell wie möglich zurückkehrt. Am Hofe des Königs und des Ministers gibt es zwei Menschen, denen Ihr unauffällig diese Briefe von ihren Frauen abgebt. Es ist nichts in ihnen enthalten ... Außer ihnen kann sie niemand entziffern. Ihr müßt bemüht sein, recht viel zu sehen, zu erfahren und dann schnellstens zurückzukommen.«

Major Wangenheim schloß mit einer gewissen Ungeduld dieses Gespräch ab, das ihm nicht sehr angenehm zu sein schien, warf auf die Briefe, die auf dem Tisch lagen, eine Rolle Dukaten, trat ein paar Schritte zurück und verabschiedete Simonis mit einem Kopfnicken.

Das Gold, das ihm so offen mit einer gewissen Verachtung hingeworfen wurde, rief auf den Wangen des Schweizers Röte hervor.

»Verzeihung, Herr Major«, stieß er hervor, die Geldrolle beiseite schiebend, »ich kann und muß mich diesem Dienst für Seine Majestät den König unterziehen, aber ohne diese Zugabe.«

»Wieso?« fragte der Major.

»Sollte ich eine Belohnung verdienen, so gebt sie mir später. Ich bin nicht einer von denen, die sich verkaufen.«

Der Major blickte ihm in die Augen und zuckte mit den Achseln. Er schien weder verwundert noch gerührt und an ähnliche Szenen gewöhnt zu sein.

»Das ist für die Reise«, sagte er trocken. »Man kann doch nicht verlangen, daß Ihr für die entstehenden Kosten selbst aufkommt ... Gute Nacht!«

Simonis nahm die Briefe an sich und steckte, da er sich wohl nicht verdächtig machen wollte, auch die Geldrolle in die Tasche und ging hinaus.

Die Nacht war finster. Unangenehme Gefühle beschlichen ihn, Ekel, Widerwille, Angst. Während er so dahinschritt, fragte er sich, ob es nicht das beste wäre, sein Bündel zu schnüren, nach Bern zurückzukehren und sich durch Arbeit eine Zukunft aufzubauen.

Nur der Gedanke an die schöne Pepita hielt ihn vielleicht von diesem Schritt zurück. Durch die Annäherung an die Baronesse fühlte er sich geadelt; er wollte nicht mehr diesen schmutzigen, dunklen Weg gehen. Niederträchtig und gemein kamen ihm all die Intrigen vor; aber wie konnte er sich aus diesem Netz befreien, in das er sich – zum Teil durch seine eigene Schuld – verstrickt hatte? Er näherte sich schon der Stadt, als er plötzlich hörte, wie jemand ein Liedchen summte, und er sich auch schon zu seiner Verwunderung und seinem nicht geringen Schreck Xaver Maslowski gegenübersah. Dieser tat überaus erstaunt und rief:

»Das ist doch zu eigenartig, daß wir uns dauernd begegnen! Kann ich meinen Augen trauen? Ich habe Euch doch nach Hause gebracht, und Ihr wolltet Euch schlafen legen? Wie kommt Ihr denn hier in diese Gegend? Man könnte beinahe meinen, Ihr hättet dem Preußenkönig gute Nacht gesagt!«

»Und was treibt Ihr hier?« fragte Simonis.

»Ich? Ich habe nichts zu tun und bin Vagabund von Beruf.« – Maslowski lachte. – »Ich spioniere bei den Preußen herum. Wißt Ihr, die sind gar nicht so dumm. Welche Ordnung und Disziplin bei ihnen herrscht ... Aber sagt doch, wo kommt Ihr denn her?«

Simonis wollte sein Geheimnis nicht preisgeben und mußte erst einen Augenblick überlegen, was er ihm antworten sollte.

»Ich will's Euch gestehen«, meinte er leise, »ein galantes Abenteuer ...«

»In dieser Gegend? Hier, hinter der Stadt? Es ist wohl irgendein Gärtnermädchen, denn was Besseres wird wohl hier draußen nicht zu finden sein ... Was Ihr da erzählt, aber, aber! ...«

Simonis entgegnete zögernd:

»Glaubt es oder glaubt es nicht, ganz wie Ihr wollt.«

»Nehmt einen Rat von mir an, von mir, der ich in Dresden besser als Ihr Bescheid weiß«, fuhr Maslowski fort. »Es ist nicht ungefährlich, in der Nähe des Königs ein Rendezvous zu haben. Friedrich ist mißtrauisch, und im Handumdrehen kann man erschossen werden.«

Diese Begegnung mit Maslowski, der ihn wieder bis zu seinem Hause begleitete, gab dem unglücklichen Simonis den Rest. Er verabschiedete sich von dem spottlustigen und aufdringlichen Polen und schleppte sich die drei Stockwerke hoch. Die ihm von Wangenheim übergebenen Briefe brannten förmlich in seiner Tasche. Eine unsagbare Unruhe hatte sich seiner bemächtigt, und er konnte kein Auge schließen. Kaum tagte es, so sprang er aus dem Bett und eilte zum Schloß. Der ganze Hof war noch in der Kirche zur Morgenmesse. Er verbarg sich in der Wohnung von Baron Spörken und wartete auf die Baronesse, mit der er sprechen wollte. Ein Page sollte ihr melden, daß er hier sei. Ungefähr nach einer halben Stunde erschien das schöne Fräulein. Sie hatte ihre Kleider nach dem Kirchgang noch nicht gewechselt. Sie sah Max an – sein niedergeschlagenes Gesicht schien nichts Gutes zu verkünden. Voller Unruhe trat sie auf ihn zu und fragte: »Was ist mit Euch?«

»Urteilt selbst: Ich begab mich gestern direkt von hier zur Baronin. Sie empfing mich mit der Nachricht, ich sollte mich sofort beim Major einfinden, um Befehle entgegenzunehmen«, berichtete Simonis. »Spät in der Nacht mußte ich zum Palais der Moszynska eilen. Dort befahl man mir, mich mit Briefen ins Lager nach Pirna zu begeben und Spionage zu treiben.«

Pepita hörte mit großer Aufmerksamkeit zu.

»Mein Fräulein«, rief Simonis, »im Augenblick bin ich der Unglücklichste aller Menschen unter der Sonne! Wenn Ihr nicht wäret, würde ich von hier fliehen! Versetzt Euch doch einmal in meine Lage! Was soll ich nur tun? Verraten kann ich Euch nicht, verrate ich die anderen, so ist mir der Tod sicher. Doch was ist schon der Tod! Mich erwarten Erniedrigungen, Demütigungen! Ich kann das alles, seit ich Euch kennenlernte, nicht mehr ertragen. Das übersteigt meine Kräfte! Ich würde mich vor mir selbst ekeln!«

Die Baronesse errötete und reichte ihm dann schweigend die Hand.

»Euch kann ich dienen! Dem König bin ich nichts schuldig und habe ihm gegenüber keine Pflichten. Doch auf diese Weise ... Nein! Nein! Dazu bin ich nicht fähig!«

Max schlug die Hände vors Gesicht.

»Was soll ich nur beginnen? Was soll ich nur tun?«

Die Baronesse schwieg nachdenklich.

»Ich verstehe«, sagte sie schließlich leise, »es gibt gewisse Grenzen, die auch der größte Opfermut nicht überwinden kann. Seine Ehre gibt man nicht hin ...«

»Zeigt mir doch einen Ausweg, Baronesse!«

Pepita schritt im Zimmer auf und ab.

»In der Tat, da läßt sich schwer raten. Ich habe zu wenig Erfahrung, um in dieser verwickelten Angelegenheit entscheiden zu können. Wir brauchen Euch, Herr de Simonis. Versteckt Ihr Euch hier im Schloß und begebt Euch nicht in das Lager nach Prina – so könntet Ihr uns hier nützlich sein. Reist Ihr aber in das Feldlager und bleibt dort, so wird man hier wohl annehmen, man hätte Euch gefangengenommen. Friedrich und die Preußen werden nicht lange hierbleiben ...«

Die Unsicherheit der Baronesse beim Reden verriet, daß sie selbst nicht wußte, wozu sie dem Schweizer raten und was sie mit ihm anfangen sollte. Ihr Gesicht zeigte deutlich ihre starke Erregung. Dieses Werkzeug, mit dem sie so gerechnet hatte, entglitt ihren Händen. Nach einigem Nachdenken lief sie zur Tür. Sie griff bereits nach der Türklinke, als sie mit gesenktem Kopf, fast ohne ihn anzusehen, rasch hervorsprudelte:

»Macht Euch auf den Weg, verabschiedet Euch von der Baronin und kommt hierher, dann werden wir sehen, was zu machen ist!«

Simonis konnte sie nicht zurückhalten; im Nu war sie verschwunden. Er ging, um ihren Anweisungen nachzukommen und sich auf die Reise vorzubereiten. Er vermutete, Pepita würde sich vielleicht mit der Königin, aber ganz gewiß mit der Brühl beraten, denn die Gräfin stellte den Pol dar, von dem alle gegen die Preußen gerichteten, bisher aber ergebnislosen Intrigen ausgingen.

Max war noch nicht zum Schloß zurückgekehrt, als dort in den Gängen Maslowski wie zu seinem Vergnügen herumspazierte, in Wirklichkeit aber auf die Baronesse lauerte.

Da er befürchtete, diese heimliche Nachstellung könnte zu lange dauern, gab er einem Lakaien ein ›douceur‹ (so sagte man damals in der Hofsprache zu einem Trinkgeld) und bat, das Fräulein herauszurufen. Früher wäre das unmöglich gewesen, aber seit dem Einzug der Preußen war man an bisher nie erlebte Dinge gewöhnt.

Die Baronesse kam sofort.

»Ich bitte um Verzeihung, daß ich mir erlaubte, Euch zu bemühen«, entschuldigte sich Maslowski, »doch ich will es Euch erklären. Mir scheint, der Augenblick ist gekommen, wo mein Freund Simonis unschädlich gemacht werden müßte. Er begab sich gestern von hier nach Hause und ging dann nachts zu König Friedrich. Er ist ein Verräter ...«

»Nein, mein Herr, nein«, widersprach Pepita, »ich weiß darüber Bescheid, er mußte dorthin gehen. Auf alle Fälle danke ich Euch herzlich für Eure Wachsamkeit. Ihr seid ein vortrefflicher, edler Mensch.«

Sie reichte ihm die Hand, die Herr Xaver ergriff und leidenschaftlich nach polnischer Art zu küssen begann. Die Baronesse, an soviel Glut nicht gewöhnt, errötete und mußte ihm die Hand entreißen.

»Ich werde ihn glatt erwürgen«, rief Xaver, »wenn er es wagte, Euch zu verraten! Aber wißt Ihr was? Ich bete Euch an, doch wenn Ihr mich so wie jenen da auf zwei Stühlen sitzen ließet ... Verzeiht, aber ich glaube, das würde ich nicht einmal für Euch fertigbringen.«

»Ich hoffe, daß auch er es nicht tun wird«, flüsterte die Baronesse, um ihren Helfer in Schutz zu nehmen.

»Nun, entschuldigt, wenn ich, da ich Euch einen Dienst erweisen wollte, Euch mit meinem unnötigen Besuch Unruhe gebracht habe. Habt Ihr keine Befehle für mich? Ist jemand totzuschlagen ..., aufzuhängen ..., zu erwürgen? Für Euch bin ich zu allem bereit.«

Der Ton und die Fröhlichkeit, mit der Maslowski das alles hervorbrachte, standen in einem so seltsamen Widerspruch zu der im Schloß herrschenden Stimmung, daß die Baronesse mit einem gewissen Neid auf den unbekümmerten jungen Burschen schaute.

»Ich danke Euch«, sagte sie. »Ich bewundere Euren Gleichmut angesichts des Unglücks, das über uns hereingebrochen ist. Berührt Euch denn das gar nicht?«

»Ich bin hier vollkommen fremd, ich bin nur Zuschauer«, erklärte Maslowski, »und habe viel von unserem unseligen Nationalcharakter an mir, der uns auch in schweren Stunden fröhlich sein läßt. Der Herrgott hat uns nun einmal so geschaffen!«

»Ihr habt doch keinen Grund, Euch zu beklagen«, seufzte die Baronesse.

»Bei aller Fröhlichkeit behalten wir jedoch immer klaren Kopf«, fuhr Maslowski fort. »Seufzer und Klagen helfen nicht weiter. Habt Ihr keinen Auftrag für mich?«

Pepita zögerte.

»Und wenn etwas Wichtiges ins Lager gebracht werden müßte? Würdet Ihr es wagen?« meinte sie schließlich.

»Alles richte ich aus, was Ihr wollt, aber mündlich, ohne Papiere. Ich bin so zerstreut, daß ich sogar mein eigenes Geld verliere!«

»Wartet einen Augenblick!«

Die Baronesse verschwand.

Maslowski begann leise vor sich hinzusingen, denn wenn er nicht redete, so pfiff oder summte er eine Melodie, da er es nicht fertigbrachte, vollkommen ruhig zu sein. Baron Spörken kam in den Gang gelaufen und suchte ihn. Er blickte sich um, ob sie unbeobachtet wären, und zog ihn dann in sein Zimmer.

»Könnt Ihr Euch ins Lager zu Brühl durchschlagen?«

»Wenn mich nicht die Preußen erwischen.«

»Das ist es, man darf sich eben nicht erwischen lassen ...«

»Ich habe auch nicht die geringste Lust dazu, denn man erzählt, daß sie, wenn sie eines zum Soldaten taugenden Mannes habhaft werden, ihn sofort in die Uniform stecken. Und ich eigne mich durchaus nicht für den Dienst bei den Preußen.«

»Es handelt sich darum, wichtige Nachrichten nach Pirna zu bringen.«

»Mündlich?« erkundigte sich Maslowski mit Nachdruck.

»So ist es.«

»Ich will es versuchen. Ich bitte darum ...«

»Euer Wort, daß Ihr nichts verratet?« fragte Spörken.

Maslowski lachte.

»Wem? Den Preußen? Für was haltet Ihr mich denn eigentlich?«

»Euer Wort darauf?«

»Mein feierliches Ehrenwort!«

Spörken trat mit ihm zum Fenster.

»Friedrich hat entweder schon Dresden verlassen oder wird es noch heute oder morgen tun. Wir kennen seine Pläne ... Er will unser Lager von der böhmischen Grenze abriegeln und so die Vereinigung unserer Truppen mit den Österreichern vereiteln. Sollte ihm das gelingen – wir haben keine Lebensmittel, unsere Handvoll Leute wird täglich durch Krankheiten, Desertationen und sogar durch den Mangel an Verpflegung dezimiert –, so sind wir verloren. Es ist notwendig, daß Rutowski so schnell wie möglich, bevor uns Friedrich den Weg abschneidet, General Wied entgegenzieht. Ihr seht, davon hängt unsere Rettung ab.«

»Ich verstehe«, versicherte Maslowski. »Es gibt verschiedene Möglichkeiten, aus Dresden herauszukommen. Ich werde versuchen, ob man nicht auch nach Pirna gelangen kann. Ich werde jedenfalls tun, was in meinen Kräften steht ...«

Er verabschiedete sich schon, als die Baronesse mit glühendem Gesicht eintrat.

»Geht Ihr?«

»Ich weiß es noch nicht, ob ich gehen, fahren oder gar schwimmen werde. Aber das eine weiß ich«, rief Maslowski, »daß mir das Ganze viel Spaß macht und ich mich schnell in das Abenteuer stürzen werde.«

Er verneigte sich.

Pepita reichte ihm wieder die Hand – sie dachte nicht mehr an das Benehmen Maslowskis von vorhin – und errötete erst, nachdem er schon seinen Kuß darauf gedrückt hatte.

Maslowski lief sinnend die Treppe hinunter und begegnete dem langsam heraufkommenden Simonis.

»Jetzt sind wir aber oft genug wie die Kugeln beim Kegeln zusammengeprallt! Diesmal verabschiede ich mich, Kavalier de Simonis, denn höchstwahrscheinlich werde ich einige Tage nicht die Ehre haben ...«

»Wo wollt Ihr denn hin?«

»Spazierengehen!« rief Xaver mit einer Verbeugung. »Adieu!«

Als Maslowski in seiner Wohnung bei Frau Fuchs anlangte, dachte er angestrengt nach, wie er wohl die beabsichtigte Reise ausführen könnte. Seine Wirtin hing schon allein deshalb sehr an dem jungen Burschen, weil er ziemlich viel Schulden bei ihr hatte. Maslowski rief sie und sagte zu ihr:

»Meine liebe Frau Fuchs, es tut mir unendlich leid, aber ich muß Euch verlassen! Dienst ist Dienst. Brühl ist im Feldlager, und ich muß mich zu ihm begeben!«

Die Wirtin schlug die Hände über dem Kopf zusammen.

»Herr Jesses, das geht doch nicht! Ich lasse Euch nicht fort ... Ihr wißt doch ... Euer Vater vertraute Euch meiner Obhut an!«

»Redet mir nicht von Eurer Obhut, wo die Hemden nicht einmal geflickt sind!« entgegnete Maslowski. »Ihr wißt doch, wenn ich mir etwas vorgenommen habe, so führe ich es auch aus, es muß sein. Ich werde mich also zu Brühl begeben, aber sofort wieder zurückkehren. Ich gebe Euch mein Wort, daß ich nicht bei ihm bleiben werde. Wenn mich nur nicht die Preußen aufhängen! Ihr könnt auch ein Wörtchen dabei mitreden, Frau Fuchs.«

»Seid Ihr von Sinnen?«

»Ihr müßt mir jemanden beschaffen, der mich nach Pirna und von dort wieder nach Dresden bringt.«

Die Witwe redete mit Händen und Füßen, sie stritten erregt hin und her. Aber zu guter Letzt, am Abend, war der Frieden wiederhergestellt. Maslowski rasierte sich vor dem kleinen Spiegel seinen Schnurrbart ab. Um diesen schönen, jungen Schnurrbart tat es ihm leid, so leid, daß ihm beinahe die Tränen in die Augen stiegen.

Geheimnisvolle Vorbereitungen wurden getroffen. Ununterbrochen schleppte man verschiedene Dinge in sein Zimmer und kam wieder mit anderen heraus. Es wurde geflüstert, umhergelaufen, man beriet sich. Schon bei Einbruch der Dunkelheit hielt vor dem Haus ein Wagen, auf dem ein alter Mann und ein altes Weib saßen. In der Mitte des Fuhrwerks hatte man ein Lager wie für einen Kranken zurechtgemacht. Maslowski war nicht zu sehen. Von der Magd gestützt, schleppte sich eine kranke Frau aus dem Haus, die behutsam auf den Wagen gelegt und sorgfältig zugedeckt wurde. Frau Fuchs stand nachdenklich an der Tür.

Das Gefährt setzte sich in Bewegung und rollte in Richtung Pirnaer Tor davon. Auf dem Markt vor der Wohnung des Kommandanten Wylich wurde noch einmal angehalten, und der Alte ging hinein. Es dauerte eine ganze Weile, bis er zum Wagen zurückkehrte, wo das alte Weib saß. Zwei Soldaten begleiteten ihn. Diese besahen sich die Kranke im Wagen, die nur den Kopf hob und ihn dann sofort wieder zurückfallen ließ. Einer der Soldaten begleitete sie bis zum Pirnaer Tor. Glücklicherweise kamen sie dort noch rechtzeitig an, bevor Trommelwirbel den Zapfenstreich ankündigte und die Tore geschlossen wurden. Der Soldat sorgte dafür, daß der Befehl des Kommandanten befolgt wurde und man das Fuhrwerk ungehindert passieren ließ. Obwohl schon die Dämmerung weit vorgeschritten war, fuhr es langsam in Richtung Pirna davon.

Auf der Landstraße, in ziemlicher Entfernung von der Stadt, hielten preußische Vorposten Wacht.

Alle kamen fluchend und schimpfend an den Wagen heran und versperrten den Weg, bis der Kutscher den vom Kommandanten ausgestellten Passierschein vorwies.

Spät in der Nacht waren sie so weit gekommen, daß sie keine preußischen Wachtposten mehr sahen. Die Landstraße war leer und weit und breit keine Menschenseele zu entdecken. Auch die kleinen Häuser am Wege standen verlassen da; ihre Bewohner waren geflohen. Es tagte schon – der Straßenkot, der Wind und die mageren Gäule hatten ein schnelleres Vorwärtskommen nicht gestattet –, da erscholl das erste sächsische ›Wer da?‹.

Der Kutscher fuhr zusammen, die kranke Frau sprang von ihrem Lager hoch, als hätte sie noch nie im Leben eine Krankheit kennengelernt. Ein Soldat zu Pferd hielt die Muskete auf die Ankömmlinge gerichtet, doch die in so deutlichem Sächsisch gegebene Antwort des Kutschers ließ ihn von weiteren feindlichen Schritten Abstand nehmen. Die Kranke verlangte, zu General Rutowski oder Minister Brühl gebracht zu werden. Da die Patrouille gerade nach Pirna zurückkehrte, nahmen die Soldaten den Wagen in die Mitte und gaben ihm das Geleit. Mit der kranken Frau war eine große Veränderung vorgegangen, sie unterhielt sich mit den Soldaten wie der allergesündeste Mann.

In Wirklichkeit war es Herr Xaver Maslowski, der auf diese kluge Art und Weise sehr bequem und sicher in das Gebiet gelangt war, das unter dem Schutz der sächsischen Truppen stand.

Um acht Uhr morgens, als Brühl noch im Schlafrock über Schreiben gebeugt saß – vielleicht studierte er die Antwort des Preußenkönigs, vielleicht setzte er einen neuen Brief Augusts III. an ihn auf –, meldete man ihm, sein Page Maslowski sei aus Dresden angekommen und wünsche ihn zu sprechen.

Brühl mochte Maslowski nicht besonders gut leiden, dazu lag freilich kein Grund vor, sondern der Instinkt leitete den Minister. Er hatte eigentlich nichts gegen ihn, aber sooft er ihm in die Augen schaute, las Brühl darin etwas, was ihm nicht gefiel. Der Pole war überaus dreist. Deshalb hatte auch Brühl bei der Auswahl seiner Begleiter Herrn Xaver übergangen und ihn in Dresden zurückgelassen. Er ahnte damals noch nicht, daß man von Pirna direkt nach Warschau aufbrechen würde.

»Was macht Ihr denn hier?« rief Brühl verwundert.

»Ich überbringe Eurer Exzellenz die Grüße Eurer Frau Gemahlin«, entgegnete Xaver ruhig. »Deshalb bin ich hierhergekommen.«

»Wann? Wie?«

»Heute nacht, und wie? Das läßt sich schlecht erzählen. Kurz gesagt, ich bin, Gott sei Dank, gut durchgekommen!«

»Habt Ihr irgendein Schreiben?«

»Gott bewahre! Ich habe Euch mündliche Empfehlungen auszurichten.«

Xaver sah sich um und gab zu verstehen, er wünschte den Minister allein zu sprechen.

Brühl führte ihn in ein kleines Zimmer, das mit Schatullen in den verschiedensten Größen vollgestopft war. Sie enthielten Tabakdosen, Uhren, Kleinodien, Ringe – all das hatte der Minister für alle Fälle mit sich genommen. Die verhältnismäßig enge Wohnung entlockte dem großen Herrn manchen Seufzer und brachte ihn so weit, daß er fast Tränen über sein eigenes Schicksal vergoß. Er hatte nur zwanzig Perücken mitgenommen und die gleiche Anzahl Kleider. Nicht mehr als zwanzig Leute standen ihm für seine persönlichen Bedürfnisse zur Verfügung. Er war gedemütigt und vergrämt. Tagtäglich erinnerte er Gott im Gebet, wenn auch mit frommer Bescheidenheit, so doch nicht ohne Nachdruck, an eine Belohnung für die Entbehrungen, die er zu dessen Ehre auf sich nehmen mußte. Besonders hier im Feldlager war Brühl außerordentlich fromm und bußfertig. Man beobachtete, daß er mehrere Male am Tag vor dem Kreuz kniete.

Maslowski entledigte sich seines Auftrages. Brühl hörte ihn mit gerunzelter Stirn an. Manchmal drückte sein Gesicht Mißfallen, dann wieder Erstaunen aus, als halte er das alles für eine Ausgeburt der Phantasie. Einige Male platzte er heraus:

»Aber woher denn ...«

Schließlich, als ob er vergessen hätte, daß nur ein kleiner Page vor ihm stand, schrie er:

»Was faseln die da! Friedrich wird in Kürze selbst die Flucht ergreifen müssen, wenn wir ihn von allen Seiten in die Zange nehmen ... Diesen Geächteten!«

Er zuckte mit den Achseln.

Maslowski schickte er nicht nach Dresden zurück. General Rutowski ließ er ein Billett zugehen. Der Page wollte sich ein wenig ausruhen und begab sich zu seinen alten Gefährten, die ihn neugierig über die Vorgänge in der Hauptstadt ausfragten.

Als Rutowski eintraf, rief man ihn wieder, er mußte noch einmal vortragen, was ihm General Spörken anvertraut hatte. Brühl gab deutliche Zeichen seiner Ungeduld von sich, als er zum zweiten Male diesen Bericht hörte.

»Was heißt das? General, nehmt Ihr das alles für bare Münze?« rief er.

»Jawohl, für sehr bare Münze sogar, jedenfalls ist sie weit mehr wert als das Falschgeld, womit uns Friedrich überschüttet«, entgegnete Rutowski mit einem traurigen Lächeln. »Leider ist es so. Bevor sich das Reichsheer sammelt, bevor die Franzosen ausziehen, die Russen einmarschieren, die Österreicher ankommen ..., werden wir zum Opfer gefallen sein. Die Truppen sind ohne Verpflegung. In den Pirnaer Spitälern liegen anderthalbtausend kranke Soldaten!«

Brühl wurde unwillig.

»In jedem Krieg gibt es Opfer«, stieß er hervor, »das Gerede ist vergeblich!«

»Und ich fürchte wiederum, unsere Opfer könnten vergeblich sein!« erwiderte Rutowski.

»Was ist also zu tun?« – Der Minister fragte es in einem höflichen Ton, aber man spürte trotzdem seine Wut.

»Es muß schnellstens eine Brücke über die Elbe geschlagen werden, damit wir hinüber nach Peterswalde marschieren können!«

Brühl nickte zustimmend:

»Ich habe nichts dagegen.«

Auf einmal schien General Rutowski etwas einzufallen, und er wandte sich an Maslowski:

»Wo ist Friedrich? In Dresden?«

»Er war im Begriff abzureisen«, antwortete der Page. »Man spricht auch davon, daß aus Magdeburg zweihundertfünfzig eiserne Geschütze auf der Elbe zur Bestückung der Mauern und Wälle nach Dresden geschafft werden sollen.«

»Um so besser«, meinte der Minister, »die bleiben gleich für uns da.«

Rutowski ging im Zimmer auf und ab und entgegnete nichts. Nachdem Maslowski alles, was er wußte, berichtet hatte, bat er, so schnell wie möglich in die Hauptstadt zurückkehren zu dürfen. Man erteilte ihm eine unklare Antwort. Dann konnte er gehen. Gegen zehn Uhr schickte Brühl nach ihm, er solle ihn zum König begleiten. August III. hatte durch Rutowski seine Ankunft erfahren und wollte ihn über Dresden ausfragen.

Der Hofkaplan hatte eben am Hausaltar die Messe beendet, die Kirchengeräte wurden hinausgetragen, und der König war gerade vom Betstuhl aufgestanden, als der Minister und Maslowski eintraten.

Brühl hatte seinem Pagen vorher genaue Instruktionen erteilt, was er dem König berichten und wie er mit ihm sprechen sollte, um ihn nicht in unnötige Sorgen zu versetzen. August heftete seinen Blick auf den eintretenden Boten und sagte lange kein Wort.

»Was ist aus dem Theater geworden?« fragte er.

Brühl ließ Maslowski nicht zu Wort kommen, er nickte ihm nur drohend zu und antwortete selbst: «Eben erzählte er mir, daß es nicht auf Wahrheit beruht, daß der Preußenkönig ...«

»Nenne ihn Markgrafen von Brandenburg!« unterbrach ihn der König.

»Jawohl, Allergnädigster Herr! Der Markgraf von Brandenburg hat die Künstler und Theaterleute nicht entlassen, aber sie selbst haben erklärt, daß sie aus Liebe zu Eurer Königlichen Hoheit für niemanden singen und spielen und nicht eher wieder auftreten wollen, als bis ihr heißgeliebter König zurückgekehrt ist. Sie widerstehen dem Zwang und den Versuchen, sie mit Gold zu gewinnen.«

Der König lächelte geschmeichelt.

»Die Braven!« rief er. »Gott wird alles so fügen, daß ich sie belohnen kann. Ihr werdet es schon sehen! Richtet ihnen das aus.«

»Erst infolge ihrer Widersetzlichkeit«, schloß Brühl, »wurde ihnen das Gehalt entzogen.«

»Ich werde es ihnen später anrechnen lassen ...«

»Und Graf Loss und unser Ministerium?« erkundigte sich der König.

Wieder kam der Minister Maslowski zuvor:

»Es ist alles beim alten geblieben. Man wagte nicht, sich dort einzumischen.«

Der König räusperte sich.

»Was hat man mit der Galerie gemacht? War Friedrich schon dort?«

Auf diese Frage wußte Brühl keine Antwort, aber er glaubte nicht, daß es eine Gefahr bedeuten könnte, wenn er nun einmal den Pagen reden ließ.

»Allergnädigster Herr«, begann Maslowski, »ich weiß, daß der König oder vielmehr der Markgraf von Brandenburg sich von Heinecken die Galerie öffnen ließ.«

Leicht erschrocken sprang August auf.

»Aber es ist doch nichts verlorengegangen?« fragte er.

»Nichts hat man angerührt, nichts …« war die Antwort.

»Gott und den Heiligen sei Dank!« seufzte König August erleichtert.

»Aber was hat er gesagt? Was hat er gesagt?«

»Heinecken erzählt, er soll seiner Bewunderung Ausdruck verliehen haben …«

»Also hat er sie doch bewundert! Aber was von allem denn am meisten?«

»Battonis ›Magdalena‹.«

Der König hob sein glücklich strahlendes, seltsam lächelndes Gesicht.

»Ich streite es nicht ab, sie ist schön. Aber im Vergleich zu Correggio …«

Er sprach den Satz nicht zu Ende und lächelte nur mitleidig über Friedrich.

»Ein Kenner! Ein Kenner!« sagte er spöttisch. »Die ›Sixtinische Madonna‹ ist gar nichts …, Tizian nichts …, Veronese nichts …, nur Battoni! Dieser Markgraf von Brandenburg! …«

»Schon allein der Name des Malers, der an einen Stock erinnert«, warf Brühl ein, »mußte im Markgrafen Gefühle der Sympathie erwecken.«

Über diese Bemerkung wollte sich der König schier totlachen, aber gleich darauf, als wäre er über sich selbst erschrocken, schlug er sich mit der Hand auf den Mund.

»Pst!« drohte er Brühl.

Dann erkundigte sich August nach der Königin, seinen jüngeren Kindern, der Kirche, Pater Guarini und zuletzt nach Gräfin Brühl.

Maslowski versicherte, alle erfreuten sich bester Gesundheit. Der König wollte wissen, ob der Park um das Palais der Moszynska nicht beschädigt worden sei, und fragte noch nach vielen ähnlichen Nichtigkeiten.

Beinahe hätte Maslowski die Geschichte von den Geschützen, die aus Magdeburg eintreffen sollten, ausgeplaudert, aber Brühl unterbrach ihn geschickt. Von den Backöfen, die an der Elbe zum Backen des Brotes für das Militär errichtet worden waren, wußte der König schon. Er machte sich Sorgen um seinen Tiergarten und die Fasanerie. Der Page beteuerte, daß sie bisher unangetastet geblieben seien. Dann kam die Sache mit den Jagdhunden zur Sprache. August verlangte, man sollte sie auf irgendeine Art und Weise hierherbringen.

»Was fange ich nur ohne sie an! Ich bin todunglücklich, wenn ich sie nicht bekomme.«

»Wenn sich Eure Königliche Hoheit vorübergehend wegen des Sejm nach Warschau begeben wollten ...«, wandte Brühl ein. »Dort werden wir einen ganzen Zwinger von Hunden vorfinden ...«

»Aber was für einen Zwinger!« seufzte August. »Einen Flet, Akteon, Lutnia, Sezostrys werde ich dort doch nicht haben!«

Brühl wollte seinen Herrn aufheitern und begann verächtlich über die Hunde des Markgrafen zu sprechen. Aber er hatte damit keinen Erfolg.

»Die Jagd bei Warschau ist gewiß nicht viel wert, aber immerhin besser als gar keine. Aber solche Hunde wie meine gibt es dort nicht.«

Der Minister versicherte, ähnliche seien in ganz Europa nicht aufzutreiben, und erinnerte daran, daß Richelieu sich seinerzeit die Gnade erbeten habe, ein paar Welpen für König Ludwig mitnehmen zu dürfen.

Bei diesen Worten hellte sich das Gesicht des Königs auf. Maslowski stand immer noch an der Tür, da ihm ab und zu eine Frage gestellt wurde. Meistens antwortete der Minister für ihn; er ließ seiner Phantasie freien Lauf und hielt sich durchaus nicht immer an die Wahrheit.

Die lange Fragerei nahm schließlich ein Ende. Maslowski bekam die Erlaubnis, die königliche Hand zu küssen, und durfte gehen. Eine Stunde später ließ ihn Brühl rufen und befahl ihm, in Dresden auszurichten, man möge die von Gott gesandte Prüfung geduldig ertragen, sie würde nicht lange dauern und von einem gewaltigen Triumph gekrönt werden. Das sächsische Heer würde sich bald mit den Österreichern vereinigen und den Feind aus dem Lande jagen, mit einem Wort − alles verlief seinen Plänen gemäß, die unfehlbar Preußen zu Fall bringen und Sachsen zu Größe und Ruhm führen würden!

V

Es geschah am 14. Oktober 1756. Dieser Tag ist ein denkwürdiges und trauriges Blatt in den Annalen der Regierung August III. Der Winter stand vor der Tür, aber der Krieg ging ununterbrochen weiter. Auf beiden Seiten wurden Kräfte gesammelt, Truppenverschiebungen vollzogen, und in den ständigen Gefechten an der Grenze siegten fast immer die Preußen.

Ein ganzer Monat war vergangen, seitdem wir den König in Pirna zum letzten Male gesehen haben. Er, Brühl und der Hof hatten sich aus Furcht, dem unbarmherzigen Preußenkönig in die Hände zu fallen, auf die Feste Königstein zurückgezogen, wo schon unzählige Opfer viele qualvolle Jahre geschmachtet hatten. Am Fuße dieser Festung spielte sich die letzte Szene des ersten Aktes jenes Dramas ab, das in die Geschichte als der Siebenjährige Krieg eingegangen ist.

Bald nach der Warnung des Generals Spörken, die Preußen würden versuchen, das Lager von der böhmischen Grenze abzuschneiden, war Friedrich wirklich im verwegenen Marsch bis nach Lobositz vorgestoßen und hatte dort seinen ersten Sieg errungen.

Danach waren ihm die sächsischen Truppen fast völlig ausgeliefert. Diese hatten sich nur langsam im Schutze der Festung Königstein darangemacht, eine Brücke über die Elbe zu schlagen; sie überschritten sie in der nebligen Nacht vom 13. zum 14. Oktober und liefen, durch den dreitägigen Hunger und die mehr als einen Monat dauernde Blockade gänzlich erschöpft, den sie schon erwartenden Preußen in die Arme. Es gab keinen anderen Ausweg, als sich dem Feind auf Gnade oder Ungnade zu ergeben. General Rutowski mußte mit seinen 16 000 Mann kapitulieren. Alle Pässe, Wege und Übergänge waren beizeiten von den Preußen besetzt worden.

Die sächsischen Regimenter, ob sie wollten oder nicht, wurden gewaltsam der Armee Friedrichs einverleibt, der nicht einmal die Garde Augusts freigeben wollte, damit er – wie er sagte – nicht noch einmal gezwungen wäre, sie gefangenzunehmen. Nur die Offiziere wurden auf Ehrenwort freigelassen. Dieser Eroberer, der mit seinem Sieg zugleich seinem unbarmherzigen, zynischen Spott, der ihn kennzeichnete, freien Lauf ließ, hatte nun von dem kraftlosen Sachsen Besitz ergriffen.

Von den Zinnen der noch nicht eroberten Festung konnte Brühl sehen, wie die Scharen der letzten Verteidiger des Landes, die durch seine Schuld in die Hände des Feindes geraten waren, die Waffen streckten und die blau-roten preußischen Farben anlegten. Auch jetzt noch bot Friedrich dem König und Brühl, dessen Namen er weder aussprechen noch schreiben wollte, Pässe nach Polen an und fügte warnend hinzu, es sei höchste Zeit, zum Sejm abzureisen.

In dieser verzweifelten Lage, in die der schwache und eingebildete Minister Sachsen gestürzt hatte, verstand er es immer noch, August III. zu trösten, daß sich die Preußen nur kurze Zeit ihres Scheinsieges freuen würden. Jeden Augenblick müßten die Verbündeten über Friedrich herfallen und den verzweifelt um sich schlagenden Preußenkönig in die Knie zwingen. August seufzte und gab leise zu bedenken, daß die für die Jagd so günstige Herbstzeit schon vorbei sei. Sachsen könne man wieder zurückholen, aber nicht die versäumten Jagden! Ein trauriges Leben war das hier auf Königstein; die Mauern, die soviel Seufzer und gequältes Stöhnen gehört hatten, schienen Verzweiflung und Sorge auszuströmen.

In der Nacht zum 14. Oktober hingen dicke Nebelschwaden über dem Land. Der folgende Morgen war kalt. Das Hauptquartier König Friedrichs befand sich in einem kleinen Dorf am Fuße des Liliensteins. Feldmarschall Keith, der mit dem Entwerfen der Kapitulationsakte beauftragt war, bewohnte ein ansehnliches Haus. Der König dagegen hatte seiner Gewohnheit gemäß, als wollte er seine soldatische Einfachheit herausstellen, ein kleines enges Haus bezogen, das alles andere als bequem war. In einer kahlen Stube diktierte er Befehle und gab Anordnungen betreffs der vielen Tausend Gefangenen, die sein Heer vergrößern sollten. Die Generale hatte er alle ausgeschickt: Allein der diensthabende Offizier, Major Wangenheim, war geblieben. Friedrich saß nachdenklich dem flackernden Kaminfeuer gegenüber; auf seinen Knien ruhte seine Lieblingshündin. Auf dem einfachen Tisch lagen ein paar Bücher und einige tintenbekleckste Bogen Papier; daneben stand ein Teller mit Äpfeln und Birnen, die er den ganzen Tag über gern aß. Ein Dutzend Soldaten bildete die ganze Wache des Königs. Schweigen herrschte im Haus. Hin und wieder meldeten sich die Adjutanten, um Befehle einzuholen. Man fertigte sie mit wenigen Worten ab. Sie kehrten sofort wieder in das Quartier des Feldmarschalls zurück.

Es war schwer, in diesem müden Menschen mit der abgetragenen, staub- und schmutzbedeckten Uniform, dessen Gesicht mehr Schlauheit und Energie als Genialität ausdrückte, den König und Feldherrn zu erkennen. Nichts war an ihm, was das Auge anziehen, die Menschen gewinnen und sie durch Größe hätte blenden können. In seiner Kleidung und in seiner Haltung spiegelte sich sein Charakter wider: Der König verachtete die Menschen und war sich bewußt, daß man mit Gewalt alles bei ihnen durchsetzen kann. Von den Fenstern des Hauses und dieses Zimmers aus war in der Ferne das majestätische, auf dem Felsen thronende Königstein zu sehen. Manchmal flog das Auge des Königs zu jenen Mauern hinüber, aber es blieb nicht lange auf ihnen haften. Ein Lächeln umspielte dann seinen Mund.

Auf diesen Tag hatte er schon lange gewartet, genügend Anstrengungen hatte er dafür gemacht, und dennoch lag auf seinem Gesicht kein freudiger Schein, sondern eher Kummer und Sorge. Die anderen mochten glauben, er habe einen entscheidenden Erfolg errungen, er aber wußte genau, daß dies erst den Anfang bedeutete, einen glänzenden freilich, aber wie oft hatte schon ein überaus glorreicher Kriegsbeginn mit einer großen Enttäuschung geendet!

Langsam trat Wangenheim ein.

Friedrich wandte den Kopf zu ihm um.

»General Bellegarde mit einem Brief des Königs von Polen ...«

Friedrich gab mit einem Nicken zu verstehen, man sollte ihn einlassen.

Ein schöner, hochgewachsener Mann in Uniform erschien mit traurigem Gesicht auf der Schwelle und verbeugte sich vor Friedrich.

»Guten Morgen, General, wie geht es Ihm? Was bringt Er denn? ...«

Bellegarde zögerte lange, bis er zu sprechen anhub.

»Wenn Er wegen irgendeiner Erleichterung der Kapitulationsbedingungen gekommen ist, so hat Er sich vergeblich bemüht«, beugte Friedrich vor, »das kann ich nicht. Ich bin gezwungen, so zu handeln, oft gegen meinen Willen ...«

»Doch die Garde, Allergnädigster Herr!« bat Bellegarde.

»Wozu braucht Er eine Garde? Soll Er nach Warschau fahren, dort hat Er die Bewegung dieser Herren ›Ich erlaube es nicht‹ ... Es ist zwecklos, hier herumzusitzen ... Euer Minister, dessen Namen ich nicht in den Mund nehmen will, euer Minister hat ganz Europa gegen mich aufgewiegelt, und dennoch lasse ich diesen Schafskopf frei, damit sich der König während der Reise nicht langweilt. Ich werde ihm Pässe ausstellen lassen. Mag er fahren und auf die Jagd gehen!«

Bellegarde war ernst. Er konnte auf diese Worte, auf diesen Ton Friedrichs keine Antwort finden.

Der König blickte ihn an.

»General, sag Er dem König, daß ich ihn achte, daß ich ihm alles Gute wünsche, aber mir das Beste! Es geht nicht, daß ich mich zum ›Markgrafen von Brandenburg‹ herabwürdigen lasse, wie sie das wollen! Ich ziehe vor, den Kurfürsten von Sachsen zum Landgrafen von Meißen zu machen. Soll er doch nach Polen abreisen! Ihm bleibt doch immer noch ein

Königreich, das so viel Wälder aufzuweisen hat wie kein zweites, wogegen ich mich, von allen Seiten umringt, verteidigen muß, ohne einen Fußbreit Boden zu besitzen, wo ich sicher wäre.«

Nach einer Weile hob er den Kopf.

»Seine Majestät bittet um die Garde«, wiederholte der General.

»Das ist vergeblich! Ich bedaure es, aber ich lasse sie nicht frei, sonst würden sie nur die Reihen der Österreicher verstärken. Grüß Er den König von mir! Die Pässe liegen bereit. Mag er über Breslau fahren. Die Wege sind sicher, und genügend gute Pferde stehen zum Wechsel bereit.«

Bellegarde blieb immer noch stehen. Friedrich drehte sich um, lüftete den verbeulten Hut und nickte ihm zu.

»Ich kann nicht mehr tun, adieu …«

Der General ging seufzend hinaus. Der König folgte ihm mit den Augen.

Kaum hatte sich die Tür hinter ihm geschlossen, als Major Wangenheim eintrat.

»Eure Königliche Hoheit gestatten, daß ich noch einmal an den Gefangenen erinnere?« fragte er Friedrich.

»An welchen Gefangenen?« wollte dieser wissen.

»An den jungen Polen, den man vor einigen Wochen geschnappt hat, als er sich von Pirna nach Dresden durchschlagen wollte.«

»Ach, den Polen«, entsann sich der König, »der so keck auftrat?«

»Man hat nichts bei ihm gefunden, und während der Zeit, wo wir ihn bewachten, konnten wir uns davon überzeugen, daß er den Sachsen durchaus nicht gewogen ist. Ihr, Königliche Majestät, wart so gnädig, ihm die Freiheit zu versprechen. Ich erlaube mir, mich für ihn zu verwenden.«

Friedrich überlegte.

»Laß Er ihn vorführen!«

Wangenheim ging hinaus, und nach einer Viertelstunde führten zwei Grenadiere den abgerissenen Maslowski herein. Xaver trug einen alten, kurzen Pelz, an den Füßen Bastschuhe statt der Stiefel, war ohne Kopfbedeckung und glich eher einem Vagabunden als jenem lachenden Burschen, der bis vor kurzem so munter und fröhlich in die Welt blickte.

Not und Gefangenschaft hatten ihm zwar arg zugesetzt, aber ihn nicht seines Übermutes und seines verzweifelten Humors beraubt, der manchen sogar nicht einmal dann verläßt, wenn es zum Galgen geht.

Maslowski blieb schweigend an der Tür stehen.

Friedrich warf ihm einen verächtlichen Blick zu und sagte dann:

»Na, hat Er genug vom Fasten?«

»Es reicht, wenn Eure Majestät erlauben.«

»Und Holz hat der Herr Schlachtschitz auch gehackt?«

»Jawohl, Allergnädigster Herr.«

»Und Wasser hat Er auch geschleppt?«

»Auch das, Königliche Majestät.«

»Mag Er sich's merken, ich schätze freche Antworten nicht!« rief Friedrich und fuhr fort:

»Im Heer will Er nicht dienen?« Er sah ihn streng an.

»Nein, ich will es nicht«, entgegnete Maslowski unbeirrt.

»Vielleicht im sächsischen?«

»Weder im preußischen noch im sächsischen.«

»In welchem denn?«

»Im polnischen oder in gar keinem.«

Der König verstummte, brach dann in schallendes Gelächter aus und sagte langsam mit übertriebenem Pathos:

»Ich erlaube es nicht!«

Das bleiche Gesicht Maslowskis überzog sich mit Röte.

»Fort! Mach Er, daß Er nach Dresden zurückkommt, oder begleite Er den König zur Bärenjagd! Aus Ihm wird doch kein guter Soldat. Denn wenn Er sich besser dazu eignete, dann würde ich nicht lange nach seiner Einwilligung fragen. Er bekäme eine Muskete und basta!«

Der König hob drohend den Stock und wiederholte:

»Fort mit Ihm!«

Maslowski schickte sich zum Gehen an. Wangenheim machte die Tür auf und wies ihm den Weg. Draußen im Flur bot sich Herrn Xaver ein seltsamer Anblick. Erstaunt hielt er inne.

Hier standen zwei Herren. Es waren Kabinettssekretäre des Königs. Sie trugen eine Art Uniform, eine ziemlich unansehnliche, und hielten Papiere unter dem Arm. Sie warteten anscheinend darauf, daß man sie rufen würde. Einer von ihnen war klein und hatte einen ergötzlichen Bauch, auf seinem Kopf saß eine Perücke, von der Locken über die Ohren hingen und hinten ein Zopf mit einem weißen Schleifchen herunterbaumelte. Er nützte die freie Zeit, indem er ununterbrochen etwas kaute. Was um ihn herum vorging, schien ihn nicht im geringsten zu interessieren. Ab und zu griff er in die Tasche, nahm etwas heraus, schüttete es in den Mund, und sofort setzten sich seine Zähne lebhaft in Bewegung. Auf seinem glattrasierten Gesicht sah man deutlich die Muskeln arbeiten und konnte daraus auf seine hungrige Gier schließen. Der andere mit der zerstreuten Miene erinnerte Maslowksi so stark an Simonis, daß Herr Xaver einen Augenblick stutzte und ihn anstarrte. Der Unbekannte sah den Polen an, schien ihn aber nicht zu kennen. Er musterte ihn zwar aufmerksam, aber mit vollkommen gleichgültigen Blicken, um sofort wieder sein Augenmerk auf die Tür zu lenken. Dieser Mensch konnte unmöglich jener elegante Kavalier sein, wenn auch eine verblüffende Ähnlichkeit zwischen diesem Gesicht und dem des Schweizers bestand. Herr Xaver mußte sich doch geirrt haben. Er blieb noch eine Weile unschlüssig stehen und erwog, ob er ihn ansprechen und fragen sollte, da wiederholte ihm Major Wangenheim den Befehl des Königs, er möge von seiner Freiheit Gebrauch machen und das Weite suchen. Er riet ihm, sich am besten nach dem nahen Königstein zu Brühl zu begeben, wo er sicher anständigere Kleidung von diesem bekommen würde.

Der unglückliche Maslowski war, als er sich seines Auftrages entledigt hatte und wieder nach Dresden zu gelangen versuchte, preußischen Vorposten in die Hände gefallen. Man brachte ihn ins Hauptquartier und verdächtigte ihn der Spionage. Sofort wurde mit der Erschießung gedroht, aber seine Kaltblütigkeit und Geistesgegenwart, vielleicht auch seine fremde Herkunft, der Mangel an Beweisen und seine mutige Verteidigung bewirkten, daß ihn der Anführer der Abteilung unter seinen Schutz nahm. Man meldete die Angelegenheit dem König, der zuerst befahl, Maslowski in Uniform zu stecken. Xaver widersetzte sich. Er wurde dem König vorgeführt und erklärte ihm, er sei ein polnischer Schlachtschitz. Friedrich lachte nur darüber. Doch seine französischen Sprachkenntnisse und seine große Schlagfertigkeit eroberten ihm soweit die Gunst des Königs, daß dieser ihm die Wahl ließ, entweder im Lager Holz zu hacken und Wasser zu tragen oder den Soldatenrock anzuziehen. Man führte ihn mit einigen anderen Gefangenen hinter dem Troß her, bis sich Major Wangenheim für ihn einsetzte.

Herr Xaver konnte sich rühmen, eine der schwersten Proben, vor die man in Kriegszeiten gestellt werden kann, siegreich bestanden zu haben. Trotz Kälte und Hunger, trotz aller Demütigungen und des Spottes der Soldaten ließen ihn sein Gleichmut und sein Humor keinen Augenblick im Stich. Alle, die ihn plagten, konnten sich nicht genug über die praktische Philosophie und die Unerschrockenheit dieses Burschen wundern. Während der Schlacht bei Lobositz war er für eine Weile dem schrecklichsten Feuer ausgesetzt; er kletterte auf den Wagen und schaute den Kämpfenden zu. Dieses mutige Verhalten gewann ihm die Herzen und die Achtung der Soldaten. Ein solcher Kerl mußte doch allmählich am Kriegshandwerk Geschmack finden! Man wiederholte das Angebot, doch Maskowski entgegnete, lieber wolle er sich dem ihm verhaßten Wassertragen unterziehen, als sich freiwillig für die Preußen schlagen.

Wangenheim soll angeblich Friedrich von diesem wunderlichen Kauz erzählt haben. Der König nannte ihn spöttisch den ›Herrn Ich erlaube es nicht‹. Zu guter Letzt gab er doch die Erlaubnis, ihn laufen zu lassen. Maslowski blieb nichts weiter übrig, als sich auf die nahe Festung Königstein zu begeben, denn mit dieser Kleidung konnte er sich bei der Kälte unmöglich auf den Weg nach Dresden machen. Sein Anzug bestand aus einem schmutzigen, zerrissenen Hemd aus Sackleinwand, einem ekligen, schmierigen und zerfetzten kurzen Pelz, Leinenhosen und Bauernschuhen, die einst aus Leder gewesen sein mochten, aber jetzt nur noch dank kunstvoll angebrachter Schnüre zusammenhielten. Das, was man Mütze nannte, war in Wirklichkeit ein alter Lumpen. Der geübte Blick eines Fachmannes hätte hier mit einiger Phantasie noch Reste von Pelz und irgendeinem Gewebe, das vielleicht Stoff war, entdecken können. Sonst besaß Maslowski augenblicklich nichts weiter als ein Stück einfachen Strickes, den er irgendwo unterwegs gefunden hatte und den er jetzt als Gurt benutzte. Er war schrecklich abgemagert, aber trotz der Entbehrungen lachten seine Augen, und seine Mundwinkel zuckten, sobald er etwas Vergnüglicheres als die preußischen Soldaten zu sehen bekam. Auf dem Schlachtfelde bei Lobositz hatte er einen Mantel, Schuhe und einige Vorräte einem gefallenen preußischen Offizier abgenommen. Aber einige Stunden später bemächtigte sich die Garde seiner Königlichen Majestät dieser Sachen, die ihrer Meinung nach ihr zustanden.

Maslowski stand immer noch da und betrachtete diesen vermeintlichen oder wirklichen Simonis, der ihn nicht zu kennen schien, als ihm Wangenheim zuflüsterte, er solle sich in die Kanzlei begeben, um sich dort einen Passierschein nach Königstein ausstellen zu lassen. Dann wandte er sich an die beiden wartenden Kabinettssekretäre und befahl:

»Einer von den Herren geht und schreibt für diesen Herrn die Entlassungspapiere aus!«

Der erste der beiden Angesprochenen, jener, der mit dem Verzehren des geheimnisvollen Inhaltes seiner Rocktasche beschäftigt war, machte eine Bewegung, als ob er es unsagbar eilig hätte, den Befehl auszuführen. Aber trotz dieses scheinbar so gewaltigen Eifers merkte man ihm an, daß er gern seinem Kollegen den Vortritt gelassen hätte. Er bewegte sich nämlich auf der Stelle, trat von einem Fuß auf den anderen, raffte seine Papiere zusammen und benutzte diese Tätigkeit als Vorwand, um bleiben zu können. Der vermeintliche Simonis tat so, als ginge ihn der Befehl nichts an.

Keiner der beiden rührte sich vom Fleck. Der Major wurde ungeduldig, wies mit dem Finger auf den letzteren und rief:

»Geh Er und fertige Er das Papier aus!«

Maslowski hatte sich so an die untergeordnete Stellung, die er hier einnahm, gewöhnt, daß er nicht als erster hinausgehen wollte. Simonis (nennen wir ihn so) war offensichtlich von diesem Auftrag nicht sonderlich erbaut. Er verließ rasch, ohne ein Wort zu sagen und ohne sich umzusehen, das Haus und ging zu dem benachbarten Gebäude hinüber, wo die Armeeschreiber arbeiteten und sich die Kanzlei des Königs befand. Nur wenige Schritte trennten es von Friedrichs Quartier. Maslowski folgte dem Sekretär und versuchte vergeblich, den Vorauseilenden, der anscheinend absichtlich rasch davonlief, einzuholen. Jener verschwand schon hinter der Kanzleitür, bevor ihn Xaver erreichen konnte.

Es war doch mehr als offensichtlich, daß er ein Zusammentreffen mit dem Gefangenen vermeiden wollte. Das bestärkte Maslowski in der Überzeugung, daß es wirklich Simonis sein müßte. Welche Rolle spielte er wohl hier? Die eines Dieners oder Verräters? Das konnte man schwer erraten. Gesetzt den Fall, daß er hier wieder Spionage trieb, mußte man ihm einen ungewöhnlichen Mut zugestehen. Doch soviel Kühnheit traute ihm Xaver nicht zu. Wie dem auch sei, Simonis übte doch Verrat – entweder an dem Preußenkönig oder am sächsischen Hof, den er um seiner Vorteile willen fallenließ.

Xaver fühlte einen gewissen Ekel in sich aufsteigen und empfand tiefste Verachtung.

Als er hinter Simonis in die kleine Stube eintrat, wo sich die Schreiber befanden, schlugen ihm Stimmengewirr und Lärm entgegen. Hier herrschte reges Treiben und großes Gedränge, so daß er sich an niemanden wenden konnte, um etwas über diesen Sekretär zu erfahren. Dieser Raum sah nicht wie eine königliche Kanzlei aus, sondern glich eher einer Wachstube oder einem Wirtshaus. Es wimmelte hier von Soldaten der verschiedenen Waffengattungen, seltsamen, zerlumpten Gestalten, Gefangenen, Geistlichen und Marketenderinnen. Man mußte sich zu den Tischen, an denen die Schreiber saßen, hindurchzwängen. Herr Xaver blieb an der Schwelle stehen und betrachtete dieses bunte Durcheinander. Ein Schreiber, die Feder hinterm Ohr, forderte ihn auf, in das andere Zimmer zu kommen. Dort befand sich schon jener Simonis. Es war die Kanzlei der Kabinettssekretäre. Mehr Ordnung als in dem anderen Raum herrschte hier auch nicht, aber es war von Vorteil, daß die Menschenmenge nicht hereinkommen durfte. Der Sekretär saß am Tisch und schrieb etwas. Maslowski blieb an der Tür stehen und heftete seinen Blick auf ihn.

»Wohin gedenkt Ihr Euch denn zu begeben?« fragte der Sekretär, ohne aufzusehen.

»Nach Dresden über Königstein, denn ich hoffe, dort vom König wenigstens ein Hemd und ein Paar Stiefel zu bekommen, wenn er noch zwei Paar besitzt.«

Simonis entgegnete nichts, anscheinend wollte er Maslowski nicht kennen, obwohl ihn seine Stimme verraten hatte und nun ein Irrtum oder Zweifel ausgeschlossen war. »Kann ich dem Herrn Sekretär vielleicht einen Dienst erweisen«, fragte Maslowski leise, »wenn ich glücklich in Dresden ankomme?«

Er wartete vergeblich auf eine Antwort. Der Sekretär war völlig von seiner Beschäftigung in Anspruch genommen; auf einmal hob er den Kopf, blickte Xaver an, runzelte die Stirn und legte den Finger auf den Mund, dann wandte er sich sofort wieder seiner Arbeit zu und versah den Passierschein mit einem Stempel.

Maslowski sagte nichts mehr, sondern lächelte nur spöttisch, Simonis warf das Schreiben auf den Tisch und lief in den anderen Raum, wo es so laut zuging. Man hörte, wie er dort eine Weile herumschrie. Er kam zurück, warf die Tür laut hinter sich zu, sah zum Fenster hinaus, wo der Wachtposten auf und ab ging und manchmal hinter den Scheiben sichtbar wurde, lief zum Schrank, nahm ein Stück Schrotbrot heraus, trat an den Polen heran, drückte es ihm in die Hand und flüsterte:

»Spörken … im Schloß …«

Dann langte er schnell nach der fertigen Bescheinigung und begann Maslowski laut in deutscher Sprache anzuschreien, er möge sich zum Teufel scheren, solange man ihn noch nicht einen Kopf kürzer gemacht habe. Schimpfend öffnete er ihm die Tür und brüllte: »Raus mit dir!« Herrn Xaver kam das Lachen an, er verbarg das Brot auf der Brust und ging, den Schein in der Hand, hinaus.

Hier hatte er nichts mehr verloren. Er sah sich nur noch einmal nach dem sächsischen Lager um, wo ein unheimlicher Lärm und großes Durcheinander herrschten. Und da die Brücke, die die Sachsen in der Nacht überschritten hatten, direkt Königstein gegenüberlag, lenkte er langsam seine Schritte dorthin. Unterwegs begegnete er vielen Preußen, die bereits Posten rund um die Sachsen bezogen hatten. Es war wirklich schwierig, abgesehen von den Offizieren, das eine Heer von dem anderen zu unterscheiden. Man verteilte an die hungrigen Soldaten Brot, Bier und Schnaps, und zusammen mit den Preußen aßen sie alle gierig, denn seit drei Tagen hatte kaum jemand Nahrung zu sich genommen. Auf der Straße lagen verendete Pferde, zertrümmerte Wagen und Menschen, die vor Schwäche oder wegen Krankheit zusammengebrochen waren. Dies war ein schrecklicher, mitleiderregender Anblick. Maslowski hielt ab und zu inne, sah sich um, aber er durfte keine Zeit versäumen und konnte auch niemandem helfen. Einige Male hielten ihn preußische Posten an; er zeigte seinen Paß und durfte seinen Weg fortsetzen. Ein paar sächsische Offiziere, die man auf Ehrenwort freigelassen hatte, kamen vorüber. Die Brücke war noch ganz. Er übrschritt sie langsam und näherte sich seinem Ziel. Die kümmerlichen Reste der Garde hielten hier Wache. Xaver kletterte den Berg hinauf und wurde durch das gewölbte Tor eingelassen. Hier traf er schon einen Bekannten, Werner, einen Pagen Brühls, der laut aufschrie, als er ihn erkannte.

»Führ mich zu Seiner Exzellenz«, bat Maslowski, »damit ich wenigstens Kleidung bekomme, um nach Dresden zurückkehren zu können!«

Bei der allgemeinen Bestürzung, die in der Festung herrschte, konnte man kaum etwas erfahren. Werner erwies seinem Gefährten den besten Dienst, indem er ihn erst einmal in eine warme Stube brachte und für Essen zu sorgen versprach.

Maslowski ruhte sich etwas aus, und sofort wurde der alte Humor wieder in ihm wach. Es gelang ihm sogar, sich von dem Pagen auf Kredit anständige, warme Kleidung zu beschaffen. Er zog sie jedoch nicht an, da er sich dem Minister so vorstellen wollte, wie er aus der Gefangenschaft gekommen war.

Kurz vor Mittag ließ man ihn in das Haus des Kommandanten kommen, wo sowohl der König als auch Brühl Quartier bezogen hatten. Als der Minister diesen zerlumpten Mann sah, wich er voller Widerwillen vor ihm zurück. Maslowski gab sich zu erkennen.

Brühl schlug die Hände zusammen.

»Was ist Euch denn widerfahren?«

»So ist mir der Dienst auf der Seite Eurer Exzellenz bekommen«, sagte Xaver. »Ich werde mein ganzes Leben daran zu denken und auch viel zu erzählen haben ...«

»Wie kam es, daß ...«

Maslowski unterbrach ihn:

»Es würde zu lange dauern, wenn ich Eurer Exzellenz meine traurigen Abenteuer erzählte. Kurz, die Preußen wollten mich zwingen, Soldat zu werden, und da ich mich weigerte, ein Gewehr zu tragen, mußte ich einen ganzen Monat lang Holz hacken. Schließlich hat man mich doch freigelassen.«

»Wir werden uns für all das rächen!« flüsterte Brühl. »Und was gedenkt Ihr jetzt zu tun?«

»Ich muß nach Dresden«, entgegnete Maslowski. »Von dort werde ich wahrscheinlich über Breslau nach Polen zurückkehren, denn hier kann ich Euch doch keinen Dienst mehr erweisen.«

»Wieso denn? Aber im Gegenteil!« rief Brühl. »Mein Hof ist in alle Winde zerstreut. Wir werden uns mit dem König wahrscheinlich auch für einige Zeit nach Polen begeben. Ihr bleibt bei mir.«

»Maslowski verbeugte sich.

»Ich bitte Eure Exzellenz nur um die Erlaubnis, mich nach Dresden begeben zu dürfen, denn ich habe dort meine ganze Habe zurückgelassen und außerdem auch meine Schulden.«

Brühl war zerstreut und schien ihm nicht zuzuhören. Mit gerunzelter Stirn ging er im Zimmer auf und ab.

»Wo hat man Euch gefangengehalten?« fragte er.

»Bei der Truppe, zusammen mit aufgegriffenen Vagabunden. Ich habe viel aushalten müssen, aber Erfahrungen gesammelt. Ich beklage mich nicht ...«

»Was hat denn der Preußenkönig schon für ein Heer!« fiel Brühl ein. »Ein zusammengelesener Haufen von Räubern und Landstreichern ist es! Dort kann man alles finden! Es muß doch ein elendes, schmutziges Gesindel sein!«

»Das stimmt«, bestätigte Maslowski, »aber Stock und Drohungen halten sie in solch einer Zucht, daß sie sogar die besten Truppen auf der ganzen Welt, die Österreicher, schlagen.«

»Ein Zufall und eine Unvorsichtigkeit ...«, warf Brühl ärgerlich ein.

Er verstummte, trat an Maslowski heran und fragte:

»Habt Ihr etwas gehört? Was beabsichtigen sie weiter zu unternehmen? Was sagen sie über das Dekret der Reichsacht, die das Reich über den König verhängt hat?«

»Sie lachen darüber.«

Brühl sah ihn streng an.

»Wie? Was soll das heißen?«

»Aber doch nur über den argen Druckfehler.«

»Was für ein Druckfehler?«

Brühl wußte nichts. In der Tat enthielt das Dekret den schlimmsten Lapsus, der je einem Setzer unterlaufen ist. Wer weiß, ob es nicht mit Absicht geschehen war! Die »eilende Reichshilfe« hatte der Drucker in eine »elende Reichshilfe« umgewandelt.

Vorsichtig erklärte Maslowski, was das Dekret enthielt.

Der Minister schwieg.

»Der Preußenkönig«, fügte er hinzu, »gibt Euch, Exzellenz, an allem die Schuld. Seine ganze Erbitterung richtet sich gegen Euch. Ich habe manchmal im Lager Drohungen zu hören bekommen, die besagten, daß die Preußen bei nächster Gelegenheit Ordnung schaffen werden und auf

Euren Gütern in Nischwitz, in Grochwitz bei Herzberg und sogar auf Eurem Schloß in Pförten in der Lausitz keinen Stein auf dem anderen lassen wollen.«

»Das werden sie niemals erleben!«

Maslowski erhielt vom Minister eine kleine Unterstützung in Form einer Anleihe. Dann verabschiedete er sich von Brühl, der ein längeres Gespräch mit ihm vermeiden wollte, und begab sich zu seinen Gefährten. Am nächsten Tag sollte General Bellegarde nach Dresden reisen. Xaver beschloß, sich ihm anzuschließen.

Nach der Gefangennahme der sächsischen Truppen fühlten sich die Preußen weit sicherer und bewachten die von der Provinz nach Dresden führenden Straßen nicht mehr so stark. Dem König hatte man erlaubt, aus der Hauptstadt all das, was er zu seiner Reise benötigte, holen zu lassen, denn es stand nun fest, daß er in sechs Tagen direkt von Königstein aus umgehend nach Polen fahren sollte.

August III. war zutiefst davon überzeugt, daß diese Verbannung nicht lange währen würde. Er selbst drängte darauf, sich zum Sejm zu begeben und sich in Warschau zu erholen. Auch Brühl lag viel daran, rasch aus dieser Falle herauszukommen und außer Reichweite seines Feindes, der ihm so drohte, zu gelangen.

Der frischgewaschene, gekämmte, neu eingekleidete Herr Xaver sah wieder menschenähnlich aus. Seine Stimmung stieg zusehends. Er vergaß nicht, das für Spörken bestimmte Stück Schrotbrot mitzunehmen, bestieg einen geliehenen schlechten Gaul und trabte hinter dem General der Hauptstadt zu.

Er kam gerade noch zurecht, um nach einer Abwesenheit von über einem Monat den ungeheuren Unterschied zwischen der Hauptstadt Augusts des Starken und seines so schwachen Sohnes und dieser nun von preußischen Truppen besetzten Stadt festzustellen.

Das Schloß war zwar unangetastet geblieben. Hier wollte die Königin, die alle Unannehmlichkeiten in Kauf nahm und Gefahren, denen sie ausgesetzt war, mißachtete, bis zuletzt ausharren. Aber die Musik war hier längst verklungen, das Theater geschlossen, die italienische Künstlerschar vertrieben, der einst so zahlreiche Hof schmolz von Tag zu Tag durch Desertionen, Verfolgungen und durch den Mangel an Mitteln für seinen Unterhalt immer mehr zusammen. König Friedrich, der ganz Sachsen besetzt hielt und manchmal mit Falschgeld, das er speziell für diese schweren Zeiten prägen ließ, zahlte, verweigerte der Königin die Auszahlung eines Gehaltes und verlangte, sie solle sich zum König und Brühl begeben. Still, traurig und leer war es um die Königin im Schloß. In der Stadt regierte das Militär, eine soldatische Ordnung herrschte überall. Auf den Wällen und Mauern standen schon die Geschütze aus Magdeburg. Das herrliche japanische Palais benutzte man als Strohlager. Die Kasernen in der Neustadt, das Gebäude des Kadettenkorps, das Gewandhaus und das Rathaus waren in Lazarette umgewandelt worden. Dorthin brachte man die Verwundeten aus der Schlacht bei Lobositz und anderen Gefechten. Die Straßen der Stadt bevölkerten vor allem Soldaten, die Bürger gingen in dieser uniformierten Menge unter. An der Elbe rauchten über zwanzig Öfen; aus sächsischem Mehl und mit sächsischem Holz buk man dort das Brot für die Truppen. General Wylich war Stadtkommandant. Auf Befehl des ›Protektors‹ von Sachsen führte er Sparsamkeitsmaßnahmen durch. Die Summe für die Gehälter der Kanzleien reduzierte er von 190 000 Talern auf 30 000. Die guten Silbertaler wanderten in die preußischen Kassen, und man ersetzte sie durch ›Ephraime‹ verschiedenster Art, die mehr Kupfer als Silber enthielten.

Maslowski fand die Stadt so verändert vor, daß er sie kaum wiedererkannte: Die vergoldeten Sänften, die prachtvollen Equipagen, die höfischen Elegants waren verschwunden. Im Brühlschen Palais hatten die Preußen ein Spital und eine Hauptwache eingerichtet.

Xaver verabschiedete sich von dem General und ritt sogleich zu Frau Fuchs. Dort hielt man ihn gewiß für tot. Als er an der Tür anlangte und nach jemandem Umschau hielt, dem er das Pferd anvertrauen könnte, entdeckte ihn seine Wirtin und erkannte ihn sofort. Sie sprang die Treppen hinunter.

Sie war ganz außer Atem, und die Stimme versagte ihr, als sie ihn begrüßen wollte. Alle Bewohner des Hauses eilten herbei, um den von den Toten Auferstandenen zu bestaunen. Nur mit Mühe befreite sich Maslowski aus den herzlichen Umarmungen und ging nach oben. Glücklicherweise hatte Frau Fuchs verstanden, sich erfolgreich zu wehren, als man bei ihr einen preußischen Offizier einquartieren wollte. Maslowskis Behausung stand also noch zu seiner Verfügung, und seine Sachen, mit Ausnahme von wenigen Gegenständen, die Frau Fuchs zur Deckung fälliger Rechnungen verwendet hatte, waren noch vorhanden. Frau Fuchs kam herein, ging hinaus, lachte und weinte abwechselnd und erzählte von ihrem heroischen Widerstand gegen die gewaltsamen Versuche des Offiziers, der sie hatte küssen wollen. So schwatzte sie in einem fort und hörte erst dann auf, als sie bemerkte, daß Xaver, der ihr, auf dem Bett liegend, zuhörte, trotz ihrer Erzählkunst eingeschlafen war und schnarchte.

VI

Am nächsten Morgen ging Maslowski zuerst einmal in die Kirche. Das Brot, das er Baron Spörken übergeben sollte, nahm er gleich mit. Die Königin wohnte jetzt meistens der Messe in der kleinen Schloßkapelle bei und zeigte sich nicht mehr in der Loge. Auch heute war die Kirche leer. Vor dem Hochaltar beteten einige Personen, eine stille Messe wurde gelesen. Er bemerkte nicht einmal, daß oben in einer Loge die Vorhänge auseinandergeschoben wurden und eine verschleierte Frau zum Gebet niederkniete. Auch Xaver betete, war aber heute aus irgendeinem Grunde traurig. Manchmal rief diese stille Kirche in ihm die Erinnerung an seine Heimat, seine Jugend, an feierliche und glänzende Gottesdienste wach. Sein Vaterhaus, das Leben der Schlachta, seine Freunde, die Feste, an all das mußte er jetzt denken, und die Sehnsucht und der Wunsch, nach Hause zurückzukehren, überkamen ihn. Er hatte genug von all den traurigen Erlebnissen, und wenn er auch anfangs über alles gelacht hatte, so war ihm doch auf dem blutigen Schlachtfelde zum ersten Mal klar geworden, daß man nicht immer und überall lachen kann. Dieser Krieg — keine der beiden Parteien besaß seine Sympathien, bisweilen freute er sich über die Niederlage der Sachsen, aber dann taten sie ihm wieder leid, und er empörte sich über Friedrich — ermüdete ihn wie ein Schauspiel, das sich zu lange hinzieht.

Nach der Messe ging er langsam zum Schloß hinüber, um General Spörken aufzusuchen, als ihm an der Treppe die schöne Pepita den Weg vertrat. Sie blickte ihn an und schlug unwillkürlich die kleinen Hände zusammen.

»Mein Gott!« rief sie, »was müßt Ihr doch alles ausgehalten haben, wenn man Euch die Leiden und Entbehrungen so ansieht! Wir wußten nicht, was aus Euch geworden war.«

»Wen hätte es in all dem Unglück auch interessiert, wie es mir ergeht«, sagte Maslowski und begrüßte sie fröhlich.

»Ich weiß ja nicht«, entgegnete Fräulein Nostitz lebhaft, »ich weiß ja nicht, ob es jemanden interessiert hat, aber ich kann Euch versichern, daß ich sehr oft an Euch gedacht habe.«

»Doch bestimmt nicht so oft wie an Simonis?« stichelte Maslowski.

Die Baronesse errötete und schüttelte ihr Köpfchen.

»Und wißt Ihr, was ich während dieses ganzen Monats getan habe?« rief Maslowski. »Holz habe ich gehackt für den Kamin des Preußenkönigs, Wasser getragen, Pferde gehütet, und das alles nur aus dem Grunde, weil ich keine Uniform tragen wollte. Barfuß, in einem alten Pelz lief ich umher, daß mir vor mir selbst graute. Schließlich nahmen sie die sächsischen Truppen gefangen und ließen mich frei, da sie einsahen, daß aus einem so ungeschickten Klotz nie ein Soldat würde.«

Fräulein Nostitz hörte ihm aufmerksam zu. Xaver blickte sie an, aber auch auf ihrem Gesicht, obwohl sie doch ruhig im Schloß saß, hatten die erlebte Angst und die Demütigungen ihre Spuren hinterlassen. Die einst so frischen Wangen waren bleich, man sah ihr den Kummer und die zu frühen Sorgen an, sie war älter geworden. Pepita wagte ihn nicht auszufragen, betrachtete ihn nur schüchtern, zögerte, schien nicht zu wissen, wovon sie reden sollte, um sich nicht zu verraten.

Um sie aus der Verlegenheit zu erlösen, begann Maslowski:

»Ich habe Herrn de Simonis bei der Ausübung seiner neuen Pflichten gesehen, aber erst am letzten Tage. Ich konnte nicht mit ihm sprechen, und er wollte es auch nicht.«

Pepita trat näher.

»Wo denn? Unter welchen Umständen? Was treibt er? Hat er Euch nichts aufgetragen?«

Schweigend zog Maslowski das Stück Brot hervor, hielt es der Baronesse hin und sagte:

»Dieses Stück Brot ist für Baron Spörken bestimmt ...«

Das Mädchen wollte es an sich nehmen, doch Herr Xaver erinnerte daran, daß er es dem Baron geben müßte.

»Gehen wir also zu ihm«, schlug die Baronesse vor, »kommt mit!«

Im Zimmer des Generals saß die Gräfin Brühl.

Als sie den abgemagerten, heruntergekommenen Maslowski erblickte, überschüttete sie ihn mit Fragen, auf die er ausführlich antworten mußte.

Die Gräfin weinte, als sie seinen Bericht hörte, aber nicht Schmerz, sondern Zorn rief die Tränen hervor. Ihr Gesicht brannte, in ihren Augen blitzte ein wildes Feuer. Unterdessen zerschnitt Spörken im Nebenzimmer das Brot, entnahm ihm ein fast unleserliches Billett und bemühte sich, es zu entziffern. Gräfin Brühl ging hinaus, um ihm behilflich zu sein. Die Baronesse blieb mit Maslowski allein zurück. Die Fragen nahmen kein Ende; Xaver mußte erzählen, und Pepita wischte sich oft beim Zuhören die Tränen ab.

»Bleibt Ihr bei uns?« fragte sie schließlich leise.

»Nein, Baronesse«, erwiderte Maslowski, »ich bin hier überflüssig, und zu Hause hat mein alter Vater vielleicht jetzt, wo er weiß, daß hier Krieg ausgebrochen ist, Sehnsucht nach mir bekommen. Was kann ich Euch hier schon nützen?«

Die Baronesse sah ihn an.

»Auch wenn Ihr uns wirklich nicht helfen könntet, so zweifelt nicht daran, daß wir Euch immer gern sehen. Einen aufrichtigen und edlen Menschen mehr bei sich zu wissen ist stets ein großes Glück. Wir haben davon nicht viele. Leider erleben wir nun, was Gewalt, Glück und Unglück vermögen. Allmählich lassen uns alle im Stich. Wir bleiben allein. Die Menschen rennen, um sich vor der aufgehenden Sonne zu verneigen, auch wenn es in Wirklichkeit nur ein Feuerschein ist.«

Sie verstummte, blickte zum Fenster hinaus, drehte sich wieder zu ihm um und gab dem Gespräch eine andere Wendung:

»Sagt mir, wie sieht Simonis aus? Wie habt Ihr ihn angetroffen? Wo habt Ihr ihn gesehen ...?«

Sie brach ab, errötete und erklärte sofort:

»Glaubt nicht, daß ich deshalb nach ihm frage, weil ich gewisse Gefühle für ihn empfände. Ich bin mutig und ehrlich genug, um mich dazu zu bekennen, wenn es der Fall wäre. Aber dem ist nicht so. Ich frage nur, weil ich ihm zu Dank verpflichtet bin. Er warf sich auf meine Veranlassung in den Rachen des Löwen« – sie verbesserte sich plötzlich –, »Verzeihung, des Wolfes. Für mich tat er das. Ihr wißt, in welcher Lage er sich befindet. Man darf ihn wenigstens nicht vergessen und muß an seinem Schicksal Anteil nehmen.«

Maslowski lauschte aufmerksam ihren Worten. Ihr Stimme zitterte, aber nicht das Gefühl, sondern das Gewissen und die Angst meldeten sich in ihr. Er beschrieb ihr jede Einzelheit seiner Begegnung mit Simonis, seine Lage und die außergewöhnliche Vorsicht, deren er sich befleißigte, auch als er mit ihm ohne Zeugen war.

Pepita rang die Hände und klagte:

»Oh, die unglücklichen Umstände, die uns Frauen zwingen, uns in solche Dinge einzumischen, die der Grund zu vielen Tränen sind und Blutvergießen verursachen können!«

Sie blickte zur Tür, hinter der die Gräfin Brühl verschwunden war.

»Über die Gräfin wundere ich mich nicht. Sie kann das alles sogar unterhaltsam finden, aber ich, ich! Und ich muß mich oft solcher Menschen bedienen, die ich verabscheue, und manches tun, was ein Frauenherz erschaudern läßt.«

Sie senkte die Augen.

»Aber zu den Leuten, die Ihr verabscheut, zählt Ihr doch sicherlich nicht den unglücklichen Simonis?«

»Ihm gegenüber empfinde ich weder Widerwillen noch besondere Sympathie«, erwiderte sie offen. »Ich habe Pflichten. Und wie wird das alles enden?« rief sie plötzlich. »Und wann wird das enden? Der König fährt nach Polen. Wir, wir Frauen, bleiben mit der Königin allein in der Bresche ...«

Sie schlug die Hände vors Gesicht.

Das Mädchen tat Maslowski leid. Sie hatte Tränen in den Augen.

»Wenn ich Euch irgendwie helfen könnte!« sagte er leise.

»Ich will Euch nicht auf dem Gewissen haben«, wehrte die Baronesse ab. »Es stimmt, ich fühle mich auf dieser Welt, vor allem jetzt, sehr einsam. Einen starken Arm und ein ehrliches brüderliches Herz brauchte ich sehr, aber kann ich denn ein solches Opfer verlangen, und womit soll ich es belohnen? Ich, die ich nichts habe und nicht einmal über mich selbst verfügen kann. Ich gehöre mir nicht«, fuhr sie fort, »man hat mir befohlen, mich den Interessen des Landes zu weihen. Die Soldaten lassen das Leben für den König, warum sollte ich nicht mein Glück opfern?«

Nachdem sie diese Worte hervorgestoßen hatte, lief sie, ohne Maslowski anzusehen, hinaus. Xaver verharrte eine Weile wie gebannt am Fenster, ging dann einige Male im Zimmer auf und ab, und als endlich Baron Spörken und die Gräfin Brühl wieder eintraten, verabschiedete er sich von ihnen.

»Ihr verlaßt uns doch nicht?« fragte die Frau des Ministers, die darauf bedacht war, möglichst viele Personen zur Hand zu haben, um sie in ihre Intrigen hineinzuziehen.

»Seine Exzellenz befahl mir, nach Polen zurückzukehren, denn er braucht Leute für seinen Hof in Warschau«, entgegnete Maslowski. »Ich muß gehorchen, doch weiß ich noch nicht, wann ich abreise. Ich muß mich zuerst erholen, denn ich fühle, daß ich mich in diesem Zustand nicht der beschwerlichen Reise unterziehen kann, nach dem Dienst bei den Preußen ...«

»Solange Ihr noch hier seid«, fiel die Gräfin ein, ihn mit den Augen messend, von deren Kraft sie noch immer überzeugt war, »bitte ich Euch, mit mir in Verbindung zu bleiben.«

Dann entfernte sich Maslowski.

Er hatte nichts zu tun und machte einen Spaziergang durch die Stadt, um festzustellen, welche Veränderungen hier inzwischen vor sich gegangen waren. Fast keinem Bekannten begegnete er. Fremde Menschen bevölkerten die Straßen, die ganze Stadt glich einer großen Kaserne. Bald kehrte Herr Xaver ermüdet und gelangweilt nach Hause zurück. Sein letztes Gespräch mit der Baronesse ging ihm überhaupt nicht aus dem Sinn. Er ärgerte sich über sich selbst.

Nicht nur der Herr Truchseß, sondern auch ich selbst müßte mich auspeitschen, wenn ich mich in diese deutsche Baronesse verliebte, nur weil in ihren Augen manchmal Tränen glitzern und in ihrer Stimme ein herzlicher Ton liegt! Aber diese Pepita ist wirklich gefährlich. Auf einmal habe ich schon keine Lust mehr, nach Hause zurückzukehren, obwohl ich noch heute morgen fest dazu entschlossen war.

Er schlug wütend mit der Faust auf den Tisch.

Ich bin nicht wert, ein polnischer Schlachtschitz zu sein! Doch all diese Vorwürfe, die er sich selbst machte, halfen nichts. Das Bild der schönen Baronesse verließ ihn nicht. Er wußte nicht, womit er sich zerstreuen sollte, und legte sich vor Verzweiflung schlafen.

VII

Der Winter hatte Einzug gehalten und gab Friedrich die Möglichkeit, Atem zu holen oder besser, sich auf den neuen, noch härteren und schrecklicheren Kampf vorzubereiten. In Dresden war scheinbar alles beim alten geblieben. Oben im Schloß umgab die immer mehr zusammenschrumpfende Schar der Getreuen die Königin und drängte sich enger um ihre Herrin. Tagtäglich kam hier der ständig wachsende Haß gegen Friedrich zum Ausbruch, von Stunde zu Stunde steigerte sich die Leidenschaft, und verzweifelte Verschwörungen wurden gegen ihn angezettelt. An der Spitze der rührigsten Feinde stand die nach Rache dürstende Gräfin Brühl. Diese Lage, die nun schon so lange anhielt und sich mit jeder Minute zu verschlimmern schien, brachte eine Art ohnmächtiger Raserei hervor, der jedes erdenkliche Mittel recht war, um gegen Friedrich vorzugehen. Von hier wurden geheime Boten ausgesandt, die jeden seiner Schritte beobachteten und nach einer Möglichkeit suchten, des Preußenkönigs durch List oder Verrat habhaft zu werden oder ihn sogar seines Lebens zu berauben. Man bedachte nicht einmal die Schwierigkeiten der Verwirklichung eines solchen Planes und vergaß, daß keine Kräfte und Werkzeuge zur Verfügung standen. Man bediente sich eines jeden, der sich anbot – glaubte blindlings alles, was die bezahlten Spione berichteten, und gab sich verschiedenen Hoffnungen hin, die sich nie erfüllen konnten. Auf der anderen Seite wußte der Preußenkönig, der seine sogenannten ›Kujone‹ reichlich bezahlte, durch seine Spione, die im ganzen Land in der verschiedensten Gestalt verstreut waren, genau über die feindliche Einstellung Bescheid. Wenn er auch nirgends die Fäden einer Verschwörung entdecken konnte, so war er doch auf der Hut, da er fühlte, daß sie ihn umspannten. Die Gräfin Brühl schickte Leute in Friedrichs Hauptquartier, dieser wiederum spickte den sächsischen Hof förmlich mit

Spionen. Auf beiden Seiten ging man äußerst vorsichtig zu Werke, diese geheimen Beobachtungen zeitigten nur sehr geringe Ergebnisse. Schließlich nahm Friedrich aus einem gewissen Fatalismus heraus von allzu großen Vorsichtsmaßnahmen Abstand und verließ sich auf sein Glück. Die Brühl, die Königin, General Spörken hielten verbissen an ihren Plänen fest.

So hatte man auch Simonis überredet und zu den Preußen geschickt. Er verstand sich dort in der Kanzlei den Posten eines Kabinettssekretärs zu verschaffen und sandte, wenn er dabei auch größte Vorsicht walten ließ, Nachrichten über Vorhaben des Preußenkönigs, seinen Aufenthaltsort, die Stärke der ihn umgebenden Wache nach Dresden und gab Personen an, die man vielleicht gewinnen könnte. Außer dem Schweizer befand sich noch Glasau, der Kammerdiener, in der Nähe des Königs, der schon eine geraume Zeit für die Sachsen arbeitete und von diesen bezahlt wurde. Baron Spörken und die Gräfin Brühl bemühten sich, ihn dazu zu bringen, daß er dem König ein gewisses Pulver, das sie ihm anvertrauten, in die Schokolade mische. Glasau nahm das Pulver wohl an sich, aber er versprach nicht, es anzuwenden. Angst und ein unangenehmes Gefühl hatten ihn bisher vor der Ausführung des Planes immer wieder zurückschrecken lassen.

Man hoffte, den König in eine Falle locken zu können – wiederholt war es schon versucht worden –, ihn lebend in die Hände zu bekommen und in das österreichische Lager zu entführen. Ein solcher Anschlag flößte weniger Abscheu ein und schien auch leichter durchführbar zu sein.

Indessen zog Friedrich von einem Ort zum anderen, alle Pläne, sich seiner zu bemächtigen, wurden dadurch zunichte gemacht, und Glasau, den man drängte, das äußerste Mittel anzuwenden, konnte sich nicht dazu entschließen. Die fromme Königin, obwohl sie die Pläne im einzelnen nicht kannte, vermutete doch eine Verschwörung und betete im guten Glauben für ihr glückliches Gelingen. Pater Guarini hielt sich von allem fern, erteilte keinerlei Ratschläge, verstand es jedoch sehr geschickt, sogar mit Beispielen aus der Bibel zu erläutern, wie weit man gehen dürfe, wenn es darum ginge, das Land und den Glauben zu retten. Dieses ganze geheimnisvolle Treiben wurde nach außen hin unter einer Maske scheinbarer Resignation verborgen, aber dem aufmerksameren Beobachter konnte das Existieren dieser versteckten Bemühungen trotzdem nicht entgehen.

Nur General Wylich, der damalige Kommandant von Dresden, hegte vielleicht als einziger keinerlei Argwohn und vermutete nicht, daß solche Dinge gespielt wurden.

Seine Spürhunde kamen des öfteren mit der Meldung, daß im Schloß etwas nicht stimme, denn die dauernden Beratungen, das fortwährende Flüstern und Hin- und Herlaufen müßten doch einen Grund haben. Aber der alte Soldat, dieser einfache Mensch, lachte nur darüber und erklärte, vor Weibern und ihren Intrigen fürchte er sich keineswegs.

Immer eifriger und in immer größerem Rahmen arbeiteten die Verschwörer, denn die Gräfin Brühl wurde mit der Zeit und durch die Tatsache, daß es bisher immer glücklich abgegangen war, immer dreister.

Zu Beginn des Winters gelang es Simonis, der in ständiger Verbindung zu General Spörken stand, die Erlaubnis zu einer Reise nach Dresden zu erhalten. Er wurde sogar mit einem Auftrag für General Wylich betraut. Der König selbst befahl ihm, den Kommandanten von Dresden mündlich zu warnen, daß auf dem Schloß Verschwörungen im Gange seien, daß sie gekaufte Subjekte ausschickten und ihre Beziehungen sich sogar bis in seine Umgebung erstreckten, ohne daß er sie bisher aufdecken konnte.

Als Simonis diese Instruktionen entgegennahm, mußte er seine ganze Kraft, seinen ganzen Mut aufbieten, um nicht seine Bestürzung zu verraten. Er hatte wohl mit einer amtlichen Mission gerechnet, aber nicht im entferntesten geglaubt, eine so gefährliche und schwerwiegende Nachricht überbringen zu müssen.

Friedrich, der mit den geleisteten Diensten des Schweizers zufrieden war und bisher nicht den geringsten Verdacht geschöpft hatte, ließ Max eine kleine Gratifikation auszahlen und befahl ihm, so schnell wie möglich zurückzukehren. Wer gesehen hätte, wie Simonis nach dem kurzen Gespräch mit trockenem Mund und am Gaumen klebender Zunge, bleich und mit irren Augen aus dem Zimmer herauskam, hätte leicht erraten können, daß er in der Seele zutiefst erschrocken war. Simonis wußte zu genau, daß er ein Spiel mit dem Galgen betrieb. Allmählich kam er wieder zu sich; erst unterwegs faßte er wieder Mut, doch befielen ihn so entsetzliche Gedanken, daß er schon alles aufgeben und sich irgendwo in Sicherheit bringen wollte. Glasau wußte über Simonis Bescheid, genauso wie dieser die ganze Geschichte des gekauften Kammerdieners kannte. Max beaufsichtigte ihn, denn auf Glasau war kein Verlaß. Jetzt, wo der Schweizer gezwungen war, sich zu entfernen, begann er zu fürchten, daß der Kammerdiener, von der Angst getrieben oder bei irgend etwas ertappt, auch seine Rolle verraten würde. Nun fuhr Max nach Dresden – wie schnell konnte man ihn dort auf ein Zeichen hin verhaften.

Je mehr er sich der Hauptstadt näherte, desto größer wurde seine Besorgnis. Sogar das Bild der schönen Pepita, für die er all dies tat, hatte im Laufe der Zeit, die er fern von ihr weilte, an Macht und Zauber verloren. Schließlich waren durch die Annäherung an Friedrich, je genauer er den Charakter dieses energischen Feldherrn kennenlernte, Zweifel in ihm wachgeworden, auf welche Seite sich die Schale des Sieges neigen würde.

Hauptsächlich diese letzte Tatsache hatte auf den Schweizer nicht ihre Wirkung verfehlt, dem vor allem die Sorge um sein eigenes Wohl und um seine eigene Rettung am Herzen lag. Er kam daher in Dresden in einer sehr verzweifelten Stimmung an, in großer Angst, merklich abgekühlt, und überlegte, was er weiter beginnen sollte. In seinem Innern begann er daran zu glauben, daß trotz der 700 000 Mann der Verbündeten, die Friedrich gegenüberstanden, dieser mit seinen 260 000 siegen könnte. Dann war er verloren. Aber dennoch nützte er nicht seine Reise aus, um in die Schweiz zu entfliehen, obwohl er dazu nicht geringe Lust verspürte. Er wollte sich mit eigenen Augen überzeugen, wie die Sache am Hofe der Königin stand.

Die Entwaffnung der sächsischen Truppen, ihre Eingliederung in die preußische Armee, die Abreise König Augusts und seines Ministers nach Polen, die moralische Unterdrückung Sachsens, die Siege der Preußen über die Österreicher – all das trug dazu bei, daß der Entschluß des Schweizers, sich der Sache des sächsischen Hofes zu weihen, ins Wanken kam.

Da er im Auftrage des Königs hierher kam, mußte er sich selbstverständlich, nachdem er sich am Tor gemeldet hatte, direkt zu General Wylich begeben.

Es war kurz vor Mittag, als man ihn zum Kommandanten vorließ, der sich gerade anschickte, zum Essen Platz zu nehmen. Der alte Soldat hatte die zynischen Gewohnheiten seines Königs angenommen und legte eine beinahe übertriebene Grobheit und Rauheit an den Tag. In dem Zimmer, in das Max eingelassen wurde, stand ein für zwei Personen gedeckter Tisch, durch die offene Tür erblickte er zu seiner großen Verwunderung das Fräulein Doris, seine alte Bekannte. Wie immer war sie stark geschminkt, gepudert und ziemlich herausgeputzt. Als sie ihn entdeckte, hätte sie beinahe aufgeschrien.

Wylich, die Hände in den Taschen, die Pfeife im Mund, empfing ihn von oben herab, im vollen Bewußtsein seiner Kommandantenwürde.

Der Angekommene gab ihm nach der Begrüßung unauffällig zu verstehen, daß er mit einem vertraulichen Auftrag des Königs zu ihm gekommen sei.

Wylich drehte sich zu Fräulein Doris um und befahl ihr, sie möge sich ... zum Teufel scheren. Die Französin huschte nur in das nächste Zimmer hinüber, dessen Tür der General hinter ihr schloß. Dann übermittelte Simonis, indem er sie leicht abschwächte, die Warnung des Königs, die Verschwörungen und Umtriebe auf dem Schloß betreffend.

Wylich hörte ihm zu und verzog den Mund.

»Schon gut«, sagte er, »Boten hängt man nicht und hackt ihnen auch nicht den Kopf ab. Aber das alles ist ein albernes Geschwätz, womit gewisse Leute Majestät beirren. Das ist meine Sache. Ich bin hier über alles genauestens unterrichtet, ich höre das leiseste Wort, und meinem Auge entgeht nichts. Es liegt kein Grund zur Besorgnis vor. Die Königin betet, die Brühl tobt, und damit hat sich's!«

Er machte eine wegwerfende Handbewegung und fragte: »Was gibt's sonst?«

Simonis beantwortete noch einige Fragen und verstummte. Nach einer halben Stunde war der Gesprächsstoff erschöpft und die Aussprache beendet. Wylich stand am Fenster, Simonis schickte sich zum Gehen an.

»Herr General«, sagte er, »ich habe den Auftrag, manches in Erfahrung zu bringen und mir aus der Nähe anzusehen, was im Schloß vor sich geht. Ich möchte es hiermit gemeldet haben.«

Wylich lachte auf.

»Meinetwegen kann Er auf den Turm kriechen und sich anschauen, was Er Lust hat. Das ist mir gleichgültig.«

Der mit diesen Worten verabschiedete Schweizer konnte sich nun wieder frei bewegen und machte sich auf die Suche nach einer Bleibe, die nicht so leicht beobachtet werden konnte. Nur mit großer Mühe gelang es ihm, ein Zimmer zu finden, denn die Preußen hatten überall in der Stadt Quartier bezogen. Sogar in den Privathäusern, wo nur eine einigermaßen große Wohnung vorhanden war, lagen kranke Offiziere und Soldaten.

Bei Einbruch der Dämmerung machte er sich unter Beachtung größter Vorsicht, denn er wollte nicht erkannt und bespitzelt werden, auf den Weg zum Schloß. Er wußte nicht, zu wem er sich begeben sollte, um zu erfahren, wo er die Baronesse antreffen könnte. Da sah er unten an der Treppe Maslowski. Herr Xaver, der ohne Grund seine Abreise nach Polen hinauszögerte, strich öfter als notwendig in der Nähe des Schlosses umher und gestand sich selbst ein, daß er das, was ihm der Vater versprochen hatte, verdiente. Er wollte zwar nicht zugeben, daß er in die Baronesse verliebt war, sondern erklärte sich sein Verhalten damit, daß sie ihn interessierte und er nur eine große Sympathie und freundschaftliche Gefühle für sie hegte.

Er erwies ihr alle möglichen Dienste, wo er nur immer konnte, und nahm dies zum Vorwand, um sie recht oft zu sehen. Er war nun unangenehm berührt, als er das Gesicht des Herrn de Simonis vor sich auftauchen sah. Sein Herz krampfte sich zusammen. Er konnte seinen Unwillen nicht verbergen, als er ihn wohl oder übel begrüßen mußte. Der sonst so gesprächige Xaver stand diesmal wie eine Säule da.

»Ich möchte die Baronesse sprechen«, verlangte Simonis. Maslowski zeigte mit der Hand nach oben; ihn dorthin zu begleiten oder länger mit ihm zu sprechen – dazu hatte er keine Lust. Der Schweizer sah sich um und ging. So gelangte er zur Wohnung Spörkens, der ihn unsagbar gerührt begrüßte. Doch da er nichts allein unternahm, eilte er sofort davon, um die Gräfin Brühl zu holen.

Wir haben schon einige Male erwähnt, welche Rolle die Gräfin spielte. Diese leidenschaftliche und ruhelose Frau brauchte immer etwas zum Spielen, etwas, was sie zum Leben erweckte und sie nicht einschlafen ließ. Seit ihrer Verheiratung ergriff sie fieberhaft jede Gelegenheit, die ihrem leeren Herzen eine künstliche Erfüllung bringen konnte. Sie erzog Kinder, über die andere verfügten, die ihren Händen entglitten und sich jetzt vollkommen von ihr gelöst hatten. Nicht einmal ihre Liebe konnte sie sich erobern. So hatte sie sich allem hingegeben, was das Leben erträglich macht und die Wunden vergessen läßt. Ihre Launen arteten manchmal zur Raserei aus, dann folgten wieder Apathie, Schweigen, Gähnen, Langeweile. Irgendein Blumli, irgendein Seyffert nahm sie gefangen, sie wollte Menschen ..., Ideale ihres Herzens aus ihnen machen, und alles endete schließlich so wie mit Seyffert, der am Pranger landete, oder wie mit Blumli, dessen sie überdrüssig wurde und den sie verachtete.

In solchen Paroxysmen von Wünschen und Enttäuschungen lebte Frau Brühl bis zu den letzten Ereignissen. Friedrich erweckte die Absterbende zu neuem Leben, zur Rache. Mit der ganzen Heftigkeit ihres Charakters warf sie sich in den Kampf gegen die Preußen. Sie führte ihn so, wie sie es bei allem gehalten hatte, ohne in ihrer Leidenschaft Grenzen zu kennen und ohne zwischen den zur Verfügung stehenden Mitteln zu wählen.

Die Erfolglosigkeit ihrer Anstrengungen begann sie zu langweilen. Sie wurde ungeduldig. Das Warten war noch nie ihre Sache gewesen. Das Leben an der Seite dieser zerquälten, fanatisch frommen Königin, die den halben Tag mit religiösen Übungen zubrachte, widerte sie an. Die Jugend des Hofes, unter der sie sich ihre Opfer herausgesucht hatte, fehlte ihr. Sie war schon nicht mehr jene allmächtige Frau, die mit einem Wink ihre Umgebung verändern, Menschen erscheinen und verschwinden lassen konnte.

Als Baron Spörken sie von der Ankunft des jungen Schweizers in Kenntnis setzte, befand sich die Gräfin in einem apathischen Zustand, gelangweilt sehnte sie sich fast nach dem Tode. Diese Neuigkeit belebte sie, wie elektrisiert sprang sie auf und eilte davon.

Simonis hatte schon früher einmal ihre Aufmerksamkeit auf sich gelenkt, und – ihre Laune war nicht in Erfüllung gegangen. Sie nahm ihm übel, daß er so leichten Herzens ihrer entsagt hatte. So etwas wie ein Bedürfnis nach Genugtuung stieg in ihr auf. Sie nahm sich vor, ihn jedoch nichts merken zu lassen, und musterte sich im Spiegel. Schön und strahlend wollte sie aussehen, doch sie gab sich feuriger und angeregter, als sie in Wirklichkeit war. – Sie trat ein und reichte ihm die Hand.

Spörken zog sich einige Schritte zurück.

»Da seid Ihr ja wieder! Wie froh bin ich, Euch endlich zu sehen! Wie lange habe ich schon auf Nachrichten gewartet! Wieviel Zeit ist nutzlos verstrichen! Was gibt's Neues? Was treibt Ihr? Wir sitzen tatenlos da, und die Preußen freuen sich ihres Sieges. Der König ...«

»Gräfin«, fiel ihr Simonis ins Wort, »wir haben getan, was in unseren Kräften stand. Es bot sich keine Gelegenheit, den entscheidenden Schritt zu tun.«

»Und Glasau? Er hatte doch jeden Tag die Möglichkeit. Was sagt Glasau?«

»Er zögert, er schiebt es auf!« entgegnete leise der Schweizer. »Wir hatten Hoffnung, ohne zu diesem Mittel greifen zu müssen ...«

»In diesem Falle darf man, was die Mittel anbetrifft, nicht wählerisch sein«, unterbrach ihn die Gräfin heftig. »Ein schädliches Tier darf man auf jede Art zur Strecke bringen. Glasau verrät uns, und Ihr ... Ihr treibt ihn nicht genügend an ... Alle drei Pläne, seiner habhaft zu werden, obwohl alles ausgezeichnet vorbereitet war, gelangten nicht zur Ausführung.«

»Es lag nicht an uns«, erwiderte Simonis. »Der König hatte sein Quartier verlegt, und damit änderten sich auch die Bedingungen.«

Die Brühl wandte sich verächtlich ab, doch bald schien sie sich eines anderen zu besinnen, sie schlug einen milderen Ton an und führte Simonis zum Fenster. Hier, als ob sie bis auf den Grund seines Herzens schauen wollte, quälte sie ihn mit herausfordernden, forschenden und für ihn rästelhaften Blicken, zog das Gespräch unnötig in die Länge, ließ ihn nicht gehen und kam wieder auf ihre Vorwürfe, Einwände und Fragen zurück.

Sehr gewandt rechtfertigte sich Simonis; dann sprach man von anderen Dingen. Die Gräfin beklagte sich, schilderte ihre Lage, ihre Gefühle, sie machte Geständnisse und bemühte sich, interessant, gefühlvoll und unglücklich zu erscheinen. Mit großer Geschicklichkeit und mit der Raffinesse einer Frau, die alle Mittel kennt und viele Erfahrungen gesammelt hat, versuchte sie, Eindruck auf ihn zu machen, diesen Augenblick in seinem Gedächtnis einzuprägen, mit einem Wort – ihm den Kopf zu verdrehen.

Eine ganze Stunde dauerte dieses Spiel. Schließlich raffte sich der Schweizer auf und erzählte warnend, weshalb ihn Friedrich ausgesandt habe. Er riet zur Vorsicht. Die Brühl lachte.

Spörken, dem das Warten zu lang wurde, ging hinaus und ließ die beiden allein. Der Gräfin war dieser Umstand willkommen. Sie erging sich weiter im Gespräch und kam vom Hundertsten ins Tausendste. Wer weiß, wie lange diese Beratung noch gedauert hätte, wäre sie nicht von der Baronesse unterbrochen worden, die, durch den General von der Ankunft des Schweizers unterrichtet, jetzt ins Zimmer trat.

Man begrüßte sich verlegen und kühler, als zu erwarten gewesen wäre. Pepita hatte noch nie eine allzu starke Zuneigung für diesen Menschen empfunden, sie mußte ihn nur mit ihrer Person ködern. Und Simonis schwankte auch schon, ob er nicht ein Ende machen sollte … Wie es oft nach einer längeren Trennung zu sein pflegt, standen sie einander gleichgültig gegenüber. Die Gräfin beobachtete beide spöttisch, ließ sie nicht allein und beschloß, recht aufdringlich zu sein.

Sie wechselten kaum einige Worte; die sonst so gesprächige Baronesse wußte nicht, was sie sagen sollte.

»Wir haben Euch eigentlich nicht erwartet. Wir wissen, wie schwierig es ist, aus den Klauen des Königs herauszukommen.«

»Ich bin auch nur an einem Strick aus dem Käfig herausgelassen worden«, erwiderte Simonis, »und muß sofort wieder in ihn zurückkehren.«

»Ja«, warf die Gräfin ein, »wenn dieser Ausflug nur von etwas mehr Erfolg gekrönt wäre! Jede Stunde bedeutet für uns eine Ewigkeit.«

»Ach, Frau Gräfin«, rief der Schweizer, »was bedeutet sie erst für mich!«

»Ich glaube, Ihr habt Euch schon mit Eurem Schicksal ein wenig ausgesöhnt«, höhnte die Brühl.

Simonis seufzte und sah Pepita an.

Die Gräfin ging einige Male im Zimmer auf und ab, ließ die beiden aber nicht aus den Augen. Ihr spöttisches Lächeln machte sowohl Simonis als auch Pepita befangen. Sie trauten sich nicht den Mund aufzutun. Simonis, der sich hier nicht länger aufhalten konnte, ohne Verdacht zu erregen, raffte sich noch zu einigen höflichen Worten auf und ging hinaus.

Ihm war aufgefallen, daß die Baronesse nicht mehr ganz so kühn wie früher war und sich etwas zurückhielt. Er befand sich schon im Gang, als auch die Gräfin aus dem Zimmer kam und ihn heranwinkte.

»Ich muß mit Euch unter vier Augen, ohne Zeugen sprechen ... Nicht einmal die anderen dürfen davon etwas wissen. Es muß unbedingt sein. Hier geht es nicht.« Bei diesen Worten trat sie dicht an ihn heran, drückte ihm einen Schlüssel in die Hand und erklärte ihm, in welchem Hause der Schloßstraße sie ihn noch vor Einbruch der Nacht erwarten würde. Das Georgentor verband dieses Haus direkt mit dem Schloß. Die Gräfin besaß dort eine Wohnung oder vielmehr einen Schlupfwinkel, wo sie ihre Vertrauten empfing. Simonis wollte zuerst Ausflüchte machen, doch die gebieterisch wiederholte Aufforderung verschloß ihm den Mund. Die Brühl begriff nicht, daß ihr etwas abgeschlagen werden könnte.

Endlich war Simonis wieder allein. In seinem Kopf brauste es, und wunderliche Träume umgaukelten ihn. Er ging auf den Hof hinunter und begegnete wieder Maslowski. Es überraschte ihn, ihn noch einmal zu treffen. Maslowski wartete wirklich hier auf ihn. Max konnte lange Zeit kein Wort hervorbringen, denn er mußte erst wieder richtig zu sich kommen. Die Gräfin Brühl hatte ihr Ziel erreicht. Simonis war wie berauscht von all dem, was sie ihm scheinbar unabsichtlich eingeträufelt hatte.

»Nur auf Euch habe ich hier gewartet«, begann Maslowski, »denn, wer weiß, vielleicht wollt Ihr an einem anderen Ort mit mir sprechen. Nun, wie geht es Euch?«

»Und Euch?« fragte Simonis.

»Mir? Reden wir nicht davon. Ich habe Schulden, und die halten mich hier an den Rockschößen fest.«

Der Schweizer seufzte.

»Wenn Ihr Euch nicht fürchtet«, flüsterte Maslowski, »so bringe ich Euch in eine Gastwirtschaft, wo sich die Anhänger Brühls treffen. Der Rest der Hofleute des Ministers, die in Dresden bleiben mußten, kommt dort abends zusammen, um die Preußen zu verfluchen ...«

»Die uns belauschen«, fiel Simonis ein.

»Wenn sie uns nur einen Abend zugehört hätten, wäre kein einziger von uns mehr hier«, widersprach Maslowski lachend.

»Wo ist denn dieses Wirtshaus?«

»Geht Ihr mit?« fragte Xaver.

Der Kabinettssekretär zögerte mit der Antwort.

»Ich kann nicht«, lehnte er schließlich ab. »Ihr würdet vor mir und ich vor Euch Angst haben. Ich kann nicht.«

Sie verabschiedeten sich, und Maslowski verschwand in der finsteren Straße.

Der Schweizer begab sich in seine Herberge, um sich etwas auszuruhen. Dann nahm er den Schlüssel und machte sich auf den Weg, um zur festgesetzten Stunde in dem Haus in der Schloßstraße zu sein. Er verweilte dort bis spät in die Nacht hinein, und als er, noch mehr von Träumen umfangen als am Morgen, es wieder verließ, bemerkte er nicht einmal, daß sich ihm ein Schutzengel an die Fersen geheftet hatte, der ihm in einiger Entfernung zu seiner Herberge das Geleit gab.

Anfangs hatte sich Herr de Simonis vorgenommen, sich nicht lange in Dresden aufzuhalten. Am nächsten Morgen jedoch zog er aus seinem Wirtshaus aus, er sagte niemandem wohin. Nur Maslowski gestand er, daß er wahrscheinlich länger hierbleiben würde, als es eigentlich seine Absicht gewesen wäre. Am nächsten Tag sprach er bei General Wylich vor. Dieser alte Haudegen empfing ihn so, wie gewöhnlich Soldaten Schreiberseelen zu empfangen pflegen, und ließ ihn eine gewisse Geringschätzung deutlich fühlen.

»Er ist noch hier?«

»Jawohl, Herr General! Ich bin gekommen, um Euch zu melden, daß ich sicherlich noch einige Tage hierbleiben muß, da ich auf bestimmte Spuren gestoßen bin. Ich werden Euch zu gegebener Zeit darüber Bericht erstatten.«

Der General sah ihn an und nickte. »Er ist ein guter Spürhund«, brummte er, »doch wir haben auch eine gute Nase ... Aber das ist nicht meine Sache ... Schnüffle Er nur herum ... Ich danke Ihm«, fügte er laut hinzu und wies auf die Tür. »Ich danke Ihm!«

Anschließend suchte der Schweizer Beguelin auf, der ihn äußerst respektvoll empfing, da er wußte, daß er es nun mit einem Sekretär des Königs zu tun hatte. Wie klein war Beguelin während der Besatzungszeit geworden! Wie traurig sah er aus! Er hatte seinen Käse verschlossen und ließ kein Sterbenswörtchen darüber verlauten, um ihn vor der Requirierung zu bewahren. Er ließ seinen Gast auf dem schwarzen Sofa Platz nehmen und begann sich über den Krieg im allgemeinen zu beklagen.

»Eine unangenehme Lage«, sagte er, sich den Kopf kratzend, »die Österreicher kriegen es fertig, ein Bombardement zu eröffnen, und die Granaten fragen nicht, wo der eine oder andere Rat wohnt ... Gott sei uns gnädig, wenn sie Dresden einnehmen ... Unser König wird es bestimmt zurückerobern und es in Schutt und Asche legen.«

Er hob seine Hände in die Höhe.

»Was für Nutzen bringen denn diese Kriege!« murmelte er. »Sie stören den Handel, viele Menschen gehen zugrunde, und mit der Ruhe ist es vorbei ...«

Beguelin war der Meinung, es sei besser, einen schlechten Frieden zu schließen, als den glücklichsten Krieg fortzusetzen.

Nachdem Max eine kurze Zeit hier verweilt hatte, kehrte er ins Schloß zurück, konnte aber Pepita nicht erreichen. Er traf die Gräfin Brühl, die nicht von seiner Seite wich. Dauernd wurden Beratungen abgehalten, tagsüber und am Abend.

Die Baronesse legte keinen großen Wert darauf, mit dem Schweizer zusammenzukommen. Wie Freunde verhielten sie sich zueinander, was sie doch in Wirklichkeit nicht waren. Einige Tage vergingen, bis endlich Simonis Gelegenheit fand, mit Pepita zu sprechen.

»Ich bin sehr unglücklich«, sagte er zu ihr, »denn ich versuche vergeblich, seit ich wieder hier bin, mich Euch zu nähern.«

»Ist das meine Schuld?« fragte Pepita. »Sprecht offen!«

Simonis wurde leicht verlegen.

»Ich weiß wirklich nicht, ich bin mir auch durchaus keiner Schuld bewußt.«

»Vielleicht soll es so sein.«

Der Schweizer schwieg.

»Es geht doch nicht, daß ich hinter Euch herlaufe«, fuhr das Mädchen immer offener werdend fort. »Das könnt Ihr doch nicht von mir verlangen. Seid einmal ehrlich. Ist es Euch nicht ganz recht so? Ich weiß nicht ...«

»Ihr zweifelt!«

»Nein, nur bin ich sicher, daß Ihr Euch nicht allzu sehr nach mir sehnt. Ich bitte Euch, zwingt Euch nicht zu künstlichen Gefühlen! Ich werde schon mein Wort halten. Ihr habt es nicht nötig, Euch in mich zu verlieben.« Sie sagte das alles so kalt, ohne jeden Zorn, daß sich Simonis getroffen fühlte.

»Ich sehe, daß ich Eure Gunst vollkommen verloren habe«, flüsterte er.

»Macht Euch keine Sorgen«, fuhr Pepita fort, »führt nur das aus, was Ihr versprochen habt, und haltet uns die Treue! Und auf mein Wort könnt Ihr Euch verlassen ...« Sie wollte wohl die Aussprache nicht weiter führen und ließ Simonis stehen. Einen Augenblick später nahm die Gräfin Brühl Max zu einer Besprechung bei General Spörken mit.

Die Ankunft des Schweizers war ein neuer Ansporn zur Entfaltung einer regen Tätigkeit. Jeden Tag stand etwas anderes zur Debatte, und die Beratungen über jeden Schritt, der unternommen werden sollte, dauerten viele Stunden. An diesem Tage erhielt man die Nachricht, daß die beabsichtigte Entführung des Preußenkönigs, den man General Bour ausliefern wollte, unmöglich ausgeführt werden könnte.

Die Brühl war zornig.

Sie ging im Zimmer auf und ab, machte aus ihrer Empörung kein Hehl und schimpfte über die Unfähigkeit all derer, die soviel Geld kosteten und bisher immer noch nichts ausgerichtet hatten.

»Man muß sofort jemanden zu Glasau schicken«, verlangte sie. »Das letzte Mittel muß angewendet werden ... Zwingt ihn dazu, er darf es nicht mehr aufschieben! Ihr schreibt sofort an ihn, und der General wird den Brief durch einen zuverlässigen Vertrauensmann überbringen lassen!«

Simonis zögerte, aber die nicht den geringsten Widerstand duldende Gräfin stampfte mit dem Fuß auf und befahl ihm mit einer Handbewegung, sich an den Tisch zu setzen.

»Das nehme ich auf mein Gewissen, ich werde dafür die Verantwortung tragen. Genug Zeit ist schon vergeudet worden. Glasau soll sein Versprechen einlösen. Keine Einwände ... Fragt in dem Brief, was er fordert ... Ich werde alles geben, was ich besitze ... Wir werden ihm bezahlen, was er verlangt.«

Der Schweizer konnte nicht umhin, das Schreiben abzufassen, und nahm ängstlich Platz. Es war unmöglich, sich zu widersetzen. Er sah einige Male die Gräfin an, aber diese ließ ihn nicht zu Wort kommen und wiederholte ununterbrochen:

»Das nehme ich auf mein Gewissen!«

Simonis schrieb, was man ihm diktierte. Dann wickelte man mit dem Schriftstück eine Rolle Dukaten ein. Spörken versiegelte das Ganze und ging damit hinaus. Max erhob sich, er war bleich.

»Gräfin, ich bitte mir zu verzeihen«, sagte er leise, »es könnte ja Glasau vielleicht gelingen ...«

»Es muß ihm gelingen!« unterbrach ihn die Gräfin.

»Doch wenn etwas Unerwartetes einträte ...«

»Das ist ganz ausgeschlossen!«

»Und trotzdem«, warf Simonis ein, »weiß ich nicht, ob es in diesem Falle erforderlich ist, daß auch ich noch geopfert werde.«

»Ihr?« rief die Gräfin und ergriff ihn am Arm. »Ihr? Niemals! Ich brauche Euch. Ich nehme Euer Schicksal in die Hände. Die Baronesse könnt Ihr abtreten, an wen Ihr wollt. Ihr seid nicht von ihr abhängig. Ich garantiere Euch für Eure Zukunft.«

Simonis verneigte sich und fragte leise, ziemlich vertraulich:

»Doch wo die Sache nun einmal so steht, wäre es nicht besser, wenn ich mich versteckte und den Ausgang der Angelegenheit abwartete? Wenn es Glasau mißlingt ...«

»Es kann ihm nicht mißlingen!« – Ihre Augen blitzten, und ihre Stimme bebte vor Zorn. »Ihr stellt meine Geduld auf eine harte Probe!«

Erst nach einer Weile faßte sie sich wieder; sie legte ihm die Hand auf die Schulter und meinte:

»So ist es nun einmal, Simonis. Auf dieser ekelhaften Welt ist nichts unmöglich. Versteckt Euch! Ihr habt ein Vorgefühl … Meine Ahnungen betrügen mich immer: Wenn ich das Gefühl habe, etwas würde bestimmt gut ausgehen, so nimmt es ein schlechtes Ende, und wenn ich mich auf etwas Schlechtes gefaßt mache – nun, das trifft immer ein. Ja, versteckt Euch!« fügte sie mit zitternder Stimme hinzu. »Ich brauche Euch …«

Sie barg den Kopf in den Händen und ging einige Male schweigend und nachdenklich im Zimmer auf und ab. Man sah deutlich, daß der Gedanke an Rache, an die Königin, an die Geschicke des Landes einem anderen Platz gemacht hatte: dem an ihr eigenes Glück.

Sie wandte sich an Simonis:

»Ihr müßt unbedingt mit der Baronesse brechen. Sie liebt Euch nicht, das sind nur Fesseln. Ich will das nicht! Die Baronesse«, fuhr sie fort, »die Baronesse besitzt nicht mehr als ein Stück Land in den Bergen und ein leeres Schloß. Das Ganze ist nicht viel wert. Mein Mann wird beim König für Euch ein bedeutenderes Geschenk erwirken, und ich werde Euch eine Anstellung verschaffen. Dieser Krieg wird nicht ewig dauern, und wenn Glasau … Aber ich will weder davon sprechen noch damit rechnen, selbst wenn es Glasau mißlingt, gibt es noch andere Möglichkeiten … Ja, ja«, rief sie, immer mehr in Eifer geratend, »selbst wenn es hundertmal nicht gelingen sollte, selbst wenn alle erschrecken und zurückweichen sollten, ich werde das niemals tun! Niemals! Meine Liebe und mein Haß kennen keine Grenze, sie können einschlummern, aber schon am anderen Tag wachen sie mit noch frischerer Kraft auf. Es sei denn, ich stürbe …« Sie wanderte im Zimmer umher und beruhigte sich allmählich.

Sie trat an Simonis heran, zog einen Ring mit einem Solitär vom Finger und sagte leise, ihn in der Hand haltend: »Diesen Ring hab ich vor langer Zeit vom König bekommen. Ich gebe ihn Euch zum Zeichen, daß ich das halten werde, was ich versprochen habe. Brecht mit der Baronesse! Ich kann mit niemandem teilen.«

Der bleiche Simonis küßte ihre Hand, als der General und Pepita eintraten und die Unterredung unterbrachen. Sicherlich wollte die Gräfin Simonis die Möglichkeit geben, den Schritt, den sie von ihm verlangte, sofort zu tun, und ging mit dem General in das andere Zimmer hinüber. Sie warf Simonis noch einen Blick zu, der befahl, ihrem Wunsch nachzukommen.

Obwohl die Baronesse vielleicht nicht bemerkt hatte, wie die Gräfin Simonis den Ring übergab, so konnte sie doch aus der Haltung der Gräfin und der Verwirrung des Schweizers, der bei ihrem Eintreten rasch zurückgefahren war, ersehen, daß zwischen den beiden eine vertrauliche Annäherung stattgefunden haben mußte. Schon viel zu gut kannte Pepita das Hofleben; auch seine Geheimnisse und Intrigen waren ihr nicht fremd. Über das Leben der Gräfin wußte sie gut Bescheid. Ihre Eigenliebe hatte vielleicht im ersten Moment einen schweren Stoß erlitten, aber nach einigen Überlegungen fiel es ihr nicht schwer, sich wieder zu beruhigen. Kühl und scheinbar gleichgültig stand sie Simonis gegenüber, der sie äußerst höflich begrüßte.

Sie blickte ihn mit so wissenden und ruhigen Augen an, daß Max sich durchschaut fühlte und in leichte Verlegenheit geriet.

»Habe ich vielleicht gestört?« begann sie.

»Nein, es ist schon alles erledigt«, erwiderte Max.

»Ich hoffe – glücklich«, entgegnete sie mit einem Blick auf den Ring, den Max zu verbergen vergessen hatte.

Simonis ließ verlegen und schuldbewußt die Augen sinken.

»So ist es, ja …«, stammelte er. »Aber wer kann wissen, ob das, was einem als Glück erscheint, auch wirklich ein Glück ist?«

»Ihr habt recht, das ist eine Wahrheit, die immer im Leben zutrifft. Nie können wir uns auf etwas verlassen.«

»Leider«, seufzte Max.

Pepita sah in an und lachte.

»Was gibt es sonst?« fragte sie.

»Das schlimmste ist«, bedauerte Simonis, »daß ich wahrscheinlich gezwungen bin, mich einige Zeit versteckt zu halten, und vorläufig nicht das Glück haben werden, Euch zu sehen.«

»Ist denn das ein Glück für Euch?« spottete die Baronesse. »Mir scheint, daß das ein ganz unnötiger Kummer ist. Ich täusche mich gewiß nicht.«

»Ich müßte aus diesen Worten und auch aus vielen anderen folgern«, widersprach der Schweizer, »daß ich mich keinen Täuschungen hingeben darf. Ich besitze nicht Eure Gunst.«

»Aber Ihr habt mein Wort«, sagte Pepita kalt, »und das ist genug.«

»Wenn ich Euer Herz nicht besitze und darauf verzichten muß? …«

»Wie könnt Ihr vom Herzen reden?« – die Baronesse lachte. – »Wenn ich es Euch auch schenken wollte – das geht nicht. Sein Herz verschenkt man nicht, sondern es wird erobert …«

»Und mir ist das nicht gelungen?« forschte Simonis.

Pepita schwieg. Dann sagte sie ruhig: »Das kann Euch gleichgültig sein.«

»Ich bitte um Verzeihung. Sollte ich auf das Herz verzichten müssen, verzichte ich auf die Hand.«

Die Baronesse schien etwas verwundert zu sein.

»Erlaubt«, erwiderte sie, »sollte ein solcher Verzicht auch das Zurücktreten von unserer Sache nach sich ziehen? Sagt es ehrlich!«

»Von dieser Sache kann ich schon nicht mehr zurücktreten«, gestand Simonis mit einem bitteren Lächeln, »ich würde mein eigenes Urteil damit unterschreiben.«

Pepita stand unsicher und ängstlich da. Ein Hoffnungsschimmer glitt über ihr Gesicht.

»Herr de Simonis, ich rechne Euch Eure Aufrichtigkeit hoch an. Ich nehme Euer Angebot, auf mein Herz und meine Hand zu verzichten, an. Und was das Vermögen betrifft ...«

Max ließ sie nicht aussprechen, machte eine tiefe Verbeugung, richtete sich auf und sagte:

»Die Zeit drängt. Entschuldigt mich, Baronesse!«

»So bin ich also frei?« vergewisserte sich Pepita und streckte mit unverhohlener Freude die Hand aus.

»Vollkommen«, entgegnete Max, nahm seinen Hut und wollte gehen.

Die Gräfin Brühl, die die Schritte gehört hatte, erschien auf der Schwelle des Nebenzimmers, maß Pepita und Simonis mit einem Blick und reichte dem Schweizer die Hand zum Abschied. Max lief hinaus.

Eine Woche nach diesem Gespräch, an einem hellen Wintertage, hielt auf einem dampfenden Pferde ein ganz durchfrorener Postillion in schweren Stiefeln vor dem Quartier des Stadtkommandanten. Es war kurz nach Mittag. Der alte Soldat schlummerte, die Pfeife im Mund, und die schöne Doris klimperte im Nebenzimmer leise auf ihrer Gitarre. Das unerwartete Eintreffen des Kuriers, der nicht einmal an die Tür geklopft hatte und hier eingedrungen war, den Umhang zurückschlug und aus der Ledertasche Papiere hervorzusuchen begann – das alles erzürnte den General. Er hatte schon irgendein gepfeffertes ›Lumpen ...‹ auf den Lippen, als sein Blick auf das Schriftstück fiel, auf das zum Zeichen der Dringlichkeit ein Stück von einer Feder geklebt war, auf die riesigen Siegel und auf die am oberen Rande angebrachten Bemerkungen. Er schluckte das Schimpfwort hinunter, schloß die Tür zum Nebenzimmer und machte sich gleich daran, die Siegel zu erbrechen. Dem Kurier bedeutete er mit einer Handbewegung, sich zu entfernen.

General Wylich hatte ziemlich schlechte Augen. Der Brief war geheim und dringend. Es mußte sich um etwas Wichtiges handeln. Er läutete daher und rief seinen Schreiber zur Hilfe, obwohl er dessen Dienste nur ungern in Anspruch zu nehmen pflegte.

Dieser Schreiber namens Blind war ein Mensch, der alles sehr geschickt auszuführen verstand, ein unvergleichlicher Kalligraph, der selbständig ausgezeichnete Entwürfe anfertigen konnte, der sämtliche Schreibstile beherrschte, selbst Verse schmiedete, bei allem das Richtige herausfand und bei den Kriegsgerichten die Untersuchungen erleichterte – mit einem Wort, ein genialer Arbeiter und doch zugleich das gefährlichste Subjekt, das die Welt je gesehen hatte. Wurde er in militärischer Disziplin gehalten, so parierte er wie ein dressiertes Pferd, doch ließ man ihm nur für einen Augenblick die Zügel locker, so stellte er die unglaublichsten Dinge an, für die sogar die sonst üblichen Stockschläge eine zu geringe Strafe darstellten. Ohne ihn auszukommen war wiederum auch sehr schwer. General Wylich hatte ihn von einem Kameraden übernommen und hielt ihn wie einen Gefangenen. Blind war kein häßlicher Bursche, obgleich er hinkte und rote Flecken sein Gesicht bedeckten. Seiner Kleidung konnte man eine gewisse Eleganz nicht absprechen. Als er eintrat, erhob sich der General, um Fräulein Doris in das übernächste Zimmer einzuschließen. Er kam zurück und befahl Blind, ihm die Depesche vorzulesen, die direkt aus dem Hauptquartier kam.

Blind warf einen Blick auf den großen, halbbeschriebenen Bogen, wurde bleich und wankte.

»Was ist Ihm? Lese Er!«

Blind gehorchte und begann stotternd zu lesen, aber kaum hatte er die ersten Worte ausgesprochen, so entriß ihm Wylich den Brief und preßte ihm die Hand auf den Mund. Er hielt ihm die Faust unter die Nase und schrie:

»Schweig Er!«

Dann stieß er ihn zur Tür hinaus.

Die Depesche enthielt äußerst wichtige Geheimnachrichten. Es schickte sich nicht, daß sie von einem Kanzlistenauge entweiht wurde. Der General ärgerte sich darüber, daß er Blind gestattet hatte, diese verbotene Frucht zu kosten. Und was das schlimmste war, er kannte die Schlauheit dieses Galgenstricks und wußte genau, daß dieser, auch wenn er nur einen Blick auf das Schreiben geworfen hatte, das ganze schon überflogen und die Depesche vom Anfang bis zum Ende auswendig wußte. Wenigstens hatte Wylich solch eine Vorstellung von Blind.

Er schloß die Tür und beugte sich über das Schriftstück. Zitternd begann er zu lesen. Der Brief war in einem überaus scharfen Ton gehalten. Der König warf Wylich vor, er sei blind, unfähig und eingebildet, er habe es gestattet, daß man direkt unter seinen Augen Anschläge auf das Leben des Königs schmiedete, Spione und Mörder, Briefe und Geld verschickte;

er habe geduldet, daß am hellichten Tage auf dem Schloß die Frau des Ministers, General Spörken und die Königin Verschwörungen anzettelten.

Dieses ganze Netz von Intrigen, denen Friedrich beinahe zum Opfer gefallen wäre, sei nur dank seiner eigenen Geistesgegenwart und seines Scharfblicks aufgedeckt worden. Ein gewisser Glasau, hieß es in der Depesche, der beim König als Kammerdiener Dienst tat und von der Gräfin Brühl gekauft worden war, der in Verbindung mit dem geflüchteten ehemaligen Kabinettssekretär, einem gewissen de Simonis, stand – den ebenfalls die Frau des Ministers in das Hauptquartier geschickt hatte und der die ihm anvertrauten Geheimnisse laufend verriet –, hatte sich durch Geld dazu bewegen lassen, Seiner Königlichen Majestät Gift in die Schokolade zu mischen. Der König habe, als Glasau ihm die Schokolade reichte, zufällig in sein Gesicht gesehen, dessen Blässe und Verwirrung bemerkt und Verdacht geschöpft. Auf seine Frage, was mit ihm los sei, habe der Kammerdiener behauptet, er fühle sich nicht wohl.

Die Schokolade wurde auf den Tisch gestellt. Friedrich hatte keine Lust gehabt, sie sofort zu trinken. Er las gerade im Plutarch. Thisbe, das Windspiel, sprang währenddessen auf den Tisch und leckte gierig die für den König bestimmte Schokolade aus. Als sich der König umschaute, war die Tasse bereits halb leer, und nur wenige Augenblicke später begann die Hündin zu winseln, sich herumzuwälzen, zu schäumen und verreckte.

Der Kammerdiener Glasau wurde sofort verhaftet.

Um sich Gewißheit über das Getränk zu verschaffen, gab man den Rest einem Dorfköter, der eine Viertelstunde danach auch nicht mehr lebte. Es war also erwiesen, daß die Schokolade Gift enthielt. Man ordnete strengste Geheimhaltung an, denn der König wollte nicht, daß dieser Vorfall allgemein bekannt würde. Glasau wurde das Leben zugesichert, wenn er ein Geständnis ablegte. Auf diese Art und Weise kam auch der Verrat des Schweizers an das Tageslicht, seine Beziehungen zu Dresden; sogar Papiere wurden entdeckt, die zwar keinen Namen der Personen enthielten, aber doch das Geständnis Glasaus bestätigten und die Tatsache einer Verschwörung in Dresden – wenn auch nicht mit Wissen der Königin, so doch nicht ohne ihr stillschweigendes Einverständnis – bewiesen.

Diesem Bericht lag ein strenger Befehl bei, die Gräfin Brühl sofort nach Warschau zu schicken, nach Simonis zu fahnden und ihn zu verhaften, alle Personen, die im Schloß verkehrten und mit seinen Bewohnern in Verbindung standen, scharf zu überwachen.

General Wylich glaubte, in dieser Fülle von Einzelheiten zu ertrinken. Er schwitzte beim Lesen am ganzen Körper und ahnte, was das schlimmste vom ganzen war, er würde seine Schuld mit seinem Posten bezahlen müssen und bald durch einen anderen ersetzt werden. Er faßte sich an den Kopf, aber setzte sich doch, um nicht noch größeren Zorn zu verdienen, in Bewegung, um die notwendigen Maßnahmen zu treffen. Doch womit sollte er beginnen?

Er läutete nach Blind.

Ein Soldat trat ein und meldete, dieser sei abwesend, er sei vor einem Augenblick in die Stadt gegangen. Der General erschrak, denn er vermutete – ob mit Recht, sei dahingestellt –, Blind würde alles ausplaudern, was ein Geheimnis war und bleiben mußte.

Es war keine Zeit zu verlieren. Er zog sich an, rief den Adjutanten, nahm Soldaten, und da ihm am meisten an Simonis gelegen war, eilte er in dessen Wohnung.

Hier erfuhr er, der Schweizer sei bereits vor ungefähr zehn Tagen abgereist. Wylich ließ alle Häuser durchsuchen, die von den Spionen angegeben wurden. Vergeblich mühte man sich bis zum Einbruch der Dunkelheit ab. Schließlich befahl Wylich, das Schloß zu umstellen, und beschloß, es durchsuchen zu lassen.

Er wußte genau, daß er wegen mangelnder Achtung gegenüber der Königin oder ihren Kindern gewiß nicht bestraft werden würde. General von Spörken trat heraus und ging dem Kommandanten entgegen.

»Was ist denn nur geschehen, Herr General?« fragte er.

»Ihr wißt noch nichts?« Na, dann werdet Ihr es schon noch erfahren!« entgegnete Wylich voller Empörung. »Ein gewisser de Simonis, ein ehemaliger Sekretär des Königs und Verräter, auf den der Galgen wartet, wenn er nicht sogar geviertteilt wird, hält sich hier im Schloß verborgen. Entweder gebt Ihr ihn heraus oder ...«

»Er ist nicht hier, dafür kann ich mich verbürgen!« versicherte General Spörken.

»Vom Keller bis zum Dach werde ich alles durchsuchen lassen!« brüllte Wylich.

»Der Gewalt müssen wir uns fügen, das haben wir schon zur Genüge erfahren!« erwiderte Spörken. »Tut, was Ihr nicht lassen könnt! Doch wenn später ganz Europa für den Schimpf, den Ihr der Residenz Ihrer Königlichen Majestät und des Nachfolgers des Kurfürsten ...«

Wylich fiel ihm ins Wort und schrie:

»Euer Europa und ihr alle könnt mir ... gestohlen bleiben!«

Dann rief er den Soldaten zu:

»Durchsucht das Schloß!«

Spörken verschwand, um die Königin vorzubereiten. Als der Kommandant ihre Gemächer betrat, kam ihm als erste die Gräfin Brühl in den Weg. Schrecklich war sie in ihrem Zorn anzusehen, aber ihr Gesicht verriet deutlich ihre entsetzliche Angst.

Wylich würdigte sie nicht einmal eines Grußes, sondern fuhr sie nur grob an:

»Ich habe den Befehl, Euch nach Warschau zu schicken. Versteht Ihr?«

»Was soll das heißen? Wieso?«

»Der König gab den Befehl, und ich werde für seine Ausführung sorgen!«

»Was ist der Grund dazu?«

»Ich habe es nicht nötig, Euch Erklärungen abzugeben!«

Während sich das im Saal abspielte – die Königin belauschte, hinter der Portiere an der gegenüberliegenden Tür versteckt, diese Auseinandersetzung und beobachtete die beiden voller Wut über das Eindringen der Preußen –, durchsuchten Patrouillen sehr genau das Schloß. Die Gräfin wußte, daß diese Maßnahmen Simonis galten. Vor einer Viertelstunde war sie durch Blind, einen schon seit langem gewonnenen Komplizen, darüber unterrichtet worden, was dieser in den wenigen Augenblicken der Depesche hatte entnehmen können. Kavalier de Simonis befand sich wirklich im Schloß. Aber in diesem alten Gemäuer gab es viele Schlupfwinkel, Geheimtüren, Fußböden, die sich auftun ließen, Spiegel, hinter denen in der Tiefe der Mauer dunkle Kammern eingelassen waren, die zu Zeiten Augusts II. zu verschiedenen Überraschungen benutzt und in denen früher vielleicht schreckliche Strafen abgebüßt wurden – sehr groß war die Zahl dieser geheimen Verstecke; die preußischen Soldaten würden hier wohl aller Wahrscheinlichkeit nach wenig ausrichten können. Simonis hörte, hinter einem Spiegel im großen Saal in einem solchen Gelaß verborgen, wie die Soldaten vorbeigingen, Türen geöffnet wurden, wie das Schloß von den Rufen, dem Schimpfen und den schweren Schritten der Preußen widerhallte, wie Wylich seiner Ungeduld durch Fluchen Luft machte, und wartete geduldig, was ihm das Schicksal wohl bringen würde. Vor einigen Tagen hatte er, die Gefahr ahnend, sich Gift beschafft, das er bereithielt für den Fall, daß diejenigen, die die Wände absuchten und beklopften, um festzustellen, wo sie hohl waren, auf den verborgenen Nagel träfen, der den dünnen Spiegel hielt.

Zwei Stunden dauerte die Durchsuchung des Schlosses. Auch die Zimmer der Königin wurden nicht verschont. Die Soldaten durchwühlten die Betten, rissen die Vorhänge herunter und sahen in jedem auch noch so kleinen Winkel nach. Der Altar der Hauskapelle wurde geöffnet, da man den Ausreißer dort zu finden hoffte.

Es war schon spät, als General Wylich, der in immer größere Wut geriet, endlich den Befehl gab, die Nachforschungen einzustellen. Am Tor wurden Wachen aufgestellt. Wylich ging noch einmal nach oben, ließ die Gräfin rufen und erklärte ihr streng, sie solle sofort die Reise antreten.

»Wenn Ihr den Grund hierfür erfahren wollt, so will ich ihn Euch nicht vorenthalten!« rief der General. »Man hat den gefaßt, den Ihr gekauft habt und der den König vergiften sollte. Alle Eure Umtriebe sind uns bekannt. Dieses Wespennest räuchern wir aus!«

Die Gräfin brach in ein gezwungenes, lautes Lachen aus. Wylich ging.

Im ganzen Schloß herrschten Angst und Entrüstung. Die Dienerschaft schlich stumm umher. Spörken wanderte verärgert in der Galerie auf und ab und hielt mit sich selbst Rat. Er befürchtete keineswegs, daß die Preußen das Versteck entdecken könnten, doch traute er seinen Dienern nicht ganz und wußte nicht, ob nicht einer von ihnen den Aufenthalt des Schweizers im Schloß verraten würde. In solchen Zeiten war auf niemanden Verlaß. Deshalb hatte er auch, allen mißtrauend, Simonis selbst versteckt. Jedoch wußten einige Leute, daß er bis heute ein Zimmer im Dachgeschoß bewohnt hatte.

Die Gräfin Brühl stand die ganze Zeit über, während die Preußen das Haus durchsuchten, oben an der Treppe. Sie preßte die Lippen fest aufeinander und fuhr bei jedem lauten Schrei zusammen, drückte die Hände an das klopfende Herz und konnte der Unruhe nicht Herr werden, die sich ihrer bemächtigt hatte.

Einige Male war sie einer Ohnmacht nahe; sie klammerte sich an das Geländer. Das noch frische Gefühl für Simonis war zur Leidenschaft geworden, die vielleicht nur von kurzer Dauer sein würde, dafür aber jetzt um so heftiger in ihr loderte. Mit flehenden Blicken sah sie Spörken an, der versuchte, ihr Mut einzuflößen. Und als der Spuk vorüber war, ließ sie sich erschöpft in einen Sessel fallen. Heute hatte man Simonis freilich noch einmal retten können, doch nun galt es, ihn aus dem Schloß zu bringen und ihm zur Flucht zu verhelfen.

Eile tat not, aber die Ausführung dieses Planes schien fast unmöglich. An sämtlichen Toren standen Posten. Unter den vielen Menschen, die sich im Schloß aufhielten, konnten sich leicht Spione befinden.

Die Gräfin dachte verzweifelt über all das nach und konnte keinen Ausweg finden. Die Baronesse blieb vor ihr stehen, und als sie sah, daß die Gräfin sie nicht bemerkte, berührte sie leicht deren Hand. Die Brühl schrie vor Schreck auf.

»Ich bin es«, beruhigte sie Pepita, »ich bin es. Wir müssen uns beraten.«

»Ich weiß keinen Ausweg mehr. Glasau ist verhaftet, alles ist verloren. Es ist unmöglich, Simonis zu retten.«

»Es muß uns aber gelingen!«

Die Gräfin sah ihr in die Augen.

»Wißt Ihr eine Möglichkeit?«

»Wir müssen eine ausfindig machen, es gibt ihrer Tausende. Aber vorläufig müssen wir uns ruhig verhalten und uns nicht durch unsere Angst verraten.«

Da trat Spörken ein. Die drei standen schweigend beisammen, als ein Geräusch ankündigte, daß jemand nahte. Die Gräfin Brühl erblickte die Königin zuerst und erhob sich.

Josepha trug schon den Keim jener Krankheit, die bald ihren Tod herbeiführen sollte, in sich. Bleich, zitternd, die Augen, in denen Tränen glitzerten, blitzten vor Zorn. Sie schleppte sich eher, auf die Schulter einer ihrer Damen gestützt, als daß sie ging. Jeden Augenblick mußte sie ausruhen, um Atem zu schöpfen.

Voller Mitgefühl für ihr Unglück machten alle achtungsvoll Platz.

Die Schmerzen versetzten die Königin in eine Art Fieberzustand, der ihr die Würde einer Märtyrerin und die Gabe einer Hellseherin verlieh. Ihr Blick irrte ruhelos umher. »Was erwartet uns noch alles?« rief sie. »Welche Demütigungen harren unser? Welche Verhöhnung? Sprecht, ich werde alles ertragen! Ich habe schon so viel erdulden müssen, daß sich niemand aus meiner Familie mit mir vergleichen kann. General, sprecht!«

»Allergnädigste Herrin«, begann Spörken, »es gibt nichts Neues, es besteht auch keine Gefahr für Euch, Königliche Hoheit!«

»Schont mich nicht«, entgegnete die Königin, »Gott weiß, was er uns schickt und weshalb er es uns auferlegt ... Ich bin hierhergekommen, um für die Sünden unserer Väter Buße zu tun. Möge die Hand Gottes züchtigen, auf daß das Blut die Flecken tilge, auf daß das kommende Geschlecht rein und frei sei! Strafe uns, o Gott, aber vergib unserem Stamm!«

Während sie das sagte, weinte sie; sie sprach nicht zu denen, die sie anhörten, sondern wie zu sich selbst, als müßte sie sich ihre Gefühle und Gedanken alle vom Herzen reden.

»Wir sind noch nicht am Ende«, fuhr sie nach einer Weile fort. »Wir stehen erst am Anfang dieses Kreuzweges; aber jeder Schritt tilgt den Makel ... Strafe uns, o Gott! Züchtige uns, auf daß den Kindern verziehen werde!« wiederholte sie, sich an die Brust schlagend.

Josepha schwankte, die Kräfte verließen sie plötzlich. Man brachte ihr einen Stuhl. Alle standen unbeweglich da. Der Mund der Königin bewegte sich, als ob sie ein stilles, leises Gebet spräche.

Einige Minuten vergingen. Sie schien wieder zu sich zu kommen.

»Spörken«, brachte sie mühsam hervor, »ich habe diese Eindringlinge gesehen. Ich weiß, daß sie uns wieder Gewalt angetan haben, aber ich kenne nicht den Grund. Was ist geschehen?«

»Allergnädigste Herrin«, fiel die Gräfin Brühl mit vor verhaltenen Tränen ganz heiserer Stimme ein, »es hat jemand denjenigen töten wollen, der selbst Hand an alles legt. Sie schreiben dieses Attentat, ich weiß nicht wem, zu – vielleicht mir, denn sie haben mir befohlen, Dresden zu verlassen … Im Schloß haben sie nach Mitschuldigen gesucht.«

Die Augen der Königin blitzten vor Neugier auf.

»Ein Attentat? Was für eines?«

»Man sagt …, Gift. Ein Hund hat es getrunken …«

»Der arme Hund!« klagte die Königin leise. »Ihr sollt abreisen?« fragte sie die Brühl. »Ihr seid in einer glücklicheren Lage als ich. Ich kann nicht von hier fort, denn ich muß auf meinem Posten ausharren. Hier ist mein Platz, hier werde ich sterben …«

Spörken sprach Josepha zu, alle beteiligten sich am Gespräch, man erzählte Einzelheiten, und die Königin schien mit großem Interesse zu lauschen. Allmählich legten sich ihr Zorn, ihr Schmerz und ihre Erregung. Sie gewann ihren Gleichmut zurück und ließ sich von den Frauen überreden, wieder ihre Gemächer aufzusuchen. Unterwegs trat sie in die Kapelle ein, und man rief einen Kaplan zur Abendandacht.

Auf dem Schloß wurde allmählich alles ruhig, die Lichter erloschen, und nur die schweren Schritte der Wachtposten an den Toren und das Klirren ihrer Waffen hallten in der nächtlichen Stille wider.

VIII

Herr Xaver Maslowski schlief noch, als seine Wirtin, ohne erst um Erlaubnis gefragt zu haben, in sein Zimmer eindrang.

»Um Himmels willen! Ihr schlaft noch? Ihr wißt noch nichts?« rief sie.

Der Sohn des Truchsesses fuhr hoch und rieb sich die Augen.

»Was ist denn los? Eure Katze ist wohl verreckt?«

»Wie kann man in einem solchen Augenblick Witze machen! Oben im Schloß ist etwas passiert. Ich weiß nichts Genaues, aber in der Stadt gehen schreckliche Gerüchte um. Die Preußen haben gestern das ganze Schloß durchwühlt, in den Kellern, auf den Böden haben sie gesucht!

Und der Gräfin Brühl haben sie befohlen, die Stadt zu verlassen. Man sagt, sie hätten einen Menschen erwischt, der den Preußenkönig habe vergiften wollen. Sie fahnden nach irgendeinem Sekretär, der mit ihm unter einer Decke gesteckt hat. Man vermutet ihn im Schloß. Das Jüngste Gericht! Und Ihr schlaft ...«

Als Maslowski diese letzten Neuigkeiten hörte – er wußte einigermaßen Bescheid über das, was im Schloß geschah, denn er schlich sich dort oft ein, um die schöne Baronesse sehen zu können –, sprang er wie von der Tarantel gestochen aus dem Bett und schrie aufgeregt, er müsse sich sofort ankleiden.

Hastig zog er sich an, ohne darauf zu achten, welche Kleidungsstücke er erwischte, und da der Winter in diesem Jahr sehr kalt war und draußen strenger Frost herrschte, warf er sich noch den Pelz über und lief, so schnell ihn die Beine trugen, zum Schloß, um zu erfahren, was geschehen war.

Am Morgen waren freilich die preußischen Wachtposten zurückgezogen worden, aber Schweizer hatten sie abgelöst. In der Nähe des Schlosses hatte sich scheinbar nichts geändert, doch begegneten einem Gesichter und Gestalten, die man hier sonst nicht traf. In der Schloßstraße und bei der katholischen Hofkirche trieb sich eine Menge von zerlumpten Kerlen herum, die leicht den Verdacht aufkommen ließen, sie hätten vor gar nicht allzu langer Zeit noch preußische Uniform getragen. Ohne angehalten zu werden, gelangte Herr Xaver in den Hof. Hier war alles ruhig. Er ging wie gewöhnlich die Treppe hoch, in der Hoffnung, oben im Gang auf einen Bekannten oder auf die Baronesse zu stoßen.

Um diese Stunde pflegte die Königin die Morgenmesse in der kleinen Kapelle zu hören. Maslowski suchte sich einen Platz, wo der Hof auf dem Rückweg unbedingt vorbeikommen mußte. Bald darauf trat die Königin aus der Kapelle, gefolgt von der Gräfin Brühl und den anderen Damen.

Als Pepita Maslowski erblickte, ging sie auf ihn zu und fragte: »Wißt Ihr schon alles?«

»Gar nichts weiß ich, nur daß im Schloß etwas Schlimmes passiert sein soll. Auf diese Nachricht hin bin ich sofort hierhergeeilt!«

»Simonis wird gesucht ... Sie haben gestern das ganze Schloß auf den Kopf gestellt ... Man muß ihm helfen. Ich hätte sonst diesen Unglücklichen auf dem Gewissen, denn ich habe ihn überredet, verleitet, in die Angelegenheit hineingezogen! Ich muß ihn retten! Ich muß!« erklärte die Baronesse mit Nachdruck.

Maslowski blickte ihr in die Augen.

»Habt Ihr Vertrauen zu mir?« vergewisserte er sich.

»Wie könnt Ihr noch so fragen?« erwiderte Pepita und hob die Schultern.

»Ist er hier?«

Das Mädchen nickte. Xaver schwieg finster und fuhr sich über die Stirn.

»Hier im Korridor kann man das unmöglich besprechen. Gehen wir, wenn Ihr gestattet«, schlug er vor.

»Bitte, kommt, helft! Ich habe an Euch gedacht und Euch schon gestern erwartet.«

»Ich habe nichts gewußt.«

Sie betraten das Zimmer des Hoffräuleins.

Diese Schwelle hätte nie ein fremder Fuß in normalen Zeiten überschreiten dürfen. Maslowski wurde zum ersten Mal Einlaß in diese stillen Räume gewährt, wo eine Frauenhand mit weiblichem Geschick alles eingerichtet hatte. An der Tür hielt er inne und wagte nicht näherzutreten. Pepita bedeutete ihm, er solle ihr folgen. Sie warf den Schleier ab, den sie beim Kirchgang zu tragen pflegte, und stand im vollen Glanze ihrer Schönheit vor ihm, ihre Anmut wurde durch den Kummer und die Abgespanntheit noch erhöht.

Sie rang die Hände.

»Um Gottes willen, gebt einen Rat!« flehte sie ihn an. »Doch mischt Euch selbst nicht in diese Angelegenheit. Ich möchte nicht zum zweiten Mal eine solche Last auf meinem Gewissen haben. Er wird gesucht, nach ihm fahndet man … Obwohl sie ihn gestern nicht gefunden haben, so sind sie doch überzeugt, daß er sich hier versteckt hält.«

»Das muß erst festgestellt werden«, sagte Xaver. »Zwar treiben sich viele Kerle in der Nähe des Schlosses herum, die aussehen, als hätte man sie eben vom Galgen abgeschnitten, aber die haben es vielleicht auf etwas ganz anderes abgesehen.«

»Man muß ihn nachts aus dem Schloß bringen.«

»Das ist schon schlecht«, widersprach Maslowski, »nachts werden sie sicher besonders aufpassen. Am hellichten Tage ist es am ungefährlichsten.«

Herr Xaver dachte nach.

»Seid unbesorgt!« versicherte er. »Ich werde das schon machen. Es wird sich ein Weg finden, doch wenn wir ihn herausschmuggeln, was dann? Wohin mit ihm?«

Pepita schlug die Hände vors Gesicht.

Ihren Helfer hatte diese Angelegenheit schon so gepackt, daß er sogar die angebetete Pepita vergaß.

»Wenn das alles nicht so schrecklich wäre«, meinte er, »dann wäre das ein schöner Spaß, ihn hier am hellichten Tage den Preußen direkt vor der Nase wegzuschnappen!«

»Wieso am Tage?«

»Es ist das einfachste, wir verkleiden ihn, denn hier im Schloß wird sich schon etwas dazu auftreiben lassen. Ich will gleich mit Baron Spörken sprechen.«

Pepita wollte gehen, aber Maslowski hielt sie zurück.

»Wenn er geschickt ist, so könnte er auch über die Dächer auf die andere Seite der Straße gelangen.«

»Dabei würde man ihn bestimmt sehen. Was für ein dummer Gedanke!«

Maslowski schlug noch verschiedene andere Möglichkeiten vor, wie Simonis aus dem Schloß gebracht werden könnte, doch eine war schwieriger zu verwirklichen als die andere. Schließlich hatte er den ganzen Vorrat seiner Einfälle erschöpft und wurde etwas verlegen.

»Auf alle Fälle«, schloß er, »wenn ihm auch der Boden unter den Füßen brennt, müssen wir ihn noch einige Zeit hierbehalten. Die Aufmerksamkeit wird bald nachlassen.« »Aber was dieser Mensch aushalten muß!«

Maslowski zuckte mit den Achseln.

»Dagegen ist nichts zu machen.«

»Er sitzt doch in dem engen, dunklen Loch!«

»Laßt mir etwas Zeit! Ich will überlegen, was wir für ihn tun können ...«

»Herr Maslowski«, bat das Mädchen, die Hände faltend, »befreit mein Gewissen von dieser Last! Mein ganzes Leben lang werde ich Euch dankbar sein. Der Gedanke an meine Schuld quält mich.«

»Nur etwas Zeit, nur etwas Zeit! Macht Euch keine Sorgen!«

»Ich bewillige Euch eine Frist von ...«

Maslowski hielt sich die Ohren zu.

»Ich nehme diese Bedingung nicht an. Ich gehe jetzt und komme nicht eher wieder, als bis ich mir etwas ausgedacht habe.«

Er verließ das Zimmer, eilte zum Tor hinunter und wollte gerade auf die Straße hinausschlüpfen, als ihn von links und rechts zwei derbe Fäuste auf die Schultern schlugen und ihn packten. Blitzschnell band man ihm die Hände auf den Rücken, und ein preußischer Soldat rief: »Vorwärts, vorwärts!«

Vergeblich versuchte Maslowski sich loszureißen. Er fluchte, doch man hatte ihn umzingelt und gab ihm einen Stoß, damit er weiterginge. Die Kerle waren fest überzeugt, sie hätten nun den flüchtigen Kabinettssekretär Simonis gefangen. Es entstand ein großer Menschenauflauf, und von großem Lärm begleitet führte man ihn durch die Schloßstraße zum Markt. Obwohl Maslowski nicht mit ernsten Folgen rechnete, war er doch wütend. Die Menschenmenge, die bei jedem Schritt anwuchs, gab ihm ein feierliches Geleit bis zum Hause des Kommandanten. Ein Soldat war bereits vorausgeeilt, um zu melden, daß sie Simonis brächten. Mit aufgeknöpftem Uniformrock eilte Wylich zum Empfang des ersehnten Gastes: Er sah ihn an, hob wütend beide Fäuste und brüllte.

Diejenigen, die Maslowski festgenommen hatten, wollten ihren Irrtum rechtfertigen. Ein zerlumpter Bursche flüsterte dem General, auf Xaver zeigend, schnell etwas ins Ohr. Wylich beruhigte sich allmählich. Maslowski wurde mit gefesselten Händen zum Kommandanten gebracht. Die Soldaten zogen sich zurück, aber sein Ankläger blieb. Das Verhör begann. Xaver beantwortete sehr ruhig alle Fragen, berief sich auf seine Wirtin und viele Bekannte, die bezeugen konnten, wer er war.

»Ich weiß, daß Er nicht Simonis ist«, rief Wylich, »aber Er ist ein Diener dieser Brühl, der in alle ihre Intrigen verwickelt ist.«

»Ich bin niemandes Diener«, verteidigte sich Xaver, »ich gehöre zum Hof des Ministers, und jetzt besuche ich nur aus Achtung für die Königin und die übrigen Angehörigen der Familie meines Königs das Schloß.«

»Er weiß alles, und Er muß mir alles sagen. Ins Gefängnis mit Ihm, ins Gefängnis!«

Maslowski protestierte anfänglich dagegen, berief sich auf einen Befehl des Königs, auf seine Herkunft, aber das half ihm alles nicht. Wylich war böse, wollte sich auf nichts einlassen, stampfte mit dem Fuß auf und wiederholte noch einmal:

»Ins Gefängnis!«

Der Schlachtschitz bekam es endlich satt, hier viele Worte zu machen. Er drehte ihm schweigend den Rücken zu und ließ sich widerspruchslos abführen. Man sperrte ihn in eine Kammer auf der Hauptwache, die die Preußen ins Brühlsche Palais verlegt hatten. Herrn Xaver war dieses dunkle Gewölbe, wo sich früher die Wächter und Ofenheizer aufhielten, recht gut bekannt. Man stieß ihn in diesen Raum hinein, und er fand schon ein Dutzend Leute vor, die man wegen der verschiedensten Vergehen verhaftet hatte und die nun hier ihres Schicksals harrten. Dieses abgerissene, schmutzige, wild dreinblickende Gesindel war eine durchaus nicht angenehme Gesellschaft. Aber Herr Maslowski, der sein Noviziat bereits in der preußischen Gefangenschaft abgeleistet hatte, fügte sich in sein Schicksal. Man empfing ihn mit mißtrauischen und bösen Blicken. Er hoffte, hier vielleicht ein bekanntes Gesicht zu finden, doch sah er sich nur Fremden gegenüber. Außerdem entstellten die während der Haft gewachsenen Bärte, die Lumpen, der Ruß und der Schmutz die Menschen, so daß man nur schwer jemanden wiedererkannt hätte.

Die langen Bänke an den Wänden dienten als Sitzgelegenheit. Ein Eimer mit Wasser und einer Schöpfkelle stand für alle zur Verfügung. Ein erzwungenes Schweigen herrschte in dem Raum, man wagte nur im Flüsterton zu sprechen, denn sobald es etwas lauter zuging, rief der an der Tür stehende Soldat den Korporal. Dieser trat mit einem Stock ein und ließ ihn, ohne nach dem Schuldigen zu fragen, auf den Rücken der ersten besten niedersausen, was wesentlich zur Förderung des Solidaritätsgefühls dieses Häufleins beitrug. Einer mußte auf den anderen aufpassen, damit er sich ruhig verhielt. Manche rauchten etwas, das an Tabak erinnerte und im Raum Qualm verbreitete, der sich in dicken Schwaden zum Fenster zog. Maslowski begann gerade über seine Lage nachzudenken, als sich ihm ein braungebrannter, gebeugter Mann mit verhülltem Gesicht näherte. Seine Mütze hatte er so tief über die Ohren gezogen, daß sie das Gesicht fast ganz verdeckte. Er stellte sich vor Xaver, der auf der Ecke einer Bank saß, steckte die Hände in die Taschen und sah ihn lange an. Das Gesicht, soweit man es unter den Lumpen sehen konnte, schien zu lächeln. Maslowski blickte zu ihm auf und erkannte in ihm bald den ehemaligen Wächter des Brühlschen Palais, den man vor einigen Jahren aus Warschau mitgenommen hatte. Er hieß Kondrat und war in seiner Art ein Diogenes: still, langsam, anspruchslos. Über alles lachte er, ertrug sogar Schmerzen mit seltener Gelassenheit und ging mitten in der Pracht des Brühlschen Hofes in einem abgeschabten Pelz oder in Leinenkleidung umher, mit einer gewissen Verachtung für diejenigen, die nach Flitter und Tand strebten. Die untersten Diener waren die Herren Kondrats. Er wusch, schleppte Wasser, heizte die Öfen und verrichtete die Arbeiten, die die anderen scheuten. Kondrat hatte immer nachts Dienst und genoß dann seine Freiheit. Beim Morgengrauen, wenn die anderen aufstanden, verkroch er sich irgendwo in einen Winkel und schlief. Nachts trieb er sich in dem prächtigen Palais herum, nahm mit ironischem Lächeln hie und da eine von den kleinen kostbaren Spielereien in die Hand, betrachtete sie von allen Seiten, lachte verächtlich und stellte sie wieder an ihren Platz zurück. Eine außerordentliche Ehrlichkeit zeichnete ihn aus. In den Spielsalons fand er oft herumliegendes Geld und in den Ballsälen verlorene Schmuckstücke. Er hob alles behutsam auf und lieferte es gewissenhaft ab.

Ein paar warme Fetzen, etwas zu essen, ein Winkel zum Schlafen und ein Gläschen Schnaps – das war alles, was er zum Leben benötigte. Kondrat kannte im Palais nicht nur alle Leute, sondern wußte auch um ihre

Geheimnisse, Verhältnisse, nächtlichen Abenteuer Bescheid, über die kleinen und großen Sünden dieser Gesellschaft, die solche recht oft zu begehen pflegte und sich nicht einmal Mühe gab, sie vor den Augen der Menschen zu verbergen.

Dieser gleichgültige Zuschauer sah alles, lachte, zuckte mit den Achseln, und da er nur wenige Brocken der deutschen Sprache erlernt hatte, konnte er nicht einmal mit jemandem darüber reden und seinem Herzen Luft machen, höchstens manchmal mit einem der jungen polnischen Herren. Die Polen sind nun einmal so: Zu Hause treten sie über alle Maßen hochmütig auf, aber im Auslande, wenn sie da ihre Muttersprache hören, sind sie bereit, selbst einen einfachen Bauernburschen an das Herz zu drücken. So war es wenigstens früher. Kondrat konnte sich also, obwohl er nur ein in Lumpen einhergehender Nachtwächter war, ab und zu mit einem der Herren unterhalten. Maslowski liebte er besonders.

Jetzt betrachtete er ihn mit mitleidigen Blicken, aber um seine Mundwinkel spielte das ihm zur Gewohnheit gewordene ironische Lächeln. Lange sagte er kein Wort, schließlich meinte er: »Nun, junger Herr, wie steht's? Gut?«

Xaver blickte auf:

»Du bist es! Bist du schon lange hier?«

»Ich? Ja, seit der Plünderung. Ich habe einem 'n paar in die Fresse gehaun, und da haben sie mich eingelocht, junger Herr. Und Ihr?«

»Ich habe gar nichts gemacht. Sie haben mich nur einfach hier eingesperrt, weil es ihnen so gefiel.«

»Ihr werdet's hier nicht aushalten!« zweifelte Kondrat. »Ich – das ist etwas ganz anderes, aber Ihr? Bei uns, mit Verlaub, werden die Schweine besser gefüttert ...«

»In der Gefangenschaft bei den Preußen habe ich auch schon verschimmeltes Brot zu essen bekommen und oft genug gar keins.«

»Wie viele Tage?« forschte der Hausknecht. »Ich halte es zwei Tage, wenn ich Wasser habe und wenn man sich hinlegen kann, ohne was zu essen, aus.«

»Ich auch!« entgegnete Maslowski.

Kondrat schüttelte verwundert den Kopf.

»Das ist, junger Herr, für einen Schlachtschitzen viel!«

Die deutschen Gefangenen hörten, während sich die beiden in der fremden Sprache unterhielten, neugierig zu. Die Sorben aus der Lausitz, die ab und zu ein Wort verstanden, lächelten beim Klang dieser sie heimatlich anmutenden Laute. Aber Kondrat hatte keine Lust mehr, länger zu plaudern. Er verfiel in ein trübes Nachdenken. Maslowski hatte geglaubt, man würde ihn nach einigen Stunden freilassen. Aber er sollte sich getäuscht haben. Man verteilte Kommißbrot, ließ Wasser holen und gab schließlich auch einen Kessel mit irgendeiner Suppe herein. Der Schlachtschitz empfing ebenfalls sein Brot, doch zum Essen hatte er jetzt keine Lust. Kondrat hingegen nahm aus seinem kleinen Bündel etwas Salz, streute es auf das Brot und begann es mit großem Appetit zu verspeisen.

Während der kärglichen Mahlzeit ging es etwas lauter als sonst zu. Der Korporal mit dem Stock trat ein – sofort wurde es still. Da auf der Bank kein Platz war, machte es sich der Hausknecht auf der Erde in der Nähe von Maslowski bequem.

Die anderen legten sich ebenfalls, nachdem sie sich recht und schlecht gestärkt hatten, auf den Boden und versuchten zu schlafen, um die Zeit totzuschlagen. Als alles ruhig geworden war, beugte sich Kondrat zu Maslowski hinüber und flüsterte ihm leise ins Ohr:

»Wenn ich wollte, könnte ich ausreißen. Aber was liegt mir daran?«

»Wie denn?« fragte Xaver.

»Eh, diese Biester schlafen doch nachts wie tot. Und hier in der Mauer war früher eine Tür. Ich selbst habe geholfen, als sie mit einer Reihe Ziegeln zugemauert wurde. Nur ein bißchen kratzen müßte man, und schon wäre ein Loch da.«

»Wohin kommt man denn durch diese Tür?« erkundigte sich Maslowski.

»In einen leeren Flur, na, und von dort in den Garten, und draußen ist man!«

»Und die Wachen?«

»An der Gartenseite stehen keine. Aber es lohnt sich nicht, im Winter bei Frost zu fliehen«, sagte Kondrat gleichgültig.

Diese Nachricht versetzte Maslowski in Erregung.

Eine Nacht bleibe ich hier, schwor er sich, und in der zweiten schlage ich die Mauer ein.

Der Tag verging; aber Xaver wartete vergeblich. Niemand kam, ihm seine Freiheit zurückzugeben. Allmählich wurde es ihm hier langweilig. Er dachte jedoch an den armen Simonis und zog sein Schicksal dem des Schweizers vor. Maslowski schloß in der Nacht kein Auge, die anderen schnarchten, stöhnten und sprachen im Schlaf; ihr schlechtes Gewissen schien sie in ihren Träumen zu verfolgen. Kondrat schlief so fest auf dem harten Boden, als läge er im weichsten Bett. Langsam brach ein grauer Wintertag an, und im Palais begann ein ungewöhnlich lautes Treiben.

»Was machen nur diese Teufel?« meinte der Hausknecht. »Entweder räumen sie das Palais aus oder reißen es bis auf die Grundmauern nieder.«

Die Gefangenen, die an der Tür horchten und etwas von den Reden im Korridor aufgeschnappt hatten, erklärten, man sei dabei, das Palais für den Empfang des Königs herzurichten. So war es denn wohl auch wirklich.

Gegen zehn Uhr kam ein Offizier vom Kommandanten und rief Maslowski heraus. Man setzte ihn in Freiheit, ohne ihm zu sagen, aus welchem Grunde und auf wessen Fürsprache hin dies geschah. Der Offizier befahl ihm nur, sich aus Dresden fortzuscheren.

Mit derselben Gelassenheit, die Xaver bei seiner Einlieferung in das Gefängnis an den Tag gelegt hatte, verließ er es nun wieder. Er steckte schnell Kondrat noch etwas zu, der so ruhig blieb, als wäre ihm alles gleichgültig.

Xaver wusch sich, brachte seine Kleidung in Ordnung und machte sich sofort, von der Sorge um Simonis und dem Verlangen getrieben, die schöne Pepita zu sehen, auf den Weg zum Schloß. Ohne um Erlaubnis zu fragen, betrat er diesmal direkt Pepitas Zimmer. Er traf sie hier nicht an; nur eine junge Dienstmagd, deren Bräutigam die Preußen mitgenommen hatten, saß weinend am Fenster. Maslowski bat sie, die Baronesse von seiner Ankunft zu unterrichten.

Es dauerte nicht lange, und Pepita trat mit strahlendem Gesicht ein.

»Bedankt Euch bei mir! Wenn ich Euch nicht befreit hätte, säßet Ihr bis zum Ende des Krieges dort!«

Maslowski kam dieser Aufforderung gern nach. Er ergriff die Hand des schönen Mädchens und sah ihr tief in die Augen.

»Wie habt Ihr das gemacht?« fragte er.

»Meine Tante, die die Preußen sehr schätzen, hat geholfen«, erklärte Pepita lebhaft und fügte mit einem Blick auf das am Fenster sitzende Mädchen leise hinzu: »Wenn ich nur könnte, so ...«

Mit einem Augenzwinkern gab sie Maslowski zu verstehen, daß Simonis noch im Schloß sei.

»Wann reist die Gräfin Brühl ab?«

»Bald, sehr bald, doch nicht eher, als ... Ihr versteht mich schon.«

Er erriet, daß sie die Befreiung des Schweizers meinte. Seine eigene Verhaftung hatte ihn keineswegs entmutigt; im Gegenteil – er war jetzt nur noch unternehmungslustiger geworden. Er forderte Pepita durch ein Zeichen auf, mit ihm auf den Gang hinauszugehen.

»Wir dürfen keine Zeit verlieren«, begann er. »Man erwartet den König Friedrich in Dresden. Dann wird es noch viel schwieriger sein. Wer weiß, was dieser argwöhnische, griesgrämige Mensch hier für Anordnungen trifft. Er mischt sich ja in alles ein. Ich übernehme es, Simonis aus dem

Schloß zu bringen. Gebt ihn nur her! Ich verkleide ihn, beschmiere ihn mit Ruß und Schmutz und verstecke ihn bei mir. Entweder kommen wir beide um, oder uns gelingt beiden die Flucht!«

Die Baronesse führte ihn zu Spörken, der froh darüber war, die Verantwortung und den eingesperrten Schweizer loszuwerden.

Er erklärte sich mit allem einverstanden. Gemeinsam begaben sie sich in den leeren Saal, verschlossen die Türen und befreiten dann Simonis aus seinem Versteck. Er hatte dort wohl ein weiches Lager, mit Nahrung war er versorgt worden, und sogar die Gräfin Brühl schien ihn, um ihm Mut zuzusprechen, dort besucht zu haben; aber als er jetzt wieder das Tageslicht erblickte, konnte er sich kaum auf den Beinen halten; ihm schwindelte, er war leichenblaß. Sie durchschritten leise mehrere Zimmer und gingen in das Kabinett des Barons, wo Maslowski unverzüglich begann, Simonis unkenntlich zu machen. Der General selbst schaffte alte, zerlumpte Kleider herbei, den Ruß lieferte der Kamin, und Maslowskis reiche Phantasie tat das übrige. Ein Glas Wein brachte den am ganzen Leibe zitternden Schweizer wieder zu sich. Maslowski löste ihm das Haar, entfernte den Puder, schwärzte sein Gesicht mit Ruß, legte ihm die alten Fetzen an und glaubte, ein wahres Meisterstück der Verkleidungskunst vollbracht zu haben. Simonis tat alles, was man ihn hieß. Ein Bündel Holz, daß er an einer Schnur über der Schulter trug, vervollständigte die Maskerade, die vielleicht tragisch enden konnte. Spörken überredete Simonis, unter seinem Bauernkittel einen Dolch zu verbergen. Er sollte sich, falls ihn jemand festhalten würde, damit verteidigen und dann die Flucht ergreifen.

Maslowski wollte einige Schritte vorausgehen, ohne ihn jedoch aus den Augen zu verlieren. Alles wurde genau besprochen. In diesem Aufzug konnte man unmöglich den Schweizer erkennen. Nur eines fehlte ihm, nämlich Geistesgegenwart und Mut. Durch den Aufenthalt in dem dunkeln Loch geschwächt und von der ständigen Angst zermürbt, zögerte er, als er hinausgehen sollte, und bat, bis zum Einbruch der Dunkelheit hierbleiben zu dürfen. Maslowski versuchte ihm klarzumachen, daß gerade dann die Posten am wachsamsten wären.

Zu guter Letzt, als man den Schweizer schon zu verspotten begann, verließ Simonis das Kabinett und begab sich durch die leeren Gänge nach unten. Maslowski eilte die andere Treppe hinunter. Spörken sollte, am Fenster hinter den Vorhängen verborgen, den Verlauf dieses gefährlichen Unternehmens beobachten.

Der Zufall wollte es, daß gerade, als Simonis mit klopfendem Herzen den Schloßhof betrat und mit einem Blick die ziemlich große Strecke maß, die ihn vom Tor, der Straße und der Freiheit trennte, die Glocken der Kreuzkirche, der Frauenkirche und anderer Gotteshäuser zu läuten begannen.

Friedrich hielt, in seinen alten Umhang gehüllt, auf dem ›Brühl‹ in der Stadt Einzug. Diesmal wollte er in der Nähe des Schlosses Quartier beziehen. Er schlug nicht die Richtung zum Palais der Moszynska ein, sondern ritt direkt dem Hause des ersten Ministers entgegen. Er hatte befohlen, ihm dort Zimmer herzurichten.

Als Simonis das Glockengeläut vernahm, erbebte er; er konnte sich nicht erklären, was das bedeutete. Er blieb stehen, als hätte er vergessen, wohin er gehen sollte. Gerade jetzt war der günstigste Augenblick; die Soldaten liefen zu den auf die Schloßstraße hinausgehenden Toren, in der Hoffnung, dort den König sehen zu können. In dem anderen Tor blieb nur ein einziger Posten zurück. Simonis sah in seiner Angst die Gefahr doppelt so groß und begriff nicht, welch gute Gelegenheit sich ihm jetzt bot. Maslowski stand schon am Tor und versuchte sich so vor den Soldaten zu stellen, daß dieser nicht sehen konnte, wenn der Schweizer hinausschlüpfte. Doch Maslowskis Bemühungen waren vergeblich. Simonis rührte sich nicht vom Fleck. Spörken, der alles vom Fenster aus beobachtete, rang verzweifelt die Hände und fluchte auf diesen Tölpel von Abenteurer. So waren die ersten kostbaren Sekunden ungenützt verstrichen. Immer noch läuteten die Glocken.

Superintendent Am Ende, der einige Tage später vor dem König und Philosophen eine Predigt unter dem Leitwort ›Suum cuique‹ (Jedem das Seine) halten sollte, begrüßte eben Friedrich auf dem Markt. Großer Lärm herrschte in der Stadt und drang bis ins Schloß. Simonis faßte sich endlich und ging, da er sah, daß er niemandem auffiel, daß sich keiner um ihn kümmerte, auf das Tor zu.

Er konnte wirklich von Glück reden, daß niemand Zeit hatte, auf ihn zu achten, so schlecht spielte er die Rolle des alten, von der Last des Holzes, das er nach Hause trug, gebeugten Hausknechts. Er lief viel zu schnell, richtete sich zu sehr auf, blieb stehen, verriet seine Unruhe und Unsicherheit.

Aber der Soldat sah gerade auf die Straße hinaus, und Maslowski diente als ausgezeichnete Deckung, so daß sich Simonis schließlich doch hinausstehlen konnte. Hier verließen ihn die Kräfte. Er mußte sich an die Wand lehnen. Maslowski atmete erleichtert auf.

Kurz darauf schleppte sich der arme Teufel an der Kirche vorbei. Xaver folgte ihm.

Um zu seiner Wohnung zu gelangen, mußte man am Brühlschen Palais vorbei. Ein Bataillon Infanterie hatte hier Aufstellung genommen. Man erwartete den König. Da Xaver fürchtete, der wie geistesabwesend dahinlaufende Simonis könnte eine Dummheit begehen, holte er ihn ein und flüsterte ihm zu:

»Hinter das Tor, an der Elbe entlang ... und dann im Bogen wieder zu mir ... Ich warte auf Euch!«

Es war nicht angebracht, den Weg gemeinsam fortzusetzen. Simonis erregte hier übrigens keinerlei Aufsehen, und er konnte leicht in der Menschenmenge untertauchen, die alle Straßen bevölkerte.

Mochte auch das Volk seinem Herrscherhaus vielleicht zugetan sein, so mußten doch zwei solche Regierungen wie die Augusts des Starken und die des ›Schwachen‹ Folgen nach sich ziehen. Auf die paar hundert Leute, die vom Luxus des Hofes lebten und davon reich wurden, kamen Millionen, die unter der ungeheuren Unterdrückung litten. Die Steuern waren unermeßlich hoch. Brutal verfuhr man mit der Bevölkerung. Die einheimischen Adligen versuchten einige Male, dem König untertänige Bittschriften zu Füßen zu legen, aber Brühl ließ das nicht zu. Man fürchtete die sächsischen Adligen und ersetzte sie am Hofe durch Ausländer. Außerdem war das ganze Land protestantisch und der Sache der Reformation fanatisch ergeben. Dieser Glauben wurde vom Hofe zwar geduldet, doch ließ man dem Katholizismus tätige Unterstützung zuteil werden, der seine Position immer mehr festigte. Man sah in Friedrich, wenn er auch Krieg, Kontributionen, Besatzung und Zwangsrekrutierungen brachte, den protestantischen Monarchen und Beschützer der Kirche. Bedeutende Teile der Bevölkerung wandten ihm daher erwartungsvoll ihre Blicke zu. Der König, der in Berlin fast nie – außer bei feierlichen Anlässen, wo er es nicht umgehen konnte – eine Kirche besuchte, war in Dresden bereit, sogar Predigten über sich ergehen zu lassen.

Der Zug durch die Stadt, an den Fenstern des Schlosses vorbei, unter den Augen der Königin und ihrer Familie, das Quartier ganz in der Nähe der königlichen Residenz konnten als eine Bravade angesehen werden, und so verhielt es sich auch wirklich, denn das verwüstete Brühlsche Palais bot weder einen bequemen noch einen angenehmen Aufenthalt.

Simonis mied die Menschenansammlungen, verließ die Stadt durch das Tor und benutzte einen kleineren Pfad, der direkt an der Stadtmauer entlangführte. Keine Menschenseele war hier zu erblicken. Wenn die Elbe über die Ufer trat, stieg das Wasser manchmal bis an die Mauer. Jetzt lag zwischen ihr und dem Fluß noch dieser schmale Weg, der in die von Fischern bewohnte Vorstadt führte. Trotz der Kälte standen Max Schweißtropfen auf der Stirn. Er wischte sie ab, lehnte sich gegen die Mauer und ruhte sich hier lange aus. Allmählich schöpfte er wieder etwas Mut, aber er war nicht mehr der Mensch, der noch vor kurzem so viel gewagt hatte.

Die ständige Angst, das qualvolle Warten hatten seine Kräfte zermürbt. Alle ehrgeizigen Pläne hatte er aufgegeben, nur sein Leben wollte er retten. Und wieder überkam ihn die Sehnsucht nach Bern, nach seiner Schwester. Gern hätte er ewige Armut auf sich genommen, wenn er damit dem Damoklesschwert, das über seinem Haupt schwebte, entgehen könnte.

Der Galgen, das Rad, das Zerrissenwerden durch Pferde, das Vierteilen – an all das mußte er jetzt denken. Die Gräfin Brühl, die verheißene glänzende Zukunft, Würden, Reichtum – wie leicht wogen sie im Vergleich zu solch einem schmählichen Ende! Lange stand Simonis da, ehe er sich wieder faßte und sich weiterschleppte. Sein fieberhaft arbeitendes Hirn, das Bewußtsein, im Augenblick der Gefahr entronnen zu sein, ließen ihn ganz vergessen, daß er auch weiterhin ein gebeugter, zerlumpter Alter bleiben müßte. Er warf das Holzbündel an die Mauer, rieb sich das Gesicht ab, um es einigermaßen von dem aufgetragenen Ruß und Schmutz zu reinigen. Schließlich richtete er sich auf und schritt wie gewohnt aus.

Schon damals gab es hier einige Sommerhäuser, die von wohlhabenden Höflingen bewohnt wurden. Simonis bedachte nicht oder wußte es vielleicht auch gar nicht, daß sein Vetter Ammon hier ein bescheidenes Anwesen besaß. Übrigens war wohl auch nicht anzunehmen, daß er es jetzt im Winter aufsuchen könnte. Aber es gibt Menschen, die wirklich Pechvögel sind ...

Der um sein jetzt unbewohntes Haus besorgte Ammon kehrte eben von dort zu Fuß zurück. Er hatte es eilig, wieder in die Stadt zu gelangen, denn die Glocken verkündeten die Ankunft des Königs. Plötzlich sah er sich – fast wäre er mit ihm zusammengestoßen – Simonis gegenüber. Beide blieben wie gebannt stehen. Ammon war von Wylich über das Verhalten seines Vetters und dessen Verrat unterrichtet worden; der Alte hatte aus Leibeskräften diese Verwandtschaft geleugnet. Nun tauchte er so unerwartet in dieser seltsamen Verkleidung vor ihm auf ...

Im ersten Augenblick zögerte er etwas; Simonis wollte sich seine Verblüffung zunutze machen und fliehen, aber Ammon stürzte sich auf ihn:

»Halt! Du Taugenichts, du Umstürzler! Du Lump! Halt!« Und er packte ihn an den Schultern.

»Wollt Ihr mich verraten?« rief Simonis und sah sich um, ob auch kein Mensch in ihrer Nähe wäre.

»Was suchst du hier? Du wagst dich hier herumzutreiben! Wie? ...« – Ammon fand keine Worte. – »Du, du ... so sprich!«

»Wollt Ihr mich verraten?« wiederholte Simonis. »Das fehlte noch.«

»Soll ich dich etwa verbergen? Du Schuft, von dem ich mich losgesagt habe, du Gauner!« brüllte Ammon. »Soll ich etwa Kopf und Kragen für dich opfern?«

»Laßt mich meinen Weg fortsetzen, mehr verlange ich gar nicht.«

»Ja, geh, geh nur und brich dir den Hals. Da sieh her!« – Der Alte wandte sich um. – »Zehn Schritte von uns fließt die Elbe. Weißt du, was das beste für dich wäre? Geh, ertränke dich in den Fluten ... Los!«

Und er gab ihm einen kräftigen Stoß.

Der Rat ging einige Schritte weiter, suchte fieberhaft nach etwas in den Taschen, zog einen grünen Geldbeutel hervor, entnahm ihm mit zitternder Hand seinen Inhalt und warf die Münzen Simonis zu. Dann eilte er, ohne sich noch einmal umzusehen, der Stadt entgegen.

Max verschnaufte noch ein wenig und machte sich dann auf, um auf Umwegen zur Wohnung Maslowskis zu gelangen, der schon seit einer ganzen Weile auf ihn warten mußte. Erst nach langem Umherirren fand er sie.

Herr Xaver wollte vermeiden, daß jemand seinen Gast kommen sah, und hatte alle aus dem Hause geschickt. Er selbst beobachtete, von der Haustür gedeckt, die Straße. Er zischte und gab Simonis ein Zeichen, schnellstens einzutreten. Oben lagen für den Schweizer frische Kleider bereit, ein Lager und Essen, das er nicht anrührte, harrten seiner. Er warf die schmutzige Kleidung ab, die Maslowski sofort in den brennenden Ofen stopfte, fiel gleich auf das Bett und wurde ohnmächtig.

IX

Wer an diesem schönen Wintertage die Kutschen und den Hof König Augusts III. gesehen hätte, der bei den letzten Strahlen der untergehenden Sonne von der Jagd nach Warschau zurückkehrte, die prächtigen Gewänder der Jagdmeister und Jäger, die herrlichen Gespanne, die kostbaren Pelze, das Gefolge, das vor Gold und Silber glänzte, die Federn an den Hüten, die Bänder, den weichen Samt, die teuren, scharlachroten und golddurchwirkten Decken, die die Rücken der Reitpferde zierten, hätte es nicht für möglich gehalten, daß das Erbland dieses Herrn von dessen Nachbarn besetzt war, daß jener die gesamte Jugend dort in den Soldatenrock preßte, die Einnahmen beschlagnahmte und in der Hauptstadt schaltete und waltete, als wäre er zu Hause, nur mit dem einen Unterschied, daß man bei sich zu Hause möglichst schonend mit allem umgeht, in einer fremden Hauptstadt dagegen keineswegs daran denkt.

Aber dank Brühls Genialität gelangten die abwegigen Auffassungen über die politische Lage in Europa nicht bis zu Augusts Ohren. Der König wußte, daß sich für seine Sache siebenmal hunderttausend Mann verbündeter Truppen schlugen, daß er – vielleicht schon morgen – frei nach Dresden zurückkehren könnte, um in den Wäldern um Hubertusburg zu jagen und in seiner Hauptstadt die Oper zu hören.

Brühl redete dem König unermüdlich ein, er brauche sich keine Sorgen zu machen, denn in Polen befände er sich in völliger Sicherheit, und die im eigenen Lande angerichteten Schäden könne man leicht wieder dadurch beheben, daß man weite Provinzen Preußens Sachsen einverleibte. Am meisten freute sich jedoch der biedere König darüber, daß es ihm einmal gelungen war, Friedrich übers Ohr zu hauen:

In den verhängnisvollen Tagen, als die sächsischen Truppen im Lager bei Pirna in die Hände des Feindes gerieten, als Rutowski nicht einmal die Freilassung der Garde erwirken konnte, verstand es Brühl mit großem Geschick, die Tatsache zu verheimlichen, daß in Polen vier der allerschönsten sächsischen Regimenter standen. Diese Regimenter zogen dann durch Mähren den Österreichern zu Hilfe.

Der König lachte, sooft er sich an diesen ausgezeichneten Streich erinnerte, sah Brühl an und sagte:

»Wa-s, Brühl, meine vier Regimenter? Hm?«

Brühl pflegte dann ebenfalls zu lachen, und August antwortete wieder mit einem Lachen. Das eine stand fest: Der Verlust seines ganzen Heeres ärgerte ihn nicht in dem Maße, wie er sich über diese vier dem Preußenkönig entgangenen Regimenter freute. Er triumphierte ebenfalls darüber, daß er die ›Magdalena‹ Correggios mitgenommen und Friedrich nur die des Battoni gelassen hatte, die für einen derartigen Kunstkenner immerhin noch ein Meisterwerk war.

Schließlich – wenn sich auch Warschau damals nicht mit Dresden messen konnte – hatte man doch auch hier einen Tiergarten angelegt, wo zusammengetriebenes Wild des königlichen Weidmanns harrte. Es gab auch Hunde genug, um sich im Zielen zu üben, wenn man keine Lust verspürte, ins Freie hinauszuziehen. Das Sächsische Palais bot dem Gefolge des Königs gerade noch genug Raum, und ihm selbst genügte diese Unterkunft ebenfalls. Mit Hilfe der Hofkapelle und der Künstler, die sich aus Dresden hierher gerettet hatten, war es gelungen, ein gar nicht so schlechtes Theater auf die Beine zu bringen.

Immer wenn während des Konzertes ein Flötensolo erklang, wandte der König sich an Brühl und flüsterte ihm ins Ohr:

»Er kann doch nicht so spielen!«

Mit diesem ›Er‹ war Friedrich gemeint, der jetzt jedoch das Flötenspiel vergessen hatte und auf dem Rücken der Sachsen ein sehr disharmonisches Konzert gab.

Hier, von Warschau aus gesehen, schien alles klar und einfach zu sein: Der König und das ganze unglückliche Drama mußten unweigerlich mit einem großen Triumph enden, so daß König August, der so niedergeschlagen, seufzend und voller trüber Gedanken von Königstein abgereist war, seinen heiteren Sinn zurückgewann und wieder alle Gewohnheiten eines glücklichen Menschen annahm.

Manchmal gelüstete es ihn nach irgend etwas aus Dresden, aus dem Tiergarten, aus der Galerie, aber Brühl, der völlig in der Sorge um seinen Herrn aufging, verstand es immer, dafür einen Ersatz zu finden, mit dem sich auch Seine Majestät zufriedengab.

Nur eines quälte den guten König: Der Minister, der sich ganz und gar für ihn aufopferte, erzählte ihn von seinen Verlusten, von dem geplünderten Palais, den niedergebrannten Schlössern, dem zerschlagenen Porzellan und seiner so schändlich behandelten Garderobe.

August pflegte dann zu seufzen. Am nächsten Tag überschüttete er ihn förmlich mit Bezirkshauptmannschaften, die er zu vergeben hatte, um den armen Menschen wenigstens zum Teil für seine Opfer zu entschädigen.

Das Leben in Warschau unterschied sich kaum von dem in Dresden, nur traf man hier in den Gemächern öfter rasierte Köpfe und geschwungene Säbel an, deren Träger so gut gelernt hatten, sich tief zu verbeugen und die Hand Seiner Königlichen Hoheit zu küssen, als wären sie geborene Sachsen. Das hinderte sie allerdings nicht daran, die Sejms zu sprengen. Aber wer kann aus den vielen Hunderten einen Hitzkopf herausfinden? Auch hier umgab den König eine aus zuverlässigen Leuten zusammengesetzte Wache, damit sich niemand mit unerwünschten Nachrichten bei ihm einschlich. Brühl achtete darauf, daß die vom Kriegsschauplatz eintreffenden Meldungen so geschickt redigiert wurden, daß jede Niederlage zu einem Sieg und das kleinste Scharmützel zu einer wunschgemäß verlaufenen, gewonnenen großen Schlacht wurde.

Sorgfältig sammelte man alle Anekdoten über Friedrich, die ihn in einem lächerlichen Licht zeigten.

Brühl machte August glauben, alles ende in Kürze damit, daß man den Feind zu Brei zermalmen würde. Manchmal fragte der sich sehr langweilende König:

»Na, was gibt's?«

»Unsere Sache steht glänzend!« entgegnete dann der Minister. »Die Franzosen haben sich schon in Marsch gesetzt, die russische Armee ist ausgerückt, die Schweden sind unterwegs, und die Österreicher siegen überall. Jeden Tag kann die Katastrophe ...«

»Ach, wenn sie ihn doch lebend in die Hände bekämen! Wenn er ihnen doch lebend in die Hände fiele!« seufzte der König.

»Damit rechnen wir felsenfest, Allergnädigster Herr!« versicherte ihm Brühl ohne die geringste Verlegenheit. »Schon zwei- oder dreimal hätten wir ihn um ein Haar ...«

»Um ein Haar«, wiederholte August, »aber immer nur um ein Haar!«

Aus Dresden trafen ununterbrochen Nachrichten ein. Brühl leitete von hier aus die geheime Verwaltung des Grafen Loss, Globigs und Stammers, ließ Hennicke Instruktionen zukommen und bezog sogar Gelder aus Sachsen, soweit man solche noch außer denen, die König Friedrich aus dem Lande preßte, auf Umwegen herausholen konnte. Doch unter all den Neuigkeiten, die aus der Hauptstadt kamen, wurde für den König eine sorgfältige Auswahl getroffen. Was nicht unbedingt nötig war, sollte August nicht erfahren. Am Morgen pflegte Brühl einzutreten, sich nach seiner Gesundheit zu erkundigen und um Befehle zu bitten. Dann ließ er nur von ihm selbst bestimmte Personen beim König vor; man unterschrieb Papiere, polnische Angelegenheiten wurden besprochen, und danach gab es ein erlesenes Mittagsmahl. Nach dieser Anstrengung kleidete sich der König bis aufs Hemd aus und brannte seine Pfeife an. Dann hatten nur noch erwählte Besucher beim König Zutritt, die sein besonderes Vertrauen besaßen, unentbehrlich oder recht unterhaltsam waren. Manchmal wurde ihm ein Bild zum Kauf angeboten oder von einem der polnischen Herren zum Geschenk gemacht. Man hob sie auf ein Gestell, und der König seufzte beim Gedanken an seine Galerie, von der ihn eine so große Entfernung trennte. Mit der größten Sorge bedachte er aber die Sixtinische Madonna Raffaels, auf die er so stolz war, und für die er, als sie gebracht wurde, den Thron aus dem Saal entfernen ließ, um dem großen Meister Platz zu machen.

»Wer weiß«, pflegte er zu sagen, »irgendeine dumme österreichische Kugel kann die Welt solch eines Meisterwerkes berauben.«

Zwischen vier und fünf Uhr nachmittags besuchte der König eine Oper oder ein Konzert, wenn eine Veranstaltung im Theater stattfand. Sonst fuhr er nach Mokotow oder Bielany, um kleine Jagden abzuhalten. Am Abend legte man gewöhnlich ein verendetes Pferd vor das Palais, um die Hunde anzulocken. Der König schoß auf sie vom Altan aus und war immer darauf bedacht, sie nicht zu töten, sondern ihnen nur Verwundungen beizubringen, denn sonst könnte am Ende Mangel an diesem ›Wild‹ herrschen. Er schoß so sicher, daß er meistens zu Brühl sagte:

»Brühl, die rechte Pfote ...«

Und die rechte Pfote war vollkommen zerschmettert. Der Minister verstand fast genau so gut zu treffen wie August III., doch er wußte, daß er schlechter als sein Herr schießen und sogar manchmal das Ziel verfehlen mußte.

Auch mit anderen Zerstreuungen vertrieb sich der Hof die Zeit: Man unternahm zur Fastnachtszeit fröhliche Schlittenfahrten von einem Bekannten zum anderen, die sogenannten ›Kuligs‹. Kunstvolle Feuerwerke wurden abgebrannt, fahrende Gaukler gaben ihre Künste zum besten, und die Oper erinnerte, wenn auch nur in kleinem Rahmen, an die Dresdner Aufführungen des ›Aëtius‹, ›Titus‹ und ›Alexander‹. Leider war Faustina nicht hier, und keine andere konnte sie ersetzen. Wenn August an sie dachte, wurde er versonnen, verstummte, starrte die Wand an; man fühlte, daß sein Geist jetzt ihrem Bilde, das vor seinem inneren Auge erstanden war, huldigte.

An diesem Tage wollte es der Zufall, daß die Kavalkade, die nach Bielany aufgebrochen war, schon am Stadtrand Warschaus einer anderen begegnete.

Man sah auf den ersten Blick, daß es sich bei diesen von müden Postpferden gezogenen Wagen um Equipagen des Dresdner Hofes handelte. Der König, der in einer offenen Kutsche fuhr, wandte sich zu dem ihn begleitenden Brühl um, zeigte mit der Hand auf diesen Zug und rief:

»Brühl, da hast du's! Was soll das bedeuten?«

Der Minister hatte soeben seine Frau und ihr Gefolge erkannt.

»Allergnädigster Herr«, entgegnete er, »es ist meine Frau ... Sie überbringt uns persönlich wichtige Nachrichten!«

Der König grüßte schweigend mit einem anmutigen Neigen seines Hauptes die aus ihrer Kutsche herausschauende Gräfin. Brühl wurde beurlaubt, um Anordnungen für die Unterbringung seiner Frau zu treffen, und fuhr hinter ihr her. Der König begab sich in das Palais zurück. Eine gute halbe Stunde verging, bevor der so ungeduldig erwartete Minister sich wieder beim König einfand.

August stand, als er eintrat, auf und sah ihm in die Augen. Brühl trug wie gewöhnlich eine heitere Miene zur Schau.

»Die Königin? Wie geht es der Königin?« stieß der König erregt hervor.

»Sie erfreut sich der allerbesten Gesundheit. Von Ihrer Majestät und dem jungen Kurfürsten sind meiner Frau Briefe mitgegeben worden. Sie bittet sich die Ehre aus, diese persönlich in Eure Hände legen zu dürfen.«

»Sehr angenehm!« flüsterte der König. »Das wird mir sehr angenehm sein!«

»Von den Nachrichten«, fuhr Brühl fort, »ist nur die eine wichtig, näm-lich: Friedrich wäre beinahe umgekommen.«

»Ah! Wie ging denn das zu?«

»Der Kammerdiener Glasau hatte ihm vergiftete Schokolade gereicht.«

August hob erstaunt die Arme in die Höhe.

»Aber ein Hund hat das Gift getrunken.«

Der König schüttelte verwundert den Kopf.

»Im Zusammenhang damit«, setzte Brühl seinen Bericht fort, »wurden viele Personen in Dresden verdächtigt. Man hat Verhaftungen befohlen und vorgenommen. Man kam dem Verrat eines Kabinettssekretärs auf die Spur.«

August hörte ihm aufmerksam zu, sagte aber kein Wort.

»Eine besondere Abneigung legte aber Friedrich meiner Frau gegenüber an den Tag, in der er die Feindin witterte. Deshalb zog sie es vor, sich aus Dresden zu entfernen.«

»Gewiß«, pflichtete ihm der König bei, »so ist es besser.« Noch einmal erkundigte sich August nach seiner Gemahlin. Nachdenklich spazierte er dann im Zimmer umher. Plötzlich wandte er sich an Brühl:

»In der Fasanerie? Im Tiergarten? ...«

»Ist alles unangetastet geblieben. Seine ganze Rache läßt er an mir aus ... Sie brennen nieder und zerstören!«

»Ich werde es dir ersetzen«, tröstete der König. »Du wirst es schon se-hen, wenn erst alles vorbei ist. Aber ich glaube, es ist nötig, daß du dir hier noch ein Palais bauen läßt.«

»Mit Eurer Gnade, Königliche Hoheit«, sagte Brühl.

»Ich gebe dir die Mittel dazu. Ist Geld vorhanden?«

»Jawohl, Allergnädigster Herr!«

Der König verfiel in tiefes Nachdenken, und damit war das Gespräch beendet.

Der Gräfin Brühl folgte ihr ganzer Hof. Kurz vor der Abreise hatte er sich unerwartet vergrößert. Auf Grund eines Kabinettsbefehls des Preu-ßenkönigs wurde außer der Gräfin auch die Baronesse Nostitz wegen ihrer allzu regen Beteiligung an den Intrigen im Dresdener Schloß gezwungen, Sachsen zu verlassen. General Spörken entging mit Mühe und Not der Ausweisung.

Der gerettete Simonis wurde nach Breslau vorausgeschickt. Hier schloß er sich dem Hofe der Gräfin an, mit dem auch Maslowski reiste. Max de Simonis hatte nur seinen Namen in ›Heinrich Ammon‹ umgeändert, und unter diesem erschien er in Warschau.

Wer kann den Jubel, die Begeisterung des Herrn Maslowski, der vor

Freude fast von Sinnen war, beschreiben, als er, die Mütze in die Luft werfend, die Hauptstadt und den Klang der Sprache, nach der er sich so gesehnt hatte, begrüßte. Schon hinter Breslau hielt er jeden an, der vorbei kam, und sein Mundwerk befand sich unaufhörlich in Bewegung.

Seine überschwengliche Fröhlichkeit kam bei jeder Gelegenheit zum Ausdruck, manchmal bedachte er den armen Simonis mit verletzenden Witzen. Niedergeschlagen, schweigsam und im allgemeinen sehr verändert fuhr der Schweizer der polnischen Hauptstadt zu.

Herr Xaver nutzte jede Möglichkeit aus, um sich der Kutsche, in der die Baronesse saß, zu nähern, die traurige Pepita aufzumuntern und ihr zu versichern, sie würde bestimmt keinen Grund haben, Sachsen nachzuweinen.

Maslowski, der in der letzten Zeit viel von seiner Unbekümmertheit und seinem Übermut verloren hatte, gewann seinen alten Frohsinn wieder, als sie sich auf dem heimatlichen Boden der Republik befanden. Es traf sich auch, daß sie am zweiten Reisetage den mit dem ihm eigenen Stoizismus gemächlich dahinpilgernden Kondrat einholten. Er hatte sich das Durcheinander bei Friedrichs Ankunft zunutze gemacht, um aus dem Gefängnis zu entweichen.

Er erklärte nicht, auf welche Art und Weise ihm das gelungen war, verriet nicht, ob er die Ziegel aus der Wand entfernt hatte. Es genügte, daß er sich auf freiem Fuß befand; arm, in Lumpen gehüllt, bettelte er sich durch. So traf ihn Xaver, erkannte ihn und wies ihm einen Platz auf einem Gepäckwagen an. Man nahm ihn gern auf, denn er machte sich nützlich, half den Dienern, die ja schließlich alte Bekannte von ihm waren.

Nur ein Gedanke verdarb Xaver die Freude, nach Hause zurückzukehren, und zwar der an den strengen Vater, den Herrn Truchseß, wenn dieser entdecken, erfahren oder erraten würde, daß sein Sohn sich in eine Deutsche verliebt hatte! Es unterlag schon keinem Zweifel mehr, daß Herr Maslowski den Kopf verloren, und es war höchstwahrscheinlich, daß auch die Baronesse ihm ihr Herz geschenkt hatte. Die Gräfin Brühl, deren scharfem Blick ein Verhältnis dieser Art niemals entgehen konnte und die sogar oft ein solches dort vermutete, wo es in Wirklichkeit gar nicht bestand, lächelte mitleidig. Sie versuchte einige Male, hier einzugreifen und mit Maslowski anzubändeln; doch bald mußte sie feststellen, daß sich der Pole zu solchen Galanterien durchaus nicht eignete.

Der Verliebte widmete sich viel zu sehr der Herrin seines Herzens, als daß er für solche Episoden noch Zeit gehabt hätte. Simonis hingegen, der sich der Gunst der Gräfin erfreute, hatte seit den letzten Ereignissen viel in ihren Augen verloren. Sie empfand Mitleid mit ihm, doch fand sie ihn viel zu wenig ritterlich, zu furchtsam bei dramatischen Begebenheiten. Nur seine Verdienste und die unter Beweis gestellte Opferbereitschaft retteten ihn vor Ungnade und dem Vergessen. Simonis reiste nach Polen in der Gewißheit, einen Posten als Sekretär zu erhalten und eine glänzende Laufbahn vor sich zu haben.

Am traurigsten war von allen die Baronesse, die an den Geschicken ihres Landes lebhaften Anteil nahm. Sie hing an der Königin, empfand die Schwere ihres Schicksals, hatte Heimweh, und es genügte ihr nicht, nur all das zu erfahren, woran sie sich am liebsten selbst beteiligt hätte. Sie sah weitere Niederlagen voraus; nur gezwungenermaßen hatte sie Sachsen verlassen und fuhr nun traurig hinter der Kutsche der Gräfin einher. Selten schenkte sie Maslowski ein Lächeln, und das erhellte dann kurz ihre Züge; gleich darauf umwölkte sich ihre Stirn, Tränen stiegen ihr in die Augen, und die Sehnsucht überwältigte sie wieder.

Maslowski versuchte mit ihr zu plaudern, sie wiederholte jedoch dauernd:

»Sagt, wie mag es wohl zu Hause aussehen?«

Sie erreichten die Hauptstadt.

Herr Xaver war kaum ausgestiegen, er reckte und streckte noch die steifen Glieder, als ihn der vorbeikommende Minister erblickte und ihm zurief:

»Der Truchseß ist in Warschau.«

Maslowski wollte noch fragen, wo er seinen Vater finden könnte, aber Brühl, der es eilig hatte, war schon in den Zimmern der Gräfin verschwunden. Herr Xaver übergab sein Gepäck den Dienern. Keinen Augenblick durfte er verlieren: Er mußte unverzüglich den Vater suchen und ihm zu Füßen fallen. Tat er es nicht sofort, so war er gewiß, daß ihm der Truchseß nicht verzieh.

Und sein Herz schlug auch trotz der Angst dem Vater entgegen, der so streng war, der aber doch sein Kind liebte. Er zeigte dieses Gefühl um der väterlichen Würde willen nicht, und doch verriet er sich damit immer wieder. Brühl nannte den Herrn Truchseß aus Chelm seinen ›Freund‹; dieser bezeichnete sich als ›Diener Seiner Exzellenz‹.

Xaver eilte auf die Straße und verließ sich auf seinen guten Stern; er würde ihm gewiß jemanden, der wußte, wo sein Vater wohnte, in den Weg führen. Er begegnete einigen Schlachtschitzen, an deren Seite der Säbel baumelte, und jeden fragte er, die Mütze ziehend:

»Mit Verlaub, Ihre Gnaden, könnt Ihr mir vielleicht sagen, wo der Truchseß Maslowski wohnt?«

Einige antworteten höflich, andere grob: »Geht immer der Nase nach!«
oder: »Man kann nicht alle Leute kennen!«

Wieder andere rieten, er solle sich da- und dorthin begeben, um Auskunft einzuholen. Müde ging Xaver weiter und ärgerte sich schon, als er Matthias, einen Pferdeknecht seines Vaters, erblickte, der mit großer Mühe auf einer Schubkarre ein Faß vor sich herschob, natürlich ein volles, denn die Last machte ihm arg zu schaffen. Matthias hielt den Kopf gesenkt, schnaufte gewaltig und schwitzte trotz der Kälte.

»Halt, Matthias! Um Christi willen!« rief er. »Wo ist der Vater?«

Der durch den plötzlichen Anruf erschreckte Bursche ließ die Schubkarre los, und beinahe wäre das Faß heruntergerollt.

»Heiliger Gott! Das ist doch der junge Herr. Wie viele ›Gegrüßet seist du, Maria‹ hat unser Herr für Euch gebetet! Welch schreckliche Gerüchte gingen bei uns um!« Und er umfaßte die Knie Xavers.

»Gott sei gelobt, daß ich dich getroffen habe! Ist der Vater gesund?«

»Gott sei Dank, es geht.«

»Was fährst du denn da?«

»Es ist natürlich Wein, junger Herr. Den dritten Tag trinken sie schon bei uns«, erklärte Matthias, »auf Teufel komm heraus! Die haben so eine Sejm-Angelegenheit, der Wein geht auf Kosten des Ministers. Der Herr Truchseß als Hausherr gießt sich immer etwas Wein hinzu, damit er nüchtern bleibt, aber es hat ihm nichts geholfen. Auch er ist betrunken. Und die anderen, mein junger Herr, trinken eimerweise. Schon von weitem hört man sie grölen.«

Herrn Xaver befiel eine leichte Traurigkeit.

»Wo habt ihr denn Quartier bezogen?«

»In Pociejow, junger Herr. Der Truchseß hat dort fünf Zimmer gemietet. In dreien liegen sie schon wie Säcke umher, die, die genug haben. Wenn einer wieder etwas nüchtern wird, so gießen sie ihm sofort wieder ein.«

Ohne weitere Fragen zu stellen, ging Xaver neben dem Knecht her. Sie gelangten in Pociejow auf einen Hof, wo unzählige Schlitten und Wagen standen und auf dem es von Gesinde und Juden wimmelte. Laut ging es hier zu. Allerlei Volk trieb sich herum. In der Ecke zeigte ein Gaukler seine Kunststücke mit Kugeln und Bechern. Die Menge schaute ihm zu, und die Spitzbuben nahmen die Gelegenheit wahr, die Taschen der Leute auf ihren Inhalt hin zu überprüfen. Der Krach auf dem Hofe und im Hause war so groß, daß man sich erst an ihn gewöhnen mußte. Hier hörte man schon die betrunkenen Schlachtschitzen singen. Obwohl es noch Tag war, hatten sie schon Kerzen angezündet. Herr Xaver benötigte keinen Führer mehr: Der Lärm und der Gesang waren der allerbeste Wegweiser.

An der Tür hielt er inne, zog sich die Kleidung zurecht, nahm die Mütze ab, bekreuzigte sich – denn vor den Vater zu treten war nie ganz ungefährlich –, öffnete und ging hinein. Er sah sich in einer riesigen Stube, in deren Mitte gerade mit erhobenen Gläsern die Freunde des Herrn Truchsessen mit heiseren Stimmen das Lied brüllten

>>Der Herr ist unser Wohltäter,
Und hoch er leben soll,
Wir trinken auf sein Wohl!<<

Ein mächtiger Baß übertönte die anderen. Sein Besitzer saß auf der Bank, hielt beide Hände wie eine Trompete vor den Mund und brüllte, daß ihm die Augen hervorquollen und sein Gesicht dunkelrot anlief.

Der Geruch von Wein, Essen, Kerzen, von Schlachtastiefeln, die leicht mit Birkenteer eingeschmiert waren, die verschiedensten Düfte schlugen dem Eintretenden entgegen, der demütig an der Schwelle verharrte und sich nicht traute näherzutreten.

Vorn stand der Herr Truchseß Maslowski; eine riesige Gestalt mit einem mächtigen Bauch, den ein Riemen umgab, der freilich so tief saß, daß man fürchten konnte, er würde jeden Augenblick herunterrutschen.

Der Truchseß mußte früher ein schöner Mann gewesen sein, aber die Jahre hatten den Leib ungeheure Ausmaße annehmen lassen und die ehemals so edlen Formen verwischt. Der hoch ausrasierte Kopf, das Gesicht mit dem Schnurrbart und dem Doppelkinn, den blauen, halbgeschlossenen Augen erinnerten an einen trunkenen Sardanapal. Seine ganze Erscheinung verriet das alte, ritterliche, heiße Blut, das also schon vom Hofleben und dessen Lastern gezähmt worden war.

Eine Hand hielt er an der Seite auf dem Säbel, den er nie abnahm, bei Tisch neben sich legte und auch nachts griffbereit hielt. Mit der anderen hob er gerade ein mit goldenem Wein bis an den Rand gefülltes Glas. Er schien seinen Sohn nicht sofort bemerkt oder erkannt zu haben, da dichte Nebel seine Blicke umflorten, doch plötzlich erbebte seine Hand, die das Glas hielt, der geöffnete Mund klappte zusammen, und er stürzte auf die Tür zu.

Herr Xaver lag schon zu seinen Füßen. Der Truchseß zitterte am ganzen Körper, das Glas entglitt seiner Hand, er umschlang den Sohn, packte ihn am Kopf und küßte ihn leidenschaftlich. Erst als er seiner Wiedersehensfreude Genüge getan hatte, stieß er Xaver von sich.

>>Sag mal, du Bestie, was war denn mit dir los? Man hat ja schon weiß Gott was für Sachen von dir erzählt, und ich habe dich schon beweint!<<

Die fröhliche Gesellschaft war herbeigeeilt und umringte den jungen Maslowski.

»Vivat! Vivat!« riefen sie.

»Ruhe!« gebot der Alte. »Das gibt es doch nicht, daß man auf das Wohl solcher Rotznasen trinkt! Er soll erst Rechenschaft ablegen.«

»Pst! Pst!« beruhigten einige die Menge.

»Herr Truchseß«, meldete sich der Unterkämmerer Rozanski, »ich erlaube es nicht! Vor dem Sprechen muß man sich die Kehle befeuchten! Nego, veto! gebt ihm einen Schluck zu trinken, bevor er anfängt ..., einen guten Tropfen.«

Man blickte sich nach Wein um.

Matthias, der sich bereits im Zimmer befand, brachte ein volles Glas herbei, von dessen Inhalt er unterwegs freilich etwas vergoß. Man drückte es mit Gewalt Xaver in die Hand. Er kniete nieder.

»Auf das Wohl meines allerehrwürdigsten Herrn Vaters!« Alle fielen tosend ein: »Auf das Wohl unseres Truchsessen! Unserem Truchseß Gesundheit und langes Leben!«

Der Lärm weckte die Schläfer in den zwei Nebenzimmern; sie begannen mit schwankenden Schritten, sich an den Wänden entlangtastend, hereinzukommen.

»Auf die Gesundheit des Truchsessen!« brauste und rauschte es überall.

Der Vater drückte noch einmal seinen Sohn ans Herz. »Und jetzt rede!« befahl er. »Meine Herren, gebt Ruhe! Ein Hofmann seiner Exzellenz, des Ministers Brühl, hat das Wort!«

Xaver mangelte es nicht an angeborener Beredsamkeit; aber sooft er sie im Beisein seines Vaters unter Beweis stellen sollte, wurde er verlegen und stotterte nur zusammenhangloses Zeug. Vielleicht war es der Wein, die Stimmung der Versammelten oder auch die Zärtlichkeit seines Vaters, die Wiedersehensfreude, die ihm heute die Zunge lösten. Er begann witzig, kühn, gesalzen und gepfeffert zu sprechen und sparte weder an Farbe noch an Würze. Der Vater war starr vor Staunen. Die Schlachtschitzen hielten sich die Seiten. Wenn er Friedrich und dessen Gewohnheiten, die er im Lager kennengelernt hatte, beschrieb, griffen seine Zuhörer zu den Säbeln, verliehen ihrer Empörung in Zwischenrufen Ausdruck; mit einem Wort – sie alle, sein Vater nicht ausgenommen, bekamen den Eindruck, er würde einst einen großen Redner abgeben. Während seines Berichtes hatte sich ein jeder, wo gerade ein Plätzchen frei war, niedergelassen. Die aus dem Schlaf geschreckten Schlachtschitzen aus den anderen Stuben waren wieder eingeschlummert. Voll Freude und Rührung lauschte der Vater, als Xaver von seinen Abenteuern erzählte.

Maslowski verheimlichte nur eines: Er erwähnte kein Wort von der Baronesse.

Als er schließlich geendet hatte, brachten die Versammelten ein Hoch auf den Sohn des Truchsessen aus. Der Vater küßte ihn und leerte schweigend das Glas. Der Lärm brach von neuem los, und der gefüllte Krug machte die Runde. Herr Xaver, der einige Jugendfreunde und Altersgenossen gefunden hatte, zog sich mit ihnen zurück, denn die Fragen wollten kein Ende nehmen. Da die Zeit des Abendessens nahte, begannen Dienstboten und Mägde die riesigen Tafeln zu decken. Schon seit zwei Tagen lag die Tischdecke darauf, wo Soßen und Wein ihre Spuren hinterlassen hatten. Man brachte nun Stöße von ziemlich mitgenommenen Tellern herein, eiserne Messer und Gabeln, Berge von Brot und kräftige Gerichte, die wirklich den Hunger stillen konnten, in Schüsseln aufgetragen. Den Gästen wurden Schnitzel mit Zwiebeln, am Spieß gebratene Fleischstücke, Sauerkraut, Gurken, Gulasch und andere nahrhafte Speisen gereicht ... Wer konnte, nahm Platz, denn hier tat Eile not: Kaum berührten die Schüsseln den Tisch, war ihr Inhalt verschwunden. Xaver war auch hungrig und mußte sehen, daß er einen Platz bekam. Der Vater trat an ihn heran.

»Hilf dir selbst!« sagte er leise. »Und wenn du müde bist und dich nicht betrinken willst, denn dazu bist du noch zu jung, so wird man dir ein Zimmer oben im ersten Stock zeigen, wo du dich ausruhen kannst, obgleich ... Gott weiß! Hier wird wohl heute kaum jemand schlafen können. Es ist nicht einfach, einen Sejm vorzubereiten ...« Er ächzte und wischte sich den Schweiß von der Stirn. Xaver stärkte sich und machte von der väterlichen Erlaubnis Gebrauch, um bald zu verschwinden. Matthias begleitete ihn und machte ihm auf dem Fußboden ein Lager aus Heu und einem Elchfell zurecht, denn an ein Bett war nicht zu denken. Unten begann man zu singen, als Xaver – kaum hatte er den Kopf auf sein Kopfkissen gelegt – in einen bleiernen Schlaf fiel, aus dem ihn nicht einmal die preußischen Kanonen zu wecken vermocht hätten. Er schlief einen traumlosen Schlaf.

X

Einige Tage nach dem Eintreffen der Gräfin kehrte das Hofleben, das für einen Augenblick durch die neu Hinzugekommenen irgendwie erschüttert worden war, zu seiner alten Ruhe und seiner mit der Genauigkeit einer Uhr ablaufenden Tagesordnung zurück.

Seine Majestät ließ einige Male die Gräfin zu sich kommen, damit sie ihm über die Königin, die Kinder und Dresden berichte. Der Minister pflegte bei diesen Gesprächen anwesend zu sein und lenkte durch Blicke ihre Antworten, denn er hatte die Erfahrung gemacht, daß sich seine Frau vom Zorn hinreißen ließ und unnötige Dinge ausplauderte. Doch bald glaubte August, gut genug unterricht zu sein, und nachdem er sein Gewissen beruhigt hatte, lud er nur noch zu Festen ein, die als notwendiger Bestandteil des Lebens wie gewohnt stattfanden. Die Nachrichten, die über die Siege der russischen Truppen eintrafen, von den Triumphen der Österreicher und den ausrückenden französischen Kräften berichteten, erhöhten die Freude am Feiern.

Es war in Warschau so ruhig, so bequem, wie es eben nur in einem Lande sein kann, in dem alles von den Sejms abhängig ist, in dem aber jeder Sejm gesprengt wird und wo man sich das Chaos geschickt zunutze macht.

Bei der Verwaltung des polnischen Landes entwickelte Brühl seine Talente, die er bereits in Sachsen unter Beweis gestellt hatte; er gewann die Anhänger der Parteien für sich, hielt sein eigenes Interesse im Auge, berechnete, wieviel ihm die Unordnung einbringen könnte, und bemühte sich, das Durcheinander zu verewigen.

Griesgrämige Geister sahen darin den kommenden Untergang Polens. Die Republik war nicht mehr ihr eigener Herr, aber das, was hier geschah, war für den Minister und seine gegenwärtigen Pläne — um etwas anderes ging es ihm nicht — nur von Vorteil.

Mit einschmeichelnder Höflichkeit umgarnte er die Menschen. Er selbst hatte es fertiggebracht, sich in einen polnischen Schlachtschitzen zu verwandeln, seinen Sohn zum Starosten von Warschau zu machen, seine Tochter mit Mniszech zu verheiraten und sich mit allen einflußreichen Familien des Landes zu verschwägern. Nun war er Herr der Republik. Auch hier besaß er seine Stammer, Globig und Hennicke.

Während er große politische Pläne hegte, versuchte die Gräfin, sich das Leben angenehm zu machen, indem sie in ihr Haus Gesellschaften einlud und sich je nach Geschmack Diener und Sekretäre auswählte.

Simonis, der sich nach einiger Zeit wieder erholt hatte, stand an der Spitze dieser Jugend, die unter den verschiedensten Vorwänden dazu diente, der Gräfin die Langeweile zu vertreiben und die Zeit zu verkürzen. Trotz aller Annehmlichkeiten des Warschauer Aufenthaltes, und obwohl sie nun mit ihrer Tochter und ihrem Sohn vereint war, fühlte sie sich hier fremd. In der polnischen Hauptstadt konnte sie nicht mehr so leicht und bequem das Netz ihrer Intrigen spinnen, hier war sie jeder Möglichkeit beraubt, gegen den verhaßten Friedrich etwas zu unternehmen. Im übrigen fanden sich keine Leute mehr, die nach dem Fall Glasau, der zu lebenslänglicher Haft auf einer Festung verurteilt worden war, seine

Rolle übernehmen wollten. Sogar Spione ließen sich nur mit Mühe auftreiben.

Nach jeder eintreffenden Post griff die Brühl gierig und legte sie enttäuscht wieder beiseite, denn keine brachte günstige Nachrichten.

Simonis schrieb täglich nach ihrem Diktat Briefe, die auf verschiedenen Wegen befördert wurden. Aber selbst diese Versuche, aus der Ferne auf den Verlauf der Dinge in Sachsen einzuwirken, stießen auf immer größere Schwierigkeiten.

Herr Truchseß Maslowski, der seinen Sohn so gerührt empfangen hatte, behandelte ihn am anderen Tag schon viel strenger, und am nächsten schickte er ihn zum Dienst bei Brühl. Xaver war darüber nicht sehr betrübt, denn so hatte er die Möglichkeit, sich der Baronesse zu nähern.

Auch Pepita empfand – vielleicht stärker als die anderen aus Dresden Verbannten – die Last der Einsamkeit und die Sehnsucht nach der Heimat. Jede Zuckung ihres Landes fühlte sie in ihrer Brust. Sie leistete zwar der Gräfin Gesellschaft, aber nur als eine stumme und gleichgültige Begleiterin, deren Gedanken mit etwas ganz anderem beschäftigt waren. Auch Maslowski, der ihr seine Zuneigung nicht verheimlichte und jede Gelegenheit wahrnahm, um bei ihr zu sein, vermochte es oft nicht, sie aufzuheitern. Sie lächelte ihn traurig, herzlich an, aber ohne Leben, ohne Hoffnung. Auch sie griff nach jedem Brief, der aus Dresden kam.

Alles, was von dort berichtet wurde, interessierte die armen Verbannten: der ungewöhnlich harte Winter, dem zwei Schildwachen des Preußenkönigs zum Opfer gefallen waren, das Steigen der Brotpreise usw. Man freute sich sogar über den Tod von preußischen Generalen; einer von ihnen, von Kleist, war in Dresden gestorben.

Im Januar erfuhr man etwas über den Aufenthaltsort Friedrichs; der König verließ Sachsen sehr selten und unternahm nur kurze Ausflüge nach Schlesien. Der Rest der sächsischen Waffen war aus den Arsenalen herausgeholt worden. Man bemächtigte sich gewaltsam der Männer auf der Straße, um sie zum Militär zu pressen; sogar den größeren Jungen aus den Schulen zog Friedrich den Soldatenrock an.

Alle waren darüber entsetzt, daß vor dem Schloß und der katholischen Kirche die Schweizer entwaffnet und durch Preußen ersetzt worden waren. Schließlich traf die Nachricht ein, daß man eifrigst begonnen hatte, die Befestigungen, Mauern und Bastionen auszubessern und noch zu verstärken.

Als August erfuhr, daß man die berechtigte Forderung seiner Frau, die 174 000 Taler monatlich für den Unterhalt des Hofes verlangte, abgelehnt hatte, war er zwei volle Tage hindurch sehr betrübt.

Dazu kam noch die Nachricht, daß Hasse, der geniale Musiker, den der König sehr gern in Warschau gehabt hätte, nach Italien abgereist war und man ihn von dort nicht hierher holen konnte.

Während in Europa ganze Staaten, die sich gegen Friedrich verschworen hatten, durch den Krieg erschüttert wurden, konnte August hier in allergrößter Ruhe leben, die durch nichts gestört wurde, es sei denn durch einen fernen Widerhall oder ein leises Echo der Ereignisse. Den ganzen Winter über waren die Jagden glänzend verlaufen. Man hatte den Frost, der die Sümpfe mit einer Eiskruste überzog, und den Schnee, der dem Wild die Flucht erschwerte, ausgenützt.

In den ersten Frühlingstagen, bereits im April, befand sich Friedrich in Böhmen. Er handelte nach seinem Grundsatz, nie den Angriff des Feindes abzuwarten, sondern ihm immer zuvorzukommen. Dieses Verhalten hatte ihm schon manchen Erfolg eingebracht. Doch nun schien wirklich der Zeitpunkt gekommen zu sein, wo seine kleinen, geteilten Kräfte den überall aus der Erde emporschießenden Feinden nicht länger zu widerstehen vermochten.

Von den großen Ereignissen auf der politischen und militärischen Bühne wurden die unbedeutenden Herzensangelegenheiten in den Schatten gestellt. Es geschah auch hier nichts Besonderes, was ihnen eine andere Wendung gegeben hätte. Simonis hielt sich an die Gräfin und blickte immer gelangweilter drein, obwohl er mit jedem Tag in ihrer Gunst stieg, die Geschenke sich vermehrten und seine Hoffnungen wuchsen.

Maslowski ließ kein Auge von der Baronesse, und man sprach es bei Hof bereits laut aus, daß diese auf Gegenseitigkeit beruhende Liebe von einer Hochzeit gekrönt werden würde. Dies zog sich jedoch hin, und Simonis, obwohl er auf Pepita verzichtet hatte, begann wieder, aus Langeweile oder wirklicher Zuneigung, sich ihr sehr vorsichtig zu nähern. Die Baronesse wies ihn mit Kälte und Gleichgültigkeit ab. Der Schweizer lernte die Verhältnisse kennen und vermutete nicht zu unrecht, daß einer Heirat zwischen ihr und Maslowski gewisse Schwierigkeiten im Wege stünden. Auch rechnete er damit, daß die Gräfin vielleicht später, wenn ihr Gefühl für ihn erkaltet wäre, ihm helfen würde, Fräulein Nostitz zu erringen.

Behutsam, ganz unaufdringlich zog Max immer engere Kreise um Pepita. Xaver sah darin keineswegs eine Gefahr und schwieg dazu.

Dies wäre vielleicht noch lange so gegangen, doch die eifersüchtige, leidenschaftliche Gräfin brauchte, durch die Untätigkeit ermüdet, wieder einmal etwas Aufregendes, um sich dadurch neu zu beleben. Menschen, die gewohnt sind, fortwährend in einem feurigen Taumel zu leben, vertragen nicht kühle und stille Tage. Das Intrigenspiel wird zu einem Laster, die Leidenschaft zu einem Bedürfnis.

Die Gräfin, als der Verdacht in ihr aufkam, Simonis wende sich nicht ohne Absichten wieder der Baronesse zu, begann ihn zu beobachten und erriet seine Gedanken. Sie ließ sich zwar nichts anmerken, aber ihre Wut wuchs von Tag zu Tag. Simonis gegenüber war sie freilich zärtlicher als je – er sollte nicht einmal ahnen, was ihn erwartete.

An einem Frühlingsmorgen schrieb sie ihrem Mann ein paar Worte, er möge kommen, sie hätte etwas mit ihm zu besprechen. Der Minister, aufmerksam wie immer, leistete ihrem Wunsch sofort Folge.

»Was befiehlt mir meine schöne Herrin?« erkundigte er sich lächelnd.

»Mein lieber Brühl«, erwiderte die Gräfin, ohne sich vom Stuhl zu erheben, »ich habe eine Bitte an Euch. Ich hoffe, Euer geneigtes Ohr wird mich erhören. Einmal muß man doch zwei Menschen, die sich aufrichtig lieben, vereinen.«

»Wen denn?« fragte der Minister erstaunt.

»Dieser arme Pole Maslowski verzehrt sich vor Liebe zu Pepita Nostitz. Sie liebt ihn auch, aber der Junge fürchtet sich vor seinem Vater, und so zieht sich die Sache hin, und die beiden quälen sich. Übrigens«, fügte sie leise hinzu, »kann das alles noch ein schlimmes Ende nehmen ...«

»Ich danke Euch herzlich, daß Ihr mir Gelegenheit gebt, eine gute Tat zu vollbringen. Aber mit dem größten Vergnügen! ...« versprach Brühl. »Der Truchseß, der Vater des jungen Maslowski, ist mein Freund und mir treu ergeben. Er wird mich anhören und tun, was ich will: Wir verheiraten sie ... C'est dit, das steht fest.«

Die Gräfin dankte mit einem Nicken, bat aber um Diskretion. Am anderen oder nächstfolgenden Tag begegnete der Minister Xaver, erinnerte sich an sein Versprechen und flüsterte ihm zu, er bäte den Herrn Truchseß für morgen zu sich. Der alte Maslowski weilte immer noch in Warschau. Er reiste zwar alle paar Wochen ab, aber auf polnische Art und Weise ... Die Pferde wurden angespannt, das Gepäck aufgeladen, die Leute warteten, das Abschiednehmen begann, die Abreise verzögerte sich dadurch und wurde auf den nächsten Tag verschoben. Am anderen Morgen kam irgend etwas dazwischen; am Nachmittag ließ man die Pferde wieder aus dem Stall führen, da sprach jemand vor; es handelte sich um eine dringende Angelegenheit. Und so verging die Zeit, die Dunkelheit brach herein, und nachts zu reisen ist nicht angebracht. Es wurde Montag, und am Montag fährt man doch nicht ab. Am Dienstag war Feiertag, am Mittwoch überlegte man, daß man zu einem bestimmten Termin doch nicht mehr ankommen würde, und die Abreise wurde ad calendas graecas verschoben. Diese Abfahrten wiederholten sich einige Male. Dem Truchseß fiel es schon schwer, Warschau zu verlassen. Er erteilte schriftlich seinem Ökonomen Aufträge, empfing von ihm Berichte und ... rührte sich nicht vom Fleck. Als Xaver kam, ihm die Hand küßte und ihm die Einladung des Ministers übermittelte, hörte ihn der Truchseß cum debita reverentia an.

»Nun gut, ich werde kommen, natürlich werde ich kommen!« sagte er.

Er erkundigte sich, um wieviel Uhr er sich einstellen solle, und verabschiedete seinen Sohn.

Brühl hatte inzwischen alles vergessen, und erst als er im Audienzsaal den Herrn Truchseß erblickte, fiel ihm ein, was diesen hierhergeführt hatte. Er fertigte die anderen Besucher ab, faßte den alten Maslowski am Arm und führte ihn in sein Kabinett. Der Truchseß hatte angenommen, es handele sich um politische Dinge, und wunderte sich nun, als er die Worte des Ministers vernahm:

»Diesmal, Herr Truchseß, habe ich ein privates Anliegen an Euch. Ihr gestattet mir doch, daß ich zu Euch, zu meinem Freund, offen spreche.«

Der Truchseß verbeugte sich sehr tief. Brühl legte ihm die Hand auf den Arm.

»Mein lieber Truchseß, was habt Ihr eigentlich mit Eurem Sohn vor? Der Bursche ist erwachsen, ein Jüngling, dem jeder Gerechtigkeit widerfahren lassen will, und ich tue es als erster. Wäre es nicht Zeit, ihn zu verheiraten?«

Maslowski fuhr zurück.

»Eh, dieser Rotzbub!« rief er. »Er ist noch keine dreißig Jahre alt.«

»Das ist gerade das richtige Alter!«

»Bei uns nicht! An so etwas darf er noch nicht denken!«

»Nun«, unterbrach ihn Brühl lachend, »ich fürchte, daß er vielleicht schon lange gewisse Absichten hegt.«

Maslowskis Gesicht überzog sich mit Röte.

»Mit Verlaub, Euer Hochwohlgeboren«, sagte er, »wenn er ohne mein Wissen so etwas im Sinn führt, bekommt er fünfzigmal den Ochsenziemer zu spüren, und die Lust zu solchen Dingen würde ihm dann schon vergehen!«

Brühl lachte:

»Ich will nicht lange drumherumreden: Euer Sohn ist in die Baronesse Nostitz verliebt. Sie stammt aus einer alten sächsischen Familie, die zum Hof gehört, in Gnaden steht; die Allergnädigste Herrin und der König sind die Beschützer des Fräuleins. Sie hat einen schönen Besitz, einen sehr schönen! Mit einem Wort, eine rechtschaffene Person von edelstem Charakter. Mehr kann man doch nicht verlangen, wo auch die Liebe auf Gegenseitigkeit beruht?«

Während der Minister so sprach, schwieg der Truchseß, doch langsam veränderten sich seine Züge: Er erbleichte, errötete, furchte die Stirn, die Schnurrbartenden hoben sich und zitterten, seine Hände zuckten. Er fuhr sich über die Stirn, holte tief Luft, und da er offensichtlich fürchtete, das, was in ihm brodelte, würde zum Ausbruch kommen, flüsterte er nur leise:

»Herr Minister erlaubt ... eine Bedenkzeit ... Wir werden sehen.«

Brühl durchschaute die Politik des Alten nicht und fuhr deshalb fort:

»Überlegt es Euch, es ist eine sehr gute Partie.«

Der Truchseß machte eine tiefe Verbeugung und ging schnell hinaus. Er durchschritt den Audienzsaal, ohne jemandem einen Blick zu schenken. Draußen in den Gängen hielt er inne, um nach seinem Sohn Ausschau zu halten. Als er Xaver gefunden hatte, sagte er nur kurz:

»Folgt mir!«

Kaum befanden sie sich auf der Straße, und schon konnte der Alte seine Wut nicht länger zurückhalten. Er blieb stehen und rief:

»Dreimal hunderttausend Teufel, mein Herr, Ihr laßt Euch ohne mein Wissen in Liebesgeschichten ein? He! Hundert mit dem Ochsenziemer! Was ich versprochen habe, werde ich halten. Und dieser Deutsche, dieser Schweinehund, will sich, nur weil ich meinen Sohn an seinen Hof gegeben und selbst seine Politik unterstützt habe, in meine häuslichen Angelegenheiten mischen! Dieser Faulenzer! Hände weg! Bin ich denn dein Bauer, dein Diener, daß du mir meinen Sohn verheiraten willst! Aus ist's mit der Freundschaft!« schrie er, die Faust ballend. »Schluß! So ist das! Xaver, mir nach!«

Und der aufgebrachte Truchseß schritt Pociejow entgegen. Schon im Hof rief er seinen Leuten zu:

»Packen und anspannen!«

Xaver folgte ihm zitternd. Der Truchseß schnaufte und war ganz außer sich. Sie betraten die Stube.

»Verdient hast du es, daß ich dir hundert verabreiche!« brüllte er.

Xaver warf sich ihm zu Füßen.

»Eins nur mildert in meinen Augen deine Schuld: An diesem verfluchten Hof sind die Weiber verrückt und die Männer verdorben wie die Hunde! Sie haben dich hineingezogen. Genug, solange ich lebe, wird nichts daraus, so mir Gott und die Heiligen helfen!«

Xaver wollte etwas entgegnen, doch der Alte winkte mit der Hand ab.

»Genug! Packen! Wir reisen ab.«

Der Sohn wollte gehen, um seine Sachen zu holen und sich zu verabschieden.

»Du bleibst hier! Die Leute werden die Sachen holen, und wenn nicht, so hol sie der Teufel! Die Seele ist mehr wert als eine Hose. Die Seele muß gerettet werden! In unserem Geschlecht ist kein Tropfen deutsches Blut. Wir gehören zur Schlachta. Mögen sich die Mniszech, die Czartoryski, Lubomirski mit den Brühl und Flemming verschwägern, das sind Magnaten. Uns verbietet dies das Gesetz der Schlachta. Heirate ein Bauernmädchen, wenn du Lust hast, aber keine Deutsche ... Hände weg!«

Der unerbittliche Truchseß ließ seinen Sohn nicht einen Schritt weg, und diesmal, als die Pferde angespannt waren, fuhr er wirklich trotz der späten Stunde zur Stadt hinaus. Als sie an der Brühlschen Wohnung vorbei kamen, sagte er wie zu sich selbst: »Aus ist's, mein Lieber, mit der Freundschaft. Ich lasse mir nicht in die Grütze spucken!«

Und als ob ihm der Boden unter den Füßen brenne, trieb er zur Eile an.

Diese Begebenheit hinterließ am Hof einen gewaltigen Eindruck: Brühl lachte, war aber zutiefst verletzt; die Gräfin tobte; die Baronesse (der Herr Xaver trotz der strengen Beaufsichtigung durch seinen Vater wie durch ein Wunder ein Billett hatte zukommen lassen) schloß sich einige Tage in ihrem Zimmer ein und zeigte sich nicht am Hofe.

Der ganze Plan, von Frau Brühl ersonnen, war gescheitert. Simonis konnte sie seine Treulosigkeit nicht verzeihen. Einige Tage später erhielt er zwar nicht gerade den Abschied, aber doch einen anderen Platz in der Brühlschen Kanzlei, und noch am gleichen Tag nahm der Schwede Ferdeström die bisherige Stelle des Schweizers ein. Eine Woche darauf teilte ihm der Minister mit, er habe sich in irgendeiner Mission nach Hamburg zu begeben. Es war nicht einfach, dorthin zu gelangen. Simonis schwankte. Am dritten Tag gab man ihm eine kleine Gratifikation und den Abschied. So sah er sich plötzlich ohne Anstellung, ohne Hoffnung.

Er hatte am eigenen Leibe verspürt, daß Herrengunst launisch wie Aprilwetter ist.

Die Brühl ließ ihm den Grund seiner Entlassung mitteilen und erklären, daß er nichts mehr zu erwarten habe.

EPILOG

Wenn auch das Leben unaufhörlich weitergeht, so hat doch der Leser das Recht, am Schluß des Buches, wie es so Brauch und Sitte ist, irgendeine endgültige Lösung zu verlangen. Wir müssen ihn also zufriedenstellen und ihm vom weiteren Schicksal der Personen erzählen, die in unserem Stück auftraten.

Viele von ihnen gehören der Geschichte an, und diese weiß uns besser Auskunft über sie zu geben als unsere bescheidene Erzählung. Das folgende Jahr, das Jahr 1757, begann für Sachsen mit einer Reihe von schweren Niederlagen. Auch Friedrich brachte es kein Glück: Er führte weiter verbissen Krieg, mit eiserner Energie zwar, doch mit wechselndem Erfolg. In der Schlacht bei Kolin bewirkten jene vier sächsischen Regimenter, die bei Kriegsbeginn in Polen gestanden hatten und so den Preußen entgangen waren, daß sich die Schale des Sieges auf die Seite der Österreicher neigte. Die stolze Garde des Preußenkönigs fiel in der Schlacht. Auch General Schwerin mußte sein Leben lassen; Friedrich weinte über seiner Leiche. Graf Nostitz und Benkendorf warfen sich den Preußen entgegen und töteten die Besten von ihnen. Während sie dem Feind diese Niederlage beibrachten, ließ Ziethen auf dem anderen Flügel von den Trompetern Sieg blasen.

»Das ist mein Poltawa!« rief der König stolz und siegesbewußt, auf das weite Schlachtfeld schauend.

Die Königin Josepha, die schon krank danieder lag, erhob sich, durch diese Nachricht aufgerichtet, von ihrem Krankenlager. Aber bald darauf traf die Kunde vom Sieg Friedrichs bei Roßbach ein, und von diesem Schlag sollte sie sich nicht mehr erholen. Die fromme Frau starb, ohne aus ihrer Hauptstadt gewichen zu sein, und erlebte nicht mehr die Einnahme Dresdens durch die Österreicher, das Schmettau ihnen überlassen mußte.

Friedrich wollte, nachdem er den Befehl zum Räumen der Stadt gegeben hatte, sie schnellstens wieder zurückerobern. Die Preußen schlossen die Stadt ein und belagerten sie mit all ihren Kräften. Jenes schreckliche Bombardement begann, das die halbe Stadt in Schutt und Asche legte ...

Der so wechselvolle Verlauf des Siebenjährigen Krieges ist allgemein bekannt; damals trug der verzweifelte Friedrich immer Gift bei sich und wollte sich einige Male das Leben nehmen.

Ein glückliches Zusammentreffen von verschiedenen Umständen rettete ihn und den Staat vor dem drohenden Untergang.

Friedrich war im besten Mannesalter in den Krieg gezogen, in einen Kampf, in dem es nicht um sein Leben, sondern um das der jungen preußischen Monarchie ging. Nach Berlin kehrte er als ergrauter, gebrochener Greis, wenn auch als halber Sieger zurück. Das verdankte er in einem nicht geringen Maße der Gunst des Schicksals, aber die großen Männer sind ihr alle etwas schuldig, manchmal sogar mehr als sich selbst.

Kaum war der Frieden von Hubertusburg geschlossen, als August und Brühl sofort Warschau verließen und nach Sachsen, zu den Ruinen und Brandstätten eilten. Den geliebten Minister, der sich ununterbrochen der Gnade seines Herrn erfreute, entschädigte August für seine Verluste, indem er ihm die Zipser Bezirkshauptmannschaft, die früher der Königin gehört hatte, verlieh und ihm das Fürstenbergsche Palais in Dresden schenkte, abgesehen von den vielen anderen Beweisen seines Wohlwollens.

Die Gräfin Brühl erlebte weder das Ende des Krieges noch die Rückkehr nach Sachsen. Sie war 1762 in Warschau gestorben. Brühl überlebte den König und blieb bis zu dessen Tode trotz seiner Unfähigkeit jener allmächtige Beherrscher Sachsens und Polens, als den wir ihn kennengelernt haben. Die Schwäche des Königs ermöglichte die Stärke des Ministers.

Am ersten Mai, nach Abschluß des Friedensvertrages, sang man in den Kirchen das Te Deum, und die Galerie wurde wieder eröffnet. Im August kehrte Hasse aus Italien zurück, und am Namenstage des Königs, an dem sich die Stiftung des ›Weißen-Adler-Ordens‹ jährte, fand in der Oper die Aufführung von Hasses ›Siroe‹ statt. Die Oper, in der Friedrich ein Militärmagazin untergebracht hatte, war sofort wieder renoviert worden. Auf ›Siroe‹ folgte ›Talestris, die Königin der Amazonen‹, deren Libretto und Musik von der Schwiegertochter des Königs stammte.

Im Oktober, als man sich auf die Aufführung der Oper ›Leucippo‹, die am Geburtstag des Königs gespielt werden sollte, vorbereitete, sank der König plötzlich, als er gerade das Mittagessen einnahm, auf seinem Stuhl zusammen und starb an den Folgen des Schlaganfalls.

Brühl überlebte ihn nur um einige Wochen. Ihre Schicksale schienen miteinander verkettet zu sein: Sofort nach dem Tode seines Wohltäters erkrankte er.

Der Kurfürst, der ihn ziemlich milde behandelte, verlangte von ihm die

Niederlegung aller Ämter. Eine bedeutende Leibrente wurde ihm jedoch bewilligt ...

Der Katholik in Polen und Protestant in Sachsen kehrte, als er auf dem Sterbebette lag, zu dem Glauben zurück, in dem er geboren worden war. Man beschlagnahmte sein Vermögen und gab es erst 1772 wieder frei. Fast die ganze Hinterlassenschaft erbten seine Kinder. Wenn wir aber schon einmal von seiner Hinterlassenschaft reden, warum sollten wir da nicht auch sein Buch ›Die wahre und gründliche Gottseligkeit der Christen insgemein nebst einer Anleitung zum Gebet‹ erwähnen! Es war noch in den Zeiten erschienen, als der Minister auf dem Höhepunkt seiner Macht stand und er es nicht als Trost in schwerem Leid, sondern für die Mitmenschen brauchte, auf die er den Eindruck eines begeisterten, von der reinen Liebe zu Gott entbrannten Christen machen wollte. Die Darstellung eines religiösen Menschen gehörte zu dem Schauspiel, das er mit solch einem Talent gespielt hatte, bis der letzte schwarze Vorhang fiel. Mors ultima linea rerum.

Simonis trieb sich, nachdem er in Ungnade gefallen war, in Warschau umher. Einige Zeit hielt er sich in Bialystock und Wilno an den Höfen der reichen polnischen Herren auf und übte verschiedene undurchsichtige Tätigkeiten aus – als Resident, Sekretär, Freund, Reisegefährte, wie es die jeweiligen Umstände ergaben.

Währenddessen muß er sich doch auf irgendwelchen geheimen Wegen mit dem preußischen Hof verständigt und Straffreiheit zugesichert bekommen haben (er erkaufte sie sicherlich mit bedeutsamen Enthüllungen), denn gleich nach dem Friedensschluß von Hubertusburg verschwand er aus Warschau, und bald darauf wurde erzählt, man habe ihn in Berlin gesehen. Friedrich jedoch, der von den Ausländern ziemlich enttäuscht war, schien auf seine Dienste keinen Wert zu legen, denn Max bekleidete kein öffentliches Amt mehr und lebte als Privatmann.

Im Jahre 1764 kam Blumli, der nach dem Tode Brühls ebenfalls seinen Abschied erhalten hatte, aber dank seiner Vergangenheit noch über beträchtliche Mittel verfügte, nach Berlin – gewisse Gründe veranlaßten ihn, Sachsen zu verlassen – und ließ sich hier nieder in der Hoffnung, in preußische Dienste treten zu können. Bereits ein halbes Jahr hielt er sich hier nun schon vergeblich auf, als er eines Tages Unter den Linden Simonis traf. Beide erkannten einander, obwohl sie sich ziemlich verändert hatten. Zuerst war ein jeder unschlüssig, ob er den anderen begrüßen sollte. Aber als Blumli dem einstigen Jugendfreund die Hand entgegenstreckte und leicht lächelte, schlug Max ein.

»Was führt Euch nach Berlin?« begann Max.

Blumli, der die wahren Gründe seines Hierseins nicht verraten wollte, schützte seine Neugier und den Mangel an Beschäftigung vor und verwahrte sich vor allen weiteren Fragen, indem er erklärte, er habe keinerlei Verpflichtungen, denke auch nicht daran, solche zu übernehmen, und werde sicherlich nach einer gewissen Zeit in die Schweiz zurückkehren.

Der sehr bescheiden gekleidete, ziemlich gealterte Simonis mit seinem bleichen und ruhigen Gesicht zögerte etwas mit der Antwort, als nun Blumli seinerseits zu fragen begann.

»Ich bin geheilt«, sagte er nach einer Weile, »von diesem krankhaften Ehrgeiz und dem Bedürfnis, Zutritt in Kreise zu erzwingen, die nicht für jedermann zugänglich sind. Ich bin heute bereit, mich zu bescheiden.«

»Aber was treibst du? Bleibst du in Berlin?«

»Höchstwahrscheinlich«, erwiderte darauf Simonis leicht verlegen.

»Hast du irgendeine Beschäftigung?«

»So gut wie keine.«

Er gab Blumli mit seinen Antworten Rätsel auf, der spürte, daß Max keine Lust hatte, offen zu reden. Blumli wollte sich schon verabschieden, als Simonis Mut faßte, ihn am Arm nahm und bat:

»Komm mit zu mir nach Hause.«

Nach ein paar Dutzend Schritten erreichten sie ein Haus, in dem sich unten eine Zuckerbäckerei befand. Simonis führte seinen Freund durch das Tor auf den Hof; im ersten Stock des Hinterhauses, dessen Fenster auf eine kleine Seitenstraße gingen, läutete er. Eine Dienstmagd öffnete. An der Tür des nächsten Zimmers tauchte für einen Augenblick ein einfach gekleidetes Frauchen, die Hausherrin, auf und verschwand sogleich wieder. Max brachte Blumli zuerst in sein Zimmer, einen sehr anständig eingerichteten, bequemen, aber bescheidenen Raum, dann in den bürgerlichen Salon, dem man ansah, daß hier eine Frau schaltete und waltete. Blumli wagte nicht, nach etwas zu fragen, um nicht aufdringlich zu wirken. Da ergriff Simonis die Hände seines Freundes und sagte leise: »Siehst du, ich habe mich verheiratet.«

»Nanu? Du hast eine Frau? Wer ist es denn?«

Simonis seufzte und entgegnete, seine Stimme senkend:

»Mir stand der Sinn nach weit höheren Sphären und einer ganz anderen Zukunft, aber das wahre Glück baut sein Nest nicht da oben ...«

»Liebe also?« unterbrach ihn Blumli.

»Ja«, gestand Simonis, »eine Liebe, die bereits damals begann, als meine Frau noch fast ein Kind war. Ich hatte sie etwas vergessen, aber sie blieb mir treu ... Nun ..., nun, und als ich zurückkehrte, was sollte ich da anfangen? Ich habe geheiratet.«

Die letzten Worte sagte er beinahe mit einer gewissen Scham.

Blumli mußte lachen.

»Ah, bei Gott«, rief er, »das hast du vortrefflich gemacht. Ich beneide dich, du bist glücklich. Was willst du denn noch mehr?«

Aus der Verlegenheit seines Freundes schloß Blumli, daß sich dieser sicherlich nicht allzu glänzend verheiratet hatte; er erkundigte sich also nicht nach Einzelheiten. Sein Gastgeber eilte für einen Augenblick in das Nebenzimmer, flüsterte dort mit jemand und kam dann zurück. Nach einer guten Viertelstunde öffnete sich die Tür, und in einem rasch übergezogenen Seidenkleid erschien ein Persönchen, das dem berühmten Schokoladenmädchen Liotards sehr ähnelte, nur daß es dunkle Augen und ebensolches Haar hatte. Sie brachte auf einem Tablett eine Flasche Wein und Gebäck herein.

Es war die gleiche Frau, die Blumli vorhin an der Tür des Nebenzimmers gesehen hatte. Simonis stellte seiner jungen Frau seinen Freund und Landsmann vor. Sie setzte sich zu ihnen und lud zum Essen und Trinken mit jener aufdringlichen, jedoch so herzlichen Gastfreundschaft ein, die Menschen der kleinen Welt eigen ist. Blumli fand sie sehr anmutig, lieb und fröhlich.

Ein Glas nach dem anderen wurde rasch geleert, die Hausfrau brachte noch eine Flasche, und ein neuer Gast gesellte sich zu ihnen. Der Schwiegervater des Hausherrn, der Zuckerbäckermeister mit der Schürze unter dem Rock, kam, um den Schweizer und Landsmann, Herrn Blumli, kennenzulernen. Man unterhielt sich angeregt, und der Gast erfuhr im Gespräch, daß der ehemalige Sekretär des Ministers, der einstige königliche Kabinettssekretär, der frühere politische Agent mit den großen Hoffnungen, heute Gehilfe des Zuckerbäckers war.

Seine Karriere schien für immer beendet zu sein. Carlotta erlaubte ihm nicht einmal, von einer anderen Tätigkeit zu reden, nachdem sie von den Gefahren vernommen, in denen ihr Mann geschwebt hatte.

»Gott sei Dank«, sagte sie lebhaft, »hier zu Hause haben wir alles, was wir brauchen. Es hat keinen Sinn, es in der Welt mit aller Gewalt zu etwas bringen zu wollen und sich vielleicht dabei das Genick zu brechen. Was hat man schon davon?«

Blumli verbrachte mehrere Stunden im Heim seines Landsmannes und verließ ihn dann mit einem Seufzer. Wenn auch der Kavalier Max ein äußerst bescheidenes Leben führte, so beneidete ihn doch fast der wohlhabende Blumli. –

Baronesse Pepita Nostitz hatte sich anfangs, nachdem Maslowski von seinem Vater so gewaltsam entführt worden war, in ihr Zimmer eingeschlossen und sich nirgends gezeigt. Schließlich mußte sie doch ihre Einsamkeit aufgeben, aber sie verhielt sich allen gegenüber gleichgültig und stolz. Ihren zahlreichen Verehrern erteilte sie, um nicht länger von ihnen gelangweilt zu werden, summarisch nachdrücklichst eine Abfuhr.

Bald näherte sich ihr trotz ihrer Schönheit und ihres Reichtums niemand mehr; man sagte, Pepita trüge in ihrem Herzen eine unheilbare Liebe.

Der junge Maslowski wurde nicht wieder am Hofe gesehen. Der Vater bat nicht einmal darum, ihn seiner Pflichten zu entbinden. Aus freien Stücken hatte er ihn Brühl einst übergeben, nun holte er ihn eigenmächtig wieder weg und ließ ihn nicht aus dem heimatlichen Dorf. Der Truchseß brach aus diesem Grunde sogar mit dem Minister und dessen Anhängern, schloß sich der Opposition gegen den Hof an, dem er niemals verzeihen konnte, daß er ihm seinen Sohn verheiraten wollte. Er nannte das Tyrannei, absolutum dominium usw. und wurde ein fanatischer Republikaner.

Herr Xaver wurde zur Strafe dafür, daß er es gewagt hatte, über sein Herz zu verfügen, ohne vorher die Erlaubnis seines Vaters einzuholen – diese wäre ihm ja sowieso nicht erteilt worden, denn der Truchseß hatte ihm vor seiner Abreise eingeschärft, er dürfe an eine Heirat nicht denken –, als Ökonom auf dem väterlichen Gute eingesetzt. Xaver fand sich zwar zu den Mahlzeiten ein und wurde bisweilen herbeigeholt, wenn Gäste kamen; aber meistens verbrachte er die Tage draußen auf dem Felde, in der Scheune oder bei den Dreschern. Manchmal steckte ihn der Vater, um den Übermut des Milchbartes zu brechen, wie er sich auszudrücken pflegte, in die stinkige Brennerei und befahl ihm, den Juden beim Ausstoß des Schnapses zu beaufsichtigen. Dann schickte er ihn wieder mit einem einspännigen Karren nach Hrubieszow, Chelm oder Lublin, damit er dort verschiedene Besorgungen erledigte. Erst nach einem halben Jahr erhielt Xaver ein schlechtes Reitpferd. Der Truchseß aber, wahrscheinlich von dem Dechanten, Pfarrer Pietraszkiewicz, ermahnt, nachdem er das Alter seines Sohnes ausgerechnet hatte und mit seinem Gewissen zu Rate gegangen war, beschloß, Xaver zu verheiraten, um der jugendlichen Sündhaftigkeit ein Ende zu bereiten. Er wollte ihm das Vorwerk Rudy überlassen. Dann hielt er in der Nachbarschaft Umschau und wählte für ihn das Fräulein Fähnrichstochter Zerkowska, die als einziges Kind nach dem Tode ihrer Eltern das benachbarte Hauptdorf Zloby erben würde.

Eines schönen Abends, als Xaver die Schlüssel von der Scheune und den Vorratskammern abgeliefert hatte und an der Tür auf die Anordnungen des Alten für den Frondienst wartete, seufzte der Truchseß und begann:

»Was ich sagen wollte ... Ihr hattet Lust zu heiraten ... Hm? Das Ledigsein muß Euch schon teuflisch zusetzen, wenn Ihr sogar an einer Deutschen Geschmack finden konntet! Das alles in Betracht ziehend, gebe ich – ich bin ja kein Tyrann – meine Einwilligung zu einer Verheiratung, sogar zu einer vorzeitigen, damit es keinen Ärger gibt, aber ich werde Euch selbst Eure zukünftige Frau aussuchen.«

Der Truchseß erwartete, der Sohn würde ihm danken. Er sah ihn an. Dieser stand schweigend, ohne jedes Anzeichen von Freude, vor ihm.

»Nun, was meint Ihr dazu?«

»Ich habe keine Lust zu heiraten!« stieß Xaver hervor.

Der Vater stemmte wütend die Arme in die Hüften.

»Aha! So ist das! Ich verstehe! Wenn es der Vater wünscht, dann nicht ... Also, wenn es mir gefällt, so werde ich Euch verheiraten, denn das ist mein gutes Recht, und ich lasse mir nicht auf der Nase herumtanzen. Verstanden?«

Xaver wollte seinen Vater nicht reizen und schwieg. Eine richtige Predigt über den Gehorsam folgte, den die Kinder ihren Eltern schulden, über das Gebot Gottes ›Du sollst Vater und Mutter ehren‹, über die Deutschen und die Polen, über die Unvernunft der Jugend usw. Xaver hörte alles geduldig an, wagte kein Wort zu antworten, küßte dem Vater die Hand und ging.

Der Truchseß war verstimmt, bestand aber hartnäckig auf seinem Beschluß. Am folgenden Tag befahl er seinem Sohn, unter dem Vorwand, Saatweizen eintauschen zu wollen, nach Zloby zu den Fähnrichsleuten zu fahren. Er gab ihm einen Brief an Zerkowski mit, und Xaver machte sich auf den Weg.

Man empfing ihn in Zloby sehr freundlich. Das Fräulein war gesund, munter und häuslich erzogen; man sah dem Hof an, daß er mit großem Fleiß bewirtschaftet wurde. In der Gästestube zählte und sortierte die Hausfrau mit ihrer Tochter die Docken und Haspeln des Garnes, das die Bauern geliefert hatten; man wog Flachs ab und gab ihn aus, ohne sich von dem Gast stören zu lassen. Der Fähnrich selbst ging einige Male mit den Schlüsseln zum Speicher, da er seinen Leuten nicht ganz traute. Auf dem Hofe lag der Flachs ausgebreitet, und durch die geöffnete Tür konnte man sehen, wie ständig Leute mit den verschiedensten wirtschaftlichen Anliegen kamen und gingen. Die Fähnrichstochter musterte schweigend mit roten Wangen den Gast; auch die Mutter betrachtete ihn. Man sprach wenig und nur von gleichgültigen Dingen.

Das Mittagessen, zu dem man den Gast einlud, war, obwohl man sich offensichtlich angestrengt hatte, äußerst einfach: das ganze Mahl bestand aus einer Gemüsesuppe, die noch dazu mißlungen war.

Als Xaver zurückkehrte, erschien, kaum hatte er abgesessen, auch schon der Vater am Hauseingang; Xaver übergab ihm die Weizenprobe. Am Abend fragte der Truchseß, wie ihm das Fräulein gefallen habe. Xaver schwieg. Nun ging es hart auf hart. Der Vater befahl Xaver, jeden dritten Tag nach Zloby zu fahren, um die zukünftige Braut zu umwerben. Manchmal begleitete er ihn. Man setzte Herrn Xaver neben die Fähnrichstochter; der Jüngling war höflich, aber auch nicht mehr. Der Truchseß, der mit dem Temperament und der Munterkeit des Fräuleins gerechnet hatte, sah sich getäuscht und grollte. Nach einiger Zeit wollte er die Verlobung vollziehen. Der an Gehorsam gewöhnte Xaver warf sich ihm zu Füßen und sagte, er könne und werde nicht heiraten.

Eine schreckliche Szene folgte, Lärm, Wutausbrüche; die Dienerschaft lief erschrocken an der Tür zusammen. Der Truchseß brüllte, sein Gesicht lief puterrot an, er schlug mit der Faust auf den Tisch, doch nichts half. Lange konnte er sich nicht beruhigen. Er verfluchte den Tag und die Stunde, da er seinen Sohn an den deutschen Hof gegeben hatte, der ihm den Einzigen verdorben und aus ihm ein unbegreifliches Geschöpf gemacht hatte, das selbst nicht wußte, was es wollte.

Der Truchseß gab seinen Plan nicht auf; die Verlobung wurde auf später verschoben. Der Starrsinn des Vaters kämpfte mit dem festen Willen des Sohnes. Schließlich bemerkte Herr Maslowski, daß in den Adern des ungeratenen Sprößlings das gleiche Blut wie in seinen rollte ... Er eilte zum Dechanten, um sich Rat zu holen. Dieser hielt es für das beste, alles der Zeit zu überlassen. Es gab auch wirklich keinen anderen Ausweg, denn der Truchseß wollte nicht zum Äußersten greifen.

Dieses Leben stellte die Ausdauer und den Mut Xavers wirklich auf eine harte Probe, doch seine einstmals so fröhliche Veranlagung, seine Unbeschwertheit, das stete Lächeln auf den Lippen, sein Übermut – all das war geschwunden. Er ging jetzt stets schweigsam, finster und nachdenklich einher, begann immer schlechter auszusehen und zu kränkeln. Der Truchseß, der nur den einen Sohn besaß und ihn auf seine Art liebte, machte sich Sorgen, doch ließ er sich nichts anmerken.

»Und wenn ihn selbst diese deutsche Liebe heilen sollte«, sagte er zu sich selbst, »was nicht geht, das geht nicht!« Er wollte ihn irgendwohin schicken, irgend etwas zu seiner Zerstreuung ausfindig machen, nach einem Heilmittel suchen. Doch weder er noch der Herr Pfarrer kamen zu einem durchführbaren Entschluß.

Schließlich ging der Krieg zu Ende, und der Friedensvertrag wurde unterzeichnet. Der sächsische Hof verließ Warschau, und auch Fräulein Pepita Nostitz fuhr nach Dresden ab. Xaver, der trotz der außergewöhnlichen Wachsamkeit seines Vaters ihr heimlich auf verschiedenen Wegen Briefe zukommen ließ und Antworten von ihr empfing, wurde noch trauriger, denn nach der Abreise der Baronesse konnte man nur noch unter größten Schwierigkeiten in brieflicher Verbindung bleiben. Der Truchseß freute sich, daß die Deutschen nach Dresden abzogen. Fast in die gleiche Zeit fiel die feierliche Begehung des Namenstages eines in der Nähe wohnenden Unterkämmerers. Das Fest sollte auf ›sächsische Art‹ gefeiert werden. Die gesamte Schlachta aus der Nachbarschaft, bis zu zehn Meilen Entfernung, traf sich dort. Man hatte einen Holzbau errichtet, wo eine Tafel für einige Hundert Leute aufgestellt werden konnte. Niemand weiß, wieviel Faß Wein für diesen Tag herangeschafft wurden.

Der Truchseß, der dafür bekannt war, daß er bei ähnlichen Gelegenheiten seine Trinkfestigkeit unter Beweis stellte, begann an diesem Tage mit dem Lubliner Rechtsanwalt Zawistowski – einem Zechkumpan, wie man ihn selten findet – um die Wette zu trinken. Beide brachten auf das Wohl aller möglichen Personen ein Hoch aus; immer größere Trinkgefäße mußten gebracht werden, und man ersann immer neue Arten, wie diese zu leeren wären. Am zweiten Tage freilich blieb Zawistowski besinnungslos liegen; der Truchseß leerte an seiner ›Leiche‹ noch einmal das Glas und triumphierte. Doch als er nach Hause zurückkehrte, mußte er sich legen.

Er kurierte sich mit sauren Gurken, Kraut, Heringen und anderen wirksamen Heilmitteln. Am anderen Morgen stand er jedoch nicht auf, zwei Tage später packte ihn das Fieber, und er phantasierte. Man schickte nach dem Lubliner Physikus, und dieser erklärte, vielleicht würde die sehr starke Natur den Sieg davontragen, die Medizin könne keine Hilfe mehr bringen.

Im Laufe der Woche verschlechterte sich der Zustand des Kranken von Tag zu Tag. Man wartete auf die Krisis, aber nur Schwäche trat ein, und der Truchseß siechte dahin. Als er sein Ende nahen fühlte, ließ er den Pfarrer rufen, legte eine vorbildliche Beichte ab, erteilte seinem Sohn den Segen und war fast bis zum letzten Augenblick bei vollem Bewußtsein.

Der Truchseß hatte vor seinem Ableben nichts mehr von der Heirat erwähnt. Xaver konnte nun frei über sich selbst bestimmen. Das Begräbnis des Truchsessen sowie ein dem Gedenken eines so vortrefflichen Mannes würdiger Leichenschmaus fanden in Chelm unter großer Beteiligung der Verwandten und Bekannten statt und kosteten für die damalige Zeit eine bedeutende Summe. Xaver legte Trauer an, blieb zu Hause und regelte die notwendigen Geschäfte. Ein ganzes Jahr und sechs Wochen rührte er sich nicht vom Fleck. Am Jahrestag des Todes seines Vaters ließ er eine Messe für dessen Seelenheil lesen und reiste dann nach Warschau ab. Der Pfarrer, der ihn beobachtete, und von Zeit zu Zeit besucht hatte, wußte nicht, was das bedeuten sollte. Die Reise des Herrn Xaver dauerte sehr lange.

Erst nach einiger Zeit erfuhr man, Herr Xaver habe sich von Warschau aus nach Dresden begeben. Es traf sich so, daß er im Oktober in der sächsischen Hauptstadt ankam. Dem seinem Lande wiedergeschenkten König war hier ein feierlicher Empfang bereitet worden, und Brühl sorgte weiterhin dafür, daß es ihm nicht an den gewohnten Zerstreuungen fehlte.

Doch der Minister fühlte sich, obwohl er bei seinem Herrn, der ihn nicht entbehren konnte, immer noch in Gnaden stand, nicht mehr so allgewaltig und war nicht mehr so selbstsicher wie früher.

Wir haben im Laufe der Erzählung nichts von den Vorkommnissen zwischen Brühl und dem Grafen Wackerbarth Salmour erzählt, dem einstigen Gefährten des jungen Kronprinzen, der den Minister haßte und offen bekämpfte. Während des Siebenjährigen Krieges, als der Kronprinz einige Zeit in Dresden weilte und Wackerbarth ihn begleitete, gelang es dem in kleinen Dingen unendlich geschickten Brühl, den Verdacht Friedrichs auf seinen Feind zu lenken, den der Preußenkönig daraufhin nach Küstrin bringen ließ. Doch bald wurde dieses Ränkespiel aufgedeckt; man gab dem Grafen seine Freiheit wieder, aber seine ganze Familie, seine Freunde und alle Anhänger der Wackerbarths, die ganze Umgebung des Prinzen Xaver, alle Personen, die nicht zum Hofe des Königs gehörten, brüteten nun Rache gegen Brühl.

Die junge Gemahlin Friedrich Christians, Maria Antonia von Bayern, war ebenfalls eine gefährliche Rivalin des Ministers. Ihre Jugend, ihre Talente, ihr mutiges Ergreifen aller zur Macht führenden Mittel kündigten an, daß sie einmal alles an sich reißen würde. Die Stunden der Herrschaft Brühls waren gezählt. Maria Antonia malte, wußte in der Kunst sehr gut Bescheid, schrieb Librettos, komponierte die Musik für viele Opern und nutzte jede Gelegenheit aus, um den König für sich zu gewinnen.

Der junge Kronprinz zählte nicht mit. Er war ein guter, sanfter Mensch, von Kindesbeinen an krank und konnte nicht einmal ohne fremde Hilfe gehen. Seine Mutter versuchte vergebens, ihn zu überreden, daß er zugunsten ihres Lieblings, des energischen Xaver, dem Throne entsage. Am Hofe kreuzten sich also die Pläne verschiedener Kreise, und obwohl Brühl immer noch den König beherrschte, mußte er an die Zukunft denken. Prinz Xaver machte aus seinem Haß gegen ihn kein Hehl …
August III. war vollkommen erschöpft; daran trug nicht etwa sein Alter die Schuld; sondern das überaus bequeme Leben – viel zu sehr war er

verwöhnt worden – hatte ihn entkräftet. Man ging mit ihm schon wie mit einem Kind um; von Tag zu Tag wurde er kindischer und ... immer lächerlicher. Die Vormundschaft Brühls war zwar unumgänglich, doch wurde sie lästig.

Als Maslowski in der Hauptstadt eintraf, fanden hier unzählige Vergnügungen statt, mit denen man den alten König zu zerstreuen versuchte. Da gab es den venezianischen Seiltänzer Cassata, der auf einem Seil sechsundsechzig Kunststücke zeigte, dann ein höchst ergötzliches Hundetheater in einer Bude auf dem Neumarkt; etwas später wurde hinter dem Pirnaer Tor auf einer Wiese an der Elbe ein Vogelschießen veranstaltet. Die Dresdener hatten sieben Jahre darauf verzichten müssen. So strömten Tausende von Menschen dorthin. Am 30. August, dem Jahrestag der Stiftung des ›Weißen-Adler-Ordens‹, spielte man zum erstenmal in der wiederhergerichteten Oper ›Siroe‹, und im Brühlschen Garten in Friedrichstadt fand ein Zielschießen zu Ehren dieses Tages und ein Festessen für die Ordensritter statt. Die Herren erschienen in karmesinroten, reich mit Silber bestickten Gewändern. Zum Scherz hielt man auch eine Art von sächsischem Landtag ab, und noch viele andere Belustigungen wurden geboten.

Herr Xaver hatte freilich andere Dinge im Kopf. Er suchte Pepita und fand sie bei ihrer greisen Tante. Freiwillig war sie vom Hof geschieden. Das Wiedersehen verlief still und herzlich. Die alte Baronin, die Pepita gern mit einem anderen verheiratet hätte, empfing den Polen sehr kühl, doch mußte sie sich mit der schon seit langem beschlossenen Heirat einverstanden erklären.

Die Erledigung der zur Eheschließung notwendigen Formalitäten nahm so viel Zeit in Anspruch, daß Maslowski noch in Dresden weilte, als General Rutowski, der Kommandant der sächsischen Hauptstadt, feierlichst verabschiedet wurde. Zu seinem Nachfolger ernannte man den Chevalier de Saxe. Aus diesem Anlaß veranstaltete Brühl wiederum für den ganzen Hof in seinem Garten einen festlichen Empfang. Man bereitete die erste Probe des ›Leucippo‹ vor, und am gleichen Tage brach der König während der Mittagstafel zusammen ... Kaum eine Woche später reiste Maslowski mit seiner Frau, nach der stillen Trauung in der Hofkapelle, nach Polen ab.

Wir können zwar nichts über das Zusammenleben des jungen Paares berichten, nur eines wissen wir, nämlich, daß man ihren Nachkommen, wenn sie auch eine Ausländerin zur Mutter hatten, trotz der Befürchtungen des seligen Herrn Truchsessen, niemals etwas davon anmerkte, daß auch ein Tropfen fremden Blutes in ihren Adern floß.

NACHWORT

Über den Autor und sein Buch

Ein Nachwort von Walter Fellmann

Der polnische Literaturkritiker Anton Mauritius behauptete 1847 in einer Rezension, dieser Józef Ignacy Kraszewski sei fähig, innerhalb weniger Wochen »einen voluminösen Roman ins Volk zu schleudern«, und das sollte sich bewahrheiten; Kraszewski brachte es auf 223 Romane und etwa 300 Erzählungen, geschrieben nach einem eisernen Zeitplan zwischen 16 und 3 Uhr. Nicht nur einer der produktivsten Schriftsteller aller Zeiten, war er überdies ein talentierter und engagierter Journalist. Täglich zwischen 10 und 16 Uhr recherchierte und redigierte er. Von 1841 bis 1851 hatte er die Redaktion der Literaturzeitung »Athenaeum« inne, deren Beiträge vorwiegend aus seiner Feder stammten, 1859 übernahm er die Redaktion der »Gazeta Polska«, und auch in seinen Dresdner Jahren gab er Zeitschriften heraus, 1869/70 sogar zeitgleich drei. Allein seine Tätigkeit als Herausgeber, Redakteur und Journalist hätte ihm einen bleibenden Platz in Polens Publizistik gesichert. Obendrein war er ein begabter Maler und Graphiker. Anläßlich seines 50jährigen Schriftstellerjubiläums stellte er 1879 in Krakau aus, vorwiegend Aquarelle. Einige seiner Bücher illustrierte er selbst, so das »Album« (1863) und den »Wandkalender« (1866). Das Lexikon der bildenden Künstler (Thieme-Becker) erwähnt seine Aquarelle, lobt ihn als »geschickten Radierer« (Gebirgsstudien). Kraszewski spielte gern und gut Klavier, versuchte sich gelegentlich auch als Komponist, veröffentlichte einige seiner musikalischen Werke, sprach vier Fremdsprachen perfekt, beherrschte vier andere passiv. Kraszewski war ein Multitalent und bienenfleißig.

In die Politik sah er sich quasi schon von Geburt an verstrickt. Seine Familie besaß ein Gut nahe dem litauischen Grodno, seit 1795 russisch, aber das Licht der Welt erblickte er in Warschau am 28.8.1812, während der Flucht der Eltern nach dem Einfall Napoleons in Rußland. Seine frühe Kindheit verbrachte er gemeinsam mit vier Geschwistern auf Gut Dolhe, wohlbehütet von Mutter Zofia; Vater Jan, ehemals Beamter, stolz auf seinen Uradel, sorgte durch sein herrisches Wesen für reichlich Spannung. 1829 begab sich Kraszewski zum Studium nach Wilna an die polnische Universität, ließ sich auf Wunsch des Vaters als stud. med. immatrikulieren, kannte aber den Weg zu den Vorlesungsräumen der Philosophen, Literaten und Maler bald besser als den zur Anatomie. Am 3. Dezember 1830 wurde er von der russischen Polizei verhaftet – fünf Tage nach Ausbruch des polnischen Aufstandes. Der junge Dichter war nicht für den bewaffneten Kampf eingetreten, den er für aussichtslos hielt, aber er hatte euphorisch dem Beschluß des literarischen Vereins Wilna zugestimmt, nach Warschau aufzubrechen und den Aufständischen zu helfen. Das erste Verfahren endete mit Androhung der Todesstrafe, das zweite mit Begnadigung zu lebenslangem Militärdienst im Kaukasus, nach dem entscheidenden dritten, von der Großmutter beim Gouverneur veranlaßt, wurde er am 19. März 1832 entlassen und unter Polizeiaufsicht gestellt: Wehrunwürdig konnte er sich dem Militärdienst entziehen. Das ihm erteilte Aufenthaltsverbot für Warschau berührte ihn damals kaum, wollte er doch zurück nach Wilna und sein Studium fortsetzen.

1837 erwarb er ein Gut: Er stand kurz vor der Heirat mit Zofia Worowicz, einer Tochter des Adelsmarschalls und Nichte des gleichnamigen Primas, die ihm vier Kinder gebar, zwei Töchter und zwei Söhne. Vierzehn Jahre lang besaß er Güter, aber keines lange. Seine Erfolge als Landwirt hielten sich in engen Grenzen. Was Wunder auch, schrieb er doch Bücher, redigierte er Zeitschriften, fand er selten Muße für seine Wirtschaft! Das ruhige Landleben bekam dem Schriftsteller gut, den Journalisten hemmte es; der Zugang zu Informationen fehlte. Ein Umzug nach Shitomir brachte wenig; 1859 erhielt Kraszewski endlich Wohnrecht in Warschau. Als Schriftsteller war er in Polen inzwischen berühmt. Ihm gebührte das große Verdienst, wie der in Breslau tätige Polnischlehrer J. N. Fritz 1856 schrieb, »durch seine Schöpfungen den französischen Roman aus den Salons und Boudoirs in Polen verdrängt zu haben«. Einige seiner Bücher wurden ins Französische übersetzt und die Franzosen so mit jenem Autor bekannt, der ihren Literaten in Polen den Einfluß streitig machte. Kraszewski schrieb ideenreich und effektvoll, bediente sich einer natürlichen, oft kraftvollen Sprache, lieferte aber mehr als bloße Unterhaltungsliteratur, stellte seine Werke in den Dienst der nationalen Wiedergeburt Polens. Sie spiegelten wie nirgendwo in der Literatur polnische Geschichte und Gegenwart wider, ohne zu verklären. Mitunter auf recht drastische Weise geißelte er auch mal Schwächen seines Volkes. Sein Eintreten für ein unabhängiges Polen brachte ihm im Lande viele Freunde ein – und die Feindschaft des Zarismus, seine Forderung nach Gleichheit der Stände und Landzuteilungen an die Bauern den Bruch mit dem Adel.

Zwischen 1859 und 1862 unternahm Kraszewski ausgedehnte Reisen nach Westeuropa – Brüssel, Paris, Marseille, Köln, Berlin, Leipzig, Dresden –, Studienreisen von schicksalhafter Bedeutung. So wurde er in Paris mit Landsleuten bekannt, die nach dem Aufstand von 1830/31 emigrierten und die ihn in Verbindung mit dem konservativen Adam Czartoryski brachten, einer Autorität mit weitreichenden Beziehungen.

Den Januaraufstand 1863 in Polen beurteilte Kraszewski – wie den von 1830 – als »selbstmörderische Aktion«. Daß trotzdem ein Damoklesschwert über ihm schwebte, wußte er auch ohne die boshafte Bemerkung eines Ministers über den »Revolutionär im Schlafrock«. Am l. Februar 1863, zehn Tage nach Ausbruch der Kämpfe, floh er ohne seine Familie nach Dresden.

Sachsen war zwar längst nicht mehr so euphorisch polenfreundlich wie 1830/31, aber immer noch ein bevorzugtes Exilland. Kraszewski traf hier auf viele Landsleute. Frei war er in Dresden nur in engen Bahnen. Er kaufte sich ein Haus in Blasewitz, durfte es jedoch nicht beziehen, aber ein Haus in der Pillnitzer Straße gestand man ihm zu. War es leichter zu überwachen? Später zog er in die Nordstraße, erst in ein Haus, dessen Enge ihn jedoch bedrückte, schließlich in jenes, das heute das Memorial-Museum beherbergt. Ein Gärtnerehepaar betreute ihn. Von Dresden her konnte Kraszewski problemlos mit Polen in Verbindung bleiben, besser als etwa von Paris aus, seine Zeitschriften zu erträglichen Kosten in seine Heimat senden. In Preußen, das Teile Polens annektiert hatte, konnte und wollte er nicht leben. Während einer Europareise hatte er Preußen wie Sachsen kennengelernt und in seinen »Reiseblättern« vermerkt: »Ein Preuße ist rauh, weniger zugänglich, strenger sich selbst und den anderen gegenüber, hat weniger Herz und Gefühl, der Sachse ist sanfter, vielleicht listiger, liederlicher, er arbeitet auch anders, langsamer, weniger gern, mehr aus Zwang denn aus Liebe zur Arbeit.« Die sächsische Mentalität sagte ihm allenthalben besser zu. Hinzu kam, daß in Sachsen Sorben lebten, und am Zusammenhalt der Slawen lag ihm viel. Als polizeilich überwachter Flüchtling konnte er sich ihnen jedoch nur zögernd nähern. Als er 1868 die sächsische Staatsbürgerschaft erlangte, vergrößerte sich sein Spielraum, und die Kontakte wurden enger. 1879 setzte er ein Stipendium für unbemittelte sorbische Studenten aus.

Anfang der 70er Jahre faßte Kraszewski in Dresden den Entschluß, die Geschichte Polens literarisch darzustellen. Daß er dabei nicht nur an einige wenige Romane dachte, konnte bei seinem Hang zum Monumentalen kaum überraschen: Er konzipierte 75 Bände und vollendete innerhalb von sechs Jahren 29. Zu diesen zählte die Sachsentrilogie, geschrieben 1873/75 – »Gräfin Cosel«, »Brühl«, »Aus dem Siebenjährigen Krieg«. Sein Buch über die Cosel, literarisch das schwächste, sollte das erfolgreichste werden und die Konzeption sprengen, denn was hatte die Cosel eigentlich mit Polen zu schaffen? Immerhin gewann der Leser in bewegten Szenen Einblick in das Treiben am Hofe Augusts des Starken, seit 1697 König von Polen. Brühls Verhältnis zu Polen war ein anderes, griff doch der mächtige Minister immer wieder direkt in die Geschicke den Landes ein. Der Siebenjährige Krieg (1756–1763) aber brachte einen tiefen Einschnitt.

»Aus dem Siebenjährigen Krieg«, betitelte Kraszewski sein Buch einschränkend. Er hat mit ihm keine komplette Geschichte des Krieges geschildert, sich auf die Anfangsphase konzentriert. Es reizten ihn die zwischen Preußen und Sachsen gesponnenen geheimen Fäden, die gegenseitigen Schuldzuweisungen, die katastrophale Niederlage Sachsens. Die Historie selbst lieferte das, womit der Romancier sich gern befaßte: Spionage, Intrigen, Machtkämpfe, Aufstieg und Fall handelnder Personen. Polen geriet in ein besonderes Spannungsfeld; nie zuvor hatte die Union für Sachsen größere Bedeutung. Im Kurfürstentum standen die Preußen, der Hof siedelte nach Warschau über. Wohin aber mit den vielen Sachsen? Es kam zu Eifersüchteleien bei der Ämtervergabe, zu religiös verbrämten Konflikten zwischen protestantischen Zuzüglern und katholischen Einheimischen. August III. kannte Polen bislang nur von kurzen Visiten her. Aus Dresden vertrieben, suchte er von Polen aus und in Polen zu regieren. Dem widersetzten sich die Polen, so zerstritten sie auch untereinander waren, und um 1759 war August III. bereits mit seinen Reformversuchen am Ende, entglitten ihm die Zügel. Der Hubertusburger Friede ließ trotz intensiver sächsischer Bemühungen Polen unberücksichtigt. Am 21. April 1763 kehrte der Hof nach Dresden zurück; das Ende der sächsisch–polnischen Union war eingeläutet. Kraszewski hat sich in seinem Buch damit begnügt, auf einigen wenigen Seiten darzulegen, was aus den Helden seines Romans geworden ist. Polens Geschichte nach dem Siebenjährigen Krieg hat er sich für weitere Romane aufgespart.

Im deutschsprachigen Raum, besonders in Sachsen, erlangte Kraszewski zwischen 1875 und 1884 seine größte Popularität. Bestimmend für den Erfolg sollte seine Sachsentrilogie sein. Nach dem Siebenjährigen Krieg war die Darstellung sächsischer Geschichte weitgehend in die Hände preußischer Chronisten geraten, Kraszewski nahm sich dessen an, was ureigenste Aufgabe der Sachsen gewesen wäre. Literarisch traf er den Zeitgeschmack. Die Literaturkritiker neigten jedoch in ihrer Begeisterung, bei aller Wertschätzung des Autors, mitunter zur Übertreibung. So schrieben die seinerzeit vielgelesenen, bei Brockhaus in Leipzig erschienenen »Blätter für literarische Unterhaltung« (30/1881): »In der Manier seines Erzählens erinnert Kraszewski an die besten Meister der deutschen und englischen Literatur, an Goethe, Thackeray, Dickens, hier wie dort die imponierende Ruhe und Sicherheit des Könners, welche dem Genie das Bewußtsein verleiht, gerade das richtige Wort für den richtigen Begriff zu finden.« Kraszewski vermochte fesselnd zu schreiben, was ernsthaft nie bestritten wurde. Ob seine Romane aber auch als detailgetreu gelten können, hat derweil Generationen beschäftigt. Er selbst äußerte dazu 1843 in der kleinen Schrift »Ein Wort über den Wahrheitsgehalt eines historischen Romans«: Ein historischer Roman müsse »literarisch in präzise Fakten eingebettet« sein – zur Hälfte Chronik, zur Hälfte Inspiration. Er war als Schöpfer des historischen polnischen Romans eher ein polnischer E.T.A. Hoffmann denn ein Walter Scott, prädestiniert für »die zweite Hälfte«. Es gelang ihm, historische Ereignisse so attraktiv und überzeugend darzustellen, daß der Leser am Ende meint: Anders könne es gar nicht sein, und um diese Überzeugungskraft ist er oft genug beneidet, als Professor ohne Lehrstuhl bezeichnet worden. Wenn es um Intrigen, Spionage, Verschwörungen und sonstige Schurkereien ging, war er in seinem Element, bot er überraschende Wendungen. Bei Liebesszenen orientierte er sich gern an konventionellen Lösungen – »sie kriegen sich doch«, wie im vorliegenden Buch der Pole Xaver denn auch sein Liebchen heimführt, mochte das väterliche Machtwort auch noch so drohend verheißen: »heirate ein Bauernmädel, aber keine Deutsche!«.

Dies ist nun eine Formulierung, die befremdet. An anderer Stelle empfiehlt der Pole Maslowski dem Schweizer de Simonis: »Du mußt den Preußen helfen, damit sie die Sachsen versohlen. Und dann, wenn dir das gelungen ist, hilf den Sachsen, damit sie den Preußen das Fell gerben! Wenn es ein paar weniger geworden sind, wird die Welt nicht untergehen.« Iza Ostrowska sammelte antideutsche Aussagen Kraszewskis und veröffentlichte sie zu allem Überfluß 1948. Fündig wurde sie in den späten Arbeiten Kraszewskis; sie wäre ähnlich erfolgreich gewesen beim jungen Kraszweski auf der Suche nach antirussischen Äußerungen. Der Autor hatte sich bereits für Dresden als Exil entschieden, als er gewahr wurde, wie Bismarck während des polnischen Aufstandes 1863 Rußland zu Hilfe eilte und Jagd auf polnische Flüchtlinge machte. Nach der Reichseinigung verlangte der Kanzler am 7. Februar 1872 brieflich von seinem Innenminister ein scharfes Vorgehen in Polen: Der »Kulturkampf« begann, vornan die Germanisierung des Schulwesens. Das beeinflußte maßgeblich Kraszewskis Wirken, mochte er sich literarisch auch konkret, wie im Fall der Sachsentrilogie, im 18. Jahrhundert bewegen. Bismarcks Politik schien die These von der nie enden wollenden Germanisierung der Slawen zu bestätigen. Sein Deutschlandbild wirkte zwar auf manchen wie über einen Leisten geformt, doch in Wirklichkeit differenzierte er durchaus. Die sächsisch-polnische Union (1697–1763) weckte für ihn zwar »bittere Erinnerungen«, aber nach seiner Meinung habe man sich eigentlich nichts vorzuwerfen. Sachsen wie Polen seien »Opfer und Werkzeug« gewesen. Preußen behandelte er weit weniger nachsichtig.

Nach der Devise: Verbünde dich mit dem Gegner des Gegners, suchten die nationalgesinnten Polen Halt in Frankreich, dem »Erbfeind« Deutschlands, so drückte sich Bismarck aus, der nun Polen als »ein französisches Lager an der Weichsel« betrachtete. Kraszewski veröffentlichte in der »Gazeta Polska« die Artikelserie »Briefe aus Deutschland«, berichtete über die Aufrüstung Bismarck-Deutschlands, über neue Waffensysteme, Truppenstärken, Rüstungsausgaben. Er wollte die Polen damit warnen. Mit der Reichseinigung war der Sachse Kraszewski deutscher Staatsbürger geworden, und ein politisch so brisanter Artikel, im Ausland publiziert, kam Leichtsinn näher als Weitsicht. Sein Wissen konnte zwar aus Zeitungsnotizen, Reichstagsprotokollen und Reden August Bebels stammen, doch Bismarck sah es anders: Für ihn war Kraszewski ein gefährlicher Spion, den er systematisch überwachen ließ. Kraszewski hatte Kontakt zu Bismarck-Gegnern in Deutschland, verkehrte mit Franzosen und in Frankreich lebenden Polen, mit Journalisten in Polen. In seinem großen Bekanntenkreis entdeckten die Häscher denn auch Personen, die im Solde des französischen Geheimdienstes standen, und damit galt der Dichter als belastet. Von einem Abstecher nach Paris zurückkehrend, wurde er 1883 in Berlin festgenommen, gegen eine Kaution von 30 000 Mark zwar wieder auf freien Fuß gesetzt, am 19. Mai 1884 aber vom Reichsgericht in Leipzig wegen Landesverrat zu 3 1/2 Jahren Festungshaft verurteilt, abzusitzen in Magdeburg. Wenn der Rostocker Historiker Johannes Kalisch recht hat, kam die Geheimpolizei längst nicht hinter alle Auslandsverbindungen des Romanciers; ansonsten hätten ihn wohl einige Jahre Haft mehr erwartet. Gegen eine Kaution von 20 000 Mark durfte er am 2. November 1885, schon schwer kränkelnd, einen Genesungsurlaub in San Remo antreten, von dem er nicht mehr zurückkehrte.

Kraszewskis deutsche Dichterkollegen hatten sich verunsichert, nach dem Prozeß abweisend gezeigt, und auch die deutsche Lesergemeinde verhielt sich zögerlich, griff seltener nach seinen Büchern. Der »Neue Pitaval« hatte ausführlich und tendenziös über den Prozeß berichtet. War Kraszewski Spion oder Patriot? Er verabschiedete sich von Deutschland mit dem Gedicht »Ungastliches Land«. Józef Ignacy Kraszewski starb am 19. März 1887 in Genf; beigesetzt wurde er vier Wochen später unter großer Anteilnahme seiner Landsleute auf dem Wawel in Krakau.

INHALT

Literarische Spaziergänge
mit Büchern und Autoren

Das Kundenmagazin der Aufbau-Verlage.
Kostenlos in Ihrer Buchhandlung

| Aufbau-Verlag | Rütten & Loening | Aufbau Taschenbuch Verlag | Gustav Kiepenheuer | Der >Audio< Verlag |

Oder direkt: Aufbau-Verlag, Postfach 193, 10105 Berlin
e-Mail: marketing@aufbau-verlag.de
www.aufbau-taschenbuch.de

Józef Ignacy Kraszewski

Graf Brühl

Historischer Roman

Aus dem Polnischen
von Alois Hermann

302 Seiten
Band 1306
ISBN 3-7466-1306-X

Heinrich Graf Brühl (1700–1763) begann seine Karriere am sächsisch-
polnischen Hof als Page Augusts des Starken. Bereits mit 31 Jahren war
der ehrgeizige junge Mann Geheimrat und Minister. Doch nach dem Tod
des Kurfürsten scheint seine Laufbahn zu Ende: Der Thronfolger will
Sachsen und Polen gemeinsam mit seinem vertrauten Jugendfreund Sulkowski regieren. Durch List und Intrige gelingt es Brühl, sich unentbehrlich zu machen. Er übernimmt für den trägen Friedrich August II.
nach und nach alle politischen Geschäfte. So dient er sich an die erste
Stelle im Staat und stürzt schließlich sogar den Grafen Sulkowski.
   Kraszwskis spannender Roman beschreibt die jahrelange Rivalität von
Brühl und Sulkowski, den beiden so unterschiedlichen Männern, die sich
zunächst Feunde nennen, aber später zu erbitterten Feinden werden.

A*t*V
Aufbau Taschenbuch Verlag

Józef Ignacy Kraszewski

Gräfin Cosel
Ein Frauenschicksal
am Hofe August des Starken
Historischer Roman

Aus dem Polnischen
von Hubert Sauer-Zur

320 Seiten
Band 1307
ISBN 3-7466-1307-8

Anna Constantia von Brockdorff (1680–1765), als Geliebte August des Starken zur Gräfin Cosel erhoben, war eine der schönsten Frauen ihrer Zeit. Sie entstammt altem Holsteiner Adel, wuchs frei auf, lernte Reiten und Schießen, Konversation und Tanz, bewegte sich stets mit Anmut, sprach voller Witz und mit Schlagfertigkeit. So gewann sie das Herz des sächsischen Kurfürsten, wurde seine heimliche Frau und gebar ihm drei Kinder. Neun Jahre lang war sie die mächtigste Frau Sachsens, danach wurde sie 49 Jahre auf der Festung Stolpen gefangengehalten. Kraszewski erzählt im berühmtesten seiner Sachsen-Romane ihr anrührendes Schicksal und zeichnet ein prachtvolles Gemälde der königlichen Residenz in Dresden.

AtV
Aufbau Taschenbuch Verlag

Józef Ignacy Kraszewski

König August
der Starke
Historischer Roman

*Aus dem Polnischen
von Kristiane Lichtenfeld*

*320 Seiten
Band 1309
ISBN 3-7466-1309-4*

Die prunkvolle Hofhaltung, rauschenden Feste und unzähligen Mätressen Augusts des Starken, eines der schillerndsten Herrscher des europäischen Barocks, sind bis heute legendär. Der ehrgeizige sächsische Kaufmannssohn Wittke träumt davon, an diesem Glanz teilhaben zu können, und tritt in die diplomatischen Dienste des Königs. Als er in Warschau Henriette Renard, der charmanten Tochter eines französischen Weinhändlers, begegnet und sich unsterblich in sie verliebt, scheint sein Glück vollkommen. Aber das Schicksal will es, daß auch König August die schöne Henriette zu Gesicht bekommt … In seinem verzweifelten Ringen um Henriette lernt Wittke hinter die glänzende Fassade des Königs zu schauen und erkennt den macchiavellistischen Herrscher, gleichzeitig grausamer und großartiger als das jubelnde Volk es wahrhaben will.

AᵗV
Aufbau Taschenbuch Verlag

Frederik Berger
Die Provençalin
Roman

Originalausgabe

702 Seiten
Band 1599
ISBN 3-7466-1599-2

Die Provence im 16. Jahrhundert: Die schöne Madeleine wird von vielen Edelmännern umworben – auch von Jean Maynier, dem stolzen Baron von Oppède. Als sie ihn zurückweist, beginnt er sie mit seinem Haß zu verfolgen. Die tragische Verstrickung zweier Adelsfamilien nimmt ihren Lauf. Jean Maynier wird als Heerführer gegen die Waldenser zum Schrecken der Provence. Sein Sohn Pierre verliebt sich ausgerechnet in Madeleines Tochter, doch Jean Maynier versucht mit aller Macht, die Liebe seines Sohnes zu zerstören – und macht sich Madeleine endgültig zu seiner gefährlichsten Gegnerin.

A*t*V
Aufbau Taschenbuch Verlag

Guido Dieckmann

Die Poetin

Roman

Originalausgabe

297 Seiten
Band 1661
ISBN 3-7466-1661-1

Deutschland im Spätsommer 1819: Mit Frau und Tochter reist der Tuch-händler Joseph Schildesheim nach Heidelberg. Tochter Nanetta, frühreif und wissensdurstig, fällt es schwer, den Verlockungen der Heidelberger Altstadt zu widerstehen. Sie träumt davon, es ihrem Brieffreund Harry Heine gleichzutun und ihre Gefühle und Wünsche in Versen auszudrük-ken, statt als Jüdin ein zurückgezogenes, unauffälliges Leben zu führen. Heidelberg jedoch ist in Aufruhr. Nach dem Mordanschlag auf den Dich-ter Kotzebue im benachbarten Mannheim sehen die aufgebrachten Stu-denten nahezu in jedem Fremden einen Spion. Als Nanetta ein Treffen von Verschwörern belauscht, gerät sie plötzlich in den Verdacht, eine wichtige Depesche gestohlen zu haben. Nur einem besonnenen Studen-ten kann sie verdanken, daß sie nicht in Gefangenschaft gerät. Noch in derselben Nacht brechen in Heidelberg die ersten, blutigen Unruhen aus.

Ein Roman, der auf einer wahren Begebenheit beruht: die aufregende Geschichte der jungen, jüdischen Dichterin Nanetta Schildesheim.

Aufbau Taschenbuch Verlag

Caroline Hanken

Vom König geküßt
Das Leben
der großen Mätressen

*Aus dem Niederländischen
von Christiane Kuby*

*280 Seiten
Band 1590
ISBN 3-7466-1590-9*

Sie tragen rauschende Gewänder, verbringen den halben Tag mit ihrer Toilette, beglücken als königliche Beischläferinnen und schmieden in der verbleibenden Zeit Intrigen. Selten reichen die populären Vorstellungen von Mätressen über eine frivole Gucklochperspektive hinaus. Caroline Hanken gelingt dagegen ein ebenso anschauliches wie differenziertes Bild des institutionalisierten Mätressenwesens im 17. und 18. Jahrhundert. Ihre Analyse der zeitgenössischen Architektur, der Mode und des Schichtsystems erlauben einen neuen Blick auf die Rolle dieser Frauen im komplexen Machtgefüge des königlichen Umfeldes. Sie zeigt, daß Mätressen wie Madame de Pompadour zwar einerseits eine ungeheure Macht und Privilegien anhäuften, andererseits aber niemals eine dauerhafte staatspolitische Legitimation erreichten, die für den König hätte bedrohlich werden können.

A*t*V
Aufbau Taschenbuch Verlag